STAR WARS™

THRAWN
ASCENDANCY

TIMOTHY ZAHN

STAR WARS

THRAWN ASCENDANCY

LIVRO II:
O BEM MAIOR

São Paulo
2024

Disney · Lucasfilm

Grupo Editorial
UNIVERSO DOS LIVROS

Diretor editorial
Luis Matos

Gerente editorial
Marcia Batista

Assistentes editoriais
Letícia Nakamura
Raquel F. Abranches

Tradução
Dante Luiz

Preparação
Jonathan Busato

Revisão
Guilherme Summa
Tássia Carvalho

Arte
Renato Klisman

Capa
Sarofsky

Dados Internacionais de Catalogação na Publicação (CIP)
Angélica Ilacqua CRB-8/7057

Z24s

Zahn, Timothy

Star Wars : thrawn ascendancy : livro 2 : o bem maior / Timothy Zahn ; tradução de Dante Luiz. -- São Paulo : Universo dos Livros, 2024.

464 p.

ISBN 978-65-5609-626-1

Título original: *Star Wars: Thrawn Ascendancy - Greater good*

1. Ficção norte-americana 2. Ficção científica
I. Título II. Luiz, Dante III. Série

23-6188 CDD 813.6

Universo dos Livros Editora Ltda.
Avenida Ordem e Progresso, 157 — 8° andar — Conj. 803
CEP 01141-030 — Barra Funda — São Paulo/SP
Telefone: (11) 3392-3336
www.universodoslivros.com.br
e-mail: editor@universodoslivros.com.br

Para aqueles que reconhecem que "o bem maior"
raramente é o bem para todos

A ASCENDÊNCIA CHISS

AS NOVE FAMÍLIAS GOVERNANTES

UFSA
IRIZI
DASKLO
CLARR
CHAF
PLIKH
BOADIL
MITTH
OBBIC

HIERARQUIA FAMILIAR CHISS

SANGUE
PRIMO
POSIÇÃO DISTANTE
NASCIDO POR PROVAÇÃO
ADOTADO POR MÉRITO

HIERARQUIA POLÍTICA

PATRIARCA – Líder da família
ORADOR – Síndico-chefe da família
SÍNDICO – Membro da Sindicura, principal órgão governamental
PATRIEL – Lida com assuntos da família em escala planetária
CONSELHEIRO – Lida com assuntos da família em escala local
ARISTOCRA – Membro intermediário de uma das Nove Famílias Governantes

HIERARQUIA MILITAR

ALMIRANTE SUPREMO

GENERAL SUPREMO

ALMIRANTE DA FROTA

GENERAL SÊNIOR

ALMIRANTE

GENERAL

ALMIRANTE INTERMEDIÁRIO

GENERAL INTERMEDIÁRIO

COMODORO

CAPITÃO SÊNIOR

CAPITÃO INTERMEDIÁRIO

COMANDANTE SÊNIOR

COMANDANTE INTERMEDIÁRIO

COMANDANTE JÚNIOR

TENENTE COMANDANTE

TENENTE

GUERREIRO SÊNIOR

GUERREIRO INTERMEDIÁRIO

GUERREIRO JÚNIOR

Há muito tempo,
além *de uma galáxia muito, muito distante…*

Por milhares de anos, aqui tem sido uma ilha de calmaria no interior do Caos. É um centro de poder, um exemplo de segurança e um farol de integridade. As Nove Famílias Governantes a protegem por dentro; a Frota de Defesa Expansionária a protege por fora. Seus vizinhos são deixados em paz, seus inimigos ficam em ruínas. É luz, cultura e glória.

Eis a Ascendência Chiss.

CAPÍTULO UM

Durante seus anos na Frota de Defesa Expansionária, a Almirante Ar'alani sobreviveu a mais de cinquenta batalhas e conflitos armados de menor escala. Os oponentes desses encontros, assim como as batalhas das quais eles participaram, variavam muito. Alguns deles eram astutos, outros eram precavidos, e alguns — em particular, aqueles que foram indicados politicamente por motivos além de suas habilidades — eram dolorosamente incompetentes. As estratégias e táticas empregadas também variavam entre simples, obscuras ou incrivelmente violentas. Às vezes, os resultados das batalhas eram mistos, e em outras, inconclusivos, geralmente significando uma derrota para o inimigo e — ocasionalmente — uma derrota para os Chiss.

Mas nunca, em todo esse tempo, Ar'alani experimentara tanta determinação, malícia e total futilidade quanto na cena que se desenrolava diante dela.

— Cuidado, *Vigilante*... Há mais quatro indo em sua direção a estibordo-nadir. — A voz da Capitã Xodlak'in'daro veio do alto-falante da ponte da *Vigilante*, o contralto retumbante da colega soando glacialmente calmo como sempre.

— Entendido, *Picanço-Cinzento* — respondeu Ar'alani, olhando para a tela tática. Quatro canhoneiras Nikardun haviam, de fato, aparecido ao redor da pequena lua, avançando a todo vapor em direção à *Vigilante*. — Parece que também tem alguns convidados atrasados chegando em sua festa — acrescentou.

— Estamos nos encarregando disso, senhora — afirmou Lakinda.

— Ótimo — disse Ar'alani, estudando os seis botes de mísseis que apareceram de trás da urca do cruzador que ela e outras duas naves Chiss tinham detonado quinze minutos antes. Esconder-se sorrateiramente desse jeito sem serem percebidos demandou uma certa engenhosidade, e muitos comandantes com essa competência teriam usado a própria habilidade para exercitar o melhor lado da valentia e abandonar uma batalha perdida de forma tão evidente.

Mas essas últimas tentativas de resistência por parte dos Nikardun não se tratava disso. Tratava-se de total sacrifício, jogando-se às naves de guerra Chiss que os removeram das tocas, aparentemente com o único propósito de levar consigo alguns de seus odiados inimigos.

Isso não aconteceria. Hoje não. Não com Ar'alani.

— Thrawn, a *Picanço-Cinzento* encontrou um novo ninho de caçanoturnos — chamou. — Pode ajudá-los?

— Certamente — respondeu o Capitão Sênior Mitth'raw'nuruodo. — Capitã Lakinda, se girar trinta graus a estibordo, acredito que poderemos levar seus agressores a fogo cruzado.

— Trinta graus, entendido — disse Lakinda, e Ar'alani viu a imagem da tela tática da *Picanço-Cinzento* se afastar dos botes de mísseis e seguir em direção à *Falcão da Primavera*. — Mas, com todo respeito à almirante, eu diria que são filhotes de bigodilhos, não caçanoturnos.

— Concordo — disse Thrawn. — Se forem os mesmos que achamos ter capturado na explosão de cruzadores de batalha, eles devem ter apenas um míssil cada.

— Na verdade, pelos nossos cálculos, dois deles estão completamente vazios — disse Lakinda. — Suponho que só estão aqui pela glória do martírio.

— Parece ser o caso — concordou Ar'alani. — Duvido que qualquer um desses comece a cantar louvores elegíacos para Yiv, o Benevelonte. Wutroow?

— As esferas estão prontas, almirante — confirmou a Capitã Sênior Kiwu'tro'owmis do outro lado da ponte da *Vigilante*. — Preparados para estragar o piquenique deles?

— Um momento — disse Ar'alani, olhando para a tela tática e medindo as distâncias. A habilidade das esferas de plasma de produzir explosões de energia iônica capazes de congelar eletrônicos as tornava aptas a desarmar agressores sem ter que invadir os cascos de liga nyix que protegiam grande parte das naves de guerra nessa parte do Caos. Caças estelares menores, como os botes de mísseis Nikardun que atacavam a *Vigilante* no momento, eram especialmente vulneráveis a esse tipo de ataque.

Mas o pequeno tamanho dos botes de mísseis também significava que eles eram mais ligeiros do que grandes naves de guerra, e conseguiam se desviar do dano se as esferas de plasma, que eram relativamente lentas, fossem disparadas antes da hora.

Era preciso mesas e tabelas para calcular esse tipo de coisa. Ar'alani preferia calcular por olho e julgamento experiente.

E o julgamento dizia que eles tinham uma súbita oportunidade ali. Só mais dois segundos...

— Cinco esferas — mandou.

Houve um baque curto e abafado conforme as esferas de plasma eram disparadas. Ar'alani manteve os olhos na tática, observando o momento em que os botes de mísseis se davam conta de que estavam sob ataque e corriam para fugir das esferas. A nave mais ao fundo quase conseguiu, a esfera centelhando em sua popa a bombordo e paralisando os propulsores, fazendo-a rodopiar no espaço com seu último vetor de evasão. As outras três pegaram as esferas diretamente à meia-nau, desativando os sistemas principais enquanto elas, também, eram lançadas para longe impotentemente.

— Três já foram, uma delas continua meneando — relatou Wutroow. — Gostaria que nós as pegássemos?

— Espere um pouco, por enquanto — disse Ar'alani. Ainda tinham alguns minutos até os botes se recuperarem. Enquanto isso... — Thrawn? — chamou. — Sua vez.

— Entendido, almirante.

Ar'alani voltou sua atenção à *Falcão da Primavera*. Normalmente, ela nunca faria isso com o capitão de uma das naves que comandava: dar uma ordem vaga, presumindo que o outro entenderia suas intenções. Mas ela e Thrawn trabalhavam juntos há tanto tempo que Ar'alani sabia que ele veria o que ela estava vendo e saberia exatamente o que ela queria que ele fizesse.

E ele fez. Enquanto os quatro botes de mísseis atordoados pairavam em seus vetores individuais, um raio trator foi lançado da proa da *Falcão da Primavera*, agarrando um deles e puxando-o.

Puxando-o diretamente no caminho do aglomerado de botes de mísseis em disparada contra a *Picanço-Cinzento*.

Os Nikardun, completamente focados no ataque suicida contra o cruzador Chiss, foram surpreendidos pela embarcação indo em direção a eles. No último segundo, se espalharam, e todos os seis conseguiram desviar-se do obstáculo a caminho.

Mas a interrupção afetou o ritmo e a mira. Pior que isso, do ponto de vista deles, Thrawn havia calculado aquela distração pelo preciso momento onde os caças Nikardun entraram completamente no alcance dos espectro-lasers da *Picanço-Cinzento* e da *Falcão da Primavera*.

Vinte segundos depois, aquela seção do espaço ficou livre de inimigos mais uma vez.

— Os dois fizeram um ótimo trabalho — disse Ar'alani, checando a tela tática. Além dos botes de mísseis desativados, só duas naves Nikardun continuavam mostrando sinais de vida. — Wutroow, leve-nos em direção ao alvo número sete. Espectro-lasers devem ser adequados para eliminá-lo. *Picanço-Cinzento*, qual é a sua situação?

— Ainda trabalhando nos propulsores, almirante — informou Lakinda. — Mas estamos selados novamente, e os engenheiros disseram que estaremos de volta em quinze minutos ou menos.

— Ótimo — disse Ar'alani, fazendo uma análise rápida dos destroços e das naves atingidas, visíveis na panorâmica da ponte da *Vigilante*. Não deveria haver nenhum lugar onde mais inimigos poderiam se esconder.

Por outro lado, ela pensara a mesma coisa antes daqueles seis botes de mísseis aparecerem de trás da urca do cruzador de batalha. Poderia haver mais algumas naves menores escondidas no nevoeiro da batalha, torcendo para não serem vistas até o momento certo para suas tentativas suicidas.

E, naquele momento, com os propulsores principais abaixados, a *Picanço-Cinzento* era um vagaluz parado.

— *Falcão da Primavera*, fique com a *Picanço-Cinzento* — ordenou. — Vamos cuidar desses dois.

— Não é preciso, almirante — disse Lakinda, com um tom de protesto cuidadosamente controlado em sua voz. — Ainda conseguimos manobrar o suficiente para lutar.

— Concentre-se nos reparos — falou Ar'alani. — Se ficar entediada, pode acabar com esses quatro botes de mísseis quando eles acordarem.

— Não vamos oferecer a eles a oportunidade de se renderem? — perguntou Thrawn.

— Pode oferecer, se quiser — disse Ar'alani. — Não imagino que aceitem a proposta, assim como seus defuntos camaradas não aceitaram. Mas posso ser surpreendida. — Ela hesitou. — *Picanço-Cinzento*, pode começar uma varredura total da área. Pode ter mais alguém escondido aqui perto, e estou cansada de gente aparecendo do nada para atirar em nós.

— Sim, almirante — disse Lakinda.

Ar'alani sorriu consigo mesma. Lakinda não havia agradecido, mas ela conseguia ouvir as palavras na voz da capitã sênior. De todos os oficiais na força-tarefa de Ar'alani, Lakinda era a mais focada e motivada, e detestava ficar de fora.

Houve um movimento no ar, e Wutroow ficou parada ao lado da cadeira de comando de Ar'alani.

— Com sorte, esse foi o último — comentou a primeira oficial da *Vigilante*. — Os Vaks vão poder dormir um pouco melhor agora. — Ela considerou. — E a Sindicura também.

Ar'alani tirou o som do comunicador. Pelo que *ela* sabia, os comandantes supremos da Ascendência Chiss estavam tão pouco entusiasmados a respeito dessa missão de limpeza quanto era possível para políticos estarem.

— Não sabia que a Sindicura estava preocupada a respeito de Nikarduns sem rumo ameaçando o Combinado Vak.

— Tenho certeza que não — disse Wutroow. — Também tenho certeza de que *estão* preocupados com o motivo de nós estarmos aqui nos envolvendo em ações que podem ser vistas como de guerra.

Ar'alani levantou uma sobrancelha.

— Você levantou a questão como se já soubesse a resposta.

— Não sei — garantiu Wutroow, olhando para Ar'alani da forma que ela já conhecia tão bem. — Estava esperando que *você* soubesse.

— Infelizmente, os Aristocra raramente me consultam hoje em dia — disse Ar'alani.

— Estranhamente, eles também não me consultam — disse Wutroow. — Mas tenho certeza de que eles têm seus motivos.

Ar'alani assentiu. Normalmente, as Nove Famílias Governantes — e o peso total da política oficial da Ascendência — eram extremamente contra qualquer tipo de ação militar a não ser que mundos ou propriedades Chiss estivessem sendo diretamente atacados primeiro. Ela só podia presumir que o interrogatório do General Yiv, o Benevolente, e uma análise cuidadosa dos arquivos e registros capturados provavam que os Nikardun eram uma ameaça tão iminente que a Sindicura concordou em abrir uma exceção.

— Ao menos Thrawn deve estar satisfeito — continuou Wutroow. — É raro conseguir vindicação *e* retaliação ao mesmo tempo.

— Se está tentando descobrir o que eu e ele conversamos com o Supremo General Ba'kif antes de partirmos nesta pequena excursão, vai ficar decepcionada — assegurou Ar'alani. — Mas sim, imagino que o Capitão Sênior Thrawn está satisfeito com o desenrolar das coisas.

— Sim, senhora — disse Wutroow, sua voz mudando discretamente da amiga da almirante para sua oficial. — Chegando ao alcance do alvo número sete.

— Ótimo — disse Ar'alani. — Pode disparar quando quiser.

— Sim, senhora. — Com um aceno duro de cabeça, Wutroow voltou para a parte de trás da ponte. — Oeskym, lasers a postos — ela disse ao oficial de armas.

Tudo acabou dois minutos depois. Ar'alani mandou a *Vigilante* de volta só para descobrir que os quatro botes de mísseis viraram nuvens de destroços. Por um breve momento, pensou em perguntar a Thrawn e Lakinda se eles ofereceram aos Nikardun a chance de se renderem, mas decidiu que seria um gasto de saliva. O inimigo foi aniquilado, e isso era o que importava.

— Bom trabalho a todos — disse Ar'alani quando Wutroow voltou para o lado dela. — Capitão Thrawn, acredito que eu e a *Picanço-Cinzento* podemos lidar com o restante da missão. Está autorizado a continuar.

— Se tem certeza, almirante — disse Thrawn.

— Tenho — confirmou Ar'alani. — Que a sorte dos guerreiros sorria para seus esforços.

— E para os seus — desejou Thrawn. — *Falcão da Primavera*, partir.

Wutroow limpou a garganta.

— A conversa com o General Ba'kif, suponho?

— Pode supor o que quiser — disse Ar'alani.

— Ah — soltou Wutroow. — Bem, se não há mais nada, vou começar o relatório pós-batalha.

— Obrigada — disse Ar'alani.

Ela observou Wutroow ir até o console de controle de monitor. Sua primeira oficial estava certa em uma coisa, ao menos. O Combinado Vak *ficaria* aliviado e contente.

As Nove Famílias Governantes e o Conselho de Defesa Hierárquica também ficariam aliviados. Mas ela duvidava que qualquer um desses dois grupos ficaria genuinamente satisfeito.

O Primeiro Síndico Mitth'urf'ianico esperava por cerca de meia hora na Marcha do Silêncio, no prestigioso e histórico Salão da Convocação da Sindicura, até que o homem com o qual tinha combinado de conversar finalmente chegasse.

Mas estava tudo bem. O tempo livre deu a Thurfian a oportunidade de observar, ruminar e planejar.

A observação era a parte fácil. A Marcha do Silêncio, o local preferido dos Oradores, síndicos e outros membros da Aristocra para encontros em território neutro, porém privado, estava surpreendentemente vazia naquele dia. Thurfian suspeitava que a maior explicação para isso era que os síndicos estavam de volta aos seus escritórios com o último relatório do Conselho a respeito dos esforços para limpar o que sobrou das forças do General Yiv, enquanto os membros intermediários das Famílias Governantes que constituíam a Aristocra os ajudavam a se preparar para a vindoura sessão da Sindicura ou simplesmente trabalhavam em seus empregos em diversas agências governamentais. Os Oradores, como os principais representantes de suas famílias, provavelmente estavam tendo longas conversas com seus lares, discutindo a situação e recebendo as ordens de seus Patriarcas sobre qual deveria ser a resposta exata de suas famílias assim que a triagem dos dados fosse concluída.

A ruminação era igualmente fácil. Thurfian já tinha lido o relatório, ou tudo que conseguiu suportar de uma vez só. Tecido junto a todos os dados e mapas e tabelas militares estava o fato sutil, porém claro, de que o Capitão Sênior Thrawn havia — *de novo* — saído dessa como a mais brilhante estrela do céu de Csilla. Tudo isso apesar de ter desobedecido o espírito de ordens padrão, colocado uma inestimável sky-walker em perigo mortal e arriscado arrastar a Ascendência para uma guerra descaradamente antiética e ilegal.

Thurfian ainda estava na parte do planejamento quando o Síndico Irizi'stal'mustro finalmente apareceu.

Como sempre, Zistalmu esperou estar perto de Thurfian — e longe de outros grupos do salão — antes de falar.

— Síndico Thurfian — disse, acenando a cabeça como cumprimento. — Peço perdão pela demora.

Apesar da seriedade da situação que pretendiam discutir, Thurfian ainda assim precisou controlar um sorriso. *Síndico Thurfian.* Zistalmu não fazia ideia de que seu colega fora promovido a Primeiro Síndico, a posição mais alta da Sindicura, abaixo apenas da Oradoria.

Zistalmu não sabia a respeito do novo título, e provavelmente nunca saberia. Tais hierarquias eram segredos bem guardados de família, para uso interno da Sindicura, a não ser que o Orador ou o Patriarca decidisse que uma autoridade adicional era necessária em outro local. Mas essas situações eram raras. Thurfian possivelmente carregaria a posição em segredo até a aposentadoria, e apenas seu pilar memorial na casa Mitth revelaria a verdade.

Mas ele não precisava que ninguém mais soubesse. Segredos eram bocados deliciosos que podiam ser aproveitados sem companhia.

— Já estava pronto para partir — continuou Zistalmu — quando uma delegação de Xodlak desceu até meu escritório, e eu não conseguia me livrar deles.

— Eles foram até *você*? — Thurfian perguntou.

— Não, eles *foram* até o Orador Ziemol — esclareceu Zistalmu, com amargura. — Ele os empurrou gentilmente para mim.

— Parece algo que Ziemol faria. — Thurfian bufou com compaixão. — Deixe-me adivinhar. Eles querem que os Irizi patrocinem seu retorno à posição de Família Governante?

— E o que mais seria? — grunhiu Zistalmu. — Suponho que você também tenha delegados das Quarenta que às vezes o procuram, não?

— Mais do que eu gostaria — disse Thurfian. Apesar de que, agora que era Primeiro Síndico, isso não aconteceria novamente. Da mesma forma que o Orador Ziemol jogou os Xodlak para Zistalmu, Thurfian também podia jogar esse tipo de incômodo para síndicos

Mitth de baixo escalão. — Geralmente, eles só querem apoio ou alianças temporárias, mas muitos deles também desejam entrar nas Nove. Às vezes, fico sonhando em passar uma lei que restrinja o número de Famílias Governantes para nove permanentemente.

— Eu apoiaria — declarou Zistalmu. — Apesar de que é preciso ter cautela com consequências indesejadas. Se, em uma data futura, a Sindicura decidir que querem os Xodlak, ou até mesmo os Stybla de volta, os Mitth podem ser expulsos para dar lugar a eles.

— Nunca aconteceria — disse Thurfian, firme. — Falando em consequências indesejadas, suponho que já tenha lido o último relatório do Conselho?

— A respeito das campanhas Nikardun? — Zistalmu assentiu. — Seu garoto Thrawn parece que nunca perde, não é mesmo?

— Na minha opinião, ele perde o tempo todo — grunhiu Thurfian. — O problema é que cada desastre que ele quebra no próprio joelho é seguido de um sucesso tão brilhante que todo mundo esquece ou ignora o que aconteceu antes.

— O fato de que ele tem gente atrás varrendo tudo também ajuda — disse Zistalmu. — Não sei, Thurfian. Estou começando a questionar se nunca vamos conseguir tirá-lo dali. — Ele ergueu as sobrancelhas. — E, para ser honesto, também estou me perguntando se você ainda tem intenção de fazer isso.

— Se olhar para trás, vai lembrar que a primeira vez que falei desse assunto, ele também estava nas alturas — a voz de Thurfian saiu dura. — Você acha que só porque ele ainda não caiu do topo implausível da montanha dele, isso significa que fico feliz por ele não ser impedido?

— Ele *está* trazendo honra aos Mitth — rebateu Zistalmu, tão duro quanto.

— Honra pode evaporar no dia seguinte — disse Thurfian. — Junto com seja lá o que ele traz para a Ascendência como um todo. Não, Zistalmu. Saiba que ainda quero tirá-lo daqui. A questão é como fazer isso se a autodestruição dele causa efeitos colaterais mínimos.

— Concordo — disse Zistalmu. Para Thurfian, ele não soava plenamente convencido. Mas, a esse ponto, até cooperação parcial era suficiente. — Acredito que tenha uma proposta?

— O começo de uma, sim — disse Thurfian. — Me parece que queremos que ele esteja o mais longe possível da Ascendência quando a queda ocorrer. Uma possibilidade seria convencer o Conselho a mandá-lo lutar contra os Paataatus.

— O que eles não vão fazer — observou Zistalmu. — Eles já estão abrindo muitas exceções nas leis contra ataques preventivos neste momento para lidar com os Nikardun. Eles não vão mandá-lo lutar contra outro povo. Não sem serem provocados, certamente.

— Mas e se *houvesse* provocação? — perguntou Thurfian. — Especificamente, e se houvesse rumores de que os Paataatus estão se aliando a um grande grupo pirata para nos atacar? No mínimo, a Sindicura e o Conselho gostariam de mandar alguém para investigar a possibilidade.

— *Há* rumores assim?

— Na verdade, sim — disse Thurfian. — Nada muito concreto no momento, admito. Mas existem, estão ficando mais fortes, e são definitivamente provocadores. Imagino que, com um pouco de esforço, poderíamos aumentar a credibilidade deles.

— Está bem, se for isso — disse Zistalmu, observando-o de perto. — Como podemos persuadir o Conselho a enviar Thrawn?

— Duvido que precisem de muita persuasão — disse Thurfian, sentindo um sorriso presunçoso aparecer em seus lábios. — Parece que os supostos piratas são um grupo que ele já enfrentou no passado. Os Vagaari, especificamente.

Zistalmu abriu a boca. Fechou-a de novo sem falar, seu reflexo de rejeitar a ideia transformando-se em algo mais contemplativo.

— Achei que ele já tinha destruído os Vagaari.

— Ele destruiu um grupo deles — corrigiu Thurfian. — Mas quem pode dizer que não há mais deles espreitando nas sombras?

— Essa foi, certamente, uma de suas proezas mais dúbias — considerou Zistalmu. — Ele capturou aquele gerador de poço gravitacional que os pesquisadores ainda estão tentando compreender, mas então perdeu aquela grande nave estrangeira do Espaço Menor antes de alguém conseguir ver o que havia dentro.

— *E* ainda perdeu um síndico Mitth respeitado — grunhiu Thurfian. Todas as vidas Chiss eram importantes, mas o fato de que o Síndico Mitth'ras'safis era um Mitth significava, automaticamente, que seu desaparecimento não tinha muita importância para um Irizi como Zistalmu.

Contudo, deveria ser diferente quando a pessoa perdida era da família. O fato de que Thrawn podia jogar fora a vida de um de seus próprios familiares com tanta facilidade ainda perturbava Thurfian.

— Sim, é claro — disse Zistalmu. — Um dia triste, certamente. Você conhecia o Síndico Thrass, não?

— De passagem — afirmou Thurfian, sentindo-se ligeiramente apaziguado. Ao menos Zistalmu foi gentil ao reconhecer a perda de um Mitth. — Eu cuidava do escritório de transporte e comércio naquela época, enquanto ele trabalhava logo abaixo do Orador.

— Pelo que entendo, ele era próximo de Thrawn?

— Foi o que ouvi — disse Thurfian. — Mas não tenho certeza se nunca os vi juntos. Os círculos da Sindicura e a Frota Expansionária raramente coexistem.

— Quase nunca, na verdade — concedeu Zistalmu.

— Mas, voltando ao ponto, o que o Conselho e a Sindicura mais lembrarão será o gerador gravitacional que Thrawn trouxe de volta — prosseguiu Thurfian. — Podemos sugerir que, se o mandarem para lá de novo, o raio pode atingir o mesmo local duas vezes.

— Com sorte e tecnologia, isso vai ser mais fácil de desvendar dessa vez — disse Zistalmu. — Tem algum plano para solidificar esse rumor?

— Há alguns caminhos que posso tomar que não levam de volta para mim — garantiu Thurfian. — Essa parte é importante. Você também precisa achar os próprios caminhos.

— Para caso isso exploda em *nossos* rostos, e não no de Thrawn, você não leve toda a culpa?

— Para termos duas fontes críveis diferentes para apresentar ao Conselho e à Sindicura — explicou Thurfian. — Uma história é um rumor sem embasamento, e nós já temos alguns assim. Duas histórias independentes das fontes Chiss são um padrão, e vale a pena prestar atenção nele.

— Espero que sim. — Zistalmu fez uma pausa. — Acredito que consiga ver a possível falha em seu plano?

— Que ele terá sucesso mais uma vez? — Thurfian fez cara feia. — Eu sei. Mas, assim que os Nikardun forem destruídos, isso será o fim do perigo para a Ascendência. Uma aliança entre Paataatus e Vagaari pode não ser uma grande ameaça, mas é o que temos. E, certamente, os dois juntos conseguem lidar com uma única nave de guerra Chiss.

— *Se* o Conselho o enviar sozinho — lembrou Zistalmu. — Certo, verei o que posso fazer a respeito dos rumores. Me avise quando estiver pronto para podermos coordenar as revelações. Sabe quando Thrawn deve voltar do Combinado Vak?

— Na verdade, não — disse Thurfian. — Ar'alani está decidida a terminar o trabalho, e não há como saber quanto tempo isso pode durar. Especialmente quando o que ela encontrar pode significar que sua força-tarefa precise fazer algumas viagens extras para acabar com outros ninhos Nikardun. A questão é que temos tempo para fazer o plano continuar na direção certa.

— Só vamos cuidar para fazer tudo bem-feito — advertiu Zistalmu. — Se deixarmos as pessoas confortáveis demais, ele vai continuar na dele enquanto os outros esquecem e, então, o desastre seguinte vai nos pegar desprevenidos.

— Não se preocupe — assegurou Thurfian. — Vamos fazer tudo corretamente. E, desta vez, será permanente.

A questão é que provavelmente não seria, Thurfian admitiu pesarosamente enquanto deixava a companhia de Zistalmu e saía da Marcha do Silêncio. As pessoas viam o que elas queriam ver, e muitas autoridades preferiam lembrar dos sucessos de Thrawn e ignorar os fracassos. Thurfian certamente queria tentar mesmo assim, mas ele suspeitava que a tentativa acabaria como todas as outras.

O que eles precisavam era uma nova abordagem. Ele e Zistalmu estavam tentando acertar Thrawn com um martelo, mas Thrawn era grande demais, e o martelo era muito pequeno. Eles precisavam de um novo ângulo para acertá-lo.

Ou de um martelo maior.

O Síndico Thurfian tinha um certo nível de poder. O Primeiro Síndico Thurfian tinha um pouco mais. Mas, agora ele percebia, nenhuma dessas posições lhe dava poder suficiente.

Era hora de tentar algo novo. Era hora do Síndico Thurfian virar Orador Thurfian.

Quando chegou ao escritório, já tinha traçado um plano. O Orador Mitth'ykl'omi, como ele sabia, era considerado uma parte vital da estrutura política dos Mitth.

Era hora de Thurfian se tornar igualmente indispensável.

LEMBRANÇAS I

— ALI — DISSE Haplif de Agbui, apontando em direção ao planeta parcialmente iluminado pela panorâmica da nave de exploração. — Não dá para ver o dano daqui...

— Eu consigo ver com clareza — falou o ser coberto por um véu sentado ao seu lado, com aquela voz exótica, um misto estranho de rouco e melódico combinado em um sotaque obscuro. — Suponho que se estenda por todo o planeta?

— Sim — confirmou Haplif. Ele nunca vira Jixtus sem capa e capuz, luvas escondendo as mãos e o véu preto cobrindo o rosto. Ele não fazia a mínima ideia de como era a aparência da criatura.

Mas aquela voz ficaria com ele para sempre.

— Então pode acrescentar isso à sua lista de sucessos — disse Jixtus. — Bom trabalho.

— Obrigado, senhor — disse Haplif, estreitando um pouco os olhos. Depois de Jixtus falar, notou que havia mesmo indícios sutis da destruição global acontecendo lá embaixo. As nuvens no lado iluminado pelo sol, que seria branco e brilhante em um mundo intocado, estavam agora tingidas de cinza e preto do fogo e dos destroços de explosões produzidos pela terrível guerra civil que ele e sua equipe haviam planejado. Do lado noturno, o aglomerado de luzes urbanas, que um dia brilhara tanto, havia desaparecido.

Haplif sorriu consigo mesmo. A destruição quase total de um mundo inteiro, e ele tinha conseguido isso em praticamente seis meses. *Seis meses*.

Sim. Ele era bom desse jeito.

— Eu soube que uma única nave de refugiados escapou.

Haplif fez careta. Só Jixtus para estragar o momento.

— Só temporariamente — assegurou. — Os Nikardun estão cuidando disso.

— É mesmo? — disse Jixtus. — Eu lhe disse para não falar diretamente com eles.

— Não tive escolha — argumentou Haplif. — Você disse que não queria que ninguém soubesse o que aconteceu aqui. O planeta nunca teve uma tríade de comunicação, você estava fora do alcance dos transmissores padrão, e nós não tínhamos naves próprias. Uma das naves de Yiv estava passando por aqui e eu os contatei.

Jixtus ficou em silêncio por um longo momento.

— Você *disse* que não queria que ninguém ficasse sabendo da guerra, não disse? — lembrou Haplif.

— Sim, é claro — respondeu Jixtus, soando um pouco incomodado. — Acredito que ao menos deixou meu nome fora disso?

— O seu nome e o meu — assegurou Haplif. — Eu também não identifiquei nem localizei o sistema para eles. Só dei o vetor da nave e disse que era um grupo tentando juntar forças contra o General Yiv. Naturalmente, correram atrás deles, sem dúvida cheios de fervor em seus corações e mentes.

— Sem dúvida — repetiu Jixtus. — Você entende Yiv e seu povo muito bem.

— Entendo *todos* muito bem — corrigiu Haplif. Não era contar vantagem, afinal, se era a verdade.

— Suponho que deu aos Nikardun o destino deles?

— Não tenho certeza se eles tinham algum destino — disse Haplif, tocando um botão do painel de navegação. — Tudo que tínhamos era o vetor de partida, e eles só o levaram porque era o mais longe possível do último grupo de naves inimigas. Só conheço uma civilização avançada naquela rota, e não sei se os refugiados conseguiram algum dado sobre eles com a destruição dos computadores governamentais.

— Ainda assim, há muita vida no Caos — observou Jixtus. — Aparentemente, mesmo os nossos registros só mostram uma fração do que existe.

— É com isso que eles contam — disse Haplif. — Pelo que a Magys, a líder deles, disse antes de partirem, acredito que o plano era parar em cada sistema possível no caminho até encontrarem um onde pudessem pedir asilo. Se falhassem, esperavam encontrar um mundo inabitado, mas onde pudessem se estabelecer e viver ali. Tudo que os Nikardun precisam fazer é seguir o mesmo plano, e vão encontrar, em algum momento, alguém que os aceite.

— A não ser que tenham mentido para você — aventou Jixtus. — Talvez os refugiados saibam exatamente para onde estão indo.

Haplif fez cara feia. Difícil, porém possível. Seu talento para ler e analisar culturas era incomparável, mas indivíduos ainda podiam surpreendê-lo, especialmente aqueles que não tiveram tempo suficiente para ler. Se a Magys tivesse sido deliberadamente vaga para diminuir a possibilidade deles serem seguidos...

Ele sentiu a garganta palpitar brevemente. Notou tardiamente que Jixtus estava brincando com ele. Fustigando as habilidades que o tornavam tão valioso, tirando sarro da possibilidade de Haplif não ser tão bom quanto ele sabia que era.

— Não importa — disse. — Os Nikardun estão no encalço. Independentemente dos refugiados pedirem asilo e serem destruídos lá ou ficarem sem combustível e ar e morrerem no espaço, os resultados são os mesmos.

— Mas espera que seja o segundo caso?

Haplif deu de ombros.

— Há um risco menor de pontas soltas — disse, mantendo a voz em um tom casual. — Mas, como falei, o fim é o mesmo. — Sorriu. — O fim que só *eu* poderia orquestrar.

Jixtus deu risada, um som rouco e seco.

— Que nunca digam que Haplif dos Agbui não tem confiança e altivez.

— Mesmo quando seu empregador sugere que essas qualidades não são justificadas?

— Especialmente — disse Jixtus. — Mas cuidado com o excesso de confiança. Olhos erguidos pelo orgulho podem não ver o terreno instável mais à frente.

— Felizmente, para suas necessidades, consigo ver ambos — afirmou Haplif. — De qualquer forma, terminamos aqui. Posso ir para casa agora?

— Você falou de uma nave Nikardun — disse Jixtus. — Há bases na área?

— Algumas bases pequenas, sim — confirmou Haplif. — Pontos de escuta e retransmissão, com defesa limitada. Não há muitas chances de que mandem naves de guerra para incomodar alguém.

— Ainda assim, conseguiu convencê-los a fazer exatamente isso — apontou Jixtus. — Outros podem fazer o mesmo. Sem contar que o próprio Yiv pode achar uma nova tarefa para eles.

— Bem, mesmo que ele ache, seria difícil encontrarem este local — disse Haplif, obstinado. — Hoje em dia, o povo daqui fica na deles. Acho que ninguém sai do sistema há décadas.

— Exceto pela nave de refugiados.

— Que vai sumir em breve.

— Acredito que esteja certo — disse Jixtus. — A respeito de sua pergunta. Já que falou de minhas necessidades, e de sua habilidade única de atendê-las, tenho mais um trabalho para você.

Haplif olhou de relance para o outro, um gosto amargo em sua boca. Ele deveria ter imaginado que isso não acabaria ali, apesar da promessa de Jixtus. Como Haplif entendia a maior parte dos seres, ele também entendia seu empregador.

Mas será que entendia mesmo? Com a capa, capuz e véu escondendo os traços que insinuavam um rosto e olhos, Jixtus poderia ser qualquer coisa, de qualquer espécie bípede. Até onde Haplif sabia, ele podia estar sentado ao lado de um dos demônios dos mitos Agbui com os quais o ameaçavam tanto quando ele era criança.

Ele afastou o pensamento. Bobagem supersticiosa.

— Você prometeu que havíamos terminado.

— Mudei de ideia — disse Jixtus calmamente. — O que você sabe sobre os Chiss?

Haplif sentiu os olhos se estreitarem.

— Achei que Yiv cuidaria deles.

— *Yiv* acha que vai cuidar deles — corrigiu Jixtus. — Alguns dos meus colegas concordam com ele. Infelizmente, eu sei que não vai. — Deliberadamente, o rosto obscurecido se voltou para Haplif. — A não ser que sinta que o trabalho é demais para você.

Haplif se forçou a manter aquele olhar invisível. Os Chiss também eram o tipo de coisa que se veria em uma lenda, tão aterrorizantes do seu próprio modo quanto os demônios mitológicos. Mas, ao contrário dos demônios, eram reais.

— Não, é claro que não. Podemos lidar com eles.

E ele falava a verdade. Não importava o que os Chiss fossem, eles também tinham esperanças, sonhos, medos e pontos cegos, assim como todo mundo. Qualquer um com essas características podia ser destruído.

— Mas não sei muito sobre eles, então pode demorar mais do que o normal.

— Pode demorar o quanto quiser — concedeu Jixtus. — Afinal, Yiv e os Nikardun ainda têm um papel a desempenhar nesse drama. Sua tarefa não começará até a deles terminar.

— Sim — disse Haplif. — Uma pergunta. Se está convencido de que Yiv fracassará em destruir os Chiss, por que o deixa continuar?

— Até mesmo fracassos servem a um propósito — explicou Jixtus. — Neste caso, Yiv atrairá a atenção da Ascendência para o lado de fora, o que preparará seu caminho.

— E, imagino, esgotará recursos militares dos Chiss — disse Haplif, assentindo.

— Sim — concordou Jixtus, pensativo. — Apesar de não ser de forma tão bem-sucedida quanto eu esperava.

Haplif franziu o cenho.

— Algum problema?

— Eu não sei — disse Jixtus no mesmo tom meio pensativo, meio desconfortável. — Vinte anos atrás, ou até mesmo dez, eu teria dito que a destruição da Ascendência Chiss seria um exercício direto ao ponto. Não penso mais assim. Há uma nova geração de líderes militares, guerreiros que não podemos confiar que traçarão descuidadamente os caminhos de manipulação que deixarmos diante deles. O Supremo General Ba'kif, a Almirante Ar'alani, alguns outros... Eles pensam e agem fora dos padrões esperados. Imprevisíveis. Podem complicar sua tarefa.

— Está dando crédito demais a eles — observou Haplif com desdém. — Ou talvez *me* dê crédito de menos. Mentes e reações militares não importam. Eu lido com o âmbito político, e duvido que os líderes Chiss tenham menos ambição e desejo de poder do que qualquer outra pessoa no Caos.

— É o que presumo — concordou Jixtus. — Só estou avisando que não será tão fácil quanto este trabalho. — Ele fez um gesto na direção do planeta diante deles. — Use os recursos que precisar. Outros continuarão o trabalho que deixou aqui.

— Podemos fazer mais — ofereceu Haplif. — Ainda acho que podemos mover mais sobreviventes para fora da zona.

— Nós vamos decidir se vamos lidar com eles, e como faremos isso — disse Jixtus em tom severo. — Esta tarefa está terminada. A próxima o aguarda.

— Sim, senhor — grunhiu Haplif. Ele detestava serviços incompletos, mesmo quando só faltava limpar as rebarbas.

— E vou querer a localização das bases Nikardun que mencionou antes de partir — acrescentou Jixtus. — Não queremos ninguém dando de cara com o seu sucesso aqui.

— Definitivamente não queremos — concordou Haplif. Ainda assim, se Jixtus considerava que o trabalho estava terminado, quem era ele para discordar? — Então. Quando destruirmos os Chiss para você, poderemos voltar para casa?

— Vai poder voltar para casa, Haplif dos Agbui — disse Jixtus. — *E* com o dobro do pagamento.

— Obrigado — disse Haplif. — Apesar de que, com tudo que falou dos Chiss, me pergunto se o pagamento não deveria ser triplicado.

— Talvez devesse — admitiu Jixtus. — Veremos. Você disse que havia uma civilização conhecida no vetor dos refugiados. Qual?

— É um mundo pequeno, fora de caminho, mal merece ser mencionado — disse Haplif. — Um local chamado Rapacc.

CAPÍTULO DOIS

FALTANDO UM ÚLTIMO SALTO para chegar ao sistema Rapacc, o Capitão Intermediário Ufsa'mak'ro disse à equipe da ponte da *Falcão da Primavera* para fazerem um breve descanso.

Para Mitth'ali'astov, estava tudo bem. Como cuidadora da sky-walker Che'ri — a cuidadora *oficial*, agora —, ela já tinha visto os sinais sutis de fadiga na jovem durante a última seção de um caminho retorcido pelo Caos. Se Samakro não tivesse oferecido um descanso, Thalias teria pedido um a ele.

Mas ele tinha, e tudo estava tranquilo. Che'ri estava sentada em sua estação de navegação, bebericando um suco de fruta e olhando à sua volta, indolente. Era de se esperar, ao menos pelo que Thalias lembrava de seus próprios dias como sky-walker: depois de passar horas na Terceira Visão, ela frequentemente sentia que precisava esticar os olhos durante as pausas.

Ao contrário da antiga rotina de Thalias, porém, ela viu que os olhos de Che'ri continuavam voltando para o console de pilotagem ao lado dela. Para Thalias, o âmbito dos pilotos sempre foi um mistério com controles anexados. Para Che'ri, era quase como um velho amigo.

O pacote de suco da garota parecia quase vazio.

— Quer um pouco mais? — Thalias perguntou, parando ao lado dela. — Ou algo para comer?

— Não, obrigada — disse Che'ri. Ela colocou o canudo nos lábios, as bochechas se contraindo por um momento. — Tá, estou pronta.

Thalias olhou para a ponte enquanto pegava o pacote vazio. Ela viu Samakro na estação de armas com o Comandante Sênior Chaf'pri'uhme, falando baixo tanto com Afpriuh quanto com um dos especialistas em esferas de plasma — Comandante Tenente Laknym, se ela lembrava corretamente o nome dele.

— Não parece que estamos com pressa — ela disse a Che'ri. — Além do mais, o Capitão Sênior Thrawn não está aqui ainda. Imagino que ele vai querer estar presente quando contatarmos os Paccosh.

— Tá. — Che'ri hesitou. — Como eles são?

— Os Paccosh? — Thalias deu de ombros. — Estrangeiros. Com vozes meio lamentosas, apesar de compreensíveis. Falam Taarja, uma língua que nunca gostei.

— Quer dizer que lamentam como bantouros?

— Um pouco — disse Thalias, tentando se lembrar da última vez que ouviu um bantouro. Ela tinha certeza de já ter ouvido um, mas não lembrava quando ou onde isso poderia ter acontecido. — Os Paccosh que vimos na estação de minério tinham minha altura, talvez um pouco mais altos. Peito grande, com protuberâncias nos quadris, pele rosa e clara, e têm cristas que parecem plumas tecidas. Os braços e pernas são finos, mas parecem ser fortes o suficiente. Ah, e eles têm manchas roxas ao redor dos olhos, que às vezes mudam quando estão falando com os outros.

— Parece interessante — murmurou Che'ri. — Queria poder vê-los.

— Tenho certeza de que vamos trazer vídeos na volta.

— Não é a mesma coisa.

— Não, não é — reconheceu Thalias. — Mas, de verdade, um tempo sem trabalhar será bom para você. Você pode desenhar e brincar com seus blocos de montar...

— E estudar — acrescentou Che'ri, distintamente pouco entusiasmada.

— Ah, sim — disse Thalias, alegre, como se tivesse esquecido totalmente dessa parte da rotina de uma sky-walker. — Obrigada por me lembrar.

Che'ri olhou por cima do próprio ombro, com a cara de impaciência que crianças de dez anos conseguem fazer tão bem.

— De nada.

— Ah, não seja assim — disse Thalias, fingindo repreendê-la. — Talvez tenha alguma lição que você goste. — Ela apontou para o painel de pilotagem. — Se quiser, posso ajudá-la a convencer o Tenente Comandante Azmordi a ensiná-la a pilotar a *Falcão da Primavera*.

Para a surpresa de Thalias, Che'ri pareceu se encolher.

— Acho que não — disse ela. — Criei problemas demais ao aprender a pilotar uma nave de exploração.

— Primeiro: *você* não criou problemas — esclareceu Thalias firmemente. — Talvez o Capitão Sênior Thrawn tenha, sim, um pouquinho, mas tudo deu certo no fim. Segundo: aprender algo não é criar problemas. Agora, se você pegasse a *Falcão da Primavera* e saísse por aí até algum planeta sem permissão, *isso* poderia ser um problema. Mas só aprender não é. Terceiro: você...

Ela se interrompeu, subitamente envergonhada.

— Terceiro: se alguém não gostar, nós só repassaremos a situação ao Capitão Thrawn, e ele vai lidar com isso.

— Não era isso que você ia dizer — disse Che'ri, franzindo o cenho de forma desconfiada. — O que você ia dizer?

Thalias suspirou. Que vergonha...

— Eu ia dizer que você tem dez anos agora — falou. — E isso me lembrou que perdi seu dia estrelar. Sinto muito. Com tudo que aconteceu mês passado, acabei esquecendo.

— Tudo bem — disse Che'ri, curvando os ombros. A voz dela estava baixa, e Thalias conseguia ouvir uma distante mágoa nela. — Não é como se eu lembrasse de ser levada para ver a claraboia em minha primeira estrela. E, você sabe. Festas e poemas quebra-tesouro são para criancinhas, na maior parte do tempo.

— Ainda assim, me sinto terrível por ter esquecido — insistiu Thalias. — Talvez pudéssemos fazer algo agora. Uma comemoração de dia estrelar atrasada. Eu poderia fazer algo especial na janta, e então poderíamos brincar do que você quiser.

— Tudo bem — repetiu Che'ri. — Enfim, não tem muita coisa que a gente possa fazer enquanto eu estou no trabalho.

— Certo, então — disse Thalias, determinada a não deixar isso passar. — Vamos esperar até voltarmos para Csilla ou outro lugar, e fazer um dia estrelar de dez anos e meio. O que acha?

— Tá — concordou Che'ri. Ela pareceu se endireitar na cadeira. — O Capitão Sênior Thrawn está aqui.

Thalias se virou, contando o tempo mentalmente. Chegou a um segundo e meio quando a escotilha se abriu e Thrawn entrou na ponte. Os olhos dele passaram pela sala e pararam por um momento em Thalias — ele sabia que ela já tinha se virado para vê-lo antes mesmo de ele entrar, ela supôs, e deduziu que o motivo era a Terceira Visão de Che'ri —, então pousaram em Samakro.

— Relatório, Capitão Intermediário Samakro? — disse, dando um passo em direção ao primeiro oficial.

— Prontos para o último salto, senhor — informou Samakro, afastando-se de Laknym e indo até seu capitão. — As armas e defesas estão todas no verde. — Ele olhou de relance para Thalias e Che'ri. — Eu deveria acompanhar a sky-walker e a cuidadora de volta ao quarto?

Thalias se preparou. Ela estivera com Thrawn quando eles encontraram os Paccosh pela primeira vez, arriscando a vida junto com ele. Ela queria estar ali — *merecia* estar ali — para ver o que aconteceu com eles. Se Samakro insistisse em mandar ela e Che'ri para longe da ação, ele e Thrawn teriam uma discussão em mãos.

Thrawn a olhou mais uma vez, e ela teve a sensação perturbadora de que ele sabia exatamente o que se passava na cabeça dela.

— Acho que não — ele falou a Samakro. — Considerando as dificuldades inerentes em viajar para dentro ou fora do sistema

Rapacc, eu gostaria que nossa sky-walker estivesse pronta caso precisemos dela para sair de lá rapidamente.

Samakro inspirou, e Thalias já conseguia vê-lo preparando o próprio argumento…

— Mas você está certo, elas não deveriam estar na ponte — continuou Thrawn, olhando ao seu redor. Seu olhar parou na estação de armas, onde Laknym continuava consultando Afpriuh. — Tenente Comandante Laknym, você se sente preparado para lidar com o controle de armas secundárias?

Laknym se virou para encará-lo, arregalando os olhos.

— *Eu*, senhor? Eu… Ah… — Os olhos dele passaram por Samakro, nervosos. — Senhor, eu sou apenas um especialista em esferas de plasma.

— Nenhum de nós nasceu na estrutura de comando, comandante — disse Thrawn de forma um tanto seca. — Opinião, Comandante Sênior Afpriuh?

— Sim, ele está preparado — assegurou Afpriuh, olhando para Laknym.

— Ótimo — disse Thrawn. — Não fique preocupado demais, comandante. Não estou esperando nenhum problema sério, e isso seria uma experiência útil para você. Por favor, leve a sky-walker Che'ri e a Cuidadora Thalias para o comando secundário e cuide da estação de controle de armas lá.

Laknym engoliu em seco, mas assentiu com firmeza.

— Sim, senhor. Sky-walker; cuidadora…?

Thalias só estivera na sala de comando secundário da *Falcão da Primavera* uma única vez, quando ela chegou e a levaram para conhecer a nave. Era menor do que a ponte e estava localizada no coração da nave, a última fortificação de controle caso algo saísse horrivelmente mal em uma batalha.

Entre seu tamanho e a falta de panorâmicas, também era um lugar extremamente claustrofóbico, e ela sentiu a pele coçar quando Laknym apontou para a estação de navegação. Com Che'ri atrás dela, Thalias passou pelos outros guerreiros que já estavam na estação. Quando conseguiu colocar o cinto na menina, todas as telas ligaram, mostrando não apenas os painéis de status, mas o exterior da nave e a ponte.

A visão do exterior ajudava a amenizar a sensação de claustrofobia. Mas não muito.

A *Falcão da Primavera* já estava a caminho, com Azmordi guiando a nave no salto por salto em direção ao sistema Rapacc. Não havia um assento vazio para Thalias, então ela ficou de pé atrás de Che'ri, pressionada contra a cadeira da menina. De alguma forma, ter a cabeça mais perto do teto piorava a claustrofobia. Ela moveu os olhos para se distrair, indo do hiperespaço rodopiando do lado de fora para os monitores, Che'ri sentada à sua frente, Thrawn imóvel atrás da estação de comunicação da ponte. Azmordi emitiu um aviso...

O rodopio se esvaiu em chamas estelares, e eles chegaram.

— Varredura completa de sensores — mandou Thrawn. — Foquem especialmente em naves ou destroços de batalha...

— Contato — Samakro interrompeu. — Uma nave adiante, capitão. Parece uma fragata Nikardun.

Thalias estremeceu. Ela estava torcendo para que os Nikardun bloqueando as fronteiras de Rapacc tivessem fugido e deixado os Paccosh em paz depois da derrota e captura de Yiv. Claramente, isso não aconteceu.

No monitor da ponte, Thrawn se inclinou na direção do ombro do oficial de comunicação e apertou um botão.

— Nave não identificada, aqui quem fala é o Capitão Sênior Thrawn da Frota de Defesa Expansionária Chiss, a bordo da nave de guerra *Falcão da Primavera* — ele anunciou na língua comercial Taarja. — Viemos amigavelmente e em paz.

— Não temos amigos — respondeu uma voz, as duras palavras Taarja parecendo ainda mais severas vindas dele. — Teremos paz quando for embora. Saia daqui imediatamente ou será destruído.

— Que confiança vindo de uma navezinha — murmurou alguém atrás de Thalias.

— Talvez ele tenha amigos por perto — advertiu outra pessoa.

— Insisto que reconsidere — disse Thrawn, calmo. — A oferta de amizade não é dada de forma leviana.

— Se veio em paz, prove-nos — pediu a voz. No monitor principal, algo se separou da fragata...

— Míssil vindo para cá — falou Samakro.

— Não é um míssil, senhor — corrigiu a Comandante Intermediária Dalvu, na estação de sensores. — É uma nave auxiliar de um único passageiro, indo... — Na tela, Thalias viu Dalvu se aproximar do painel. — Se afastando a trinta graus do alvo — continuou, parecendo confusa.

— Um teste — prosseguiu a voz. — Se for mesmo um Chiss, desative sem destruir.

— Como desejar — disse Thrawn. — Comandante Sênior Afpriuh? Quando quiser.

— Sim, senhor — disse Afpriuh. — Alinhando o lançador de esferas... Disparando a esfera.

Thalias olhou para a tela tática, observando a marca que indicava a esfera de plasma voando da *Falcão da Primavera* em direção à nave auxiliar. As duas marcas colidiram...

— A nave auxiliar foi atingida — relatou Afpriuh. — Sistemas desativados.

Thrawn assentiu.

— Provamos nossa identidade? — chamou.

— Qual é seu propósito aqui?

— Garantir que os Paccosh tenham reconquistado a paz que foi roubada deles pelos Nikardun — explicou Thrawn. — Eliminar o último desses inimigos, caso este objetivo ainda não tenha sido alcançado. — Ele ergueu algo diante da câmera da estação de comunicação. — E devolver isso ao seu respectivo dono.

— O que ele está segurando? — murmurou Laknym.

— É um anel — Thalias lhe esclareceu. — Um dos Paccosh que conhecemos na estação de minério deu a ele para que o guardasse.

— E qual é o nome do dono? — as palavras em Taarja vieram em resposta.

— Uingali foar Marocsaa — disse Thrawn. — Acredito que está bem?

Houve um som estranho, parecendo uma risada, do outro lado do alto-falante.

— Estou bem, de fato — respondeu a voz. A mesma voz, mas com uma diferença sutil.

E, agora, sem a dureza, Thalias também conseguiu reconhecer a voz do Pacc da estação de mineração.

— Poderia ter começado com o anel — continuou Uingali, parecendo muito mais calmo agora. — Outros vieram até aqui com falsas reivindicações e declarações, e ficamos cautelosos com bons motivos. Mostrar o anel desde o começo teria nos livrado da tarefa de pegar a nave auxiliar desativada de volta. Mas não importa. Siga-nos, Capitão Sênior Thrawn. Meu povo quer muito conhecê-lo. — Na tela, a proa da fragata se virou para fazer um giro inclinado.

Thalias sentiu a própria boca ficando aberta. O brasão na parte de baixo da fragata Nikardun mostrava uma imagem familiar: um ninho de pequenas cobras estilizadas com duas cobras maiores curvando-se para cima entre elas. A mesma imagem que havia no anel que Thrawn segurara diante da câmera.

Ela bufou.

— E *você* — murmurou na direção da tela — poderia ter começado com *isso*.

O nome da capital de Rapacc era Boropacc e, pelo que Samakro viu enquanto a nave auxiliar da *Falcão da Primavera* voava em direção ao local, ela tinha passado por maus bocados. Aparentemente, as forças Nikardun que estiveram lá anteriormente não foram muito cuidadosas na hora de partir.

— Sim, eles destruíram tudo que puderam quando os expulsamos de volta para o vão — reconheceu Uingali, apontando com a cabeça para a cidade danificada enquanto gesticulava para os visitantes tomarem as confortáveis cadeiras da sala de reuniões. Os quatro guerreiros armados com carbônicas que acompanharam Thrawn, Samakro e Thalias desde a saída da *Falcão da Primavera* ficaram de guarda na porta, seguindo as ordens de Thrawn, onde estariam fora do alcance da conversa, mas perto o suficiente se precisassem deles.

— A maior parte das naves já foi embora, mas não sei por que tão rápido.

Samakro sentiu sua boca se curvar em um sorriso nefasto. Ao menos *essa* pergunta ele podia responder. Assim que Yiv desapareceu, seus capitães se apressaram a competir por poder, cada um deles tentando tomar o que sobrou das forças Nikardun. Alguns usaram essas forças para tentar tomar novos sistemas estelares, aparentemente buscando provar que estavam prontos e aptos para seguirem os passos do Benevolente. Outros simplesmente usaram seu poder para reclamar para si um pedaço maior dos territórios já existentes, canibalizando os mundos e naves de outros capitães. Quem quer que estivesse encarregado das forças bloqueando Rapacc decidiu, pelo visto, que elas seriam utilizadas melhor em outro local, e retirou a maior parte das naves de lá.

— É claro que, para falar a verdade — admitiu Uingali —, nós também causamos parte do dano quando matamos todos os que conseguimos.

— Estamos felizes que as coisas não tenham piorado — disse Thalias.

Samakro a olhou, e seu sorriso desapareceu. Os Paccosh haviam tratado essa reunião como uma discussão de alto nível entre alguns de seus líderes e *aqueles que falariam pelos Chiss*, nas palavras de Uingali. Já que a *Falcão da Primavera* não tinha diplomatas a bordo, Thrawn decidiu que ele e Samakro representariam a Ascendência, contanto que os Paccosh entendessem desde o começo que os dois não tinham uma posição oficial.

Mas Uingali também pediu, especificamente, que Thalias os acompanhasse, e Thrawn concordou. Então, uma mera cuidadora — e uma confirmada apenas recentemente, para piorar — estava de igual para igual com oficiais da Frota de Defesa Expansionária?

Samakro não compreendia o motivo. E coisas que não pareciam ter motivo sempre o deixavam nervoso.

— Também estamos aliviados — Uingali disse a ela. Ele inclinou a cabeça, os olhos passando pelos três convidados. — Então são mesmo Chiss. Depois de nosso primeiro encontro, achamos que poderiam ser, mas os registros de suas aparências eram boatos e incompletos. E esses mesmos registros falavam de sua habilidade de neutralizar inimigos sem destruí-los. Por isso os testamos. Peço perdão se os ofendemos.

— De modo algum — disse Thrawn. — A Ascendência sempre encorajou histórias que descrevam e enfatizem nossa força militar. As batalhas mais fáceis de vencer são aquelas que não chegam ao combate. Mas estou curioso. Os Nikardun vieram a Rapacc, mas nunca em número suficiente para subjugá-los. Como o General Yiv calculou isso tão mal?

— De fato — reconheceu Uingali, deixando a voz mais grave. — Há um ditado em nosso povo: *o luto é o filho da misericórdia*. E foi o que aconteceu aqui. Uma nave carregando duzentos refugiados chegou de um sistema desconhecido três meses antes de nos conhecermos. Eles nos disseram que seu mundo estava sendo dilacerado por uma guerra civil.

— Que mundo é esse? — perguntou Thrawn.

— Não sabemos — disse Uingali. — Eles não disseram o nome do mundo nem como chamam sua espécie. Falaram de destruição massiva e pediram que os acolhêssemos para que sua cultura não morresse sem deixar rastros.

Ele soltou um som semelhante a um lamento.

— Pode imaginar o que pensamos quando você falou, depois, a respeito de coletar a arte de povos que não possam preservar sua própria cultura. Parecia que estava falando diretamente da situação de nossos hóspedes, e da que os Paccosh passavam no momento.

Os olhos de Samakro se voltaram para o rosto impassível de Thrawn, e para o misto de emoções no rosto menos resguardado de Thalias. O relatório de Thrawn não havia mencionado nenhum povo desesperado ou a oferta de coletar artefatos para preservá-los. Teria sido uma omissão deliberada, ou algo que Thrawn considerou irrelevante para a situação militar?

— Quanto tempo demorou para os Nikardun chegarem depois de acolherem os refugiados? — ele perguntou a Uingali.

— Foi rápido demais — contou o Pacc pesarosamente. — Enquanto os refugiados falavam de seus medos, os invasores chegaram. Os refugiados nos pediram para partir, e nos disseram para mandar representantes nossos, também, caso nosso povo e nossa cultura deixassem de existir. Nos disseram, ou melhor, nos lembraram dos misteriosos Chiss, para quem esperavam pedir ajuda.

— Por que não deixaram que partissem com as naves de refugiados dos Paccosh? — questionou Thrawn.

— Não podíamos — suspirou Uingali. — Já tínhamos informado os Nikardun que não víramos nenhum refugiado. Se a nave deles aparecesse, os invasores saberiam que nós mentimos. Mas os líderes de nossos subclãs acharam razoáveis tanto a ideia de protegermos o que sobrava dos Paccosh quanto a de pedirmos assistência. Preparamos e ocupamos dois transportes e tentamos passar despercebidos pelas naves de guerra Nikardun.

Ele olhou para Thrawn com esperança.

— Eles o alcançaram? Não falou deles, nem agora nem antes, quando nos vimos na estação de mineração. E, ainda assim, vocês estão aqui.

— Uma das naves alcançou espaço Chiss — disse Thrawn. — Infelizmente, eles foram atacados e destruídos antes de transmitir sua mensagem. O hiperpropulsor da outra nave falhou no ponto de encontro escolhido, deixando-os entregues à própria sorte.

— Então todos estão mortos — lamentou Uingali, abaixando o olhar para encarar o chão. — A esperança foi, de fato, em vão.

— Não em vão — disse Thalias, e Samakro conseguia ouvir tanto a tristeza quanto a compaixão na voz dela. — Conseguimos achá-los por terem enviado as naves e, graças a vocês, encontramos e derrotamos o General Yiv. — Ela gesticulou na direção da cidade destroçada. — Apesar do custo, vocês conseguiram expulsá-los de seu planeta.

— E capturar uma das naves deles no meio do caminho — acrescentou Samakro. — Posso perguntar como conseguiram fazer isso?

Uingali voltou a olhar para cima, a crista emplumada fluindo de leve, como se estivesse sendo tocada por um vento invisível.

— Me perdoe se isso permanecer sendo um segredo Pacc. Agora que todo o Caos sabe a respeito de nossa presença e vulnerabilidade, poderemos precisar de uma dessas técnicas novamente.

— Entendido — disse Thrawn. — No entanto, não acredito que o conhecimento a respeito de Rapacc seja tão disseminado quanto temem que seja. Os Nikardun estão mortos ou espalhados, e os refugiados que protegeram não parecem ser uma ameaça.

— Mas ameaças aparecem em formas diferentes — observou Uingali, a crista movendo-se de novo. — De fato, agora preciso revelar que meu convite não era apenas um agradecimento do povo Paccosh. Há um problema com os refugiados que esperávamos que, talvez, vocês pudessem nos ajudar a resolver.

Seus olhos se voltaram para Thalias.

— Ou talvez um problema que *você* possa nos ajudar a resolver.

Thalias endireitou-se na cadeira, os olhos se voltando para Thrawn.

— *Eu*?

— Certamente — disse Uingali. — Os refugiados parecem vir de uma sociedade matriarcal, liderados por uma fêmea conhecida como Magys. Estamos contando que ela esteja mais aberta para conselhos seus do que nossos.

— Por que não usar uma de suas próprias fêmeas? — perguntou Thrawn.

— É... complicado — disse Uingali, relutante. — Houve alguns incidentes no começo que desgastaram a relação entre a Magys e os Paccosh. De fato, muitas vezes entrei em desespero pensando que nunca recuperaríamos a confiança deles.

— Que tipo de incidentes?

— Mal-entendidos — explicou Uingali. — Conflitos culturais. Assuntos que não podemos revelar aos outros de forma profunda.

Ele olhou para Thalias.

— Mas, quando falei com eles a respeito de estrangeiros que mostraram interesse em preservar nossa arte, e para os quais eu tinha confiado um precioso anel de subclã, a Magys ficou claramente intrigada. A minha esperança é que ela tenha ficado intrigada o suficiente para falar com você.

— Não sei — disse Thalias, olhando para Thrawn outra vez, incerta. — Não sou uma diplomata nem uma conselheira. E estamos falando de estrangeiros. Eu não saberia como falar com eles. — Ela olhou novamente para Thrawn. — Ou mesmo se eu *poderia* falar com eles?

— Você tem um bom instinto para essas coisas — assegurou Thrawn.

E você esteve lidando com uma menina de dez anos pelos últimos meses, pensou Samakro. *Crianças dessa idade são tão estrangeiras quanto qualquer ser que possa encontrar no Caos.*

Ele não poderia dizer isso em voz alta, é claro, nem mesmo se passasse de Taarja para Cheunh. Não com um estrangeiro sentado ali. De qualquer forma, Thalias provavelmente tinha pensado isso sem ajuda de ninguém.

Ou talvez não. O rosto dela ainda estava marcado pela incerteza.

— Não sei — repetiu. — De que tipo de conselho estamos falando?

— Como eu disse, os refugiados vieram até Rapacc sob a liderança da Magys. Muitos desejam voltar para casa, mas a Magys é a única que pode decidir a respeito disso. Ela também é a única que possui os dados de navegação para voltar ao mundo deles.

— E ela não quer voltar? — perguntou Thalias.

— Ela não quer partir — disse Uingali. — E não quer ficar. — Ele fez uma pausa. — Ela só deseja morrer.

Os olhos de Thalias se arregalaram.

— Ela deseja *morrer*?

— Sim — confirmou Uingali. — Abandonar as esperanças e morrer.

— Ela não pode escolher uma nova Magys? — perguntou Thrawn.

— Espere um momento — disse Thalias, franzindo o cenho para Thrawn. — Você está dizendo que deveríamos deixar ela se matar?

— Se ela escolher morrer, ela abdicará efetivamente da liderança — explicou Thrawn. — Nesse caso, ela deveria reconhecer sua obrigação de transferir sua autoridade para outra pessoa. Como disse que parte dos refugiados desejam retornar, eles deveriam permitir que ela morresse e escolher uma nova líder no lugar dela.

— O que nós *deveríamos* fazer é convencê-la a mudar de ideia — rebateu Thalias.

— Acredito que essa seja, de fato, a oportunidade que Uingali está oferecendo a você — lembrou Thrawn.

— Ótimo — suspirou Thalias. — Então agora não se trata mais só de oferecer conselhos, mas de manter uma pessoa viva.

— É mais complicado que isso — disse Uingali. — Ela não deseja apenas morrer. Ela deseja que *todo* seu povo morra também.

— Ela o *quê*? — exalou Thalias, encarando-o. — *Todos* eles?

— Como falei, muitos desejam voltar para casa — disse Uingali. — Mas eles também possuem uma obrigação inabalável de obedecer às líderes. Se a Magys escolher morrer e mandá-los fazer a mesma coisa, eles já indicaram que acatarão a ordem.

— Como se já não tivéssemos visto *isso* antes — murmurou Samakro.

— O que quer dizer? — perguntou Uingali. — Conhecem este povo?

— Não o povo, a atitude — disse Samakro. — Lembre-se, capitão sênior, que os Nikardun da fragata que capturamos optaram pelo suicídio em vez de serem feitos prisioneiros.

— Não é a mesma situação — insistiu Thalias, a voz tremendo de leve.

— Não disse que era — retrucou Samakro. — Só falei que era a mesma atitude que prefere morte em massa a qualquer alternativa.

— Na verdade, você e Thalias trazem boas observações, capitão intermediário — disse Thrawn, pensativo. — Se a Magys prefere morrer a voltar para casa, isso significa que a situação é a mesma do que a dos Nikardun capturados? Será que ela pode temer que voltar signifique sofrer captura ou interrogatório?

— Isso faria sentido, senhor — concordou Samakro. — Eles fugiram de uma guerra civil planetária. Não sabemos quais são as condições para as quais eles voltariam. — Ele olhou para Thalias. — Suponho que nunca saberemos a não ser que alguém fale com ela.

Thalias sustentou seu olhar por um momento, então abaixou os olhos para encarar o chão. Ela queria ajudar, Samakro podia ver, ela queria desesperadamente ajudar. A ideia de alguém deliberadamente escolher a morte para si mesma e para seu próprio povo era horrível.

Mas o pedido de Uingali veio rápido demais e com muita força. Thalias não estava acostumada a isso, e sua mente e emoções haviam congelado.

Não que Samakro a culpasse. Como um oficial militar, ele precisava tomar muitas decisões difíceis, algumas delas de forma tão desavisada quanto a decisão de Thalias. Mas ele tinha se acostumado a esse nível de responsabilidade gradualmente, com tempo e experiência e o exemplo de outras pessoas para guiá-lo.

— Sim, alguém há de falar com ela — disse Thrawn. — Você disse, Uingali, que ela expressou interesse quando falou a respeito de arte. Talvez eu e ela possamos entrar em comum acordo.

— Eles são uma sociedade *matriarcal* — lembrou Uingali. — Ela pode não querer falar com você.

— Com sorte, posso persuadi-la — disse Thrawn. — Suponho que falem alguma língua comercial?

— A Magys fala Taarja — confirmou Uingali.

— Ótimo — disse Thrawn. — Onde eles estão?

— A pouca distância daqui — Uingali foi vago. — Sua chegada, e a oportunidade que isso significava, eram inesperadas. Mas posso trazê-los para cá.

— Você disse que eles chegaram três meses antes de nos conhecermos — lembrou Thrawn. — Isso significa que estão aqui há sete meses e meio?

— Sim, aproximadamente.

— Eles estavam no mesmo local esse tempo todo?

— Sim, exceto nos primeiros três dias — disse Uingali. — Naquela ocasião, estávamos questionando os refugiados. Quando as naves Nikardun apareceram, eles foram tirados de Boropacc para serem mais difíceis de encontrar.

— Então vamos até eles — sugeriu Thrawn. — A forma que eles encontraram para se adaptar e se organizar pode ser instrutiva para aprendermos a lidar com eles.

— Muito bem — disse Uingali, ficando de pé. — Devo ir em sua nave auxiliar, ou devo levar a minha?

CAPÍTULO TRÊS

OS REFUGIADOS ESTAVAM INSTALADOS em uma cidade que ficava a quatro horas de Boropacc. Thalias, Thrawn, Samakro, Uingali e o guarda da *Falcão da Primavera* foram na nave auxiliar Chiss, enquanto um grupo de oficiais Paccosh os seguiam paralelamente em outro veículo. Uingali passou o voo inteiro falando sobre Rapacc, tanto sobre história quanto cultura. Thrawn ouvia atentamente, às vezes fazendo perguntas, enquanto Samakro estava sentado, trabalhando em seu questis, envolvido por uma bolha do próprio silêncio.

Thalias, por outro lado, passou a viagem inteira ouvindo a conversa e sentindo-se culpada e arrasada.

Insistiu para si mesma que não tinha motivo para se sentir culpada. Lidar com esse tipo de coisa ia além do próprio treinamento e experiência. Nem Uingali nem Thrawn nem qualquer outra pessoa poderiam esperar que ela entrasse calmamente nessa situação.

Mas Uingali conhecia a Magys muito melhor do que ela. E se ele estivesse certo e ela se recusasse a falar com Thrawn e Samakro? Os Chiss teriam que dar meia-volta e deixar os refugiados abandonados à própria sorte?

Nesse caso, será que Thalias não deveria ao menos tentar?

A lógica e a razão diziam que sim. Mas havia uma diferença emocional enorme entre ficar esperando enquanto uma crise acontece e tentar resolver o problema e falhar.

Tudo daria certo, ela disse a si mesma vezes seguidas. Thrawn era bom em tudo. Ele acharia uma forma de contornar a situação.

Thalias ainda estava tentando se convencer quando eles finalmente chegaram.

Os refugiados estavam no que parecia ser uma escola ou um prédio administrativo, com muitas salas de tamanho médio que levavam a corredores igualmente azulejados. No momento, estavam todos reunidos no que parecia ser uma das salas de convocação de uma das antigas escolas de Thalias, sentados de pernas cruzadas em círculos concêntricos.

Ela os olhou enquanto Uingali os guiava até o grupo. Eram criaturas enrugadas, menores e mais magras do que os Chiss, com pele marrom e cabelo branco e fluido cortado de forma assimétrica, mas claramente proposital. Vestiam camisas soltas e calças de diferentes cores e estilos com sapatos transpassados em seus pés largos. A pele de seus rostos era repuxada, como se tivesse sido esticada sobre suas bochechas e mandíbulas divididas.

Ela franziu o cenho, tentando compreender os círculos. Era difícil identificar idade e gênero, mas...

— Pode ver que eles se apresentam em um padrão específico — disse Uingali em voz baixa conforme o grupo se aproximava do círculo externo. — Da borda para dentro, na ordem, estão os machos mais jovens, depois os machos mais velhos, então as fêmeas mais velhas e, por último, as fêmeas mais jovens e as crianças. A Magys está sentada no centro.

— A tática do desespero — disse Thrawn, pensativo. — Interessante.

— O que quer dizer com isso? — perguntou Thalias.

— A orla exterior é composta daqueles que podem lutar e defender os outros — explicou Thrawn. — Depois, os segundos melhores na defesa, os machos mais velhos, caso o primeiro círculo falhe. Então vêm as fêmeas, com as mais dispensáveis delas protegendo as que estão em idade reprodutiva. Depois as crianças e, finalmente, a Magys.

— Que morrerá quando não houver mais ninguém para ela liderar — murmurou Samakro.

— Como eu disse: a tática do desespero — frisou Thrawn. — Suponho que a Magys nos aguarde?

Antes de Uingali responder, os dois machos jovens mais ao lado dos Chiss no círculo externo ficaram de pé e se aproximaram aos do outro lado, abrindo um espaço estreito entre eles. Um por um, os pares mais de dentro também se levantaram e saíram de lá até liberarem o caminho que levava ao centro.

— Acredito que a Magys esteja me convidando a entrar — disse Thrawn. Ele começou a avançar...

— Um momento — deteve-o Uingali, colocando uma mão cautelosa diante dele. Duas das crianças ao centro estavam se movendo, ficando de pé e saindo do caminho que os outros criaram. Elas passaram pela orla externa e foram para os lados, de novo abrindo espaço.

— Elas abriram lugar para você diante da Magys — continuou Uingali. — Pode entrar agora.

Thrawn assentiu e continuou. Thalias o observou, sentindo que estavam tirando um peso de seus ombros. Certamente, Thrawn faria um trabalho muito melhor do que ela poderia fazer. Brevemente, se perguntou se conseguiria ouvir a conversa de onde estava. Não que importasse...

— Não! — uma voz chiada exclamou a palavra em Taarja.

Thrawn parou.

— Eu sou o Capitão Sênior Thrawn, da Ascendência Ch...

— Não — a voz novamente. Dessa vez, Thalias conseguia ver que quem falou foi a Magys. — Você não. — A estrangeira ergueu uma das mãos.

E, para a surpresa e horror de Thalias, ela apontou direto para ela.

— Aquela — indicou a Magys. — Só aquela.

Thrawn olhou de relance sobre o próprio ombro para ver para quem a Magys apontava, e virou-se mais uma vez.

— Ela não está preparada para falar com você — argumentou. — As habilidades linguísticas dela são inadequadas para a tarefa.

— Só aquela — repetiu a Magys.

Thrawn hesitou, e então se voltou para ela.

— Thalias? — perguntou.

Thalias respirou fundo, o peso inteiro da responsabilidade que ela tinha esperado evitar mais uma vez em seus ombros. Ela não estava preparada para isso.

Ainda assim...

Em Boropacc, quando Uingali sugeriu que ela falasse com os estrangeiros, o pedido súbito congelara seu cérebro. Mas, de alguma forma, nas quatro horas entre uma coisa e a outra, sua mente conseguiu processar grande parte daquele choque e medo incapacitante.

Ela ainda se sentia terrivelmente inadequada. Mas, agora, ao menos estava disposta a tentar.

Ela respirou fundo.

— Tudo bem — disse, indo para a frente. — Posso ir.

Thrawn ficou onde estava, observando-a se aproximar.

— Não precisa fazer isso — assegurou ele em voz baixa quando ela o alcançou. — Não é sua responsabilidade. Não é *nossa* responsabilidade.

— Eu sei — declarou Thalias. Tentou abrir um sorriso encorajador, mas tinha certeza de que só tinha conseguido parecer assustada. — Mas eu preciso tentar.

— Entendo — disse Thrawn, e ela jurou ver um sinal de aprovação nos olhos dele. — Ficarei aqui se precisar de mim.

— Obrigada — agradeceu, e começou a andar em direção aos estrangeiros. Era uma oferta reconfortante, e ela não tinha dúvidas de que era sincera.

Mas Thrawn estaria do lado de fora, e Thalias estaria do lado de dentro, e não haveria chance de ele ajudar ou até mesmo de aconselhá-la. Ao menos naquele momento, tudo estava nas mãos dela. Ela teria que falar, ouvir e observar.

Thalias chegou ao espaço entre os círculos. Reunindo coragem, entrou.

O caminho era estreito, e seus ombros roçavam os estrangeiros que a flanqueavam. Ela estremecia a cada toque, querendo que eles percebessem e se afastassem, perguntando-se se ela deveria ir de lado.

Mas nenhum dos estrangeiros se moveu, e ela teve a forte sensação de que se virar para evitá-los seria visto como uma fraqueza, um insulto ou ambos. Forçando-se a continuar, ainda encolhendo-se a cada encontrão, Thalias chegou ao centro. A Magys abaixou os olhos para o lugar vazio diante dela, onde duas crianças estavam sentadas anteriormente.

Thalias foi até o local e se sentou no chão.

— Bom dia — cumprimentou em Taarja, tentando cruzar as pernas da mesma forma que a fêmea estrangeira. Não era fácil; os joelhos dos Chiss não se curvavam tanto quanto os da outra espécie, mas ela conseguiu. — Meu nome é Thalias. Qual é o seu?

— Sou a Magys — disse a mulher, erguendo os olhos. Falava Taarja com um forte sotaque e com a mesma pronúncia e erros gramaticais que Thalias lembrava de trabalhar em seus primeiros meses aprendendo o idioma. Será que isso significava que os estrangeiros não tinham motivos para usar muito as línguas comerciais?

— Entendo — disse Thalias. Então a mulher não tinha nome, só um título? Ou eles não compartilhavam o nome com estranhos? — Sou do povo Chiss. Posso perguntar que nome usam para se referir a si mesmos?

— Eu sou a Magys. Nós somos o povo.

Então eles também não compartilhavam o nome da espécie. Lá se ia a esperança de Thalias de se conectar a eles de forma mais pessoal.

— Soubemos que seu planeta sofreu grandes devastações. Viemos aqui com a esperança de poder ajudar um pouco.

— Como? — exigiu saber a Magys. — Trouxe de volta nossas cidades? Trouxe de volta nosso povo? Trouxe de volta nossas crianças?

Thalias estremeceu.

— Algumas coisas estão além do poder de alguém mudar — admitiu.

— Então não fale sobre ajuda. — A Magys abriu bem a boca, e Thalias viu que cada parte da mandíbula vinha com sua própria língua. — As cidades caíram. As pessoas foram perdidas. Nosso tempo acabou. — Ela fechou a boca de novo e abaixou a cabeça. — Tudo o que resta é a esperança final, e para mim e aqueles que me restam, a união com nossos pais, mães e filhos.

Thalias olhou para as próprias mãos, notando, para sua surpresa, que elas se fecharam em punhos. Não tinha percebido que sua reação à explosão da Magys fora tão intensa.

— Entendo que esteja com raiva e medo — disse, forçando as mãos a relaxarem. — Mas não deve desistir da esperança em nome de seu povo.

— Os *seus* filhos estão mortos? — a Magys rebateu. — A sua mãe e o seu pai estão mortos? Então não me diga nada sobre esperança para o povo.

— Eu não tenho filhos — murmurou Thalias, sua mente voltando aos esforços que o Síndico Thurfian fizera meses antes para trair Thrawn, e como zombou de sua família de sangue antes de ser adotada na família Mitth. — Nunca conheci meu pai e minha mãe. O que sei é que nosso mundo foi destruído também, um dia.

A Magys imprecou, as duas línguas movendo-se com a palavra.

— Está mentindo — disse. — Destruído é destruído. Se o mundo estivesse perdido, não haveria ninguém para falar dele. *Você* não estaria aqui para falar dele.

— Nunca disse que meu *povo* foi destruído — esclareceu Thalias, sentindo a irritação se infiltrar em seu desespero. Pessoas que focavam em pormenores de forma pedante sempre a aborreceram. — Disse que o *mundo* foi destruído. A potência de nosso sol mudou de repente, e a temperatura caiu até a superfície congelar e ninguém mais sobreviver.

Quase a contragosto, Thalias percebeu, a Magys ergueu o olhar mais uma vez.

— E o que fizeram?

— O que tínhamos de fazer — falou Thalias. — Algumas cidades maiores foram deixadas onde estavam, com um grande isolamento que colocamos nos prédios e nas estruturas de transporte para proteger os habitantes. Muitos ainda moram lá. O restante foi para o subterrâneo, onde o calor do núcleo do planeta conseguia equilibrar o frio da superfície.

— São toupeiras, para fazerem tocas no chão?

— Está vendo que nossas mãos não foram feitas para escavarem assim — disse Thalias, mostrando as mãos com as palmas para cima. — Alguns foram para cavernas que já existiam, modificadas para virarem lares. Mas a maior parte de nós foi levada para locais criados especialmente para lidar com a crise, câmaras vastas esculpidas na rocha embutidas com casas, geradores de energia e sistemas para plantar comida e criar ar limpo.

— Um empreendimento massivo para um retorno tão pequeno — observou a Magys, colocando as línguas para fora novamente. — Quantos poderiam morar nessa imundície? Mil? Dez mil?

Thalias se endireitou, orgulhosa.

— Não é uma imundície. E não são apenas mil ou dez mil pessoas. São oito bilhões.

Até aquele ponto da conversa, os estrangeiros mais próximos não haviam reagido nem dito nada. Mas, agora, uma onda de surpresa ou incredulidade se espalhava entre eles.

— Está mentindo — acusou a Magys. — Ou falando a palavra errada.

— Estou usando a palavra correta — disse Thalias firmemente. — E por que eu mentiria? Independentemente de serem oito bilhões ou dez mil, isso ainda é uma vitória em comparação à morte de todos. Se conseguimos trazer nosso mundo de volta da beira do precipício, pode fazer o mesmo com o seu.

— Essa é, verdadeiramente, a esperança — declarou a Magys. — E é por isso que precisamos morrer.

Thalias franziu o cenho. Ela havia traduzido algo mal? Ou a Magys não tinha entendido nada?

— A esperança pelo seu mundo é o motivo pelo qual devem viver.

As línguas da Magys apareceram de novo.

— Você não entende — disse ela. — Diga-me, quanto faz que tocou o Além?

Outra tradução errada?

— Não sei o que é isso — reconheceu. — Não sei o que é o Além.

— Você certamente o tocou — insistiu a Magys. — Consigo vê-lo em você. É por isso que quis falar só com você. Só você entenderia de verdade. Pergunto novamente: quanto tempo faz?

E, então, de repente, Thalias deu-se conta.

— Está falando do meu tempo como sky-walker — disse. — Muitos anos atrás, quando eu usava a Terceira Visão.

— Terceira Visão — repetiu a Magys, pensativa, como se ouvisse o som das palavras. — Fala do Além de uma forma estranha. Mas está correto. Tocou o Além, assim como nós também descansaremos nele, em breve. Entende agora?

— Não — disse Thalias. — Pode explicar, por favor?

A Magys estalou as duas línguas. Impaciência? Resignação?

— Nosso tempo terminou — anunciou. — O povo se foi. Mas, talvez, possamos ainda trazer uma cura ao nosso mundo.

— Você disse antes que seu tempo terminou — disse Thalias. — O que isso significa?

— Que não há motivo para voltarmos — explicou a Magys. — Nenhuma esperança de que outros do povo ainda vivam. Então, por isso, morreremos e descansaremos no Além e, pelo Além, traremos cura ao nosso mundo.

— Como poderiam trazer cura quando o povo já se foi?

Outro movimento duplo de línguas.

— Não escuta nem mesmo suas palavras? — questionou a Magys com desdém. — Você mesma disse: o mundo não é o povo. Nosso mundo foi partido e desgarrado, mas talvez possa ser curado. Nós nos juntaremos ao Além e faremos nossa tentativa.

Thalias franziu o cenho, tentando entender. Então, a Magys acreditava que, ao morrer, ela e o restante dos refugiados poderiam se juntar a um sistema cósmico maior e, nele, curar o dano causado pela guerra civil?

— Qual é o sentido de curar o mundo se não há mais gente para viver nele? — perguntou.

— Há outros no universo — esclareceu a Magys. — Muitos outros. Alguns podem vir morar no mundo que deixarmos para eles. Por que não deveríamos focar em prepará-lo?

— Porque essas outras pessoas podem não vir — disse Thalias. — Você e o seu povo, por outro lado, já estão aqui. Não deveriam tentar voltar e reconstruir seu mundo e sua cultura para si mesmos? *Nós* fizemos isso. Por que não podem fazer o mesmo?

— Não — disse a Magys. — Não somos vocês. Não pode ser feito. — Ela abaixou os olhos mais uma vez. — Tudo que pode ser feito é a morte e o Além.

Thalias respirou fundo. Isso que dava ser otimista e mostrar exemplos positivos da vida real. Discutir não a levaria a lugar algum. O que ela precisava era de uma ideia, algo positivo para apresentar a ela.

Ou, talvez, algo que atrasasse a decisão da Magys até ela ter uma ideia melhor.

— Você afirmou que a redenção de seu povo não pode ser feita — lembrou. — Você disse que estão perdidos. Aqui está o que *eu* digo: prove.

A Magys ergueu os olhos novamente, as duas línguas aparecendo de sua mandíbula meio aberta.

— O que está dizendo?

— Deixe-nos ir até seu mundo e ver o que aconteceu com ele — disse Thalias, sentindo o estômago revirar quando, tarde demais, lembrou que não tinha autoridade para fazer tal oferta. Se Thrawn decidisse que uma longa viagem paralela não fazia parte dos parâmetros da missão, ele simplesmente diria que não, e esse seria o fim da história. Nesse caso, a Magys quase certamente proclamaria a morte, e os outros estrangeiros humildemente concordariam.

Mas esse era o fim que os aguardava antes da *Falcão da Primavera* chegar, de qualquer forma. Ela poderia tentar convencer Thrawn.

— Pelo que disse aos Paccosh, você admitiu que as batalhas não haviam terminado quando partiram. A situação pode não ser tão ruim quanto imagina.

— O momento está chegando — declarou a Magys em voz baixa. — A situação não tem esperança.

— Então deixe-nos provar — disse Thalias. — Se for verdade... Se seu povo não puder ser salvo... Então os traremos de volta e podem fazer o que desejarem.

— E se estiver certa?

Pela primeira vez desde que a conversa começou, Thalias sentiu esperança. Seria essa uma pequena rachadura na crença ferrenha da Magys de que seu povo já se fora?

— Então pensaremos, juntas, o que pode ser feito — ofereceu. — Viria comigo ao seu mundo?

Por um longo momento, a Magys a encarou. As duas línguas apareceram novamente.

— Iria — concordou. — O outro virá conosco como testemunha do que ocorrer.

— É claro — disse Thalias, sentindo a nova esperança se esvaindo um pouco. Fazer com que Thrawn levasse uma única estrangeira a bordo de sua nave já era problemático. Levar outra era esticar suas habilidades de persuasão ao limite.

Mas ela não podia dizer à Magys que não podia levar acompanhante, fosse para testemunhar ou para protegê-la. Ao menos, ela não pediu para levar os cem refugiados.

— Farei os arranjos necessários — Thalias disse, descruzando as pernas e ficando de pé. Sentiu dor nos joelhos e nas juntas, que reclamavam pelo maltrato. Assentindo para a Magys, ela se virou e voltou pelo caminho de estrangeiros silenciosos.

Thrawn e Samakro ainda estavam no mesmo lugar, apesar de Uingali ter ido para o outro lado da câmara para conversar com dois dos Paccosh que estavam lá quando o grupo chegou.

— O que concluiu? — perguntou Thrawn.

— Primeiro, a situação não é tão simples como ela querer se matar por desespero — contou Thalias. — Ela acredita que o povo dela está morto, mas que se ela e os outros... morrerem... eles se juntarão a algo chamado Além, e conseguirão curar o mundo deles de lá. E, por *mundo*, quero dizer o planeta físico.

— E como eles esperam fazer *isso*? — questionou Samakro.

— Não sei — confessou Thalias. — Mas ela parece acreditar que este Além é conectado, de algum modo, à forma que eu costumava navegar como sky-walker.

— A Força — murmurou Thrawn, pensativo.

Thalias franziu a testa.

— A quê?

— Um conceito do Espaço Menor que o General Anakin Skywalker me contou quando trabalhamos juntos — disse Thrawn. — Ele a definiu como um campo de energia criado por todos os seres vivos do qual ele e outros conseguiam tirar poder e orientação.

— É isso que sky-walkers fazem? — perguntou Thalias.

— Talvez — disse Thrawn. — O conceito parecia um tanto vago. Mas, se seres vivos criam a Força, talvez ela também possa funcionar ao contrário, e a Força possa criar ou cuidar de coisas vivas.

— Como curar um planeta — sugeriu Thalias, concordando. Então era isso que a Magys queria dizer.

— Não faz sentido — disse Samakro com firmeza. — Se essas mortes de estrangeiros são necessárias para consertar o planeta deles, e se todos os milhões ou bilhões que morreram na guerra não foram suficientes, por que ela acha que duzentas pessoas farão a diferença?

— Outra ótima pergunta, capitão intermediário — concordou Thrawn. — Infelizmente, podemos não conseguir fazer outras perguntas.

— Ou podemos — discordou Thalias. — Eu a convenci a esperar, por enquanto. Mas, para isso, prometi que vamos levá-la de volta ao mundo deles e ver se a situação lá pode ser consertada. — Parou, preparando-se para a explosão verbal.

Para sua surpresa, a explosão não veio.

— Excelente — disse Thrawn com calma. — Você especificou um cronograma?

— Eu... Não, não especifiquei — disse Thalias, sentindo-se atordoada. Thrawn não pareceu nem um pouco irritado que ela houvesse extrapolado sua hierarquia. Ainda mais surpreendente que isso era que Samakro também não pareceu incomodado. — Desculpe... Achei que ficaria com raiva.

— Nem um pouco. — Thrawn fez um gesto para Samakro. — O Capitão Intermediário Samakro fez uma pesquisa.

— O Capitão Sênior Thrawn pediu para eu pesquisar de onde os refugiados pareciam ter vindo — disse Samakro, fazendo uma anotação em seu questis. — Há alguns postos Nikardun de escuta e retransmissão nessa área, mas nada na lista dos mundos conquistados por Yiv. Pelo que sabemos, ele nunca prestou muita atenção a esse local.

— Então por que os Nikardun perseguiram os refugiados até aqui e deixaram Rapacc em estado de sítio? — perguntou Thalias.

— Uma pergunta interessante — concordou Thrawn. — Se ele queria o planeta deles, por que não o tomou? Da mesma forma, se não era útil para ele, para que fomentar uma guerra civil lá?

— *Caso* ele tenha fomentado ou encorajado uma guerra — destacou Samakro. — Isso ainda não foi estabelecido. É possível que a guerra seja coincidência e não tenha nada a ver com Yiv.

— Exceto que... — começou Thalias.

— Exceto que, como você apontou — continuou Samakro, interrompendo-a —, os Nikardun se *esforçaram* para perseguir os refugiados. Mesmo que Yiv não fosse o principal instigador da guerra civil, algo no sistema ou no povo que o habitava parece ter chamado a atenção do Benevolente.

— Ou chamou *um pouco* da atenção dos Nikardun — acrescentou Thrawn. — Nós já vimos como o desaparecimento do general causou uma rachadura em seu império quando os principais capitães decidiram tomar para si partes dele. Pode ser que a situação desses refugiados fosse interessante para um desses capitães, mas não para Yiv. De qualquer forma, eu e o Capitão Intermediário Samakro já concordamos que precisamos de mais informação, o que casa muito bem com o seu acordo.

— Sim, compreendo — disse Thalias, murchando um pouco com o alívio. Então, não só ela conseguiu evitar a censura de seu comandante, mas também não precisou dizer à Magys que o acordo estava quebrado. — Eu gostaria que você tivesse me dito que era isso que queria antes de eu ir para lá.

— A falta de orientação não foi intencional — explicou Thrawn. — Você já tinha começado a conversa quando o capitão intermediário finalizou a pesquisa e concordamos qual seria o melhor plano de ação. Tudo correu bem.

— Por enquanto — disse Thalias, estremecendo. — Mas se o dano ao povo for tão ruim quanto ela espera que seja…

— Se for, lidaremos com isso quando acontecer — considerou Thrawn.

— Se ela conseguir esperar tanto assim — disse Thalias. — Ela me disse que a hora está próxima. Sabem o que ela quer dizer com isso?

— Acredito que sabemos, sim. — Thrawn fez um gesto, chamando Uingali. — Por favor, repita para Thalias o que nos falou.

— Eles precisam passar nove meses sem contato com autoridades maiores do que a Magys antes que ela possa pôr em prática sua decisão — contou Uingali, indo até eles. — A Magys está esperando por uma nave de retorno do mundo deles com uma mensagem, mas nenhuma mensagem chegou. Se nossos cálculos estiverem corretos… — Ele olhou para Thrawn na expectativa.

— Temos aproximadamente duas semanas — Thrawn terminou por ele. — É tempo mais do que suficiente para fazermos a jornada e descobrirmos o que aconteceu com o planeta e seu povo.

Thalias sentiu um calafrio. Se a *Falcão da Primavera* tivesse esperado com Ar'alani até lidarem com todas as bases Nikardun, eles teriam chegado tarde demais.

— Então é melhor partirmos logo — determinou.

Um sorriso contraiu os lábios de Thrawn; uma careta contraiu igualmente o rosto de Samakro.

— Quero dizer… — disse Thalias, encolhendo-se ao perceber que tinha acabado de dar ordens ao seu comandante e primeiro oficial.

— Entusiasmo registrado — disse Thrawn, parecendo mais divertido do que ofendido. — Capitão Intermediário Samakro, diga ao Comandante Sênior Kharill para preparar a *Falcão da Primavera* para a decolagem. Vamos sair daqui diretamente com a Magys; Uingali pode voltar à capital com o transporte Pacc. Diga ao comandante sênior que estamos levando uma convidada e que precisa preparar acomodações para ela.

— Sim, senhor — disse Samakro.

Thalias reuniu coragem.

— Também precisamos de acomodações para um acompanhante — disse. — Ela quer levar uma testemunha.

— Entendo — respondeu Thrawn, começando a andar. — E um acompanhante, capitão intermediário.

— Sim, senhor — disse Samakro, encarando Thalias uma última vez antes de pegar o comunicador.

— Outra coisa — prosseguiu Thrawn. — Assegure-se de avisar aos outros oficiais que, enquanto estiverem na presença de qualquer um dos estrangeiros, todos devem tratar a Cuidadora Thalias como se ela fosse uma oficial sênior.

Samakro congelou com o comunicador a caminho dos lábios.

— *Senhor*?

— Thalias será o contato primário da Magys a bordo da *Falcão da Primavera* — declarou Thrawn. — Ao levar a *Falcão da Primavera* para o mundo deles, ela demonstrou ter a autoridade para fazer acordos e o poder para colocá-los em prática. A Magys pode ter outros pedidos, e precisamos que ela acredite que Thalias continua a ter a capacidade de realizá-los.

— Então vamos fazer tudo que ela exigir? — perguntou Samakro, endurecendo.

— É claro que não — assegurou Thrawn. — Mas, às vezes, o pedido sozinho pode entregar informações que não viriam à tona normalmente. A Magys claramente acredita que Thalias é uma das líderes da *Falcão da Primavera*, e precisamos que ela continue acreditando. Mais do que isso, identificar Thalias como uma oficial sênior explicará por que ela não estará sempre à disposição para vê-la ou para falar com ela.

Samakro olhou para Thalias.

— Nas situações onde estiver cumprindo seu dever como cuidadora?

— Exatamente.

Para Thalias, Samakro parecia querer continuar discutindo o assunto. Mas ele simplesmente assentiu rápida e tensamente.

— Sim, senhor.

Virando-se para outro lado, ele levou o comunicador à boca e começou a falar baixo.

— Com todo respeito, capitão sênior, não acho que isso seja uma boa ideia — murmurou Thalias. — Pedir que outros oficiais me obedeçam, ou que finjam me obedecer, poderia causar discórdia e confusão a bordo. Sem contar a reação que a Magys pode ter se descobrir que a enganamos.

— Ela não estará a bordo da *Falcão da Primavera* por tempo suficiente para descobrir — garantiu Thrawn.

— Mas...

— Essa situação é um mistério, cuidadora — disse Thrawn. — Precisamos seguir o plano até que seja resolvida.

— Sim, senhor, eu entendo — disse Thalias, tentando pela última vez. — Mas o Capitão Intermediário Samakro...

— O Capitão Intermediário Samakro entenderá o motivo com o tempo — argumentou Thrawn, seu tom deixando claro que a discussão estava acabada. — Informe à Magys que ela precisa pegar tudo que ela e seu acompanhante desejarem levar. Também preciso dos dados navegacionais antes de partirmos.

— Sim, senhor — suspirou Thalias, olhando de relance para o perfil de Samakro enquanto o primeiro oficial da *Falcão da Primavera* continuava a falar com a nave. Ela sabia que ele era um bom oficial e que seguiria as ordens de Thrawn. E ele provavelmente entenderia com o tempo.

Mas esse tempo não seria agora. Nem de perto.

O Capitão Intermediário Samakro entenderá o motivo com o tempo, Thrawn dissera a Thalias, perto o suficiente para Samakro ouvir. Talvez entendesse.

Só que Samakro ficou amuado, então talvez não entendesse.

O que diabos estava acontecendo com a vida dele? O que diabos estava acontecendo com a frota?

Primeiro ele era removido sumariamente do comando da *Falcão da Primavera* e substituído por Thrawn. Então, o negócio de identificar e encontrar o General Yiv e os Nikardun, que estavam devorando territórios silenciosamente em direção à Ascendência. Tudo acabou ficando bem, mas, até lá, Thrawn levou a *Falcão da Primavera* à fronteira da insubordinação e violação de regras.

Às vezes, na opinião de muitos, Thrawn não tinha ido apenas à fronteira, e sim a atravessado completamente. Nesse meio-tempo, jogou a nave em batalhas e mais batalhas, conflitos e mais conflitos, surrando-a e maltratando-a e arriscando a vida de todos os oficiais e guerreiros a bordo.

E agora isso. Havia uma forma de fazer as coisas em uma nave de guerra da Frota de Defesa Expansionária Chiss, regulamentos e protocolos a serem seguidos. E, apesar de uma cuidadora poder dar ordens até mesmo ao capitão quando o assunto era o bem-estar de sua sky-walker, ela estava completamente fora da pirâmide de comando no geral. Mandar os oficiais da *Falcão da Primavera* até mesmo *fingirem* que a cuidadora possuía autoridade tinha o potencial de causar confusão e hesitação e arriscar a operação fluida da nave.

E o fato de que era Thalias tornava tudo pior.

Samakro não confiava nela. Nem um pouco. Ela chegara lá sem qualificações e em circunstâncias suspeitas. Jurou lealdade a Thrawn e à *Falcão da Primavera* e, em sua defesa, Samakro nunca a pegou fazendo nada que pudesse questionar o juramento.

Mas o oficial que advertira Samakro das irregularidades da chegada de Thalias também lhe dissera que o Síndico Thurfian basicamente impusera o requerimento dela. E Samakro confiava em

Thurfian — ou em qualquer outro membro da Aristocra — menos ainda do que confiava em Thalias.

Ele só vira Thurfian uma vez, em uma das audiências que a Sindicura convocou após a dramática batalha sobre o mundo dos Vak, em Primea, a batalha que derrotou o General Yiv e destruiu a ameaça do Destino Nikardun. Naquela ocasião, a Sindicura já havia recebido o relatório preliminar a respeito dos planos futuros de Yiv quanto à Ascendência, e a maior parte dos síndicos fizera perguntas tranquilas e superficiais.

Exceto Thurfian. Ele confrontara Samakro e os outros oficiais da *Falcão da Primavera* sem parar, insistindo especialmente em questões relacionadas ao papel de Thrawn durante a batalha, as ordens dadas por ele, e o dano subsequente causado na nave. Até mesmo os outros síndicos pareceram surpresos com a obstinação de Thurfian, tanto que um deles inclusive ofereceu críticas mornas e altamente veladas.

Thurfian sequer piscara. Seu objetivo parecia ser desacreditar Thrawn, e se precisasse levar Samakro e a *Falcão da Primavera* inteira junto, ele parecia perfeitamente confortável com a ideia.

O que o deixou ainda mais perplexo é que ele e Thrawn eram da mesma família. Disputas intrafamiliares eram comuns, certamente, mas Samakro nunca viu uma ser exposta dessa maneira ao público.

O que o levava de volta a Thalias. Mesmo antes dela chegar à *Falcão da Primavera*, ela tinha uma associação nebulosa com Thurfian. Se Thurfian se opunha tão violentamente a Thrawn, será que a lealdade de Thalias ao seu capitão era tão sólida quanto ela jurava ser?

Ele trincou os dentes. *Política*. Cada vez que a política da Ascendência, maldita seja, entrava na nave dele — cada vez que picuinhas internas e rivalidades intrafamiliares vazavam no maquinário preciso e bem cuidado da frota — ele se arrependia.

Não desta vez. Se Thrawn estava em uma brincadeira familiar com Thalias, ou Thalias estava em uma brincadeira com Thurfian, ou se todos eles estavam jogando contra, a favor, com ou a respeito um do outro, Samakro não permitiria que isso virasse uma bagunça. Não na nave dele.

Acabou a conversa com Kharill e desligou o comunicador.

— Tudo pronto, senhor — disse, virando-se para Thrawn. Ele percebeu que Thalias tinha voltado à companhia da líder estrangeira nesse meio-tempo, e falava baixinho com ela. — Sua nave estará pronta assim que voltarmos.

— Obrigado, capitão intermediário — disse Thrawn, assentindo para mostrar que entendeu. — Você não aprova a situação.

Samakro reuniu coragem.

— Não, senhor, eu não aprovo — confessou. — Não gosto de estrangeiros a bordo de uma nave de guerra da Ascendência. E não gosto, em especial, de ir para um sistema desconhecido em uma situação desconhecida sem informar Csilla das nossas intenções.

— Compreendo — disse Thrawn. — Para ser sincero, eu também não gosto. Mas os Paccosh não têm uma tríade, e o sistema de comunicação da *Falcão da Primavera* não alcançará a Ascendência daqui.

— Poderíamos voltar ao ponto de alcance e fazer um relatório — sugeriu Samakro. — Teríamos tempo o suficiente para ir até lá, voltar para pegar a Magys e ir ao mundo dela antes do tempo limite dado por Uingali.

— E se o tempo limite não tiver sido bem calculado?

Samakro fez cara feia. Sempre havia a possibilidade de erro ao lidar com três prazos diferentes. Thrawn certamente havia checado os números de Uingali, mas se os dados estivessem errados, os cálculos só dariam a mesma resposta errada.

E, mesmo que os números estivessem corretos, a *Falcão da Primavera* poderia ser atrasada ou, pior, poderiam mandar sumariamente que voltassem para fazer o relato em Csilla. Se o Síndico Thurfian continuasse procurando algo para usar contra Thrawn, a morte de uma estrangeira a bordo da *Falcão da Primavera* seria uma salva inteira de munição em uma bandeja de ouro.

— Entendido, senhor — disse. — Só espero que esse local valha a pena.

— Acho que valerá, capitão intermediário — disse Thrawn com um tom sombrio. — Infelizmente.

CAPÍTULO QUATRO

Estava sendo uma péssima manhã, resmungou o Conselheiro Xodlak'uvi'vil consigo mesmo enquanto se arrastava pelos três degraus que levavam ao Assento do Julgamento Branco no Salão da Colina Vermelha. Ele precisava admitir que esse era um nome impressionante para algo que, essencialmente, era uma grande cadeira em uma grande sala. A cadeira fazia jus ao título, com todo aquele mármore branco e a filigrana dourada e as pedras brilhosas incrustadas.

Mas o assento e o título eram só uma forma pomposa de dizer que aquele era o local em que a família ouvia os pedidos, demandas e babações chorosas do povo da província de Colina Vermelha, aqui, no mundo economicamente valioso, mas politicamente insignificante de Celwis, na Ascendência.

Lakuviv não fazia ideia de qual de seus predecessores sonhou com essa afronta a qualquer senso de proporção. Certamente a Patriel Lakooni, que cuidava dos interesses da família Xodlak em toda Celwis, a um quarto de distância do planeta em Passo das Pedras, não tinha nada pretensioso assim para ouvir seus casos.

Mas, naquele momento, Lakooni podia ser casual. Ela era sangue do sangue, e não precisava se provar para o Patriarca ou para qualquer outra pessoa da família. Passaria a uma posição mais prestigiosa quando a família achasse melhor, talvez virando Patriel de um dos mundos mais importantes, ou talvez virando Síndica ou mesmo Oradora na Sindicura. Se ela fosse muito talentosa, ou fizesse amigos e aliados, poderia até mesmo subir ao Patriarcado um dia.

Sua vida e seu futuro estavam assegurados. Eram Conselheiros locais como Lakuviv que precisavam engatinhar para conseguir qualquer tipo de atenção, contato e boa impressão possível, com esperança de serem notados por alguém e ascenderem de posições distantes e virarem primos. Se e quando isso acontecesse com Lakuviv, seu futuro também estaria garantido.

Mas era uma esperança muito vaga. Por enquanto, só podia fazer seu trabalho: ouvir reclamações, passar punições e trabalhar com os Conselheiros de outras famílias com o objetivo comum de tornar Celwis um exemplo resplendoroso do que um mundo Chiss deveria ser.

Afinal, o que era bom para a Ascendência, era bom para as famílias também. E, Lakuviv esperava, para ele individualmente.

Os primeiros cinco casos do dia eram o mesmo de sempre: brigas familiares que não cabiam na corte criminal, mas eram importantes o suficiente para que árbitros locais lidassem com elas. Três delas eram bem simples, mas as outras duas eram um pouco complicadas. Lakuviv tinha bastante experiência nesse tipo de coisa, e resolveu tudo sem muita dificuldade.

Nem todos estavam felizes com suas decisões. Mas essa era a natureza da negociação. Ainda assim, ele era o Conselheiro Xodlak, com a família firmemente em seu respaldo, e todos eles deixavam o Assento do Julgamento em silêncio, comportando-se bem. Se alguém sentisse que não foi bem julgado, sempre poderia recorrer à Patriel.

Então, veio o sexto caso.

Foi instantaneamente aparente que esse não seria nada parecido com os que haviam ocorrido antes, ou com qualquer outra coisa com a qual Lakuviv já houvesse lidado antes.

Quatro pessoas entraram na câmara, passando entre os dois guardas cerimoniais flanqueando as portas. Três deles eram estrangeiros de algum tipo que Lakuviv nunca havia visto: dois tinham a altura de um Chiss, um sendo ligeiramente menor que o outro, e o terceiro tinha dois terços da altura dos outros. Um macho adulto, uma fêmea adulta e uma criança ou adolescente, foi assim que ele tentou identificá-los. Provavelmente vindos da nave estrangeira que pousara no dia anterior no porto de Passo das Pedras, apesar de o relatório preliminar da Patriel não ter dado nenhum detalhe além do simples fato da chegada.

Mais importante que isso era que o relatório não dizia nada que eles saíram de Passo das Pedrass para irem até Colina Vermelha. Talvez o quarto membro do grupo fosse explicar isso.

Lakuviv focou nele. Era um jovem Chiss, talvez um adolescente mais velho, que não podia ter mais de vinte anos. O corte e a textura de suas vestimentas não eram familiares — não eram de nenhum estilo Xodlak que já tivesse visto antes —, mas a roupa lhe dava um ar de imponência e gasto. Ele falava baixo com os estrangeiros quando chegaram ao Assento do Julgamento. Um guia ou acompanhante, talvez?

Um terceiro guarda entrou na câmara atrás deles e observou perto dos outros dois guardas. Lakuviv o olhou, questionando-o, e foi respondido com um aceno de cabeça. Então não tinham encontrado nenhuma arma. Eles não teriam entrado se estivessem armados, é claro, mas o simples fato de que não tinham armas para serem apreendidas pelos guardas já dizia algo a respeito deles.

Lakuviv olhou de novo para os estrangeiros. A pele facial deles era uma bagunça de dobras em tons vermelho-escuros e esbranquiçados, a mistura de ambos aparentemente aleatória. O padrão era levemente diferente em cada um deles, talvez fosse a maneira da espécie se distinguir entre si. As bocas eram fendas sem lábios escondidas no meio das dobras. Os olhos eram negros e, de alguma forma, límpidos e brilhantes mesmo assim. Os três vestiam robes transpassados: vermelho-escuro para o estrangeiro mais alto, azul-escuro para os outros dois, com bordados de prata nos três robes.

A três passadas do Assento do Julgamento, o jovem Chiss fez um sinal para os estrangeiros pararem. Ele mesmo deu mais um passo à frente e fez uma reverência para Lakuviv.

— Saudações e honrarias, Conselheiro Xodlak'uvi'vil — saudou. — Sou Coduyo'po'nekri, e estou aqui como visitante em seu planeta e província.

— Bem-vindo, Yoponek — disse Lakuviv, vendo o jovem com novo interesse. Os Conduyo, assim como os Xodlak, eram das Quarenta Grandes Famílias, o segundo nível de poder da Ascendência, só atrás das Nove Famílias Governantes. Quem quer que fossem esses estrangeiros, a representação de Yoponek garantira-lhes atenção plena da parte de Lakuviv. — Posso perguntar por que veio à Colina Vermelha, em vez do terreno familiar dos Conduyo em Celwis?

— Estou no meio de meu ano errante, Conselheiro Lakuviv — explicou Yoponek. — Estou viajando pela Ascendência à procura de conhecimento e experiências que não posso encontrar nas salas de aula.

— Ah — disse Yoponek, assentindo. Anos errantes eram partes fundamentais de algumas famílias: um ano sabático após o ensino básico, quando jovens podiam viajar e aprender, meditar e fazer autoanálise antes de voltar para o ensino avançado ou treinamento de trabalho.

Proponentes do programa diziam que isso ajudava jovens a decidirem seus objetivos e talentos e a evitarem começar errado em estudos futuros. Críticos achavam um gasto de dinheiro parental, com pouca evidência de que fazia alguma coisa além de deixar adolescentes se esbaldarem em um período de indulgência preguiçosa. Cínicos diziam que o verdadeiro propósito do ano errante era confundir o que era, tradicionalmente, o período mais pomposo e condescendente da vida deles.

— Em minhas viagens, tive a sorte de conhecer Haplif, sua esposa Shimkif e a filha deles, Frosif — continuou Yoponek, gesticulando na direção dos três estrangeiros. — Aprendi muita coisa viajando com eles. Chegamos em Celwis ontem, e eles vieram até aqui para pedir um favor a você e à família Xodlak.

— Mesmo — disse Lakuviv, voltando a atenção para o estrangeiro mais alto.

— Mesmo — confirmou Yoponek. — Eles próprios são…

— Você fala tudo por eles? — interrompeu Lakuviv.

—… Nômades culturais que… — Yoponek parou de falar. — Quê?

— Se eles querem um favor, eles devem falar por si mesmos — disse Lakuviv. — Você, Haplif, sabe falar Cheunh?

— Ele quer que vocês falem com ele — Yoponek explicou aos estrangeiros na língua comercial Minnisiat.

Haplif fez uma mesura profunda para Yoponek com a cabeça. Ele deu um passo à frente para ficar ao lado do adolescente e fez outra reverência, dessa vez para Lakuviv.

— Eu o saúdo, Conselheiro Xodlak'uvi'vil, da família Xodlak — disse, sua voz surpreendentemente melodiosa, as palavras da língua comercial sendo pronunciadas com muito mais clareza do que Lakuviv esperava, vindas de uma boca tão pouco desenvolvida. — Como disse nosso honorável companheiro, nosso grupo de Agbui é de nômades culturais. Por mais de trinta anos, viajamos pelo Caos…

— Só um momento — interrompeu Lakuviv, estreitando os olhos, desconfiado. — Como você sabe o que Yoponek falou? Ele deu a entender que você não sabe falar Cheunh.

— Eles não sabem falar, mas conseguem entender um pouco — esclareceu Yoponek, parecendo perplexo. — Há muitos outros estrangeiros assim. Os Paataatus, alguns dos navegadores Desbravadores… Há muitas anedotas históricas de viajantes fora da Ascendência…

— É claro, é claro — interrompeu Lakuviv mais uma vez, um tanto envergonhado. O menino estava certo; não falar Cheunh não significava não entender. Um dos problemas da profissão: assim que entrava no modo juiz, procurando por discrepâncias e inconsistências, era difícil sair dele. — Continue, por favor.

Haplif olhou para Yoponek, que assentiu em resposta, e voltou-se mais uma vez para Lakuviv.

— Nosso grupo de Agbui é de nômades culturais — repetiu. — Por trinta anos, nosso grupo de cinquenta pessoas viajou pelo Caos à procura de conhecimento, amizades e para expandir a dimensão e amplitude de nossas vidas. Nosso novo amigo, Yoponek, sugeriu que Celwis poderia ser um local onde poderíamos pegar um pequeno terreno emprestado por um curto período para plantar as especiarias que vendemos para financiar nossas jornadas.

— Entendo — disse Lakuviv. A Ascendência já vira grupos ocasionais de refugiados passarem por seus territórios ao longo dos séculos. Alguns desses grupos solicitaram novos lares ao Patriel de cada lugar, e quase todos tiveram o pedido negado e precisaram partir. Nômades culturais que não planejavam ficar em solo Chiss, mas apenas alugar por um tempo, era novidade. — Quanta terra precisam, e por quanto tempo seria?

— Não muita, nem por muito tempo. — Haplif ergueu suas mãos de dedos longos, indicando um metro. — Uns vinte trechos desse tamanho de um lado seria o suficiente. — Ele abaixou as mãos. — Um local próximo para nossa nave também ajudaria, apesar de que o terreno não precisa ser útil para outros propósitos. Quanto ao tempo, cinco ou seis meses é tudo que precisamos.

Lakuviv encostou no queixo, pensativo. Poderia ser feito, ele sabia. Quatrocentos metros quadrados não eram nada. Além do mais, a província da Colina Vermelha tinha várias colinas rochosas, a maior parte delas com um cerco de terra que mal era arável, boa para pouca coisa além de animais pastarem nela. Se isso era bom o suficiente para as especiarias de Haplif, deveria haver algum terreno que eles poderiam usar por alguns meses.

Ao menos agora ele sabia por que Yoponek fora até ele, em vez de consultar os Conselheiros da própria família. O território dos Coduyo em Celwis era exclusivamente uma cidade e o lar dos familiares, não uma fazenda.

— Que tipo de especiarias? — perguntou.

— Trouxe uma amostra. — Haplif tirou um pequeno envelope de plástico dos robes, com quatro envelopes menores dentro. — Eles foram testados muitas vezes, e nenhum apresenta perigo ou malícia para plantas, animais ou seres sencientes locais.

— Nós as testaremos — disse Lakuviv. A Auxiliar Sênior Xodlak'ji'iprip estava em seu lugar de costume, a um respeitoso metro de seu cotovelo direito. Chamando-a para perto, Lakuviv passou o envelope para ela. — Envie estas amostras para o Laboratório Vlidan. Diga a eles que quero uma análise o quanto antes.

— Sim, senhor — disse Lakjiip. Com um olhar breve mas penetrante na direção dos estrangeiros, ela se virou e saiu da câmara.

— Eles também fazem joias e artefatos — falou Yoponek solicitamente. Depois, pegou algo no bolso do quadril. — Tenho um aqui que posso mostrar...

— Não, meu jovem amigo — deteve-o Haplif, gentilmente colocando uma mão restritiva no pulso de Yoponek. — Isso é um presente. Permita-me oferecer ao anfitrião o presente dele.

Ele mexeu no robe mais uma vez, pegando dois objetos do tamanho de um polegar.

— Para você — ofereceu, dando um passo à frente e entregando-os.

Lakuviv pegou os dois cautelosamente. Era um par de broches que se espelhavam na forma de folhas estilizadas feitas de fios prateados, azuis, vermelhos e dourados que se entrelaçavam. Também eram mais leves do que ele esperava, sugerindo que os metais não eram ouro ou prata, mas algo mais barato.

Ainda assim, valiosos ou não, os artefatos *eram* genuinamente bonitos. Mais importante que isso, o visual era algo que atrairia um grande número de compradores Chiss. Se a venda de especiarias não funcionasse, Haplif e seus nômades conseguiriam dinheiro vendendo joias para pagar combustível e ir embora dentro do período de seis meses que estimavam.

Mas também havia outras possibilidades ali. Possibilidades que poderiam funcionar ainda melhor para os Xodlak e o próprio Lakuviv.

— Obrigado — agradeceu a Haplif, colocando os broches no encosto da cadeira, próximos ao questis. — Você, Yoponek.

— Sim, Conselheiro? — disse o jovem Chiss.

— Está disposto a fazer um requerimento formal dos Coduyo aos Xodlak?

Um pouco da exuberância juvenil de Yoponek esmoreceu.

— Não sei se posso fazer isso. Posso? Quero dizer, não sou ninguém oficial.

— Você é um membro da família Conduyo em uma boa posição — lembrou Xodlak.

— Sim, mas… — Yoponek fez uma pausa, ainda confuso.

— Vamos fazer algo mais simples — ofereceu Lakuviv. — Está disposto a fazer um requerimento oficial vindo de *você*?

— Ah — disse Yoponek, alegrando-se. — Sim, posso fazer isso. Será o suficiente?

— É claro — assegurou Lakuviv, sorrindo encorajadoramente. Vários negócios familiares em Celwis eram baseados em favores e dívidas, e se ele não conseguisse um selo oficial dos Conduyo naquela situação, ao menos o nome da família estaria presente. Era bom o suficiente para ser usado em algum momento. — Haplif, onde está sua nave?

— No porto ao sul — respondeu Haplif.

— Na faixa vinte e nove do ancoradouro — acrescentou Yoponek.

— Excelente — disse Lakuviv. Perto, caso precisasse falar com eles novamente, mas sem estar na área principal da Colina Vermelha ou nas instalações de aterrissagem. — Voltem lá e aguardem. Logo entrarei em contato.

— Sim, Conselheiro — disse Yoponek, fazendo outra reverência. — Obrigado por sua atenção neste assunto.

— Os Agbui agradecem também por sua gentileza — acrescentou Haplif, fazendo o mesmo. — Acredito que encontrará valor e alegria em nossa humilde arte.

— Tenho certeza de que sim — disse Lakuviv. — E sejam bem-vindos a Celwis.

Ele observou o grupo deixar a câmara. Quando a porta se fechou atrás deles, a Auxiliar Sênior Lakjiip voltou pela porta lateral. De novo, Lakuviv a chamou.

— Mandou o pacote de especiarias? — perguntou.

Ela assentiu.

— Falei diretamente com o superior do Laboratório Vlidan. Ele disse que fará uma análise imediatamente.

— Ótimo. — Lakuviv passou os broches a ela. — Acrescente estes objetos à lista deles.

Lakjiip olhou as joias de perto.

— Também são de Haplif?

— Sim — disse Lakuviv. — Tenho a sensação de que este deve ser o plano B de financiamento caso não consigam as terras temporárias.

— Metal interessante — observou Lakjiip, pesando-os como se fosse um teste. — São quatro tipos diferentes ou só quatro cores do mesmo material?

— Isso é uma das coisas que eu gostaria que Vlidan descobrisse — disse Lakuviv. — É leve demais para ser ouro ou platina ou qualquer metal valioso. Quero saber quanto valem, para eu ter certeza de que os Agbui não vão extorquir os clientes quando começarem a vendê-las.

— E, se fizerem isso, vai colocar um imposto adicional no lucro para compensar? — sugeriu Lakjiip.

— Talvez — disse Lakuviv. — Ou eu poderia deixar que cobrassem preços exorbitantes para irem embora mais cedo?

— Um pouco duro com os cidadãos.

— Algumas pessoas não aprendem lições de valor na vida se não perderem dinheiro no processo — comentou Lakuviv, dando de ombros. — E, como nosso amigo Yoponek ficará registrado como tendo pedido esse favor, poderemos envolver os Coduyo se alguma coisa der errado.

— Ou conseguir um favor para eles *não* serem envolvidos?

— Há muitas possibilidades — concordou Lakuviv. Ele apontou para os broches. — Mas o primeiro passo é saber exatamente com o que estamos lidando.

— Sim, senhor — disse Lakjiip. — Mais alguma coisa?

— Precisamos de um local para que eles plantem suas especiarias — disse. — Algum lugar não muito distante, mas que também não seja perto demais, o tipo de território marginal onde possam pegar alguns lotes de terra sem perturbar algum fazendeiro ou rancheiro em suas propriedades. O melhor seria uma operação pequena, provavelmente algo cuidado por uma família. Ah, e a família inteira precisa falar Minnisiat para eles poderem se comunicar. Suponho que possa cruzar todos esses dados?

— Sem problema — garantiu Lakjiip.

— Ótimo — disse Lakuviv. — Então vou deixar que cuide disso.

— Sim, senhor. — Com um aceno de cabeça brusco, Lakjiip se virou e voltou para a porta lateral.

Lakuviv a observou por um momento, e depois se virou para a frente novamente. Com isso, a empolgação do dia acabara.

— Muito bem — disse, assentindo para o secretário de compromissos perto da porta principal. — Pode trazer o próximo.

O primeiro sinal recebido por Xodlak'phr'ooa de que sua tarde seria drasticamente diferente da manhã foi quando viu o aerocarro oficial da família, marcado de forma brilhante, voar por cima de seu rancho, devagar e perto do chão, claramente procurando um lugar para pousar.

Lakphro fez uma careta, tapando os olhos para se proteger do sol enquanto via o aerocarro se virar para a colina rochosa que se sobressaía no meio de seu terreno de pastagem. Se fosse outro burocrata vindo contar seus yubals para calcular impostos, ele ia jogar o filho de um feralho para longe dali e depois jogar o aerocarro junto. Três olheiros de números diferentes estiveram lá no último mês, todos os três chegando a diferentes conclusões quanto à quantidade de gado antes de decidir pelo número que Lakphro registrara em primeiro lugar. Uma grande perda de tempo, assim como uma grande dor de cabeça.

O aerocarro parou, e agora afundava na direção do fim da área de aterrissagem, onde o próprio aerocaminhão de Lakphro ficava estacionado. Aquele local, em particular, também ficava ao lado do jardim em espiral da esposa de Lakphro, Lakansu. Se o piloto fosse descuidado e machucasse os vegetais dela, Lakphro sabia que sua própria irritação seria o menor dos problemas do burocrata.

O aerocarro parou, e Lakphro andou até ele, repassando o discurso furioso em sua cabeça quando uma nova sombra foi projetada sobre ele.

Olhou para cima, arregalando os olhos. O veículo passando por cima dele não era só um aerocarro, mas uma nave espacial inteira, do tamanho de uma fragata.

E a nave também se direcionava à colina rochosa e ao aerocarro estacionado.

— Pai? — a voz ansiosa de Lakris, a filha de doze anos de Lakphro, veio do comunicador no ombro do rancheiro.

— Está tudo bem, meu benzinho — Lakphro a acalmou, olhando a nave de perto. Parecia que ia pousar no pico, onde não tinha nada além de rocha e vegetação rasteira. — Acho que eles estão indo para a colina. As crias estão tentando fugir?

— Acho que não — disse Lakris. — Mas estão um pouco nervosos. Acho que nunca viram algo grande assim tão de perto. Mas estou segurando elas.

— Boa garota — reconheceu Lakphro. — Assim que puder ir para lá com segurança, leve eles para o celeiro. Vamos deixar as crias lá até essa bobagem terminar.

— Tudo bem — disse Lakris. — Mãe?

— Estou aqui — respondeu Lakansu, rápida. — E, sim, eles estão descendo no canto ao norte.

Lakphro assentiu. Na parte mais chapada da colina. Ao menos o piloto teve o bom senso de não pousar onde os animais pastavam.

— Estou indo lá em cima — informou, aumentando a velocidade. — Um aerocarro da família veio com eles. Vou descobrir o que está acontecendo.

— Só espero que não seja um confisco — disse Lakansu, um pouco nervosa. — Se for outro surto de praga, pode afetar o distrito inteiro.

— É — concordou Lakphro, estremecendo. E uma nave daquele tamanho poderia significar *um monte* de yubals confiscados.

Mas se fosse outro medo de infestação, para que trazer uma nave feita para o espaço? A quarentena ou abate de animais infectados poderia ser feito em Celwis.

Na verdade, de onde vinha uma nave como essas? Lakphro nunca vira uma nave assim. Certamente não era da família nem de nenhum mercador local.

— Se for, acho bom eles estarem preparados para provar que nosso rebanho está infectado — continuou Lakphro com firmeza. Uma mulher tinha saído do aerocarro e estava caminhando em sua direção. — Tudo bem, lá está ela. Parece o brasão do Escritório do Conselheiro. Depois digo o que aconteceu.

— Certo — disse Lakansu. — Só cuidado com seu temperamento.

— De quem, o meu? — Lakphro falou com o máximo de inocência possível. — Volto em um minuto.

Ele desligou o comunicador, sabendo que a mulher provavelmente o mandaria fazer isso, de qualquer forma. Aqueles sujeitos oficiais nunca gostavam que suas conversas com cidadãos privados fossem ouvidas por outros cidadãos privados.

E, quando ficaram frente a frente, ele finalmente viu o rosto dela.

Era a Auxiliar Sênior Lakjiip, a principal bajuladora do Conselheiro Lakuviv.

Ótimo.

— Bom dia — disse Lakjiip assim que eles estavam perto o suficiente para conversar. — Você é o Rancheiro Lakphro?

O primeiro impulso de Lakphro foi perguntar quem mais ela pensava que estaria andando por aí em seu rancho, com um bastão para atrair yubals pendurado no quadril. Mas resistiu à tentação.

— Ele mesmo — confirmou em vez disso.

— Excelente — disse ela. — Meu nome é...

— Lakjiip — interrompeu Lakphro. — A auxiliar sênior do Conselheiro Lakuviv. Todo mundo no distrito sabe quem você é.

— Ah — disse Lakjiip, abrindo um sorriso satisfeito e envergonhado. — Obrigada.

— Claro, todo mundo no distrito também sabe a respeito de fungo de casco — continuou Lakphro. — E, se você está vindo deixar outra notificação de confisco aleatória, acho bom que tenha evidência sólida de que meu gado está doente.

O sorriso de Lakjiip, que ficara glacial durante o comentário a respeito de fungo de casco, desapareceu completamente.

— Entendeu errado, rancheiro — ela disse friamente. — Não estou confiscando nada. Estou entregando.

Lakphro olhou por cima do ombro dela, em direção à grande nave. Dois seres saíram da escotilha frontal: um jovem Chiss e um estrangeiro de um tipo que nunca vira antes.

— O que quer dizer com entregando? Entregando o quê?

— Não o *quê* — corrigiu Lakjiip com uma camada de malícia sofisticada em seu tom. Ela *realmente* não gostou do comentário a respeito do fungo de casco. — *Quem*. O nome daquele estrangeiro logo ali é Haplif. Ele e o povo dele vão ficar em seu rancho por alguns meses.

Lakphro ficou de boca aberta.

— Eles o *quê*? Não... Vocês não podem fazer isso. Não podem tirar terras familiares sem compensação...

— Ah, pare com isso — disse Lakjiip, com um tom desdenhoso. — Não estamos tirando, estamos pegando emprestado por alguns meses. Além do mais, aqueles arbustos em cima da colina? Eles não valem nada.

Lakphro respirou fundo, tentando controlar o temperamento como Lakansu falou para ele fazer.

— É terra de pastagem extra para os meus yubals — argumentou. — Só porque não dá colheita, não significa que não valha nada.

— Talvez não dê colheita, mas *vai* dar para especiarias — disse Lakjiip. — Ou é o que nossos hóspedes Agbui falam. Sinto muito; os *seus* hóspedes Agbui.

Lakphro olhou para longe dela, para o estrangeiro que se aproximava e o Chiss trotando ao lado dele. Lakphro conseguia ver agora que o Chiss era jovem e deveria ter uns dezenove ou vinte anos, apesar de ainda ter aquele ar animado e de olhos brilhantes de um adolescente.

— Que tipo de especiaria?

— Vou deixar que Haplif explique tudo para você — disse Lakjiip. — A respeito da compensação para o empréstimo de terra, os Agbui vão cuidar disso.

Lakphro bufou.

— Obrigado, mas nós não precisamos de nenhuma especiaria estrangeira.

— Não, eu suponho que o tipo de comida que vocês comem aqui não daria para nada exótico — disse Lakjiip, fria. — Mas eles também fazem algumas joias à mão que vão oferecer em mercados locais. Mesmo que *você* não aprecie itens *estrangeiros* — ela enfatizou a palavra mais do que era necessário —, tenho certeza de que sua esposa gostaria de um colar novo quando vocês forem na cidade. Ou seja lá o que vocês fazem para se animar por aqui.

— Aqui, nós não nos *animamos* — rebateu Lakphro. — Nós vivemos por mais tempo assim.

— Tanto faz — disse Lakjiip. — Tenha um bom dia, rancheiro.

Assentindo secamente, ela se virou e voltou para o aerocarro. Assentiu também para o estrangeiro e o jovem Chiss ao passar por eles, e disse algo inaudível apontando por cima do próprio ombro antes de continuar. O estrangeiro e o Chiss, que ainda sorria alegremente, foram até Lakphro.

Suspirando, ele ligou o comunicador.

— Parece que vamos ter companhia por um tempo — falou para a esposa e a filha. — A família generosamente ofereceu parte de nossas terras para alguns estrangeiros pousarem e plantarem umas especiarias sofridas ou ervas daninhas ou algo assim.

— Ao menos eles não estão pegando nossos yubals — disse Lakansu. Aquela era sua esposa: sempre olhando o lado positivo das coisas. — Você vai convidá-los a entrar, não vai?

— Claro — suspirou Lakphro. *Alguns dias, o feralho é você*, ele se lembrou daquele velho ditado. *E outros, você é o filho do feralho.* Evidentemente, esse era um daqueles dias.

Tudo que ele podia dizer é que esperava que as joias fossem *muito* boas mesmo.

LEMBRANÇAS II

HAPLIF USOU OS DOIS primeiros meses para organizar e preparar seu povo para aprender o máximo possível da língua Chiss, chamada Cheunh, em um tão curto espaço de tempo. Desde então, o grupo passou três meses na Ascendência Chiss, visitando onze regiões diferentes em cinco planetas diferentes, falando com qualquer pessoa, de oficiais familiares de nível intermediário a trabalhadores comuns. O suprimento de especiarias que haviam trazido para financiar a operação estava diminuindo de forma devagar, mas contínua, praticamente na mesma proporção que a frustração de Haplif crescia.

Três meses. Três meses gastos à toa.

Sentado em uma mesa do lado de fora em uma cidade cujo nome já tinha esquecido, sentindo o sol zombeteiro em seu rosto, ele ouviu a música ainda mais zombeteira que vinha do festival de rua ao seu redor, e fez uma carranca. Três meses e cinco planetas, e ele ainda não estava nem perto de pegar essa gente.

Não tinha dúvidas de que havia como pegá-los. Não era possível uma sociedade organizada não ter esse tipo de abertura. Mas a forma com que a estrutura familiar e a hierarquia operavam internamente, combinada com a forma com que as famílias interagiam umas com as outras, não abria muito espaço para exploração para uma pessoa sem origem Chiss.

O festival de música estava se agitando para outro clímax. Se seguisse o mesmo padrão que já vira três vezes na mesma tarde, o pico seria seguido de, aproximadamente, um quarto de hora de silêncio. Ao menos assim teria um pouco de paz até aquele barulho estridente recomeçar.

Haplif bebericou o drinque — não parecia muito seu tipo favorito de cerveja, mas era o mais próximo que encontrara naquela coleção de planetas inúteis — e pegou seu datarec. Já tinha decidido que era hora de ir para outro mundo Chiss e tentar de novo. A pergunta era: qual?

Ele não fazia ideia de qual seria o planeta mais promissor. Era possível que nenhum deles fosse. Mas Jixtus dera a ele uma tarefa. E o pagamento prometido, junto com a esperança de finalmente parar com esse tipo de trabalho cansativo por um tempo, faziam com que continuasse.

Isso e seu próprio orgulho. Nenhuma espécie estrangeira fora capaz de resistir até então, e os Chiss *não* seriam a exceção.

Mas se era para acontecer, teria de acontecer logo. Dois dias antes, Jixtus repassara a notícia de que os Chiss haviam derrotado os Nikardun em Primea, e que o General Yiv, o Benevolente, desaparecera. O plano de Haplif era encaminhar plenamente a operação enquanto a ameaça de Yiv fazia com que eles focassem a atenção em outro lugar, mas agora essa esperança acabara. Haveria um curto período antes da vida na Ascendência voltar ao normal, e então as pessoas encarregadas da ordem e da segurança voltariam a focar completamente em seu próprio quintal.

Isso não seria uma barreira insuperável. Mas *deixaria* tudo mais difícil.

A música acabou. Finalmente. Curvado sobre a mesa, Haplif digitou os mapas estelares da Ascendência e começou a clicar nas tabelas de dados dos planetas mais próximos. Ele já lera todos esses resumos anteriormente, uma dúzia de vezes, mas, talvez, agora conseguiria ver algo que o ajudasse a pensar em como continuar.

Ele franziu o cenho. Sem a música, conseguia ouvir as conversas nas duas mesas mais próximas. Um par de jovens Chiss, um macho e uma fêmea, conversava entre si e, apesar das limitações linguísticas de Haplif, era óbvio que eles também estavam discutindo finanças e o que deveriam fazer a seguir. Não o que fazer no festival de música, mas para que planeta deveriam ir.

Valia a pena tentar.

— Com licença — disse em Minnisiat, virando-se para vê-los. — Sabem falar esta língua?

Os dois jovens pareceram se assustar ao ver um rosto estrangeiro sob o capuz que Haplif andava usando depois de ser parado muitas vezes por patrulhas. Um olhar mais cuidadoso revelaria seus traços, é claro, mas muitos Chiss vestiam roupas assim, o que significava que ele conseguia se misturar à multidão. Ao menos o capuz limitava a quantidade de vezes que era parado só por chamadas preocupadas de transeuntes.

O rapaz se recuperou primeiro.

— Sim, falamos — respondeu, apesar da cadência hesitante sugerir que ele tinha mais experiência lendo livros didáticos do que falando. — Peço perdão pela surpresa, é que nunca vimos nenhum ser como você em nenhuma de nossas viagens. Quem é você?

— Sou Haplif, dos Agbui — disse, fazendo uma pequena mesura. — Eu e meu povo somos nômades culturais, e procuramos viajar as estrelas à procura de conhecimento e enriquecimento em nossas vidas.

O rosto do rapaz se iluminou.

— É mesmo? É exatamente o que *nós* estamos fazendo. — Ele se levantou da cadeira, pegou a própria bebida e foi até a mesa de Haplif. Depois de um momento de hesitação, a moça o seguiu. — Meu nome é Hoponek, e esta é Yomie, minha noiva — apresentou o rapaz enquanto eles se sentavam diante dele.

— Uma honra conhecê-los — disse Haplif, tentando ler as vozes e os rostos deles. Jovens e empolgados, o que geralmente vinha com idealismo pré-programado. Isso os tornaria mais fáceis de manipular.

Ainda assim, precisava ir com cuidado. Não podia estragar essa oportunidade.

— Este é, verdadeiramente, um golpe de sorte — continuou. — Eu estava quebrando minha cabeça tentando imaginar para onde meu povo deveria viajar agora. Como estão envolvidos na mesma busca por conhecimento, talvez pudessem me aconselhar.

— Certamente — prontificou-se Yoponek. — O que procuram, exatamente?

— Provamos um pouco da amplitude que o povo Chiss tem a oferecer — disse Haplif. — Mas sinto que ainda não encontramos a verdadeira profundidade e grandeza que seus mundos têm a oferecer. Onde você diria que se pode encontrar a riqueza mais plena da Ascendência Chiss?

— Um golpe de sorte, de fato — concordou Yoponek. — De novo, é isto também que nós buscamos. Estamos em nosso ano errante, o período entre a educação primária e a educação final. Escolhemos passar este ano viajando pela Ascendência.

— Um conceito único e impressionante — observou Haplif, pulando o fato de que conhecia ao menos cinco outras culturas que faziam a mesma coisa. — Vocês têm um campo de estudo específico?

— Bem, eu estudo história e cultura Chiss — disse Yoponek. — Então praticamente qualquer lugar que formos é minha área. Yomie... — ele lançou a ela um olhar avaliador — é mais uma estudante de tudo.

— Então fica ainda mais intrigada a respeito de tudo na Ascendência — concluiu Haplif, assentindo. — Um momento animado para vocês, de fato. Então, por um ano, podem viajar como desejarem?

— Por mais cinco meses — corrigiu Yomie, torcendo um pouco o nariz. — E não é de graça.

— Estamos indo bem — assegurou Yoponek, um pouco incomodado. — Só precisamos tomar cuidado com nosso dinheiro daqui pra frente.

Haplif conteve um sorriso. Perfeito.

— Compreendo os desafios da limitação financeira — disse, voltando a atenção para a moça. Era óbvio que ela era a pessoa prática da dupla. Se ele conseguisse convencê-la, o rapaz viria junto. — Mas há uma solução óbvia para os nossos problemas. Sugiro combinarmos esforços.

— O que quer dizer? — a moça perguntou, franzindo o cenho.

— Eu ofereço transporte em nossa nave — disse Haplif. — Isso vai resguardar boa parte dos fundos de viagem. Em troca, vocês oferecem seus serviços como guias e mentores, nos protegendo de passos em falso e esforços em vão.

Os dois Chiss se entreolharam.

— E se quisermos ir para um lugar que você não deseje ir? — questionou Yoponek.

— Não será um problema — disse Haplif. — Não temos itinerário fixo, nem temos lugares particulares onde desejamos ir. Ficaremos felizes em deixarmos que sejam o vento, seguindo-os para onde forem.

De novo, eles se entreolharam.

— O que você acha? — Yoponek perguntou em Cheunh.

— Ajudaria nas finanças — a moça respondeu, parecendo hesitar um pouco. — Não é exatamente o que planejávamos, porém.

— Também podemos oferecer sustento durante a jornada, é claro — opinou Haplif. — Nossa experiência nos mostrou que nossas duas espécies podem comer a mesma comida e precisam dos mesmos nutrientes. E, é claro, também compraremos outras comidas exóticas, que podem oferecer variedade.

— Nós falamos sobre provar vários tipos de culinária no caminho — apontou Yoponek.

— Eu sei — disse Yomie.

Mas Haplif ainda ouvia a dúvida na voz dela... E, se ela não concordasse nos próximos segundos, perderia os dois.

Grunhiu por dentro, em silêncio. Queria continuar usando apenas as especiarias para conseguir dinheiro até achar o lugar e o momento adequado para pegar as joias, o momento mais estratégico. Mas Yomie estava insegura, e os dois anéis e o colar de tecido que ela usava sugeriam que ela apreciava belas joias. Precisava mudar de plano.

— Parece incerta — disse. — Se permitir, deixe-me apresentar outro estímulo. — Colocando a mão no bolso, pegou um broche, um dos muitos que carregava consigo. — Eu ficaria honrado se aceitasse este pequeno presente — continuou, deixando-o na mesa diante dela. — Quero dá-lo a você apenas pela gratidão que sinto por terem ouvido minha oferta.

A moça tentou parecer casual, pausando por dois segundos inteiros até pegar o broche. Mas Haplif conseguia ver o brilho naqueles olhos vermelhos e reluzentes enquanto ela encarava os rodopios delicados e os fios de metal entrelaçados.

— É bonito — ela permitiu-se dizer, tentando esconder a verdadeira profundidade de seu interesse.

Haplif a observou de perto, notando que o rapaz fazia o mesmo. Definitivamente, era ela quem tomava as decisões.

Ela respirou fundo, decidindo-se.

— Muito bem — disse. — Se Yoponek gosta da ideia de irmos com você, eu também gosto. Ao menos por um tempo.

— Então está combinado — falou Haplif, abrindo seu mais alegre sorriso. — Assim que estiverem prontos, ficarei feliz em mostrar a nave. Quando estivermos lá, podem decidir onde iremos e qual será nosso próximo destino.

— Também precisamos de compartimentos separados — disse Yoponek. — Não apenas camas separadas, mas compartimentos separados.

— Sim, é claro — disse Haplif, escondendo a surpresa. A maior parte das restrições e costumes de noivado das espécies que conhecia, ao menos as que vira em seus vários serviços, pareciam funcionar mais na teoria do que na prática. Este casal era, aparentemente, mais sério quanto a isso. — Podemos dar o que precisarem.

Do outro lado do festival veio o som dos músicos preparando os instrumentos.

— Podemos ouvir mais uma apresentação? — perguntou Yomie, olhando para o rapaz. — Eu gosto muito do estilo deles.

— É claro. — Yoponek olhou para Haplif. — Tudo bem para você?

— Certamente — disse Haplif, com cuidado para não quebrar a fachada alegre. — Como disse, os Agbui estão completamente ao seu dispor.

Ele hesitou, reconhecendo que esse passo poderia ser um pouco rápido demais em seu relacionamento ainda tênue. Mas precisava ter certeza. Esticando-se na mesa, roçou a ponta dos dedos na têmpora de Yoponek, empurrando alguns fios de cabelo ao fazer isso.

O rapaz se contraiu, mas não saiu do lugar.

— O que foi isso? — perguntou.

— É um gesto de saudação e amizade dos Agbui — explicou Haplif, indo na direção de Yomie. A menina tentou se afastar dos dedos que se aproximavam, mas Haplif conseguiu tocá-la brevemente. — Sinto muito, isso é ofensivo para vocês?

— Está tudo bem — afirmou Yoponek. — Yomie?

— Tudo bem — garantiu Yomie, tensa, os olhos vermelhos e brilhantes se estreitando, hostis.

— Peço perdão — disse Haplif, abaixando a cabeça na direção dela. — Quando encontro almas com inclinações parecidas, às vezes esqueço que não estou na companhia de outros Agbui.

— Não tem problema — cedeu Yomie, relaxando um pouco.

— Mas fui invasivo — disse Haplif humildemente. — Tentarei lembrar do meu lugar no futuro. Até lá, vamos aproveitar a apresentação juntos.

A música começou. Yoponek virou a cadeira na direção dos músicos; com um olhar demorado na direção de Haplif, Yomie fez o mesmo. Eles se acomodaram para ouvir com as mãos entrelaçadas.

Com os rostos virados para o outro lado, Haplif por fim se permitiu um sorrisinho triunfal. Yoponek já estava entusiasmado com a possibilidade de viajar de graça e com as oportunidades culturais, ele conseguia ver isso mesmo em tão pouco tempo. Yomie, mais cautelosa, estava se acostumando com a ideia. Enquanto Haplif e os outros não fizessem nenhum erro gritante, os novos hóspedes se acomodariam confortavelmente.

E, com um par de Chiss a bordo, dos quais poderia tirar informações e estudar, a abertura que ele esperava teria de aparecer.

E, assim que aparecesse, ele estaria pronto.

Haplif se acomodou na cadeira, aguardando pelos novos e ignorantes hóspedes. A música não era *tão* ruim assim.

CAPÍTULO CINCO

— Chegada em trinta segundos — chamou Wutroow de sua posição, atrás do leme da *Vigilante*.

Ar'alani olhou ao seu redor na ponte, confirmando uma última vez que a nave estava pronta para a batalha. A sky-walker Ab'begh e sua cuidadora estavam resguardadas no quarto, os painéis de armas e defesas estavam todos verdes, e as estações estavam prontas para a ação.

Se os registros de Yiv estivessem corretos, haveria mais duas bases Nikardun na região. Mais duas batalhas, e então poderiam voltar para casa. Ela respirou fundo, entrando no modo de combate.

E, então, a visão do lado de fora mudou e eles tinham chegado.

— Contato — o Comandante Sênior Obbic'lia'nuf chamou da estação de sensores. — Três naves, com... — a voz dele diminuiu.

— Três ruínas, isso sim — corrigiu Wutroow com um tom sombrio. — Isso nem se qualifica mais como nave.

— Confirmado — disse Biclian. — Há danos extensos de batalha em todas elas.

Ar'alani assentiu.

— *Picanço-Cinzento*? — chamou. — Alguma coisa por aí?

— Seis naves, almirante — a voz da Capitã Sênior Lakinda soou no comunicador da ponte. — Todas elas desgarradas. Parece que alguém chegou primeiro.

— Parece mesmo — concordou Ar'alani.

Mas quem nessa região tinha motivo e poder de fogo para enfrentar tantas naves Nikardun? *E* vencer?

— Comece uma varredura completa, capitã — Ar'alani ordenou a Lakinda. — Com todo alcance, toda profundidade. Você também, Biclian. Vamos ver se conseguimos distinguir que armas foram usadas neles.

— Espectro-lasers definitivamente foram usados — informou Biclian, manipulando os controles dos sensores. — Mas é claro, todos usam espectro-lasers. As naves parecem ter sido atingidas por uma boa quantidade de mísseis, também. Vamos precisar olhar mais de perto se quiser um perfil de explosão.

— Quero, sim — disse Ar'alani, assentindo na direção do leme. — Comandante Intermediário Octrimo, leve-nos até lá. Prepare-se para uma evasiva se eles estiverem de brincadeira.

— Sim, senhora — respondeu o piloto.

Wutroow foi até a cadeira de comando de Ar'alani.

— Realmente acha que os Nikardun aprenderam um pouco de senso tático a essa altura do campeonato? — perguntou.

— Quer dizer, a respeito de mandar naves arruinadas como isca?

— Ou qualquer outra coisa — disse Wutroow. — Ou alguém que possa estar se acocorando dentro do posto de escuta, torcendo para que aqueles que vierem até aqui vejam as naves detonadas, achem que todos se foram, e não olhem mais de perto.

— Se esse for o plano, eles vão ficar decepcionados — disse Ar'alani. — Vamos, definitivamente, olhar bem de perto. Não gosto da ideia de alguém nas redondezas com esse nível de poder militar andando por aí sem sabermos nada sobre eles.

— Contanto que a gente não passe muito tempo fazendo isso — avisou Wutroow, pegando o questis. — A Aristocra já acha que estamos limpando muito mais terreno do que deveríamos.

Ar'alani comprimiu os lábios. É claro que Wutroow estava certa. O único propósito da *Vigilante* era eliminar qualquer sobrevivente ou influência Nikardun do caminho. Se fizessem qualquer coisa além disso, ela teria que se justificar com o Conselho e com a Sindicura.

— Considere isso uma avaliação de ameaça — disse. — Até sabermos quem fez isso, não saberemos quais foram os motivos ou o que podem querer com a Ascendência.

— Não tenho argumentos, senhora — assegurou Wutroow, tocando no questis algumas vezes e olhando os resultados. — Mas esse tipo de ignorância é considerada elegante em alguns círculos. Bem, seja lá quem tiver feito isso, não é ninguém local. Não há nenhum planeta próximo na lista de conquistas e tributários de Yiv. Ninguém que pudesse ter sabido a respeito dos Nikardun ou que tivesse motivo para vir ver o que sobrou deles.

— Ninguém que nós saibamos — corrigiu Ar'alani. — Há muitas pequenas nações de um ou outro sistema com as quais nunca fizemos contato direto. Apesar de que, se eles já não estivessem sendo ameaçados por Yiv, provavelmente não fariam todo esse esforço para vir até aqui e acabar com uma das bases dele.

— É isso que eu quero dizer — disse Wutroow, deixando o questis de lado. — E Yiv *adorava* falar de suas conquistas. É difícil de acreditar que ele não teria se gabado de alguém.

— Almirante? — chamou a Comandante Júnior Stybla'rsi'omli da estação de comunicação da *Vigilante*. — Mensagem vinda de Schesa; retransmissão de Csilla e do Supremo Almirante Ja'fosk.

— Obrigada — disse Ar'alani. Schesa era o mundo mais próximo da Ascendência com uma tríade transmissora de longa distância, mas até mesmo com esse tipo de poder por trás do sinal, a *Vigilante* estava tão longe que era forçar a barra. — Mande-a para cá assim que for descriptografada.

— Sim, senhora.

— Sempre houve rumores de que Ja'fosk era capaz de ouvir as conversas de seus oficiais através de paredes sólidas — comentou Wutroow. — É a primeira vez que ouço falar dele também nos ouvir a vários anos-luz de espaço.

— Você ficaria impressionada com o que eles mandam para oficiais de alto escalão com isso — comentou Ar'alani secamente, tocando as insígnias presas com alfinete no colarinho do uniforme branco.

— Tenho certeza que sim — disse Wutroow. — Ah — acrescentou quando a mensagem apareceu na tela pessoal da cadeira de comando.

De: Supremo Almirante Ja'fosk, Csilla
Para: *Falcão da Primavera, Vigilante, Picanço-Cinzento*

O Capitão Sênior Mitth'raw'nuruodo e a *Falcão da Primavera* devem voltar a Csilla o mais rápido possível para nova missão.

— Interessante — disse Wutroow, lendo por cima do ombro de Ar'alani. — Me pergunto o que a Sindicura quer com ele agora.

— A Sindicura? — Ar'alani perguntou, estremecendo de leve. O fato de que ela e a *Picanço-Cinzento* haviam sido copiadas na mensagem implicava que a *Falcão da Primavera* ainda estava na força-tarefa da *Vigilante*.

Mas, é claro, não estava. Será que Ba'kif esqueceu de avisar Ja'fosk a respeito da viagem não oficial de Thrawn?

— Deve ser isso — disse Wutroow. — Ja'fosk ou Ba'kif ou qualquer outra pessoa no Conselho teria acrescentado *assim que a missão for completada* ou alguma expressão similar. Só a Aristocra espera que os outros parem tudo que estão fazendo só porque eles moveram um dedo coletivo. Então *agora* eu posso saber para onde Ba'kif mandou a *Falcão da Primavera*?

— Não é um grande mistério — respondeu Ar'alani. Mas, claro, *era* para ter sido. Tanto planejamento para nada. — Você deve lembrar do Paccosh que encontrou Thrawn e a Cuidadora Thalias na estação de mineração Rapacc, que deu a ele um anel para guardar. Thrawn foi até lá devolvê-lo.

— Ah — disse Wutroow.

Ar'alani arqueou as sobrancelhas.

— Você parece decepcionada.

— Não decepcionada, exatamente — disse Wutroow. — Mas a última vez que Thrawn saiu da missão, conseguiu o gerador de escudo da República, e antes *disso*, identificamos Yiv e os Nikardun. Estava esperando que ele estivesse em algum lugar aumentando o nível de empolgação.

— Não o subestime — avisou Ar'alani. — Você ficaria impressionada com o que Thrawn consegue fazer com o que parece ser uma tarefa simples.

— Provavelmente ficaria mesmo — afirmou Wutroow, meio virada para a tela de navegação. — Falando em simples...?

— Eu sei — disse Ar'alani, fazendo cara feia. Se Thrawn estava seguindo o cronograma, ele já estava certamente fora do alcance da tríade de Schesa no momento. Ele também estava fora do alcance do transmissor nave a nave da *Vigilante*. Se ele passasse tempo suficiente em Rapacc para fazer a avaliação não oficial dos Paccosh que Ba'kif pedira em privado, poderia levar outra semana para ele sequer saber que estava sendo chamado de volta para casa.

E, se fosse mesmo a Sindicura que pedira para ele voltar, eles *não* achariam graça de ter que esperar tanto tempo.

Infelizmente, isso significava que Ar'alani só tinha uma opção de verdade. Sabendo exatamente como essa ordem seria vista, ela ligou o comunicador nave a nave.

— *Picanço-Cinzento*, aqui quem fala é a Almirante Ar'alani. Capitã Sênior Lakinda?

— Aqui, almirante — respondeu Lakinda.

— Suponho que você recebeu a transmissão de Schesa?

— Sim, senhora — disse Lakinda, o repentino tom cauteloso em sua voz mostrando que ela já imaginava para onde a conversa estava indo. — Suponho que o Capitão Sênior Thrawn esteja fora de alcance?

— Está — confirmou Ar'alani. — E, apesar de não ter nenhum imperativo na mensagem, tenho a impressão de que Csilla quer a *Falcão da Primavera* de volta o quanto antes.

— Sim, senhora. — A voz de Lakinda era estável, mas Ar'alani conseguia ouvir a infelicidade que esperava flutuando abaixo da superfície. — Posso oferecer o serviço da *Picanço-Cinzento* para ir até onde ele está e entregar a mensagem?

— Sim, capitã, obrigada — disse Ar'alani. — Isso ajudaria muito.

— Minha única preocupação é se você e a *Vigilante* podem continuar esta missão sozinhas — continuou Lakinda. — Não obstante este último exemplo, nossos encontros prévios com os Nikardun remanescentes sugerem que uma incursão com uma única nave seria imprudente. Seria melhor se a *Picanço-Cinzento* a acompanhasse primeiro ao último alvo.

— Aprecio a análise e a sugestão — disse Ar'alani. — Mas a lista de Yiv indica que as bases anteriores eram muito maiores que estes últimos postos de escuta. Acredito que a *Vigilante* possa lidar com este último alvo sozinha.

— Entendido — disse Lakinda. O que não significava, necessariamente, que ela concordasse, é claro. — Vou precisar da localização atual da *Falcão da Primavera*.

Wutroow já estava com o questis na mão.

— A Capitã Sênior Wutroow está enviando as coordenadas agora — informou Ar'alani. — É no sistema Rapacc, que já deveria estar em seu pacote de navegação para confirmação.

— Sim, senhora. — Houve uma pequena pausa. — Coordenadas vistas e confirmadas. Vou chamar nossa sky-walker para a ponte, e então vamos embora.

— Antes disso, certifique-se de pegar todos os dados a respeito dessas naves detonadas — ordenou Ar'alani. — Quero poder voltar com o quadro mais completo possível.

— Sim, senhora — disse Lakinda novamente. — Já temos a maior parte. Vou me certificar de pegar tudo.

— Ótimo — disse Ar'alani. — Me avise antes de partir.

— Você sabe — murmurou Wutroow suavemente quando Ar'alani desligou o comunicador — que *há* outra possibilidade para a carnificina que não consideramos. O restante dos Nikardun podem ter deixado todas as suas naves inutilizadas aqui, destruídas com mísseis e lasers, esperando que nós acreditemos que esses dois postos foram destruídos, para nem pensarmos em checar o último.

— Enquanto as forças que conseguiram juntar lá se unem com o objetivo de fazer um último ataque glorioso em algum local? — sugeriu Ar'alani.

— Tudo bem, então você *pensou* nisso — disse Wutroow secamente. — Peço perdão por minha insolência.

— Não precisa pedir desculpas — falou Ar'alani. — Parte do seu trabalho é pescar o que eu possa não ter visto.

— Faço meu melhor, senhora — disse Wutroow. — Imagino que tenha uma estratégia em mente, caso esta seja a situação?

— É claro — afirmou Ar'alani. — Causar o máximo de dano possível, fugir como um filhote de bigodilho e pedir ajuda.

— Parece uma boa ideia — disse Wutroow. — E, então, é claro, *não* falar para Lakinda que ela estava certa a respeito de irmos sozinhas para um campo de bantouros?

— Ao contrário — corrigiu Ar'alani. — Ela e Thrawn serão as primeiras pessoas às quais pediremos ajuda para acabar com eles.

— É claro — disse Wutroow, mantendo a seriedade. — Ah. A confiança e a ausência de falso orgulho que vêm com já ter alcançado a posição de oficial de alto escalão. Como queria que todos os oficiais vissem as coisas tão claramente.

— Como eu queria — concordou Ar'alani, devolvendo a expressão séria para Wutroow.

O que nunca aconteceria, é claro. Pressões e ambições familiares sempre seriam um rolo para os oficiais e guerreiros da frota, apesar do esforço do Conselho de eliminar esse tipo de influência.

A maior parte dos companheiros de Ar'alani condenava a política. Ar'alani achava mais efetivo simplesmente aceitá-la como fato e administrá-la em suas avaliações e planos.

— Almirante? — chamou Larsiom na estação de comunicação. — A Capitã Sênior Lakinda está pronta para partir com a *Picanço-Cinzento*.

Ar'alani ligou o microfone.

— Boa viagem, Capitã Lakinda — desejou. — Vamos nos encontrar aqui novamente assim que voltarmos de nossas tarefas individuais.

— Entendido — disse Lakinda. — Boa viagem para a senhora também, almirante, e que o combate seja um sucesso.

O comunicador foi desligado. Ar'alani se virou para olhar para a panorâmica da ponte quando a *Picanço-Cinzento* desapareceu no hiperespaço.

— Ordens, almirante ? — perguntou Wutroow.

— Acabe a varredura das naves detonadas — disse Ar'alani. — Então faça uma varredura superficial da base.

— Apenas superficial, senhora?

— Vamos deixar a varredura completa para depois de lidarmos com o último posto de escuta — explicou Ar'alani. — Com sorte, Lakinda e Thrawn já terão voltado para participar da diversão.

— Porque catalogar é muito divertido — disse Wutroow. — E depois da varredura superficial?

Ar'alani endireitou os ombros.

— Acabamos com a ameaça Nikardun. Para sempre.

Estava quase no fim da vigia de Samakro quando a escotilha da ponte da *Falcão da Primavera* se abriu e Thalias entrou.

Apesar de que, na opinião crítica de Samakro, estava mais para cambalear do que para entrar. Os olhos da moça estavam semicerrados, os ombros pendiam, e ela parecia um cadáver em pé.

— Boa noite, Capitão Intermediário Samakro — disse Thalias, indo até ele. — Estou aqui para pegar Che'ri.

— Espero que não queira dizer isso literalmente — ironizou Samakro, olhando para ela de cima a baixo. — Você mal consegue ficar de pé.

— Está tudo bem — disse Thalias, olhando por cima do ombro dele para ver a menina sentada na estação de navegação. — Já passou uma hora desde a última pausa dela?

Samakro checou o registro.

— Um pouco menos de uma hora — informou. — Eu ia pedir ao Tenente Comandante Azmordi para levá-la daqui a cinco minutos.

— Eu gostaria de esperar um pouco, se você não se importar — pediu Thalias, parando ao lado dele e consultando o crono dela. — Uns quinze minutos.

— Por que quinze?

— Porque aí ela estará em um estágio mais leve da Terceira Visão — explicou Thalias. — Vai ser mais fácil tirá-la assim. Também causa menos estresse físico e mental.

Samakro franziu o cenho. Ele nunca ouvira falar antes a respeito de estágios da Terceira Visão. Ou de qualquer outra coisa do que ela falou.

— Então está dizendo que uma hora e dez minutos é o melhor tempo?

— Bem, é, para Che'ri — esclareceu Thalias, fechando os olhos e massageando as têmporas. — Não necessariamente para outras pessoas. Os estágios da Terceira Visão espelham, aproximadamente, os estágios do sono de uma sky-walker. Para Che'ri, isso é uma hora e dez minutos.

— Como você sabe qual é o ciclo de sono dela? — perguntou Samakro. Uma imagem desagradável apareceu na cabeça de Samakro: Thalias, sentada em silêncio no quarto da menina, observando as pálpebras dela e fazendo anotações no questis.

Thalias abriu um sorriso fraco.

— Não se preocupe, eu não fico encarando Che'ri enquanto ela dorme. Eu fiz ela usar um adesivo de diagnóstico por alguns dias, só isso. Os ciclos dela são bastante consistentes, o que faz com que seja mais fácil de trabalhar com eles. Lembro dos meus serem completamente desregulados na idade dela. Ainda são, na verdade.

— Interessante — disse Samakro, olhando para Che'ri. — Por que eu nunca ouvi falar sobre isso antes?

— Provavelmente porque a maior parte das outras cuidadoras e sky-walkers também não sabem — aventou Thalias. — Eu só entendi depois de perder a Terceira Visão e sair do programa.

— E realmente funciona?

Thalias fez um gesto na direção de Che'ri.

— Funcionou das duas últimas vezes que tentei coordenar. Vamos descobrir em breve se foi um golpe de sorte.

— Vamos. — Samakro a olhou de relance. — Você tem certeza que quer que ela a veja assim?

Thalias o encarou pacientemente pelos seus olhos semiabertos.

— Não estou bêbada, se é isso que o preocupa. A Magys queria fazer uma cerimônia religiosa para o Além antes de chegarmos, e precisa de ao menos duas testemunhas.

— E as duas testemunhas foram você e o acompanhante?

Thalias assentiu.

— Tentei lembrá-la de que não sou do povo ou da religião dela, mas, aparentemente, o que importa aqui são os números. — Ela considerou. — O fato de que ela vê pessoas que já foram sky-walkers como tocadas pelo Além, seja lá o que isso signifique, pode ter afetado a decisão.

— Deve ser o motivo. — E, como Thrawn a colocara como cuidadora da estrangeira, ela provavelmente sentiu que não poderia recusar. — Entende o que é esse Além do qual ela fala?

— Não muito — admitiu Thalias. — Mas suponho que haja pessoas que não compreendem como sky-walkers conseguem navegar o Caos, também.

Samakro deu de ombros.

— Eu sei que elas conseguem. Também preciso entender *como* isso acontece?

Thalias sorriu de leve.

— Eu também nunca entendi como hiperpropulsores funcionam. Se isso responde sua pergunta.

— Mais ou menos — disse Samakro. — Eu gosto bastante de religiões que têm uma política de boas-vindas para visitantes. Você fez uma varredura bioclarificadora antes de beber qualquer coisa, certo?

— Na verdade, eu não bebi nada — contou Thalias. — Nem houve incenso ou vapores ou óleos. Isto — apontou para os próprios olhos — é de um caleidoscópio audiovisual que ela usou na cerimônia.

Fascinante de observar, mas deixa a sensação de que fui atropelada por um aerocaminhão.

— Costuma ser um pouco difícil ser atropelado por algo que voa.

— Concordo — disse Thalias. — Mas minha afirmação se mantém.

— Interessante — disse Samakro. — Você deveria considerar comprar uma das bugigangas. Há gente na Ascendência que pagaria um bom dinheiro para ficar chumbada assim.

— Sim, eu conheci alguns desses na escola — comentou Thalias. — Vou ver se consigo fazer um acordo com a Magys.

— Boa sorte — disse Samakro. — Ainda estou tentando entender por que sincronizar a Terceira Visão ao sono não é parte do procedimento padrão. Usamos sky-walkers há séculos. Mesmo se as cuidadoras não notaram a conexão, *alguém* deve ter notado. Se nós, Chiss, somos bons em alguma coisa, é em manter registros.

— Não sei — disse Thalias, e Samakro viu a garganta dela se contrair por um instante. — Suponho que é porque é mais fácil especificar uma pausa de dez minutos a cada hora, o que, para a maior parte das sky-walkers, deve ser próximo o suficiente do ciclo, do que mandar a cuidadora calcular um ciclo pessoal para cada uma.

— Por que é mais *fácil*? — grunhiu Samakro. — Esta é a Frota de Defesa Expansionária, cuidadora. Não fazemos as coisas só porque elas são mais *fáceis*. Fazemos as coisas porque elas *funcionam*. As sky-walkers são a chave para nossa missão inteira. Precisamos proteger esses recursos ao máximo.

Thalias bufou.

— Você fala como se ela fosse apenas outro lançador de esferas de plasma.

— E? — rebateu Samakro. — Todos nós somos recursos aqui. Você, eu, a maldita *Falcão da Primavera* inteira. É como precisamos pensar no exército.

— Sinto muito — disse Thalias, mal escondendo o sarcasmo. — Sempre achei que éramos pessoas reais, vivas e com valor social.

— Não disse que não somos — retrucou Samakro. — Mas capitães que começam a pensar desse modo sobre seus oficiais e guerreiros nunca poderão enviar ninguém para situações de perigo. Precisamos amortecer esse tipo de compaixão quando fazemos nosso trabalho.

— Porque, se não fizer isso, vai sofrer cada vez que alguém morrer?

Samakro desviou o olhar, sentindo todos os fantasmas do passado relampeando em sua memória.

— O sofrimento ainda existe — afirmou em voz baixa. — É por isso que tomamos todo o maldito cuidado para que essas vidas perdidas sejam mínimas, e que nenhuma delas seja jogada fora.

Thalias tremeu.

— Que bom que não estou em sua posição. Não acho que conseguiria suportar.

— É quase como se estivesse — observou Samakro. — Não. Eu não acredito que as cuidadoras só não queiram colocar um pouco mais de esforço no trabalho. Precisa haver outro motivo.

— Como eu falei, elas provavelmente não notaram — disse Thalias. — Não sei se você sabe disso, mas eu sou a primeira sky--walker em ao menos um século que virou cuidadora depois. E, como eu disse, levei anos para perceber tudo isso. Alguém que não passou pelo programa não saberia nem para onde olhar.

— Sim, já escutei sobre isso — falou Samakro, estreitando os olhos, pensativo. — Me soa estranho. Vocês seriam as candidatas perfeitas para esse trabalho.

— Ouvi falar que a maior parte das sky-walkers não quer voltar — disse Thalias. — Elas saem do programa exaustas, e não querem mais saber de nada relacionado ao assunto.

— Talvez — ponderou Samakro. — Lembra do que eu disse a respeito de fazer a coisa *mais fácil* uns minutos atrás?

— As pessoas não podem ser forçadas a fazer este trabalho — disse Thalias. — Se elas ficarem ressentidas, ou não quiserem fazê-lo, é a sky-walker que sofre. Já há cuidadoras demais no programa empurrando tudo com a barriga.

— Suponho que sim — aquiesceu Samakro, relutante. — Me parece algo que as pessoas deveriam prestar atenção.

— Concordo — disse Thalias. — Boa sorte em tentar convencer os outros. — Ela colocou a cabeça um pouco para o lado. — Posso fazer uma pergunta, capitão intermediário?

— Vá em frente.

— O que acha desta missão? — perguntou. — Porque, no começo, eu tive a sensação de que você não a aprovava.

— Eu aprovar ou não uma decisão é irrelevante — desdenhou Samakro. — O capitão sênior deu uma ordem. É meu trabalho obedecê-la.

— Eu sei — disse Thalias. — Só estou dizendo que você parece... Não sei. Mais calmo agora, ou, ao menos, menos duro. — Ela abriu um sorrisinho. — Esta conversa, por exemplo. Acho que nunca falamos assim antes um com o outro. Fiquei me perguntando se sua atitude mais calma quanto a mim também significa que esteja mais calmo quanto à missão.

— Lógica interessante — reconheceu Samakro, pensando rápido, uma pequena parte de seu cérebro notando a combinação incomum de ironia e oportunidade que se apresentava à sua frente. — Muito bem. Já que perguntou... O Capitão Sênior Thrawn e eu pesquisamos um pouco sobre a localização do planeta dos refugiados, e parece que não é muito longe do último grupo de bases Nikardun que estávamos eliminando. Agora estamos nos perguntando se o que a Magys chamou de *guerra civil* não era, na verdade, um ataque massivo orquestrado pelo General Yiv.

— Achei que ele gostava de conquistar planetas, não de destruí-los.

— Geralmente sim — disse Samakro. — Nossa teoria é que o plano dele aqui era eliminar a população inteira, ou reduzi-la o suficiente para poder levar suas forças para lá sem resistência. Achamos que, quando chegarmos lá, vamos encontrar o resto dos Nikardun sobreviventes, possivelmente seguindo as ordens de um ou mais dos comandantes de Yiv, juntando forças para uma nova campanha militar.

Ele parou. A boca de Thalias, ele percebeu, estava aberta.

— Esse é… um pensamento aterrorizador — ela disse.

— Não é mesmo? — concordou Samakro, sóbrio. — De qualquer forma, se nossa análise for verdadeira, há uma chance de finalmente acabarmos com a ameaça Nikardun de uma vez.

— Que é o que deveríamos estar fazendo aqui, de qualquer forma — concluiu Thalias, estreitando os olhos.

— Exatamente — disse Samakro. — Uma dessas coisas serendipitosas que sempre costumam aparecer no caminho de Thrawn. — Ele gesticulou na direção da estação de navegação. — Hora de Che'ri sair da Terceira Visão, não?

Thalias pareceu despertar.

— Ah. Sim. Obrigada. — Assentindo para ele, ela foi até a estação de navegação e se inclinou sobre o ombro de Che'ri. Samakro não conseguiu ouvir o que ela falou para a menina, mas houve um movimento súbito, visto pela metade. Um momento depois, Thalias deu um passo para trás, segurando a mão da criança e guiando-a para fora da cadeira.

— Bem-vinda de volta — disse Samakro quando as duas o alcançaram. — Como está se sentindo?

— Estou bem — respondeu Che'ri, franzindo um pouco o cenho. — Não fui a lugar nenhum.

— É forma de falar — disse Samakro. — Acredito que você e sua cuidadora vão comer e descansar agora.

— A não ser que precise de mim — ofereceu Che'ri. — O Tenente Comandante Azmordi disse que estamos a apenas algumas horas de distância do destino.

Samakro olhou de relance para Thalias. Ela não estava falando nada, mas o olhar dela dizia claramente que a resposta correta era um grande e enfático *não*.

— É verdade — ele falou para Che'ri. — Mas você já teve um dia inteiro de trabalho e precisa descansar como todo mundo. Vamos ir salto por salto por enquanto, e então você nos leva pelo resto do caminho. Pode ser?

— Pode ser. — Che'ri olhou para Thalias. — O que vamos comer?

— É uma surpresa — disse Thalias com um sorriso. — Mas você vai gostar, prometo. Boa noite, capitão intermediário.

— Boa noite, cuidadora; sky-walker.

Elas passaram por ele, com Che'ri fazendo um comentário sobre como ela saberia o que estava sendo cozinhado antes de sequer passarem pela escotilha do quarto. Então, se foram, e a escotilha da ponte se fechou atrás delas.

Samakro se virou.

— Vamos voltar ao hiperespaço, Comandante Azmordi — ordenou. — O melhor salto por salto que conseguir sem nos jogar contra uma estrela ou asteroide.

— Sim, senhor — disse Azmordi, abrindo um sorriso para Samakro antes de voltar para seu painel.

Samakro se acomodou na cadeira, sentindo uma satisfação sombria. A história que contara para Thalias era um engodo, é claro — Yiv nunca teria ido para o meio do nada daquela maneira, especialmente depois de ter gastado recursos para acabar com o local primeiro.

Mas Thalias tinha ido para a *Falcão da Primavera* como espiã, no início. Ela nunca admitira por completo, e provavelmente negaria com veemência se alguém perguntasse. Mas Samakro nunca teve dúvidas quanto a isso.

E, agora, ele lhe dera uma história que parecia plausível, com o nome de Thrawn nela. Uma história que, quando provada como falsidade, seria usada contra Thrawn por seus inimigos para criticá-lo por suas ideias impensadas.

Uma história que *só* poderia vir dela.

A armadilha foi colocada. Thalias era uma espiã... E, quando a história aparecesse na Sindicura, ele finalmente poderia provar a verdade.

Thurfian tinha acabado de fazer os ajustes finais no último acordo quando, no momento perfeito, a Oradora Thyklo o chamou para seu escritório.

— Primeiro síndico — cumprimentou Thyklo com um tom grave. — Queria saber como vai sua discussão com os Krovi.

— Já acabou, oradora — disse Thurfian.

As sobrancelhas de Thyklo se ergueram.

— Já?

— Já — confirmou Thurfian. — Vamos prover transportes para eles para os excessos de colheitas estimados em troca de um por cento da colheita.

— Só um por cento? — perguntou Thyklo, e as sobrancelhas dela desceram de novo. — Achei que conseguiria fazer algo um pouco melhor que isso.

— Decidi aceitar perdas presentes em troca de ganhos futuros — justificou Thurfian. — Assim, teremos a gratidão deles no momento mais adequado para nós.

— Talvez sim — disse Thyklo. — Ainda assim, frequentemente penso que a gratidão é uma moeda de troca que pode ter seu valor ou não.

— Nesse caso, acredito que terá — garantiu Thurfian. — Mas essa é só a estratégia superficial, a que os outros devem ver. Para mim, o mais importante é que os Stybla também estão ajudando os Krovi, e ter nossa gente lá pode nos dar informações sobre o sistema de transporte Stybla. Se conseguirmos aprender como funciona a eficiência deles, valerá muito a pena no futuro.

— Abordagem interessante — reconheceu Thyklo, pensativa. — Tem várias camadas, e é definitivamente um objetivo válido, se conseguir colocá-lo em prática. — A expressão dela se endureceu. — Só cuide para que seus espiões não sejam pegos.

— Eles nunca são — assegurou Thurfian.

— E cuide para eles não fazerem nada que possa ser visto como agressivo — a oradora continuou. — Os Stybla podem ser, em sua maioria, transportadores e mercantes por enquanto, mas antigamente... Bom, você sabe.

— Sim, senhora — disse Thurfian, escondendo um quê de desdém em sua voz. Como todos na Ascendência, ele conhecia as lendas dos Stybla, assim como as antigas fama e glória deles. Em sua opinião, uma família que se importava tão pouco com poder que simplesmente o deu para outros merecia toda a obscuridade que ganhou. — Será apenas observação passiva e para coletar informações. Nada mais que isso.

— Ótimo — disse Thyklo. — E os Irizi? Eles não estavam tentando fazer um acordo com os Krovi também?

— Estavam — confirmou Thurfian. — Mas eu falei com o Síndico Zistalmu, e ele concordou em deixar isso conosco.

— Em troca...?

— Em troca, eles podem trabalhar à vontade com os Boadil e a nova plataforma de defesa Rentor deles.

— Com a qual nós não queríamos nos incomodar, de qualquer forma — concluiu Thyklo, assentindo. — Muito bom, primeiro síndico. Muito hábil.

— Obrigado, senhora. — Por um momento, Thurfian se perguntou se a oradora o elogiaria tanto se ela soubesse que a cooperação de Zistalmu provinha, em grande parte, do trabalho dos dois para remover Thrawn. Provavelmente não. — Agora que as discussões com os Krovi acabaram, vou encontrar os síndicos Csap esta tarde para discutir o projeto de prédio Dioya deles.

— Excelente — disse Thyklo. Ela virou a cabeça para o lado de leve. — Preciso dizer, Thurfian, que o Patriarca tinha algumas ressalvas da minha ideia de elevá-lo a Primeiro Síndico. Mas você está a caminho de provar até para ele que fiz a decisão certa.

— Que honra, oradora — ofereceu Thurfian. — Espero nunca decepcioná-la com meu trabalho. Imagino que terá algo pronto para mim quando eu acabar com os Csap?

— Na verdade, tenho algo para você agora, se já quiser levar — disse Thyklo, a voz sóbria quando ela tocou no próprio questis para mandar um arquivo. — É um assunto interno. Dois dos seus colegas síndicos estão envolvidos em algum tipo de rixa e, apesar de ser algo inicial, quero que acabe com isso antes que vaze para a Sindicura.

Thurfian assentiu, olhando de relance para a primeira página. Infelizmente, disputas internas eram comuns demais entre os Aristocra, e podiam ser mais prejudiciais à família do que qualquer rivalidade interfamiliar.

— Lidarei com isso, oradora — disse.

— Em privado, é claro — lembrou Thyklo. — E, agora, vou deixar que volte ao trabalho. Tenha um bom dia, primeiro síndico. Mande meus cumprimentos aos Csap.

Um minuto depois, Thurfian estava de volta ao corredor, sua mente organizando as tarefas e prioridades do dia.

O encontro com os Csap seria o primeiro, o mais fácil e, potencialmente, o mais valioso. A discussão de Dioya, onde a presença da nave de refugiados Pacc tinha levado a Ascendência atrás do General Yiv, seria a oportunidade perfeita de lembrá-los das aventuras arriscadas de Thrawn. Independentemente dos Csap concordarem ou não com os avisos sutis de Thurfian, eles ainda sairiam do encontro com esses pensamentos no fundo da mente. Depois disso, ligaria para os dois síndicos Mitth para que fossem até seu escritório, descobriria o que estava acontecendo e, com sorte, acharia uma forma de resolver a situação. Quando isso terminasse, ele e Zistalmu se encontrariam de novo na Marcha do Silêncio.

E, depois *disso*, ele finalmente estaria de volta para a privacidade de seus aposentos, onde continuaria a estudar a Cuidadora Thalias. Ela deveria ter sido a chave de seu duelo privado com Thrawn, uma vantagem que continuaria invisível até o momento que estivesse pronto para usá-la. O fato de que ela o desafiara uma vez, e que achara uma forma de escapar de suas garras, ainda o incomodava.

Mas ela continuava em seu lugar, continuava invisível, e ainda teria oportunidades para usá-la. Thurfian aprendera o valor da paciência há muito tempo.

A primeira tentativa de usá-la havia fracassado. A próxima não fracassaria.

CAPÍTULO SEIS

OS PADRÕES DO HIPERESPAÇO mudavam, girando do lado de fora da ponte da *Picanço-Cinzento*, um espetáculo hipnotizador que nunca deixava de impressionar ou intimidar aqueles que o viam pela primeira vez.

Lakinda mal o notava. Sem tarefas da nave pedindo por sua atenção, seu foco estava agora em como a ordem de Ar'alani afetaria sua vida.

Na superfície, é claro, não haveria efeitos visíveis. A almirante mandou uma de suas capitãs da força-tarefa de ataque em busca de outro capitão. Era perfeitamente adequado, razoável e necessário. Ninguém em Csilla pensaria duas vezes a respeito da ordem ou da obediência de Lakinda.

Em Csilla. Em Cioral, o quartel-general da família Xodlak, a história seria outra.

Honra e glória para a família. Era o lema da família Xodlak, hoje em dia. Não era apenas um *slogan*, mas o objetivo mais importante de todos aqueles que utilizavam o nome Xodlak.

E Lakinda falhara — duas vezes seguidas — em conquistar essa glória.

Sentiu o estômago revirar. O primeiro golpe aconteceu durante o último conflito com os Nikardun, onde o dano fora de hora nos propulsores da *Picanço-Cinzento* tirou seu papel na operação de limpeza final. Isso deixou os últimos farelos de glória para a *Vigilante* e a *Falcão da Primavera*. Agora ela foi excluída da última e gloriosa batalha contra as forças remanescentes do General Yiv para ser pombo-correio.

Pombo-correio.

— Capitã sênior?

Lakinda parou de olhar o rodopio hipnótico. Seu primeiro oficial, o Capitão Intermediário Csap'ro'strob, estava ao lado de sua cadeira de comando com uma expressão insegura.

— O que foi?

— Estou com o relatório dos reparos dos propulsores, senhora — informou Apros, oferecendo o questis. — Quer olhar agora ou mais tarde?

— Pode ser agora — disse, pegando o questis e passando os olhos no relatório. Os propulsores ainda não estavam cem por cento, mas já estavam bastante funcionais. — Eles fizeram um bom progresso — continuou. — Repasse meus elogios e diga para prosseguirem.

— Sim, senhora. — Apros hesitou. — Senhora?

— Mais alguma coisa, capitão intermediário ?

— Eu estava me perguntando se a senhora poderia me explicar o que a *Falcão da Primavera* está fazendo no sistema Rapacc.

— Suponho que tenha a ver com a presença Nikardun relatada por Thrawn em sua primeira incursão lá — disse Lakinda. — Aparentemente, Rapacc está incluída na região que nossa força-tarefa deveria limpar.

— Isso seria algo razoável — concordou Apros, a testa franzida de leve. — Só estava me perguntando por que Ar'alani teria mandado a *Falcão da Primavera* lá sozinha.

— Thrawn esteve frente a frente com eles antes — Lakinda o lembrou. — Até mesmo trouxe uma das naves de guerra menores deles para estudarmos.

— O que todos apreciamos na batalha de Primea — reconheceu Apros. — Meu ponto é que a *Vigilante* agora vai sozinha para o último posto Nikardun. Isso só parece... imprudente.

— Talvez seja — disse Lakinda. — Ou talvez a almirante decidiu que uma única nave de guerra Chiss é suficiente para lidar com um grupo Nikardun desesperado e desorganizado.

— Não foi o caso na última base — Apros apontou, seco. — Precisou de nós três para acabar com eles.

— Suponho que teremos que pagar para ver — disse Lakinda, mantendo a voz tão neutra quanto conseguia e devolvendo o questis. — A *Falcão da Primavera* e a *Vigilante* são naves excelentes, com oficiais e guerreiros soberbos. Tenho certeza que Ar'alani e Thrawn saberão lidar com qualquer coisa que aparecer no caminho deles.

— Assim espero. — Apros abriu um discreto sorriso. — Seria constrangedor acabar com a força principal de Yiv em Primea só para ser escorraçado pelos restos de seu exército.

— Nunca vai acontecer — assegurou Lakinda com firmeza. — Volte ao trabalho, capitão intermediário.

Apros assentiu e voltou para sua estação. Lakinda o observou partir, sentindo o nó no estômago ficar mais forte. *Não foi o caso na última base*, ele dissera. *Precisou de nós três para acabar com eles*. É o que a maior parte dos oficiais e guerreiros da força-tarefa deve ter pensado. É o que o relatório de Ar'alani provavelmente diria.

Mas não era verdade.

Lakinda repassou a batalha várias vezes em sua cabeça. Examinou-a de todos os ângulos, olhou para cada possibilidade, e chegou à conclusão inabalável de que seu cruzador pesado, sozinho, poderia e teria derrotado o inimigo. A batalha foi mais veloz e mais fácil com a presença da *Vigilante* e da *Falcão da Primavera*, é verdade, mas o fato é que ela e a *Picanço-Cinzento* poderiam ter feito isso sem a ajuda de ninguém.

Mas Ar'alani sequer considerou essa abordagem. Em vez disso, levou as três naves e, como resultado, a glória da vitória fora difusa e diminuída. Pior, aquele único golpe de azar que atingiu os propulsores principais da *Picanço-Cinzento* tinha deixado ela e a família Xodlak com ainda menos do que o terço de honra que mereciam.

Não era por nenhum motivo oculto da parte de Ar'alani. Disso Lakinda não tinha dúvida. Era inconcebível uma oficial de alto escalão distorcer os resultados de uma batalha dessa maneira. Ar'alani não precisava satisfazer a honra familiar, não tinha alianças familiares para defender nem ambições familiares a promover. Ela não tinha mais o que ganhar sugando a honra dos Xodlak para si mesma.

Thrawn era outra história, porém.

As conexões entre famílias Chiss eram, muitas vezes, obscuras e embaraçadas. Não era o caso. Aqui, as linhas de influência e os motivos eram dolorosamente óbvios. Cinquenta anos antes, quando os Xodlak eram parte das Dez Famílias Governantes, o maior aliado deles era a família Irizi. Depois, os Xodlak foram rebaixados a ser meramente uma das Quarenta, e os Irizi permaneceram ao lado deles — mas, é claro, não tão próximos quanto eram quando ambas eram parte das Famílias Governantes.

Mas eles ainda estavam ao lado dos Xodlak... E os Irizi e os Mitth, a família de Thrawn, eram inimigos ferrenhos. Tudo que Thrawn pudesse fazer contra os Xodlak afetaria os Irizi indiretamente.

O que era mais perturbador em tudo isso era que Ar'alani e Thrawn tinham uma longa história juntos, desde a Academia Taharim.

Era impensável que uma oficial de alto escalão mostrasse favoritismo em relação a uma família ou grupo de famílias. Havia toda a ideia de livrar o alto escalão das conexões familiares. Mas era inegável que Thrawn parecia ganhar todas as missões com o maior potencial de honra.

Infelizmente, não havia como provar que havia algo inapropriado acontecendo. Ao menos não por enquanto.

Ela checou o crono. A *Picanço-Cinzento* não precisaria ir até Rapacc, é claro; só precisaria chegar ao alcance da comunicação nave a nave. Naquela velocidade, demoraria umas vinte e seis horas.

Olhou para a estação de navegação, onde as mãozinhas com dedos delicados da sky-walker da nave, Bet'nih, se faziam visíveis na beira da cadeira. Alguns anos antes, em uma das antigas naves de

Lakinda, a capitã conseguira fazer a sky-walker ir um pouco mais rápido dando a ela porções extras das comidas que a menina mais gostava. Talvez, na próxima pausa de Bet'nih, Lakinda tentasse ver se ela também estaria disponível para esse tipo de suborno.

Acabou que Bet'nih adorava um tipo de queijo escuro, uma combinação que a própria Lakinda também gostava. Infelizmente, a promessa de conseguir uma barra extra de seu estoque privado foi aceita com entusiasmo, mas não fez diferença alguma na proficiência navegacional da menina de sete anos. Vinte e nove horas depois de deixar a Vigilante, vinte e três horas depois da ideia de Lakinda para suborná-la, a *Picanço-Cinzento* saiu do hiperespaço e chegou ao centro de uma coleção magnífica de estrelas frias.

Assim como o espetáculo do hiperespaço, Lakinda já não notava nenhum tipo de esplendor na visão.

— Chamando a *Falcão da Primavera* neste momento, capitã — informou Apros, olhando por cima do ombro da oficial de comunicação. — A toda potência; direcionais estão a dois graus abaixo do ideal.

— Entendido — disse Lakinda, resistindo ao impulso de mandá-los arrumarem esses dois graus. O cone focal principal do comunicador cobria uns bons vinte por cento do céu naquela direção, o que significava que Rapacc estaria dentro da tolerância.

Atrás dela, a escotilha se abriu, e ela se virou para ver a cuidadora de Bet'nih entrar na ponte.

— Cuidadora Soomret — ela cumprimentou a outra mulher. — Eu estava prestes a chamá-la. Acho que é hora de Bet'nih comer e descansar.

— Sim, eu estava vindo dizer isso — falou Soomret. — Odeio quando vocês, militares, esquecem das necessidades de nossas sky-walkers.

— Apreciamos sua presença aqui para nos lembrar disso — disse Lakinda, tomando cuidado para filtrar o sarcasmo na voz.

O que não era fácil, já que o cronograma oficial de Bet'nih marcava a pausa dela para aproximadamente meia hora antes. É verdade que a menina ainda estava navegando a espaçonave na Terceira Visão no momento; mas, se Soomret estava realmente tão a par, ela deveria ter aparecido na ponte na hora certa. Tão perto do fim de um ciclo, ela não poderia ter mandado Lakinda parar a nave, mas poderia ter ficado lá, fazendo cara feia para todo mundo na ponte, até eles deixarem Bet'nih voltar para ela.

Para Lakinda, o atraso sugeria que Soomret estava sendo igualmente casual às suas obrigações quanto várias cuidadoras a bordo da *Picanço-Cinzento* tinham sido até então, e sua indignação verbal no presente era, em grande parte, para o benefício de Bet'nih. Provavelmente, era para passar para a menina a impressão de que estava cuidando dela mais do que o comportamento de Soomret demonstrava.

O que era, infelizmente, como a própria Lakinda precisava agir agora. Ela já estivera em naves onde a sky-walker estava ansiosa ou sobrecarregada ou conseguia ver o conflito entre sua cuidadora e os outros oficiais, e isso nunca acabava bem.

— Bet'nih? — chamou, virando-se para a estação de navegação.

A menina olhou ansiosamente para a parte de trás da cadeira. Seus olhos foram de Soomret para Lakinda.

— Sim, capitã sênior?

— Sua cuidadora chegou — disse Lakinda. — Hora de comer e descansar.

— Tá — disse Bet'nih. Ela tirou o cinto e saiu da cadeira. Por um momento, cambaleou, mas a pilota, Wikivv, estava pronta e pegou seu braço para ajudá-la a ficar estável.

— Desculpa — murmurou a menina, parecendo envergonhada.

— Tudo bem — Wikivv a confortou. Ainda segurando o braço da menina, tirou os próprios cintos e se levantou, e as duas foram juntas até Lakinda e Soomret.

— Cuidadora — disse Wikivv. Sua voz era estável, Lakinda notou, e tão cuidadosamente imparcial quanto Lakinda estava tentando ser um minuto antes.

— Obrigada — agradeceu Soomret de forma mecânica. Fazendo um gesto para Wikivv voltar, ela deu um passo à frente e pegou o braço da menina. — Vamos, Bet'nih.

— Vamos para mais algum lugar hoje, capitã sênior ? — perguntou Bet'nih enquanto Soomret a levava para a escotilha.

— Não, acabamos por enquanto. Coma alguma coisa e relaxe.

— Sim, senhora. — Bet'nih abriu um sorriso inseguro para Lakinda, e ela e Soomret saíram juntas da ponte.

— Eu não acho que ela se importe muito com ela — disse Wikivv, encarando a escotilha fechada.

— Soomret não se importa muito com Bet'nih? — perguntou Lakinda. — Ou o contrário?

Wikivv soltou uma bufada.

— Na minha experiência, se um lado sente isso, acabava virando algo recíproco.

— É o que notei também — admitiu Lakinda. — Boa pegada, aliás. Isso acontece com frequência?

— Perda de equilíbrio temporária? — Wikivv deu de ombros. — Não é algo incomum. Particularmente em sky-walkers mais novas, com menos de dez ou onze anos. Elas costumam ficar tontas se passam mais de cinco ou seis horas na Terceira Visão. — O lábio dela se contraiu. — Foi assim em minhas duas naves anteriores. Sinto com frequência que há uma desconexão entre a realidade e o manual do Conselho.

— Não seria a primeira vez — disse Lakinda. Então cinco ou seis horas, o número que supostamente incluía todas as pausas obrigatórias, deixava as sky-walkers mais novas tontas... Mas, ainda assim, as regulações oficiais permitiam que uma sky-walker passasse nove horas seguidas em circunstâncias normais, e doze em emergências.

Seis horas contra nove horas. Uma grande desconexão, de fato. Algo que Lakinda deveria conversar com alguém no escritório do Almirante Supremo Ja'fosk da próxima vez que fosse para Csilla.

— Fique de olho nela — Lakinda ordenou a Wikivv. — Preste atenção para ela não ficar sobrecarregada.

— Sim, senhora.

Assentindo, Wikivv retornou ao seu assento.

Lakinda voltou sua atenção para a estação de comunicação.

— Comandante Shrent? — ela solicitou.

— Sem resposta, capitã — informou Shrent. — Várias tentativas, todas de frequência e criptografia padrão.

Lakinda olhou para as estrelas, considerando as opções. Tinha achado que Thrawn ainda estaria em Rapacc quando a *Picanço-Cinzento* chegasse ao alcance de comunicação, mas talvez não fosse o caso. Se acabara a tarefa antes do previsto por Ar'alani, ele poderia já estar de volta à Ascendência, ou talvez retornando para se reunir com a *Vigilante*.

Se ele estivesse indo para qualquer um desses dois lugares, o trabalho de Lakinda havia terminado. Enquanto a *Falcão da Primavera* estivesse no hiperespaço, as comunicações estavam cortadas, mas assim que voltasse ao espaço normal, ele supostamente receberia a mensagem da Sindicura ou da própria Ar'alani.

Mas isso era supor que ele tivesse diretivas claras a respeito do que fazer depois de Rapacc e, de forma mais crítica, que ele seguisse essas diretivas. Se ele fosse em uma tangente, poderia estar em qualquer lugar. Sem saber quando ele havia partido ou para onde estava indo, tentar se comunicar ou coordenar a pausa da sky-walker da *Falcão da Primavera* seria um trabalho complicado.

— A *Falcão da Primavera* pode estar na sombra de comunicação do outro lado do planeta — lembrou Apros. — A não ser que Thrawn esteja em uma órbita incomumente alta, não deve voltar mais do que uma hora para ele estar no alcance do comunicador.

Lakinda tocou os lábios com gentileza. Era verdade. Mas ela não estava disposta a ficar ali mandando transmissões para o Caos por uma hora.

— Novo sinal, não criptografado — mandou, ligando o microfone. O relatório que Thrawn fez a respeito dos Paccosh, ela lembrava, listava Taarja como uma das línguas comerciais preferidas pela espécie. — Governo Rapacc, aqui quem fala é a Capitã Sênior Lakinda, a bordo da nave de guerra *Picanço-Cinzento*, da Frota de Defesa Expansionária Chiss — disse em Taarja. — Tenho uma mensagem para o Capitão Sênior Thrawn. Ele está com vocês e seu povo neste exato momento?

Desligou o microfone.

— Transmissão contínua, tanto esta mensagem quanto a mensagem criptografada para Thrawn — ordenou a Shrent.

— Sim, senhora.

— Sequer sabemos se os Paccosh têm comunicação de longa distância — apontou Apros quando ele se distanciou de Shrent e voltou ao lado dela na cadeira de comando. — Isso pode significar que teremos que ir até Rapacc para falar com eles.

— Eu sei — disse Lakinda. O único problema era que, pelas horas seguintes, a sky-walker da nave estaria descansando. Rapacc não era muito longe, mas, se fossem salto por salto, demoraria mais horas do que ela gostaria de passar lá.

Sem mencionar o problema que seria se escolhesse o momento errado para entrar no hiperespaço, e ela e Thrawn tivessem que brincar de pega-pega comunicacional um com o outro.

Mas, a não ser que obtivesse uma resposta nos próximos trinta minutos, ela teria que tentar.

— Comandante Wikivv, calcule a distância até Rapacc — mandou. — Salto por salto, menor tempo.

— Sim, senhora — disse Wikivv, ocupando-se com o painel.

— Para constar — comentou Apros em voz baixa — e, considerando que a mensagem para Thrawn provavelmente veio da Sindicura, você poderia invocar regulamentos emergenciais e trazer Bet'nih de volta antes de seu descanso terminar.

— Vou considerar isso — disse Lakinda. — Vamos dar meia hora para Thrawn responder, e então ir para Rapacc.

— Capitã, recebemos sinal de Rapacc — informou Shrent. Ele tocou no painel…

— Saudações, Capitã Sênior Lakinda. — A voz de sotaque carregado veio do alto-falante da ponte, o Taarja do estrangeiro consideravelmente melhor que o de Lakinda. — Sou Uingali foar Marocsaa, e tenho a honra de falar em nome do Governo Pacc. O que os Paccosh podem fazer por vocês?

Lakinda expirou, tocando no microfone. Finalmente.

— Saudações, Uingali foar Marocsaa — respondeu. — Como disse em minha mensagem, estou tentando me comunicar com o Capitão Sênior Thrawn. Ele ainda está com você?

— Não no momento — disse Uingali. — Ele e sua nave estão levando a líder de um grupo de refugiados de volta para o mundo natal dela, para descobrir se a guerra civil que ocorreu lá deixou algum sobrevivente de sua espécie.

— Ele está fazendo o *quê*? — murmurou Apros entredentes.

Lakinda lançou a ele um olhar de advertência.

— Uingali foar Marocsaa, não estou entendendo. O Capitão Sênior Thrawn não tinha nenhuma ordem além de ir até o sistema Rapacc.

— É um gesto humanitário — explicou Uingali. — Se o planeta estiver arruinado, a Magys determinou que ela e todos os refugiados sob sua autoridade desistirão de viver.

— Por quê? — perguntou Lakinda.

— Não tenho certeza — confessou Uingali. — Os motivos são muito pouco claros para mim. O Capitão Sênior Thrawn espera que isso acalme as mentes deles e, com sorte, evite suas mortes.

— Compreendo — disse Lakinda, franzindo o cenho. Ela não tinha ouvido falar de nenhuma guerra civil, ao menos não em uma das nações que a Ascendência tinha informações esporádicas a respeito. Seria algo novo? — Quem são essas pessoas? Como eles se chamam?

— Não sabemos.

— Como chamam o planeta deles?

— Não sabemos.

Lakinda desligou o microfone e olhou para Apros.

— Opinião?

— Terrivelmente conveniente porque não nos dá nada para pesquisar — disse, estreitando os olhos com desconfiança. — Acha que eles pegaram a *Falcão da Primavera* de surpresa e a capturaram ou destruíram?

— Com Thrawn no comando? — Lakinda sacudiu a cabeça. — Pouco provável. Se eles tivessem tentado, duvido que teria sobrado muito da estrutura de autoridade que ainda pudesse falar conosco. — Ela ligou de novo o microfone. — Ainda tem as coordenadas do sistema dos refugiados? E quando, exatamente, o Capitão Sênior Thrawn partiu?

— Aproximadamente sete horas atrás — disse Uingali. — Vou enviar as coordenadas que a Magys nos deu e gravações das interações do Capitão Sênior Thrawn com os refugiados, assim como algumas interações do povo do capitão sênior e do meu.

Lakinda olhou para Shrent, que assentiu, confirmando que uma transmissão estava chegando. Ela apontou para o painel do leme de Wikivv, que também assentiu.

— Ele falou quanto tempo pretende passar lá? — ela perguntou.

— Se ele tomou alguma decisão, não a compartilhou comigo — disse Uingali. — Mas acredito que ele foi motivado pelo desejo de provar que o planeta não é habitável e, assim, que os refugiados merecem continuar vivendo. Não sei quanto tempo provas assim podem requerer.

Infelizmente, Lakinda também não sabia. Uma análise superficial poderia ser feita em questão de horas; uma análise mais detalhada do solo poderia levar semanas.

— Entendido. Um momento. — Ela desligou o microfone novamente. — Comandante Wikivv?

— Consegui, senhora — disse Wikivv, olhando de perto para a tela à sua frente. — Há, definitivamente, uma estrela nessas coordenadas. Não temos uma lista de dados para ela, então não sei se há planetas habitáveis. Mas o espectro da estrela é compatível com parâmetros padrão de forma de vida.

— Qual é a distância?

— Para Thrawn, indo de Rapacc até lá, aproximadamente sessenta e três horas via salto por salto. Quinze, via sky-walker. — Ela fez outro ajuste. — Na verdade, nós estamos um pouco mais perto do que ele no momento... A parte de trás do sistema fica perto das bases Nikardun que estávamos limpando.

Lakinda checou a tela onde Wikivv marcara o sistema alvo. Ela estava certa; era perto da área onde deixaram a Vigilante, apesar de ao norte e um pouco zênite daquela posição.

— Para nós, aproximadamente quarenta e duas horas via salto por salto — continuou Wikivv. Ela se virou para Lakinda, com um olhar inexpressivo. — Dez horas via sky-walker.

— Entendido — disse Lakinda. Em outras palavras, se ela arrastasse Bet'nih para fora de seu descanso, a *Picanço-Cinzento* conseguiria chegar ao sistema alvo umas duas horas depois da *Falcão da Primavera*. Isso praticamente garantiria que ela conseguisse encontrar Thrawn e repassar a mensagem sem as duas naves brincando cegamente de pega-pega por todo o Caos.

Mas, em sua mente, conseguia ver quão exausta e estressada Bet'nih parecia quando saiu da ponte.

Tocou no microfone.

— Qual foi a senha que o Capitão Sênior Thrawn deu a você para confirmar que estava falando por ele?

— *Senha*? — ecoou Uingali, seu suave padrão linguístico falhando. — Não me deram nenhuma senha. A não ser que ele tenha dito uma sem que eu tenha reconhecido seu verdadeiro significado. Mandei as gravações... Talvez consiga achá-la ali.

— Talvez — disse Lakinda. — Muito bem. Vamos procurá-lo na localização dos refugiados. Se voltar antes, por favor, informe-o de que estamos atrás dele. Ou melhor, dê a ele a gravação que certamente deve ter desta conversa.

— Farei ambas as coisas — prometeu Uingali. — Desejo à senhora uma viagem segura e lucrativa, Capitã Sênior Lakinda.

— Obrigada. *Picanço-Cinzento* desligando.

Lakinda desconectou o microfone.

— Leme, comece a viagem. Salto por salto na maior velocidade possível.

— Sim, senhora — disse Wikivv, ocupando-se com seu painel.

— Dependendo de quão cuidadoso Thrawn decidir ser — observou Apros —, um salto por salto pode significar que ele já tenha ido embora quando chegarmos lá. De novo, quero lembrá-la que o regulamento emergencial deve se aplicar a este caso.

— Um: Thrawn não vai usar sua sky-walker durante todas as dezesseis horas de viagem — argumentou Lakinda. — Não por um motivo assim. Ele vai dar a ela tempo para descansar, o que significa que não chegará lá antes do cronograma projetado por Wikivv.

— Mesmo que isso signifique que chegará muito mais tarde ao encontro com a *Vigilante* para completar a tarefa mandada pelo Conselho?

— Thrawn é excelente em argumentar sobre pontos fracos e até mesmo insubordinação marginal — disse Lakinda, amarga. Especialmente quando isso significava que sua família se saía bem e as outras não. — Dois: você viu como Bet'nih está cansada. Vamos começar com salto por salto, e trazê-la para cá quando ela tiver descansado.

— Entendido — disse Apros. Lakinda sabia que ele ainda estava insatisfeito com a decisão, especialmente porque a Sindicura não teria hesitação alguma em jogar o atraso da *Picanço-Cinzento* nos ombros de sua capitã e de seus oficiais.

Mas ele sabia que não valia a pena insistir depois de Lakinda tomar uma decisão.

— Posso perguntar o que foi aquela parte a respeito da senha? — ele questionou. — Eu não sabia que nós *tínhamos* uma senha para situações assim.

— Pelo que sei, não temos — concordou Lakinda. — Joguei isso para ver como ele reagiria à pergunta.

— Ele passou no teste?

— Não tenho certeza — admitiu Lakinda. — Ele é um estrangeiro, e não sei nenhum de seus parâmetros verbais.

Ela olhou o próprio crono. Seu tempo na ponte acabara havia meia hora.

— Estarei em meus aposentos, se precisar de mim — disse, ficando de pé. — Lembre-se de notificar o Capitão Júnior Ovinon quando for a hora de ele ficar na ponte. Quero que ele saia do salto por salto assim que Bet'nih estiver pronta para voltar.

— Sim, senhora — disse Apros. — Durma bem, capitã.

Lakinda pensou que dormiria, sim, enquanto saía da ponte e ia até o corredor. Mas quanto tempo demoraria para isso acontecer, e quão profundo esse sono seria, dependeria apenas de ela descobrir como, exatamente, Thrawn pretendia usar isso a seu favor.

E como e o quanto o sucesso da família dele afetaria o da dela.

O vento silvou contra o rosto e o cabelo de Thurfian, sacudindo a grama alta que chegava até o joelho onde ele e seu guia Evroes estavam parados, jogando um punhado de terra solta no penhasco dois metros à frente.

— Lá — indicou Evroes'pu'titor, ficando bem para trás da beirada enquanto apontava para o rio sinuoso abaixo, que ia na direção da jovem floresta à direita. — Aquela é a área disputada.

— Sim, consigo ver — disse Thurfian, divertindo-se de forma pouco estadista com o evidente desconforto de Oesputi. O outro mencionara ao menos duas vezes que a região disputada podia ser vista de forma mais eficiente no ar do que na beira da montanha baixa onde eles estavam no momento. Mas Thurfian queria ver as coisas do lado Xodlak do problema, então lá estavam eles.

E, agora, com a brisa e os odores sutis da fazenda, floresta e rio ao redor dele, chegou a uma conclusão gritante.

Ele *realmente* precisava sair de seu escritório subterrâneo de Csilla com mais frequência.

— Consegue ver o problema? — continuou Oesputi. — As sementes da floresta abaixo de nós foram levadas pelo vento pelo rio até nossa fazenda, onde fizeram brotar uma nova floresta.

— O que começou quando, vinte anos atrás? — perguntou Thurfian.

— Está mais para trinta — admitiu Oesputi. — Veja bem, no início, as árvores eram esparsas e não preocupavam os fazendeiros. Então, conforme começaram a crescer, os piscapássaros que controlam a população de pragas do campo se aninharam nelas. Mas agora consegue ver como é.

— Sim — disse Thurfian, a diversão prévia se esvaindo para focar na seriedade da situação. A copa da floresta ficara tão grossa que a colheita não conseguia mais se desenvolver e, enquanto a floresta se expandia lentamente, mais e mais terreno arável era perdido. — E não podem só cortar as árvores?

— Os Xodlak não permitem — suspirou Oesputi. — Eles dizem que as árvores são um híbrido específico do qual são titulares, e que ninguém pode cortá-las sem permissão.

E, é claro, a licença que o Patriel Xodlak estava oferecendo era tão cara que sugava todos os lucros que eles conseguiam com a extração de madeira. Típico egocentrismo Xodlak.

— E o que quer que eu faça, exatamente?

— Para ser sincero, não sei se há algo que *possa* fazer — admitiu Oesputi. — Os Xodlak fazem parte das Quarenta Grandes Famílias. E os Evroes não... — Ele suspirou de novo. — Não são nada.

— Vocês são uma família e parte do povo da Ascendência Chiss — disse Thurfian com firmeza. — Como tais, merecem justiça.

Justiça que deveria ter vindo por meio dos Irizi, Thurfian acrescentou em sua cabeça amargamente. Os Xodlak *eram* seus aliados, e deveriam ter se envolvido e mediado aquela negociação.

Mas os Irizi estavam, aparentemente, preocupados demais com outra tentativa de cortejar a família Chaf para uma aliança total para se incomodarem com algo tão pequeno e bobo.

Ele franziu o cenho, inclinando-se um pouco mais perto da ponta. Aquelas eram flores roxas que ele via pelas árvores da floresta principal?

— Cuidado — advertiu Oesputi, nervoso. — Esses penhascos podem ser traiçoeiros.

— Estou bem — disse Thurfian, desviando o olhar para o rio até chegar à fazenda Evroes. Aqueles campos estavam cheios do mesmo roxo, sem dúvida. — Diga, Oesputi, os ventos daqui mudam de direção durante o ano?

— Sim, de forma bastante brusca, na verdade. No inverno, eles vêm do sul, enquanto no verão eles vêm do norte.

— Então as sementes Xodlak são levadas pelo vento no inverno, passando o rio e chegando em sua fazenda. — Thurfian apontou para baixo. — E, no verão, as sementes vão para a outra direção.

Com cuidado, Oesputi avançou alguns centímetros.

— Bem, sim — confirmou, parecendo intrigado. — Nunca notei isso antes. — Ele deu um grande passo para trás. — Mas, como já disse, o grão de lá será de pouca qualidade.

— Não estou preocupado com a qualidade — disse Thurfian. — Estou dizendo que sua safra está em território Xodlak. — Abriu um sorriso forçado. — E, se você não pode extrair nem danificar as árvores deles sem permissão, eles também não podem extrair nem danificar sua safra.

— Mas eles não estão colhendo nada…

— Ou *danificar* — reforçou Thurfian.

Por um longo minuto, Oesputi encarou a floresta. Thurfian aguardou, apreciando mais uma vez a sensação do vento em seu cabelo.

— Mas nossa safra não é um híbrido protegido — o outro finalmente disse.

— Não importa. A questão é que cada família tem um argumento contra a outra. Ainda mais porque os Xodlak têm mais a perder por qualquer decisão de compensação cruzada que possa ocorrer. Essa ameaça por si só deve fazer com que queiram negociar.

— Ah, nossa — exalou Oesputi, olhando para Thurfian com uma expressão perturbadoramente próxima da adulação. — Síndico Thurfian, se puder nos dar esse tipo de esperança, os Evroes estarão para sempre em dívida com o senhor.

— Acho que posso fazer mais do que dar esperança — disse Thurfian, pegando o braço dele e levando-o para longe do penhasco, de volta ao aerocarro. — Vamos voltar à sua câmara de escuta e ligar para o Patriel Xodlak. Acho que há uma grande chance de resolvermos isto antes da janta.

Pela primeira vez, Thurfian estava errado. Levou até quase a meia-noite.

CAPÍTULO SETE

Era a última base Nikardun, a última a ser registrada na lista do General Yiv nesta parte do espaço. Como tal, Ar'alani antecipou uma grande batalha contra as forças inimigas desesperadas que, até então, haviam escapado da vingança Chiss. Nada que uma *fragata Nightdragon* não resolvesse.

Era isso que ela esperava. O que ela encontrou foi silêncio, vazio e mais destroços.

Muitos destroços.

— Parece que nossos amigos misteriosos chegaram aqui primeiro com as marretas — comentou Wutroow enquanto ela e Ar'alani visualizavam os pedaços retorcidos de metal e cerâmica flutuando no cenário estelar. A maior parte dos escombros era escura ou opaca, mas havia alguns lampejos quando algo girava o suficiente para refletir a luz do sol distante.

— É o que parece — concordou Ar'alani, franzindo o cenho ao ver o entulho. Havia algo estranho naquela cena. Algo estranho e errado.

— Essa base — disse Wutroow, apontando na direção do casco de metal torto e quebrado boiando ali no meio. — Não acha que ela parece grande?

— Grande demais para um mero posto de escuta, quer dizer? — Ar'alani considerou o casco. — Provavelmente. Mas os registros de Yiv não especificavam esta base como um posto. Só achamos que era um porque o resto do grupo era.

— Eu sei — disse Wutroow. — E isso também me incomoda. Todas as outras bases estavam marcadas por tamanho e propósito: posto de escuta, terminal de reabastecimento, base de coordenação de setor... o que fosse. Por que essa não?

— Boa pergunta — reconheceu Ar'alani. Wutroow estava certa. Mas havia outra coisa lá...

Abruptamente, ela entendeu.

— Biclian: aquele monte a trinta graus estibordo, dez nadir — ela chamou a estação de sensores. — Aquilo que parece quase esférico. Escaneie e me diga o que é.

— Sim, senhora — disse Biclian, as mãos dele se movendo por cima do painel.

— Parece escombro comum de batalha para mim — comentou Wutroow, entortando o pescoço para ver a tela principal de sensores.

— Provavelmente — disse Ar'alani. — Mas parece estar agrupado demais.

— Verdade — admitiu Wutroow, pensativa de repente. — Uma explosão normal deveria lançar as partes mais para longe umas das outras. E você está certa quanto ao monte ser esférico demais. Também não é um míssil. Será uma rajada de laser espectral?

— Acho que não — disse Ar'alani. — Parece limpo demais, de alguma forma.

— E empedrado demais — opinou Biclian. — Não é metal refinado, cerâmica ou plástico, almirante, mas rocha sólida. A análise espectral sugere que é remanescente de um asteroide.

Ar'alani e Wutroow se entreolharam.

— Então nossos agressores misteriosos estão atirando a esmo em *asteroides*, agora? — perguntou Wutroow.

— Tem mais alguma coisa acontecendo — disse Ar'alani, sombria, um estranho pensamento se formando no fundo de sua cabeça... — Octrimo, nos leve até lá — ela instruiu o piloto. — Lentamente, com cuidado... Não quero tumultuar o campo de destroços mais do que o necessário. Biclian, nosso monte de asteroides tem algum vetor?

— Sim, almirante, tem — confirmou Biclian. — Retrocedendo.

— Ótimo. — Ar'alani sabia que a trajetória do asteroide devia ter sido alterada pela batalha que ocorreu ao seu redor, mas retroceder o vetor poderia ser útil. — Especificamente... Não — ela se interrompeu.

— Almirante? — perguntou Biclian, franzindo o cenho.

— Eu ia comentar algo que estava pensando, mas não quis influenciar sua análise — disse Ar'alani. — Continue.

— Sim, senhora. — Biclian se virou para seu painel.

— Se não pode contar para ele, pode ao menos contar para *mim*? — perguntou Wutroow.

— Não posso contar *especialmente* para você — disse Ar'alani, dando um sorriso irônico. — Confio no seu cérebro para ter certeza de que o meu está funcionando direito.

— Ah. — Wutroow olhou para Ar'alani de lado. — É sempre um pouco decepcionante quando você abre um elogio e encontra um *não* embalado ali dentro.

— Paciência é uma virtude — lembrou Ar'alani.

— É o que ouço falar. Mas não sou uma grande fã.

Por alguns minutos, a ponte ficou em silêncio enquanto Octrimo manobrava a enorme nave de guerra delicadamente pelos destroços em direção ao estranho aglomerado de rochas. Ar'alani se pegou olhando para o que havia sobrado da base Nikardun, estudando o dano e focando, em particular, nas grandes lacunas onde os mísseis pesados atravessaram as defesas. Aquele maior provavelmente tinha sido o primeiro impacto, ela decidiu, voltando sua atenção de um lado para o outro, entre os escombros e os dados analíticos passando pela tela secundária de sensores. A varredura notou que os cantos do buraco pontudo tinham uma coloração estranha, que os analistas ainda estavam tentando identificar.

— Consegui, almirante — falou Biclian. — Retrocedi o asteroide na tela tática.

Ar'alani olhou para a tela. O enredo estava nebuloso, refletindo as incertezas inerentes em seguir algo que pairava no meio de várias torrentes de mísseis e fogo laser.

— E aqui — acrescentou o oficial de sensores, sua voz ficando mais sombria conforme mais dados apareciam — é onde acredito que as peças se separaram pela primeira vez.

Wutroow murmurou algo consigo mesma.

— Inacreditável... — Olhou para Ar'alani. — Como você sabia?

— Eu não sabia — disse Ar'alani, o estômago revirando. Se a análise de Biclian estava correta, o asteroide se partira diretamente diante da lacuna na estação que ela havia identificado como o primeiro ponto de impacto. — Eu só me perguntei por que alguém gastaria um míssil em um asteroide.

— Porque ninguém gastou — disse Wutroow de forma sombria.

Ar'alani assentiu, recriando o cenário mentalmente. Um asteroide de aparência inofensiva, passando pelo perímetro de defesa da estação Nikardun... alcançando a base... a parte de fora desfazendo-se para revelar o lançador de mísseis escondido dentro... um único míssil massivo, explodindo o casco da base antes dos Nikardun poderem reagir... o restante dos agressores, então, invadindo a confusão para causar estragos nos defensores desorganizados e perplexos.

— Eles teriam que planejar tudo isso com antecedência — continuou Wutroow, claramente pensando em voz alta. — Começar com o asteroide longe o suficiente para os Nikardun não notarem.

— E fazê-lo ir vagarosamente para não causar desconfiança — concordou Ar'alani. — Estamos falando de meses de preparo para fazer tudo isso funcionar.

— Antes do império de Yiv entrar em colapso? — perguntou Wutroow, em dúvida. — Quem é que sabia naquela época o que aconteceria com ele?

— Não sei — disse Ar'alani. — Talvez não tenha nada a ver com Yiv. Talvez alguém só não quisesse outra pessoa fazendo negócios nessa parte do espaço.

Wutroow fez um som com a garganta.

— Que agourento.

— Eu sei.

— Almirante? — disse Biclian. — Agora temos uma análise da descoloração na borda do buraco de explosão. É uma reação química a quantidades incomumente altas de combustível de míssil queimado muito rapidamente.

— Condizente com um míssil disparado à queima-roupa — concluiu Wutroow, assentindo. — Na maioria das vezes, mísseis conseguem queimar a maior parte do combustível antes de alcançar o alvo. Os tanques desse abriram com um estouro e fritaram ao mesmo tempo em que a ogiva acionou.

— Sim. — Ar'alani respirou fundo. — Quero leituras táticas e sensoriais completas de tudo isso aqui — ordenou, erguendo a voz para que toda a ponte ouvisse. — Mandem um esquadrão para olhar a base para ver se há algo útil, e então uma nave auxiliar para examinar os fragmentos de asteroide. Varredura completa de sensores ali também, e coletem alguns pedaços para levar de volta a Csilla.

Ela olhou para Wutroow.

— Depois disso, vamos voltar para aquela última base Nikardun, a que nossos amigos aqui visitaram primeiro, e fazer uma análise completa por lá também. Se tivermos sorte, vamos conseguir uma pista entre essas duas naves para descobrir quem, exatamente, está tentando se mudar para esta zona.

Thalias não pensou muito a respeito de sua primeira vez na sala de controle secundária. Torceu para que a segunda vez fosse melhor.

Infelizmente, não parecia ser o caso.

Mas não tinha escolha. Thrawn queria que a Magys estivesse na ponte, caso tivesse alguma pergunta a respeito do que encontrassem, ou se precisasse de alguém para falar com o planeta. Também precisava que Che'ri e a Terceira Visão levassem a nave pelos últimos anos-luz de distância, e que estivesse preparada para tirá-los de lá rapidamente se necessário, o que significava que a garota precisava ficar em um console de controle.

Tecnicamente, é claro, *apenas* Che'ri precisava estar lá. Mas Thalias não podia abandonar a menina em um momento tão crítico, especialmente com um grupo de oficiais que nenhuma delas conhecia bem.

E, como Thalias notou da primeira vez que foram lá, as pessoas que projetaram a sala nunca pensaram, aparentemente, que uma cuidadora pudesse estar com a sky-walker, então não incluíram nem uma cadeira para ela perto da estação de navegação. Na primeira visita, Thalias ficou de pé atrás de Che'ri, apertada no espaço estreito atrás da menina. Dessa vez, porém, o Comandante Sênior Kharill estava na liderança, e ele insistiu que todos deveriam estar sentados e de cintos afivelados.

Thalias estava preparada para lutar contra essa regra se precisasse. Felizmente, isso não foi necessário. Kharill não discutiu sua presença na sala e, em vez disso, conseguiu trocar o oficial de sensores para outro lugar para que ela pudesse se sentar perto de Che'ri.

Mas, pela cara que Kharill estava fazendo, ela supôs que esse reposicionamento e acomodação não fora ideia dele.

Quase lá. Thalias olhou para o rosto de Che'ri de perto, inexpressiva mas concentrada na Terceira Visão enquanto guiava a *Falcão da Primavera* pelos últimos minutos de voo. O espaço entre Rapacc e o mundo da Magys era mais complicado do que o de costume, até mesmo para o Caos, o que cansava Che'ri além do normal. Thalias só podia observar a menina enfrentar a tarefa e esperava que a viagem valesse a pena.

— Seu cinto está torto.

Ela ergueu a vista. Laknym, o especialista de esfera de plasma que vira da última vez quando ela e Che'ri estavam ali, tirou o cinto e estava manobrando o espaço estreito entre o leme e o próprio assento na estação de armas.

— Quê? — perguntou.

— Eu disse que seu cinto está torto — ele repetiu, passando por trás de Che'ri para alcançar Thalias. — É só abrir que eu arrumo.

Thalias virou o pescoço, tentando olhar por cima do próprio ombro. Realmente, havia um giro extra no cinto.

— Obrigada — disse, soltando o dispositivo de proteção.

— É fácil de fazer — falou Laknym, dando meia volta no cinto e devolvendo a ponta para ela. — Não tem muito espaço para as âncoras aqui, então os cintos são um pouquinho diferentes dos da ponte.

— Com sorte, não precisaremos deles — disse Thalias. — Você está aqui oficialmente agora? Eu achei que era só da última vez.

— Eu também achei — confessou Laknym, olhando rapidamente para os cintos de Che'ri e assentindo com satisfação. — Como você pode ter notado, o Capitão Sênior Thrawn às vezes joga as pessoas em novas posições e situações só para ver como elas reagem. Por algum motivo, suponho que ele e o Capitão Intermediário Samakro gostaram do que viram da última vez que me colocaram aqui.

— A não ser que seja só dessa vez também.

— Pode ser — concedeu Laknym. — De qualquer forma, é um sinal promissor. Especialmente para alguém da minha posição.

Thalias estremeceu. Oficialmente, tenente comandante era uma posição meio experimental, entre tenente e comandante júnior, dada a oficiais que mostravam potencial de, um dia, irem para a estrutura de comando.

Mas, não oficialmente, ao menos pelo que Thalias tinha conseguido captar em conversas ouvidas pela nave, a posição tinha se transformado em algo conveniente para despejar oficiais das Nove Famílias Governantes ou das Quarenta Grandes Famílias que o Conselho já havia decidido que nunca cresceriam. Era para agradar esses indivíduos, dando a eles um rótulo que soava grandioso para não ofender as mais poderosas famílias Chiss dizendo que seu querido sangue e primos e posições distantes não eram tão bons quanto eles esperavam que fossem.

Claro, como a coisa já tinha virado um segredo conhecido por todos, mal se qualificava como um subterfúgio a essa altura do campeonato. No entanto, a boa vontade de todos os lados de continuar com esse teatro fazia com que ele continuasse acontecendo.

Laknym, como membro de uma das Quarenta, já configurava como a segunda categoria. Só o tempo diria se ele estava conseguindo sair disso ou não.

— Preparar para saída — a voz de Thrawn veio do alto-falante da ponte.

— É com você — disse Laknym quando ele se espremeu novamente atrás de Che'ri para voltar ao seu lugar. — Ela está pronta?

— Sim — assegurou Thalias, estudando a tela do monitor da ponte. Notou que a Magys estava parada ao lado da cadeira de comando de Thrawn, com seu acompanhante só meio passo atrás. Do outro lado de Thrawn estava o Capitão Intermediário Samakro, com as mãos unidas atrás de si. No fundo havia dois guardas de vigília com carbônicas na cintura.

— Civis devem ficar quietos — grunhiu Kharill de seu assento na estação do leme. — E oficiais não devem participar de conversas ociosas. Todos devem ficar atentos... Não sabemos como é o lugar para onde vamos.

Thalias se encolheu, tentando lidar com a tensão. Seja lá o que encontrassem, ela tentou se lembrar firmemente, Thrawn saberia o que fazer. O redemoinho do hiperespaço virou chamas estelares, que viraram estrelas...

Muitas estrelas em todas as telas exteriores. Estrelas e mais nada.

Thalias sabia que voar às cegas em um sistema desconhecido costumava significar que a nave apareceria no meio do nada. O que parecia ser exatamente o que havia acontecido.

— Façam uma varredura à procura de corpos planetários e veículos espaciais — mandou Thrawn. — Estamos em seu sistema, Magys — continuou, falando em Taarja. — Assim que localizarmos seu planeta, saberemos qual é sua condição. Posso perguntar qual é o nome de seu mundo?

— Nós não compartilhamos isso com desconhecidos — retrucou a Magys com um tom duro.

— Ah — disse Thrawn. — Bem, então, para nossa conveniência, vamos chamá-lo de Nascente.

A língua da Magys pulou para fora.

— Está zombando de nossa destruição?

— De forma nenhuma — afirmou Thrawn. — Escolhi cultivar a esperança.

— Não há esperança.

— Logo mais descobriremos se há ou não — disse Thrawn. — Até lá, vou preferir a esperança.

Tardiamente, Thalias notou que Che'ri estava respirando pesado.

— Tudo bem? — murmurou, tocando no ombro da menina.

— Sim — respondeu Che'ri. — Isso foi um pouco... estranho.

— De que maneira? — perguntou Thalias.

— Eu só... Não sei — disse Che'ri, flexionando os dedos. — Parecia mais difícil do que os mapas mostravam ser.

— Bom, isso é o Caos — explicou Thalias. Ela sabia que Thrawn suspeitava que a região fosse mais complicada do que as projeções sugeriam, e era por isso que ele quis que Che'ri fizesse o último segmento em vez de ir salto por salto. — Vai ser mais fácil na saída, sem pressão de tempo — acrescentou. — Está com sede?

— Um pouco — disse Che'ri, olhando ao seu redor, em dúvida. — Você tem permissão para sair?

— Não vou precisar — esclareceu Thalias, tirando um pacote de suco grillig do bolso.

— Obrigada — disse Che'ri, parte da tensão se esvaindo em uma tentativa de sorriso enquanto pegava o pacote.

— De nada — disse Thalias. — Tenho mais, se você quiser.

— Só não deixe nada cair no painel de controle — avisou Laknym.

Che'ri revirou os olhos. Virando-se para Laknym, ela tirou o canudo do pacote com cuidado exagerado. Laknym respondeu com uma careta de mentira, sorriu, e voltou para o próprio painel.

— Entendido, senhor — anunciou Dalvu da estação de sensores da ponte. — Coordenadas planetárias enviadas.

— Muito bem — disse Thrawn. — Tenente Comandante Azmordi: salto intrassistema. Nos leve acima do equador e quarenta mil quilômetros para fora.

— Sim, senhor.

— Esses saltos intrassistema sempre parecem complicados — Thalias falou para Che'ri. — O Capitão Sênior Thrawn a ensinou a fazer isso quando vocês estavam no Espaço Menor?

— Eu fiz alguns — contou Che'ri. — São bem difíceis de acertar. Em um deles, eu exagerei e fui para bem longe do planeta que ele queria ver. O outro foi normal. Mas o que a gente mais fez foram análises de longa distância. — Ela torceu o nariz. — De qualquer forma, na maior parte dos lugares não tinha muita coisa para ver.

A tela visual piscou e, de repente, havia um planeta no centro dela.

— Uau — murmurou Che'ri. — Ele é bom.

— Muitos anos de prática, imagino — disse Thalias, olhando para a imagem distante. A maior parte dos planetas habitáveis que ela já vira apresentavam uma mistura similar de nuvens brancas, picos montanhosos, águas azuis, desertos marrons ou cinza ou vermelhos, e misturas de vegetações que iam do vermelho-escuro ao violeta-vivo.

O planeta diante deles era diferente. Ainda havia algumas áreas de tamanho considerável em branco e azul, e algumas faixas com tons mistos de azul-esverdeado.

Mas também havia manchas negras. Manchas *grandes*. Manchas que salpicavam o lado iluminado pelo sol inteiro.

A Magys estava certa. Seu mundo sofrera uma guerra horrenda, devastadora.

A oficial de sensores a algumas estações de distância de Laknym sussurrou alguma coisa, em choque.

— O que ela disse? — Thalias perguntou em voz baixa.

— Padrão de bombardeio — disse Laknym, com a voz sombria. — Dá para ver que muitas das manchas pretas estão nos maiores rios. A maior parte das pessoas constrói cidades perto de rios.

Thalias assentiu, sentindo o gosto de ácido estomacal na boca. Então o dano não fora apenas um aviso ou uma única represália contra um único ataque. Os dois lados da guerra civil estavam determinados a acabar um com o outro.

— Preparamos um drone auxiliar de controle remoto, Magys, com equipamentos de sensores e gravação — comunicou Thrawn.

— Vamos chegar mais perto, e então lançá-lo na direção da superfície para estudos de baixa altitude.

— Não é necessário — disse a Magys com uma voz inexpressiva. — É como eu disse. Pode ver a evidência. Nosso mundo não existe mais. Nosso povo não existe mais.

— Ainda há bastante vegetação — apontou Thrawn. — Onde há plantas, há esperança para o ecossistema.

— Mais um motivo para tocarmos o Além e focarmos na cura — disse a Magys.

— Mas sua primeira lealdade não é ao seu povo? — rebateu Thrawn. — Se há outros estrangeiros vivos, resistindo e tentando reconstruir, você não deveria ajudá-los com a força e o número de seu grupo?

— Nosso povo não existe mais.

— Ainda não provamos isso.

— Nosso povo não existe mais. — A Magys sacudiu uma das mãos em direção à panorâmica. — Todos podem ver isso com clareza.

— Não podemos ver nada claramente a essa distância — insistiu Thrawn. — Deve nos dar tempo para investigar. Thalias gostaria que você fizesse isso.

— E, ainda assim, aquela que já tocou o Além não está aqui.

— Ela tem outros deveres — argumentou Thrawn.

Thalias estremeceu. A famosa discussão sem fim que não leva a lugar algum.

— Você precisa ir falar com ela? — perguntou Che'ri, hesitante. — Eu vou ficar bem aqui.

Thalias hesitou. Será que sua presença ou suas palavras fariam alguma diferença?

Admitiu que talvez fizessem. Ela deveria ao menos tentar.

— Já volto — sussurrou para Che'ri. Perguntando-se o que Kharill diria se ela saísse, ela ergueu a mão para desfazer o cinto…

— Capitão, algo está vindo — interrompeu Dalvu. — Cinco naves, tamanho canhoneira, se aproximando a bombordo do disco planetário.

— Deixa pra lá — disse Thalias, soltando o cinto e apertando o braço de Che'ri para reconfortá-la. — Vou ficar aqui.

— Comando secundário? — chamou Samakro, olhando para a câmera da ponte.

— Sensores? — perguntou Kharill.

— Sensores de repetição prontos — informou a oficial de sensores da sala de comando secundária, que ficava a algumas estações de distância de Thalias. — Pegando atualizações da ponte e da secundária.

— Sistema de armas pronto — acrescentou Laknym. — Controles de repetição conectados.

— Ponte: comando secundário pronto — relatou Kharill.

— Muito bem — disse Samakro. — Fiquem atentos.

— Barreiras — mandou Thrawn. Thalias olhou para o painel de Laknym, vendo os indicadores das barreiras eletrostáticas da *Falcão da Primavera* se ativarem.

— O que são essas naves? — perguntou a Magys.

— É o que queremos saber — disse Thrawn. — Aumentem a imagem. Essas naves são de seu povo?

— Não as reconheço — respondeu a Magys. Thalias notou que as palavras pareciam mecânicas, como se nem as naves nem nada importasse mais. — Talvez essas sejam as pessoas que vieram tomar nosso mundo perdido para si.

— Talvez — considerou Thrawn. — Vamos descobrir. — No monitor, Thalias o viu ligar o microfone de sua cadeira de comando. — Nave não identificada, aqui quem fala é o Capitão Sênior Thrawn, a bordo da nave de guerra *Falcão da Primavera*, da Força de Defesa Expansionária Chiss — disse ele em Taarja. — Por favor, identifique-se.

Ninguém respondeu. As cinco naves foram em direção à *Falcão da Primavera*, posicionando-se em uma formação circular.

— Ora, ora — murmurou Laknym.

— O quê? — perguntou Thalias.

— Civis devem ficar *quietos* — vociferou Kharill antes que Laknym pudesse responder.

— É um padrão de roseta — murmurou Laknym. — É, geralmente, uma formação de ataque.

Thalias sentiu o estômago revirar.

— Isso vai ser um problema?

— Não muito — assegurou. — Cinco canhoneiras são uma força de batalha considerável, mas não contra um cruzador pesado como a *Falcão da Primavera*.

— Mais vindo — falou Dalvu. — Dois grupos de cinco a bombordo do disco planetário.

A garganta de Thalias se apertou.

— Tenente Comandante Laknym? — sussurrou.

Laknym respirou fundo.

— Sim — disse em voz baixa. — Quinze canhoneiras é, definitivamente, um problema.

CAPÍTULO OITO

THALIAS OLHOU PARA A tela tática com a garganta ainda mais apertada. Todas as quinze canhoneiras tinham vindo da mesma direção. Será que todas estavam tendo um encontro do outro lado do planeta?

Ou será que havia algo do outro lado, escondido do ângulo da *Falcão da Primavera*? Uma plataforma de defesa orbital, talvez, ou uma nave de guerra maior?

Na tela da ponte, Samakro se aproximou de Thrawn.

— Eles não parecem muito amigáveis — comentou.

— Podem estar só sendo cautelosos — disse Thrawn. — O drone auxiliar está pronto?

— Pronto, senhor — respondeu Kharill.

Thalias assentiu consigo mesma quando descobriu a resposta de um pequeno quebra-cabeça. Ela tinha notado no caminho que o console do leme secundário da sala de controle parecia mais ativo que o restante, como se o oficial de lá planejasse continuar da estação da ponte de Azmordi. Agora ela notava que seria dali que eles mandariam o drone.

— Ajustar o vetor em direção à orla planetária a estibordo e lançar — ordenou Thrawn.

— Sim, senhor.

Thalias franziu o cenho. Um quebra-cabeça resolvido; outro se formando. Ela tinha presumido que Thrawn estava tentando entender as intenções das naves estrangeiras ao enviar um drone auxiliar claramente desarmado para se encontrar com eles. Mas, em vez disso, ele estava mandando o drone na direção *contrária*?

O drone apareceu em uma das telas externas, acelerando para longe da *Falcão da Primavera* na direção do canto mais distante do planeta.

— Vejamos o que eles pretendem fazer — comentou Samakro.

As palavras mal tinham saído da boca dele quando todas as cinco canhoneiras mais próximas abriram fogo com espectro-lasers, mandando uma rajada avassaladora.

Ao lado de Thalias, Che'ri respirou fundo.

— Está tudo bem — disse Thalias em tom suave, colocando uma mão reconfortante no braço da menina. Normalmente, ela e Che'ri ficavam aninhadas em segurança no quarto quando os tiros começavam.

— Evasiva — mandou Thrawn calmamente.

Thalias segurou a respiração quando o drone começou a convulsionar e se contrair, combinando com os movimentos menores, mas não menos intensos, do oficial do leme do lado de lá de Laknym. O drone se desviou pelos lasers enquanto o operador tentava confundir a mira das canhoneiras.

E estava funcionando, notou Thalias. Se o drone conseguisse aguentar por mais um tempo, talvez um ou dois minutos, ele conseguiria sair do alcance da mira das canhoneiras. A esse ponto, se elas ainda quisessem destruí-lo, teriam que ir atrás dele.

O que significaria passar bem na frente da *Falcão da Primavera*.

Thalias forçou um sorriso. É claro. Thrawn estava tentando atraí-los até onde pudesse usar os lasers da nave, lançar mísseis e destruí-los com um ataque flanqueado quando os lasers da frente deles seriam inúteis.

Ela ainda estava tentando entender os detalhes em sua cabeça, elogiando-se mentalmente por como os métodos de ensino indireto de Thrawn haviam aguçado suas habilidades analíticas, quando uma última rajada de laser destruiu o drone.

Thalias suspirou. E lá se foi o plano.

— Que pena — disse Samakro. — Achei que, a essa distância, eles teriam que usar os mísseis.

— Não é tarde demais — afirmou Thrawn. — Talvez seja possível convencê-los a lançar se dermos a eles um alvo mais adequado.

— Não sei — disse Samakro, com dúvidas. — Com quinze naves já posicionadas, eles podem achar que vão conseguir só usando o laser.

Thalias estreitou os olhos. Será que ele e Thrawn estavam sugerindo que *queriam* que as canhoneiras lançassem mísseis contra a *Falcão da Primavera*? Ela olhou de relance para Laknym, perguntando-se se ele sabia o plano ou também estava por fora da estratégia. Mas seu rosto estava inexpressivo, completamente focado no painel.

— Deveríamos ao menos dar a oportunidade a eles — disse Thrawn, a voz tão calma quanto a de Samakro. — Azmordi: leve-nos em direção ao grupo na liderança. Em baixa velocidade.

— Sim, senhor.

— Thalias? — murmurou Che'ri, tensa.

— Está tudo bem — Thalias a acalmou. A *Falcão da Primavera* estava indo em direção às canhoneiras mais próximas no que parecia ser uma velocidade muito maior do que a ordem de Thrawn deveria ter gerado. Atrás deles, os dois outros grupos de inimigos estavam se apressando para fechar a distância e se juntar ao confronto.

Thalias girou o pescoço para olhar os painéis de Laknym, tentando encontrar a leitura das barreiras eletrostáticas. Mas ela não sabia como o layout do painel funcionava e, naquele ângulo, não conseguia ler as descrições debaixo das telas. Ela voltou a olhar a tela principal, vendo as canhoneiras da primeira roseta se separando ainda mais para dar aos dois grupos que se aproximavam um campo de fogo melhor.

— Capitão sênior? — perguntou Samakro.

— Pare o trajeto — disse Thrawn. — Atinja a primeira roseta com laser espectral, mas segure fogo até segunda ordem. Vamos ver o quanto eles sabem a respeito dos Chiss.

Thalias franziu o cenho. A proibição da Sindicura contra ataques preventivos, até mesmo contra inimigos claramente definidos, nunca fez muito sentido para ela. Ela sabia que também não fazia sentido para Thrawn, já que o vira achar formas de contornar a proibição tantas vezes.

Mas esta situação parecia muito mais direta. Ao destruir o drone, mesmo que nenhum Chiss estivesse em perigo, os agressores haviam dado à *Falcão da Primavera* todo o motivo do mundo para abrir fogo, não?

Talvez fosse esse o objetivo. Talvez Thrawn e Samakro quisessem ver se os agressores sabiam, precisamente, quais eram as linhas invisíveis que naves de guerra Chiss não deveriam cruzar.

— Aparentemente, eles sabem algo sobre nossas regras de abordagem — comentou Samakro. — Estamos bem mais à frente do ponto onde eles dispararam contra o drone. Devem achar que não podemos fazer nada até a nave em si ser atacada, então estão tentando se aproximar para ter um alcance maior de sucesso.

— Talvez — disse Thrawn. — Ou eles podem estar esperando nós entrarmos mais para dentro do poço gravitacional do planeta.

— Tem isso, também — admitiu Samakro. — Ordens?

— Vamos continuar a nos comportar como eles claramente esperam que nos comportemos — determinou Thrawn. — Prepare um míssil invasor, mirando no centro da roseta principal.

— No *centro*, senhor?

— No centro — confirmou Thrawn.

— Mas... Ah. — Samakro assentiu, entendendo. — Se não tem ameaça de verdade, não há ataque de verdade.

— Exatamente — disse Thrawn. — Pode ser vantajoso de um ponto de vista tático que os inimigos acreditem em limites que não existem.

Furtivamente, Thalias olhou por cima do próprio ombro para ver Kharill na cadeira de comando, percebendo sua expressão endurecida.

Talvez ele não tivesse tanta certeza de que um ataque contra um drone auxiliar era motivo suficiente para abordar as canhoneiras. Ou talvez ele não tivesse certeza de que a Sindicura entenderia a situação dessa maneira.

Ainda assim, o plano de Thrawn de atirar primeiro no centro da formação dos inimigos deveria apaziguar até mesmo os críticos mais ferrenhos da frota.

Ou talvez Kharill simplesmente não gostasse da ideia de gastar tempo em brincadeiras quando havia mais dez canhoneiras se aproximando atrás do primeiro grupo.

— Sim, senhor — disse Samakro bruscamente. — Lançador pronto.

— Atire.

Na tela, o míssil ejetou do tubo de lançamento, queimando pelo espaço na direção do aglomerado de canhoneiras. A roseta mais próxima se afastou um pouco mais conforme o míssil se aproximava...

E, em perfeito uníssono, lançaram cinco lasers, um de cada canhoneira, convergindo no míssil. A armadura do invasor aguentou por alguns segundos, e então o míssil se desintegrou, seu conteúdo de ácido respingando no espaço.

— Aí está — disse Thrawn, apontando com a cabeça para a nuvem se expandindo. — Você viu, capitão intermediário?

— Sim, senhor — respondeu Samakro. — Nossa reputação realmente nos precede.

— De fato — concordou Thrawn.

— O que isso significa? — perguntou Che'ri.

Thalias sacudiu a cabeça.

— Não sei.

Laknym se aproximou delas.

— Deixar um míssil explosivo normal chegar tão perto antes de destruí-lo teria danificado as canhoneiras — explicou, falando baixinho. — Mas destruir um invasor mais longe do que esse estava teria arriscado que o ácido se espalhasse o suficiente para respingar neles. Isso significa que eles sabem como nossos mísseis funcionam.

— Me pergunto se eles também sabem a respeito das esferas de plasma — comentou Samakro.

Laknym assentiu.

— Sabem, sim — disse.

— Tem algo a dizer, Laknym? — perguntou Kharill.

Laknym se encolheu.

— Só estava comentando a pergunta do Capitão Intermediário Samakro a respeito das esferas — explicou, olhando para Kharill. — Pela formação deles…

— Não fale para *mim*, Laknym — interrompeu Kharill. — Fale com *eles*. — Ele acionou o próprio microfone. — Senhor, Laknym tem um comentário a fazer.

Thrawn olhou para o monitor.

— Laknym? — convidou o capitão.

Thalias viu a garganta de Laknym se contrair depois de ser empurrado subitamente para o centro das atenções.

— Acredito que eles saibam a respeito das esferas de plasma, senhor — disse. — A formação deles é ampla o suficiente para evitar mísseis invasores, mas compacta o suficiente para deixar que qualquer um deles volte para a posição central a tempo de interceptar a esfera se quiserem proteger um alvo maior atrás deles.

— Parece um pouco especulativo demais — observou Samakro.

— Bem… — gaguejou Laknym.

— Mas está essencialmente correto — disse Thrawn, vindo ao resgate. — Particularmente porque a roseta está se fechando lentamente conforme nós nos aproximamos e o tempo que eles precisariam para executar esse tipo de manobra de bloqueio diminui.

— Essa tática não sugere que eles *possuem*, de fato, um alvo maior atrás deles que requer proteção? — questionou Samakro, um pouco ríspido.

— Não necessariamente — afirmou Thrawn. — Táticas de batalha costumam ser tão enraizadas que são usadas mesmo quando uma situação não precisa dessas táticas. Mas você traz outro ponto interessante.

— Que pode, na verdade, *haver* uma nave maior por aí? — perguntou Samakro.

— Exatamente — disse Thrawn, sua voz ficando mais sombria. — Nesse caso, agora que estamos suficientemente dentro, prevenindo, assim, uma fuga rápida, ela deve finalmente aparecer.

Thalias estremeceu. Ela já vira o suficiente da lógica e das deduções de Thrawn para saber que havia uma grande chance de ele estar correto de novo.

E, se a nave escondida fosse algo terrível, a *Falcão da Primavera* poderia estar em apuros de verdade.

— Talvez devêssemos reconsiderar nossa estratégia, senhor — sugeriu Samakro, alto o suficiente para ser ouvido pelos microfones da ponte. — Conseguir o perfil de explosão dos mísseis deles não vai ajudar se não estivermos mais aqui para levar os dados de volta para a Ascendência.

— Acredito que podemos proceder assim por mais um tempo — decidiu Thrawn. — Qualquer nave de guerra que der a volta pelo planeta vai nos dar bastante aviso.

As palavras mal tinham saído da boca dele quando uma nave apareceu de repente. Não vinha de trás do disco planetário, como Thrawn previra, mas saltara do hiperespaço na traseira da formação das canhoneiras.

Thalias apertou os olhos, focando no design da nave. Ela já não vira essa configuração em algum lugar?

De repente, ela recuperou o fôlego, perplexa e incrédula. Ela já vira isso antes, sim. Era…

— Ah, maravilha — grunhiu Kharill atrás dela.

— O que foi? — perguntou Che'ri, a voz falhando. — É uma Nikardun?

— Não é uma nave Nikardun — disse Kharill com um tom sinistro. — Só um problema. Um *grande* problema.

— Saída em trinta segundos — informou Wikivv do leme da *Picanço-Cinzento*.

— Entendido — disse Lakinda. Ela passou os olhos lentamente pela ponte, vendo cada estação e garantindo que o Comandante Sênior Erighal'ok'sumf estivesse em seu console de armas e que todos os indicadores estivessem no verde.

Alguns dos guerreiros haviam reclamado a respeito disso — a maior parte deles longe dela, é claro —, perguntando-se se a capitã estava sendo cautelosa demais, especialmente no caso de uma incursão sem combate no que parecia ser um pingo de sistema no meio do nada. Até mesmo o Capitão Intermediário Apros havia apontado diplomaticamente que era muito pouco provável que um salto às cegas colocaria a nave perto de uma situação de combate, e que eles teriam tempo de sobra para serem avisados de um alerta.

Lakinda não se importava com nada disso. Era o que a regulamentação padrão recomendava, e ela tinha certeza que Thrawn faria isso, e fosse o que fosse que os aguardava no fim dessa viagem, ela *não* deixaria ele e os Mitth se saírem melhor de novo.

Ao menos, Ghaloksu estava entusiasticamente ao lado dela. O que não era surpreendente; Lakinda nunca vira seu oficial de armas deixar passar a oportunidade de dar trabalho para a tripulação sob seu comando.

O redemoinho do hiperespaço se dissipou em chamas estelares e então em estrelas.

— Varredura sensorial completa — mandou Lakinda, olhando pela panorâmica da ponte e checando a tela tática quando os sensores começaram a responder. Havia um aglomerado de asteroides ali perto, mas nenhuma nave ou planeta. — Chequem bem esses asteroides — acrescentou. — Garantam que não há nada se escondendo por aí.

— Alcance de combate sem obstruções — relatou Vimsk dos sensores, suas mãos grandes e dedos atarracados trabalhando com destreza improvável no controle da estação de sensores. — Alcance médio sem obstruções. Ainda checando alcance longo. Não há naves nem plataformas nos asteroides.

— Entendido — disse Lakinda. Quanto mais olhava para os asteroides, mais achava que seriam um lugar excelente para uma emboscada, caso ela fosse necessária. Algo para manter em mente caso a Ascendência precisasse montar uma operação militar ali um dia.

— Fogo laser! — gritou Ghaloksu. — Nível de trinta graus.

Lakinda conteve um xingamento quando a imagem apareceu na tela tática. À distância, podia ver os pontos minúsculos de fogo laser brilhando contra o meio disco de um corpo planetário.

A cena vacilou por um momento, e então voltou com o jeito turvo inerente da alta magnificação de uma imagem. Ela viu a silhueta de uma grande nave contra o lado iluminado de um planeta, a proa parcialmente voltada na direção do sol. As naves disparando lasers eram pequenas demais para até mesmo a melhor magnificação dos sensores conseguirem ver, mas o número de disparos sugeria que havia ao menos cinco delas.

— Identidade da nave? — perguntou.

— A *Falcão da Primavera*? — sugeriu Apros.

— Quem mais estaria aqui? — disse Lakinda, estreitando os olhos. O que Thrawn estava aprontando agora?

Abruptamente, ocorreu uma pequena explosão no lado escuro do planeta e os lasers dos agressores se apagaram.

— Algo estourou — disse Lakinda. — O que pode ser?

— Desculpe, eu não vi — informou Ghaloksu.

— Eu vi — disse Vimsk, aproximando-se das telas da estação de sensores. — Era algo pequeno. Do tamanho de uma nave auxiliar ou um bote de mísseis.

Lakinda olhou para Apros.

— Pode ter sido uma das naves auxiliares da *Falcão da Primavera*.

— É possível — disse Apros. — Ou Thrawn pode ter se metido na guerra civil que os Paccosh mencionaram, e ele está assistindo aos dois lados disparando um contra o outro.

E, sem dúvida, tentando parar a guerra. A preocupação exagerada de Thrawn com estrangeiros e mundos estrangeiros com os quais a Ascendência não tinha nada que se meter era tanto uma piada quanto uma maldição.

— Cruzador a caminho — relatou Ghaloksu. — Indo em direção à origem do fogo laser.

Apros praguejou num grunhido.

— Ele vai atacar, não vai?

— Talvez — disse Lakinda. — Vimsk, me diga qual é a altitude dele. Ele está dentro do poço gravitacional?

— Sim, senhora.

Lakinda exalou, irritada. O que significava que, seja lá o que Thrawn estivesse fazendo — estando prestes a violar as ordens da Ascendência ou meramente querendo se defender —, uma fuga rápida não era opção.

E, com isso, ela não tinha escolha.

— Wikivv, quero um salto intrassistema — mandou. — Pegue a posição dos agressores, extrapole uma barreira de profundidade entre eles, acrescente cinquenta por cento a mais por segurança, e nos coloque lá.

— Sim, senhora — disse Wikivv, virando-se para seu painel.

Apros deu meio passo na direção de Lakinda.

— Então vamos lá? — perguntou em voz baixa.

— A *Falcão da Primavera* está em perigo — afirmou Lakinda. — Com sorte, vamos aparecer atrás de quem for que Thrawn esteja enfrentando, e vamos pegá-los com uma pinça.

O lábio de Apros tremeu.

— Consegue ver, senhora, que estamos perigosamente perto de participar de um ataque preventivo.

— Não, estamos indo ajudar uma nave de guerra da Ascendência, como nós — corrigiu Lakinda. — *Thrawn* é que está perto de fazer isso.

Apros olhou para a panorâmica.

— Espero que esteja certa.

Todos esperamos, pensou Lakinda.

— Wikivv?

— Estamos prontos, capitã sênior.

— Guerreiros: fiquem prontos para combate — chamou Lakinda, sentindo uma certa satisfação. Ela estivera certa de deixar a *Picanço-Cinzento* em alerta de batalha. Ela estivera certa, e todos eles estavam errados. Um ponto para os Xodlak. — Wikivv, assim que chegarmos, gire na direção da *Falcão da Primavera*, para mirarmos em quem quer que esteja lá.

— Sim, senhora.

— Preparem-se — disse Lakinda, ajeitando os ombros. Os Mitth não teriam como distorcer *esta* situação para tornar Thrawn o herói. — Três, dois, um.

Houve um relampejo do cenário estelar, quase mais imaginado do que visto, e a *Picanço-Cinzento* chegou.

E, em um único momento congelado, tudo foi para o inferno.

Mesmo quando Wikivv começou a rotação de guinada que os levaria para a posição de pinça planejada por Lakinda, o alerta de proximidade soou, avisando-os de uma grande nave a alcance de combate. Lakinda girou a cabeça para olhar para aquela direção...

O ar parou em sua garganta. A nave vinha depressa da curva do planeta, onde, até então, estava fora de seu campo de visão e do de Thrawn.

— Ghaloksu?

— Nave de guerra, classe couraçado de batalha, configuração desconhecida — clamou o oficial de armas. — Vindo rápido a bombordo.

A garganta de Lakinda se contraiu. Couraçados de batalha eram uma classe de naves estrangeiras que iam de naves um pouco menores que uma *Nightdragon* Chiss para consideravelmente maiores que isso. Esta versão, em particular, era um tamanho intermediário, um pouco maior que uma *Nightdragon* e, provavelmente, tão armada quanto.

O que a tornava consideravelmente maior que a *Picanço-Cinzento* e a *Falcão da Primavera* juntas.

— Wikivv, segure a guinada — mandou Lakinda, checando a tela tática enquanto as varreduras dos sensores começavam a chegar. Afastando-se dela, na direção da *Falcão da Primavera*, havia três grupos de naves pequenas, do tamanho de canhoneiras ou de botes de mísseis. O grupo liderando, na teoria, eram as naves que dispararam todo aquele fogo laser que se viu quando a *Picanço-Cinzento* chegou ao sistema.

Trincou os dentes. Agora que sabia do couraçado de batalha, o mais inteligente a se fazer seria voltar ao salto antes que a *Picanço-Cinzento* fosse para o marco invisível que a colocaria fundo demais no poço gravitacional do planeta para escapar para o hiperespaço.

Mas isso significaria deixar a *Falcão da Primavera* sozinha com este novo inimigo. E a ideia toda dessa surtida era tirar Thrawn da confusão na qual ele tinha se metido.

Ainda assim, seu primeiro dever era com a própria nave e com a Ascendência. Se esta era uma ameaça nova e, até agora, não reconhecida, a *Picanço-Cinzento* precisava sobreviver por tempo o suficiente para avisar Csilla. Se isso significasse abandonar a *Falcão da Primavera*...

— Estão vindo! — exclamou Ghaloksu. — Três mísseis do couraçado de batalha.

— Lasers: mirar e destruir — mandou Lakinda.

E, com isso, a decisão foi tomada por ela. A *Picanço-Cinzento* foi atacada sem aviso ou desafio... E se quem quer que fosse o mestre daquela nave achasse que uma comandante Chiss de sua reputação e família fugiria de tamanha provocação, eles quebrariam a cara, e feio.

— Shrent, contate a *Falcão da Primavera* — disse, uma enxurrada de orgulho e determinação acabando com a incerteza e a cautela. — Diga a Thrawn que estamos indo.

CAPÍTULO NOVE

— Deixem todas as armas prontas — disse Thrawn, a cabeça inclinada para baixo enquanto digitava em seu questis, a voz fria como gelo.

Mais calma do que a voz de Samakro estaria nas mesmas condições. Certamente mais calma do que o primeiro oficial se sentia no momento.

A análise de Thrawn antecipara a possibilidade de uma nave de guerra estar escondida no canto do planeta. Ele também previra que uma ameaça não poderia aparecer sem dar à *Falcão da Primavera* um amplo tempo de sair do poço gravitacional e fugir. Além do mais, com a sky-walker Che'ri já na estação de controle secundária, os Chiss poderiam manobrar para fora dos enredados caminhos do hiperespaço com mais velocidade e para mais longe do que qualquer inimigo poderia alcançar.

A análise *não* considerou que a *Picanço-Cinzento* apareceria de repente, praticamente no colo da nave de guerra.

E, com isso, o plano inteiro de Thrawn se partiu como um ovo passando do ponto. Pelas imagens e a varredura rápida que a *Picanço-Cinzento* tinha transmitido, era óbvio que não havia como

Lakinda lidar com aquele couraçado de batalha sozinha, especialmente considerando as quinze canhoneiras prontas para apoiá-lo. A *Picanço-Cinzento* precisava dar meia-volta e retornar ao hiperespaço, e precisava fazer isso já.

Era tarde demais. Mesmo quando Samakro olhou à distância, viu uma saraivada de fogo laser irromper entre a *Picanço-Cinzento* e a nave ainda invisível. O couraçado de batalha abriu fogo, e a *Picanço--Cinzento* estava respondendo.

E Samakro sabia o suficiente a respeito de Lakinda para ter certeza que ela nunca fugiria de uma batalha, mesmo uma na qual ela estava desesperadamente em desvantagem. A honra da família Xodlak ditava isso.

O que forçava a *Falcão da Primavera* a ajudá-la.

Infelizmente, a única forma da *Falcão da Primavera* alcançar a *Picanço-Cinzento* a tempo seria passando reto pelas mesmas quinze canhoneiras.

— Guardas, acompanhem a Magys e sua companheira de volta para o quarto e cuidem para que elas fiquem lá — mandou Thrawn.

Samakro observou as duas estrangeiras e o guarda passarem pela escotilha e saírem da ponte. A escotilha se fechou e ele se virou para Thrawn.

— Qual é o plano, senhor?

Thrawn apontou para a panorâmica.

— Vamos passar reto pelas canhoneiras.

— Entendido — disse Samakro. Tudo bem, era o que ele imaginara. — Se posso sugerir, senhor, seria mais seguro girar para fora do poço gravitacional e tentar um salto intrassistema para ir até a *Picanço-Cinzento*.

Thrawn sacudiu a cabeça.

— Seria impossível um salto tão curto assim sair certo.

— Da mesma forma que se jogar de cabeça em quinze canhoneiras — replicou Samakro bruscamente, sua paciência finalmente se esvaindo. Thrawn realmente achava que era invencível? Ele achava que sua lógica e seus instintos táticos nunca estariam errados?

— *Quinze* não, capitão intermediário — corrigiu Thrawn com um tom brando. Ele apontou para a tela tática. — Cinco.

Samakro viu a tela, a raiva retorcendo seu estômago. E as malditas técnicas de deflexão verbal de Thrawn…

A emoção borbulhando dentro dele congelou. As dez canhoneiras que se aproximavam na retaguarda se viraram, e agora estavam se dirigindo à distante *Picanço-Cinzento*.

— Aparentemente, o couraçado de batalha não tem tanta confiança que a diferença de tamanho dele e da *Picanço-Cinzento* poderiam sugerir — continuou Thrawn. — A telemetria de Lakinda mostrou uma nave menor de companhia ao lado dele, possivelmente uma nave de suprimentos ou tênder, talvez indicando despreparo para combate.

— Então estão chamando as canhoneiras de volta — disse Samakro.

— De fato — confirmou Thrawn. — Acredito que podemos lidar com cinco canhoneiras sem grandes problemas.

— Sim, senhor, podemos — disse Samakro, sentindo-se um idiota. Focado em observar os estrangeiros saindo da ponte, ele acabou deixando uma situação fluida de batalha fazer com que se precipitasse. Ele deveria ser melhor do que isso. — Esferas e lasers?

— Apenas lasers, eu acho — disse Thrawn. — Tenho outra coisa em mente para as esferas. — Afpriuh?

— Todos os sistemas estão prontos, senhor — o oficial de armas informou, sua voz firme e confiante.

— Laser nas cinco canhoneiras — ordenou Thrawn, tocando no questis uma última vez. — Atire na melhor distância. Azmordi, quando eu disser, leve-nos a toda velocidade pelo curso que indiquei. Continue a atualizar os dados com a *Picanço-Cinzento*.

Samakro olhou para a tática, onde o curso escolhido por Thrawn apareceu. A *Falcão da Primavera* aceleraria em um vetor reto até a *Picanço-Cinzento*, indo mais fundo no poço gravitacional do planeta, até passar pela metade daquele segmento de linha e começar a subir de novo.

O plano também marcava o ponto onde esperava que Afpriuh disparasse. Samakro olhou de relance para as distâncias envolvidas, pegando mentalmente o perfil de laser que eles haviam gravado quando as canhoneiras atacaram o drone auxiliar...

— Vamos sofrer um tanto de danos, senhor — avisou.

— Sim — disse Thrawn. — Mas deve ser mínimo.

— Entendido — disse Samakro, relutante. Ir contra cinco canhoneiras usando apenas lasers ainda era uma aposta arriscada. Mas precisavam apostar. As barreiras eletrostáticas e o grosso casco de liga nyix da *Falcão da Primavera* conseguiam aguentar uma boa quantidade de dano sem apresentar perigo para a nave, e as esferas de plasma e mísseis invasores que ainda tinham deveriam ser usados contra o couraçado de batalha.

— Curso pronto, senhor — chamou Azmordi no leme.

— Lasers prontos, senhor — acrescentou Afpriuh da estação de armas.

Thrawn ligou o alto-falante geral.

— *Falcão da Primavera*, preparar para batalha — falou, sua voz ecoando pela ponte e cada parte da nave. — Azmordi: três, dois, um.

A *Falcão da Primavera* pulou para a frente, lançando-se contra as cinco canhoneiras que ficaram para trás. Elas responderam abrindo um pouco a formação roseta. Samakro observou os monitores, confirmando que as barreiras eletrostáticas da *Falcão da Primavera* estivessem a toda potência e que os espectro-lasers estivessem prontos...

Um segundo depois, cinco lasers dispararam das canhoneiras, apunhalando o casco da *Falcão da Primavera*. As barreiras dispersavam uns oitenta e quatro por cento da energia laser, mas os dezesseis restantes eram atingidos. Se os raios continuassem focados nas mesmas placas do casco por muito tempo, eles poderiam estar em apuros.

— Azmordi, rotação evasiva e finta — mandou Thrawn. — Coordene o padrão com o controle do laser. Afpriuh?

— Quase no alcance, senhor — informou Afpriuh. — Padrão de mira?

— Simultâneo seguido de sequencial — disse Thrawn.

— Simultâneo, então sequencial — repetiu Afpriuh, assentindo. — Padrão trancado.

— Prepare-se para simultâneo — disse Thrawn. — Três, dois, *um*.

Pela panorâmica, Samakro viu as muitas labaredas de fogo aparecendo enquanto os espectro-lasers dianteiros da *Falcão da Primavera* eram lançados, cada tiro alvejando uma das cinco canhoneiras, o meio interplanetário ionizado de flashes marcando as passagens dos raios.

Samakro checou as leituras. Os níveis de poder das canhoneiras não haviam mudado, e os lasers deles estavam intactos e disparando. Não era surpreendente; a essa distância, um único laser teria efeitos mínimos até mesmo contra as barreiras eletrostáticas limitadas que naves de guerra daquele tamanho conseguiam suportar.

Mas dano não era o propósito de um ataque simultâneo de laser. Samakro voltou a atenção para a tática...

— Sequencial: três, dois, *um*.

E, com os sensores das canhoneiras temporariamente sobrecarregados e seus pilotos deslumbrados pelas explosões anteriores, a força total da coleção de lasers dianteiros da *Falcão da Primavera* foi disparada contra cada uma delas, quebrando as barreiras e destruindo uma, e a outra, e a outra, até acabar com a formação circular inteira.

— Protejam da evasiva — mandou Thrawn. Houve um retumbar breve contra o casco da *Falcão da Primavera* conforme a nave passava pelos destroços das canhoneiras detonadas. — Varredura de sensores.

— Dez canhoneiras à frente fechando o cerco na *Picanço-Cinzento* — informou Dalvu. — O couraçado de batalha segue escondido atrás da orla planetária.

— Ótimo — disse Thrawn. — Aumente a velocidade em trinta por cento.

— Trinta por cento, entendido — confirmou Azmordi.

— Só trinta por cento, senhor? — Samakro perguntou baixinho. — Nessa velocidade, mal vamos alcançá-los.

— Entendido — disse Thrawn. — As esferas de plasma estão prontas?

— Prontas, senhor — confirmou Afpriuh.

— Ótimo — disse Thrawn. — Abram um canal seguro com a *Picanço-Cinzento*. — Ele olhou para Samakro. — Precisamos falar com a Capitã Sênior Lakinda.

— Nós estamos aguentando bem — assegurou Lakinda ao falar com Thrawn. — Tenho a sensação de que eles não estavam preparados para uma batalha.

Em privado, ela admitia que isso não significava que o couraçado de batalha não tivesse encarado a situação de frente. As barreiras eletrostáticas da nave, que os sensores mostravam estar em potência mínima quando a *Picanço-Cinzento* apareceu, estavam agora com força máxima. Pior do que isso, o número de lasers disparados contra o cruzador Chiss aumentara, e os lançadores pareciam disparar assim que novos mísseis eram carregados neles.

Até então, as barreiras e defesas da *Picanço-Cinzento* estavam aguentando a rajada de tiros. Mas, conforme o couraçado de batalha continuava a se aproximar, e a reação entre o lançamento dos mísseis e o mirar-disparar-destruir dos lasers diminuía, a situação começava a ficar crítica.

— O que me faz perguntar por que ele atacou em primeiro lugar, em vez de simplesmente fugir — indagou-se Thrawn. — Mas esse é um tópico a ser discutido mais tarde. Ele ainda está indo até você?

— Sim, e está aumentando a velocidade — disse Lakinda, arriscando uma olhada rápida na tela tática. As dez canhoneiras indo em direção ao seu flanco estibordo também estavam vindo rapidamente.

Em contraste, a *Falcão da Primavera* quase parecia estar enrolando.

— E essas canhoneiras que estavam torcendo para arruinar seu dia agora estão torcendo para arruinar o meu — acrescentou. — Será que você não pode vir um pouco mais rápido e ficar ao alcance delas antes delas ficarem ao meu?

— Em um instante — prometeu Thrawn. — Estou enviando um plano de ataque. Você pode fazer sua parte?

Lakinda estreitou os olhos. Fazer sua *parte*? A *Picanço-Cinzento* que estava na berlinda, não a *Falcão da Primavera*. Desde quando Thrawn estava encarregado do plano de batalha conjunto, e Lakinda estava só fazendo sua *parte*?

O plano apareceu na tática, e ela estreitou os olhos ainda mais. De todas as coisas *insanas*...

— Uau — murmurou Apros. — Será que ele jamais tem planos de batalha que não sejam praticamente insanos?

— Não que eu saiba — grunhiu Lakinda.

Ainda assim, encarar uma nave de guerra inimiga que, na teoria, poderia acabar com as duas cruzadoras Chiss, com a *Falcão da Primavera* incapaz de fugir para o hiperespaço, significava que qualquer plano de batalha que não *fosse* insano provavelmente daria errado. Por mais que ela odiasse admitir, a loucura de Thrawn poderia ser o que eles precisavam ali.

— Wikivv? — ela chamou o leme. — Você conseguiria?

— Eu concordo com o nível de sanidade geral — disse Wikivv, sua voz ficando esganiçada enquanto via o diagrama tático que Thrawn mandara. — Fora isso... sim, eu consigo.

— Apros? — perguntou Lakinda, olhando para ele.

Ele deu de ombros.

— É arriscado — disse. — Mas a maior parte do risco envolve Thrawn. — Ele forçou um sorriso. — É sua nave, senhora. Sua decisão.

Lakinda assentiu. Ele estava certo a respeito de tudo.

— Certo, Thrawn. Estamos prontos.

— Obrigado — disse Thrawn. — Continuem enviando a telemetria... O *timing* será crítico.

Um alarme soou: as barreiras eletrostáticas caíram para cinquenta por cento.

— Nosso *timing* também está bem crítico — avisou.

— Entendido — disse Thrawn. — Afpriuh, Azmordi: quando eu disser. Três, dois, *um*.

E, com um solavanco de múltiplos tubos de lançamento, todas as vinte esferas de plasma que a *Falcão da Primavera* ainda tinha explodiram no espaço.

Samakro encarou a tela tática, a garganta se contraindo. Vinte esferas, duas mirando cada uma das canhoneiras que fugiam. Se a aposta de Thrawn não funcionasse, não teriam mais uma das melhores armas que possuíam contra o ainda escondido couraçado de batalha, e sequer teriam resultados.

O que ainda poderia acontecer. As canhoneiras estavam longe o suficiente para que, caso notassem as esferas, houvesse tempo para saírem do caminho.

Mas os caças mantinham os vetores originais. Com a atenção dos pilotos focada na *Picanço-Cinzento*, e as cortinas de fumaça de plasmas que saíam dos próprios lançadores obscurecendo os sensores traseiros, as canhoneiras pareciam alheias à ameaça sutil rapidamente tomando conta deles. Samakro prendeu a respiração…

E observou todas as vinte esferas surrarem os alvos, as explosões de íon detonando os sistemas de controles, sensores e suporte de vida das canhoneiras. E, mais importante do que isso, os comunicadores.

— Aceleração de emergência — mandou Thrawn, e Samakro conseguiu ouvir um pouco do alívio sob a confiança e determinação na voz do capitão. Era tudo uma aposta, mas a primeira parte tinha acabado de dar certo.

Um instante depois, teve que se agarrar ao assento da cadeira de comando de Thrawn para não se desequilibrar quando Azmordi acionou a potência máxima emergencial, a aceleração repentina deixando os compensadores um pouco atrasados.

— Afpriuh, meus cumprimentos aos artilheiros de esfera — continuou Thrawn. — Hora de ver se seus especialistas em mísseis invasores são tão bons quanto.

— São sim, senhor — assegurou Afpriuh, confiante. — Artilheiros e lançadores no aguardo.

— Capitã Lakinda? — chamou Thrawn.

— Estamos prontos por aqui — informou Lakinda no alto-falante.

— Excelente — disse Thrawn. — Fiquem no aguardo.

A ponte ficou em silêncio por uma dúzia de batidas cardíacas. Samakro olhou para a tática, estremecendo assim que a *Falcão da Primavera* passou pelas canhoneiras que tinham acabado de incapacitar, espalhando as naves menores e provavelmente quebrando algumas delas, expondo-as ao espaço e à morte. As imagens marcando as naves principais que continuavam a se mover pela área tática: a *Picanço-Cinzento* mantendo a posição, defendendo-se dos mísseis e lasers do couraçado de batalha; o próprio couraçado de batalha movendo-se inexoravelmente em direção à nave de guerra Chiss sitiada; a *Falcão da Primavera* correndo a toda velocidade na direção das duas. Se a telemetria da *Picanço-Cinzento* estivesse correta, o couraçado de batalha estava perto da borda do disco planetário…

— *Picanço-Cinzento*, execute quando eu falar — disse Thrawn calmamente. — Três, dois, *um*.

Na tela tática, uma dúzia de novas imagens piscaram no monitor: esferas de plasma, lançadas da *Picanço-Cinzento*, mirando no couraçado de batalha.

Todas impactando contra o bombordo do casco.

— *Isso* deve confundi-los — murmurou Samakro.

— Certamente — concordou Thrawn. — Com sorte, essa confusão não vai se traduzir em cautela.

Mas, até então, uma enxurrada súbita de cautela não parecia muito provável. Mesmo majoritariamente incapacitado a bombordo, o couraçado de batalha ainda estava navegando na direção da *Picanço-Cinzento*, jogando mísseis e fogo laser contra o alvo do ileso aglomerado de armas a estibordo. Pela panorâmica, Samakro viu a grande nave de guerra aparecer da parte de trás do disco planetário.

Ele exalou, sibilando. A telemetria da *Picanço-Cinzento* mostrara o couraçado de batalha majoritariamente de frente, com apenas uma visão breve e encurtada das laterais enquanto os lançadores dos flancos e dos ombros disparavam mísseis e lasers. Só agora que ele estava vendo a nave melhor que conseguiu entender quão grande ela era.

Samakro olhou para Thrawn. Se o comandante estava surpreso ou amedrontado, ele não o mostrava em sua expressão.

— Afpriuh, deixe os invasores prontos — ordenou Thrawn. — Capitã Lakinda, quando quiser.

— Boa sorte — veio a voz de Lakinda no alto-falante. Samakro voltou a olhar para a panorâmica para ver a *Picanço-Cinzento* se virar parcialmente para longe do couraçado de batalha e desaparecer no hiperespaço. O couraçado de batalha continuou em direção ao local onde a nave Chiss estivera, provavelmente se preparando para o próprio salto assim que saísse do poço gravitacional...

— Invasores: disparar — mandou Thrawn.

O convés vibrou sob os pés de Samakro quando todos os invasores que ainda tinham eram disparados na direção do couraçado de batalha, saltando para a frente em sua própria aceleração que fora aumentada com a velocidade que a *Falcão da Primavera* estava.

Mesmo com aquela vantagem adicional, Samakro sabia que a distância em que se encontravam não era a melhor para invasores. Mas, como os sensores e pontos de defesa a bombordo do couraçado de batalha estavam paralisados pelas esferas de plasma da *Picanço-Cinzento*, o comandante inimigo não tinha como imaginar a força destrutiva arremessada contra eles. O único aviso que poderiam ter viria das canhoneiras, e o ataque de esferas de plasma do próprio Thrawn as silenciara.

E, com o couraçado de batalha ainda alheio, a avalanche de invasores arremeteu contra o casco dele.

Àquela distância, e com um alvo tão grande pairando diante deles, a maior parte dos comandantes e oficiais de armas teria ficado satisfeita de fazer qualquer destruição aleatória que seus mísseis pudessem causar. Não era o caso de Thrawn. Sob o comando dele, Afpriuh examinara os dados de telemetria da *Picanço-Cinzento* para localizar os aglomerados de sensores e armas do couraçado de batalha para mirar os invasores de acordo com as localizações. Os invasores explodiram, fazendo o ácido transbordar pelo casco, devorar o metal e a cerâmica e se entocar pelos eletrônicos endurecidos e os cristais ópticos. Trinta segundos depois, os sistemas que as esferas de plasma da *Picanço-Cinzento* haviam paralisado temporariamente foram permanentemente destruídos.

Deixando o flanco a bombordo do inimigo inteiramente suscetível a ataques.

— Espectro-lasers: disparem — ordenou Thrawn. — Espalhamento sucessivo. — Ele olhou para cima para ver Samakro. — Vejamos quão bem eles nos conhecem.

Samakro assentiu. Um espalhamento sucessivo era o golpe duplo básico das táticas de batalha Chiss: invasores para abrir buracos no casco, seguidos de lasers cuja energia agora era absorvida mais prontamente pelo metal descaroçado e escurecido, cavando ainda mais na armadura da nave. Se o comandante do couraçado de batalha conhecia a estratégia, eles saberiam como responder a ela.

Como era de se esperar, mesmo enquanto os lasers carcomiam o casco, a nave de guerra inimiga começou a fazer uma guinada, girando vagarosamente na direção da *Falcão da Primavera*, preparando-se para levar as armas da proa e estibordo contra a agressora e esconder o lado esquerdo dos lasers.

— Parece que eles estão prontos para outra rodada — comentou Samakro.

— Uma decisão da qual podem se arrepender — observou Thrawn. — Azmordi, segure a aceleração emergencial. Afpriuh, vejo que as barreiras estão a oitenta e dois por cento?

— Sim, senhor — confirmou o oficial de armas. — Ainda estão se recuperando do ataque das canhoneiras. Estamos trabalhando para que voltem à potência total.

— Entendido — disse Thrawn. — Preparem os lasers. Antecipo que vão se virar o suficiente para usar as armas de estibordo, mas não mais que isso.

— Estamos prontos, senhor — informou Afpriuh. — As localizações do aglomerado de armas no flanco já foram registradas nos sistemas de mira.

— Ótimo — disse Thrawn, checando o próprio crono. — Assegure-se de que os disparos sejam *muito* precisos.

— Sim, senhor — respondeu Afpriuh. — Sistemas de estibordo quase à vista.

— Prepare-se para disparar quando eu disser — falou Thrawn. — Salvas de laser únicas quando eu disser. Primeira salva: três, dois, *um*.

De novo, o céu do lado de fora da panorâmica se iluminou quando os raios espectrais da *Falcão da Primavera* estouraram do lado de fora na direção da nave de guerra distante.

Mas o alcance ainda era longo, o couraçado de batalha tinha uma boa armadura e, sem a suavização provinda dos invasores a bombordo, o casco a estibordo e os aglomerados de armas dos ombros conseguiram se desvencilhar do ataque. A nave de guerra continuou seu giro, os próprios lasers indo contra a *Falcão da Primavera*.

— Segunda e terceira salvas: três, dois, *um* — chamou Thrawn. De novo, ele olhou para o crono enquanto os lasers cuspiam mais dois ataques... — Cessar fogo.

Samakro engoliu em seco, os olhos passando da panorâmica para a tela tática...

Então, de repente, lá estava ela, aparecendo na distância curta atrás do couraçado de batalha.

A *Picanço-Cinzento* voltara.

Não só voltara, como estava na posição tática precisa que Thrawn especificara: a curto alcance de batalha, com uma visão perfeita do bombordo danificado do couraçado de batalha.

E, enquanto o couraçado de batalha continuava a lançar fogo laser contra a *Falcão da Primavera*, Lakinda abriu fogo para começar o próprio ataque.

— Afpriuh: dispare à vontade — mandou Thrawn.

Samakro olhou para a tela de sensores, depois para a tática e de volta aos sensores. A essa distância, era difícil saber quanto dano o ataque Chiss estava causando no couraçado de batalha. Ou se estava causando dano algum.

Mas isso só contava para o lado da *Falcão da Primavera*.

A telemetria da *Picanço-Cinzento* mostrava os lasers cavando a parte mutilada do casco do inimigo. Se a *Picanço-Cinzento* conseguisse manter isso, e a *Falcão da Primavera* conseguisse aguentar...

— Afpriuh, prepare-se para cessar fogo — disse Thrawn.

Samakro franziu o cenho, olhando para a tela de sensores. O que Thrawn estava vendo que o fez acreditar que o inimigo estava prestes a se render?

Ele ainda estava tentando entender quando o couraçado de batalha foi abruptamente para a frente, mergulhando bruscamente para fora do poço gravitacional do planeta. Os lasers da *Falcão da Primavera* se viraram para segui-lo e a *Picanço-Cinzento* fez a mesma coisa. O couraçado de batalha disparou uma última salva de fogo laser que errou completamente a *Falcão da Primavera*...

E, então, piscando, escapou para o hiperespaço.

— Cessar fogo — mandou Thrawn. — Analisar e relatar o dano sofrido.

Samakro respirou fundo, sentindo os sons e os movimentos sutis da ponte enquanto os outros oficiais também se desconectavam mentalmente do combate.

— Bem — comentou. — *Isso* foi diferente.

— De fato — disse Thrawn, ligando o comunicador. — Capitã Lakinda, relatório.

— Ainda estamos analisando o dano, capitão — veio a voz de Lakinda. — Mas, por enquanto, não parece tão ruim assim. E vocês?

— A mesma coisa — comunicou Thrawn. — Meus cumprimentos para sua pilota, aliás. Nunca vi um par tão preciso de saltos intrassistema. Por favor, inclua minha admiração em seu diário de bordo.

— Farei isso — garantiu Lakinda. — Notou o tiro de despedida do nosso coleguinha?

— Notei — disse Thrawn, sua voz ficando sombria. — Uma pena, também. Estava esperando para ver o que essas canhoneiras e pilotos poderiam nos oferecer.

Samakro olhou novamente para a tática, fazendo cara feia quando viu que as dez canhoneiras paralisadas tinham virado nuvens de poeira que se expandiam. Ele presumira que o couraçado de batalha havia apenas errado o disparo — a *Falcão da Primavera* — com a última salva. Claramente, não fora um erro.

— A Almirante Ar'alani também está vindo? — continuou Thrawn.

— Não — respondeu Lakinda. — Só estou aqui porque a almirante me mandou para repassar uma mensagem.

— Interessante — disse Thrawn. — Um momento, enquanto faço um canal de transmissão seguro.

— Na verdade, eu preferia entregar a mensagem diretamente — disse Lakinda. — Já que também precisamos falar a respeito do que aconteceu aqui.

— Muito bem — concordou Thrawn. — Sugiro que nós dois continuemos as análises de dano. Há um par de coisas que eu gostaria de checar melhor. Assim que acabarmos, vamos combinar uma reunião.

— Concordo — disse Lakinda. — *Picanço-Cinzento* desligando.

— *Falcão da Primavera* desligando. — Thrawn desconectou o microfone.

— Ela é uma boa comandante — comentou Samakro. — Embora às vezes seja um pouco atrevida.

— Quer dizer, ir de frente a uma nave de guerra imensa com um único cruzador? — perguntou Thrawn.

— Sim, senhor. — Samakro ousou abrir um sorriso. — Achei que era o único que podia enfrentar probabilidades impossíveis e se livrar delas.

— As probabilidades nunca são impossíveis — disse Thrawn, calmo. — Apenas desfavoráveis.

— Vou lembrar disso — falou Samakro. — Quais são as coisas que precisa checar?

— Notou o que aconteceu antes do couraçado de batalha escapar?

— Quer dizer além de destruir as canhoneiras? — perguntou Samakro, olhando-o de perto. — Não muito. Só presumi que tinham cansado de apanhar.

— Tenho certeza que isso é parte da verdade — disse Thrawn. — E não se engane; eles *estavam* sendo seriamente feridos. Mas eu acredito que o motivo pelo qual eles ficaram por tanto tempo era para ocupar nossa atenção e deixar os companheiros escaparem.

Samakro franziu o cenho.

— Companheiros? Quer dizer o tênder que vimos na telemetria de Lakinda?

— Nós fizemos uma *suposição* de que era um tênder — esclareceu Thrawn. — Mas eu acredito que, quando analisarmos os registros da *Picanço-Cinzento* com mais cuidado, vamos descobrir que era uma nave de passageiros ou um cargueiro.

Samakro olhou para o planeta devastado debaixo deles.

— Alguém queria algo ou alguém deste planeta — concluiu lentamente. — Algo pelo qual valia a pena destruir tudo.

— E algo pelo qual valia a pena mandar um couraçado de batalha para guardar a transferência.

— Sim — murmurou Samakro. — O que faremos agora?

— Primeiro, trazemos a Magys e seu acompanhante de volta à ponte — disse Thrawn. — O couraçado de batalha e o transporte estavam em posições geossíncronas, possivelmente acima de uma localização significativa. Talvez ela possa nos dizer o que ocupa essa área.

— Nós *poderíamos* descer e olhar por nós mesmos — apontou Samakro.

Thrawn sacudiu a cabeça.

— Talvez mais tarde, mas não agora. A *Falcão da Primavera* e a *Picanço-Cinzento* estão danificadas e efetivamente desarmadas e oferecem apenas apoio limitado para uma incursão desse tipo.

— Sei disso — falou Samakro. — Só estou dizendo que, se esperarmos muito, quem estava aqui pode voltar para acabar com o que começou e desaparecer.

— Acho pouco provável — disse Thrawn, pensativo. — Seja lá qual for o propósito deles, não é só pegar e sair correndo. Não quando investiram tempo e esforço para fomentar uma guerra civil para impedir os nativos de interferirem no plano. Não, eu acho que é um investimento de longo prazo e vai continuar até podermos responder com força adequada.

— Sim, senhor — disse Samakro.

O que não significava que os mestres do couraçado de batalha não poderiam apenas encerrar sumariamente a operação e lidar com as perdas necessárias, em vez de enfrentar toda a força Chiss. Ainda assim, os instintos de Thrawn nesta missão inteira foram certeiros, enquanto os de Samakro estiveram incorretos na maior parte do tempo. Não era uma boa posição para argumentar.

— E depois de falarmos com a Magys?

— Encontramos a Capitã Sênior Lakinda — disse Thrawn, olhando a panorâmica. — E tentamos resolver o mistério sobre o que aconteceu aqui.

LEMBRANÇAS III

PARA YOPONEK E A noiva, as cinco semanas seguintes foram, sem dúvida, um sonho se tornando realidade. Graças aos Agbui, os dois Chiss — que, um dia, se preocupavam com as finanças e recursos limitados de seu ano errante — agora tinham passagem gratuita, comida majoritariamente gratuita e decisões a respeito de onde os nômades culturais que compunham seus anfitriões viajariam a seguir.

Para Haplif, essas mesmas cinco semanas foram preenchidas com observação cuidadosa, cultivo igualmente cuidadoso e suportar um monte de disparates entusiasmados e tolos da parte do casal de hóspedes.

As semanas também o levaram a entender de verdade por que ele tivera tanta dificuldade em penetrar as estruturas sociais e políticas da Ascendência.

Nove Famílias Governantes. Quarenta Grandes Famílias. Nenhum desses números era fixo, também — cinquenta anos antes, havia dez famílias governantes e, em diferentes épocas dos registros históricos, o número máximo chegou a doze e, o mínimo, a três. Uma vez, se as histórias de Yoponek a respeito dos Stybla e da aurora da Ascendência eram corretas, houve uma única família governante.

A boa notícia, ao menos para os propósitos de Haplif, era que tanto Yoponek quanto Yomie eram membros da família Coduyo, uma das Quarenta. A má notícia é que nenhum deles tinha muito conhecimento quanto ao estado atual das políticas familiares. Haplif ouviu um monte de fofoca vinda dos dois, além de histórias e anedotas históricas que Yoponek contava e, entre os dois, conseguiu separar alguns nomes importantes. Mas não havia nenhum sinal de que os viajantes teriam as conexões necessárias para ele encontrar qualquer um desses nomes.

E conexões eram, definitivamente, necessárias. Os Mitth e os Obbic eram aliados, por exemplo, enquanto os Irizi e os Ufsa estavam alinhados contra eles. Os Chaf se opunham um pouco aos Mitth, mas também não adoravam os Irizi. Os Dasklo e os Clarr tinham uma rivalidade em paralelo com os outros, enquanto os Plikh e os Boadil pareciam mudar de alianças com base em necessidades, vontades ou se o ciclo solar atual assim quisesse. E isso não levava em conta as intrincadas redes sociais e políticas dentro das Quarenta e entre elas e as Nove.

Além do mais, havia milhares de outras famílias na Ascendência, algumas das quais aspiravam a se juntar às Quarenta, outras que estavam contentes em disputar espaço local com outras famílias locais. Sem contatos e um mapeamento atualizado do cenário político, não havia como ir a lugar algum.

Não era só irritante, apesar de isso certamente ser um fator importante. O problema é que o cronograma de Jixtus contemplava alguns objetivos que precisava alcançar e, no momento, Haplif estava prestes a não alcançá-los. Shimkif, cujo trabalho era, majoritariamente, cuidar da nave e da tripulação e não precisava se preocupar com todas essas nuances culturais, já o incomodava a respeito disso, e seus lembretes estavam ficando mais e mais mordazes.

E ela estava certa. Se Yoponek e Yomie não oferecessem nada útil logo, Haplif não teria escolha além de se livrar dos dois Chiss e começar de novo. Essa abordagem carregava os próprios riscos, um deles sendo que poderia se atrasar tanto no cronograma que ele nunca seria capaz de colocar os objetivos em dia. Mas, ao menos se isso acontecesse, os Agbui poderiam viajar livremente mais uma vez, sem se importar com os caprichos de viagem de dois pirralhos mimados.

Em privado, decidiu que daria a eles mais dois dias, quando a trava se abriu súbita e inesperadamente.

—... E então o velho Yokado aparentemente disse a Lakuviv para dar um salto no hiperespaço direto de volta para Celwis — disse Yoponek, acabando outra história com o floreio habitual, quase engasgando no néctar de cromas enquanto tentava beber, falar e rir ao mesmo tempo. Yomie, sentada ao lado dele, só acabou com o conteúdo de seu copo em silêncio. Era óbvio que já ouvira essa história antes. — Não foi a primeira vez que um Conselheiro Xodlak tentou convencer um Patriarca Coduyo a fazer o que ele queria na frente de testemunhas — continuou Yoponek. — Há ao menos outros dois registros nos últimos cento e cinquenta anos. Mas mesmo não tendo sido a primeira vez, foi definitivamente a vez mais escandalosa.

— Tenho certeza que sim — disse Haplif, sorrindo superficialmente, sua mente atravessando o enredo de nomes e conexões que Yoponek acabava de jogar diante dele. Celwis, um mundo pequeno em um contexto maior, mas notável para a família Xodlak. Os Xodlak e os Coduyo, duas das Quarenta, costumavam se dar bastante bem de modo geral, e ambas foram parte das Famílias Governantes um dia. O Conselheiro Lakuviv, um oficial Xodlak local em Celwis, que claramente tinha ambições e frustrações e que poderia estar aberto para alguém que oferecesse um alívio para ambas as coisas.

Era o melhor ponto de entrada que Haplif encontrara até então. Também parecia o melhor que ele conseguiria.

— Parece uma pessoa interessante — comentou, pegando o frasco de néctar da mesa lateral do salão e servindo mais para Yoponek.

— Yokado? Eu não acho. — Yoponek tomou um gole. — Quero dizer, sim, ele é nosso Patriarca, mas fora isso, acho que nunca vi alguém chamá-lo de *interessante*.

— Não estou falando de Yokado — corrigiu Haplif, oferecendo mais a Yomie. Ela sacudiu a cabeça, como ele já esperava que ela fizesse. — Este Conselheiro Lakuviv. Acredito que não o conheça pessoalmente?

— Eu? Ah, não. De jeito nenhum. — Yoponek sacudiu a cabeça, como se as palavras não esclarecessem o suficiente. — Eu mal ouvi falar de seu nome. O que o faz pensar que ele seria interessante?

— Um espírito feroz que vai atrás do que quer de forma direta e confiante? — Haplif acenou a mão com um gesto amplo que aprendeu com os hóspedes. — Pessoas assim são raras e inestimáveis. Mesmo sem sua posição na família Xodlak, só esse tipo de espírito já o tornaria alguém interessante.

— Hum — disse Yoponek, bebericando o drinque. — Suponho que só podemos especular a respeito disso.

— Por que só especular? — perguntou Haplif. — Por que não podemos conhecê-lo?

Yoponek arregalou os olhos.

— O que você quer dizer, ir até *Celwis*?

— Por que não? — rebateu Haplif. — Já concordamos que valeria a pena conhecê-lo e falar com ele. Nosso propósito é viajar o Caos, afinal, ou seja, aprender o que pudermos a respeito das culturas que conhecermos. Este Conselheiro Lakuviv valeria a viagem.

— Suponho que sim — disse Yoponek, ainda hesitante.

— Veja deste ponto de vista — insistiu Haplif. — Você estuda história e figuras históricas. Este Lakuviv... Bem, tenho a forte sensação de que ele será uma figura central para historiadores futuros. — Ergueu um dedo. — Só você conseguiria vê-lo *agora*. Poderia ver a história enquanto ela acontece.

— Nunca pensei dessa maneira — disse Yoponek, seus olhos brilhando um pouco mais. — A história sempre foi algo... Bem, é claro que é algo no passado. Definição básica. Nunca pensamos em como a experimentamos.

— Mas vai experimentá-la *depois* da Grande Migração de Shihon, certo? — opinou Yomie.

— Esse era o plano, sim — admitiu Haplif. — Porém...

— *Era*? — Yomie destacou de modo censurador a palavra. — Conversamos sobre isso. Você concordou que iríamos a Shihon.

— É claro que iremos — Haplif apressou-se a assegurar. — Estava meramente colocando que já estamos na fronteira leste da Ascendência, e que Shihon fica na outra direção, passando por Csilla. Se formos a Celwis primeiro, passando alguns dias com o Conselheiro Lakuviv... se ele permitir, é claro... então ainda chegaríamos a tempo para a migração em Shihon.

— Para *parte* da migração — corrigiu Yomie, gélida. — Nós perderíamos a primeira semana. Talvez até mais do que isso.

— Sim, suponho que sim — admitiu Haplif. — Mas não estávamos planejando ficar lá durante toda a migração, de qualquer forma.

— Não estávamos? — rebateu Yomie. — *Eu* estava.

— Yomie, a migração dura um mês inteiro — Yoponek a consolou. — Não podemos pedir aos Agbui que passem todo esse tempo nos observando enquanto observamos pássaros.

— Por que não? — contestou Yomie. — Haplif disse que iria onde quiséssemos ir. Além do mais, achei que eles queriam ver tudo da Ascendência, e pássaros são tão interessantes quanto qualquer outra coisa. Certamente mais interessantes que um Conselheiro Xodlak qualquer em um mundinho atrasado.

Yoponek lançou a Haplif um olhar constrangido.

— Nós não precisamos discutir isso agora — disse, deixando o copo de lado. — Está tarde. Deveríamos ir para a cama.

Yomie olhou para Haplif, um misto de desafio e teimosia em seus olhos.

— Certo — concedeu, soando um pouco mais calma. — Falamos sobre isso amanhã. Boa noite, Haplif.

— Boa noite aos dois — disse Haplif, esticando a mão para tocar a têmpora de Yoponek com as pontas dos dedos quando o rapaz ficou de pé. — Durmam bem, meus amigos.

— Você também — desejou Yoponek. Ele imitou o gesto de Haplif, tocando na bochecha dele, e depois tomou a mão de Yomie, indo para a escotilha do salão.

Estavam quase lá quando a escotilha se abriu e Shimkif apareceu.

— Ah, vocês estão aqui — ela disse, alegre, abrindo um sorriso. — Estava torcendo para poder desejar bons sonhos antes de irem para seus aposentos.

— Estamos indo agora — falou Yoponek.

— Bem, então boa noite — disse Shimkif. Ela ergueu a mão para se despedir, seus dedos indo para a lateral da cabeça de Yomie.

— Boa noite — disse Yoponek. Yomie só assentiu, movendo a cabeça casualmente, o suficiente para evitar os dedos de Shimkif quando as duas passaram uma pela outra.

Os dois Chiss desapareceram pela porta. Shimkif fechou a escotilha atrás deles e se virou para Haplif, fazendo cara feia.

— Ela está ficando boa demais nisso.

— No que, evitar o seu toque? — perguntou Haplif, pegando a garrafa de néctar e um copo limpo. — Não acho que ela faça de propósito.

— É claro que ela faz de propósito — grunhiu Shimkif. — Ela não gosta de ser tocada por estranhos.

— Eu sei — disse Haplif, servindo uma bebida para ela. — Eu esperava que essa atitude melhorasse quando ela nos conhecesse um pouco mais. Aparentemente não melhorou. Talvez eu devesse ficar ofendido que ela ainda nos considere estranhos.

— Pode rir o quanto quiser — disse Shimkif enquanto sentava na cadeira vazia deixada por Yoponek antes de tomar um longo gole de néctar. — Se eu fosse você, estaria mais preocupada com o aveludamento prejudicial que ela exerce sobre Yoponek.

— Bem, eles *estão* noivos — apontou Haplif. — Ele provavelmente gosta disso.

— Quis dizer prejudicial para *nós*.

Haplif bufou.

— Não tenho como discutir isso. Suponho que ouviu a conversa?

— Ouvi *e* pesquisei o que consegui sobre este Conselheiro Lakuviv. Infelizmente, as listagens públicas não dizem muito além de seu nome, família e posição atual.

— Ele é um flecheiro muito pequeno em um grande oceano — lembrou Haplif. — E sua parte neste grande oceano é distante. Não estou surpreso que não haja muito sobre ele por aí.

— Não discordo — disse Shimkif. — Só estou dizendo que não temos muito para continuar. — Ela enrugou a pele da testa. — A não ser que tenha conseguido algo de Yoponek antes dele sair?

— Um pouco — afirmou Haplif. Contato sustentado era sempre mais efetivo para suas leituras, mas apesar de Yoponek ter aceitado o suposto toque de amizade dos Agbui, Haplif sabia que era melhor não insistir demais. — Ele quer ir para Celwis, e acho que, especialmente, ele gosta da ideia de ter o nome e o rosto dele diante de um oficial das Quarenta.

— Achei que ele já era de uma das Quarenta.

— Ele é, mas fazer contato com outras famílias é importante para essa gente — explicou Haplif. — Ele também ficou intrigado com ser parte da história.

— Ah, ele será parte da história — disse Shimkif de forma sombria.

— Certamente será — concordou Haplif. — Ao mesmo tempo, ele está preocupado com Yomie. Ele não quer ficar no caminho dela, mas não sei se é porque teme que a deixará com raiva, ou se é porque simplesmente não quer que ela fique decepcionada com ele.

— Ou os dois?

— Pode ser — concordou Haplif. — Nuances emocionais nunca são fáceis de se obter tão rapidamente. Mas seus desejos de vida não mudaram.

— Posição social e reconhecimento?

— Sim — disse Haplif. — O que é perfeito para vermos este Conselheiro Lakuviv.

— Tudo bem — disse Shimkif. — Então como lidamos com a fêmea?

— Acha que precisamos lidar com ela?

— Você *não*?

— Só estou dizendo que pode ser perigoso.

— Não — disse Shimkif. — O que é perigoso é mantê-la por perto.

— Por quê? Por que ela não deixa você tocar nela?

— Porque ela está fazendo joguinhos conosco — esclareceu Shimkif, direta. — Ela não é só a menininha inocente e sorridente que finge ser.

— Claro que não é — respondeu Haplif amargamente. — Ela é uma pirralha reclamona e mimada. O problema é que Yoponek se importa de verdade com ela. Se insistirmos demais, podemos nos indispor com os dois e teremos que começar do zero.

— Então vamos começar do zero — disse Shimkif. — Nós ainda podemos visitar Lakuviv.

— Não sem Yoponek para nos apresentar — considerou Haplif. — Um Yoponek *entusiasmado*.

— Entusiasmá-lo é o *seu* trabalho.

— Sei disso — disse Haplif, impaciente. Por que ela o perturbava tanto com isso? Ela achava que ele não sabia o que estava fazendo? — Só estou dizendo que, enquanto suas lealdades estiverem divididas entre nós e sua noiva, isso será difícil.

— Já sugeri nos livrarmos dela.

— Segue sem ser uma boa ideia — insistiu Haplif. — Vamos lá, você teve ao menos um pouco de contato com ela. O que mais você sugere?

Shimkif bufou, irritada.

— O que ela deseja na vida são viagens distantes seguidas de uma família grande e equilibrada. Se realmente acha que precisamos mantê-la por perto, podemos fazer algo a respeito do segundo desejo.

— O casamento dos dois ainda vai demorar — disse Haplif. — Duvido podermos acelerar esse cronograma.

— Então vamos dar a ela algo com o que simpatize — sugeriu Shimkif. — Especificamente, nós dois deveríamos casar.

Haplif a encarou.

— Você não pode estar falando sério.

— Não casar de verdade, é claro — Shimkif apressou-se a dizer. — Mas pense sobre isso. Se minha filha Frosif também for *sua* filha Frosif, teremos exatamente o tipo de família equilibrada que Yomie deseja ter.

— Talvez — disse Haplif, considerando a ideia. — Isso seria bom para Yomie, mas será que funcionaria para Yoponek?

— Você já disse que ele quer uma posição social — lembrou Shimkif. — Aposto que uma família também está incluída nesse desejo. Na verdade, considerando como a cultura Chiss funciona, isso é basicamente óbvio.

— Verdade — concordou Haplif. — Preciso lembrá-la de que estamos viajando há semanas sem dar a eles nenhuma pista de que somos uma família. Como vamos lidar com isso, exatamente?

— Não vamos — disse Shimkif com um sorriso astuto. — Vamos fazer uma cerimônia de casamento aqui na nave.

Haplif sentiu a pele da própria testa se enrugar.

— *Quê*?

— Pense sobre isso — insistiu Shimkif. — Uma cerimônia de casamento nos coloca na mesma posição que eles planejam estar nos próximos meses. Isso faz com que simpatizem conosco emocionalmente e vice-versa, na teoria.

— Talvez — disse Haplif. Para ser sincero, ele não estava convencido de que isso ajudaria em nada. Os desejos de vida de Yomie não se traduziam, necessariamente, em empatia por um par de estrangeiros.

Mas os prazos de Jixtus se aproximavam, e não custava nada tentar. Ao menos poderia distrair Yomie da maldita migração de aves.

— Pode escrever algo apropriadamente elaborado e pomposo? — perguntou.

— Confie em mim — disse Shimkif. — Não haverá um coração que não será tocado neste lugar. E, vamos lá, como nossos pombinhos Chiss poderiam recusar os desejos de dois felizardos recém-casados?

CAPÍTULO DEZ

— PEÇO PERDÃO PELA qualidade das gravações — disse Lakinda, tocando no questis para enviar os dados da estação de sensores da *Picanço-Cinzento* para o outro lado da mesa, onde estavam Thrawn e seu primeiro oficial. — Mas o couraçado de batalha estava entre nós e a nave menor durante a maior parte da batalha e, nas raras ocasiões em que ele se movia, costumava ter pedaços de míssil obstruindo a visão.

— Tudo proposital, é claro — comentou Thrawn, olhando de perto para as imagens em seu questis. — Conseguiu determinar que tipo de nave era?

— Não — disse Lakinda, sentindo-se irracionalmente como se estivesse de volta à academia, sendo entrevistada pelo olhar duro de um oficial sênior.

Irracionalmente, já que ela conseguia reconhecer em um nível puramente intelectual que nem Thrawn nem Samakro estavam pressionando-a ou mesmo mostrando qualquer tipo de reprovação pela forma que ela e sua nave lidaram com a batalha. Mas o fato de que ela viajara até a *Falcão da Primavera*, e não o contrário, adicionava uma indesejada camada emocional extra para a situação.

Não que a escolha do local de conferência tenha sido decisão de alguém específico. Thrawn era Mitth, uma das Nove, e Lakinda era Xodlak, uma das Quarenta, e, enquanto os regulamentos militares proibiam expressamente qualquer tipo de tratamento preferencial com base em associação familiar, todos sabiam que decisões de etiqueta costumavam refletir o restante da sociedade da Ascendência.

Teria sido mais fácil se Lakinda tivesse trazido consigo algum de seus oficiais em vez de vir sozinha. Mas a *Picanço-Cinzento* havia sido danificada, e ela não tinha nenhuma intenção de tirar sua equipe dos reparos só para acalmar sua ansiedade desmedida.

O fato de o dia ter sido salvo mais uma vez pelo plano tático de Thrawn não ajudava em nada, é claro.

— Interessante ver como eles se esforçaram para que não pudéssemos dar uma olhada mais a fundo — disse Thrawn. — Pelo tamanho e configuração, eu diria que é um transporte de indivíduos ou de carga, mas não dá para saber qual dos dois.

— Se isso sequer importar — apontou Samakro. — Qualquer um pode levar carregamento, passageiros ou as duas opções.

— Exatamente — disse Thrawn. — Uma identificação mais concreta poderia nos dar alguma pista a respeito da intenção, mas, como você falou, isso pouco importa.

— Então por que escondê-lo? — perguntou Samakro.

— O mais provável é que reconheceríamos o design e, assim, saberíamos com quem os mestres do couraçado de batalha estão trabalhando — supôs Thrawn.

— O que significa que nós provavelmente já conhecemos esses aliados — sugeriu Lakinda.

— Ou que poderíamos encontrá-los no futuro — disse Thrawn. Ele olhou mais uma vez para o questis e o deixou sobre a mesa. — Vamos continuar analisando os dados, capitão sênior, como imagino que também há de continuar.

— É claro — confirmou Lakinda. — E o terreno pelo qual eles estavam voando? A Magistrada, ou seja lá qual for o título dela, conseguiu reconhecê-lo?

— Magys — corrigiu Thrawn. Ele encontrou uma página no questis e a enviou para Lakinda. — Aí estão os dados de nossa primeira análise da região. Infelizmente, ela só pode dar uma ajuda limitada. Aquela região geral foi, um dia, majoritariamente composta de terra cultivável, com alguns rios pequenos e lagos, várias cidades de médio porte e duas cordilheiras de sublevações montanhosas.

— Não parece ter sobrado muita terra cultivável — disse Lakinda, estremecendo ao ver as imagens. A guerra civil causara um desastre na área, independentemente de ter sido dano colateral ou deliberado.

— Verdade, apesar de ser difícil ter certeza com tanta fumaça e nuvens de poeira — apontou Thrawn. — Ainda assim, a não ser que as plantas que cresciam por ali se alimentassem de radioatividade e substâncias tóxicas, acho que podemos descartar o cultivo como objetivo do couraçado de batalha.

— Talvez eles quisessem liberar a área para colocar algo novo lá — sugeriu Samakro. — Não consigo pensar de cabeça em nenhuma planta que goste de solo danificado, mas tenho certeza de que *alguma* deve existir por aí.

— E, é claro, nós só estamos supondo que esta era a área na qual eles estavam interessados — acrescentou Lakinda. — Esses botes de mísseis já estavam se movendo quando chegamos, o que significa que já tinham recebido o alerta. O couraçado de batalha e o transporte podem ter saído de outro local de partida e só estarem passando por cima daquele local quando conseguimos vê-los.

— É um ponto válido — concordou Thrawn. — De qualquer forma, parece que não há mais nada que possamos fazer além de alertar a Ascendência e ver se os analistas de Csilla conseguem descobrir mais alguma coisa com nossos dados.

— A não ser que queiramos enviar uma equipe lá embaixo para uma olhada rápida — sugeriu Samakro. — Se houver algo muito óbvio lá, eles poderão notar.

— Se não conseguimos detectar nada com os sensores da *Falcão da Primavera* e da *Picanço-Cinzento*, duvido que um voo rápido encontraria algo — afirmou Thrawn. — E, considerando as notícias da Capitã Sênior Lakinda, só teríamos tempo mesmo para um voo rápido. Há mais alguma coisa que possa me contar a respeito da mensagem?

— Nada além do que já disse — falou Lakinda. — A Almirante Ar'alani acha que o Supremo Almirante Ja'fosk pode ter enviado a mensagem em nome da Sindicura, mas isso é apenas especulação.

— Por conta da brevidade da ordem?

— E a falta de expressões como *quando for conveniente* que costumam vir quando um comandante já está em uma missão — disse Lakinda. — Se tiver *mesmo* vindo da Sindicura, eles provavelmente vão ficar irritados que está demorando tanto a responder.

— Está sugerindo que deveríamos ir já? — perguntou Samakro.

— Não estou dizendo, nem sugerindo — disse Lakinda, ficando um pouco irritada. Ela não precisava ser metida no meio disso, o que quer que fosse, seja lá de quem tivesse vindo, da Sindicura ou do próprio Ja'fosk. — Vim até aqui entregar uma mensagem. Acabei de fazer isso. Vocês precisavam voltar para a Ascendência; eu preciso me encontrar com a Almirante Ar'alani na última base Nikardun que limpamos juntos antes de vocês partirem. Sugiro que nos apressemos.

— Infelizmente, ainda temos uma parada em nossa missão — disse Samakro. — Antes de podermos voltar a Csilla, precisamos devolver a Magys e seu acompanhante a Rapacc.

Lakinda estreitou os olhos.

— Está sugerindo que *eu* faça isso em vez...

— Na verdade, capitão intermediário — interrompeu Thrawn —, nenhum de nós irá a Rapacc.

Samakro franziu o cenho.

— Perdão, senhor?

— A Cuidadora Thalias já falou com a Magys — disse Thrawn. — Após ver a devastação, ela ficou ainda mais convencida de que seu povo morreu por completo, e que agora só o planeta físico pode ser salvo.

— Com todo respeito ao senhor e à Magys, essa é uma conclusão completamente indevida — argumentou Samakro. — Mal tivemos tempo de fazer uma avaliação superficial. Uma avaliação de verdade levaria dias ou semanas.

— Mesmo assim, é a conclusão a que ela chegou — disse Thrawn. — Ela decidiu que, ao voltar para Rapacc, ordenará que seus refugiados se unam ao resto de seu povo na morte.

Lakinda o encarou.

— Quer dizer que ela vai *matar* eles, assim?

— Não vai matá-los, e sim mandar que morram, simplesmente — explicou Thrawn. — Eles acreditam que, na morte, tocarão em algo chamado Além que permitirá que se unam e comecem a cura de seu planeta.

— Para quê? — perguntou Lakinda. — Se o povo já está morto, qual é a importância do planeta?

— A Magys acredita que eles devem preparar um lar para aqueles que, um dia, adotarem seu mundo para si.

Lakinda sentiu a garganta apertar.

— Deixa eu adivinhar. Ela acha que todas essas naves são prova de que o imóvel já mudou de dono?

— Se não é uma prova, é uma forte indicação — disse Thrawn. — A Cuidadora Thalias e eu falamos longamente com ela e não conseguimos fazer com que mudasse de opinião.

— Então é isso? — perguntou Lakinda. — Ela vai voltar para Rapacc e mandar que seu povo morra, e espera que eles façam isso mesmo?

Thrawn fixou os olhos nela.

— Ela já mandou seu acompanhante morrer — revelou, a voz baixa e sombria. — E ele já obedeceu.

— *Quê*? — Samakro exigiu saber, arregalando os olhos. — Quando?

— Uma hora atrás, aproximadamente — contou Thrawn. — Pouco antes de começarmos a reunião. — Ele pausou e Lakinda viu um lampejo de dor em seu rosto. — Os cálculos de Uingali erraram por alguns dias.

— Parece que sim — disse Samakro. Seu tom era frio, mas Lakinda conseguia notar que a raiva não estava direcionada ao comandante. — E os guardas? Onde eles estavam?

— Cumprindo seu dever, como mandamos — esclareceu Thrawn. — Mas eles sabiam da previsão e não acharam que eles tomariam uma atitude nesse momento.

— E você não nos disse nada sobre isso até *agora*?

— Tínhamos coisas mais urgentes para discutir — disse Thrawn. — Falar mais cedo não ajudaria o falecido.

Samakro respirou fundo, e Lakinda conseguia vê-lo controlando a mente e as emoções. Para ela, parecia que tinha acabado de levar um chute no estômago.

— E a Magys?

— Ela não está em perigo — assegurou Thrawn.

— Você acabou de dizer que ela perdeu a esperança.

— Ela tem o dever de ordenar que seu povo morra — disse Thrawn. — Ela não pode fazer isso se estiver morta.

— Acha que ela vai seguir essa lógica?

— Na verdade, não — admitiu Thrawn. — A Cuidadora Thalias já sugeriu isso, de fato. A Magys contra-argumentou que a notícia de sua morte só faria com que elegessem uma nova pessoa para tomar seu título, que então seria colocada na posição de tomar essa decisão.

— Nesse caso, não entendo como pode dizer que ela não está em perigo — insistiu Samakro. — Ela vai entender, mais cedo ou mais tarde, que não vamos voltar para Rapacc, e dar o próximo passo.

— Ela não está em perigo — insistiu Thrawn calmamente — porque, no momento, ela está dormindo em uma câmara de hibernação.

A boca de Samakro se abriu.

— Ela o *quê*?

— Considere nossas opções — disse Thrawn. — Poderíamos devolvê-la a Rapacc, mas não há garantias de que os Paccosh poderiam mantê-la incomunicável ou que eles fariam isso. A não ser que estejamos preparados para deixar que duzentas pessoas morram por uma ordem dela, não podemos fazer isso. Além do mais, se eu tiver que obedecer a mensagem entregue pela Capitã Sênior Lakinda, não temos tempo para uma viagem extra que demore tanto. Nossas opções, então, são deixar que a Magys morra ou mantê-la a bordo da *Falcão da Primavera*. Escolhi a segunda opção.

— Com base em quê? — questionou Samakro. — Não há nenhuma ordem padrão que permita um capitão carregar uma estrangeira a bordo indefinidamente em uma nave de guerra da Ascendência.

— Não indefinidamente, e sim até podermos devolvê-la a Rapacc — lembrou Thrawn. — E depois de encontrarmos alguma esperança para ela e seu povo, de preferência. Quanto à justificativa, ela é a causa direta da morte de outro passageiro que embarcou em minha nave. Nessas circunstâncias, tenho a autoridade para mantê-la em confinamento até que seja levada a um local de julgamento.

— O mundo dela está girando bem abaixo de nossos pés — disse Samakro. — Podemos enviá-la para lá.

— Não temos tempo para encontrar uma localização adequada para ela — explicou Thrawn. — Jogá-la em um lugar aleatório significaria, provavelmente, mandá-la à própria morte.

— Talvez seja o que precisamos fazer — disse Samakro, começando a demonstrar raiva. — A vida é dela. Não é da nossa conta.

— Acredito que seja — discordou Thrawn. — Toda vida é importante, e eu estou resistente à ideia de ficar parado e assistir a duzentas mortes desnecessárias. Mais do que isso, sabemos que este mundo era importante para os Nikardun. Por que, então, eles teriam bloqueado Rapacc quando os refugiados chegaram lá? Havia algo, ou ainda há, que os interessava lá embaixo, e a Magys pode ser a chave para resolvermos esse mistério. Precisamos fazer isso pela segurança da Ascendência.

— Duvido que o Conselho ou a Sindicura concordariam — apontou Samakro. — O que acha que eles diriam?

Thrawn olhou para Lakinda.

— Na verdade — disse —, eu não pretendia contar a eles.

Por reflexo, Lakinda se pressionou contra a própria cadeira. Até aquele ponto, ela tinha se sentido uma estranha que foi arrastada contra a própria vontade para ouvir uma briga de família. Agora, com esse olhar, ela de repente fazia parte da briga.

— Você não pode estar falando sério — disse Samakro.

— Por que não? — rebateu Thrawn. — Como você falou, nenhum lado concordaria com este plano. Mas você também precisa concordar que a presença de um couraçado de batalha estrangeiro significa que há um perigo em potencial aqui que precisa ser compreendido.

— Mesmo que eu concordasse, há considerações práticas a serem feitas — avaliou Samakro. — Como você esconderia que a Magys está aqui? Há guerreiros e oficiais demais a bordo que sabem da presença dela e do acompanhante.

— O companheiro dela já tirou a própria vida — disse Thrawn. — O registro mostrará que ela também tomou a mesma decisão.

— Ela...? Ah — concluiu Samakro amargamente. — Certo. É claro. Ela tomou a mesma decisão, mas não foi permitido que a realizasse.

— O registro deixará isso a ser interpretado — disse Thrawn, os olhos ainda focados em Lakinda. — Capitã sênior? Comentários?

Lakinda respirou fundo. Não estava mais no meio de uma briga familiar, como agora fora convidada a participar da batalha. E *agora*, o que ela deveria fazer?

— A *Falcão da Primavera* é sua nave, Capitão Sênior Thrawn — falou, parte de sua mente notando que sua voz se assentara em um tom formal típico militar. Fosse algo verbal ou não, ficaria registrado. — Esse tipo de decisão cabe ao senhor, para o bem ou para o mal. Se me mandar ficar em silêncio, farei isso. — Ela reuniu coragem. — Contanto que eu não seja forçada a mentir para um superior.

— Obrigado — disse Thrawn, grave. — Peço somente que repasse qualquer questão ou questionador para mim. Como disse, é minha decisão para o bem ou para o mal. Não peço que fique ao meu lado em nenhum dos casos. — Ele se virou para Samakro. — Nem pediria isso ao senhor, capitão intermediário.

— Obrigado, senhor — disse Samakro com uma voz tão formal quanto a de Lakinda. — Mas o senhor é meu comandante. Se essas forem suas ordens, é claro que irei obedecê-las.

Thrawn assentiu.

— Agradeço aos dois. — Ele fez uma pausa, parecendo mudar as engrenagens mentais. — Partiremos em direção a Csilla assim que as duas naves estiverem prontas para voar. Não desejo que nenhum de nós esteja aqui caso o couraçado de batalha decida mandar reforços. Se houver reparos que não possam ser feitos no hiperespaço, pararemos no meio do caminho.

Ele olhou para Lakinda.

— Se me avisar quando estiverem prontos, podemos saltar juntos.

— Certo — disse Lakinda.

— Vou falar com a doca para que preparem sua nave auxiliar — continuou Thrawn. Ele ficou de pé e os outros dois o seguiram. — Certifique-se de que a Almirante Ar'alani tenha uma cópia dos dados. Os mísseis do couraçado de batalha que atacaram a *Picanço-Cinzento* não foram tão definitivos quanto eu gostaria, mas talvez seja possível determinarmos se são as mesmas armas que destruíram a base Nikardun.

— E se forem? — perguntou Lakinda.

De novo, Thrawn fixou os olhos nela.

— Então a vida e o conhecimento da Magys e de seu povo se tornarão ainda mais importantes — disse. — Precisamos determinar se este é um novo inimigo no limiar da Ascendência.

— E aí ela me disse que nós poderíamos ensinar alguns truques aos yubals — disse Lakris, enfiando o último pedaço de fritura matinal em sua boca e pegando outra da bandeja. — Ela disse que poderia me ensinar como fazer isso — acrescentou entre as mordidas.

— Não de boca cheia — Lakansu criticou a filha.

Criticou pela décima vez naquela semana, Lakphro pensou consigo mesmo, comendo mais um pedaço da própria fritura. Ele tivera um problema com a exuberância juvenil vencendo a polidez social quando adolescente, e sua filha claramente herdara aqueles genes dele. Lakansu, por outro lado, crescera em uma família muito maior, com pais altamente disciplinados, que impuseram o mesmo tipo de autocontrole nela e nos outros filhos.

Lakphro tentou ser mais estrito. Lakansu tentou ser mais casual. Suas abordagens à paternidade e maternidade *estavam* se aproximando, mas Lakphro tinha certeza de que as diferenças ainda deixavam Lakansu enlouquecida às vezes.

Ainda assim, a adolescente acabou de mastigar diligentemente antes de continuar sua parte na conversa.

— Nunca ouvi falar de alguém treinando yubals — disse. — Você já ouviu?

— *Eu* não ouvi — afirmou Lakansu, olhando para o marido do outro lado da mesa. — Lakphro?

— Eles certamente podem ser adestrados — assegurou Lakphro. — Fazê-los seguir os feralhos pode ser visto como adestramento, mas talvez isso seja só domesticá-los. Mas *truques*? — Ele sacudiu a cabeça. — Não sei nem se eles são capazes, fisicamente, de fazer algo além de andar, comer e produzir fertilizante para as colheitas.

— E ter um sabor delicioso quando assados — acrescentou Lakansu.

— Não posso discutir isso — concordou Lakphro.

— Bom, vou ver se ela consegue — disse Lakris, dando outra mordida. — Posso...? — Ela parou, aparentemente lembrando do aviso da mãe, e mastigou furiosamente por alguns segundos até estar com a boca vazia de novo. — Posso levar ela para o curral quando eu soltar os yubals?

Lakphro hesitou. Os visitantes Agbui não estavam sendo o problema que ele imaginou que seriam quando o Conselheiro Lakuviv os deixou em seu terreno algumas semanas antes. Mas, apesar de ele e alguns outros rancheiros na área estarem se esforçando para serem bons anfitriões, Lakphro também não queria que os estrangeiros se sentissem confortáveis demais em sua terra, com seus animais e, especialmente, com sua família.

Ainda assim, Lakris e Frosif, a filha de Haplif, pareciam ter engatado em uma amizade embrionária e, para uma garota solitária como Lakris, isso não era pouco. E, bom, os estranhos só ficariam lá por alguns meses.

— Suponho que sim — ele falou para Lakris. — Só diga a ela para não se meter no caminho deles ou entre eles e os feralhos. Sabe como o Babão fica quando alguém se mete com o rebanho dele.

— Vou tomar cuidado — prometeu Lakris. — Vou mostrar alguns truques *dele* pra Frosif também.

— Inclusive a chamada telepática? — perguntou Lakansu com um sorriso irônico.

— *Especialmente* a chamada telepática — disse Lakris, sorrindo de volta. — Todo mundo gosta desse truque.

Na verdade, Lakphro lembrava de um par de rancheiros ficando um tanto irritados quando descobriram como funcionava a "telepatia" de Lakris. Mas eles já não tinham senso de humor, então não contavam.

— Só não se esqueça que os Agbui não conhecem muito a respeito dos Chiss — advertiu. — Cuide para contar a verdade para ela antes de ir embora hoje, para ela não voltar para os pais contando histórias malucas sobre telepatia Chiss.

Lakris fechou a cara, incomodada.

— Tá.

Ela acabou a fritura e ficou de pé. Hesitou, olhando de relance para a bandeja, pegou mais duas e as enrolou em um guardanapo.

— Até depois — disse, indo para a porta.

— E antes de você oferecer um desses para Frosif, certifique-se de que os Agbui conseguem digerir tudo que tem nela — recomendou Lakansu.

— Vou fazer isso — falou Lakris de volta, olhando por cima do próprio ombro. Ela começou a pegar a jaqueta de sempre, parou e, em vez disso, escolheu a jaqueta xadrez com um selador metálico. — Vou precisar dessa, tá? — disse, segurando-a.

— Pode pegar — autorizou Lakphro. — Só lembre que, se ficar ração de kumeg presa na fivela, é *você* que vai limpar.

— Não vou — disse Lakris. — Quero dizer, vou. Limpar. Tchau.

Com um último aceno, ela saltitou para fora da casa, e só o trinco suave impediu que a porta batesse atrás dela.

— Ela parece ter conseguido uma nova amiga — comentou Lakansu enquanto tirava uma lasca da própria fritura com um garfo e uma faca.

— É — disse Lakphro. — *Parece*.

Lakansu o olhou.

— Você ainda não gosta deles estarem aqui, não é?

— Não é como se eles estivessem alegrando a vizinhança — grunhiu Lakphro enquanto pegava outra fritura da bandeja.

— Bom, eles não estragaram as mudas — comentou Lakansu, estalando os dedos. — Também não assustaram os yubals nem espalharam pragas nas colheitas. E não envenenaram a água subterrânea com suas especiarias.

Todas essas eram coisas que Lakphro havia previsto da forma mais barulhenta possível assim que os Agbui chegaram. Ele odiava quando as pessoas repetiam suas palavras.

— Eles têm um mundaréu de gente com o nariz grudado nas nossas cercas para vê-los — disse, estalando os dedos também. — Tem um povo de Colina Vermelha voando até aqui, duas vezes por dia...

— Uma vez por dia — corrigiu Lakansu.

— Eram duas vezes por dia no começo — disse Lakphro obstinadamente. — E eles tocam *tanto*.

Lakansu franziu o cenho.

— O que quer dizer com tocam?

— Quero dizer que eles querem nos tocar o tempo inteiro — disse Lakphro, sentindo um calafrio desagradável passando por ele. — Aquele Haplif mais do que ninguém. Estou lá, tentando explicar o contorno das barragens nos nossos terrenos da encosta, e ele fica querendo tocar no meu cabelo ou na minha nuca ou em algum lugar. É perturbador.

— Acho que isso faz parte da cultura deles — Lakansu o acalmou. — Não acho que eles queiram dizer algo com isso.

— Eu sei que é parte da cultura deles — grunhiu Lakphro. — Você e Lakris podem não se importar, mas eu me importo.

— Você disse isso a ele?

— Eu estava esperando que me afastar cada vez que ele tentasse me tocar passaria a mensagem — disse Lakphro amargamente. — Mas não parece ser o caso até agora.

— Algumas pessoas precisam ouvir as coisas diretamente. — Lakansu deu de ombros. — Especialmente quando algo é tão parte deles que eles sequer notam o que estão fazendo.

— Bom, se ele fizer isso hoje, talvez eu tente falar — prometeu Lakphro, olhando para o próprio crono. — Falando em *hoje*, já perdi muita parte do dia. Até depois.

Ele levou o prato para a pia, deu um beijo rápido em Lakansu e saiu. O primeiro passo seria checar as mudas de kumeg para ver se as armadilhas haviam capturado alguns dos insetos que estavam mordiscando as plantas. Depois disso, daria uma olhada em Lakris para ver como ela estava indo com os yubals.

Ele protegeu os olhos do sol nascente. Lakris estava no curral de yubals, com Frosif, a menina Agbui, ao lado dela.

Pensando bem, as mudas de kumeg podiam esperar.

As duas adolescentes estavam conversando enquanto ele caminhava na direção delas e, quando chegou perto o suficiente, conseguiu ouvir Lakris insistindo que yubals eram uma das coisas mais burras a andarem em quatro patas, e a menina Agbui insistindo que já vira animais mais burros serem treinados até fazerem truques de verdade.

— Suponho que seja possível fazer algo com eles — aceitou Lakris quando Lakphro apareceu atrás delas. — Quer dizer, se conseguimos chamar feralhos telepaticamente, acho que dá pra colocar algo na cabeça dura dos yubals também.

— Os Chiss são telepatas? — perguntou Frosif. — Eu não sabia disso.

— Claro que somos — garantiu Lakris, aérea, fingindo olhar ao seu redor. — Vejamos. Aquele feralho logo ali... sabe, aquele grandão, marrom e preto? Olha só... vou chamá-lo mentalmente. — Ela apontou para o feralho com uma das mãos, enquanto a outra agarrava a ponta do selador de fivela metálica da jaqueta. Ela puxou a aba para baixo, e Lakphro ouviu o som fraco do zíper...

E, com um berro abafado, Frosif se jogou de cara no chão.

Lakphro saiu correndo, sentindo a pulsação bombeando em seus ouvidos enquanto o pânico borbulhava na garganta.

— Tudo bem com você? — perguntou, vendo imagens de morte e lágrimas e oficiais Xodlak furiosos passarem em sua cabeça. — Frosif? Você se machucou? O que houve? Você está bem?

— Estou bem — disse Frosif, parecendo envergonhada agora. — Me assustou.

Lakphro olhou para Lakris, vendo a mesma confusão no rosto dela.

— Como? — perguntou.

— Foi só... Não é nada — disse Frosif, parecendo ainda mais envergonhada. — Foi idiota.

— Não é idiota — insistiu Lakphro. — Vamos lá, Frosif. Você poderia ter se machucado e teria sido nossa culpa. O mínimo que você pode dizer é por que ficou assustada.

Os ombros de Frosif pareceram pender para baixo.

— Me lembrou de uma coisa ruim — disse, seus longos dedos se abrindo e passando pelo cabelo de Lakris. — Era o som de algo caindo do céu.

Sua outra mão foi em direção à cabeça de Lakphro...

E, por reflexo, ele se encolheu para longe dela.

— Que tipo de coisa estava caindo? — perguntou.

— Algo assustador. — De forma abrupta, as mãos de Frosif desabaram nas laterais do corpo. — Preciso ir embora — disse, afastando-se deles. — Desculpa. Vejo você amanhã, Lakris.

— Espera — pediu Lakris, indo atrás dela. — Era só o selador do meu casaco. Aqui... Viu? — Ela abriu e fechou o zíper, e o selador fez o som suave conforme os dentes metálicos se fechavam. — Eu treinei o Babão para vir quando eu fizesse isso.

— Eu preciso ir — disse Frosif. Ela se virou, quase tropeçando por cima de Babão, conforme o feralho trotava obedientemente, respondendo ao chamado de Lakris. A estrangeira se esquivou do animal e foi na direção da nave Agbui, começando a correr.

— Pai? — chamou Lakris com uma voz confusa e angustiada.

— Está tudo bem, florzinha — ele disse, passando um braço reconfortante ao redor dos ombros dela. — Você não fez nada de errado. Não tinha como saber que isso a deixaria daquele jeito.

— Eu sei. Mas… — Lakris parou.

— Eu também não entendi. — Lakphro fez um gesto na direção do selador. — Deixa eu ouvir isso de novo.

Ela puxou o zíper para cima e para baixo. Ele fez o mesmo som que sempre fazia: pequenos dentes metálicos se fechando para selar a roupa.

— Não faço a mínima ideia do que ela acha que ouviu — disse, sacudindo a cabeça.

— Você acha que eu deveria ir lá pedir desculpas?

Lakphro olhou para o outro lado do pasto. Frosif estava na metade do caminho em direção à nave, e um par de estrangeiros que estavam plantando as especiarias na encosta pararam para vê-la.

— Não, deixa — recomendou. — Não sei o que você poderia dizer que a gente já não tenha dito. Pode ir pegar os yubals para que comecem a pastar. Talvez ela volte por contra própria.

— Talvez — disse Lakris, ainda infeliz.

— Eu vou dar uma olhada no kumeg e depois eu volto para ajudar — continuou, abraçando-a rapidamente. — Vai ficar tudo bem, Lakris. Só dê um tempo a ela.

— Tá — disse Lakris. — Vem, Babão.

Lakphro assistiu enquanto ela abria a porta do curral para o gado ir na direção da pastagem mais ao norte, Babão e os outros feralhos andando de cada lado para cuidar do rebanho. Então, se virou para kumeg, repassando o som do selador sem parar em sua cabeça, perguntando-se o que poderia ter assustado tanto a estrangeira.

Quando ele e Lakris voltaram para casa para almoçar, ele continuava sem imaginar o que poderia ter sido. Mas uma suspeita agourenta a respeito desses visitantes estrangeiros começava a se formar no fundo de sua mente.

Alguém do escritório do Conselheiro Lakuviv logo passaria lá para a checagem diária dos Agbui. Talvez, pela primeira vez, teria algo novo a perguntar a eles.

— Sinto muito — resmungou Frosif petulantemente, estremecendo enquanto a mãe limpava o sangue que saía lentamente de sua bochecha depois de ter se arranhado na grama.

— Tudo bem, tudo bem — disse Haplif, com sua própria irritação. Pedir perdão não faria nada além de perderem mais tempo. Especialmente porque a menina não parecia sentir muito, de qualquer forma. — Depois de todos esses meses, agora você decide agir como uma vítima traumatizada?

— Chega — falou Shimkif. Sua voz estava calma, mas havia um aviso ameaçador nela. — Recriminações são uma perda de tempo e de saliva.

— Eu sei — grunhiu Haplif. — Mas *agora*?

— Não foi minha *intenção* — irritou-se Frosif.

— Se estiver pensando em espalhar culpa, lembre-se de que foi você que empurrou aqueles cartuchos de artilharia de explosão plana nos dois lados — lembrou Shimkif. — Provavelmente é o que o selador da menina Chiss replicou.

— Sim, certo — disse Haplif, impaciente. — Falando na menina, como ela reagiu a tudo isso?

Frosif deu de ombros.

— Preocupada e envergonhada, no geral. Não senti nenhuma suspeita dela.

— Do que ela poderia suspeitar? — perguntou Shimkif.

— Desde quando suspeitas precisam de evidência sólida como base? — rebateu Haplif. — E o pai dela?

— Lakphro? — Frosif sacudiu a cabeça. — Não sei, ele não deixou eu tocar nele.

Haplif abafou um insulto. Não, é claro que Lakphro não deixou. O maldito rancheiro era total e resolutamente paranoico a respeito de ser tocado.

E isso poderia ser um problema. Haplif e os outros Agbui tinham todas as pessoas na área sob controle, do Conselheiro Lakuviv à filha de olhos brilhantes de Lakphro. Eles tinham feito análises quietas mas certeiras, tinham mapeado as fraquezas e desejos de todos e já os manipulavam.

Não era o caso de Lakphro. Haplif conseguira tocá-lo algumas vezes e passar despercebido o suficiente para ter uma ideia vaga dos objetivos do rancheiro, mas só os objetivos gerais e mal definidos de uma família contente e um rancho bem-sucedido. Nesse meio-tempo, Haplif não sabia nenhum dos gatilhos que precisaria acionar para levar Lakphro a fazer o que os Agbui desejassem.

— E Yoponek? — perguntou Shimkif. — Ele é Chiss, e não tem muito o que fazer neste exato momento. Talvez ele poderia falar com eles e resolver isso.

— Não tem nada que *precise* ser resolvido — garantiu Frosif. — Já disse que ela está bem.

— Além do mais, Yoponek está vivendo seu sonho de se misturar socialmente com os ricos e poderosos — disse Haplif. — Não queremos interromper isso para jogá-lo para um rancheiro aleatório.

— Um rancheiro aleatório que você não está conseguindo controlar — lembrou Shimkif.

— Talvez *eu* não possa controlá-lo, mas a esposa dele consegue — disse Haplif. — O que ela acharia de algumas joias Agbui de verdade? Especialmente joias que só foram dadas até agora para o líder local de sua família?

— Ela ficaria apropriadamente impressionada — reconheceu Shimkif, a pele de seu cenho se franzindo ao pensar. — Sim, ela provavelmente ficaria inclinada a ignorar qualquer coisa a nosso respeito que a incomodasse.

— E se *ela* ignorasse, Lakphro não ficaria em seu caminho — afirmou Haplif. — *Isso* eu sei a respeito do homem. Talvez um broche para a filha, também, para pedir perdão por tê-la assustado.

— Suponho que poderíamos fazer isso — disse Shimkif, meio em dúvida. — Mas isso significa mais dois broches em público, não nas mãos da elite.

— Temos de sobra — assegurou Haplif. — Mais do que nada, não quero ter que ficar me cuidando enquanto foco no Conselheiro Lakuviv.

— Tudo bem — disse Shimkif, ainda parecendo relutante. — Mas você vai ter que cuidar disso. Não queremos nenhuma notícia vazando até estarmos prontos.

— Não vai acontecer — garantiu Haplif. — Tudo está encaminhado. — Ele bufou de leve. — Além do mais, não tem ninguém aqui além de outros caipiras como eles. Para quem as mulheres de Lakphro vão exibir suas novas quinquilharias?

CAPÍTULO ONZE

Era um dia que entraria na história, refletiu Samakro enquanto o Supremo General Ba'kif escoltava Thrawn e ele até o escritório privado do general. Primeiro uma reunião com o Conselho Hierárquico de Defesa inteiro e um relatório a respeito do embate com o couraçado de batalha não identificado sobre Nascente, o planeta da Magys devastado pela guerra. Depois disso, tiveram uma combinação de interrogatório e exortação por parte de um seleto comitê da Sindicura, composto de alguns dos mais ilustres membros das Nove Famílias Governantes. E aqui estavam eles, em uma das lendárias reuniões não oficiais de Ba'kif.

E, no meio dessas reuniões, pelo que talvez fosse a primeira vez desde que Samakro dera as boas-vindas a Thrawn quando ele voltara a bordo da *Falcão da Primavera*, seu comandante demonstrou surpresa genuína.

Definitivamente, um dia que entraria na história.

— Não — disse Thrawn com firmeza quando ele e Samakro foram até as cadeiras diante da escrivaninha de Ba'kif. — Eu não acredito.

— É só um boato, e um boato sem fundamentos — lembrou Ba'kif, dando a volta na mesa para sentar na própria cadeira. — Afinal, avaliar boatos faz parte do trabalho da Frota de Defesa Expansionária.

— Apesar desse talvez não se qualificar como não tendo fundamentos — apontou Samakro. — A Aristocra disse que as fontes a respeito disso costumam ser confiáveis.

— Não me importa quão confiáveis elas costumam ser — disse Thrawn. — É simplesmente impossível. Os Paataatus nunca se aliariam aos piratas Vagaari e, certamente, não se juntariam a eles contra a Ascendência.

— Sob um ponto de vista estratégico... — começou Samakro.

Ele parou de falar diante de um pequeno gesto vindo de Ba'kif.

— Por que não? — perguntou o general, os olhos focados em Thrawn.

— Os Paataatus não vão nos atacar — assegurou Thrawn categoricamente. — Ao menos não nesta geração.

— Que para eles significa o quê, vinte anos?

— Costuma ser entre dezessete e vinte e cinco anos — esclareceu Thrawn. — Meu ponto é que a derrota decisiva que eles sofreram nas mãos da Almirante Ar'alani ano passado os impedirá de tomar qualquer ação contra a Ascendência pelo menos por enquanto.

— Talvez os Vagaari tenham outra coisa em mente — sugeriu Samakro. — Algo que beneficie ambos os lados e não envolva a Ascendência.

— Como o quê? — questionou Thrawn.

— É para investigar isso que você está sendo enviado — disse Ba'kif. — O Capitão Intermediário Samakro tem razão, capitão sênior, e não há motivo para dar murro em ponta de faca. O Conselho já tomou sua decisão, a Sindicura apoia a ideia, o que é uma situação rara por si só, e ponto final.

Por um momento, Thrawn ficou em silêncio, os olhos abaixados e focados no próprio questis. Supostamente lendo as ordens. Possivelmente procurando uma abertura.

— Posso falar, general ? — perguntou Samakro.

Ba'kif inclinou a cabeça.

— É claro.

— Olhei os relatórios do último confronto do Capitão Sênior Thrawn com os Vagaari — disse Samakro. — Notei que alguns desses registros estão, como posso dizer, incompletos.

— Incompleto em que sentido, capitão intermediário? — quis saber Ba'kif, os olhos agora fixos nos de Samakro.

— Essa é a questão, senhor — disse Samakro, escolhendo as palavras com cuidado. Pressionar um oficial sênior a respeito de documentos que haviam sido obviamente editados de maneira deliberada era uma coisa arriscada a se fazer, e quanto mais sensível fosse o material em questão, mais arriscado era. Mas se a *Falcão da Primavera* fosse enfrentar essa gente, ele precisava saber da história inteira. — Especificamente, é possível que a Sindicura tenha motivos mais pessoais para que tentemos de novo com os Vagaari?

— Quer saber se a reputação de alguma família está na reta?

— Se o lucro de alguma família está na reta, na verdade.

Ba'kif olhou de relance para Thrawn. Samakro seguiu o olhar, mas não havia nenhuma reação que pudesse notar.

— Entendo que ouviu boatos — disse o general. — Posso perguntar quais?

— Principalmente o boato a respeito de um gerador artificial de poço gravitacional — elucidou Samakro. — Um aparelho que o Capitão Sênior Thrawn tomou dos Vagaari, que pode tirar uma nave do hiperespaço como se estivesse voando perto de uma massa planetária ou estelar.

— É um rumor interessante — disse Ba'kif, sua voz não demonstrando nada. — Você lembra do que falei um instante atrás sobre testar tais coisas?

— Sim, senhor. — Em outras palavras, o general não confirmaria nada. Samakro não esperava que ele fizesse isso. Mas a reação de Ba'kif, ou melhor, a completa falta dela, era clara. — Porque, se um rumor assim fosse verdade, a Sindicura e o Conselho poderiam nos mandar na esperança de que tivéssemos sorte pela segunda vez seguida.

— De novo, é uma suposição interessante — reconheceu Ba'kif. — Só tenha em mente que sua tarefa principal é descobrir se os Vagaari estão voltando para a área ou não e, se tiverem voltado, se estão aliados ou não aos Paataatus. Qualquer outra coisa que possam encontrar... — Ele abriu o que parecia ser um meio-sorriso. — Bem, serão vocês que estarão lá. Usem seu próprio julgamento.

— Sim, senhor — disse Thrawn pelos dois. — E Nascente?

— Nascente?

— O nome que demos ao mundo da Magys — explicou Thrawn. — Vai mandar a *Picanço-Cinzento* de volta para lá para investigar?

Ba'kif bufou.

— O Conselho não está exatamente empolgado com a ideia de mandar uma nave de guerra importante para tão longe da Ascendência — disse. — Nem a Sindicura.

— Eu tinha a impressão de que explorar regiões distantes e procurar por ameaças em potencial era o ponto central do estatuto da Frota de Defesa Expansionária.

— E é — afirmou Ba'kif. — Mas o seu, digamos, entusiasmo em identificar e confrontar o General Yiv deixou alguns membros da Aristocra nervosos a respeito de enviar forças demais para fora da Ascendência e deixar nossos próprios mundos sem defesa absoluta. Mesmo sendo sustentada pelas frotas privadas das Famílias Governantes, muitos acreditam que a Força de Defesa já gasta demais.

— Não acho uma avaliação válida — comentou Thrawn.

— Eu também não — disse Ba'kif. — Mas, válidas ou não, as opiniões da Sindicura carregam um certo peso.

— Entendo — aquiesceu Thrawn. — Por isso a obsidoca?

— Vamos lá, capitão sênior — disse Ba'kif com um misto bizarro de inocência e crítica. — Está imaginando pontos conectando linhas que não existem.

Samakro franziu o cenho. Do que diabos eles estavam falando?

— Peço perdão — falou Thrawn, inclinando a cabeça em direção ao general. — Entendo que a *Vigilante* está programada para voltar para aquelas últimas bases Nikardun para conseguir mais dados.

— Está — confirmou Ba'kif. — A Sindicura também deixou claro que não quer a Almirante Ar'alani muito mais longe do que isso. — Ele fez um gesto. — Você e o Capitão Intermediário Samakro têm uma missão para a qual precisam se preparar. Estão dispensados, e boa sorte.

Um minuto depois, Samakro e Thrawn estavam de volta ao corredor, indo em direção à área de aterrissagem de naves auxiliares.

— O que foi isso sobre a obsidoca? — perguntou Samakro enquanto andavam.

— A *Picanço-Cinzento* está sendo reparada na Obsidoca Dois de Csilla e não em uma das celesdocas — falou Thrawn.

— Sim, eu sei disso — disse Samakro. — As instalações de lá estavam disponíveis e as celesdocas já estavam cheias com outros trabalhos. O que isso tem a ver com a Sindicura?

Thrawn olhou ao redor deles casualmente.

— É que, com a *Picanço-Cinzento* tão longe de Csilla, não vai ser tão notável quando ela sair para sua próxima missão.

Samakro o encarou.

— Você não está falando sério. Eles vão...?

— A Sindicura não controla a Força de Defesa Expansionária — Thrawn o lembrou. — Tudo que eles podem fazer é aconselhar, encorajar e criar problemas.

— Especialmente problemas — enfatizou Samakro, sentindo o estômago se apertar. Se e quando eles percebessem que o Conselho e Ba'kif os haviam ignorado, efetivamente, e mandado Lakinda de volta a Nascente, eles, sem dúvida, criariam ainda mais problemas para todos eles.

E se Samakro tivesse que conectar os pontos e linhas que não existiam, ele poderia suspeitar que a *Vigilante* se juntaria à *Picanço-Cinzento* assim que limpassem as fronteiras da Ascendência. Mais uma coisa para a Aristocra reclamar em algum momento.

Na teoria, ao menos Ba'kif era imune à ira da Sindicura. Mas isso não significava que um grupo de síndicos não poderia se esforçar para tornar sua vida tão miserável a ponto de se ver forçado a renunciar.

Pior do que isso, existia a possibilidade de que uma ou mais famílias fossem persuadidas a se juntarem plenamente a essa pressão. Se isso acontecesse, os dias de Ba'kif como general supremo seriam curtos, de fato.

— Precisamos saber o que era aquele couraçado de batalha, capitão intermediário — insistiu Thrawn com uma voz sombria. — E *quem* nesta região estava aliado a eles.

— Não estou discutindo, senhor — disse Samakro. — Só estou preocupado com Lakinda. Ela e a família Xodlak inteira têm *muita* política acontecendo neste exato momento.

— Lakinda lidará bem com isso — garantiu Thrawn. — Política não deve fazer parte das missões da Frota Expansionária.

— É claro que não — concordou Samakro. — Falando em alianças e missões, suponho que não possa confirmar aquele rumor a respeito da armadilha de poço gravitacional dos Vagaari? Eu gostaria de saber melhor onde estamos nos metendo.

— Sabe que não posso — disse Thrawn. — Dito isso, você pode estar correto a respeito da Sindicura querer lucrar com nossa investigação.

— Lucro é sempre um bom motivo, senhor — concordou Samakro.

Mas dinheiro não era a única coisa que fazia os olhos da Aristocra brilharem com cobiça. O fato de tanto os Mitth quanto seus rivais, os Irizi, terem apoiado a expedição da *Falcão da Primavera* já o deixava com as orelhas em pé.

Será que essas duas famílias sabiam mais do que o restante da Sindicura a respeito do que estava acontecendo além dos Paataatus, algo que, talvez, fizesse uma aliança temporária valer a pena? Será que estavam torcendo para algum novo tipo de tecnologia que pudessem usar diretamente ou transformar em moeda de troca?

Ou será que os Irizi estavam aproveitando a chance para tirar Thrawn da Ascendência por um tempo, e conseguiram convencer os Mitth a fazer o mesmo? *Esse* seria um motivo que ele conseguiria entender.

— Mas eu não ficaria preocupado com isso — disse Thrawn. — Os Vagaari receberam uma derrota severa da última vez que nos encontramos. Independentemente do que estiver acontecendo por lá agora, não estou esperando nenhuma grande surpresa.

O Conselheiro Lakuviv contemplou o broche Agbui recostado em sua palma, um calafrio passando por ele.

— Você tem certeza? — perguntou a Lakjiip, amaldiçoando o tremor em sua voz. — *Eles* têm certeza?

— Sim — disse a auxiliar sênior, e Lakuviv amaldiçoou a calma na voz dela. Uma mera funcionária não deveria estar mais calma do que o oficial ao qual ela servia. — Os arames prateados são feitos de nyix puro.

— Nyix puro — murmurou Lakuviv, esfregando o polegar distraidamente pelas linhas de metal. — Como isso é possível?

Lakjiip deu de ombros.

— O metalúrgico em Vlidan que fez a análise não soube me dizer.

— Ele não soube te *dizer*?

— Ah, ele fez sons a respeito de ligas e têmpera e recozimento — contou Lakjiip. — Mas o que ele queria dizer é que não sabe como os Agbui conseguiram...

— Não quero dizer como eles fizeram, fisicamente — Lakuviv a cortou, irritado. — Quero dizer quem, no Caos, possui tanta abundância de nyix a ponto de gastar algo assim em joias? — Ele sacudiu o broche para enfatizar seu questionamento. — *E*, então, oferecê-lo por um valor tão baixo?

— Eu não sei — confessou Lakjiip, sua própria calma começando a se desfazer. — O senhor tem razão quanto ao preço, no entanto. Me disseram que a quantidade de nyix nesta única peça vale ao menos mil vezes mais do que Haplif me disse que ele pretendia cobrar.

Lakuviv cerrou os dentes. Mil vezes mais. Em que versão da realidade esses Agbui poderiam vender essas coisas por um preço tão baixo?

— Eles já começaram a vendê-las? — perguntou.

— Acredito que não — disse Lakjiip. — Uns dias atrás, quando falei com Haplif, ele me disse que queria focar nas especiarias primeiro, enquanto não decidiam se o mercado local poderia lidar com as joias deles. — Ela abriu um sorriso enviesado para Lakuviv. — Ele estava preocupado que os preços pudessem ser altos demais.

— Altos *demais*?

— Só estou dizendo o que ele falou.

— Sim, é claro — disse Lakuviv, olhando para o broche mais uma vez. — Suponho que você descobriu isso só hoje?

— Dois dias atrás, na verdade — precisou Lakjiip. — O senhor estava...

— *Dois* dias? — interrompeu Lakuviv. — E você só falou *agora*?

— O senhor estava trabalhando naquela petição para o Patriarca da família Irizi — defendeu-se Lakjiip calmamente. — Se me lembro bem, o senhor disse que não queria ser perturbado por nada além de uma declaração de guerra.

Lakuviv trincou os dentes. Ele *havia* dito isso. Ainda assim, ela deveria não ter interpretado as palavras de forma literal e focado na intenção.

— Da próxima vez que alguém inventar a roda, fique à vontade para ignorar minhas ordens — disse. — Esqueça. Há três coisas que precisamos fazer. Primeiro: por enquanto, só eu e você sabemos disso. E o metalúrgico — acrescentou. — Precisamos falar com ele.

— Já falei — informou Lakjiip. — Felizmente, é um Xodlak, então pude lembrá-lo dos protocolos de segredos familiares. Ele não vai dizer nada.

— Ótimo — disse Lakuviv. — Segundo: ficamos de olho nos Agbui. Quero ficar sabendo se eles sequer *pensarem* em colocar isso à venda no mercado. E, terceiro: quero que você fale com Haplif e o convide a um pequeno encontro. — Olhou de relance para o crono. — Acho que é tarde demais para fazer qualquer coisa hoje sem levantar suspeitas, então, que seja amanhã.

— Sim, senhor. — Lakjiip hesitou. — Tem outra coisa, Conselheiro. Eu não sei se isso configura como inventar a roda...

— Continue — grunhiu Lakuviv.

— Acha que é possível que os Agbui sejam refugiados? — perguntou Lakjiip.

Lakuviv piscou de surpresa.

— Do que, por Celwis, você está falando? Eles não são refugiados, são nômades culturais. Agora mexa-se; precisamos correr.

— Eu sei que foi isso que eles falaram — esclareceu Lakjiip, sem sinal de que se mexeria. — Estou perguntando porque, quando fui vê-los ontem à tarde, o Rancheiro Lakphro comentou a respeito de um incidente que o incomodou. Parece que sua filha assustou uma das adolescentes Agbui com um selador de fivela de latão.

— Assustou como? E o que isso tem a ver com o que estamos falando?

— Assustou a ponto de a adolescente se jogar no chão — disse Lakjiip. — A razão pela qual isso é importante é porque eu fiz uma cópia do som do selador e passei a maior parte do dia de ontem fazendo comparações de ondas sonoras. O som é uma versão mais suave de um cartucho de artilharia de explosão plana.

— Isso é absurdo — surpreendeu-se Lakuviv, franzindo o cenho enquanto tentava reviver uma lembrança antiga. Como a maior parte das conversas não oficiais, os detalhes de seu primeiro encontro com Haplif se esvaíram como fumaça. Mas ele não tinha dito que...? — Ele nos disse que estavam viajando pelos últimos trinta anos.

— Exatamente — disse Lakjiip. — Então, como que uma das adolescentes poderia saber o som de um cartucho de artilharia? E, pior, mostrar uma reação tão violenta em resposta?

Lakuviv tocou no próprio queixo, tentando pensar.

— Será que eles pararam em alguma zona de guerra? Ou pousaram no meio de uma?

— E não saíram imediatamente?

— Sim, sim, verdade — admitiu Lakuviv. — Um mistério interessante, mas fica para outro dia. Agora… — ele ergueu o broche — *isto* é mais importante. Precisamos descobrir como os Agbui trabalham este metal, e por que é tão barato que podem transformá-lo em joias.

Ele apertou o broche com força. *Nyix*. O metal mais raro conhecido no Caos, um componente vital das ligas usadas para criar a incrível dureza do casco de uma nave de guerra. Só havia três minas de nyix puro na Ascendência, com algumas outras áreas que ofereciam filões difusos ou jazidas únicas. Com nyix, uma espécie podia conquistar e se defender; sem nyix, poderia apenas recuar e aplacar. Com nyix, uma família poderia crescer em status e poder com uma velocidade e certeza nunca antes vistas na história Chiss. Sem nyix, poderia ficar em segundo plano para sempre.

Mas mesmo uma família sortuda dessas precisaria ser liderada. Liderada e guiada por um único indivíduo.

— E, mais importante que isso — acrescentou para Lakjiip. — Precisamos descobrir de onde eles tiraram isso, exatamente.

A primeira coisa que Thalias viu ao abrir os olhos foi o caixão encostado na parede ao lado de sua cama.

Não era um caixão de verdade, é claro, apenas a compacta câmara de hibernação onde a Magys ficaria em um repouso sem sonhos até Thrawn pensar no que fazer com ela. As luzes no monitor do painel confirmavam que a estrangeira estava viva e estável ali dentro, sem nenhum perigo imediato à sua vida.

Mas a câmara tinha o mesmo formato cilíndrico de um caixão, e sua ocupante mal contava como viva, então a imagem mental de um caixão permaneceu com Thalias.

Ela tentou não olhar para a câmara enquanto pegava as roupas e começava a se vestir. Em algum momento daquela manhã, se a *Falcão da Primavera* continuava seguindo o cronograma de Thrawn, eles deixariam o volume relativamente suave do hiperespaço onde a

Ascendência Chiss estava aninhada e entrariam no Caos. Quando isso acontecesse, ela e Che'ri seriam chamadas para a ponte para dar início à jornada em direção ao planeta-colmeia dos Paataatus, Nettehi.

Thalias não tinha certeza do que Thrawn pretendia fazer lá, sozinho com uma única nave de guerra. Mas o trabalho dela não era saber. O trabalho dela era cuidar de Che'ri para chegarem lá da maneira mais veloz e segura possível.

Ela deu uma olhadela furtiva na direção da câmara de hibernação e colocou os sapatos. Indo na direção do perigo... Mas, ao menos quando levasse Che'ri para a ponte, Thalias não teria que se preocupar com a menina descobrindo a respeito da monstruosidade escondida nos aposentos delas. Ela alisou a túnica, foi até a escotilha e apertou o botão de abertura.

E, conforme a escotilha deslizava, ela viu, tardiamente, que Che'ri estava posicionada bem na ponta da escotilha e olhava diretamente para o quarto de dormir de Thalias, para a câmara de hibernação.

— Não! — Thalias tentou segurar a menina pelos ombros, tentando virá-la antes que ela visse mais do que deveria.

Tarde demais. Mesmo quando saiu para a sala diurna, ela viu que os olhos de Che'ri se arregalavam e sua boca se abria.

— O que é *aquilo*? — perguntou a menina, esquivando-se das mãos de Thalias e apontando para a sala de dormir.

— Algo que você não deveria saber a respeito — disse Thalias amargamente, guiando as costas de Che'ri com uma das mãos enquanto fechava a escotilha com a outra. — Volte. Vamos, vai.

— Eu *sabia* que tinha algo ali — insistiu Che'ri, afastando-se obedientemente. — O que *é* aquilo?

— Um compartimento de armazenamento — improvisou Thalias. O que não era mentira, mas era enganoso de se dizer.

— Eu sabia que você e o Capitão Sênior Thrawn tinham colocado algo ali. Então, quando notei que você sairia em alguns segundos... — Ela deu de ombros de leve.

— Você se posicionou para ver o lado de dentro assim que eu abrisse a porta — suspirou Thalias.

— Bom, você não deveria manter segredos dos outros — argumentou Che'ri, seu tom passando de defensivo para acusatório. — Não é legal.

— O segredo não é meu para contar — disse Thalias. — Se eu pudesse ter contado... — Ela parou de falar.

— Você teria contado? — perguntou Che'ri. — Ou não teria?

Thalias suspirou. O segredo *realmente* não era dela. Mas, de uma forma estranha, era.

De qualquer modo, agora que Che'ri fisgara uma pista, ela não desistiria até saber da história inteira. E não era como se eles pudessem trancá-la nos aposentos ou algo assim.

— Vamos nos sentar — sugeriu Thalias, gesticulando em direção ao sofá. — Vamos conversar, a não ser que queira tomar café da manhã primeiro.

— Eu posso esperar — disse Che'ri, saltando para a frente e jogando-se no sofá, toda empolgada agora que sabia que tinha conseguido o que queria e ouviria um segredo. — O que é aquilo lá?

Thalias se sentou na outra ponta do sofá e se preparou. Como explicar isso para uma menina de dez anos de idade?

— Não é o *quê* — disse. — É quem. É a Magys.

De novo, Che'ri arregalou os olhos.

— A Magys? *A* Magys?

— Sim — confirmou Thalias. — A estrangeira que veio...

— Eu sei quem ela é — interrompeu Che'ri. — Nós a vimos na ponte quando estávamos no comando secundário.

— É verdade, vimos — disse Thalias, assentindo. — Lembra que fomos até o mundo dela e que estava bem devastado?

— Por uma guerra — acrescentou Che'ri, sua exuberância minguando um pouco.

— Correto — disse Thalias. — Bem. A forma que o povo da Magys lida com as coisas quando eles acham que não há mais esperança para eles... Nenhum tipo de esperança... Eles... tomam uma decisão chamada tocar o Além. Supostamente, faria com que eles se juntassem a algo, as pessoas no Espaço Menor chamam isso de *Força*, e que isso permitiria que começassem a curar seu planeta.

— Certo — falou Che'ri, franzindo o cenho. — É por isso que ela está ali dentro?

— Não exatamente. — Thalias reuniu coragem para falar. — Veja bem, a forma com que eles podem tocar o Além é... morrendo.

Che'ri recuou.

— Quer dizer que eles se *matam*?

Thalias assentiu.

— Sim.

— Mas... — A menina acenou uma mão impotentemente.

— Não, não é assim que os Chiss fazem as coisas — disse Thalias. — Mas povos e culturas diferentes... As pessoas às vezes agem de formas diferentes.

— E se eles cometerem um erro? — perguntou Che'ri. — Ou mudarem de ideia?

A garganta de Thalias se apertou.

— Eles não podem mudar de ideia — disse. — Depois de feito, não pode ser desfeito.

Che'ri inspirou profundamente.

— É por isso que Thrawn a trancou ali? Porque ela ia... fazer isso?

— Sim — confirmou Thalias. — Deixamos a Magys em minha sala de dormir porque ficaria fora do caminho, e ninguém além de mim poderia vê-la. — Seu lábio tremeu. — Ninguém além de *nós*. Então você precisa manter esse segredo de todos, exceto...

— Espera um segundo — interrompeu Che'ri, franzindo o cenho. — Você disse que a Magys está ali dentro? *Só* a Magys? Mas tinha duas pessoas... — Ela parou de falar, com uma expressão rígida. — Ele...?

Por um momento, Thalias ficou tentada a mentir. Seria muito mais fácil, e Che'ri não precisaria carregar mais esse peso.

Mas, conforme contemplava os olhos acometidos da menina, sabia que não adiantaria. No fim, a verdade sempre vinha à tona, e esconder a realidade agora tornaria tudo pior mais tarde.

— Sim — disse gentilmente, esticando-se para segurar a mão de Che'ri. — Sinto muito.

— Por que vocês não o impediram? — perguntou Che'ri, os olhos molhados de lágrimas.

— Aconteceu rápido demais — explicou Thalias. — Ninguém conseguiu pará-lo.

— Nem o Capitão Sênior Thrawn?

— Deram uma informação incorreta a ele — disse Thalias. — Além disso, ele provavelmente achou que eles precisariam de armas ou ferramentas para fazer algo assim. Eu sei que eu, pelo menos, teria pensado nisso. Mas o companheiro da Magys não precisou. Ele não precisou de nada.

— Como foi que ele fez isso?

Thalias sacudiu a cabeça.

— Nós ainda não sabemos. Enfim, como eu estava dizendo, as únicas pessoas a bordo que sabem disso são o Capitão Sênior Thrawn, o Capitão Intermediário Samakro, você e eu. Precisa prometer que não vai contar isso para mais ninguém. Tudo bem?

— Tudo bem. — Che'ri olhou para o convés. — Posso tomar o café da manhã agora?

— Claro — disse Thalias, apertando a mão dela uma vez para depois soltá-la. — Quadrados de fruta com tiras de carne?

— Pode ser — concordou Che'ri, ainda encarando o convés.

Em silêncio, Thalias ficou de pé e foi até a área de preparação de comida. A menina agora tinha as respostas que queria, ou ao menos os fatos. Com sorte, ela não pensaria em fazer questionamentos mais profundos.

A Magys ordenara que o companheiro morresse. Ela tomou a decisão por ele; a última decisão final que uma pessoa poderia tomar. Os estrangeiros obviamente achavam isso algo aceitável de se fazer. Thalias, vinda da cultura Chiss, não achava.

Mas não era isso, exatamente, que Thrawn e ela fizeram com a própria Magys? Eles não tiraram o poder de decisão dela ao sedá-la à força e mantê-la em hibernação? Do ponto de vista dela, isso não seria uma violação de direitos? Era uma questão perturbadora.

Especialmente porque Thalias que tivera a ideia.

Ela sentiu o estômago se apertar ao redor do vazio. E se a Magys estivesse certa, que seu povo se fora e que os duzentos restantes em Rapacc encarariam nada além da solidão e do exílio e a morte se protelando? Se o Além fosse uma alternativa real, ela não tinha direito de tomar essa decisão que seus captores Chiss arrancaram dela?

Ainda assim…

E se eles mudarem de ideia?, Che'ri perguntara. Era uma questão com a qual Thalias também debatia e, pelo que imaginava, Thrawn também. Porque, na verdade, tudo que haviam feito foi postergar a decisão da Magys até acumularem mais evidências positivas ou negativas em relação ao destino do mundo dela.

E, se fosse como a Magys acreditava, Thalias e Thrawn precisariam ficar lá e vê-la tomar a decisão de morrer.

Thalias não estava preparada para isso. Ela podia apenas esperar que, de alguma forma, eles pudessem encontrar um motivo para que a Magys e seu povo continuassem vivos.

LEMBRANÇAS IV

Vamos lá, Shimkif dissera com sua infinita confiança. *Como nossos pombinhos Chiss poderiam recusar os desejos de dois felizardos recém-casados?*

Eles poderiam recusar. Eles poderiam muito bem recusar.

Não que Shimkif tivesse transparecido na cerimônia de casamento. Ao contrário, aquele deveria ter sido o ritual fraudulento mais crível e empolado que Haplif já vira. Todos os cinquenta Agbui da nave tinham um papel para cumprir, desde o piloto até os mecânicos da sala de engenharia, e todos participaram com muito entusiasmo.

Mais que isso, ninguém zombou nem fez piadas ou sorriu no momento errado, o que poderia ter quebrado o encanto de realidade que eles estavam tentando tecer ao redor dos ingênuos convidados Chiss. Quando acabou, todos cercaram o casal eufórico para cumprimentá-los, e Haplif achou ter visto Yomie ficar com lágrimas nos olhos.

Tudo isso para nada... Já que, quando Shimkif falou desejosamente a respeito das gloriosas múltiplas cataratas de Celwis, e como ela sempre quis ter uma lua de mel em meio a esse tipo de espetáculo maravilhoso, o pedido implícito foi ignorado.

Não importava o que acontecesse, fosse o inferno ou ventanias, amigos, inimigos, a fome ou o gelo; Yomie iria para aquela Grande Migração de Shihon que duraria o mês inteiro. Cada maldito, mil vezes maldito minuto do mês.

O que devia tê-la deixado prestes a arrancar a cara dela com as unhas quando o hiperpropulsor da nave falhou bem quando eles estavam passando no sistema Avidich.

Haplif precisou bater quatro vezes na porta até ouvir uma resposta do lado de dentro do quarto de Yomie.

— Quem é?

— Yomie, aqui é Haplif — falou Haplif do outro lado da porta. — Posso falar com você?

Outra pausa. A porta deslizou, revelando Yomie parada na abertura.

— Sim? — perguntou, a voz e a expressão quase que dolorosamente neutras.

— Tenho uma atualização quanto aos reparos. — Ele fez um gesto por cima do ombro dela. — Posso entrar?

Ela o estudou por um momento. Então, em silêncio, deu um passo para o lado.

— Obrigado — disse Haplif. Ele passou por ela cautelosamente, tendo em mente a resistência dela a respeito de ser tocada. — Os mecânicos terminaram os reparos e estão colocando o hiperpropulsor de volta no lugar — contou, escaneando o quarto brevemente. Ele viu que Yomie tinha abaixado a mesa de dobrar e havia várias páginas de desenho espalhadas nela. — Acredito que estaremos prontos para continuar nossa jornada em aproximadamente uma hora.

— Obrigada — disse Yomie, ainda sem demonstrar em seu tom o estado de suas emoções.

— Também queria lhe dizer — continuou Haplif, indo até a mesa para vê-la melhor — que falei com a pilota e ela me assegurou que vamos conseguir compensar parte do tempo perdido. Na pior das hipóteses, você só vai perder o primeiro dia da migração.

— De novo, obrigada — repetiu Yomie, ainda encarando a porta.

Ela não o olhava. Ignorava-o descaradamente, na verdade, ou o ignorava o quanto era possível com ele de pé a um metro de distância dela.

— Agradeço por sua compreensão — disse Haplif, trincando os dentes. Ela poderia injetar quanta educação quisesse em suas palavras, mas era bastante óbvio que acreditava que ele havia deliberadamente planejado esse atraso contra ela.

O que não era apenas frustrante, mas completamente injusto, já que ir contra ela era a última coisa que ele gostaria de fazer. Havia prós e contras de ter os dois Chiss a bordo, assim como havia prós e contras em abandoná-los. Mas simplesmente antagonizá-los seria completamente contraproducente.

— Nunca me disse que era uma artista — comentou.

— Quê? — De canto do olho, ele finalmente a viu se virar para ele. — Ah. Isso?

— Sim — disse Haplif. Ele esticou uma das mãos na direção dos desenhos, e decidiu no último momento que tocá-los poderia ser visto como uma intrusão. — São muito impressionantes.

— Eles me mantêm ocupada — explicou Yomie, a voz ainda neutra.

Mas Haplif sentiu debaixo daquele tom. Os desenhos eram importantes para ela. Talvez importantes o suficiente para que ele conseguisse a abertura que procurava?

— Posso vê-los de perto? — perguntou.

Ela fez um gesto na direção da mesa.

— À vontade.

Com cuidado, Haplif pegou o desenho inacabado no qual ela provavelmente estava trabalhando quando ele a interrompeu. Era uma paisagem, com uma planície à esquerda, montanhas erguendo-se à direita, a ponta brilhante do oceano à distância, e três tipos diferentes de nuvens pairando sobre tudo. A maior parte do trabalho parecia finalizada, mas ele conseguia ver os locais onde ela tinha deixado para fazer depois os detalhes nas bordas, e o canto esquerdo do oceano e das nuvens.

— Muito profissional — observou. Ele não estava exagerando no elogio; as ilustrações *realmente* eram muito boas. — Especialmente o detalhe ao redor das árvores e nuvens.

— Você gostou? — ela perguntou, com um pouco mais de animação surgindo em sua voz. — Olhe mais de perto.

De cenho franzido, Haplif trouxe o desenho para perto de seu rosto, inclinando-o para que pegasse toda a luz do quarto. Os rabiscos que compunham os detalhes...

Ele olhou subitamente para Yomie.

— Isso é *escrita*?

— Sim — confirmou ela, com um olhar intenso e um estranho sorriso de lado. — Muito bem. Chamamos isso de *diário das nuvens*.

— Uma combinação de arte e crônica — concluiu Haplif, de repente voltando a ter esperança. Não era apenas uma abertura nessa menina, mas talvez uma janela para a alma dela, que até então ela negara a Haplif e Shimkif. A escrita era necessariamente pequena, mas uma pequena lente a tornaria legível o suficiente...

Ele se contraiu quando o desenho foi tirado de sua mão.

— É pessoal — disse Yomie. Ela pegou os desenhos espalhados e os juntou em uma pilha organizada, deixando o que não tinha terminado no topo, de cabeça para baixo. — Você não precisa ajudar a nave a voltar a voar?

— Sim, preciso — respondeu Haplif. — De novo, peço perdão pelo atraso. Com sorte, a Grande Migração será tudo que você esperava.

— Sim — disse Yomie, a voz voltando ao tom totalmente neutro. — Tenho certeza que será.

Shimkif estava esperando quando Haplif chegou na sala de controle central.

— Tenho notícias — informou ela.

— Eu também — disse Haplif. — Descobri que nossa jovem peste mantém um diário.

— Que maravilha — zombou Shimkif, azeda. — Tenho certeza que será uma leitura fascinante nas longas noites do inverno. Jixtus quer nos ver.

Haplif sentiu a pele de sua testa se enrugando, o diário e as possibilidades que apresentava abruptamente esquecidos.

— Onde e quando?

— *Onde*: em uma das docas externas da Grande Migração de observadores de pássaro — disse Shimkif. — Já tenho o número da plataforma de aterrissagem. *Quando*...

— Você disse a ele que estamos indo para a Grande Migração? — Haplif exigiu saber, sentindo a garganta palpitar.

— É claro que disse — falou Shimkif. — Jixtus investiu muito nesta operação. Achou que ele só nos deixaria andar por aí sem saber para onde iríamos?

— Eu estava *esperando* que ele confiasse em nós o bastante para fazer o trabalho sem ele espiando por cima de nossos ombros o tempo todo.

— Sinta-se à vontade para dizer isso a ele — ofereceu Shimkif. — *Quando*: assim que chegarmos. — Ela o olhou de forma significativa. — Parecia que ele já estava lá.

Haplif grunhiu por dentro. Jixtus odiava esperar os outros.

— Você explicou por que estamos demorando?

— Ah, relaxa — ralhou Shimkif. — Ele não está irritado. Ele sabe que coisas assim acontecem. — Ela fez uma pausa, considerando. — Ao menos ele não está irritado *comigo*.

— Muito obrigado — disse Haplif, sarcástico. — Acredito que tenha mandado aprontar o hiperpropulsor à potência máxima?

— É claro — ela confirmou. — Não olhe para mim dessa forma. Tenho certeza que Jixtus só quer saber como vai a operação. Ah, e ele quer que você traga tudo que aprendeu a respeito dos Chiss. Acho bom começar a preparar essas anotações.

— Boa ideia — disse Haplif. A maior parte dessa informação já estava codificada, mas havia alguns detalhes e especulações que ainda precisavam ser escritos. — Consegue lidar com as coisas por aqui?

— Sim — assegurou. — Pode ir. E seja rápido e eficiente. — A garganta dela também palpitou por um momento. — Ele pode entender um atraso por falha mecânica. Mas um atraso porque você não tinha um relatório a apresentar... acho que nem tanto.

CAPÍTULO DOZE

— NÃO — DISSE Lakansu timidamente, os olhos brilhando mais do que o normal ao contemplar o broche delicado que Shimkif acabara de colocar em sua mão. — Não, de verdade, não posso aceitar. É demais.

— De jeito algum. Eu insisto — falou Shimkif com firmeza, a boca sem lábios que parecia uma fenda se curvando nas pontas para abrir um sorriso satisfeito. — Sua família foi tão gentil conosco. É o mínimo que podemos fazer para agradecer.

— E por assustá-la na semana passada — acrescentou Frosif, a mão que escondia atrás das costas aparecendo de forma triunfal para revelar um broche menor, de estilo diferente —, queremos dar *isto* a *você*. — Ela deu um passo na direção de Lakris, tomando a mão da adolescente para virar sua palma para cima e deixando o broche ali.

— Ah! — exclamou Lakris. Ela olhou para Lakphro, para o broche, e virou-se novamente para Frosif. — Não, isso é besteira. Foi *você* que ficou assustada, não eu. Eu que deveria *te* dar alguma coisa.

— De forma alguma — disse Haplif, passando um braço ao redor dos ombros da esposa e da filha em sinal de solidariedade. — Ficamos felizes de poder dar ao menos alguma coisa em troca de sua generosa hospitalidade. Isto é, se não se importarem? — acrescentou, lançando um olhar questionador na direção de Lakphro.

Finalmente, Lakphro pensou, amargo, alguém perguntava diretamente a *ele*.

Não, não estava tudo bem. Nem um pouco. Os presentes eram muito mais extravagantes do que qualquer membro de sua família merecia, muito além do que eles tinham oferecido aos visitantes. Faziam ele se sentir endividado com Haplif e os outros Agbui, e ele odiava esse tipo de sentimento.

Talvez essa fosse a intenção por trás dos presentes. Desde o incidente com o selador de latão, quando Lakjiip veio do escritório do Conselheiro Lakuviv e Lakphro a puxou para um canto para perguntar se os Agbui poderiam ser refugiados de guerra, ele ficou com a sensação perturbadora de que Haplif estava de olho nele.

Ou talvez fosse sua imaginação. Mas, novamente, talvez não.

Será que ele estava certo a respeito dos Agbui? Será que eles eram algo mais do que diziam ser? Ou menos, ou talvez algo diferente?

Desde então, Lakphro procurou a respeito da política oficial da Ascendência quanto a refugiados de guerra, e não era nada muito encorajador. Se os Agbui estivessem tentando achar um lar permanente, eles teriam que suar muito para consegui-lo e, ainda assim, o resultado não era garantido. Eles definitivamente não gostariam de perguntas a respeito de estarem de conversinha a essa altura do processo.

Seria essa generosidade súbita uma forma de Haplif encorajar Lakphro e sua família a ficarem de boca fechada?

O que, é claro, significaria algo mais do que uma obrigação social. Significaria um suborno.

Lakphro odiava subornos. Ele nunca aceitara um em sua vida e, de fato, saíra de um emprego perfeitamente bom em sua juventude quando descobriu que um de seus supervisores aceitava propina. Seu instinto era perguntar diretamente ali mesmo e obrigar Haplif a falar qual era a dele e desses supostos nômades culturais.

Mas não podia fazer isso. Não com a esposa e a filha admirando seus novos prêmios com tanta empolgação e felicidade. Lakansu sempre amara joias exóticas, e Lakris estava claramente seguindo os passos da mãe. Lakphro não podia estragar o momento para elas.

Talvez essa também fosse a intenção dos presentes.

— Minha esposa está certa — reconheceu, em vez disso. — Isso é muito mais do que merecemos por qualquer coisa que fizemos por vocês. Mas se quisermos a alegria de dar, precisamos aceitar a humildade de receber, para permitir que os outros tenham a própria alegria. Estamos honrados, e humildemente aceitamos seus presentes.

— Obrigado — disse Haplif. — Gostei do que disse a respeito da alegria de dar. É um provérbio Chiss?

— Não sei se é algo oficial — confessou Lakphro. — É algo que meus pais sempre diziam quando eu não queria aceitar um presente ou favor.

— Acho que os Chiss, no geral, costumam ter um problema com falso orgulho — acrescentou Lakansu, tomando o braço do marido.

— Falso orgulho — disse Haplif, como se estivesse testando a sonoridade das palavras. — O que isso significa?

— Há várias nuances no significado — disse Lakansu. — Nesse caso...

— Espere — interrompeu Lakphro quando o comunicador na ombreira dele vibrou. — Estou recebendo uma ligação. — Ele apertou o botão. — Lakphro.

— Rancheiro, esta é a Auxiliar Sênior Lakjiip — veio a voz familiar da mulher. — Sabe onde está Haplif?

— Na verdade, ele está bem aqui — disse Lakphro, dando um passo em direção a Haplif. — Haplif, é a auxiliar sênior do Conselheiro Lakuviv. Ela quer falar com você.

— Mesmo? — quis saber Haplif, soando surpreso ao se aproximar de Lakphro. — Achei que as visitas oficiais da semana tinham acabado.

— Não pergunte a mim, pergunte a ela — disse Lakphro. Ele começou a pegar o comunicador da ombreira, mas lembrou-se a tempo das ordens estritas de Lakuviv de que nenhuma tecnologia Chiss deveria ser dada ou tocada por qualquer estrangeiro. — Fale aqui... Bem aqui... No comunicador.

— Sim, eu sei. — Haplif se inclinou em direção ao ombro dele. — Aqui quem fala é Haplif dos Agbui.

— Aqui quem fala é a Auxiliar Sênior Lakjiip — identificou-se Lakjiip novamente. — Um cargueiro dizendo fazer parte de outro grupo Agbui entrou em espaço Celwis. Você sabe algo a respeito disso?

— Nada específico, auxiliar sênior — disse Haplif. — Talvez esteja aqui para ver se precisamos de assistência, ou para pegar parte de nossas especiarias se estivermos sendo suficientemente abençoados com terra e um bom clima para termos colheitas excedentes.

— E vocês têm? — perguntou Lakjiip.

— Acredito que temos o suficiente para compartilhar um pouco com nossos conterrâneos — informou Haplif. — Talvez eles estejam trazendo mais filamentos de metal para a produção de joias.

Houve uma pausa discreta.

— Quais?

Lakphro franziu o cenho. A voz de Lakjiip estava esquisita.

— Suponho que todos os quatro tipos que usamos — disse Haplif. — Apesar de, às vezes, usarmos apenas duas ou três. Onde eles vão pousar? Talvez eu deva primeiro perguntar se eles têm permissão para isso.

— O Conselheiro Lakuviv está falando com a Patriel Lakooni — contou Lakjiip. — Mas tenho certeza que ela permitirá o pouso. Diremos a eles que atraquem no campo de Colina Vermelha. Vou mandar um aerocarro para você.

— Um momento, auxiliar sênior ? — chamou Lakphro quando uma ideia passou por sua cabeça. — Mandar um aerocarro levará mais tempo, e cargueiros costumam ter um cronograma apertado. Se quiser, ficarei feliz em levar Haplif até você e a nave Agbui, e depois trazê-lo de volta.

— Não há necessidade — assegurou Haplif, cuja voz também mudara. — Tenho certeza de que precisa trabalhar.

— Minha esposa e minha filha podem cuidar das coisas por algumas horas — garantiu Lakphro. — Além do mais, você foi tão generoso e gentil conosco que isso é o mínimo que eu poderia fazer.

— Não tenho objeções — disse Lakjiip. — Nossas naves de patrulha estão em contato com eles e, assim que a Patriel autorizar, o Conselheiro Lakuviv pedirá que eles escoltem a nave até Colina Vermelha. Conseguem chegar aqui em uma hora?

— Sem problemas — prontificou-se Lakphro. — Vou deixar que Haplif pegue tudo o que precisar enquanto ligo nosso aerocaminhão.

— Obrigada, rancheiro — disse Lakjiip. — Nos vemos em breve. — Ela desligou.

— É um bom dia para um voo, de qualquer forma — comentou Lakphro, afastando-se de Haplif ao desligar o comunicador. — Vou pegar o caminhão e esperá-lo em sua nave.

— Sim, é claro — disse Haplif. Na opinião de Lakphro, ele não parecia nem de longe tão feliz quanto estivera quando ele e Shimkif estavam presenteando-os com joias. Talvez também não gostasse de aceitar favores, assim como Lakphro. — Shimkif e eu recolheremos todas as especiarias que pudermos dar aos nossos conterrâneos.

— Certo — disse Lakphro. — Estarei pronto até lá.

Os estrangeiros viraram-se para voltar à nave Agbui.

— Você vai mesmo ir até Colina Vermelha? — perguntou Lakansu, parecendo mais surpresa do que irritada.

— Parecia uma oferta razoável — disse Lakphro, tentando soar casual. — Tem algo que eu queria conversar com o Conselheiro ou com a auxiliar sênior, de qualquer forma. Posso ver aquele broche?

— Não é a respeito da contabilidade de nossos yubals de novo, é? — perguntou Lakansu, entregando o objeto.

— Não, nada a ver com isso — assegurou Lakphro, observando a joia de perto. A coisa era bastante bonita, ele precisava admitir, com quatro tipos diferentes de fios metálicos tecidos para dentro e fora uns dos outros, como uma mistura de trança de cabelo e uma harpa antiga. — Ah, poderia preparar uma bolsa de viagem para mim? Não sei por que motivo eu ficaria preso em Colina Vermelha por uma noite, mas é sempre bom estar preparado.

— Tudo bem — disse a esposa, olhando-o de forma um pouco desconfiada.

Lakphro precisava admitir que ela tinha um fundo de razão. Ele já batera muito a cabeça com os olheiros do Conselheiro no passado. Mas isso não aconteceria desta vez.

— Obrigado — agradeceu quando a esposa estava saindo da casa. — Lakris, você pode cuidar do rebanho para mim e ver se a torneira de água não emperrou de novo?

— Claro, pai — disse Lakris, dando um passo e abrindo os braços para cobri-lo em um abraço.

— E cuide para que seu bastão de atrair yubals esteja no modo ATRAIR desta vez — acrescentou no ombro dela. — A última vez que você o acionou no Briscol, levou quinze minutos para ele se desenroscar, e ele ficou andando engraçado por dois dias.

— É, mas nenhum deles me incomodou depois disso — ela lembrou alegremente, soltando o pai. — Dirija com cuidado.

— Eu sempre dirijo com cuidado.

— Exceto quando você dirige como um doido.

— O que nunca acontece — insistiu Lakphro, fingindo estar bravo. — A não ser que eu precise.

— Bom, então não precise — criticou ela. — Não queremos que nosso hóspede saia gritando para fora do caminhão assim que vocês aterrissarem. Seria ruim para a imagem da Ascendência.

— Confie em mim — prometeu Lakphro. — Serei o motorista mais entediante no céu.

— Ótimo — ela disse. — Nos vemos à noite. Seja entediante na volta também. — Lakris saiu galopando, guardando seu novo broche na segurança do bolso em seu peito.

Lakphro respirou fundo, colocando o broche da esposa no próprio bolso enquanto ia em direção ao aerocaminhão. Com sorte, ele e Haplif estariam de volta antes que Lakansu lembrasse de pedi-lo de volta.

Felizmente, Lakansu esqueceu do broche, ou ao menos decidiu que o marido tinha outras coisas para pensar. Jogou a bolsa de viagem dele no assento de trás e acenou quando ele entrou no caminhão, alguns metros acima do chão, virando-se para a nave Agbui. Haplif estava esperando com a própria bolsa, que não era muito maior que a de Lakphro, e, três minutos depois, eles já estavam na rota aérea a leste, disparando no ar em direção à Colina Vermelha.

A viagem foi quieta, na maior parte do tempo. Haplif tentou conversar algumas vezes, mas Lakphro não estava muito interessado. Depois de responder algumas perguntas de forma monossilábica ou com comentários curtos, o estrangeiro entendeu a mensagem e calou a boca. Na metade do caminho para Colina Vermelha, recebeu outra ligação de Lakjiip, que confirmou que o cargueiro Agbui estava descendo e o direcionou para a zona de aterrissagem oficial da família, do outro lado da cidade pela rota comercial. Dentro do tempo especificado por Lakjiip, Lakphro pousou o aerocaminhão no chão, a uma centena de metros de distância do cargueiro recém-chegado.

Um grupo pequeno, porém impressionante estava congregado perto da nave estrangeira. O Conselheiro Lakuviv estava de um lado, falando seriamente com um dos visitantes. Pelo colar elaborado que o estrangeiro trajava, Lakphro supôs que ele era alguém importante, talvez o capitão da nave ou até mesmo um oficial. Do outro lado estava a Auxiliar Sênior Lakjiip e alguns outros oficiais da família Xodlak no meio de uma discussão com três estrangeiros. Lakjiip os olhou enquanto o aerocaminhão de Lakphro pousava na terra e, no tempo que demorou até ele e Haplif saírem, ela já estava lá para cumprimentá-los.

— Haplif dos Agbui — disse ela, assentindo. — Rancheiro Lakphro — acrescentou com outro aceno de cabeça. — Obrigada por sua assistência, rancheiro. Essas são as especiarias que eles queriam, Haplif?

— Sim — confirmou ele, erguendo a bolsa. — Ofereço a oportunidade de que as examine, se assim desejar.

— Não será necessário. — Lakjiip fez um gesto para o grupo do qual ela fazia parte até uns instantes antes, e Lakphro via, agora, que havia duas bolsas com metade do tamanho de sua bolsa noturna no chão, ao lado dos dois Chiss. — Como você antecipou, eles trouxeram mais metal para suas joias.

— Excelente — disse Haplif. — Eu me sentiria melhor se você pudesse me fazer a gentileza de examinar as bolsas previamente. Não gostaria de que houvesse perguntas no futuro questionando se seus servos Agbui trouxeram coisas terríveis ou contrabandos ao seu mundo.

— Ah, já as examinamos — revelou Lakjiip. Ela inclinou a cabeça de leve. — Você não me disse que eles também trariam joias finalizadas.

— Eles trouxeram? — Haplif deu uma risadinha, sacudindo a cabeça. — A combinação de viagens de longa distância com a firme crença de que todos podem ser artistas. Isso acontece às vezes em longas viagens, quando a tripulação fica entediada e os recursos estão facilmente disponíveis.

— Então foi a tripulação quem fez isso? — perguntou Lakjiip. — Interessante. As peças parecem tão boas quanto as que você deu ao Conselheiro Lakuviv.

— Tenho certeza que sim — disse Haplif. — Mas qualidade superficial e durabilidade a longo prazo não são necessariamente sinônimos. Ainda assim, não há mal nisso. Vamos examiná-las e fazer alterações se preciso.

— Bem, boa sorte com isso — disse Lakjiip. — Pode pegá-las quando desejar.

— Agradeço. — Haplif deu um passo à frente para ir até o grupo, e então pausou, franzindo o cenho ao ver a nave. — Desculpe. Eu acabei de notar... Isso é dano de *batalha*?

— Parece ser — disse Lakjiip, virando-se para ver. — Não foi feito pelas naves de patrulha que os escoltaram, é claro — acrescentou.

— Não, não, não foi isso que pensei — Haplif apressou-se a esclarecer. — Estava apenas imaginando se passaram por piratas ou outros perigos antes de chegarem aqui.

A mente de Lakphro voltou para a filha de Haplif e a reação que ela teve com o selador de latão.

— Ou talvez perigos em sua própria casa — murmurou.

Lakjiip o olhou, intrigada. Haplif ignorou o comentário.

— Bem, posso perguntar ao capitão — disse o estrangeiro. Ele fez uma reverência para Lakjiip e foi até o grupo com as bolsas.

— Eles provavelmente vão querer conversar um pouco, talvez comparar relatórios — Lakjiip falou para Lakphro. — Mas não acho que vá demorar muito. Se quiser, pode esperar na sala de recebimento logo ali. Há alguns comes e bebes, se estiver com fome.

— Obrigado — disse Lakphro. — Eu tenho uma pergunta — acrescentou rapidamente, enquanto ela se afastava.

Relutantemente, a mulher virou para trás.

— Sim?

— Eu tenho esta coisa. — Lakphro pegou o broche que Shimkif dera à sua esposa. — Eu estava me perguntando se era algo valioso, talvez valioso o suficiente para ser uma forma de propina...

— Onde você conseguiu isso? — Lakjiip exigiu saber, tomando-o de sua mão.

— Haplif me deu — espantou-se Lakphro, contraindo-se com a intensidade inesperada da reação dela. — Na verdade, para minha esposa...

— Você não deveria ter isto — disse Lakjiip, interrompendo-o. — *Ninguém* deveria ter isto.

— Sim, mas...

— Vou confiscá-lo, com a autoridade do Conselheiro Lakuviv e toda a família Xodlak. — Ela guardou o broche no bolso. — E você não deve falar sobre isso com ninguém. Está me ouvindo?

— Não, eu *não* estou ouvindo — grunhiu Lakphro, livrando-se da paralisia mental temporária. — Você não pode simplesmente tomar minha propriedade. Quem deu a você esse direito?

— A autoridade do Conselheiro...

— Sim, entendi o que você disse — interrompeu Lakphro. — Mas há leis a respeito de confisco governamental de propriedade, argumentos a serem delineados e protocolos a serem seguidos. Você não pode simplesmente pegar uma coisa de um membro da família Xodlak e colocá-la no bolso e esperar que eu fique quieto.

— Eu espero sim que fique quieto — ameaçou Lakjiip, a voz abruptamente baixa e sinistra —, porque você vai ficar quieto. Não vai falar comigo; não vai falar com o Conselheiro Lakuviv; não vai falar com ninguém. Entendido, Rancheiro Xodlak'phr'ooa? *Ninguém.*

Lakphro a encarou, sentindo como se tivesse levado um soco no estômago. Ninguém usava o nome inteiro de ninguém em Celwis, não depois de já terem sido apresentados. A não ser que as circunstâncias fossem oficiais, legais ou extraordinárias.

— Sua esposa e filha sabem sobre isso? — continuou Lakjiip.

— Sim — disse Lakphro, sentindo o coração bater mais rápido. A próxima pergunta provavelmente seria...

— Haplif deu mais alguma joia a vocês?

Felizmente, aquele segundo de antecipação já organizara sua mente e sua boca com a resposta apropriada.

— Não — respondeu.

Por um longo momento, Lakjiip o encarou, os olhos endurecidos, perguntando-se se ele estaria mentindo. Então seu lábio tremeu, e ela assentiu, relutante.

— Avise-as de que não podem falar nada a respeito disso — instruiu ela. — Se Haplif oferecer outro... — Ela hesitou. — Pode aceitar. Mas precisa me ligar imediatamente.

— Certo — disse Lakphro.— Mas...

— Imediatamente — reforçou ela. — Sei que não entende, Lakphro, mas acredite em mim quando digo que este é um assunto de segurança máxima. As ondulações do dia de hoje se estenderão até o Patriarca, ou mesmo até a Sindicura. Ninguém, *ninguém*, deve saber sobre isto. — Ela apalpou o bolso escondendo a joia. — Entendido?

— Você acabou de dizer que eu não entendi — disse Lakphro amargamente.

O rosto dela endureceu.

— Muito bem. Que seja. Só mantenha isso para si. — Ela respirou fundo, algumas das linhas de estresse em seu rosto ficando lisas. — Vá esperar na sala de recebimento. Irei buscá-lo quando Haplif estiver pronto para partir.

— Sim, senhora.

Ele se arrastou pelo campo até o prédio de recepção, o coração acelerado, sua mente uma estranha combinação de revolta e estupefação.

Que *diabos*?

Será que o broche estava envenenado? Ou seria perigoso de alguma outra forma? Seria a evidência de um crime hediondo?

Ou será que era coisa ainda pior? Será que era algo tão absurdo que ele não conseguiria jamais imaginar o que fosse? Será que o broche era um mapa do tesouro — ou, melhor, metade de um mapa do tesouro — para alguma fortuna de riqueza ou tecnologia que se perdeu nos milênios onde a Ascendência se retraiu para seus mundos internos, deixando para trás as desventuras infelizes no Espaço Menor? Boatos diziam que existiam peças de tecnologia estrangeira assim, supostamente enterradas em tumbas secretas e laboratórios de pesquisa cujas existências eram conhecidas apenas pelos Patriarcas. Ou, pior, será que os fios metálicos escondiam um plano codificado de uma invasão estrangeira?

Ele sacudiu a cabeça, enojado. Muito bem. Precisava se puxar das beiras da realidade antes de cair no penhasco.

Mas, mesmo que o broche não estivesse mais com ele, a lembrança da intensidade de Lakjiip permanecia lá. Independentemente de isso ser ou não tão importante, era o fato de que ela *acreditava* que era, sim, importante.

Era um quebra-cabeça, mas não conseguiria resolvê-lo hoje. Levaria um tempo para pensar e discutir, primeiro com Lakansu, e depois, talvez, com alguns amigos de confiança.

Ele lamentavelmente decidiu que isso provavelmente não incluía Lakris. Sua filha era inteligente, mas contar um segredo a uma adolescente era sempre uma proposta arriscada, especialmente quando teriam problemas graves se ela falhasse em mantê-lo. Seria constrangedor o suficiente explicar à esposa que ele perdera a joia dela; ele queria se meter em outra conversa futura igualmente desagradável com o Conselheiro Lakuviv.

Com sorte, ele e Lakansu resolveriam o problema sozinhos. Se não conseguissem, a questão mais crítica seria para quem poderiam pedir um conselho.

Aumentando o passo e perguntando-se que tipo de comes e bebes o pessoal do Conselheiro havia preparado, começou a fazer uma lista mental de pessoas em quem confiava.

— Então eu estava correto — disse Haplif, assentindo sabiamente enquanto ele e Lakuviv admiravam a lateral do cargueiro Agbui. — Consegui ver... Desde lá, à distância... E eu estava certo. Dano de batalha.

— Sim, de fato — confirmou Lakuviv. — Um encontro com piratas, segundo o capitão.

Apesar de, pela forma como o capitão descrevera o incidente, parecer menos dano de batalha e mais dano de correr-como-um-filhote-de-bigodilho. A história foi contada de forma meio vaga, mas, considerando que Lakuviv não viu nenhuma plataforma no casco que parecesse com um laser, raio de partícula ou tubo de míssil, não ficaria surpreso se o capitão tivesse decidido correr para o hiperespaço assim que viu um sinal de perigo.

— Ai de nós — disse Haplif pesarosamente. — Como somos atormentados com esses seres terríveis.

— Sim, há piratas demais soltos por aí — afirmou Lakuviv. — Já consideraram armar suas naves?

— Seria um esforço em vão — disse Haplif, sacudindo a cabeça. — Somos nômades culturais, não guerreiros. Não temos conhecimento de armas ou táticas de batalha.

— Ainda assim, seria uma boa ideia ter ao menos um par fornido de torres de tiro para laser visíveis — insistiu Lakuviv. — Mesmo se não souberem usá-las muito bem, ao menos elas advertiriam agressores potenciais de que vocês não estão completamente indefesos.

— E o que aconteceria então com nossas viagens de conhecimento e aprendizado? — questionou Haplif, com um tom de tristeza na voz. — Diga-me: *você* teria permitido que uma nave armada de origem desconhecida fizesse um lar temporário perto de seu povo?

Lakuviv sentiu o lábio se contrair. Não, provavelmente não teria, precisava admitir. Mesmo que aceitasse que ficassem, a Patriel certamente não permitiria que pousassem.

E, mesmo se ela permitisse, manteria os estranhos em Passo das Pedras, sob vigilância pesada, em vez de mandá-los para a província aberta de Colina Vermelha.

O que teria sido desastroso. Lakuviv conhecia a Patriel, e ele tinha certeza de que ela só teria jogado o presente de Haplif em uma gaveta qualquer em vez de analisá-lo. E, se isso ocorresse, a família Xodlak nunca teria reconhecido o incrível poder e fortuna dos Agbui.

— O preço do conhecimento pode ser alto — prosseguiu Haplif, filosofando. — Mas fazemos nossas escolhas, como todos os seres devem fazer. — Ele fez um gesto em direção ao casco chamuscado. — Só podemos torcer para que a próxima jornada deles acabe em maior segurança.

— Podemos torcer — concordou Lakuviv. — Para onde eles vão agora?

— Nosso mundo minerador — disse Haplif. — Bem, não *nosso* mundo, na verdade. Pelo que sabemos, esse mundo não é de ninguém. Dizemos que é nosso porque nossas minas ficam lá.

Lakuviv sentiu o peito se apertar de repente.

— Os metais que usam em suas joias vêm dessas minas?

— Sim — confirmou Haplif. — Ironicamente, procuramos esse mundo primeiro com a esperança de que pudesse ter um ou outro local com o clima e o terreno propícios para nossas especiarias. Mas esse sonho não deu certo. — Ele deu uma risadinha seca. — Imagine nossa surpresa e deleite quando acidentalmente descobrimos esses veios ricos de metal expostos na superfície, perfeitos para as joias. Soubemos, então, que fomos levados até esses mundos com um propósito.

— Certamente parece que foram — disse Lakuviv, tentando manter a voz estável e só educadamente interessada. — Diga, todos os metais que usam vêm de lá?

— A maior parte deles — disse Haplif. — As minas são particularmente ricas em spinpria azul, mas há um pouco de todos os outros na mesma área.

— Deve ser muito conveniente — observou Lakuviv, ouvindo seu batimento cardíaco aumentar. *Spinpria azul*: o metal que os Chiss chamavam de *nyix*.

Uma mina inteira dele. Uma mina rica o suficiente para que os Agbui pudessem transformar o metal em bugigangas.

Uma mina aguardando em um mundo inabitado, sem dono.

— Mas, é claro, o assunto mais importante é a segurança de seu povo. Simpatizo com eles, e a Ascendência Chiss certamente odeia piratas.

— Agradeço por sua compaixão — disse Haplif. — Mas o que poderia ser feito?

— Bem... — Lakuviv pausou, como se estivesse processando um pensamento que acabara de lhe ocorrer. — E se eu mandasse uma escolta com o seu cargueiro? Obviamente, a escolta não poderia ir com ele para todo lugar, mas ao menos poderia garantir que chegassem em segurança a seu próximo destino.

Haplif se virou para ele, as dobras vermelhas escuras e brancas da testa ficando ainda mais enrugadas.

— Faria isso por nós? Mandaria uma de suas poderosas naves de guerra Chiss para nos proteger?

Lakuviv reprimiu uma careta. Uma poderosa nave de guerra. Um dia, como parte das Nove Famílias Governantes, os Xodlak tiveram, de fato, uma pequena frota de naves de guerra genuínas.

Mas aquela frota, e seu direito de voar, tinham acabado cinquenta anos antes. Agora tudo que os Xodlak tinham disponível em Celwis eram umas quantas patrulhas de sistema, dois botes de mísseis um pouco grandes demais, além de dois cruzadores leves aposentados com tripulações fantasma que agiam como plataformas de defesa planetárias.

É claro que Haplif não tinha como saber nada disso. Ele e seu povo tinham sido escoltados até a superfície, passando pela vigília dos lasers dos cruzadores, que, naturalmente, o estrangeiro deduziu que eram naves de guerra plenamente funcionais. Sem dúvida, ficaria ainda mais impressionado se visse de relance a fragata abandonada sob a proteção de uma parede rochosa da maior lua de Celwis, uma relíquia meio esquecida dos velhos dias de glória.

Mas Lakuviv lembrava da nave de guerra, assim como lembrava dos dias de glória. A glória retornaria, ele disse para si mesmo com firmeza e, quando retornasse, aquela fragata e os dois cruzadores voltariam a navegar os céus da Ascendência com o emblema de uma das Famílias Governantes.

— Não sei se elas poderiam ser chamadas de *poderosas* — disse a Haplif. — Tudo que posso oferecer é uma nave de patrulha do sistema, como as que escoltaram sua própria nave em órbita.

— Fala de forma modesta demais — comentou Haplif, seu assombro anterior virando desejo. — Comparadas com nossos pobres cargueiros, elas são poderosas, de fato. — A boca dele se curvou de leve nos cantos. — Ouso dizer que pareceriam poderosas para aqueles covardes piratas, também.

Lakuviv deu de ombros. Mas o estrangeiro estava certo. Mesmo uma simples nave de patrulha Xodlak poderia vencer facilmente a maior parte dos grupos de piratas menores que se assomavam nas fronteiras da Ascendência. Certamente não teriam problemas com uma gangue tão patética que sequer conseguiu perseguir um cargueiro Agbui.

— Deixe-me falar com a Patriel. As naves de patrulha obedecem a ela, mas não é incomum que um Conselheiro faça uma ou outra requisição por motivos especiais. Esse mundo minerador é muito distante?

— Não demais — assegurou Haplif. — Uns três ou quatro dias de jornada.

— Salto por salto, suponho?

— Perdão?

— Salto por salto — repetiu Lakuviv. — É quando só se viaja por um par de sistemas por vez para evitar o problema de caminhos instáveis no hiperespaço.

— Não, não, nossas naves têm navegadores — disse Haplif alegremente. — Nós os contratamos, geralmente por vários meses ou até um ano.

— *Você* tem um navegador? — perguntou Lakuviv, franzindo o cenho.

— Ah, sim — confirmou Haplif. — Eu não o mencionei antes?

— Não, tenho certeza de que não falou dele — disse Lakuviv, encarando o estrangeiro com novos olhos. Navegadores com a rara habilidade de guiar uma nave pelo Caos não eram baratos, e a maior parte das pessoas que os contratavam só podiam fazê-lo por uma viagem. Mas Haplif tinha um navegador que ficara à toa no rancho de Lakphro por quase três semanas? — Então ele acompanha todas as suas viagens?

— É claro — disse Haplif, como se fosse óbvio. — Nunca sabemos quando podemos precisar ir para um lugar novo, e viajar para o estabelecimento de um navegador para contratá-lo gastaria tempo valioso.

— E você o paga durante todo o tempo que ele fica com você?

— Felizmente, ele não cobra muito — esclareceu Haplif. — Como nós, ele também busca aventura e iluminação cultural.

— Felizmente — concordou Lakuviv. Mas, até onde ouvira, e ele estava se certificando de ouvir *tudo* a respeito dos visitantes estrangeiros, esse piloto misterioso não saíra da nave de Haplif. Que tipo de cultura poderia absorver lá?

E, então, é claro, a resposta óbvia lhe ocorreu.

— Ele deve gostar muito de suas joias e especiarias.

— De fato — disse Haplif, abrindo outro daqueles sorrisos bizarros para Lakuviv. — Não tanto as especiarias, já que seus gostos estão voltados a uma direção diferente dos gostos de vocês. Mas gosta muito de nossas modestas criações. Tanto que aceita recebê-las como pagamento.

— Ah — disse Lakuviv, escondendo um sorriso cínico. Se *ele* fosse pago em nyix, também não teria problema algum de não fazer nada por meses. — Bem, infelizmente, nós não temos ninguém assim no momento. Se vamos escoltar seu cargueiro, precisaremos viajar salto por salto até um dos estabelecimentos de navegadores e contratar alguém. Infelizmente, isso também toma tempo.

— Oh... Já sei — disse Haplif empolgadamente. — Tenho a resposta. Não há necessidade de contratarem um navegador. Eu ficaria honrado se aceitassem o nosso emprestado.

— Você realmente faria isso? — perguntou Lakuviv, tentando soar surpreso.

— É claro — garantiu Haplif. — Vocês são nossos amigos. Também não temos motivo para partir de onde estamos, certamente não até nossa próxima colheita de especiarias, então podemos ficar sem ele por várias semanas, pelo menos.

— Muito generoso de sua parte — disse Lakuviv. Perfeito. Ele estava tentando pensar em como convencer Haplif a chegar a essa mesma conclusão, e o estrangeiro tivera a ideia por conta própria. — Não sei se deveria aceitar, porém.

— Não é nada além da hospitalidade que vocês mesmos nos ofereceram — observou Haplif. — E, de qualquer maneira, não aceito ouvir objeções. Além de sua hospitalidade, sua nave de guerra estará em risco ao proteger nosso cargueiro. O mínimo que podemos fazer é dar assistência nessa jornada.

— Muito bem — disse Lakuviv, sua mente a todo vapor. Precisaria de um representante pessoal na nave, é claro; não poderia arriscar que os oficiais ou a tripulação descobrissem o que ele procurava. Lakjiip era a escolha óbvia: esperta, observadora e leal. Especialmente leal. — Vou ligar para a Patriel Lakooni e combinar tudo.

— Obrigado — agradeceu Haplif. — Se me permitir voltar com o Rancheiro Lakphro, prepararei o navegador. — Ele franziu o cenho. — Talvez fosse melhor se enviassem outro veículo atrás de nós. Eu detestaria pedir ao Rancheiro Lakphro fazer a mesma jornada duas vezes no mesmo dia.

— Vou pedir isso para a Auxiliar Sênior Lakjiip agora mesmo — prometeu Lakuviv. — Posso perguntar qual é a guilda de seu navegador?

— É claro — disse Haplif. — Entendo a hesitação de trabalhar com o que não lhe é familiar. Mas soube que os Chiss já trabalharam com Desbravadores anteriormente.

Lakuviv assentiu.

— Sim, trabalhamos. Isso vai funcionar.

— Ótimo. Queremos que tudo funcione de forma satisfatória e conveniente para vocês.

— Tenho certeza de que dará tudo certo — Lakuviv o reconfortou. — Bem. Vamos procurar Lakphro e levar vocês de volta ao rancho dele.

Ele abriu o sorriso mais genuíno que já dera ao estrangeiro.

— E vamos fazer esse plano deslanchar.

CAPÍTULO TREZE

Em alguns momentos, Samakro sentia que algo em sua vida parecia vagamente com um pedaço de história pessoal que se repetia. Em alguns momentos, tudo ficava menos vago.

Hoje era um desses dias.

Voando na *Falcão da Primavera* até o sistema colmeia-lar dos Paataatus, Nettehi. Voando no mesmo vetor de abordagem que utilizaram durante a incursão punitiva com a Almirante Ar'alani — sem ideia do que os esperaria.

Só que, desta vez, eles não tinham a *Vigilante* e as outras naves da força-tarefa de Ar'alani indo com eles. Estavam sozinhos.

— Preparar para a saída — disse Thrawn calmamente em sua cadeira de comando.

Samakro olhou ao seu redor na ponte, sua vasta experiência permitindo que avaliasse os ânimos dos oficiais só de olhar para eles. Estavam tensos, sabia, pelos mesmos motivos que ele. Mas não via pânico nem dúvidas sérias. Trabalhavam com Thrawn há tempo suficiente para confiar que ele os tiraria de qualquer desastre em que os metesse.

Distraidamente, Samakro se perguntou se eles tinham tido essa confiança quando *ele* era o comandante da *Falcão da Primavera*.

— Três, dois, *um*.

As chamas estelares piscaram e se dissiparam nas estrelas decorando o planeta Nettehi.

— Dalvu? — perguntou Thrawn.

— Alcance de combate: temos caças — anunciou a oficial de sensores. — Aproximadamente vinte botes de mísseis em alcance de combate e alcance médio.

— Cheque a órbita planetária. Acho que estou vendo algumas naves grandes por ali.

— Checando... Confirmado, senhor — disse Dalvu. — Estou vendo sete naves: seis cruzadores modificados, uma fragata pesada.

Samakro viu a tela. As sete naves voavam em uma configuração de defesa Paataatus: a fragata no centro com um cruzador em cada flanco, e dois cruzadores alinhados à frente e atrás.

— Magnificação total e leituras de estado — mandou Thrawn. — Primeiro a fragata, depois os cruzadores.

A imagem de uma nave de porte médio apareceu na tela dos sensores, um pouco borrada pela distância e pela tênue atmosfera planetária pela qual orbitava.

Mas era clara o suficiente para verem o design padrão das pesadas naves de guerra dos Paataatus: largas e chapadas, armamento pesado com pontos de defesa mínimos no topo, lasers principais arranjados na borda dianteira, tubos de mísseis posicionados sob a proa. Era um design incomum entre os vários estrangeiros com os quais a Ascendência lidava, mas combinava com a tática Paataatus de abordar oponentes com lasers ardentes, e depois ascender para disparar mísseis enquanto a nave agressora dava uma guinada para cima e para longe, abrindo caminho para que o próximo agressor fosse atrás dela.

— Capitão intermediário ? — convidou Thrawn.

— Parece uma nave Paataatus para mim, senhor — disse Samakro. — Certamente não combina com nenhuma configuração das naves Vagaari em nossos registros.

— Concordo. O que não prova nada de maneira conclusiva, é claro, considerando o hábito dos Vagaari de conquistar outros estrangeiros e adaptar suas tecnologias. Mas é um forte indicador, particularmente por eu não ver grandes modificações na nave.

Samakro voltou sua atenção aos dados planetários que agora corriam pela tela secundária de sensores.

— Também não vejo evidência de danos em grande escala na superfície do planeta.

— Observação excelente — aprovou Thrawn. — Os boatos falavam de uma aliança, mas poderiam ser distorções de uma invasão Vagaari. Mas seria difícil os Paataatus desistirem sem brigar, o que teria levado à destruição planetária visível.

Samakro assentiu. A conclusão dos dois não endereçava os rumores principais, ele sabia. Mas Thrawn gostava de comer o mingau pelas bordas em uma operação, considerando primeiro as opções menos prováveis antes de focar no prato principal. Nesse caso, eles encontrariam os Paataatus sozinhos ou aliados aos piratas.

Qualquer um dos cenários poderia ser problemático, mas ambos permitiam que a *Falcão da Primavera* estivesse livre de responder assim que o outro lado disparasse, sem medo de afetar as vítimas, ou — improvável no caso dos Paataatus — espectadores inocentes.

— Capitão, estamos recebendo uma transmissão — disse Brisch da estação de comunicação. Ele apertou um botão…

— Aqui quem fala é o Príncipe Militaire — disse uma voz Paataatus do outro lado do alto-falante da ponte.

Samakro franziu o cenho. *Príncipe Militaire*? Ele nunca ouvira falar dessa posição antes.

Se é que era uma posição. Poderia ser um título ou um nome único desses estrangeiros. Diplomatas Chiss já haviam lidado com negociadores Paataatus algumas vezes, mas o funcionamento interno do governo deles permanecia um grande mistério. A Frota de Defesa Expansionária certamente não tinha interação alguma com eles que não envolvesse disparar ou receber disparos.

— Estão trespassando espaço sagrado dos Paataatus — continuou o príncipe.

— Estranhamente falantes hoje, não? — comentou Afpriuh da estação de armas. — Senhor, todas as naves inimigas estão posicionadas.

— Falantes *e* encarando de frente — disse Samakro. — Não parecem os mesmos.

— Não — concordou Thrawn. — Não parecem.

Samakro o olhou de relance. Thrawn estreitava os olhos, sua atenção indo da tela de sensores para a tática e vice-versa.

— Você disse que perguntaríamos a respeito dos Vagaari? — Samakro lembrou o comandante em voz baixa.

— Sim — disse Thrawn, pensativo. Ele hesitou por outro momento, e então apertou o botão do comunicador em sua cadeira. — Príncipe Militaire, aqui quem fala é o Capitão Sênior Thrawn, da Frota de Defesa Expansionária Chiss, a bordo da nave de guerra *Falcão da Primavera.* Viemos em paz, com uma pergunta. — Ele desligou o comunicador.

Samakro franziu o cenho.

— Não vai fazer a pergunta, senhor?

— Ainda não. Digamos que é um experimento.

— As naves Paataatus se moveram, senhor — informou Dalvu. — Dez caças vindo em nossa direção; naves em órbita se reconfigurando. Os outros caças continuam na mesma posição.

— Observe bem, capitão intermediário — falou Thrawn. — Vamos ver o que eles vão fazer.

— Sim, senhor — disse Samakro, reprimindo um suspiro. Na verdade, se os Paataatus seguissem sua doutrina de batalha padrão, o que fariam seria cercar o alvo como um enxame e tentar eliminá-los do espaço. E, com a *Falcão da Primavera* sozinha naquelas bandas...

— Ali — indicou Thrawn, apontando para uma das telas. — As naves em órbita. Está vendo?

Samakro focou nelas. As sete naves estavam em movimento, mudando da configuração de sentinela para a de defesa. Um dos principais cruzadores se moveu atrás delas.

— Configuração de defesa. O que sugere que o Príncipe Militaire está a bordo da fragata.

— Correto — disse Thrawn. — Mas notou *como* os cruzadores tomaram suas novas posições?

Samakro franziu o cenho.

— Uma das naves foi para cima, outra para baixo.

— O primeiro cruzador principal foi para cima, em posição de guarda dorsal, enquanto o que estava atrás dele ficou em posição de vanguarda — esclareceu Thrawn. — Mas os cruzadores que os seguiam foram para o lado oposto, com o que estava diretamente atrás da fragata descendo sob ela em posição de guarda ventral, enquanto o que estava mais distante, à popa, tomou seu lugar na dianteira.

Samakro repetiu a cena em sua cabeça. Thrawn estava certo.

— Sim, senhor. Não sei se vejo qual o significado disso.

— Caças se reunindo, senhor — chamou Afpriuh.

— Estou vendo. — Thrawn ligou o comunicador. — Príncipe Militaire, aqui quem fala é o Capitão Sênior Thrawn. Como já disse, viemos em paz. Contudo, se a situação atual continuar como está, prometo que presenciará a força total da Ascendência Chiss.

— Está ameaçando o Herdeiro da Colmeia Paataatus, Capitão Sênior Thrawn? — o príncipe exigiu saber.

— Mantenho as precisas palavras que usei, Príncipe Militaire.

— Pretende ferir os Paataatus?

— Mantenho as precisas palavras que usei.

— Então as consequências são suas.

— Estou preparado para aceitá-las.

— Então tudo está em suas mãos.

— Estou preparado.

Um som saiu do alto-falante.

— Ele cortou comunicação, senhor — relatou Brisch.

Samakro respirou com cuidado. O que Thrawn estava fazendo?

— Senhor, não temos intenção de sermos hostis com os Paataatus.

— Nem pretendo sê-lo — prometeu Thrawn. — Está vendo algo estranho na formação de ataque desses caças?

Samakro voltou sua atenção para a tela tática, tentando controlar as dúvidas que o acometiam subitamente, seus pensamentos anteriores voltando para sussurrar em seu ouvido. *Confiar que ele os tiraria de qualquer desastre em que os metesse...*

Franziu o cenho. Caças Paataatus costumavam usar uma estratégia de enxame, dirigindo em velocidade máxima de todas as direções em um ataque horizontal em camadas. Mas essas naves estavam organizadas em grupos de duas e três, movendo-se cautelosamente na direção da *Falcão da Primavera.*

— Essa não é a estrutura habitual dos Paataatus.

— Realmente não é — disse Thrawn, com um quê de diversão sombria em sua voz. — Mas *é* algo que já vimos antes.

Um instante depois, os dois grupos de caças mais próximos abriram fogo, os lasers ardendo contra a *Falcão da Primavera.*

— Fogo! — exclamou Afpriuh. — Resposta, senhor?

— Espere — ordenou Thrawn calmamente.

— Senhor, estamos sendo atacados!

— Não, não estamos — assegurou Thrawn. — Dalvu? Relatório de danos?

— Danos... — Dalvu parou de falar. — Nenhum, senhor — disse, claramente confusa. — Os lasers do inimigo estão sendo disparados a um... *décimo* de potência?

— Não pode ser — insistiu Samakro, olhando para a leitura dos sensores. Aqueles lasers estavam tão iluminados quanto qualquer outro ataque Paataatus.

Mas Dalvu estava correta. Os disparos de energia mal haviam tocado as barreiras eletrostáticas da *Falcão da Primavera.*

— Não estou entendendo.

— Dalvu: análise no laser espectral — mandou Thrawn. — Onde estão focados?

Samakro estreitou os olhos. Que pergunta ridícula. Espectro-lasers eram, por definição, feitos para mudar as frequências de energia para o que fosse mais bem absorvido pelo material no qual estavam focando.

— Eles não estão focados em nosso casco, senhor — disse Dalvu, ainda parecendo confusa. — Eles estão... — De novo, ela parou; dessa vez, virou-se em seu assento para abrir um sorriso irônico para Thrawn. — Eles estão focados no perfil de pó interplanetário.

Por algumas batidas de seu coração, Samakro continuava sem entender. Focados no *perfil de pó*?

De repente, entendeu.

Os lasers só eram visíveis porque a energia passando ionizava o tênue pó por intermédio do vento solar pairando pelo espaço que, fora isso, estaria vazio. Ao focar o perfil de ionização à mistura, os lasers de baixa energia dos caças estavam se tornando visíveis ao máximo. Tão visíveis, na verdade, quanto lasers a toda potência focados no casco de uma nave de guerra.

— Tem razão, senhor — disse, as palavras e conclusões soando incrédulas aos seus ouvidos. — Não é um ataque.

Ele olhou para Thrawn.

— É um show de luzes.

— De fato — disse Thrawn. — Afpriuh, ajuste três de nossos espectro-lasers à mesma frequência e nível de poder e abra fogo. Erre os disparos ou faça passarem de raspão para que espectadores não se perguntem por que não estamos causando dano.

— Espectadores, senhor? — perguntou Afpriuh, franzindo o cenho rapidamente ao olhar para Thrawn. — Quer dizer os Paataatus?

— Dificilmente — falou Thrawn. — Os Paataatus são nossos companheiros no que o Capitão Intermediário Samakro apropriadamente apelidou de show de luzes. — Ele olhou para Samakro. — Discutimos as possíveis combinações de Paataatus e Vagaari. Historicamente, os Vagaari pegam emprestada a tecnologia de suas vítimas, mas raramente tomam suas naves sem modificações visíveis. — Fez um gesto em direção aos cruzadores em órbita e a fragata, ainda viajando em seu aglomerado de defesa apertado. — Mas conhecemos, *sim*, gente que ficaria feliz em comandar naves diretamente, tomando suas tripulações ou substituindo-as pelas próprias.

Samakro viu o aglomerado, e voltou aos caças fingindo disparar e receber ataques. Gente que comandava naves diretamente…

Ele endureceu quando o padrão de ataque dos caças foi registrado subitamente. *E* era gente para a qual a menção ao nome de Thrawn era uma incitação imediata à violência...

— Os *Nikardun*?

— Acredito que sim — disse Thrawn. — Fazia tempo que eu suspeitava que o General Yiv estava tentando fazer uma conexão com os Paataatus, como aliados ou subservientes. Se minha leitura da situação atual estiver correta, é o segundo caso. — Ele abriu um sorriso tenso. — Acredito, também, que os Paataatus perceberam que nossa chegada significa uma chance de se livrar deles.

Samakro pensou a respeito disso. Caças que usavam táticas e formações que não eram Paataatus, e depois só fingiam atacar. Um oficial que iniciou uma conversa, fez um show grandioso e barulhento de antagonismo, mas então perguntou, especificamente, se a *Falcão da Primavera* pretendia ameaçar os Paataatus. Thrawn, assegurando ao príncipe que ele veio em paz, mas também ameaçando mostrar toda a força da Ascendência Chiss.

Não. Não era uma *ameaça*.

Era uma *promessa*.

— E você acha que os Nikardun estão ouvindo?

— As palavras supostamente hostis do Príncipe Militaire sugerem isso fortemente. — Thrawn ergueu uma sobrancelha. — Então, diga-me: onde eles estão?

Samakro olhou para a tela tática. Como diabos poderia responder isso? Os Nikardun poderiam estar em qualquer lugar — na terra, no espaço, qualquer parte do território dos Paataatus.

Já não gostava muito desses jogos de Thrawn quando as coisas estavam calmas. Ali, em meio a uma batalha, gostava menos ainda.

— Lembre-se dos cruzadores — murmurou Thrawn.

Samakro franziu o cenho, voltado à formação na tela tática, pensando na mudança que tiveram para uma posição defensiva.

— Estão no cruzador ventral. O que está debaixo da fragata.

— Como sabe disso?

— Porque é o que começou diretamente atrás da fragata. Que, suponho, seja a nave onde o Príncipe Militaire está?

— Não temos provas, mas é provável — concordou Thrawn. — Suspeito que interrompemos um exercício de táticas Nikardun, com aquele cruzador em particular ameaçando a fragata caso houvesse resistência. Quando chegamos, o cruzador rapidamente se moveu para um local onde poderia manter aquela ameaça enquanto continuaria sendo a nave mais protegida do grupo. Algo mais?

— Só o que o senhor acabou de falar — disse Samakro. — O aglomerado está em órbita média; não parece que nada vá ir até eles nessa direção. Por que o príncipe precisaria proteger uma nave contra um ataque de seu próprio planeta?

— De fato, por quê? — questionou Thrawn.— Muito bom, capitão intermediário. Azmordi, acho que é hora de respondermos. Leve-nos até a fragata.

— Sim, senhor — disse Azmordi. O planeta e a paisagem estelar mudaram quando a *Falcão da Primavera* girou alguns graus e começou a acelerar. — Senhor, há dois grupos de caças entre nós e o aglomerado.

— Eles sairão do caminho — garantiu Thrawn, calmo. — Afpriuh, use lasers de baixa potência no grupo mais próximo das bloqueadoras e dispare. Mantenha erros próximos e disparos de raspão... Sem fazer dano.

— Você acha que os Nikardun conseguem nos ver? — perguntou Samakro. — O campo de visão deles está sendo bloqueado por duas outras naves.

— Se eles não tivessem como nos ver, os Paataatus não teriam necessidade de fazer um ataque falso tão elaborado. Eles podem estar grampeando os sensores das outras naves, mas precisamos presumir que estão monitorando nossas atividades.

E, nesse meio-tempo, havia um cruzador e uma fragata, sem contar vários caças, entre a *Falcão da Primavera* e o alvo.

— Como vamos fazer com que as naves Paataatus saiam de lá?

— Infelizmente, não temos como — disse Thrawn. — Tenho um plano, mas uma resolução bem-sucedida ficará nas mãos do Príncipe Militaire. Só podemos confiar que ele seja tão rápido e perceptivo quanto acredito que ele seja.

— O primeiro grupo de caças está saindo do caminho — informou Dalvu. — O segundo grupo está voltando em direção ao aglomerado de naves de guerra.

— Excelente — disse Thrawn. — Como antecipado. Afpriuh, prepare dois mísseis invasores, e com quatro esferas de plasma a seguir. Dispare-os em uma linha direta, sem espalhar, direcionados e predeterminados para atingir a fragata.

— Sim, senhor — respondeu Afpriuh, os dedos deslizando em seu painel. — Quanto tempo até o ataque?

— Assim que os lançadores estiverem prontos.

— Sim, senhor. — Afpriuh hesitou. — Posso lembrar o capitão que, se lançarmos cedo demais, os Paataatus verão os mísseis e terão tempo de se esquivarem?

— E aquele segundo grupo de caças continua no caminho — acrescentou Dalvu. — Eles estarão posicionados para interceptar e bloquear o ataque.

— Entendido — disse Thrawn. — Brisch, prepare a abertura do canal de comunicação. Afpriuh, os mísseis estão prontos?

— Prontos e posicionados.

— Abra o canal — ordenou Thrawn, ligando o controle. — Príncipe Militaire dos Paataatus, aqui quem fala é o Capitão Sênior Thrawn. Suas ações foram notadas, e sua intenção para conosco é clara. Está preparado para testemunhar a força da Ascendência Chiss?

— Suas ações também foram notadas — disse o Príncipe Militaire. — Estamos preparados. Mostre-nos o pior que podem fazer.

O comunicador foi desligado.

— Um desafio? — sugeriu Samakro.

— Um pedido — corrigiu Thrawn, sombrio. — Afpriuh, dispare os invasores.

Os mísseis invasores apareceram na tela tática, desfechados de seus tubos. Um momento depois, ficaram visíveis na panorâmica conforme ardiam pelo espaço em direção ao planeta mais abaixo. Samakro checou a lista de dados, confirmando que Afpriuh corretamente levara a velocidade orbital do aglomerado de naves de guerra em consideração na trajetória de ataque. O grupo de caças Paataatus caíram para trás diante dos mísseis, indo em direção ao aglomerado, mas mantendo posição entre os mísseis e as naves de guerra. A contagem regressiva das esferas de plasma aproximou-se de zero...

— Dispare as esferas — mandou Thrawn.

Houve um baque sutil quando as quatro esferas de plasma foram disparadas da *Falcão da Primavera*, perseguindo os mísseis. Samakro viu que os caças Paataatus continuavam caindo, mas não eram, nem de perto, tão rápidos quanto os mísseis, e estavam ficando para trás. Por um instante terrível, pensou que o príncipe não entendera o que Thrawn estava fazendo, e que deixaria os caças levarem o impacto...

— Os propulsores de manobra dos caças foram ativados — informou Dalvu. — Indo para o lado... Os caças abriram caminho. Os mísseis estão indo na direção do alvo.

— Será que deveria avisá-lo? — perguntou Samakro.

— Os Nikardun poderiam ouvir — disse Thrawn. A voz dele era estável, mas Samakro conseguia ouvir a tensão do comandante. Se o príncipe não fosse tão esperto e alerta quanto Thrawn estava apostando que era, a *Falcão da Primavera* estava prestes a abandonar esse jogo de sombras e ser verdadeiramente hostil. — Afpriuh, pare com os disparos de laser.

O céu voltou à escuridão da luz de estrelas quando a *Falcão da Primavera* e os caças Paataatus interromperam a batalha de mentira. Os invasores estavam quase nas naves de guerra, as esferas de plasma prestes a alcançá-los. Samakro segurou a respiração, sentindo a estranha sensação de que todos, tanto os Chiss quanto os Paataatus, estavam fazendo o mesmo...

E, na tela de sensores, o cruzador de cima do aglomerado deu uma guinada violenta a estibordo, afastando-se dos mísseis que se aproximavam. A fragata logo abaixo, cujo tamanho e massa maiores tornavam essa manobra impossível, executou uma cambalhota de bombordo, arremessando-se para cima ao lado esquerdo e afastando-se do caminho do míssil. Samakro conseguiu dar uma olhada no cruzador abaixo, voando nas próprias costas com os tubos de mísseis apontados em evidente ameaça na direção da nave do príncipe conforme os invasores passavam em disparada pela fragata e o atingiam.

Os mísseis ainda estavam banhando o cruzador de ácido, queimando os nodos da barreira eletrostática e os circuitos de controle de míssil, quando as esferas de plasma o alcançaram. As explosões concentradas de íons foram acrescentadas à destruição causada pelos invasores, detonando os sistemas de controle e tornando o cruzador uma massa paralisada de metal e cerâmica.

E, assim que a última luz do cruzador se apagou, a fragata e os outros cruzadores abriram fogo.

Não com as armas de baixa potência que tinham utilizado contra a *Falcão da Primavera*. A área inteira cintilou, iluminando-se enquanto o que pareciam ser todos os lasers das naves Paataatus alvejavam o cruzador incapacitado, destruindo pedaços enormes de casco e estrutura interna e aniquilando seção após seção. Líquidos e gases sobreaquecidos espirraram para fora, explosões secundárias de mísseis e capacitadores de lasers demolindo a estrutura remanescente.

E, então, com uma última rajada, estava acabado.

Por um longo momento, a ponte da *Falcão da Primavera* ficou em silêncio. Samakro encarou os destroços flutuando, que um dia fizeram parte de uma nave de guerra, sentindo-se um pouco nauseado contra a própria vontade. Ele já vira morte e destruição, mas raras vezes com esse nível de fúria e frieza.

Do outro lado da ponte, Brisch pigarreou.

— Capitão sênior? O Príncipe Militaire está fazendo contato.

— Obrigado. — Thrawn tocou o botão. — Aqui fala o Capitão Sênior Thrawn. Acredito que tudo está resolvido?

— Tudo resolvido, capitão sênior — disse o Príncipe Militaire. Samakro notou que a voz dele estava completamente calma, um contraste perturbador com a ferocidade do ataque. — Os Nikardun que pretendiam nos escravizar estão mortos.

— Todos estavam naquele cruzador melhorado?

— Todos que importavam. Os líderes, e todos aqueles que diretamente ameaçaram minha vida em troca da cooperação de todos os herdeiros da Colmeia. Lidaremos também com os que ainda estão na colmeia-lar. — O príncipe fez uma pausa. — *Estamos* lidando

— corrigiu, ainda calmo. — Há boatos de que a Ascendência Chiss lidou com todos os outros Nikardun?

— Pode haver alguns pequenos postos de resistência — comunicou Thrawn. — Mas não durarão muito tempo. Nem é provável que tentariam estender seu alcance ao espaço Paataatus.

— Certamente não farão isso — disse o príncipe, e Samakro conseguiu ouvir tanto a promessa quanto a ameaça em sua voz. — No passado, os herdeiros da Colmeia o enfrentaram e se arrependeram, Capitão Sênior Thrawn. Foi uma experiência única tê-lo como aliado.

— A Ascendência fica feliz em ajudar. Os Nikardun foram uma mácula no Caos por tempo demais. Acabamos por aqui, então?

— De jeito nenhum, Capitão Sênior Thrawn — disse o príncipe. — De jeito nenhum.

Samakro olhou para a tela tática com um formigamento na nuca. Aqueles caças Paataatus ainda estavam lá, muito deles em alcance de combate. Um retorno rápido dos lasers a toda potência...

— Você disse que tinha uma pergunta — continuou o príncipe. — Se os Paataatus puderem respondê-la, ficaremos honrados em fazê-lo.

LEMBRANÇAS V

A GRANDE MIGRAÇÃO EM Shihon era uma confluência de uma dúzia de espécies de pássaros ou mais, cada qual cruzando caminhos migratórios com os outros em uma grande área de campos, lagos e colinas. A maior parte dos pássaros ficava um tempo, comendo e descansando até a próxima onda de viajantes aparecer para mandá-los embora. O evento durava o mês inteiro, o que tornava o local uma terra de maravilhas para observadores de pássaros compenetrados.

Como Haplif previra, eles chegaram com um dia de atraso ao evento, logo após a primeira vanguarda de observadores das revoadas que se aproximavam, mas bastante tempo antes das próprias revoadas aparecerem. Com sorte, Yomie ficaria satisfeita com isso.

A nave Agbui ficou com um lugar em um dos campos de aterrissagem a alguns quilômetros da borda do sítio de migração. Uma hora depois, com recibos de comparecimento e mapas em mãos, Yoponek e Yomie se juntaram aos outros entusiastas de pássaros no sistema de vagões que os levaria até onde pudessem caminhar até o evento.

Quando os dois Chiss finalmente partiram, chegou a hora do encontro de Haplif e Jixtus.

Ninguém estava montando guarda na entrada do cargueiro quando Haplif chegou. A escotilha se abriu com um giro da manivela de abertura, e ele deu alguns passos para dentro da câmara de descompressão para não ser mais visto do lado externo. Ali, pausou e tirou o capuz.

— Haplif dos Agbui, aqui para relatar como foi requisitado — anunciou à sala vazia.

Em resposta, a escotilha interna se abriu, revelando um longo corredor que seguia adiante. Haplif começou a andar, e outra escotilha se abriu metros à frente, a luz suave vinda da sala espalhando-se até o corredor. Preparando-se mentalmente, ele andou pela passagem e passou pela escotilha.

Estava esperando chegar em um escritório. Em vez disso, a sala era um centro de meditação, com gavinhas coloridas suspensas enlaçadas a globos de luz flutuantes sobre um carpete grosso e tátil e cadeiras anatômicas autocontornáveis. Jixtus estava aninhado em uma das cadeiras, escondido sob a mesma combinação de manto, capuz e véu de sempre. Uma de suas mãos enluvadas fez pequenos movimentos, acompanhando a música baixa que tocava ao fundo.

— Haplif dos Agbui — disse, cumprimentando-o, a mão que acenava interrompendo seu ritmo para apontar para uma das cadeiras. — Sente-se.

— Obrigado, senhor — agradeceu Haplif, acomodando-se na cadeira indicada. Como todas as cadeiras anatômicas, esta parecia mais fácil de entrar do que de sair.

— Diga-me, achou esta Grande Migração um evento fascinante? — perguntou Jixtus.

— Só viemos até aqui porque nossos guias Chiss queriam — disse, tentando não parecer muito na defensiva. — Precisamos acomodá-los, ou eles não...

— Sim, Shimkif já me informou. Mas não foi isso que perguntei. Perguntei se você acha a confluência fascinante. — Jixtus inclinou a cabeça para o lado, a lateral do capuz abrindo-se de leve para mostrar mais do véu. — Eu certamente acho.

Haplif o encarou.

— Você *acha*?

— Sem dúvida. Sabia que, apesar da maior parte das aves daqui se alimentarem de sementes e insetos, há várias aves grandes e predatórias, também?

— Acredito que isso deixe as comedoras de sementes desconfortáveis.

— Sim, podemos presumir isso — concordou Jixtus. — Mas esses predadores, em particular, comem roedores e peixes, não outros pássaros. — Ele ergueu um dedo para enfatizar. — Eis aqui a parte interessante.

Haplif sacudiu a cabeça.

— Não estou entendendo.

— Não? As aves predatórias, com bicos e garras feitos para combate, criam uma zona de proteção ao redor das espécies mais vulneráveis, dissuadindo ataques enquanto os bandos descansam antes de continuar a jornada. — Ele fez um som que parecia uma risadinha. — Bastante análogo à sociedade Chiss, de modo geral, apesar de não ser bom levar metáforas longe demais. Trouxe seu relatório?

— Sim — respondeu Haplif, pegando o bastão de dados que guardava nas vestes. Ele se inclinou para a frente o máximo que a cadeira anatômica lhe permitia, só alcançando para deixar o bastão na mão casualmente estendida de Jixtus. — A maior parte da informação foi retirada de conversas com nossos guias — acrescentou, enquanto voltava a uma posição mais confortável. — Um deles, Yoponek, acredita ser um acadêmico de história Chiss, e seus desejos de vida requerem ao menos um conhecimento básico de relações familiares atuais. Deduzi outros detalhes sozinho.

— Excelente — disse Jixtus, deixando o bastão de dados de lado. — Isso será extremamente útil. Qual é o cronograma atual dessa viagem para Celwis?

— Yomie, a outra Chiss, quer passar mais quatro semanas observando a migração — informou Haplif. — Se partirmos logo após...

— Você tem três semanas.

Haplif sentiu a boca tremer.

— Perdão?

— As mais variadas peças estão se juntando. Se está convencido de que este Conselheiro Lakuviv é a pessoa certa, precisa contatá-lo em, no máximo, três semanas.

— Compreendo — disse Haplif. Afastou o olhar da figura mascarada e voltou-se para a sala, observando as gavinhas enquanto tentava pensar.

A primeira opção era abandonar Yoponek e sua noiva irritante. Mas, como dissera a Shimkif, não havia garantia de que pudessem conhecer outras pessoas que os apresentassem a Lakuviv. A segunda opção seria dar a Yomie mais três semanas para observar pássaros, e então trancá-la na nave, levando-a para Celwis independentemente de ela querer ou não. Seria uma tempestade conviver com ela por um tempo, mas poderia suportar isso. A questão, então, seria o quanto a atitude dela afetaria o entusiasmo de Yoponek com a ideia de conhecer um dos maiores oficiais Xodlak.

A terceira opção...

Voltou a olhar para Jixtus. O rosto velado ainda estava virado para ele, e Haplif tinha a sensação perturbadora de que atrás do tecido havia um olhar impassível.

— Certo. Três semanas.

— Excelente — disse Jixtus, sua voz dando a impressão de que estava felicíssimo. — Sabia que podia contar com você. Agora, assim que tiver preparado Lakuviv adequadamente, vai precisar de um navegador.

— Achei que usaríamos o navegador que já temos — comentou Haplif, sentindo um calafrio breve correr por seu corpo. Ele não sabia de que parte do Caos aqueles tais Atendentes vinham; nunca vira alguém como eles a não ser os dois que serviam Jixtus. Mas eram de um lugar distante, e as vestes roxas e as lentes de olhos perturbadoras eram tão desconcertantes quanto o silêncio perpétuo deles.

— Impossível — disse Jixtus. — Ele precisa ficar escondido de todos nesta parte da Ascendência Chiss. Mas vou encontrar alguém adequado, possivelmente um Rastreador ou um Guia do Vão.

— Ou um Desbravador — sugeriu Haplif. — Eles trabalham bastante com os Chiss, especialmente na ponta Celwis da Ascendência.

— De fato — concordou Jixtus, parecendo pensativo. — Agora que falou deles, acredito que conheço o navegador perfeito para esta tarefa. Excelente. — Pegou o datarec ao lado de sua cadeira e tocou no aparelho. — Encontre-me neste local em vinte dias.

— Isso é um dia antes daquele que quer que eu esteja em Celwis — avisou Haplif, pegando o próprio datarec para ver a localização enviada por Jixtus. — Esqueça — acrescentou, ao ver como as duas localizações eram próximas. — Não vai ter problema.

— Ótimo — disse Jixtus. — Isso é tudo, por enquanto. Terei mais informações quando trouxer o Desbravador.

— Sim, senhor — disse Haplif. Guardando o datarec, ele rolou para o lado, esperando que aquele movimento em particular permitisse que saísse rapidamente da cadeira com alguma dignidade. Tinha razão quanto à primeira coisa, mas não tanto quanto à segunda. — Nos vemos em vinte dias.

— Ótimo. — Jixtus fez um gesto em direção aos distantes campos migratórios. — Se tiver tempo, sugiro que utilize um momento para observar os pássaros. Será instrutivo para sua mente, e bom para sua alma.

— *Se* eu tiver tempo — disse Haplif. — Se não tiver, espero que minha alma fique tão boa como sempre.

Shimkif já tinha saído quando Haplif retornou. Ela não deixara nenhuma mensagem além de um breve aviso de que estaria de volta assim que resolvesse o problema deles.

Por três dias, nada mudou. Yoponek e Yomie saíam todas as manhãs para observar pássaros, e voltavam todas as tardes cansados, mas felizes. Se notaram a ausência de Shimkif, não disseram nada.

No quarto dia, os dois Chiss retornaram depois de mal passarem duas horas fora.

E, desta vez, não estavam nada felizes.

— O que houve? — perguntou Haplif, interceptando-os na câmara de descompressão. — Esqueceram de algo?

Yomie não respondeu. Só fez uma carranca e abriu caminho, batendo o pé pelo corredor que levava ao quarto dela.

— Yoponek? — disse Haplif.

O rapaz pressionou os lábios.

— Acabou. Não sei como nem por quê, mas acabou.

— O que acabou? — perguntou Haplif, franzindo o cenho.

— A Grande Migração — suspirou Yoponek. — Os pássaros só... Não sei. Sumiram. Ainda há alguns bandos chegando, mas todos os outros parecem ter saído e ido para outro local.

— Que bizarro — observou Haplif, olhando para o corredor pelo qual Yomie havia sumido. — Imagino que ela esteja decepcionada?

— *Decepcionada* é pouco — disse Yoponek, amargamente. — Incrível, não? Ocorre há mil anos, e os pássaros idiotas decidem mudar de padrão no *nosso* ano errante.

— Talvez eles voltem. Teremos este campo de aterrissagem pelo mês inteiro. O que quer que os tenha perturbado pode passar, e eles voltarão em alguns dias.

— Os docentes com os quais conversamos disseram que não acreditam que isso seja possível — contou Yoponek. — Falaram que, por algum motivo, esta parte da migração acabou este ano.

— Sinto muito — disse Haplif, passando os dedos de forma reconfortante na lateral da cabeça de Yoponek. Encontrou ali frustração, em grande parte, misturada com preocupação, confusão e até um certo alívio.

A frustração e a confusão eram óbvias. A preocupação deveria ser a respeito de Yomie e sua decepção. Será que o alívio era porque agora eles poderiam abandonar toda essa bobagem de migração e ir para Celwis?

Era hora de um cutucão gentil.

— Sabe, deve haver migrações de aves em Celwis também. Sem contar as cachoeiras das quais Shimkif falou. Na verdade, com tanta água, é possível que haja muitos pássaros e animais para Yomie observar.

— Talvez — considerou Yoponek.

— E, enquanto Shimkif e Yomie vão ver os pássaros e as cachoeiras — continuou Haplif —, nós dois podemos contatar o Conselheiro Lakuviv. Só algumas horas, no máximo um dia, e você e sua noiva se encontrarão novamente, tendo solidificado seus futuros na família Coduyo.

— Isso seria maravilhoso — disse Yoponek saudosamente. — Mas estou começando a achar que nunca vai acontecer.

— Yoponek? — veio a voz de Yomie no corredor.

Eles se viraram. Yomie andava na direção deles a passadas largas, com o questis na mão e um olhar determinado no rosto.

— Muito bem, então a Grande Migração terminou — disse ela, parando diante deles. — Há duas outras migrações em locais diferentes. Podemos ver uma delas. Talvez as duas... Teremos tempo.

— Perdão? — perguntou Haplif, encarando-a. Não... Ela não podia estar falando sério.

— Você me ouviu — disse ela, virando o questis para que ele e Yoponek pudessem vê-lo. — A mais próxima ocorre nas Montanhas Panopyl e deve começar em dois dias. Se nos apressarmos, vamos conseguir uma boa vaga de aterrissagem antes que todas as pessoas daqui percebam e decidam ir ao mesmo lugar.

Yoponek olhou para Haplif de soslaio.

— Yomie, nós concordamos em ir para Celwis, lembra? — ele a recordou gentilmente.

— Depois da Grande Migração.

— A migração acabou.

— Nós reservamos um mês inteiro para a migração em nosso cronograma — disse Yomie, firme. — Ainda há três semanas nesse meio-tempo.

— Yomie, seja razoável...

— *Estou* sendo razoável — ela retrucou. — Vocês querem ir falar com um olheiro antiquado em Celwis? Ótimo. Me deixem aqui e venham me pegar quando acabarem.

Yoponek ficou tenso e, mesmo sem tocá-lo, Haplif conseguia ver que estava prestes a dizer algo estúpido ou irreparável. Era hora de uma voz mais diplomática interferir na conversa.

— Por favor, Yomie, não fique brava — disse, usando sua voz mais apaziguadora. — É claro que não vamos deixá-la sozinha aqui. Mas nossos suprimentos de especiarias estão terminando, e precisamos achar um terreno para começar uma nova colheita.

— Então comece uma enquanto observamos os pássaros — sugeriu Yomie. — Você disse que consegue uma nova colheita em algumas semanas.

— *Se* o solo e o clima forem favoráveis. A combinação apropriada de ambos é extremamente rara. E o clima montanhoso que você está sugerindo não tem como funcionar.

— E isto? — ela perguntou, mostrando o broche preso à sua túnica. — Vocês poderiam vender isto em vez de vender especiarias.

— As joias são mais difíceis de produzir e requerem suprimentos dos metais.

— Mas não requerem terra especial, ou umidade, ou sei lá — replicou ela. — Está guardando as joias para que, para o dia estrelar de alguém?

Atrás do sorriso sincero, Haplif trincou os dentes. Ele sabia desde o começo que dar aquele broche a Yomie era uma péssima ideia.

— Eles são dados apenas a pessoas muito especiais.

— Bom, então acho que você deveria pegar esse aqui de volta — disse Yomie, virando o broche para abrir a trava.

— Yomie, isso não é justo — reclamou Yoponek.

Yomie hesitou, então abaixou a mão.

— Você está certo — cedeu ela, relutante. — Sinto muito, Haplif. — Ela sacudiu o questis de novo na direção de Yoponek. — Mas você disse que poderíamos ficar até a migração acabar. Não podemos ir ao menos às Montanhas Panopyl por alguns dias?

— Se é tão importante assim para você, claro — disse Yoponek. — Mas não é justo pedir que os Agbui fiquem aqui quando eles precisam continuar a jornada deles. Talvez seja hora de nos despedirmos.

— Eu odiaria que nossa relação acabasse de forma tão desagradável — protestou Haplif. — Deixem-me sugerir uma coisa. Quando Shimkif voltar, iremos às montanhas e veremos como está a outra migração. Lá discutiremos o assunto de novo e, com sorte, encontraremos uma solução mutuamente aceitável para viajarmos até Celwis. Isso seria cabível?

— Para mim, sim — disse Yoponek, com alívio silencioso na voz, agora que não precisariam resolver o problema no momento. — Yomie?

— Tudo bem — concordou Yomie, de maneira mais relutante, provavelmente notando que a proposta de Haplif ainda era apenas uma vitória parcial. — Onde Shimkif foi?

— Não sei — respondeu Haplif, de forma completamente honesta. — Mas tenho certeza de que ela logo voltará. Há comida no salão, se tiverem fome.

— Obrigado — disse Yoponek. — Venha, Yomie. Você pode me contar a respeito dessas outras migrações enquanto comemos.

Três horas depois, Shimkif finalmente retornou.

— Eles voltaram? — ela perguntou, entrando no quarto de Haplif.

— Sim, algumas horas atrás — disse. Sua roupa estava manchada de terra, perspiração e algo que parecia resíduo vegetal, mas ela estava claramente satisfeita consigo mesma. — Fiquei sabendo que a Grande Migração mudou de local. Como conseguiu fazer isso?

— Foi bem fácil, na verdade — fez pouco caso, largando a mochila no convés e sentando cautelosamente em uma das cadeiras. — Envenenei algumas áreas, não de forma letal, só o suficiente para deixar os pássaros doentes, para que eles as evitassem. Então, capturei outros pássaros e os levei a uma área onde eu tinha colocado mais comida. Assim que as aves avisaram umas às outras, só o Caos sabe como, um número grande de bandos mudou de localização, desequilibrando a coisa toda.

Haplif assentiu.

— Muito bom.

— *Eu* achei também — comentou Shimkif. — Estamos nos preparando para partir?

— Temos um pequeno problema — disse Haplif, fazendo uma careta. — Yomie encontrou outra migração do outro lado do planeta para a qual quer ir.

A pele da testa de Shimkif se enrugou.

— O quê? — perguntou, sua voz tornando-se rígida e ameaçadora.

— Você me ouviu. Por enquanto, só prometi que iríamos por alguns dias antes de reabrirmos a discussão a respeito de Celwis. Imagino que seu truque funcionaria lá como funcionou aqui?

— Imaginou errado — grunhiu Shimkif. — A Grande Migração é bem documentada, e eu tive tempo durante a viagem para estudar os detalhes a respeito de cada ave e seus hábitos alimentares. Não é possível repetir o que fiz.

— Que azar — lamentou Haplif com uma carranca. — Bom, então vamos ter que pensar em outra maneira de parar esta situação.

— Sim — disse Shimkif, com a voz sombria e pensativa. — Suponho que vamos ter que fazer isso.

CAPÍTULO CATORZE

— Sim, Lakbulbup, sei que ainda é manhã cedo aí — reconheceu Lakphro pacientemente no comunicador de casa. — Não é exatamente hora de conversar aqui também.

— Que hora...? Ah, já vi — disse Lakbulbup, e Lakphro conseguia visualizar o jeito familiar do primo de estreitar os olhos enquanto ele via a leitura da tela. — Por que mesmo você está ligando a essa hora?

— Preciso de um favor — pediu Lakphro, certificando-se de falar baixo. — Estou ligando porque Lakansu e Lakris ainda estão dormindo, e eu não quero que nenhuma delas saiba sobre isso.

— Deve ser um favor e *tanto* — disse Lakbulbup. — Se está pensando em fugir de casa e se alistar na Força de Defesa Expansionária, pode esquecer. Nós temos *alguns* padrões, sabe? De qualquer forma, depois de dezessete anos de casado, você não deve ter muita energia pra briga.

— Você ficaria surpreso — comentou Lakphro, revirando os olhos. As tentativas humorísticas de Lakbulbup eram lendárias nos encontros familiares. — Escute, eu tenho comigo uma joia que ganhei de um estrangeiro. Preciso saber...

— Um *estrangeiro*? Quem?

— Eles se chamam de Agbui, mas duvido que já tenha ouvido falar deles antes — disse Lakphro. — Este grupo, em particular, diz ser composto de nômades culturais que viajam pelo Caos para aprender com novas culturas e coisas assim.

— Parece como um grande ano errante em massa.

— Pode até ser — disse Lakphro. — Talvez os Agbui tenham décadas errantes. Sei lá. O fato é que eles deram uns broches chiques para minha esposa e para minha filha, que eles fazem com uns fios metálicos. Meio que para se desculpar por... Bom, não importa.

— Que tipo de metal que é?

— Eu não sei — confessou Lakphro, pegando o broche de Lakris do próprio bolso para olhá-lo. — Tem quatro tipos diferentes: dourado, prateado, vermelho e azul. A questão é que, quando eu mostrei o broche de Lakansu para a auxiliar sênior do nosso Conselheiro Xodlak local, ela o arrancou da minha mão, me mandou não contar nada a ninguém ou deixar minha família contar, e saiu de lá com o broche no bolso.

— Interessante — disse Lakbulbup, a irritação que sentiu no começo pelo horário da ligação se dissipando. Se tinha algo que o homem gostava era um bom quebra-cabeça. — Você tem como testar se tem radioatividade?

— Na verdade, sim — afirmou Lakphro. — E não, não é radioativo. Também não é magnético ou prismático ou responde a micro-ondas. Também não é particularmente pesado.

— Isso já corta boa parte dos metais exóticos, de qualquer maneira. Você tentou usar uma corrente nele?

— Tenho medo de fazer isso — admitiu Lakphro. — Já perdi o de Lakansu. Se eu fritar o de Lakris, vou ter um problema e tanto por aqui.

— Parece que você já tem um problema e tanto — observou Lakbulbup. — Ou eu não conto como uma das pessoas para as quais você não deveria contar isso?

— Eu sei — disse Lakphro, suspirando. — Mas isso está me deixando louco, eu precisava falar com *alguém*. Eu olhei esse negócio até ficar vesgo, e não consigo entender por que Lakjiip ficou completamente doida ao ver essa coisa.

— E quem entende políticos? — disse Lakbulbup. — Suponho que você não ligou só para desabafar.

Lakphro se preparou mentalmente.

— Eu quero mandá-lo para você — falou. — Sua esposa é uma cientista e conhece outros cientistas. Talvez ela possa achar alguém que teste o broche para ver coisas que eu não consigo ver.

— Você *sabe* que o laboratório dela é biológico, né? — lembrou Lakbulbup. — Precisa de alguém na metalurgia, ou talvez só um joalheiro profissional.

— Que eu esperava que Dilpram poderia encontrar por mim. Ela poderia?

— Provavelmente — assegurou Lakbulbup. — Mas estou me perguntando por que você quer mandá-lo para o outro lado da Ascendência quando há mil pessoas em Celwis que poderiam fazer a mesma coisa.

— Mil pessoas que poderiam esbarrar no Conselheiro Lakuviv ou na auxiliar dele?

— O que, as pessoas só esbarram casualmente em oficiais familiares aí em Celwis?

— Colina Vermelha é uma província de interior, e Lakuviv está de olho em crescer na hierarquia — explicou Lakphro. — Tudo o que precisa é de uma pessoa.

— Suponho que sim. — O suspiro de Lakbulbup se ouviu do outro lado do comunicador. — Tudo bem. Vou pedir para ela fazer uma lista de pessoas que possam ter interesse. Quanto tempo você acha que demora para me enviar o broche?

— Posso mandá-lo amanhã de manhã — disse Lakphro. — Ou melhor, mais tarde hoje de manhã. Se eu mandar como uma encomenda padrão, a previsão é que chegue de seis a oito dias em Naporar.

— Você também pode enviar no expresso.

— Já viu o preço disso ultimamente?

— Verdade — admitiu Lakbulbup. — Tudo bem, vai lá e manda isso pelo correio. Enquanto eu espero que chegue, vou falar com algumas pessoas. Discretamente, é claro.

— Valeu, Lakbulbup — disse Lakphro. — E certifique-se de que *eles* também saibam que precisam ser discretos.

— Só vou falar com gente de confiança — prometeu Lakbulbup. — Na verdade, estou começando a achar essa história inteira bem intrigante. Bem olhando-de-relance-e-sombras-escuras e tal.

— Você está assistindo novelas demais.

— Licença, *eu* estou assistindo novelas demais? — rebateu Lakbulbup secamente. — Não sou eu que vou mandar um contrabando de joias para o outro lado da Ascendência na calada da noite.

— Enfim — disse Lakphro. — Obrigado, Lakbulbup. Eu te devo uma.

— Sem problemas — disse Lakbulbup. — Manda um oi para a Lakansu e a Lakris por mim. Bom, quando *puder* dizer oi. Suponho que também não devemos falar a respeito desta conversa?

— Não no momento — considerou Lakphro. — Valeu mais uma vez, e desculpa por ter te acordado.

— Ah, eu não estava dormindo — confessou Lakbulbup inocentemente. — Mas não tem nada como reclamar bem cedinho para se animar pelo resto do dia. Enfim, eu tive que abrir a porta para o feralho. Falamos depois, primo.

— Falamos sim.

Por um longo minuto depois de Lakphro desligar o comunicador, ele sentou na escrivaninha, aninhando o broche de Lakris com a mão. Ele sabia que ainda não era tarde demais para devolver a joia para a filha. Poderia inventar uma história de que ela deixou cair no curral de engorda e como ele o encontrou lá. Então voltaria a ser um rancheiro e esqueceria toda essa história.

Mas ele não podia. Lakjiip roubara o broche de sua mulher, e Lakphro descobriria por que fizera isso. Não importava o que custasse, ele descobriria.

Como Desbravador, um dos poucos abençoados que conseguia entrar no estado de transe que permitia que a Grande Presença o guiasse pelos caminhos tortuosos e constantemente em mudança do hiperespaço, Qilori de Uandualon passara a maior parte de sua vida em naves ou em estabelecimentos de navegadores. Ele vira planetas de longe, e pousara em um monte deles, mas nunca pareceram um lar.

Ainda assim, enquanto o piloto Chiss dirigia a nave de patrulha Xodlak para dentro do sistema, ficando atrás e na lateral do cargueiro Agbui que escoltava, Qilori conseguia entender por que as pessoas que gostavam de natureza e vida planetária ficariam impressionadas com aquele local.

Paisagens abertas pontilhadas de lagos e rios azuis e brilhantes. Florestas e pastos, montanhas rugosas, e apenas algumas faixas ocasionais de desertos. Sem cidades e construções, intocada por guerras ou pestilências ou civilizações. Apenas criaturas florestais, paz e calmaria.

Até, é claro, essas mesmas criaturas florestais decidirem que não queriam ninguém perturbando sua terra. Nesse ponto, qualquer colonizador em potencial deveria torcer para estar armado.

No fim das contas, Qilori preferia a vida organizada do espaço.

— Eu ouvi o capitão Agbui chamar o planeta de Hoxim? — uma voz falou atrás dele.

Qilori se virou, sentindo as asinhas das bochechas chapadas contra a pele. Ele já navegara uma boa quantidade de naves Chiss, a maior parte delas diplomáticas, mas ocasionalmente algumas mercantis que precisavam atravessar o Caos depressa e não se importavam de pagar o valor de um bom navegador. Nunca, em nenhuma dessas missões, ele conhecera um pele azul com uma gota de humor no corpo.

Mas esta, esta Auxiliar Sênior Lakjiip, era outro nível. A expressão da mulher parecia estar travada permanentemente em uma intensa meia-carranca, suas perguntas eram curtas e precisas, e ele nunca a viu interagir com nenhum outro Chiss a bordo, a não ser para dar ordens ou pedir informações.

Ela estava na ponte cada vez que Qilori saía de seu transe, olhando para ele como se quisesse saber por que ele precisava descansar. Estava lá quando ele saía para seus breves períodos de sono, e estava lá quando ele voltava. Se os Chiss pensassem em criar robôs mecânicos algum dia, ela provavelmente seria o modelo base.

Mas os defeitos de personalidade dela não importavam. Ela estava ali, Qilori estava ali, e o trabalho dele era responder às suas perguntas.

— É assim que os Agbui chamam o planeta — explicou. — Não sei se a palavra significa algo na língua deles ou se é só um par de sílabas aleatórias.

— E como os nativos o chamam?

— Não há nativos — disse Qilori. — Não há nativos, não há colonizadores, não há nem mesmo bases de observação. Os Agbui não estariam aqui se achassem que estariam se intrometendo no território de outra pessoa. — Ele ofereceu um pequeno sorriso a ela. — Eles são muito conscientizados a respeito desse tipo de coisa.

Se ela ficou impressionada com a conscientização Agbui, não demonstrou nada.

— Imagino que já tenha vindo aqui mais de uma vez?

— Algumas vezes, sim — respondeu. Na verdade, é claro, ele sequer vira o local antes do dia de hoje. — Foi na vez de Haplif… Deixe-me ver, uns dez meses atrás… Quando ele veio trazer suprimentos para os trabalhadores e coletar os fios de metal processados para levar para o próprio grupo e outros que pudessem estar passando aqui perto. Como este cargueiro acabou de fazer com o grupo de Haplif.

— Então não há rodadas regulares de suprimentos?

— Eu não acho que haja algo tão organizado lá embaixo — disse Qilori. — Mas, para ser honesto, eu realmente não sei. Já saí para dar uma olhada algumas vezes, mas francamente prefiro a limpeza de uma nave à desorganização da vida planetária.

— Há quanto tempo que os Agbui vêm aqui? — perguntou Lakjiip. — Mais especificamente, quanto tempo faz que eles trabalham nessas minas?

— Eu não sei — disse Qilori. — Tempo o suficiente para terem erguido uma colônia permanente e um par de unidades de processamento de eletroextração. Não pode ser mais do que algumas décadas, no entanto.

— E mais ninguém encontrou esse lugar?

— Há um imenso número de mundos pelo Caos — lembrou Qilori. — Este, em particular, não é perto de nenhuma civilização local e é bem longe de rotas comuns de viagem. Não tem motivo para alguém vir até aqui, na verdade.

— Exceto nômades culturais à procura de conhecimento, amizades e para expandir a dimensão e a amplitude de suas vidas — observou Lakjiip.

Qilori olhou para ela, surpreso.

— Isso é muito poético, auxiliar sênior.

— Foi o que Haplif disse ao Conselheiro Lakuviv quando ele chegou à Colina Vermelha — disse. — Entendo que recebe seu pagamento em joias?

— E cama, comida e roupa lavada, é claro — acrescentou Qilori, sentindo as asinhas da bochecha tremularem de leve. Essa era a parte delicada. — E a oportunidade de compartilhar os aspectos culturais das viagens deles.

— E, ainda assim, raramente sai da nave — disse Lakjiip.

Qilori deu de ombros.

— Como falei, prefiro a vida a bordo. Mas posso provar várias comidas locais que eles trazem, usar entretenimento eletrônico e opções educacionais nos meus aposentos.

— Hum. — Lakjiip voltou a olhar para a panorâmica. — Há algumas coisas que eu quero checar quando chegarmos lá. Talvez você faça a gentileza de me mostrar alguns lugares.

Qilori sentiu outra contração nas asinhas. Mostrar alguns locais que ele nunca visitou antes.

— É claro — disse. — Eu ficarei honrado em fazer isso.

Haplif preparou Qilori plena e cuidadosamente para ele saber o que encontraria. Mesmo assim, a colônia Agbui era surpreendentemente impressionante.

A parte principal era um modesto prédio de dois andares à esquerda da entrada da mina, com um par de alas com dormitórios coladas em uma cafeteria combinada e um centro de relaxamento. As duas plantas de processamento de minérios à direita da mina eram maravilhas de design compacto, com fontes de água e energia de um lado e pilhas de dejetos materiais compactados a centenas de metros dali, onde não perturbariam o trabalho nem os trabalhadores. A entrada da mina fora construída na face rochosa de uma montanha, a seção central da espinha dos picos vulcânicos que cortavam essa parte do planeta e desapareciam nas névoas por ambos os lados. Grupos de Agbui se moviam bruscamente de um lado para o outro, transferindo caixotes de suprimentos do cargueiro ao prédio residencial e levando caixotes menores do depósito perto da refinaria da nave.

Qilori vira os mapas, plantas baixas e especificações técnicas, é claro. Mas nada disso fizera justiça ao local. Se o objetivo era fazer uma combinação de eficiência, engenhosidade e simplicidade, as instalações eram um belo sucesso.

— Ao menos agora sabemos por que ninguém mais se incomodou em vir até aqui — disse Lakjiip atrás dele.

Qilori se virou. A mulher estava agachada ao lado de uma fileira de arbustos, observando um multianalisador de pendurar no ombro.

— Perdão? — perguntou.

— O solo — esclareceu ela, endireitando-se e mostrando o aparelho. — Bastante ácido. Ácido demais para qualquer planta Chiss crescer nele. Deve ser igualmente hostil para a maior parte das comidas estrangeiras nesta parte do Caos. Se o planeta inteiro for assim, é inútil para qualquer tipo de colonização de grande escala.

— Suponho que a acidez signifique que você também não pode comer plantas nativas?

— Provavelmente. — Lakjiip se inclinou em direção a um arbusto para vê-lo mais de perto. — Vou levar algumas amostras para Celwis, mas a maior parte dos planetas estrangeiros não são úteis para nós, mesmo quando o solo é melhor que este. Você *falou* que outros grupos nômades trazem suprimentos para os mineiros, não falou?

— Sim — disse Qilori. — Apesar de que os Agbui podem ter encontrado alguma forma de processar plantas locais. Talvez alguém na cafeteria saiba a resposta.

— Mais tarde. — Lakjiip acenou para a mina. — Quero dar uma olhada lá.

Eles estavam quase na entrada da mina, e Qilori já conseguia ver o túnel escuro esticando-se para dentro da montanha quando um Agbui apareceu do nada diante deles.

— Sinto muito, seres gentis — disse em um tom que deixava claro que *sentia* muito, genuinamente. — Visitantes não têm permissão para entrar na mina. Há perigos ali dentro.

— Que tipo de perigos? — perguntou Lakjiip.

— Todos os perigos que existem em minas — falou o Agbui. — Piso inseguro. A chance de desabamento de rochas do teto e das paredes. Ar rarefeito, e alguns vazamentos de gases tóxicos ou insalubres.

A bordo da nave, Qilori notou que Lakjiip estava acostumada a fazer tudo do seu jeito e, por meio segundo, ele achou que ela poderia exigir que o estrangeiro saísse de seu caminho. Mas o momento passou, e ela só assentiu.

— Compreendo — disse. — Talvez na minha próxima visita. — Ela deu meia-volta e apontou para a refinaria. — Posso dar uma olhada lá?

— Infelizmente, aquela área também é considerada perigosa para os incautos e despreparados. — O Agbui se animou. — Mas podemos vê-la das janelas, se quiser. Ficaria feliz em descrever os equipamentos e como funciona o processo.

— Isso ajudaria — disse Lakjiip. — Vamos.

Passaram uma hora olhando pelas muitas janelas da refinaria enquanto o Agbui dava uma descrição rápida do que seus seis companheiros faziam do lado de dentro. Lakjiip fazia perguntas ocasionais, mas, de modo geral, estava satisfeita em deixá-lo falar.

Qilori não passou muito tempo apreciando a vista ou os comentários. A maior parte de sua atenção estava focada em evitar um bando de insetos enormes e alados que pareciam ter se interessado por ele. Entre os esforços furtivos de afastá-los, ele ficava de olho em uns lagartos com olhinhos pequenos agachados perto de uns arbustos próximos, desconfiado, criaturas que também pareciam excessivamente interessadas nos estranhos. Para seu grande alívio, Lakjiip finalmente acabou o *tour* de inspeção e deu a ele permissão para voltar para a nave.

Eles passaram o restante do dia lá, dormiram na nave de patrulha e partiram na manhã seguinte junto ao cargueiro Agbui. Os estrangeiros não voltariam a Celwis, ou mesmo a qualquer outro mundo da Ascendência, mas Lakjiip concordou em escoltá-los para fora do sistema para se assegurar de que qualquer pirata próximo não pensasse besteira. Os Agbui explicaram aos Chiss que uma das peculiaridades do hiperpropulsor deles era que a nave precisava ficar mais longe do poço gravitacional planetário do que a maior parte de tecnologias de outras espécies antes de entrarem no hiperespaço. Quanto maior fosse a distância, e quanto mais demorassem no trajeto, mais ficavam vulneráveis a ataques.

Considerando quanto da história que os Agbui contavam não era verdade, Qilori geralmente acharia que isso também fazia parte da mentira. Mas, já que vira com os próprios olhos a distância demorada durante sua breve associação com Haplif, ele estava inclinado a acreditar neles.

Se precisasse escapar rapidamente em uma nave Agbui um dia desses, pensou Qilori, ele lembraria disso.

Ele estava na cadeira navegacional, fazendo um último ajuste aos fones de privação sensorial, quando ouviu a voz do capitão atrás de si.

— Conseguiu fazer tudo que pretendia fazer aqui, auxiliar sênior?

— Sim — disse Lakjiip e, mesmo com o tom profissional e preciso da mulher, ele conseguia perceber sua satisfação subjacente. — Sim, consegui.

Qilori sorriu. Ela conseguiu o que queria. O que significava que Haplif também conseguira.

E, com ele, Jixtus.

Ainda sorrindo, Qilori colocou o capacete e se preparou para se juntar à Grande Presença.

De novo, Thurfian já aguardava no local combinado na Marcha do Silêncio quando Zistalmu chegou.

Só que, agora, em vez de usar o momento para observar e ruminar e planejar, Thurfian o usou para fervilhar de raiva.

Como Thrawn conseguia continuar se safando dessa maneira?

— Você está atrasado — disparou ele quando Zistalmu chegou perto o suficiente para falarem. — Estou esperando há quinze minutos.

— Sinto muito — disse Zistalmu, inclinando a cabeça.

O que deixou Thurfian ainda mais irado. Se Zistalmu tivesse rebatido, ele ao menos teria uma desculpa para agredir o outro homem verbalmente, e ele queria muito, *muito* agredir alguém naquele momento.

— Imagino que tenha algum tipo de explicação?

— Eu estava trabalhando nos detalhes de um plano de contingência — explicou Zistalmu, com aquela calma enlouquecedora.

— Ah, então agora *você* tem um plano? — desdenhou Thurfian.

— Sim, tenho — disse Zistalmu, e parte da calma começou a rachar. — Porque, pelo que parece, o seu foi por água abaixo.

Thurfian respirou fundo, preparando uma resposta avassaladora...

E, paradoxalmente, a ira borbulhante se dissipou para um canto distante de sua mente.

Porque Zistalmu tinha razão. Mandar Thrawn contra os Vagaari *foi* ideia sua. E não era culpa do Irizi que o plano não funcionara.

— Parece, não parece? — admitiu. — Peço perdão por minhas palavras e meu tom. Eu estava tão furioso... Suponho que já leu meu relatório?

— Duas vezes — disse Zistalmu amargamente. — *E* ouvi o corpo diplomático tentar decidir se estavam revoltados ou salivando com esta primeira quebra real de relações com os Paataatus.

— E, sem dúvida, ouviu o General Ba'kif dizer todo sincero que, já que a nave atacada era Nikardun, não violou a proibição a primeiros ataques.

— Também — afirmou Zistalmu. — Assim como ouvi Ba'kif explicar que, só porque a mensagem veio por meio de uma tríade transmissora Paataatus, não significa que seja algum truque. Não quando veio empacotada em uma criptografia militar com a confirmação pessoal de Thrawn revestida nela.

— E que o fato de que eles quiseram mandar a mensagem de uma de suas tríades só ressalta o tamanho de gratidão que sentem em relação a ele.

— De fato — disse Zistalmu. — Tudo isso só acrescenta outra camada de glória à família Mitth. Tem *certeza* que você quer derrubá-lo?

— Vamos discutir isso todas as vezes que nos virmos? — grunhiu Thurfian. — E se ele tiver entendido mal os Paataatus, ou se eles o entenderam mal? E se ele tivesse errado o alvo daquele míssil invasor e das esferas de plasma? E se ele não tivesse apenas deixado de atingir a nave Nikardun, mas tivesse atingido a nave do Príncipe Militaire? Estaríamos em guerra, Thrawn estaria sendo processado, e poderia haver apenas *Oito* Famílias Governantes.

— Acho que você está exagerando um pouco o caso — disse Zistalmu. — Mas só um pouco. A questão agora é, já que Thrawn parece estar em outra série de vitórias, o que vamos fazer a respeito disso?

Thurfian olhou para o outro homem, lembrando com atraso que essa conversa começou com Zistalmu dizendo que ele tinha um plano.

— Imagino que tenha uma forma de pará-lo?

— Minha sensação neste momento é que, realisticamente falando, ele não pode ser parado — reconheceu Zistalmu. — Se as sugestões que os Paataatus deram a ele sobre o possível paradeiro dos

Vaagari estiverem erradas, então ele volta com as mãos abanando. Mas ainda volta como um herói diplomático. Se ainda *tiver* algum Vaagari por aí, ele provavelmente vai destruí-los.

— Se pensarmos que os Paataatus estão corretos a respeito de só haver, no máximo, uns gatos pingados — disse Thurfian.

— *É* o quintal dos Paataatus, porém — lembrou Zistalmu. — Se existe alguém que possa saber se há uma gangue considerável de piratas por ali, esse alguém são eles.

— Se pensarmos que eles só não mentiram para Thrawn para se livrar dele.

— Tem isso, claro — concordou Zistalmu. — Voltando ao plano. Minha ideia é que, se não temos como impedir Thrawn de alcançar a glória, podemos ao menos forçá-lo a compartilhá-la.

Thurfian franziu o cenho.

— Como?

— Vamos mandar reforços — disse Zistalmu. — Obviamente, não podemos mandar uma de nossas naves. — Ele deu um sorriso apertado. — Ainda mais óbvio é o fato de que não podemos enviar uma das suas naves. Então… o que acha de uma nave Xodlak?

Thurfian ficou pensativo. Não havia sido um representante dos Xodlak que fizera Zistalmu chegar atrasado no último encontro que tiveram?

— Eles sequer *têm* alguma nave de guerra?

— Tecnicamente, tudo que eles têm são várias forças de defesa planetárias — admitiu Zistalmu. — Apesar de que algumas das naves de patrulha planetária deles são próximas a uma nave de guerra. Eles também têm algumas naves maiores de reserva, apesar de não terem permissão de pilotá-las.

— Até e ao menos que reconquistem a posição de Família Governante.

— Certo. Mas não, eu estava falando de uma nave da Frota de Defesa Expansionária comandada por uma Xodlak. Se os Mitth conseguirem glória pelas proezas de Thrawn, com certeza os Xodlak terão o mesmo mérito se um deles estiver no comando.

— Parece razoável — disse Thurfian. — E desde quando os Xodlak são aliados dos Irizi…?

— É possível recebermos um pouco do brilho — admitiu Zistalmu. — Mas os Mitth receberão todo o brilho de Thrawn, então por que está preocupado?

— Suponho que tenha razão — disse Thurfian, um pouco relutante. Claramente, Zistalmu estava torcendo para que os Irizi conseguissem muito mais do que só o brilho do sucesso de uma capitã Xodlak.

Ainda assim, Thurfian não podia esperar a cooperação de Zistalmu se ele não ganhasse *nada* com o acordo.

— Tem uma nave em mente?

— Foi essa a pesquisa que fez com que eu me atrasasse. — Zistalmu pegou o próprio questis e entregou o aparelho a ele. — Nossa melhor aposta é a *Picanço-Cinzento*, comandada pela Capitã Sênior Xodlak'in'daro. Ela é parte da força-tarefa da Almirante Ar'alani, então já trabalhou anteriormente com Thrawn, o que faz com que seja a escolha lógica para mandar um auxílio.

— Acha que Ba'kif e o Supremo Almirante Ja'fosk vão cair nisso?

— Por que não? A *Falcão da Primavera* está em território desconhecido. Os Paataatus estão atrás dele, é possível que forças Vaagari estejam à frente, e não há aliados ou recursos por perto. Seria prudente mandar reforços, e a *Picanço-Cinzento* é a opção ideal.

Thurfian passou os olhos pelos dados compilados por Zistalmu. Parecia, de fato, que a *Picanço-Cinzento* seria uma escolha excelente.

— E essa Capitã Lakinda? Será que vai ficar encantada com Thrawn como Ba'kif e Ar'alani?

— Impossível — assegurou Zistalmu. — Falei com um Xodlak em Naporar que trabalha com o corpo da Frota de Defesa Expansionária. Ele disse que ela é ambiciosa, competente e que, mesmo sendo oficial sênior, é muito focada na família. Considerando a relação dos Xodlak com os Irizi, e as tensões que eles têm com vocês, Mitth, ela vai ser completamente resistente a qualquer coisa que ele tentar.

— Muito bem — concordou Thurfian. Ele sabia que esse plano também continha possíveis problemas. Mas problemas existiam em tudo que ele e Zistalmu fizeram desde que formaram essa aliança privada. — Como quer fazer isso?

— Estou pronto para mandar a proposta para Ba'kif e Ja'fosk — disse Zistalmu. — A *Picanço-Cinzento* está fora da Ascendência no momento, mas deve ser possível contatá-la desde Csilla com uma mensagem de tríade. Considerando o lendário perfeccionismo de Thrawn, acho difícil ele acabar sua investigação antes de Lakinda ir até lá para ajudá-lo.

Thurfian hesitou. Tantas incertezas... Mas estava certo de que, se não fizessem nada, Thrawn poderia falhar até explodir, e possivelmente levaria toda a família Mitth consigo.

E, se Zistalmu estava esperando que a *Picanço-Cinzento* pudesse compartilhar da glória dele, Lakinda também poderia compartilhar do fracasso, se ele viesse.

— Muito bem, vamos fazer isso — disse. Levantou um dedo como aviso. — Mas acho bom que funcione.

— Vai funcionar — prometeu Zistalmu. — Lakinda quer que os Xodlak voltem a ser uma das Famílias Governantes. Thrawn e os Mitth não podem dar isso a ela. Os Irizi podem.

— Ela fará o que precisarmos que ela faça.

CAPÍTULO QUINZE

Ar'alani planejara a chegada da *Vigilante* e da *Picanço-Cinzento* em Nascente cuidadosamente, certificando-se de que ambas as naves chegariam na sombra orbital do planeta, distantes o suficiente para que pudessem fugir ao hiperespaço se o couraçado de batalha que enfrentara Thrawn e Lakinda tivesse enviado outra nave de guerra em seu lugar.

Mas, pelo que conseguia ver da posição da *Vigilante*, o disco negro que formava o planeta estava sozinho.

Ela contemplou o mundo obscurecido diante deles, sentindo um calafrio desagradável. Mundos civilizados costumavam mostrar padrões iluminados visíveis à noite, como auxílios navegacionais ou luzes de veículos de transporte. Em alguns mundos especiais como Csilla, as luzes eram poucas e elas ficavam longe umas das outras, mas, ainda assim, existiam.

Na superfície noturna de Nascente, porém, não havia nada. Ou a guerra devastara o planeta completamente, ou os sobreviventes se escondiam nas trevas, com medo de mostrar qualquer sinal que pudesse atrair os inimigos.

Wutroow, parada ao lado da cadeira de comando de Ar'alani, claramente viu a mesma escuridão que a comandante, e chegou à mesma conclusão.

— E Thrawn chamou este local de *Nascente*? — perguntou.

— Chamou — disse Ar'alani, estremecendo de leve. — Ele acreditar ou não que é um nome apropriado é uma questão diferente. — Ela ligou o comunicador, checando duas vezes se estava mesmo em um raio fechado, para não correr o risco de alguém ouvir escondido. — Capitã Lakinda, aqui quem fala é a Almirante Ar'alani — disse. — Opiniões?

— Nossos sensores não captaram nenhuma nave ou outra fonte de energia na área — a voz de Lakinda soou no alto-falante. — Isso não é, necessariamente, conclusivo. A região guardada pela nave de guerra ficava do outro lado do planeta. Se realmente houver algo ali que interesse aos estrangeiros, é provavelmente onde está.

— Concordo — disse Ar'alani. — Por outro lado, se a disputa que tiveram preocupou os mestres do couraçado a ponto de mandarem reforços, eles deveriam estar posicionados de forma que conseguissem ver todo tipo de abordagem, incluindo nossa posição atual. O fato de que nenhuma de nós está encontrando nada sugere que...

— Movimento, almirante — disse Biclian, da estação de sensores. — Vindo da ponta estibordo do planeta.

— Quero uma leitura — mandou Ar'alani, olhando a tela de sensores. O objeto era enorme, grande o suficiente para ser uma nave de guerra de grandes proporções. Mas estava em velocidade de passeio, andando por aí aparentemente sem pressa. Será que não tinha notado as duas naves Chiss? — Apenas sensores passivos. Capitã Lakinda?

— Já estamos fazendo uma varredura, senhora — informou Lakinda.

— Segure essa varredura — disse Ar'alani. — Mude o foco dos sensores para a parte traseira e lateral. Não quero que alguém apareça atrás de nós enquanto estamos aqui, olhando como bobos.

Houve uma pequena hesitação.

— Sim, senhora.

— Ela *odeia* ficar fora da ação — murmurou Wutroow.

— Eu não acho que ficar sem o que fazer será um problema — rebateu Ar'alani. — Biclian?

— A análise já está chegando, almirante — respondeu Biclian. — A nave tem aproximadamente o tamanho da *Vigilante*, forma irregular, e não possui a configuração de qualquer nave de guerra que já conheçamos. O albedo da superfície sugere uma rocha rudimentar misturada a ferro e outros metais. Trajeto orbital constante, sem evidência de propulsão motora.

— Maldita seja — disse Wutroow de repente. — Almirante, é uma *lua*.

— A Capitã Sênior Wutroow está correta — confirmou Biclian. — Uma lua bem pequena, ou um asteroide, possivelmente.

— Interessante — disse Ar'alani. Da última vez que ela e a tripulação da ponte tiveram uma conversa a respeito de um asteroide... — Quero uma leitura da excentricidade orbital.

— Um momento, senhora. — Biclian fez uma pausa, avistando as telas. — Leitura preliminar diz que é ponto zero, zero cinco.

— Praticamente circular — observou Wutroow, sombria. — Então é provável que não seja uma captura gravitacional aleatória. Está pensando no que eu estou pensando, almirante?

— Provavelmente — disse Ar'alani. — Capitã Lakinda, não havia nada a respeito deste asteroide em seus registros de batalha. Acha que ele estava presente o tempo todo em que vocês estiveram aqui, fora de vista, do outro lado do planeta? Ou é algo novo?

— Estamos revendo os registros agora, almirante — informou Lakinda, e Ar'alani conseguia visualizar os olhos da capitã sênior estreitando-se em concentração. — Considerando o tempo limitado em que estivemos aqui, é *possível*. Uma análise precisa da linha temporal poderia rastrear de volta a órbita do asteroide, só para ter certeza, mas levaria tempo.

— E nós não temos tempo — avisou Wutroow. — Acredito que tenha tido a chance de revisar nosso relatório a respeito da última base Nikardun?

— Sim, senhora, tive — confirmou Lakinda. — Está pensando que esse asteroide pode ser outro lançador de mísseis camuflado como o que foi usado para atacar a base?

— Acho que é bem possível — disse Ar'alani.

— Se for, deve ter algum tipo de gama de sensores para saber quando atirar — apontou Wutroow. — De qualquer forma, já deve ter nos notado a essa altura.

— Deve — concordou Ar'alani, observando a forma despretensiosa flutuando na tela de sensores. — Ou talvez não. Wutroow, temos os registros de Thrawn a respeito da batalha da *Falcão da Primavera* e da *Picanço-Cinzento*, não temos?

— Acho que sim — disse Wutroow, apertando as teclas do questis com força. — Sim, temos sim.

— Ele veio em um vetor diferente da *Picanço-Cinzento* — afirmou Ar'alani. — Veja nos dados de sensores se consegue encontrar esse asteroide em algum lugar. Talvez no canto de alguma varredura, onde ninguém estava olhando.

— Ele *estava* conduzindo uma batalha na hora — apontou Wutroow, ainda trabalhando no próprio questis —, então há uma grande probabilidade de que, mesmo que o asteroide estivesse lá, não o tenha notado.

— Uma *boa* probabilidade — corrigiu Ar'alani. — Há muito pouco que ele não consiga ver, mesmo no meio de uma batalha.

— Bom, considerando que o asteroide estaria planando do lado oposto do planeta, longe da batalha, prometo que não vou pegar no pé dele caso não tenha notado. — Wutroow deixou o questis de lado. — Já falei com os técnicos de sensores para olharem isso.

Ar'alani assentiu.

— Biclian?

— Ainda parece ser um asteroide bastante normal, senhora — relatou Biclian. — Infelizmente, o perfil de dados dos sensores passivos é limitado. Se houver um lançador de mísseis escondido, não tem como eles notarem.

— O que pode ser algo para usarmos a nosso favor — disse Ar'alani, pensativa. Se houvesse mesmo uma arma trazida desde o último conflito... E se houvesse mesmo outra nave de guerra inimiga do outro lado do planeta... — Continuem com os sensores passivos. Capitã Lakinda, você se anima em tentar algo perigoso?

— O contrário de apenas fazer parte da Frota de Defesa Expansionária — acrescentou Wutroow.

— Sim, senhora, é claro — respondeu Lakinda, parecendo um pouco desconfortável com o humor seco de Wutroow.

— Ótimo — disse Ar'alani. — Escutem, então, o que vamos fazer.

Do outro lado da ponte da *Picanço-Cinzento*, Wikivv checava os controles do leme uma última vez.

— Estamos prontos, senhora — informou ela, olhando por cima do próprio ombro para encarar Lakinda.

— Entendido — disse Lakinda, fitando os dados na tela do leme e cruzando os dedos mentalmente. Ela apostaria em Wikivv contra qualquer outro piloto da Frota de Defesa Expansionária, mas o tipo de precisão que Lakinda pedia dela agora ia além de qualquer coisa que Wikivv já fizera.

Mas Ar'alani queria, e Wikivv assegurou-as de que conseguiria, então lá estavam elas.

— Shrent, informe a *Vigilante* que estamos prontos — ordenou, olhando para a tela de combate. Independentemente do que ocorresse nos minutos seguintes, a *Picanço-Cinzento* estava pronta para a batalha.

— A *Vigilante* confirmou — relatou Shrent. — A Almirante Ar'alani disse que podemos começar quando quiser.

— Compreendido — disse Lakinda, preparando-se conscientemente. — Wikivv: três, dois, *um*.

Seguiu-se o tremor visual e mental de sempre quando Wikivv levou a *Picanço-Cinzento* em um salto intrassistema. O disco negro de Nascente preencheu metade da panorâmica de forma abrupta, e os indicadores do hiperpropulsor mudaram conforme o planeta começava a puxar a nave para adentrar ainda mais seu poço gravitacional.

Lá estava o asteroide, a trinta graus a bombordo, com uma separação que mal chegava a um quilômetro, movendo-se para longe da *Picanço-Cinzento* pela órbita planetária.

— Guinada a bombordo em trinta graus — mandou Lakinda. — Lenta e casualmente. Não tente se aproximar demais, só siga-o lentamente.

— Sim, senhora.

A *Picanço-Cinzento* começou a guinada, e Lakinda focou toda sua atenção na massa rochosa e irregular. Se Ar'alani estivesse certa a respeito de ser a mesma arma utilizada contra a base Nikardun, e se a pessoa por trás de monitorar os sensores decidisse que o asteroide estava prestes a ser atacado pelos Chiss, o único aviso que Lakinda receberia seria a explosão massiva conforme a camada exterior se desintegrava para que a arma pudesse disparar. Se isso acontecesse, a *Picanço-Cinzento* só teria aqueles primeiros segundos iniciais para disparar primeiro.

Mas quem quer que estivesse controlando a arma não era uma pessoa nervosa. A *Picanço-Cinzento* acabou de girar, alinhando-se com o asteroide, sem obter nenhum tipo de reação.

— Wikivv, aumente a velocidade para emparelhar — ordenou Lakinda. — Excelente trabalho com o salto.

— Obrigada, senhora — disse Wikivv. — Aumentando a velocidade... Emparelhando e mantendo a distância.

— Quando quer eliminar a lacuna entre as duas? — perguntou Apros ao lado da cadeira de comando de Lakinda.

— Vamos aguardar até Ar'alani estar em posição — disse a ele. — Vimsk, algum sinal da *Vigilante*?

— Ainda não... Sim, está ali — a oficial de sensores se interrompeu.

— Estou vendo — disse Lakinda, mirando a tela tática. A *Vigilante* surgiu a um quarto do caminho até o planeta diante deles, mais distante do poço gravitacional, em uma posição similar à da *Picanço-Cinzento* durante o combate anterior. Se os estrangeiros tivessem enviado outra nave, e se, de novo, estivesse posicionada para monitorar a mesma seção do planeta, ela agora deveria estar à vista. A tela de sensores secundários se iluminou quando a *Vigilante* começou a enviar telemetria visual e sensorial...

E lá estava ele. Um couraçado de batalha com a mesma configuração da nave que ela e Thrawn haviam travado batalha duas semanas antes.

Lakinda franziu o cenho. Não, não era apenas outra nave de guerra. Era a *mesma* nave de guerra. As cicatrizes de batalha deixadas pelo invasor de Thrawn e o ataque de lasers a bombordo eram inconfundíveis.

Apros também notou o couraçado.

— Então eles só o enviaram de *volta*? Eu estava esperando que ao menos passassem uma demão de tinta fresca sobre o dano antes de fazê-lo retornar à ação.

— Aparentemente não — disse Lakinda.

— Nave não identificada, aqui quem fala é a Almirante Ar'alani, da Frota de Defesa Expansionária, a bordo da nave de guerra *Vigilante* — as palavras ditas por Ar'alani em Taarja soaram no alto-falante da ponte. — Por favor, identifique-se.

— Deveríamos dizer à *Vigilante* que é a mesma nave? — sugeriu Apros.

Lakinda sacudiu a cabeça.

— Tenho certeza que Ar'alani já entendeu isso.

— Nave de guerra Chiss, vocês são intrusos nesta área, e não são bem-vindos aqui — respondeu uma voz dura. — Partam agora ou enfrentem consequências severas.

Lakinda endireitou-se na cadeira, vagamente consciente de que uma onda de interesse súbito se espalhava pela ponte. Nenhuma das naves que haviam enfrentado anteriormente, nem o couraçado de batalha nem os botes de mísseis, respondera às saudações. Eles decidirem falar agora era novidade.

Mais do que isso, sugeria fortemente que o plano de Ar'alani estava funcionando. O comandante inimigo, confiante com o conhecimento de que seu míssil asteroide poderia lançar um tiro fatal na

Picanço-Cinzento a qualquer momento, esperava conseguir um pouco de informação de Ar'alani antes de destruir as duas naves inimigas. Ao mesmo tempo, com a *Picanço-Cinzento* supostamente ocultando-se do confronto principal atrás do asteroide, o plano espelho de Ar'alani de conseguir dados antes de fazer o próprio ataque surpresa também seria óbvio para ele.

Alguns comandantes, refletiu Lakinda, teriam aceitado o simples valor militar da suposta vantagem e a teriam utilizado para dominar o oponente. Este comandante era mais frio e ambicioso que isso.

O inimigo sabia que ele tinha a dianteira por ter uma arma secreta. Ar'alani sabia que *ela* tinha a dianteira por saber a respeito do asteroide, e o inimigo não saber que ela sabia.

Lakinda sacudiu a cabeça mentalmente. Até mesmo Thrawn teria dificuldade de acompanhar tudo isso.

— Wikivv, comece a nos aproximar do asteroide — mandou. — Não nos deixe perto demais, nem se aproxime muito rápido. Faça com que pareça que pretendemos estar completamente escondidos atrás do asteroide assim que aparecermos no campo de vista do couraçado de batalha.

— Nave de guerra não identificada, aqui quem fala é a Almirante Ar'alani — respondeu Ar'alani. — Esclareça, por favor. Quem é que não nos quer aqui, exatamente?

— Este mundo foi devastado por um ataque de uma força maligna que se autointitula Destino Nikardun — disse o estrangeiro no mesmo tom severo. — Os sobreviventes nos imploraram para que mantivéssemos guarda para protegê-los dos Nikardun ou de outros abutres que pudessem se aproveitar da fraqueza deles e saquear o que lhes resta.

Lakinda franziu o cenho. A não ser que ele estivesse mentindo — o que certamente era possível — ainda havia alguns sobreviventes lá embaixo. A questão era quantos deles seriam necessários para convencer a Magys de não executar seu plano de suicídio em massa.

Mas isso era problema de Thrawn. O problema de Lakinda, no momento, era um pouco mais urgente que isso.

— Que coincidência interessante — disse Ar'alani ao estrangeiro. — Acontece que estamos aqui pelo mesmo motivo. Talvez possamos unir nossas forças.

— Os sobreviventes *nos* imploraram por ajuda.

— Sim, eu ouvi o que você disse — falou Ar'alani. — Pode me repassar o nome de seu contato no planeta?

Houve um barulho que parecia metal sendo arranhado.

— Acha que sou um tolo? — exigiu saber o estrangeiro. — Não oferecemos informações úteis a intrusos.

— Sinto muito saber disso — disse Ar'alani. — Nós fomos convidados pela Magys. Deve ter ouvido falar dela.

— O que é uma Magys? — desdenhou o estrangeiro. — Uma pequena dignatária local? O *meu* mandato vem dos próprios líderes planetários.

— E quais são os nomes deles?

— Não preciso me defender por minha presença.

— Os nomes deles? — repetiu Ar'alani.

— Capitã, o asteroide está fazendo rotação — falou Vimsk. — Muito lentamente, mas as mudanças no reflexo da superfície de rocha são inconfundíveis.

Posicionando-se para atacar a *Picanço-Cinzento*?

— Ghaloksu, eu preciso encontrar uma forma de desativar essa coisa — disse, emudecendo a conversa entre a *Vigilante* e o comandante estrangeiro. — Como podemos fazer isso?

— Não sei se tem como, senhora — avisou o oficial de armas, hesitante. — Não até a camada exterior se abrir.

— Então vamos descobrir como abri-la — disse Lakinda. — O que sabemos até agora?

— Os fragmentos encontrados pela *Vigilante* na base Nikardun não tinham nenhum resíduo ou erosão — informou Ghaloksu. — Isso sugere que a camada exterior não foi estourada de forma explosiva, e sim mecânica. Os pedaços de metal nos fragmentos sugerem uma estrutura isocinética esférica, obtida inicialmente sob pressão ao redor do lançador. Quando a pressão é liberada, a estrutura se expande violentamente para fora, com pontas ou apoios empurrando as seções da camada para longe.

— Você pode ver as linhas da zona de fratura na superfície onde a fratura vai ocorrer — acrescentou Vimsk. Ela tocou um botão e o revestimento apareceu sobre o asteroide na imagem da tela de sensores. — É tudo regular demais para não ser deliberado.

Lakinda fez cara feia. Ela achara que a camada exterior explodiria graças a cargas elétricas modeladas espalhadas na superfície, cargas que poderiam detonar prematuramente com lasers ou desativar com esferas de plasma. Se o mecanismo estivesse na camada interna, porém, era provável que não houvesse maneira de alcançá-lo do lado de fora.

— E transmissões de comando? — perguntou. — Alguém mandou o asteroide entrar em rotação, e alguém mandou que a camada exterior se abrisse e o míssil fosse disparado. Tem como obstruirmos os sinais ou desativar o receptor?

— Teria se soubéssemos onde o receptor está — assegurou Ghaloksu. — O problema é que não sabemos.

— Na verdade, com algo desse tamanho, ele provavelmente tem vários receptores — opinou Shrent. — Espalhados pela superfície, para estar sempre ao alcance sem importar a posição ou ângulo do asteroide.

E não havia como saturar a superfície inteira com esferas de plasma. Mesmo se tivessem fluido suficiente, não tinham tempo para isso.

— Muito bem — disse Lakinda, fitando o mapa de linhas de fratura. Vimsk estava certa; eram extremamente regulares, formando hexágonos rudimentares na superfície. Estreitou os olhos. Hexágonos rudimentares e *pequenos*. — Ghaloksu, essas seções são grandes o suficiente para atingir com um míssil? Se não forem, deve ter alguma área onde sejam maiores.

— O que marcaria o local onde a estrutura interna está mais aberta — concluiu Ghaloksu, assentindo. — Nesse caso, saberemos quando estiver prestes a disparar.

— Vimsk? — perguntou Lakinda.

— Preparando um padrão de busca agora mesmo, senhora — confirmou a oficial de sensores.

— Ótimo — disse Lakinda. — Seja rápida.

— O que faremos quando o encontrarmos? — perguntou Apros.

— Pra começar, não deixe que ele fique totalmente alinhado em nossa cola — instruiu Lakinda, pensando rápido. Parte do plano de Ar'alani envolvia Lakinda encontrar uma forma de desativar e capturar a arma escondida enquanto a *Vigilante* distraía a nave de guerra. Mas ela também deixara claro que, se Lakinda precisasse destruir o asteroide para proteger a própria nave, ela não deveria hesitar em fazê-lo.

A não ser que...

— Ghaloksu, prepare as armas — disse. — Vou querer lasers, invasores e esferas, nessa ordem. Vimsk, me avise assim que encontrar algo que pareça uma das suas seções maiores da camada externa indo em nossa direção. Wikivv, prepare-se para ativar os propulsores traseiros a toda potência.

Houve um breve coro de confirmação da parte dos outros oficiais.

— Assim que uma das maiores seções aparecer, vamos tentar abrir o asteroide com um laser — continuou Lakinda. — Quando tivermos acesso ao lado de dentro, vamos mandar invasores para queimar uma seção da estrutura isocinética e fazer com que as esferas desativem a parte eletrônica do lançador de mísseis. Se fizermos tudo isso com rapidez... — ela olhou de relance para a tela tática, confirmando que a *Vigilante* e a nave estrangeira continuavam preparadas para brigar — ... e, se Ar'alani conseguir manter a atenção deles nela, é possível conseguirmos desativar a arma antes que sequer notem o que fizemos.

— Vale a pena tentar — concordou Apros. — E, nesse ponto, vamos torcer para conseguirmos derrotar o couraçado de batalha antes do asteroide ser destruído como eles fizeram com os botes de mísseis da última vez.

— Eles não vão ter tempo desta vez — disse Lakinda — porque, assim que o desativarmos, vamos circulá-lo até o outro lado e parar qualquer míssil que eles possam lançar contra ele.

A testa de Apros franziu de leve.

— Parece um pouco arriscado.

— A almirante quer o míssil do asteroide — disse Lakinda. — Pretendo conseguir esse míssil para ela. Alguma pergunta?

Os lábios dele tremeram, mas ele sacudiu a cabeça.

— Não, senhora.

— Então vá até Ghaloksu — determinou, movendo a cabeça em direção à estação de armas. — Ele vai ficar ocupado coordenando o ataque e pode precisar de mais um par de mãos.

— Sim, senhora. — Acenando, Apros foi para o console de armas.

— Vimsk? — chamou Lakinda.

— Ainda fazendo a varredura, senhora — disse a oficial de sensores, aproximando-se das telas. — As seções continuam aparecendo com o mesmo tamanho.

— Capitã, acho que a batalha está prestes a começar — falou Shrent da estação de comunicação.

Lakinda voltou a ligar o comunicador:

— ... Ou não teremos outra opção além de fazer o que for preciso para tirá-los deste sistema — dizia o estrangeiro.

— Todo mundo precisa se apressar — falou Lakinda. — A área de lançamento deve estar prestes a aparecer... Eles não gostariam de atacar a *Vigilante* a não ser que estivessem prontos para nos tirar de jogo. Shrent, o estrangeiro disse algo útil enquanto eu não estava ouvindo?

— Uma coisa ou outra, senhora — disse Shrent, a voz dele um pouco esganiçada. — Com todo respeito, acho que este não é o momento...

— Ali! — interrompeu Vimsk. — Uma seção maior está aparecendo.

— Ghaloksu, eis seu alvo — indicou Lakinda. — Espere até estar ao seu alcance, então abra fogo.

— Sim, senhora — disse Ghaloksu. — Mais uns dez segundos.

Lakinda olhou para a configuração tática do oficial de armas. Ele tinha dividido os espectro-lasers, cada grupo programado para disparar contra um dos vértices da seção, e então varrer as duas direções das zonas de fratura. A seção na ponta mais afastada já teria rotacionado ao alcance deles quando acabassem com o grupo de linhas mais próximo, e estaria pronta para receber o mesmo tratamento. Se as zonas fossem finas o suficiente, a seção inteira estaria livre de cinco a dez segundos.

Se a rocha fosse mais grossa, era possível que eles ainda estivessem trabalhando quando o couraçado de batalha se desse conta do perigo e respondesse com contramedidas.

A contagem regressiva de Ghaloksu estava chegando ao fim.

— Prepare-se para abrir fogo — chamou Lakinda. — Três, dois, *um*.

Os lasers arderam pela panorâmica, com os raios marcados por brilhos levemente turvos quando ionizavam ou vaporizavam partes do gás e do pó entre a *Picanço-Cinzento* e o asteroide. Os raios de energia entraram na superfície rochosa iniciando os ataques coordenados nas zonas de fratura...

E, sem aviso, o asteroide inteiro explodiu, arremessando pedaços de rocha por todos os lados.

CAPÍTULO DEZESSEIS

— VOLTA COMPLETA! — vociferou Lakinda, estremecendo instintivamente quando vários pedaços enormes voaram na direção deles. Um instante depois, o espetáculo foi interrompido quando as barreiras à prova de explosão se fecharam automaticamente. Houve um tremor para a frente de desaceleração desequilibrada quando Wikivv ligou os propulsores dianteiros, tentando acabar com o embalo e jogar a nave para trás.

Mas a *Picanço-Cinzento* era massiva e movia-se com velocidade orbital atrás do asteroide. Havia inércia demais para fazê-la parar rapidamente, simples assim. Conforme os compensadores se apressavam e acalmavam o movimento da *Picanço-Cinzento*, a nave girava com múltiplos impactos vindos da camada externa do asteroide em alta velocidade, atingindo a extensão da proa e dos flancos.

— Ordens? — perguntou Ghaloksu.

Lakinda focou na tela de sensores. A estrutura interna do asteroide se abrira totalmente, alguns pedaços de rocha ainda grudados nos apoios que empurraram e forçaram a camada externa a se desintegrar. No centro da estrutura, em uma rotação mais rápida do que antes, agora que não tinha que lutar contra a massa adicional da camada externa, estava o míssil com o bico aparecendo da carcaça grossa do lançador.

— Lancem as esferas — mandou. — Wikivv, pode ir com tudo; leve-nos para perto dele.

— Lançando esferas — disse Ghaloksu.

— Acelerando para aproximação — acrescentou Wikivv.

Com a panorâmica ainda bloqueada pelas barreiras de explosão, não havia uma vista direta disponível. Mas, entre as telas sensorial e tática, a situação estava muito clara.

Clara e ameaçadora. A estrutura ainda não rotara completamente para alinhar o míssil contra a *Picanço-Cinzento*, o que fazia com que as treliças apertadas das seções formassem uma barreira entre o cruzador e o lançador de mísseis. Além disso, a estrutura continuava girando. A combinação desses dois fatores tornava tudo extremamente difícil para que Ghaloksu conseguisse fazer uma esfera de plasma que fosse passar intacta pelas lacunas.

Mas ele estava fazendo o seu melhor. Lakinda observou, estressada, enquanto uma sequência de esferas atingia o apoio de treliça e estourava com uma explosão de energia iônica, ou ocasionalmente passava por uma fresta só para errar o lançador e explodir do outro lado da estrutura. Perifericamente, viu que, com o fracasso da tentativa de emboscada dos estrangeiros, o couraçado de batalha atacara a *Vigilante*. O espaço entre as duas naves de guerra massivas irrompeu com fogo laser e as trilhas de mísseis dos propulsores.

— *Picanço-Cinzento*, atualização — a voz tensa de Ar'alani apareceu no alto-falante.

Lakinda ligou o comunicador.

— Lançador inimigo preparado para atacar — falou. — Respondendo com esferas.

— Ótimo. Seja rápida.

— Sim, senhora — disse Lakinda, franzindo o cenho quando o bombardeio de esferas de plasma parou de repente. — Ghaloksu?

— A seção da janela de lançamento da treliça está vindo, senhora — informou Ghaloksu. — Estou esperando até ter uma oportunidade melhor.

O estômago de Lakinda se contraiu. Encontrar uma oportunidade melhor para atingir o lançador era algo ótimo, sim... Exceto que uma linha de visão clara funcionava para os dois lados. Se o lançador não estivesse totalmente desativado, o míssil poderia entrar pela garganta da *Picanço-Cinzento*.

Ela deu uma olhada rápida na tela de dados táticos. Apesar dos obstáculos, Ghaloksu conseguira três impactos diretos no alvo. Mesmo se o lançador ainda estivesse parcialmente funcional, isso seria o suficiente para atrasá-lo um pouco, ao menos.

— Entendido — disse a ele. — Não erre.

A abertura girou para se posicionar...

E toda a bateria de plasma dianteira da *Picanço-Cinzento* se abriu, fazendo chover um novo bombardeio de esferas contra o lançador, as explosões de íon vindas delas criando uma visão espetacular de fogo coronal enquanto respigavam contra o alvo. Lakinda observou a tela, procurando qualquer sinal de atividade. Por enquanto, nada.

— Vimsk? — perguntou.

— Acho que conseguimos, senhora — relatou Vimsk. — Não há nenhuma atividade eletrônica ou elétrica sendo registrada. O lançador está morto.

— Ou, ao menos, dormindo pesado — acrescentou Apros. — Capitã, as esferas caíram para menos de sessenta por cento.

— Ghaloksu, interrompa os lançamentos de esferas — mandou Lakinda, vendo a tela que mostrava a batalha distante. A *Vigilante* continuava mantendo sua posição, mas, se as centelhas de explosões indicavam alguma coisa, os mísseis estrangeiros estavam se aproximando de forma estável antes dos espectro-lasers de Ar'alani conseguirem pará-los. Ela ligou o comunicador... — Almirante, neutralizamos o lançador de mísseis.

— Ótimo — disse Ar'alani. — Fixe um raio trator e venha aqui.

Lakinda franziu o cenho. Ela entendia que Ar'alani queria que o lançador fosse capturado intacto para ser estudado. Mas, com a *Vigilante* batendo de frente com o couraçado de batalha, o lançador não deveria ser a principal prioridade da *Picanço-Cinzento*. Ela desligou o comunicador:

— Ghaloksu, você acha que consegue liberar o lançador rápido? — perguntou.

— Não muito, senhora — informou Ghaloksu. — Ele está preso à treliça por dezesseis cabos-guias. Os lasers devem ser capazes de cortá-los, mas eles são tão finos que serão difíceis de atingir. E, é claro, alguns deles estão atrás do lançador no momento.

— Entendido — disse Lakinda, voltando a olhar para a batalha. O prêmio de Ar'alani teria de esperar. — Wikivv, vamos lá; a toda potência no vetor de ataque.

— Sim, senhora — confirmou a pilota, e houve outra sacudida de sobrecompensação quando ela angulou a *Picanço-Cinzento* ao redor da treliça e acionou os propulsores na máxima potência.

— Mantenha-nos no flanco a bombordo do inimigo — continuou Lakinda. — Há mais chance de surpreendê-los assim.

— Mesmo que eles não tenham arrumado o dano geral, podem ter substituído alguns daqueles sensores — apontou Apros. — Quer atingi-los com um bombardeio de esferas primeiro para acabar com o que houver ali?

— Não, vamos arriscar — disse Lakinda, estudando a tática. O couraçado de batalha estava montado na *Vigilante*, e as duas naves se atacavam com os aglomerados de armas dos flancos e ombros. Se a nave estrangeira estivesse parcialmente cega a bombordo, a *Picanço-Cinzento* seria capaz de chegar ao alcance de combate antes de ser notada. — Mesmo se ainda não tiverem os sensores, um bombardeio de esferas vai alertá-los de que estamos chegando.

— Entendido — disse Apros. — Qual é o seu plano?

— Vamos tentar atingir o motor de dobra, os propulsores principais ou ambos — explicou Lakinda. — Ghaloksu, prepare os invasores para atacarem a parte central e traseira da nave, confiando na sua melhor suposição de onde esses dois sistemas podem estar localizados. Assim que os invasores atingirem o couraçado, continue com uma rajada de lasers.

— Sim, senhora — disse Ghaloksu.

— Mesmo se não conseguirmos, vamos continuar — prosseguiu Lakinda —, varrendo a superfície dorsal da nave de guerra e bombardeando-a com esferas, invasores e lasers. Depois disso, Wikivv, você vai fazer uma guinada de um oitenta para darmos de cara com a nave estrangeira a estibordo e vamos continuar o ataque. Alguma pergunta?

Houve um pequeno silêncio.

— Então comecem a trabalhar — ordenou Lakinda. — Vimsk, pegue todos os dados que conseguir a respeito dessa nave, tanto para auxiliar Ghaloksu com o alvo como para análises futuras.

— Sim, senhora — disse a oficial de sensores.

— Ótimo. — Lakinda respirou fundo. — A *Vigilante* está em apuros. Vamos deixar as coisas um pouco mais equilibradas.

Primeiro, o couraçado de batalha disparou dois mísseis, então disparou quatro, e depois seis. Agora a nova salva — oito mísseis — estava a caminho.

— *Tem* como eles serem mais óbvios que isso? — murmurou Wutroow.

— É uma forma perfeitamente direta de achar os limites da defesa de um inimigo — apontou Ar'alani.

— Pode até ser direta, mas é bastante cara — comentou Wutroow quando os espectro-lasers da *Vigilante* acabaram com os dois primeiros mísseis. — Teria sido mais fácil mandar uma única saraivada massiva e ver quantos mísseis nós não conseguiríamos parar.

— Mente estrangeira, lógica estrangeira — disse Ar'alani. — Oeskym?

— Estamos cuidando disso — informou o oficial de armas da *Vigilante*. — Reiniciamos os invasores, se quiser tentar mais uma vez.

— Almirante, a *Picanço-Cinzento* está vindo em nossa direção — interrompeu Biclian antes que Ar'alani pudesse responder.

Ar'alani olhou para a tela tática. De fato, o cruzador estava se movendo, acelerando a toda potência em direção à batalha.

O problema é que a nave estava vindo sozinha, sem a treliça e o lançador de mísseis escondido nela, que Ar'alani disse especificamente para Lakinda trazer consigo.

Ela praguejou em silêncio. O plano era que a *Picanço-Cinzento* rebocasse o míssil para perto e então o jogasse na zona de combate entre as duas naves. Se os oficiais de eletrônica da *Vigilante* tivessem sorte, eles poderiam ativar o lançador e disparar o míssil contra o couraçado de batalha. Se não, Ar'alani poderia tentar detonar o míssil na esperança de conseguir algum dano de batalha contra o inimigo. Agora essas duas opções não existiam mais.

Infelizmente, ela não podia mandar Lakinda de volta para pegar o lançador. A *Picanço-Cinzento* já estava muito longe, e acelerando rápido demais para que isso fosse uma alternativa viável.

— Lance dois invasores — mandou, virando-se para Oeskym. — Tente propagar lasers ao redor dos mísseis para ver se isso mantém os sachos longe de nós.

— Sim, senhora.

Ar'alani voltou a atenção à tela tática, observando conforme Oeskym lançava dois mísseis invasores. O inimigo inventara uma nova tática desde o encontro com Thrawn e Lakinda: mísseis pequenos e ligeiros que Wutroow apelidou de "sachos", provavelmente projetados originalmente para serem usados contra botes de mísseis e outros caças menores. Infelizmente, os mísseis minúsculos também eram efetivos contra invasores, e tinham explodido com sucesso todos os que a *Vigilante* disparara contra a nave estrangeira, com a exceção de um único par.

Destruir os invasores não parou a onda de ácido a ser liberado, é claro, e o enxame de sachos sempre levava a pior. Mas, até agora, eles estavam atingindo os invasores longe o suficiente para que as bolhas de ácido se expandissem e se dissipassem até a inutilidade, quando finalmente alcançavam a nave de guerra inimiga.

Pior que isso, os sachos eram surpreendentemente eficientes contra as esferas de plasma, seu impacto perfurava as bainhas autofocadas das esferas, dissipando os aglomerados de íon comprimido que as preenchia. O fato de que o próprio sacho que as atacava acabava sendo desativado não era grande consolo, já que a questão, a essa altura, era se a *Vigilante* ficaria sem fluido de esfera antes do couraçado de batalha ficar sem sachos.

Considerando a forma imprudente com a qual os estrangeiros gastavam os pequenos mísseis, Ar'alani não botaria a mão no fogo por nenhuma das duas opções.

— O que ela está *fazendo*? — disse Wutroow em voz baixa. — Ela está tentando *atropelar* eles?

Ar'alani franziu o cenho. A *Picanço-Cinzento* continuava acelerando na direção da nave de guerra inimiga, sem nenhum sinal de que Lakinda pretendia diminuir a velocidade.

— Ela deve estar tentando um ataque contra o flanco antes que eles notem que ela chegou.

— *Tentando* é a palavra mais importante aqui — grunhiu Wutroow. — O que faz ela supor que eles não trocaram os sensores de bombordo?

— Lakinda provavelmente acha que é a melhor oportunidade que vai ter — disse Ar'alani, pensando rápido. A não ser que o couraçado de batalha continuasse completamente cego daquele lado, a única esperança da *Picanço-Cinzento* seria a *Vigilante* criar algum tipo de distração. E, considerando o objetivo óbvio do comandante estrangeiro com os ataques de mísseis...

Ar'alani voltou a olhar a tela tática principal. Os dois invasores mandados por Oeskym haviam sido destruídos, mas mandá-los junto aos lasers que queimavam no espaço ao redor enquanto voavam havia interferido o suficiente na resposta do sacho para que os mísseis tivessem chegado mais longe do que as tentativas anteriores. Algo para lembrar no futuro.

Mas, por enquanto...

— Oeskym, cessar fogo ofensivo — mandou. — Continue apenas com fogo defensivo. Prepare uma saraivada de seis invasores, alveje os aglomerados de sensores e armas no flanco a estibordo, deixe três esferas prontas para serem lançadas depois. Lance os invasores quando eu disser, e as esferas cinco segundos depois.

— Almirante? — perguntou Wutroow cautelosamente.

— Só observe — disse Ar'alani, ligando o comunicador. Se ela estava interpretando o comandante inimigo corretamente, isso deveria funcionar. — Aqui quem fala é a Almirante Ar'alani — chamou. — Preliminares interessantes. Então. Agora que sei como destruí-lo, será que deveríamos retornar aos nossos respectivos povos e entregar nossos relatórios?

Não houve resposta. O míssil inimigo final da salva atual se desintegrou no fogo laser dos Chiss.

E, então, para o alívio interno de Ar'alani, os lasers do couraçado de batalha ficaram em silêncio.

— Falta exatidão em suas palavras — desdenhou o comandante estrangeiro. — Sou *eu* quem sabe como destruir *vocês*.

— Pouco provável — disse Ar'alani, observando a aproximação da *Picanço-Cinzento* com o canto do olho. Ela estava torcendo que Lakinda visse o gambito, ou ao menos notasse que, com as hostilidades cessando temporariamente, haveria uma chance mais alta de o estrangeiro notar a aproximação dela no flanco a bombordo.

Lakinda notou. A *Picanço-Cinzento*, que estava sendo pilotada em aceleração máxima, desligou os propulsores abruptamente, deixando-se deslizar em alta velocidade no próprio vetor. Melhor ainda; as luzes e emissões do cruzador ficavam escuras à medida que Lakinda deixava a nave no modo furtivo.

E, assim, o cenário esperado por Ar'alani estava montado.

— Não, você viu o que eu queria que você visse — disse ao estrangeiro. — Eu, por outro lado, sei exatamente qual é o seu ponto fraco e como explorá-lo. Então, corra para casa, se quiser. Vamos ganhar a próxima batalha facilmente.

O estrangeiro resmungou algo na própria língua.

— Você ainda não acabou com *esta* batalha — grunhiu ele. — Vou destruí-la e…

— Lançar — falou Ar'alani sem que os inimigos pudessem ouvir.

Os mísseis invasores investiram de seus tubos, separando-se da formação original ao seguir o encalço de Oeskym na direção de seis pontos do flanco a estibordo do couraçado de batalha. O estrangeiro respondeu de imediato, disparando uma série de sachos contra cada míssil. Os sachos convergiram nos alvos, arremetendo contra os mísseis e destruindo-os, largando seus conteúdos no espaço. Mesmo com as ondas pesadas de ácido que se expandiam lentamente, cintilando enquanto avançavam contra os alvos originais, as esferas de plasma apareceram, ardendo no espaço atrás deles. Outra saraivada de sachos disparada do couraçado de batalha, focando nas esferas...

E desintegrada no meio do caminho quando as rotas de interceptação os levaram de cara contra as bolhas de ácido flutuando diante deles.

— Lasers! — exclamou Ar'alani. — O alvo é a ponte e os lançadores de sachos.

Os lasers da *Vigilante* atingiram o casco estrangeiro. Simultaneamente, os lasers do couraçado de batalha também abriram fogo, metralhando as barreiras eletrostáticas dos Chiss. Ar'alani observou as esferas de plasma cumprirem a jornada, desimpedidas, atingindo o lado a estibordo do inimigo com seus carregamentos de íon paralisante. Ela voltou a atenção à *Picanço-Cinzento*...

Bem na hora de ver o cruzador pesado lançar aglomerados gêmeos de invasores contra o flanco a bombordo do cruzador de batalha.

A nave de guerra abriu fogo defensivo, atrasada, com um punhado de espectro-lasers, provavelmente todos os que ainda havia daquele lado. Mas era tarde demais. Os invasores colidiram contra o casco, suas cargas de ácido escavando ainda mais o dano já existente. A corrosão adicional desgastou o metal quando os lasers da *Picanço-Cinzento* dispararam, perfurando ainda mais a nave estrangeira.

— Recebendo uma queda nas emissões de energia — chamou Biclian. — Níveis de energia caíram para trinta por cento. Acho que a *Picanço-Cinzento* atingiu um dos reatores deles.

— Podem ter detonado o hiperpropulsor também — acrescentou Wutroow, apontando para uma das telas de dados. — Perfil de emissão de partículas caiu para o mínimo. — Ela voltou-se para Ar'alani. — Hora de oferecer que se rendam?

— Míssil lançado contra a *Picanço-Cinzento*! — exclamou Oeskym.

Ar'alani estremeceu. Era um míssil grande, maior do que qualquer um dos que ela vira o couraçado de batalha usar anteriormente. Por reflexo, abriu a boca para gritar um aviso para Lakinda…

E a fechou novamente. O míssil se acomodou em sua trajetória final, e o vetor não estava alvejando a *Picanço-Cinzento*.

Estava indo contra o asteroide lançador de mísseis.

Lakinda também o viu. Mas não havia nada que pudesse ser feito. Os lasers da *Picanço-Cinzento* foram atirados, tentando eliminar a arma enquanto ela passava. Mas era bem-revestida demais, e ia muito rápido e, no fim, ela não pôde fazer nada além de se juntar a Ar'alani, vendo o míssil colidir contra a treliça e o lançador, obliterando os dois.

E, com essa tarefa finalizada…

Ar'alani recuperou o fôlego com uma premonição súbita.

— Lakinda, afaste-se! — berrou. — Saia daí *agora*.

A *Picanço-Cinzento* virou para cima em resposta à ordem de Ar'alani, e já se afastava do inimigo quando o couraçado de batalha desintegrou-se em uma série coordenada de explosões violentas.

— Wikivv, tire-nos daqui — mandou Ar'alani.

— Sim, almirante.

E, com isso, estava acabado.

Um momento depois, mesmo quando a *Vigilante* já tinha começado a se distanciar do local, a primeira onda de destroços salpicou contra o casco da nave. Ar'alani ficou tensa, mas os impactos eram bem mais gentis do que os que haviam sofrido com os mísseis inimigos destruídos. Claramente, a autodestruição do sistema do couraçado de batalha fora planejada para detonar tudo em pedaços muito pequenos.

— *Picanço-Cinzento*? — chamou Ar'alani. — Apresente-se.

— Apenas danos mínimos, almirante — ouviu-se a voz de Lakinda.

— A mesma coisa aqui — disse Ar'alani, passando os olhos pelo relatório de danos da *Vigilante*.

— Entendido, almirante.

Ar'alani desligou.

— Capitã Sênior Wutroow, vá até a estação de sensores e ajude Biclian a procurar por sachos que ainda possam estar desativados depois de bater contra uma de nossas esferas — mandou. — Se achar um, pegue uma nave auxiliar e traga-o para cá para ser estudado.

— Depois de certificar que ele *continue* desativado, sim? — perguntou Wutroow, gesticulando a ordem para Biclian.

— Com certeza — confirmou Ar'alani. — A última coisa que queremos é trazer uma arma a bordo prestes a explodir. Ou melhor: sonde uma das naves auxiliares com equipamento de desmonte e análise, e elas podem fazer o trabalho preliminar por ali mesmo.

— Sim, senhora — disse Wutroow. — Independentemente de eles terem achado ou não *nossos* pontos fracos, nós ao menos encontramos o deles.

— Que seria? — perguntou Ar'alani.

Wutroow franziu o cenho de leve.

— O ataque misto de invasor e esfera, não?

Ar'alani sacudiu a cabeça.

— Isso foi uma tática útil. Mas não é a fraqueza subentendida. — Ela fez um gesto na direção da tela tática. — No primeiro encontro, a *Picanço-Cinzento* cegou os sensores deles no flanco a bombordo com esferas, abrindo o caminho para que Thrawn os atacasse daquele lado. Aqui, com a *Picanço-Cinzento* vindo do mesmo lado, nós jogamos esferas no flanco a estibordo deles.

— Ah — disse Wutroow, assentindo. — Que eles, então, imaginaram que era um precursor de um ataque naquele lado. Possivelmente de uma terceira nave prestes a atacá-los, vinda do hiperespaço.

— Certo — confirmou Ar'alani. — Perceba, também, que toda essa reação veio depois que o sistema de autodefesa embutido no asteroide explodiu a camada externa ao sentir que estava sendo atacado.

— Foi isso que aconteceu com ele?

— Presumo que sim — disse Ar'alani. — Vamos estudar os registros da *Picanço-Cinzento*, mas é a única coisa que faz sentido.

De qualquer forma, o comandante do couraçado de batalha viu a explosão e, sem bons sensores daquele lado, presumiu que a *Picanço--Cinzento* estava ao menos temporariamente fora de batalha.

— Compreendo — disse Wutroow. — Então o ponto fraco deles é supor coisas e não confirmá-las?

— E, talvez, se distraírem facilmente. — Ar'alani gesticulou para a estação de sensores. — Vá se ocupar com essa caça aos sachos. Os estrangeiros se esforçaram muito para se certificar de que nós não levaríamos nenhuma lembrança para casa. Vamos ver se conseguimos achar algo que eles não tenham notado.

— Sinto muito, almirante — disse Lakinda, tentando não estremecer. Mesmo em uma reunião privada, encarar um oficial superior requeria um certo nível de decoro. — Eu achei que você só queria que eu trouxesse o lançador, e me disseram que não conseguiríamos liberá-lo a tempo.

— Tudo bem — Ar'alani a reconfortou do outro lado da mesa de conferência. — Meu cenário também teria levado à destruição do míssil, então não é como se pudéssemos salvá-lo para que fosse estudado, de qualquer forma.

— Não, senhora. — A almirante estava sendo gentil, mas não havia uma forma de Lakinda não se sentir uma tola.

O que tornava tudo ainda pior era a suspeita persistente de que Thrawn não teria deixado escapar a intenção por trás da ordem rápida de Ar'alani.

— Imagino que tenha ouvido que também não conseguimos coletar nenhum dos sachos antes que eles se autodestruíssem — continuou Ar'alani. — Seja lá quem forem esses estrangeiros, eles estão muito, *muito* determinados a manterem o maior número de segredos possível.

— Parece que sim — concordou Lakinda.

É claro que a própria batalha ofereceu *alguns* dados. Eles tinham o espectro e as intensidades dos lasers inimigos, além dos perfis gerais de explosões dos mísseis. A *Picanço-Cinzento* também tinha a forma e o design da treliça de metal usada na arma asteroide.

Infelizmente, nada disso ajudava muito para descobrir quem eram esses estrangeiros e de onde eles vinham.

— Ainda assim, o comandante foi mais descuidado do que poderia ter sido em sua própria língua — especulou Ar'alani. — O termo que ele usou, *generalirius*, quando se referiu ao General Yiv, por exemplo. É claro, ele estava esperando nos destruir antes que pudéssemos contar isso a mais alguém.

— Sim, vi isso em seu relatório — disse Lakinda. — Sabe o que significa?

— Não, mas o termo *generalissimo* é supostamente usado por um par de nações mais para lá de Tarleev — explicou Ar'alani. — Se refere a alguém que é tanto o comandante militar quanto o líder civil. *Generalirius* pode ser um termo relacionado.

— Interessante — disse Lakinda. Ou, é claro, pode não ter nada a ver com nada. — Se eles forem dessa parte do Caos, eles viajaram um bocado para chegar até aqui.

— O que levantaria questões interessantes a respeito do que vieram fazer aqui — concordou Ar'alani de modo sóbrio. — Primeiro Yiv, e agora esses desconhecidos, todos aparecendo do nada para fungar as fronteiras da Ascendência. Dois pontos de dados não fazem um padrão, mas não estou gostando dessa moda.

— Por outro lado, a não ser que mais alguém use essa armadilha de asteroide, esses são os mesmos estrangeiros que destruíram aquelas bases Nikardun — apontou Lakinda. — É possível que eles tenham vindo até aqui somente para perseguir Yiv, e agora que ele se foi, eles vão só ir embora.

— Isso seria muito conveniente — disse Ar'alani. — E, se eles só quisessem Yiv, por que eles nos cutucariam também?

Lakinda sentiu o lábio tremer.

— Não sei — admitiu. — Mente estrangeira, lógica estrangeira.

— Uma desculpa comum demais para a falta de conhecimento — comentou Ar'alani. — Infelizmente, também é muito real. Bem. Não sabemos se eles têm alguma nave ou base aliada para a qual o comandante pudesse enviar os dados de batalha antes de se autodestruir. Se tiverem, é provável que uma próxima batalha seja muito mais dura, se ocorrer novamente.

— Suponho que vamos descobrir — disse Lakinda, observando Ar'alani de perto. Até agora, não havia nada na conversa que não pudesse ter sido dito em comunicação nave a nave. Por que a almirante a convidara a ir até a *Vigilante*?

— Suponho que sim — concordou Ar'alani, e havia algo no tom dela que sugeria que essa parte da reunião estava acabada. — Isso cobre o relatório oficial, a parte que será registrada. Agora, o motivo real de eu tê-la chamado até aqui. Imagino que teve tempo de ler a mensagem mais recente que recebeu de Csilla?

— Sim, senhora — disse Lakinda, mantendo a voz e o rosto cuidadosamente neutros. A transmissão veio da tríade Schesa uma hora atrás, e mesmo uma hora inteira pensando e analisando não fizeram com que conseguisse entendê-la. — Imagino que tenha recebido uma cópia?

— Recebi — confirmou Ar'alani. — Vamos começar perguntando se você quer ir ou não.

Lakinda franziu o cenho.

— As ordens parecem abundantemente claras — disse, tentando ler o rosto de Ar'alani. Infelizmente para ela, a almirante era ainda melhor do que Lakinda em manter-se cuidadosamente neutra. — Devo voltar imediatamente para Csilla para repor as armas e fazer os reparos necessários, e então me juntar à *Falcão da Primavera* para ajudar o Capitão Sênior Thrawn a buscar os piratas Vagaari.

— As ordens são, de fato, claras — concordou Ar'alani. — Mas, como sua comandante e oficial de alto escalão, posso revogar qualquer ordem que eu achar conveniente. Então, mais uma vez: você quer ir?

— Sinto muito, almirante, mas eu não entendo a pergunta — disse Lakinda, sentindo-se ainda mais tola. O que Ar'alani estava tentando fazer? — Por que eu não iria querer auxiliar a *Falcão da Primavera*?

— Primeiro porque você poderia ser útil aqui, caso os nossos amigos mandem mais naves. — Ar'alani a fitou olho no olho. — E, segundo, porque você tem um problema com Thrawn.

Lakinda sentiu a garganta se apertar.

— Não sei se compreendo o que quer dizer, senhora.

— Acho que sabe, sim — pressionou Ar'alani. — Todas as vezes que você e Thrawn estão juntos, vejo uma coisa espinhosa em sua voz e rosto. Nada descarado, certamente nada que outros poderiam notar. Mas está lá.

— Almirante...

Ela parou quando Ar'alani ergueu uma mão.

— Não sei qual é o problema, e não me importo. Problemas familiares, conflitos pessoais, não importa. Também não é algo único na frota; há seções inteiras de perfis de oficiais sênior dedicados às pessoas com quem trabalham bem, e às pessoas com as quais prefeririam nunca trabalhar novamente.

Lakinda respirou fundo.

— Eu não tenho problemas com o Capitão Sênior Thrawn, senhora — repetiu. — E, se eu tivesse, eu nunca deixaria sentimentos pessoais atrapalharem meu trabalho com ele ou com qualquer outro de meus colegas oficiais e guerreiros. A não ser que precise que eu fique aqui para auxiliar com a pesquisa de campo, voltarei para a *Picanço-Cinzento* e me prepararei para a partida.

— Muito bem, capitã sênior — disse Ar'alani, a voz ficando plenamente formal. — Quando desejar, e no seu horário. Se puder ajudá-la de alguma forma, pode falar.

— Obrigada, almirante — agradeceu Lakinda. — Só uma coisa. Já que devo voltar diretamente para a Ascendência, sugiro transferir os invasores e fluido de plasma que sobraram na *Picanço-Cinzento* para a *Vigilante*. Não vai encher o tanque de nenhuma das duas coisas, mas poderia ajudar se entrasse em combate novamente.

— Ajudaria mesmo — disse Ar'alani. — Obrigada pela oferta. Vou pedir à Capitã Sênior Wutroow para fazer isso de imediato.

Quando Lakinda voltou à sua nave auxiliar, ela alertou Apros para que ele começasse a transferir o armamento. Apros não estava feliz com as novas diretrizes da *Picanço-Cinzento*, e sua resposta à nova ordem deixou claro que ele estava igualmente insatisfeito com o fato de que Lakinda não pedira a Ar'alani que revogasse o comando de Csilla.

Lakinda não discordava. Mesmo que a nave de guerra estrangeira que parecia encarregada desse sistema tivesse sido destruída, era muito arriscado a *Vigilante* ficar sozinha para procurar razões da presença do couraçado. Era um pouco reconfortante saber que o Supremo Almirante Ja'fosk aparentemente achava que Ar'alani se sairia melhor sozinha do que Thrawn.

Ainda assim, a *Vigilante* era uma nave de guerra poderosa e Ar'alani era uma comandante extremamente capaz. Se os estrangeiros mandassem outras naves, eles provavelmente acabariam da mesma forma que o couraçado de batalha. O plano de Ar'alani certamente mostrou que ela compartilhava a preferência de Thrawn por táticas em camadas.

Lakinda franziu o cenho quando um pensamento estranho passou por sua cabeça. Ar'alani era três anos mais velha que Thrawn, e ela o conhecia desde a Academia Taharim. Desde então, os dois haviam trabalhado juntos em muitas missões.

Será que Ar'alani, então, aprendera com o gênio tático de Thrawn? Ou vice-versa? Será que Thrawn só adotou os métodos de Ar'alani e continuou utilizando-os? Nesse caso, talvez ele ficasse com toda a atenção por ser atrevido o suficiente para ir a todo vapor em situações onde a prudência inata de Ar'alani sugeria uma abordagem mais lenta.

Se Thrawn não fosse tão bom quanto todos pensavam que ele era, então Lakinda talvez não estivesse tão atrás dele quanto pensava.

Era algo a ser considerado. Até lá, ela tinha uma nave para preparar, armas para descarregar, e os últimos relatórios de Thrawn para estudar. Independentemente do que estivesse acontecendo com a *Falcão da Primavera*, a *Picanço-Cinzento* certamente enfrentaria mais combates. Provavelmente em breve.

LEMBRANÇAS VI

As Montanhas Panopyl eram razoavelmente bonitas para quem gostava de montanhas. A migração de pássaros era razoavelmente interessante para quem gostava de pássaros. Haplif não gostava de nenhum deles, e estava ficando cansado de ser obrigado a suportá-los.

— Há tão pouco aqui que possa levar para seu futuro — ele lembrou Yoponek, servindo outra bebida ao rapaz. — Migrações de pássaros são para aqueles que preferem a imobilidade do passado. Seu caminho está adiante, em direção à excitação da honra e do reconhecimento.

— Não posso discordar — disse Yoponek, bebericando a caneca. — Você me entende, Haplif, ainda melhor do que Yomie. Mas meu caminho também inclui minha noiva, e é aqui que ela se sente feliz.

— É claro, é claro — concedeu Haplif, roçando a lateral da cabeça de Yoponek com a ponta dos dedos, fingindo colocar uma mecha de cabelo no lugar. O que o rapaz sentia por Yomie continuava lá, infelizmente. Mas esses sentimentos pareciam mais fracos no momento do que quando ele conhecera o casal. Talvez as sementes da insatisfação que ele estivera plantando finalmente começavam a crescer. — Você certamente fez tudo o que podia fazer para deixá-la feliz — continuou. — Mas a felicidade a curto prazo dela requer que você desista de suas esperanças e sonhos de longo prazo?

— Não desisti deles — asseverou Yoponek com teimosia. — Eles só foram adiados.

— Talvez — disse Haplif, carregando o tom para soar sombrio. — Há um ditado Agbui que diz: *uma oportunidade adiada é uma oportunidade perdida*. Quem sabe se o Conselheiro Lakuviv estará disponível para conversar com você daqui a um mês? Ou em dois meses, ou três?

— E quem sabe se ele estará disponível em duas semanas? — rebateu Yoponek. — Olha, Haplif. Se você acha que Lakuviv é a pessoa certa, eu acredito em você. Mas ele não é o único Conselheiro Xodlak na Ascendência, ou até mesmo em Celwis. Se não pudermos vê-lo, talvez possamos encontrar outra pessoa.

Haplif contorceu os dedos, frustrado. Talvez outra pessoa funcionasse para Yoponek, mas não para *ele*.

— Mas o Conselheiro Lakuviv é o único cuja terra é adequada para nossas colheitas de especiarias — alegou. — Ele e a província de Colina Vermelha são o ponto onde nossos desejos e necessidades coincidem.

— Esqueci disso — admitiu Yoponek. — Mas, agora, as Panopyls são o local onde os desejos e necessidades de Yomie coincidem.

E eles retornaram à estaca zero.

— Tudo que peço é que fale com ela — pediu Haplif. — Certamente há outras migrações de pássaros, até mesmo em Celwis.

— Posso tentar — disse Yoponek, duvidando. — Mas não posso prometer nada.

— Não peço promessas — esclareceu Haplif. Maldito fosse o rapaz e sua covardia absoluta. — Obrigado, durma bem. Vão sair cedo amanhã, como sempre?

— Sim — disse Yoponek, deixando a caneca de lado e indo até a escotilha. — Vamos tentar não acordar ninguém quando partirmos. Boa noite, Haplif.

— Boa noite.

Haplif ficou imóvel por alguns minutos, pensando e ruminando. A migração Panopyl era menor, menos concentrada e, consequentemente, menos interessante que a migração que Shimkif tão engenhosamente perturbara. O contraste era tão forte que ele havia torcido para Yomie se cansar rapidamente, pronta para continuar a viagem.

Mas eles já haviam chegado ao quarto dia, e não havia sinal da determinação da moça se esvair. Ou ela estava genuinamente empolgada, apesar da monotonia do evento, ou ela era teimosa demais para admitir que estava errada.

Ou isso era um jogo de poder que ela estava deliberadamente travando contra Haplif.

Ele praguejou baixinho. Os desenhos dos diários de nuvens que ela fazia poderiam ter alguma pista, mas ele vasculhara o quarto inteiro dela nos últimos dois dias e não encontrou nada.

No meio-tempo, a data estipulada por Jixtus se aproximava.

Haplif encarou a parede, repassando os números mais uma vez. Se saíssem de lá nos próximos três ou quatro dias, eles conseguiriam facilmente encontrar Jixtus e o navegador que ele prometera. Cinco dias seriam o máximo que poderiam demorar. Seis dias tornavam a jornada impossível.

Nada disso significaria um desastre para a missão, é claro. A longa experiência de Haplif o ensinara a construir uma margem de erro para seus planos e cálculos. Mas fazer Jixtus esperar no ponto de encontro seria uma péssima ideia.

Yoponek tinha prometido falar com Yomie. Mas, a esse ponto, Shimkif era sua maior esperança. De novo, ela saíra assim que chegaram e ninguém a vira desde então. Com sorte, esta migração também acabaria de forma abrupta.

O dia seguinte amanheceu límpido e iluminado. Yoponek e Yomie deixaram a nave antes do nascer do sol, acompanhados de seus equipamentos de observação de aves. Voltaram duas horas depois, inesperadamente.

Mas não da mesma forma que partiram. Yomie estava quase inconsciente, e Yoponek pingava suor, meio carregando-a, meio arrastando-a.

— Não sei o que aconteceu — ofegou Yoponek quando os dois Agbui que correram ao ouvir seu lamento pegaram Yomie e a carregaram até o quarto dela. Haplif notou que os olhos da menina Chiss estavam desfocados, e sua respiração estava pesada. — Ela disse que não estava se sentindo bem, e começamos a voltar. Na metade do caminho, ficou fraca demais para caminhar, do nada.

— Você deveria ter nos chamado — disse Haplif, tomando o rapaz pelo braço para guiá-lo até a nave, indo atrás dos outros. Yoponek tentou seguir Yomie; em vez disso, Haplif o levou ao salão para fazer com que sentasse em uma das cadeiras. — Nós teríamos ido para ajudá-los.

— Não podíamos — falou Yoponek. Haplif conseguia ver que ele estava à beira da exaustão, as pernas cedendo depois da tarefa extenuante que foi levar a noiva de volta à nave. — Emissões de comunicação confundem os pássaros, então a zona inteira está sob um lençol de supressão.

— Entendo — disse Haplif, servindo uma bebida. A doença súbita de Yomie era mera coincidência? Ou também era culpa de Shimkif? — Precisamos chamar um médico. Nosso conhecimento médico sobre seu povo é bastante limitado.

— Tem uma equipe de emergência a caminho — contou Yoponek, bebendo a goladas e mostrando a caneca para outra rodada. — Esperei para chamá-los quando chegamos perto da nave, para eles saberem para onde vir.

Haplif franziu o cenho.

— Achou que poderíamos ter partido?

Yoponek deu de ombros.

— Não sei. Da forma que você falou ontem à noite... Você precisa fazer a coisa certa para você mesmo e o seu povo. Eu entendo isso.

— Pode até ser — disse Haplif. — Mas nunca abandonaríamos nossos companheiros. Certamente não o faríamos sem antes conversar com vocês sobre isso.

— Haplif? — alguém o chamou do corredor. — Os médicos Chiss estão aqui.

— Leve-os até o quarto de Yomie — instruiu Haplif, ficando de pé e oferecendo uma mão a Yoponek. — Venha.

— Uma *tira-verde*? — perguntou Yomie da cama, fraca, franzindo o cenho para Yoponek e Haplif. — Mas eu não senti nenhuma picada ou mordida em nenhum momento.

— Não teria como sentir — disse Yoponek, pousando uma mão reconfortante no ombro dela. — Os médicos disseram que elas são uns dos poucos insetos que não mordem nem picam. Eles cospem o próprio veneno na pele e ele é absorvido pelo resto do corpo. As que têm aqui na montanha precisam se defender contra animais de grande porte, então a toxina delas é particularmente terrível.

— Primeiro a Grande Migração, agora isso — murmurou Yomie. — Parece que não ando com muita sorte.

— A boa notícia é que, agora que foi exposta ao veneno, as antitoxinas em seu corpo vão se certificar de que não tenha uma reação tão extrema no futuro — continuou Yoponek. — Melhor do que isso, você deve se recuperar em um ou dois dias.

— Então agora vamos para Celwis? — perguntou Yomie, com um quê resignado em sua voz.

Haplif e Yoponek trocaram olhares.

— Achei que você queria ficar aqui e observar a migração — disse Yoponek.

— Eu achei que *você* queria ir para Celwis — rebateu Yomie.

— Podemos discutir isso depois — opinou Haplif rapidamente. A última coisa que ele queria era que Yomie decidisse exigir alguma coisa quando as emoções de Yoponek estavam tão enroladas na saúde dela. — Neste exato momento, como Yoponek falou, você precisa repousar.

— Tudo bem — disse Yomie, fechando os olhos. — Falamos amanhã.

— Amanhã — prometeu Yoponek, apertando a mão dela e, depois, virando-se para a escotilha. Haplif abriu um sorriso encorajador e foi atrás dele.

Yoponek havia se retirado para o próprio quarto para pensar — e, conhecendo-o, se preocupar — quando Shimkif finalmente voltou.

— Eu não achei nenhuma forma de interromper a migração dessa vez — disse, sentando em uma cadeira e aceitando a bebida que Haplif entregou a ela. — Então fiz a segunda melhor opção e *a* interrompi. Com sorte, acaba por aqui.

— Talvez — duvidou Haplif. — Vamos ver o que ela dirá amanhã de manhã.

— Você não está entendendo — disse Shimkif. — Eu a visitei hoje, antes de vir aqui. Sabe como ela é cheia de dedos a respeito de ser tocada? Bom, não agora, agora não é mais.

Haplif enrugou a pele da própria testa.

— Você sabe que leituras feitas quando o outro está dormindo não são tão confiáveis.

— Ah, mas ela *não* estava dormindo — revelou Shimkif. — Essa é a questão. Ela estava um pouco sonolenta, mas consciente. Pois nós estávamos errados. — Ela considerou. — Ou eu estava, de qualquer forma. Ela não quer que Yoponek desista de todos seus sonhos e esperanças por ela. Ela só quer que ele esteja *disposto* a desistir. Assim que estiver confiante de que ele faria isso por ela, ele pode ir atrás de fama e fortuna em Celwis, e ela vai ficar ao lado dele, sorrindo e orgulhosa.

— Isso é ótimo — disse Haplif, repassando as possibilidades rapidamente. Se ele conseguisse manobrar Yoponek para deixar esse tipo de comprometimento claro para ela, eles poderiam partir no dia seguinte.

— *Talvez* seja ótimo — avisou Shimkif. — O problema é que não sabemos o que será necessário para persuadi-la. Na teoria, Yoponek deveria ser nossa melhor fonte de informação, mas não estou convencida de que ele conhece a própria noiva melhor do que nós a conhecemos.

— Talvez eu consiga algo dele de manhã — disse Haplif. — Ou talvez dela.

— Só cuide para não pressioná-los — disse Shimkif, acabando com a bebida. — A menina, especialmente. Ela é mais esperta do que parece, isso eu garanto a você. Se ela sequer suspeitar que estamos tentando enganá-la de alguma forma, ela fará os dois sumirem daqui tão rápido que vamos nos perguntar se eles vão precisar de um navegador para a viagem.

— Tomarei cuidado — prometeu Haplif. — Vá descansar um pouco. Com sorte, amanhã ou depois, no máximo, estaremos fora deste planeta miserável.

Yomie estava sentada na cama, trabalhando no próprio questis, quando Haplif chegou.

— Bom dia — disse alegremente, entrando no compartimento dela. — Como você está se sentindo?

— Muito melhor — garantiu ela, olhando para ele por cima do questis. — Estava lendo a respeito de tiras-verdes. Aqui diz que elas quase nunca atacam os Chiss.

— Foi isso que os médicos disseram — concordou Haplif. — Eles falaram que ataques são raros, mas acontecem algumas vezes por ano. — Ele sorriu ao se aproximar. — Isso significa que você é uma em um milhão, o que, é claro, nós já sabíamos. Onde está Yoponek?

— Eu o mandei para o campo de observação — disse Yomie, ainda de olho em Haplif. — Não há motivo para nós dois perdermos o dia. — Ela baixou o olhar, focando mais uma vez no questis. — Estava procurando por outras migrações em Shihon. Tem mais do que eu imaginava.

— Interessante — comentou Haplif, dando o passo final que o deixaria ao lado da cama dela. — Talvez possamos voltar depois de visitar Celwis, e observar algumas delas.

— Talvez. — Yomie fechou os olhos e se alongou, como se estivesse ajustando a coluna e a cabeça. Haplif se esticou para tocar na testa dela com a ponta dos dedos.

Ódio!

Ele trepidou, afastando a mão, o vislumbre inesperado de emoções quase fazendo-o cair. Piscando os olhos de surpresa, afastou a sensação, e voltou a olhar para Yomie.

Só para encontrá-la encarando-o, rígida, o ódio e a repulsa que acabara de sentir evidentes em seu rosto.

E havia mais uma coisa ali, também: compreensão e uma comprovação amarga.

— Eu sabia — disse ela, a voz penetrando Haplif como pedaços de cerâmica quebrada. — Eu *sabia*. Você são telepatas. *Todos* vocês são telepatas.

— Eu não sei do que você está falando — insistiu Haplif.

Mas as palavras eram puro reflexo, e chegaram tarde demais. A pequena armadilha dela o pegara bem direitinho. E lá estava ele, bem no meio dela.

— Vocês estão nos manipulando desde que nos conheceram, não estão? — acusou ela, ignorando o protesto. — Fazendo com que dançássemos no ritmo de vocês. Nos guiando pelo pescoço. — O rosto dela ficou rígido de repente. — Não. Guiando *Yoponek* pelo pescoço. Por quê? Como ele poderia ser útil para você?

— Eu não sei do que você está falando — repetiu Haplif. — Yomie, isso é a toxina falando. Você não está bem. Você...

— E quem me deixou assim? — exclamou Yomie. — Quem me envenenou... — Ela parou de falar, arregalando os olhos. — A Grande Migração. Vocês envenenaram *isso*, também?

— Yomie...

— Esqueça — disse ela, deixando o questis no colo e pegando o comunicador da mesa de cabeceira. — Chega de mentiras. Assim que eu falar com Yoponek...

E, com isso, Haplif não tinha outra escolha.

Opção número três.

— Ela foi embora? — perguntou Yoponek, franzindo o cenho diante da mensagem que Haplif acabara de entregar. — Simplesmente... partiu?

— Não é algo permanente — Haplif apressou-se a assegurar, tocando a testa do rapaz com os dedos. Yoponek estava surpreso, confuso e infeliz. Mas não havia suspeitas. — Como pode ver, ela só vai passar um tempo na migração, assim como em mais outras duas ou três migrações na mesma área, e depois nos encontrar novamente quando voltarmos de Celwis.

— Mas isso poderia levar meses — protestou Yoponek. — Como ela pode ter partido sem sequer se recuperar?

— Não vai demorar meses para voltarmos — Haplif tentou acalmá-lo. — Seis semanas, oito no máximo. Os médicos vieram mais uma vez enquanto você estava fora e disseram que ela estava bem. Eu tenho o relatório deles aqui, se quiser lê-lo. Não se preocupe, ela está bem.

— Suponho que está — disse Yoponek, ainda franzindo o cenho.

— E, mesmo em Celwis, é uma viagem de alguns dias até aqui — lembrou Haplif. — Se Yomie se sentir mal, ela pode mandar uma mensagem e vamos voltar para pegá-la enquanto nossas especiarias crescem.

— Eu sei — disse Haplif. — É que... me deixar para trás não parece algo que ela faria.

— Conhecemos os outros tão pouco, na realidade — filosofou Haplif. — Tinha percebido que ela estava interessada em migrações de pássaros, por exemplo? Acho que não. Acho que ela esteve procurando por formas de continuar observando as aves enquanto você conhece o Conselheiro Lakuviv, e esta foi a solução dela. Assim, satisfarão as esperanças e sonhos de ambos os lados. — Ele sacudiu a cabeça, admirado. — Uma menina muito esperta.

— Ela é, sim — disse Yoponek, relaxando o rosto. — Bom, se é isso que Yomie quer, acho que ela tem idade para tomar esse tipo de decisão. Quando vamos para Celwis?

— Podemos partir em uma hora — garantiu Haplif, tocando de novo na cabeça do rapaz. Parte da infelicidade persistia, mas estava rapidamente se esvaindo, virando um entusiasmo controlado com essa oportunidade súbita e inesperada de finalmente dar um passo em direção à glória futura.

Mesmo que a história contada por Haplif fosse frágil feito papel. Yoponek queria acreditar nela, então acreditou.

— E, é claro, quanto mais cedo partirmos, mais rápido poderemos acabar nossos negócios em Celwis e reunir vocês dois.

— Faz sentido — concordou Yoponek. — Bom. Preciso me lavar antes da janta.

— Nos encontramos no salão às sete — disse Haplif. — Ah, e mais uma coisa. Yomie deixou isso para você. — Ele pegou o broche que dera à garota.

— Ela deixou? — perguntou Yoponek, franzindo o cenho ao pegar o broche da palma de Haplif.

— Ela disse que fazia parte da promessa de que vocês se encontrariam novamente — inventou Haplif. — Disse para você ficar com ele até poder colocá-lo nela mais uma vez. — Yoponek sorriu. — Talvez no casamento?

— Certamente no casamento — disse o rapaz. Ele contemplou o broche por um momento, e então o guardou no bolso. — Obrigado.

— Não há de quê — disse Haplif. — Agora vá se lavar. Quando o jantar for servido, já estaremos a caminho. — Ele sorriu. — A caminho de Celwis e de seu futuro.

Seis horas depois, quando Haplif teve certeza de que Yoponek estava dormindo em seu quarto, ele fez a nave sair do hiperespaço para ter tempo de soltar o corpo de Yomie no imenso vazio do universo.

Ele se certificou de que todas as lindas ilustrações do diário de nuvens dela, aqueles desenhos tão inteligentes onde ela estivera registrando em segredo tudo que sabia a respeito dele e dos Agbui, fosse embora junto com ela.

CAPÍTULO DEZESSETE

— ENTÃO REALMENTE *ESTÁ* lá — disse o Conselheiro Lakuviv, com a estranha sensação de que nada disso era real, acariciando os três fios de metal.

— Realmente está — confirmou Lakjiip da própria cadeira, do outro lado da escrivaninha dele. — E os tolos não fazem ideia onde estão sentando em cima.

— Parece que não — concordou Lakuviv. — Eles *deram* isso a você do nada?

— Voluntariamente e sem hesitar — disse Lakjiip. — Eles disseram que o metal não tem nenhum valor particular por conta própria. O que importa é a habilidade com a qual os artistas o transformam em joias.

Lakuviv sacudiu a cabeça.

— Idiotas.

Lakjiip deu de ombros.

— No geral, suponho que isso é real quando falamos de arte. Dê cem univers para um artista comprar tinta e um painel de apresentação, e de lá aparece uma imagem que alguém comprará por milhares de univers. É só que, neste caso, especificamente, a coisa inteira está de cabeça para baixo.

— Se quiser minha opinião, tudo a respeito do mundo da arte é anarquia mal controlada — observou Lakuviv. — Mas isso não é problema nosso. Que horas chega Haplif?

— Deve estar chegando — disse Lakjiip. — Falei com o piloto alguns minutos atrás, e ele disse que não estavam atrasados. — Ela torceu a boca. — Ah, e ele está trazendo Yoponek consigo.

— Quem?

— Yoponek — repetiu Lakjiip. — O adolescente Conduyo no meio de seu ano errante. Foi ele que levou Haplif para conhecê-lo.

— Sei — disse Lakuviv, franzindo o cenho ao tentar lembrar do rosto do rapaz. — Ele ainda está aqui?

— Ele segue em Celwis, se é isso que quer dizer — disse Lakjiip, olhando-o com curiosidade. — Ele também esteve no Salão da Colina Vermelha umas cinco ou seis vezes desde que todos chegaram, mês passado. Você não o notou?

— Tinha coisas mais importantes em mente — lembrou Lakuviv. Apesar de que, agora que ela mencionava, ele lembrava de ver um adolescente estranho conversando com auxiliares e oficiais menores nos corredores do edifício. — O que ele queria?

— Aqui no salão? — Lakjiip deu de ombros. — Eu realmente não sei. Acho que, de modo geral, quer fazer o máximo de conexões possíveis com a família Xodlak. Provavelmente está brincando de política e fingindo ser alguém importante. A maior parte dos auxiliares que ele esteve importunando foi paciente o suficiente.

— Ou ele tem alguma pretensão grandiosa de conseguir uma posição como um intermediário entre os Conduyo e Xodlak algum dia — presumiu Lakuviv. — Bem, quando ele e Haplif chegarem, ele está convidado a esperar em outro local.

— Entendido — disse Lakjiip. — Você tem um plano de como proceder?

— Primeiro, precisamos de mais detalhes a respeito desta área de mineração — falou Lakuviv, voltando a olhar para os fios. —

É por isso que quero Haplif. Só porque você viu apenas os Agbui lá, não significa que não há mais nenhum outro estrangeiro envolvido.

— Fizemos meia órbita ao sair de lá, com todos os sensores — disse Lakjiip. — Não havia nada além de selva pristina e intocada.

— Não estou duvidando de você — afirmou Lakuviv. — Mas só porque não há ninguém lá *agora*, não significa que alguém não apareça de tempo em tempo. Pode haver estrangeiros trabalhando fora do planeta com suprimentos ou cadeias de distribuição. Pode haver várias espécies compartilhando as minas, cada qual mantendo o controle delas e da refinaria por alguns meses até o próximo grupo aparecer. Como uma sublocação em um lar ou negócio.

— Duvido que seja o caso — disse Lakjiip, os olhos distantes enquanto pensava. — Não consigo ver ninguém além dos Agbui falhando em reconhecer o significado de uma mina nyix rica desse jeito. E, se alguém soubesse, a informação já teria vazado há muito tempo.

— É provável, mas não necessariamente — ponderou Lakuviv. — É possível construir cargueiros e transportes comerciais perfeitamente bem sem nyix; na verdade, tanto nós quanto os Agbui fazemos isso em nossas naves civis. Só quando mudamos para naves de guerra é que precisamos de algo mais forte.

— Qualquer cultura sem naves de guerra não dura muito tempo por aí — rebateu Lakjiip. — Mas suponho que você pode estar certo — acrescentou, levantando uma mão para impedir outros argumentos. — E os Agbui parecem, em sua maioria, nômades. Estrangeiros que podem só guardar as coisas e sair correndo não precisam aprender a lutar.

— Exatamente — disse Lakuviv. — Então. Como eu disse, primeiro confirmamos que os Agbui são os únicos envolvidos. Depois... — Ele fez uma pausa. Depois, o protocolo mandava que ele contatasse a Patriel Lakooni para colocar as cartas na mesa. Ela, então, decidiria como ou até mesmo se deveriam mandar informar os membros superiores da família.

E isso poderia ser uma pedra no caminho. Lakuviv e Lakooni tiveram várias discussões com o passar dos anos, e ele não tinha certeza se poderia confiar que ela acreditaria nele a respeito disso, ao menos não sem fazer uma longa investigação por conta própria. Mesmo se ela estivesse disposta a fazer tudo mais rápido, seria muito fácil para ela dar um jeito de conseguir todo o crédito e ignorar ele e Colina Vermelha completamente, e não teria nada que ele pudesse fazer sobre isso.

— Depois disso, veremos — disse ele a Lakjiip. — Isso pode ser importante o suficiente para que falemos diretamente com o Patriarca.

— A Patriel Lakooni não ficará feliz se você ignorá-la — avisou Lakjiip.

— O orgulho da Patriel não é a questão aqui — disse Lakuviv, rígido. — A questão é conseguirmos esse planeta para a família Xodlak. Dependendo do que Haplif disser, é possível não termos tempo para usarmos canais locais.

Lakjiip começou a falar, parou e olhou para seu comunicador.

— Eles chegaram — informou. — Onde quer vê-los?

— Vou falar com Haplif no Assento do Julgamento — disse Lakuviv. — Daqui para frente, talvez seja melhor mantermos tudo de forma estritamente oficial. Pode deixar o menino Coduyo na recepção.

Haplif aguardava diante da cadeira branca quando Lakuviv e Lakjiip chegaram.

— Eu o saúdo, Conselheiro Lakuviv — disse Haplif alegremente conforme andavam até ele. — Deixe-me expressar nossa satisfação por sua generosidade em escoltar nosso cargueiro até nosso mundo de mineração, e depois de volta. O Desbravador Qilori relatou que o capitão do cargueiro foi efusivo por demais em seus elogios.

— Não há de quê — disse Lakuviv, encontrando os olhos dos dois guardas que levaram Haplif até a sala, e fazendo um sinal com a cabeça em direção à recepção. Os guardas assentiram e se viraram para sair. — Obrigado por encontrar tempo para nos ver hoje.

— O prazer e o privilégio são meus — disse Haplif. — Como posso servi-lo?

— Tenho algumas perguntas a respeito de suas instalações — falou Lakuviv, espiando os guardas partirem e fecharem as portas atrás de si. — A Auxiliar Sênior Lakjiip ficou muito impressionada com sua operação, mas ficamos curiosos para saber se há outros trabalhadores lá ou não.

— Não entendi — disse Haplif, a fenda de sua boca franzindo--se junto com o restante de toda aquela pele facial enrugada. — Temos muitos trabalhadores: mineiros, refinadores, operadores de extrusão, preparadores de comida. Que outros trabalhadores precisaríamos?

— Na verdade, eu estava me perguntando se vocês contratam alguma outra espécie para ajudar em algumas dessas tarefas — esclareceu Lakuviv, observando o estrangeiro com cuidado. — Há estrangeiros particularmente habilitados para a mineração subterrânea, por exemplo, baixos e atarracados, com requerimentos menores de oxigênio e capacidade de ver em locais pouco iluminados.

— Ah, não, não empregamos ninguém assim — protestou Haplif, um calafrio de corpo inteiro correndo por ele. — Nunca confiaríamos tanto em alguém para deixar que acessassem as minas. Nossas joias e especiarias são nossas únicas fontes de sobrevivência. Se perdêssemos nossa fonte de metais baratos, nossa própria sobrevivência estaria em jogo.

— Mas você *nos* deixou ver a operação — apontou Lakuviv.

— Mas vocês são diferentes — disse Haplif, parecendo intrigado. — Vocês são os Chiss, honoráveis e corajosos. Nos tratam como tratam todos os outros, como colegas viajantes nesta grande jornada pela vida.

Contra sua vontade, Lakuviv estremeceu de leve. Será que Haplif era *mesmo* ingênuo assim?

— Você confia muito, Haplif.

— Por experiência e compreensão — alegou Haplif com firmeza. — Viajamos por três meses com Yoponek dos Coduyo. Com ele, aprendi a entender o coração Chiss, a alma Chiss e a nobreza Chiss. Eu confiaria minha vida a você, Conselheiro Lakuviv dos Xodlak. — Uma névoa pareceu tomar o rosto dele. — E, de fato, posso precisar, em breve, transformar essa confiança em ação. Como sabe, piratas já nos atacaram anteriormente. Quem pode dizer se eles farão novamente? Quem pode saber se eles encontrarão o caminho até nossas minas?

— Acha que isso seria possível? — perguntou Lakuviv, sentindo o coração disparar. Era essa a abertura que ele precisava, a abertura que ele estava tentando criar. E Haplif, sem saber, a oferecera a ele.

— Nada neste universo é impossível — disse Haplif solenemente. — Como tenho certeza que a Auxiliar Sênior Lakjiip já lhe contou, os Agbui não têm como impedir um agressor determinado a massacrar nosso povo e tomar ou destruir o que trabalhamos tanto para construir.

— Sim, de fato — concordou Lakuviv. Como se qualquer pessoa com bom senso *destruísse* uma mina de nyix. Mas é claro que não podia dizer isso. — Há algo que possamos fazer para ajudá-lo?

— A família Xodlak possui temíveis naves de guerra circulando neste mundo — disse Haplif, apontando um daqueles longos dedos para cima. — Até mais temíveis do que as que enviou para escoltar nosso cargueiro. Eu sei; já as vi. Se uma delas pudesse ser enviada para guardar nosso mundo... Mas lembro da dificuldade que você teve de tirar até mesmo um simples veículo de patrulha das mãos de sua Patriel. Isso seria uma tarefa muito mais difícil.

— Como você mesmo disse, nada neste mundo é impossível — observou Lakuviv. — Vou chamar o escritório da Patriel imediatamente.

— Oh — disse Haplif, com uma distinta falta de entusiasmo. — Sim. Isso seria maravilhoso.

— Você parece infeliz — notou Lakuviv. — Aconteceu alguma coisa?

— Não — garantiu Haplif, naquele mesmo tom neutro. — Por favor, não entenda isso como uma crítica, Conselheiro Lakuviv. A família Xodlak foi maravilhosamente graciosa conosco. É que... não tenho certeza se a Patriel é completamente de confiança. Não quero dizer que ela não seria confiável quanto à segurança dos Agbui — ele apressou-se a acrescentar. — Confio que ela nunca nos trairia. Estou meramente preocupado que ela poderia usurpar quaisquer elogios ou agradecimentos que poderiam chegar até você pela defesa determinada e altruísta de nosso mundo. Detestaria ver seu trabalho ser ignorado e sua iniciativa ser enterrada debaixo das reivindicações de outra pessoa.

— Sinto o mesmo — disse Lakuviv em um tom sombrio. Então ele não era o único que achava que Lakooni era uma ladra de glória. Haplif vira o mesmo nela. — Mais importante do que qualquer elogio, porém, é a questão de termos ou não tempo para seguir os protocolos adequados. Considerando as circunstâncias, talvez eu devesse contatar diretamente o Patriarca a respeito deste assunto.

A pele solta do rosto de Haplif se empilhou em um monte.

— Pode fazer isso? — ele perguntou, obviamente maravilhado. — Pode falar diretamente com a exaltada cabeça da família Xodlak?

— É claro — disse Lakuviv. Não era nem um pouco fácil, obviamente. Ele teria que passar por algumas camadas de oficiais da propriedade familiar antes de sequer alcançar o escritório do Patriarca, que dirá o próprio.

Mas isso era importante e urgente, e ele estava confiante de que poderia ultrapassar esses obstáculos sem muita demora.

— Vou começar o procedimento de imediato.

— Obrigado por vir — comentou Lakjiip. — Vou pedir ao seu motorista que o leve de volta ao rancho de Lakphro. Vamos contatá-lo novamente assim que o Conselheiro Lakuviv tiver novidades.

— É muito graciosa, Auxiliar Sênior Lakjiip — disse Haplif. — Não seria melhor, porém, que eu ficasse aqui, disponível para responder qualquer tipo de questionamento que seu Patriarca possa ter? Pode haver detalhes que eu consiga responder.

— Possivelmente — concordou Lakjiip, olhando para Lakuviv com uma interrogação no rosto. Ela sabia tão bem quanto ele o tipo de labirinto burocrático pelo qual ele estava casualmente prometendo passar, e quanto tempo essas coisas costumavam demorar. — Mas pode não ser muito rápido.

— Ficarei contente em esperar — disse Haplif. — Quanto antes tivermos defensores Xodlak em nossa terra, melhor será para que todos os Agbui possam viver em paz.

— Se concorda em aguardar, venha comigo — disse Lakuviv. — A Auxiliar Sênior Lakjiip instruirá os guardas a encontrarem um local para que você possa descansar e conseguir algum tipo de refresco.

— Mais uma vez, estou endividado com você — falou Haplif. — Seu nome será abençoado para sempre entre o povo Agbui.

— Obrigado — disse Lakuviv. Se o nome dele conseguisse subir na hierarquia familiar Xodlak, isso, *sim*, seria um milagre.

A ligação de Lakuviv para o Patriarca foi tão bem quanto ele esperava que fosse.

Ele fez a conexão com a propriedade familiar em Csilla sem dificuldade. Identificar-se como um dos Conselheiros de Celwis fez com que passasse pelos dois primeiros níveis de triagem, e sua insistência de que o assunto era vital aos Xodlak fez com que passasse pelo terceiro. Mal bateu uma hora do início da chamada quando finalmente conseguiu falar com o escritório do Patriarca, e conversar com seu terceiro auxiliar.

E foi aí que tudo acabou.

— Ele disse não haver nada interessante ou divertido, que dirá vital, que um Conselheiro poderia falar ao Patriarca — disse Lakuviv, enfurecido, a Lakjiip, fitando a tela de comunicação em sua escrivaninha.

A tela de comunicação *apagada*. O maldito auxiliar havia se despedido rapidamente, dito para seguir os canais adequados da próxima vez, e desligado.

— Talvez a Patriel Lakooni teria tido mais sorte — sugeriu Lakjiip.

— Lakooni não sabe nada a respeito do que está acontecendo — lembrou Lakuviv.

— Talvez seja hora de ela saber.

Lakuviv trincou os dentes. Infelizmente, Lakjiip estava certa. Sem a aprovação da Patriel, ele não conseguiria nem uma outra nave de patrulha para mandar aos Agbui, que dirá a fragata dormente ou um dos cruzadores.

Não que qualquer uma das naves de guerra ajudaria em muita coisa, de qualquer forma. Sem uma tripulação completa, elas só serviam para o presente trabalho dos cruzadores, que era o de serem plataformas de armas defensivas.

Ainda assim, um par de naves de patrulha seria melhor do que nada. Ao menos os Xodlak poderiam reivindicar as minas e suas produções quando eles eventualmente levassem o assunto à Sindicura.

— Muito bem — disse, suspirando e ligando o comunicador novamente.

A Patriel não tinha tantas camadas de triagem quanto o Patriarca, e ela tinha bem menos oficiais implorando por sua atenção. Dez minutos depois de Lakuviv ligar, Lakooni o tinha atendido.

— Preciso informá-lo de cara — disse Lakooni, após os cumprimentos padrão — que já me ligaram do escritório do Patriarca. Não estou *nada* feliz de que tenha ignorado minha autoridade dessa forma.

— Sinto muito se a senhora se sentiu desprezada — disse Lakuviv, esforçando-se para controlar o que restava de seu mau humor. Ela não se preocupava com nada além de estruturas rígidas e sua própria e insignificante autoridade. — Mas uma situação ocorreu de maneira inesperada, uma situação que poderia significar grande lucro e reconhecimento para os Xodlak ou catástrofe para a Ascendência.

— Eu também não aprecio teatralidades, Conselheiro — grunhiu Lakooni. — Muito bem. Você tem dez minutos para explicar o que está acontecendo.

— Tem a ver com os nômades culturais Agbui que chegaram na província de Colina Vermelha um mês atrás — disse Lakuviv. — Não posso dizer nada além disso no comunicador.

— É uma conexão segura.

— Não podemos contar com isso — rebateu Lakuviv. — Preciso que venha ao Salão da Colina Vermelha, onde poderei contar a história inteira.

— Ficou *louco*? — Lakooni exigiu saber. — Se quer falar cara a cara, pode vir até aqui.

— Há relatórios e recursos aqui que não posso levar comigo — explicou Lakuviv. — Recursos que representantes de famílias rivais poderiam ver e questionar em Passo das Pedras.

— Então deixe que olhem estupidamente — disse Lakooni com impaciência. — O que eles poderiam ver que seria um problema?

Lakuviv fechou os punhos. Ela não conseguia entender uma insinuação bem na frente do próprio nariz?

— Já falei que este é um assunto que poderia trazer grande reconhecimento aos Xodlak — insistiu. — Traria o mesmo tipo de renome a qualquer outra família que chegasse primeiro. *E* para o intermediário que levasse o assunto para a família.

Houve um breve silêncio.

— Você achou que valeria a pena falar diretamente com o Patriarca — disse Lakooni. — Pular a conversa *comigo* e ir direto ao Patriarca.

— Só porque é crítico fazermos tudo depressa — argumentou Lakuviv. — Se perdermos tempo, é possível não conseguirmos fazer o que é preciso.

Outro silêncio, um mais longo dessa vez. Lakooni sabia ainda melhor do que ele como as rivalidades familiares corriam soltas nos altos escalões da vida na Ascendência.

— Muito bem — disse ela, relutante. — Seja lá o que for, ainda acho que está em um vetor muito errado. Mas muito bem. Eu pretendia ir ao Lago Fissura em alguns dias, de qualquer forma. Em vez disso, partirei agora e passarei por Colina Vermelha no caminho.

— Obrigado, Patriel — disse Lakuviv, suspirando em silêncio, aliviado. Se pudesse convencer Lakooni, talvez, juntos, poderiam fazer com que o Patriarca tomasse uma atitude a tempo para mandar algumas naves e tomar as minas. — Não ficará decepcionada.

— Acho melhor não ficar mesmo — avisou Lakooni. — Estarei aí em três horas. Fique pronto para me impressionar.

Ela desligou. Lakuviv contemplou a tela por outro momento, e então olhou para Lakjiip, do outro lado da mesa.

— Ela está vindo — falou.

— Eu ouvi — disse Lakjiip. — Ela falar ou não com o Patriarca é outra história.

— Ela vai — confirmou Lakuviv. — Ela é bem previsível quando acha que pode ganhar alguma coisa.

— O que a coloca em uma classe especial com… Bem, com praticamente todo mundo — disse Lakjiip. — Vai deixar Haplif e Yoponek no salão até ela chegar?

— Temos que ficar com Haplif, de qualquer forma — respondeu Lakuviv, ficando de pé. Mais uma vez, tinha quase esquecido que o rapaz Coduyo estava lá. — Se Yoponek quiser voltar para a nave Agbui, vamos providenciar alguém que possa levá-lo.

Encontraram Haplif e Yoponek em uma das salas de conferência, envolvidos em uma conversa por cima dos restos da refeição que fora dada a eles.

— Ah, Conselheiro Lakuviv — disse Haplif alegremente quando viu os recém-chegados. — E a Auxiliar Sênior Lakjiip. Trazem boas novas?

— Espero que sim — disse Lakuviv. — Persuadi a Patriel Lakooni a vir até aqui para discutir o assunto comigo. Ela também pode querer fazer algumas perguntas a você, então imagino que prefira ficar por aqui?

— Certamente — confirmou Haplif. — Se ela aprovar seu requerimento para pedir ajuda à família Xodlak, qual seria o próximo passo?

— Nós iríamos até o Patriarca para pedir que autorize ajuda militar — disse Lakuviv. — A família Xodlak ainda possui uma pequena frota, de quando fazíamos parte das Famílias Governantes, apesar da maior parte das naves de guerra não terem tripulações completas e terem sido adaptadas para virarem plataformas de defesa planetárias.

— Como as naves de guerra rondando Celwis? — perguntou Haplif.

— Os cruzadores leves, sim — disse Lakuviv, assentindo. — Também há uma fragata no sistema que está, essencialmente, inativa.

De qualquer forma, se o Patriarca concordar, o próximo passo será recrutar reservistas Xodlak de vários mundos para tripular as naves que ele escolher enviar.

Yoponek pigarreou.

— Parece algo demorado — observou.

— *Tudo* demora, Yoponek — disse Lakuviv, alfinetando o adolescente com um olhar fuzilante. Por que o garoto achava que tinha o direito de interromper? Nada disso tinha a ver com ele ou a família Coduyo. — Ou você preferiria esperar pela próxima turma de graduados da Academia Taharim?

— Bem... — Yoponek olhou para Haplif.

— Vá em frente — ofereceu o Agbui. — Foi sua ideia e reflexão.

— Muito bem. — Yoponek virou-se para Lakuviv. — A não ser que os Xodlak funcionem de forma diferente de todas as famílias da Ascendência, você poderia declarar uma emergência familiar e trazer alguns oficiais e guerreiros diretamente da Frota de Defesa Expansionária.

Lakuviv o encarou.

— Do que você está falando?

— Estou falando de trazer oficiais da frota — repetiu Yoponek. — Oficiais e guerreiros *de verdade*, não reservistas como você falou. Quero dizer, pode fazer anos que um reservista não entra em uma nave. Você poderia chamar tantos quanto... Deixa eu ver; acho que...

— Esqueça os números — interrompeu Lakuviv. — O que você quer dizer com emergência familiar?

— É algo que qualquer uma das Quarenta pode fazer se elas já fizeram parte das Famílias Governantes e possuem uma frota familiar com pouca tripulação — explicou Yoponek. — Estudei isso um tempo atrás... Achei o conceito inteiro fascinante. Foi, ah, uns trinta anos atrás, quando uma seita estrangeira estava ameaçando se mudar para uma das propriedades dos Coduyo em Massoss. A família declarou estado de emergência, mas a Frota de Defesa estava ocupada com algo em algum lugar, e não pôde nos enviar nenhuma nave. Então tiramos alguns de nossos membros familiares das naves, e...

— Sim, eu entendi a essência — interrompeu Lakuviv, olhando para Lakjiip. — Auxiliar sênior?

— Encontrei — disse Lakjiip, espiando o próprio questis. — Aconteceu trinta e dois anos atrás. Os Coduyo tinham um cruzador leve antigo, *muito* antigo, em Massoss...

— Fazia cem anos desde a última vez que fizemos parte das Famílias Governantes, é claro que era antigo — interceptou Yoponek.

— ... levando trezentos oficiais e guerreiros da Frota de Defesa para fazer parte da tripulação — prosseguiu Lakjiip, ignorando a interrupção. — Quando os estrangeiros chegaram com toda a força, o cruzador foi reativado e eles conseguiram se livrar deles rapidamente.

— Mas isso era uma questão de segurança — apontou Lakuviv. — Não é nosso caso.

— Acho que a declaração não precisa seguir nenhum requisito específico — disse Lakjiip, passando de uma página para a outra.

— Não, não precisa — confirmou Yoponek.

— A Patriel só precisa declarar estado de emergência — continuou Lakjiip, ignorando a interrupção do rapaz — e mandar uma mensagem para todo o pessoal da Frota de Defesa Expansionária.

— E os capitães simplesmente os deixam ir? — perguntou Lakuviv, sentindo uma empolgação súbita. Então o escritório do Patriarca nem sequer estava envolvido no procedimento?

Lakjiip deu de ombros.

— A não ser que uma nave esteja em combate, ou no que é conhecido como uma situação de ameaça iminente, o comandante deve autorizar uma licença de quinze dias a qualquer pessoa que for chamada para resolver esse tipo de convocação.

— Extraordinário — disse Haplif, sacudindo a cabeça. — Nunca ouvi de arranjos similares em qualquer outro lugar que os Agbui já visitaram.

— Se uma nave em particular estiver perto o suficiente do planeta declarante e tiver pessoal familiar suficiente para justificar, o comandante pode concordar em levá-los até lá — declarou Lakjiip. — Mas a maior parte deles será deixada no planeta mais próximo e precisará encontrar o próprio caminho.

— A família precisa reembolsá-los por essa despesa? — perguntou Haplif, a pele da testa amontoando-se novamente.

— Isso, ou um vale-viagem — disse Lakuviv, sua mente girando com possibilidades. Celwis tinha as naves de guerra e, com a emergência familiar, teriam oficiais e guerreiros para tripulá-las. Tudo que precisava era da aprovação da Patriel, e a mina de nyix seria praticamente deles. — São permissões que viabilizam viagens em qualquer transporte civil dentro da Ascendência. A maior parte das Quarenta Grandes Famílias oferece vales ao seu pessoal militar.

— Os Coduyo oferecem — comentou Yoponek.

— Os Xodlak também — disse Lakuviv.

— Compreendo. — Haplif inclinou a cabeça de leve. — Presumo que, pela expressão em seu rosto, tem um plano?

— Presume corretamente — confirmou Lakuviv. — Obrigado, Yoponek, por chamar minha atenção a esse fato histórico. Acredito que nunca ouvi falar desse arranjo anteriormente.

— Não há de quê — disse Yoponek. — É claro, a última vez que ele foi usado *foi* três décadas atrás, então não é de se surpreender que não tenha ouvido falar sobre isso antes.

Lakuviv sabia que isso poderia ser um insulto sutil: um oficial de alto escalão de outra família não saber história política e legal. Mas, no momento, ele não se incomodou nem em ficar ressentido pela audácia do jovem.

— No fim das contas, acho que nem você nem Yoponek serão necessários hoje à noite — continuou. — Se pegar o que trouxeram, vou pedir ao motorista que os encontre no aerocarro e os leve de volta ao rancho de Lakphro.

— Agora? — perguntou Haplif, repentinamente desconfiado. — Mas você falou que a Patriel Lakooni estava vindo. E se precisar que eu fale com ela?

— Não se preocupe, eu vou convencê-la — assegurou Lakuviv. — Está ficando tarde, e eu tenho certeza que você tem trabalho a fazer amanhã. Especiarias para colher, coisas assim.

— Muito bem — disse Haplif. Ele seguia parecendo desconfortável, mas estava disposto a ir. — Vamos, Yoponek. Obrigado pela hospitalidade, Conselheiro Lakuviv.

— Os guardas do lado de fora vão escoltá-los até o aerocarro — orientou Lakuviv enquanto o estrangeiro e o adolescente Chiss caminhavam até a porta. — Vou avisá-lo quando tiver boas notícias.

— Você as terá — prometeu Haplif. — Grandes recompensas emergem como gloriosi das bainhas sedosas dos grandes riscos. Os Agbui vão pagar milhares de vezes mais por qualquer risco que tomar por eles.

— Tenho certeza que sim — disse Lakuviv.

Ele observou em silêncio até a porta ser fechada atrás dele, e virou-se para Lakjiip.

— Quero os nomes e naves de todos os membros Xodlak da Frota de Defesa Expansionária — solicitou. — Também veja se consegue uma lista de que posições de oficial e tripulação vamos precisar para a fragata e os cruzadores.

— Entendido — disse Lakjiip, usando o questis. — Mas eu não me preocuparia muito com posições. Ainda faz parte da política Xodlak que os membros familiares que entrarem na frota também precisem se familiarizar com nossas próprias naves de guerra e suas operações. Todos que conseguirmos serão capazes de assumir qualquer posição na nave depois de algumas horas de orientação.

— Vamos torcer que sim — disse Lakuviv. — Seja como for, são eles que farão isso. Temos algum especialista em comunicação na equipe?

— Temos dois.

— Chame um deles. O que for melhor em manter segredos.

— Sim, senhor — disse Lakuviv, olhando-o com o canto do olho. — O que vai acontecer se não conseguir persuadir a Patriel?

— Vou persuadi-la — prometeu Lakuviv, sombrio. — Confie em mim. Eu vou persuadi-la.

CAPÍTULO DEZOITO

— Sim, o broche chegou ontem — a voz de Lakbulbup soou no comunicador. — Uma bugiganga bonitinha, não?

— Sim, bonitinha — disse Lakphro, um pouco sarcástico. Finalmente. Lakris estava pirando tentando achar a joia "perdida", e ele estava ficando sem ideias para fugir de suas perguntas e acusações veladas a respeito de ter algo a ver com isso.

Pior, ele estava ficando sem ideias de como sugerir que ela não contasse sobre o sumiço para Frosif, a garota Agbui. Quanto antes Lakbulbup começasse, melhor.

— Achou alguém que possa analisá-lo?

— Sim, tenho alguns nomes — assegurou Lakbulbup. — Mas enquanto não chegava, eu pensei em outra coisa. Você já ouviu falar de um oficial da Frota de Defesa Expansionária chamado Mitth'raw'nuruodo?

— Acho que não — disse Lakphro, tentando cavucar a própria memória. O nome *era* um pouco familiar, agora que ele pensava nisso.

— Era um dos atores menores na batalha contra os Nikardun em Primea, o planeta natal dos Vak, que aconteceu uns meses atrás.

— Ah — disse Lakphro. — A gente teve um problema com os partos das crias três meses atrás. Você segue essas coisas militares melhor do que eu.

— Espero que sim, já que faz parte de meu trabalho — comentou Lakbulbup. — O ponto é que o Capitão Sênior Thrawn tem uma reputação de conhecer muito a respeito de arte e obras estrangeiras.

— Que bom para ele — disse Lakphro, olhando furtivamente para a porta. A essa hora, a filha dele provavelmente não ouviria a conversa, mas a esposa poderia ouvir e iria querer saber com quem ele estava falando em Naporar, e por quê. — Mas não preciso de um crítico de arte. Preciso de um especialista em metal.

— Eu sei que foi isso que você pediu — disse Lakbulbup. — Mas escuta só. Talvez Thrawn possa nos dizer algo mais a respeito do broche, assim mesmo. Talvez possa nos dizer algo importante.

— Tipo?

— Não faço a mínima ideia — admitiu Lakbulbup. — Mas assim que o desmontarmos para testá-lo, mesmo que só um pouquinho, essa oportunidade não existe mais.

— Eu não sei o que ele poderia ver que nós não vimos — ponderou Lakphro. — É só um amontoado de fios metálicos, tecidos em algum padrão. Fim.

— Como eu disse, também não sei — disse Lakbulbup. — Mas eu lembro que, uma vez, ouvi um show onde um crítico musical que ouvira só meio minuto de uma nova gravação conseguiu descobrir qual era a composição, o condutor *e* a orquestra tocando. Se ele conseguiu fazer isso só com som, imagine o que alguém como Thrawn conseguiria só de ver o broche?

Lakphro coçou a própria bochecha. Mandar a joia para sabe-se lá onde seria uma enorme perda de tempo. Mas quem tinha o broche era Lakbulbup, e Lakphro tinha certeza que ele já havia tomado sua decisão.

— E onde está Thrawn, agora?

— Caçando piratas em uma expedição para lá dos Paataatus — disse Lakbulbup. — Mas tenho certeza que ele logo voltará à base.

— *Quanto* é logo?

— Não sei — confessou Lakbulbup. — Depois de ele encontrar e lidar com o que tiver que lidar, suponho. Ele tem reputação de ser perfeccionista.

— Esqueceu que isto é importante?

— Calma, primo — acalmou-o Lakbulbup. — Este sujeito, Haplif, está aí há, o que, um mês? É bastante tempo sem nada acontecer, não é?

— Talvez — disse Lakphro. — Mas e se...

— Mas nada — interrompeu Lakbulbup firmemente. — Confie em mim, Lakphro. Eu ouvi falar muito desse Thrawn, e eu realmente acho que vale a pena mostrar o broche a ele.

— Não tem muito que eu possa fazer para convencê-lo do contrário *agora*, tem? — grunhiu Lakphro.

— Ei, você queria que eu usasse meus contatos profissionais, não queria? — lembrou Lakbulbup. — É o que estou fazendo. Olha, não é grande coisa. Tem alguns Xodlak na nave de Thrawn. Assim que a *Falcão da Primavera* voltar, vou falar com um deles e ele vai falar com Thrawn. Sem problema nenhum.

— E se a caça aos piratas durar por mais dois meses?

O suspiro de Lakbulbup ouviu-se do outro lado do comunicador.

— Tudo bem. Comprometimento. Vou guardar o broche para Thrawn por... hum... dez dias, digamos assim. Se ele não voltar até lá, vamos seguir o seu plano e analisar os metais. Acha isso justo?

Lakphro sacudiu a cabeça, resignado.

— Sete dias, e estamos de acordo.

Dessa vez, o suspiro de Lakbulbup foi ainda mais alto.

— Tudo bem — concordou. — Sete dias.

— Obrigado — disse Lakphro. — Desculpe estar insistindo, é que isso está me incomodando e eu preciso resolver essa questão.

— Eu entendo — reconheceu Lakbulbup, parecendo mais solidário. — Mas vai ficar tudo bem. Quer dizer, sejamos honestos... Tudo isso está acontecendo em Celwis. Qual é, primo, que tipo de crise poderia acontecer em Celwis?

Lakuviv esperava que a Patriel Lakooni chegasse na hora. Ela chegou. Ele esperava que ela ouvisse suas descrições do mundo minerador e das minas dos Agbui sem fazer comentários. Ela não o fez. Ele esperava que ela aceitasse sua proposta de tomar o planeta e suas fortunas para os Xodlak.

Ela não aceitou.

— Você está ouvindo o que acabou de dizer? — a Patriel exigiu saber quando Lakuviv terminou a apresentação. — Quer envolver os Xodlak nesse projeto insano só por envolver?

— Perdão, Patriel Lakooni, mas não é o descuido que está sugerindo — disse Lakuviv rigidamente.

— Não? — rebateu ela. — Estes Agbui surgem do nada, *coincidentemente* na sua província, *coincidentemente* com uma mina de nyix que ninguém no Caos jamais ouviu falar a respeito, *coincidentemente* aberta e sem defesas? Isso não parece absolutamente insano, em sua opinião?

— Só porque você não se deu ao trabalho de falar e estudar os Agbui, isso não significa que eu tenha feito o mesmo — censurou Lakuviv. — Eu conheço essa gente. Sei quem eles são e o que eles querem. Haplif pensa como eu — ... inclusive compartilhando o pensamento de que a Patriel era uma ladra da glória alheia... — e nós dois compreendemos o perigo que os Agbui correm.

— E, de alguma forma, estes sofisticados estrangeiros nunca ouviram falar de nyix?

— Por que deveriam ter ouvido? — perguntou Lakuviv. — Eles não o utilizam, todas as suas naves são civis. Mas você viu a análise dos fios que utilizam nas joias.

Lakooni sacudiu a cabeça.

— Não — opôs-se. — Não pode ser o que parece. Este Haplif deve estar manipulando você por sabe-se lá que motivo. Não tem como essa mina ser desconhecida por todos. Não vou acrescentar outra camada de ingenuidade acima da sua. A conversa acabou.

Lakuviv inspirou com cautela. Ele torcera para a conversa acabar com o apoio dela. Mas estava preparado para a alternativa.

— Se é sua palavra final, que seja — disse. — Mas saiba que, se os Xodlak não fizerem nada, os Coduyo farão.

Lakooni estreitou os olhos.

— O que isso significa?

— Significa que um dos companheiros de viagem de Haplif é um acadêmico Coduyo — revelou Lakuviv. — Você provavelmente já sabia disso, mas suponho que esqueceu. O ponto é que ele já contatou o próprio Patriarca e eles estão prestes a ir para as minas Agbui.

— Impossível — insistiu Lakooni, olhando-o mais de perto. — Os Coduyo mal têm naves de patrulha funcionais, que dirá algo adequado para combate real. Eles não podem estar seriamente pensando em tomar um mundo inteiro com um par de cruzadores antigos.

— De jeito algum — disse Lakuviv. — Eles vão usar os nossos.

— Você está...? — Lakooni parou de falar, os olhos antes estreitos se arregalando. — Quer dizer... *nossas* naves de guerra? A fragata e os cruzadores que temos em Celwis?

— Exatamente — disse Lakuviv. — Eles já estão recrutando oficiais e guerreiros Coduyo da frota. Quando chegarem em Celwis, terão certificados com autorizações emergenciais que permitem que eles utilizem nossas naves por motivos de guerra.

— Mesmo? — Lakooni levantou-se da cadeira de visitas do escritório e acenou para Lakuviv sair da escrivaninha. — Saia, Conselheiro — mandou ela. — Preciso do seu comunicador de segurança.

— Duvido que o Patriarca Conduyo vá aceitar sua ligação — avisou, ficando de pé e afastando-se.

— Ah, ele receberá uma ligação, sim — falou Lakooni com um tom sombrio ao passar por ele. — E ele a *aceitará*. Neste exato momento, pretendo garantir a segurança de minhas naves de guerra. — Ela sentou na cadeira dele e fez um sinal para a porta. — Espere do lado de fora. Isso pode levar alguns minutos.

— Sim, Patriel — disse Lakuviv. Ele já esperava que ela fizesse essa ligação, e que quisesse privacidade para falar.

Na verdade, ele estava contando com isso.

Lakuviv aguardava do lado de fora do escritório quando Lakooni apareceu, quinze minutos depois.

— Aí está você — grunhiu ela, de pé diante da porta e fazendo um sinal imperioso para ele se aproximar. — Seu comunicador parou de funcionar. Precisa encontrar alguém que o arrume.

— Farei isso agora mesmo — prometeu Lakuviv enquanto entrava no escritório. — Fez a ligação? — acrescentou quando ela o seguiu para o lado de dentro.

— Fiz *uma* delas — disse, ácida, assim que ele passou por ela e fechou a porta. — E então o comunicador desligou. Como acabei de dizer. — Ela franziu o cenho, olhando para a escrivaninha e depois para ele. — O que você está esperando? Já disse para encontrar alguém que arrume isso.

— Agora não — recusou Lakuviv, sentindo o coração golpeando o peito. Não era tarde demais para parar, ele sabia. Quase, mas não era. — Foi esperto ligar para o comandante das naves de guerra e dizer a ele que, sob nenhuma circunstância, deixasse alguém que não seja da família Xodlak ir a bordo sem consultá-la. Isso bloquearia até mesmo uma ordem de emergência de Csilla ou Naporar, ao menos temporariamente.

O rosto de Lakooni ficou rígido.

— Do que você está falando? — ela exigiu saber. — Como...? Você estava *escutando*?

— Não exatamente — disse Lakuviv. — Bem, sim e não. Sabe, eu era o oficial júnior com quem você acabou de falar. O que prometeu que daria sua mensagem ao comandante.

A boca de Lakooni se abriu, uma expressão perplexa tomando seu rosto.

— Do que você está falando? — ela repetiu, dessa vez de forma mais mecânica.

— Precisamos disso, Patriel Lakooni — disse Lakuviv, ouvindo um leve tremor em sua voz. Tensão ou paixão, não sabia qual deles. Talvez ambos. — Os Xodlak precisam dessas minas, a fortuna e o reconhecimento que virão com elas. É a única forma de voltarmos a fazer parte das Famílias Governantes que um dia fomos por direito. Para isso, precisamos chamar oficiais e guerreiros das frotas que ativem as naves de guerra que um dia foram nossas por direito.

— Conselheiro Lakuviv...

— Mas o que eu precisava para fazer isso — disse Lakuviv, assentindo em direção ao colar decorativo ao redor do pescoço de Lakooni — era um registro em tempo real dos códigos de autorização contínuos com os quais você começa e termina todas as ordens e diretivas. — Ele fez uma pausa. — Como a ordem de selar nossas naves de guerra contra quem não é Xodlak.

Por algumas batidas cardíacas, Lakooni o encarou, tensa e em silêncio.

— Que ordem você deu, Conselheiro? — perguntou ela, com a voz sombria.

— Já falei — disse Lakuviv. — Eu a chamei, ou melhor, você, Patriel Lakooni, chamou oficiais e guerreiros para responderem a uma situação de emergência em Celwis. Considerando a experiência dos Coduyo há trinta anos, estimo que leve quatro dias para conseguirmos todo o pessoal de que precisamos, e um adicional de dois dias no máximo para preparar as naves. Seis dias, e eles partirão para o mundo Agbui.

— Não — disse Lakooni, atônita. — Você vai me levar a um comunicador seguro, *agora*, para eu poder revogar...

Ela parou de falar, congelando e arregalando os olhos ao ver a carbônica na mão de Lakuviv, apontada para ela.

— Você ficou *louco*? — ofegou ela.

— Você já avisou seu escritório que vai para sua casa de férias no Lago Fissura — disse Lakuviv, lutando contra a mão trêmula ao dar um passo à frente e tirar o comunicador do cinto dela. E, agora, *era* tarde demais para mudar de ideia. — Em vez disso, ficará aqui como minha convidada. Quando se perguntarem por que você não apareceu, a operação já estará encaminhada.

— Vai perder tudo por isso — grunhiu Lakooni. — Sua posição, sua família, sua liberdade, talvez até mesmo sua vida. Você tem uma chance, *uma*, antes de ser tarde demais.

— O próprio Patriarca vai me agradecer quando tivermos nossas minas — disse Lakuviv. — Não é tarde demais para você fazer parte disso. Há riqueza, glória e honra, Patriel Lakooni, para nós e para a família...

— Não — interrompeu Lakooni. — Se quer sucumbir a esta insanidade, terá de fazê-lo sozinho.

— Como desejar. — Lakuviv abriu a porta e foi para o corredor, olhando para os dois lados para se certificar que estavam sozinhos. — Siga-me, por favor. Temo que terá de ficar em minha suíte privada pelos próximos dias. Já preparei tudo para você.

Com um último olhar congelante, ela saiu do escritório e virou-se para a direção indicada. Lakuviv ficou logo atrás dela, a mão tremendo abertamente agora. *Grandes recompensas emergem como gloriosi das bainhas sedosas dos grandes riscos*: as palavras de Haplif ecoaram em sua mente. O risco, de fato, era grande.

Mas as recompensas seriam maiores ainda.

— O resto do fluido de plasma foi transferido a bordo e os tanques foram selados — relatou Apros, mas mal era possível ouvir sua voz com o zumbido estrondoso dos elevadores da baía de armas. — Há mais três invasores para carregarmos, e depois teremos acabado.

— Ótimo — disse Lakinda, olhando para o crono. O Supremo Almirante Ja'fosk queria que a *Picanço-Cinzento* saísse assim que terminassem de repor as armas e provisões, o que duraria, no máximo, mais uma hora. Thrawn já fora avisado via tríade que Lakinda estava a caminho, mas considerando que a *Falcão da Primavera* estava fora de alcance de comunicação de retorno, não havia como saber se ele já recebera a mensagem.

E isso poderia ser um problema. Thrawn transmitira uma proposta de padrão de busca para Naporar ao sair do espaço Paataatus dez dias antes, mas havia inúmeras situações que poderiam tirá-lo desse caminho. Lakinda não teria como saber, até chegar ao sistema, qual seria a estimativa mais próxima de um encontro. Se a *Falcão da Primavera* não estivesse lá e não estivesse ao alcance de comunicação nave a nave, ela teria que começar seu próprio padrão de busca e torcer para encontrá-lo.

Ajudaria se Thrawn pudesse convencer os Paataatus a reencaminhar a mensagem de volta à Ascendência com a tríade transmissora deles. Mas isso também seria presumir que os estrangeiros ainda estivessem sendo amigáveis com ele para permitir algo do tipo, e Lakinda não podia confiar nisso.

O que levava diretamente a um tipo mais ameaçador de desconhecido. Lakinda lera o breve relatório de Thrawn a respeito do encontro com os Paataatus, e ela conseguia entender a gratidão dos estrangeiros por tirar a última ameaça Nikardun das costas deles. Mas, na experiência dela, gratidão entre inimigos não durava mais do que um jantar. Assim que entrasse no território deles, eles ficariam montados nela. Não era o tipo de posição tática na qual ela gostava de estar.

O toque do comunicador interrompeu suas ruminações e ela ligou o aparelho.

— Capitã Sênior Lakinda.

— Aqui quem fala é o Tenente Comandante Lakwurn; técnico de hiperdobra — uma voz hesitante e desconhecida soou no comunicador. — Eu tenho... Bem, acabei de receber um pedido incomum. Tenho permissão de ir até a ponte?

Lakinda olhou para o monitor da ponte de seu escritório. A Sky-walker Bet'nih estava na estação de navegação, com a Cuidadora Soomret de pé atrás dela. A presença delas significava que ninguém além da tripulação da ponte poderia entrar lá.

— Onde você está? — perguntou a Lakwurn.

— Hiperdobra Dois, senhora.

— Irei até aí — disse Lakinda, ficando de pé. Um dos oficiais sênior precisava checar a hiperdobra antes de partirem, de qualquer forma. Ela podia fazer isso por Apros ou Ovinon.

A câmara da hiperdobra zumbia de atividade quando Lakinda chegou, com os técnicos e operadores fazendo os testes de sempre antes do voo. Um jovem estava inquieto perto da entrada, com uma caixinha em uma das mãos e o comunicador na outra. Ela notou que ele estava franzindo o cenho para o aparelho quando se aproximou dele.

— Tenente Comandante Lakwurn? — perguntou.

— Sim, capitã sênior — disse, com a leve falta de ar de alguém que não estava acostumado a falar com a capitã da nave. — Peço perdão por fazê-la vir até aqui, senhora.

— Sem problema — assegurou Lakinda. — Você disse que tinha um pedido?

— Sim, senhora — disse Lakwurn. — Eu não, na verdade, mas... — Ele entregou a caixinha. — Aqui, senhora. Alguém do QG mandou isso com instruções para que eu o entregasse a um dos oficiais da *Falcão da Primavera* quando os encontrássemos, e essa pessoa o daria ao Capitão Sênior Thrawn. Mas, como isto chegou... — Ele ergueu o comunicador com uma expressão de desamparo no rosto. — Estava torcendo para que pudesse entregá-lo ao Capitão Sênior Thrawn para mim.

— O que é isso? — perguntou, pegando a caixa. Ela notou que o objeto não estava selado, o que sugeria que não era nada muito pessoal. Além do mais, estava a bordo da nave *dela*, o que lhe dava todo o direito do mundo de abri-la. Passando os dedos por baixo da tampa, Lakinda a abriu.

Dentro, aninhado em um embrulho acolchoado, havia um broche belíssimo feito de fios metálicos entrelaçados.

— Isto é para o Capitão Sênior *Thrawn*? — questionou.

— Sim, senhora — disse Lakwurn, parecendo impressionado ao espiar dentro da caixa. Ele claramente não a abrira antes. — Isso... não é contra o regulamento, é?

Lakinda precisou sorrir ao ouvir isso.

— Decididamente, tenente comandante. — Ela voltou a colocar a tampa na caixa. — Mas não vejo problema algum. Há algum motivo pelo qual não poderia entregá-lo a ele?

— Mas… — Ele sacudiu o comunicador novamente. — Preciso ir. Não preciso?

Lakinda franziu o cenho.

— Do que está falando?

— Eu… — Ele virou o comunicador e o mostrou a ela. — Isto. Acabei de receber isto.

Lakinda leu a nota escrita na tela.

De: Xodlak'oo'nifis, Patriel de Celwis

Para: Todos os oficiais e guerreiros Xodlak da Frota de Defesa Expansionária

Uma emergência familiar Xodlak foi declarada em Celwis. Todos os oficiais e guerreiros que não estejam envolvidos em operações de combate ou ameaça iminente devem partir imediatamente e se reunir em Celwis para operações militares vitais.

— Veio com a criptografia familiar — explicou Lakwurn. — Não tenho certeza sobre o que eu deveria fazer, exatamente.

— A convocação parece clara o suficiente — disse Lakinda, entregando de volta o comunicador do rapaz e pegando o dela. Se Lakwurn recebera uma convocação, por que ela não recebera nada?

Ela recebera. Só estava ocupada demais para notar antes.

Lakinda lera a respeito de protocolos de emergência familiar na academia; lembrava disso agora. Mas, mesmo naquela época, achou que parecia algo antigo, até mesmo excêntrico, um procedimento que datava aos primeiros dias da Ascendência. Aparentemente, continuava na ativa.

E a pergunta de Lakwurn era ótima.

A *Picanço-Cinzento* não estava engajada em combate no momento nem em uma situação de ameaça iminente. Para falar a verdade, estavam encaminhados para auxiliar a *Falcão da Primavera* e, a certo ponto, sua nave poderia cair em uma dessas duas alternativas. Mas o protocolo não considerava possibilidades futuras e vagas.

Onde ficava a lealdade dela? Ela jurou uma promessa à frota e à Ascendência, mas ela também era parte da família Xodlak. Poderia dizer que uma crise na família Xodlak também continha, dentro de si, uma crise na Ascendência inteira. Sem saber as especificidades da emergência, não tinha como julgar se sua habilidade ou posição era a mais necessária e se poderia ser utilizada da maneira mais efetiva.

A família precisava dela. Thrawn e a frota também.

Que imperativo deveria obedecer?

Sentiu o estômago apertar. Não. Thrawn precisava da *Picanço--Cinzento*. Ele não precisava, necessariamente, da própria Lakinda.

E se a frota não esperava que seus oficiais e guerreiros respondessem a emergências familiares assim, este protocolo não deveria continuar sendo usado.

— Licença concedida — disse a Lakwurn. — Pegue seu equipamento e faça um relatório na escotilha de armas.

— Sim, capitã sênior — respondeu Lakwurn, parecendo incerto. — Eu vou precisar... Como encontrarei transporte até Celwis?

— Eu prepararei tudo — disse Lakinda. — Encontre-me lá em dez minutos.

Ele arregalou os olhos.

— Encontrá-*la*? Eu... — Ele enrijeceu novamente. — Sim, senhora.

— E me dê isso — acrescentou ela, puxando a caixa da mão dele. — Direi para o Capitão Intermediário Apros dar isso a Thrawn. Vamos; mova-se.

— Sim, senhora. — Lakwurn passou por ela e foi até a escotilha, apressando-se para chegar ao corredor. Lakinda o seguiu mais lentamente, lembrando de tudo que precisaria ser feito antes de partir. A primeira coisa a fazer seria informar ao Capitão Intermediário Apros que ele estava no comando da nave dela, agora.

— Olha, Síndico Thurfian, o GAU é uma ameaça — a emissária Obbic insistiu com uma voz igualmente passional, temerosa e persuasiva.

— Mais do que só uma ameaça — acrescentou o Clarr sentado ao lado dela. Thurfian notou que o tom dele não tinha tantas nuances quanto o da Obbic, nem de perto. — Já disse o que fizeram com os peixes do lago. O que acha que farão com o povo de Sposia?

Thurfian suspirou consigo mesmo. Os dois delegados de Sposia — ele já esquecera os nomes deles em meio ao tumulto enrolado da apresentação de ambos — tinham falado sem parar por quase uma hora, suas acusações e insinuações sem confirmação só diminuindo quando um deles fez uma pausa para mandar mais uma tabela ou lista ao questis dele. Entre cada enxurrada de palavras, ele não ouvira um único fato inquestionável que confirmasse a alegação deles de que o Grupo de Análise Universal era uma ameaça a eles, a Sposia ou à Ascendência como um todo. Ou mesmo aos peixes deles.

Ele tinha que ouvi-los, é claro. Os Obbic eram aliados dos Mitth, o que garantia a eles o direito de uma audiência justa. Os Clarr não eram aliados de nenhuma Família Governante, em particular, mas sempre mostraram uma tendência em relação aos Irizi. A atenciosidade de Thurfian às preocupações deles poderia preveni-los de se aproximarem ainda mais.

Mas ele ouvira, e estudara as tabelas, e nenhuma aliança ou não aliança na Ascendência exigia que ele sacrificasse mais uma hora de seu dia com essa bobagem.

— Entendo suas apreensões — disse da maneira mais conciliatória possível quando a recitação finalmente diminuiu. — Mas posso assegurar que não há nada para se preocuparem. O Grupo de Análise Universal opera sob os auspícios dos Stybla há décadas, sem nenhum contratempo.

— Então por que mantêm tantos segredos a respeito de suas operações? — a Obbic exigiu saber. — Sposia é nosso mundo. Por que não podemos entrar para ver o que estão fazendo?

— E os peixes? — acrescentou o Clarr.

— Primeiro, Sposia não é *seu* mundo — disse Thurfian. — Suas quatro famílias podem dominá-lo, mas há milhares de outras famílias e milhões de outros Chiss morando lá.

A Obbic bufou.

— Famílias *menores* — murmurou ela.

— A Ascendência é o lar de todas — lembrou Thurfian firmemente, tentando não demonstrar sua irritação. Os Obbic sempre tiveram uma tendência em desprezar aqueles que não faziam parte das Nove ou Quarenta; e, apesar de Thurfian já ter tido uma atitude parecida em sua adolescência, ele crescera, ao menos. — Além do mais, só porque os Stybla cuidam da instalação, não significa que não haja pessoal de outras famílias envolvido no processo. Há.

— E os *peixes*? — pressionou o Clarr.

— Os peixes não estão sumindo por conta de um escoamento ou de qualquer outra coisa vinda da instalação — disse Thurfian. — Eles estão sumindo por pesca predatória no lago.

— Impossível — insistiu o Clarr. — Temos regulamentos estritos a respeito disso.

— A melhor hipótese é que vocês também têm caçadores ilegais.

O Clarr se levantou.

— Síndico Thurfian...

— Mesmo assim, isso não significa que, só porque eles não tiveram incidentes no passado, não haverá alguns no futuro — continuou Thurfian. — Farei alguns inquéritos quanto ao estado atual dos protocolos de segurança e verei se eles podem ser modificados ou melhorados. Se for necessário, tomarei atitudes para que as mudanças sejam implementadas.

A Obbic e o Clarr se entreolharam, e Thurfian se preparou. Mas, aparentemente, eles não tinham mais nada a dizer, ou talvez não tivessem mais expectativas.

— Obrigado por seu tempo, síndico — disse o Clarr, levantando-se da cadeira e fazendo um gesto para sua companheira fazer o mesmo. — Aguardaremos seu relatório a respeito dos protocolos.

— Vocês o receberão em três meses — prometeu Thurfian. — Tenham um bom dia.

— Bom dia.

Fazia dez minutos que eles haviam partido, e Thurfian estava finalizando o memorando que enviaria ao Grupo de Análise Universal quando a porta se abriu.

Para sua surpresa, a Oradora Thyklo entrou no escritório.

— Oradora — Thurfian a cumprimentou, levantando-se depressa. Thyklo vir ao escritório do Primeiro Síndico em vez de convocar Thurfian para ir até o escritório dela era algo que nunca acontecia. — Como posso ajudá-la?

— Só queria elogiá-lo pelo modo como lidou com a comissão de reclamação de Sposia — disse Thyklo, acenando para que Thurfian voltasse a se sentar enquanto ela se acomodava na cadeira que a Obbic deixara vazia. Ela fora uma lutadora vigorosa e eficiente pelos interesses da família por muitos anos, mas Thurfian notou que a idade dela começava a aparecer. — Falei com eles brevemente quando eles saíram.

— Tinha a impressão de que eles não estavam exatamente felizes com minha resposta — confessou Thurfian.

— Não, mas não estavam tão descontentes quanto poderiam estar — disse Thyklo. — Na verdade, eles disseram que você ajudou mais do que qualquer outro síndico com quem eles falaram a respeito do assunto.

— Não me surpreende — comentou Thurfian. — Eles pareciam yubals enlouquecidos.

— Uma reação comum para qualquer coisa fora do conhecimento público, infelizmente — disse Thyklo. — Mas você lidou bem com isso. — Ela inclinou a cabeça de leve. — Se não se importar que eu diga isso, você me lembra um pouco o Síndico Thrass. Ele também era bom em parecer dar às pessoas o que elas querem, enquanto faz o que precisa ser feito simultaneamente.

— De fato — disse Thurfian, sentindo algo se mexer dentro dele. — Suponho que isso seja um elogio.

— É um grande elogio — garantiu Thyklo, sorrindo. — Thrass não era tão hábil quanto você, mas ele definitivamente tinha talento. Perdê-lo foi uma grande pena.

— Sim. Para Thrawn.

— Ou para as circunstâncias — disse Thyklo. — É fácil culpar, mas não é sempre algo producente. Ou sempre correto. — Ela ficou de pé, apoiando uma das mãos no braço da cadeira para se equilibrar. — Vou deixar que volte ao trabalho agora. Só queria passar aqui para demonstrar minha apreciação. — Ela deu um sorriso torto. — Além de todo o resto, você *me* salvou de ter que passar uma hora sentada escutando as reclamações. — Com um aceno amigável, ela se virou e saiu do escritório.

Por um momento, Thurfian encarou a porta fechada, sentindo a mente girar. Thyklo vindo até seu escritório; Thyklo elogiando suas habilidades de negociação; Thyklo comparando-o a Thrass, cuja memória ainda estava dolorosamente fresca para muitos na Aristocra.

E os boatos. Boatos de que Thyklo estava cansando do estresse de ser Oradora. Boatos de que estava tentando se aposentar, ou de ser nomeada Patriel em algum dos planetas mais calmos da Ascendência. Boatos de que ao menos dois Patriéis também pensavam em se aposentar. Se todos os boatos se juntassem...

Com firmeza, Thurfian afastou o pensamento. Neste exato momento, seu único objetivo era provar que ele seria um Orador bom e competente. O momento correto para isso acontecer, quando acontecesse, viria sozinho.

Pegando o questis, voltou a trabalhar.

CAPÍTULO DEZENOVE

— Saída em trinta segundos — chamou Samakro de sua posição atrás da estação de armas da *Falcão da Primavera*.

Atrás de Che'ri, Thalias abafou um bocejo. A maior parte do padrão de busca incluía voos curtos, mas este, em particular, havia sido tão longo que Thrawn optou por usar a sky-walker em vez do método mais lento via salto por salto.

O que era ótimo, ao menos na opinião de Thalias. Desde que haviam deixado os Paataatus e começado a caça aos piratas, Che'ri passava a maior parte do dia sentada nos aposentos sem nada para fazer além de comer, dormir, fazer os deveres, brincar e enlouquecer lentamente.

Na maioria das viagens da *Falcão da Primavera*, o principal problema de Thalias era lidar com a fadiga e estresse da sky-walker. Lidar com o tédio de uma menina de dez anos era um desafio completamente diferente.

O que tornava tudo pior é que o fim da missão não estava definido. O Caos era um lugar enorme, e mesmo com a informação dos Paataatus ajudando a diminuir a busca, ainda havia centenas de sistemas estelares onde a gangue de piratas poderia estar. A escolha de Thrawn em limitar a busca a sistemas com planetas onde os Vagaari poderiam viver delimitava enormemente as coisas, mas, ainda assim, Thalias sabia que essa decisão era em grande parte arbitrária. Ela conseguia entender a vantagem de ter um lugar próximo para bater em retirada se algo desse errado, mas não havia garantia de que os Vagaari pensassem o mesmo.

Eventualmente, é claro, Thrawn teria que desistir e voltar para a Ascendência. A questão seria se ele admitiria a derrota antes de Che'ri pegar uma caixa de ferramentas e começar a desmontar todos os móveis que tinham.

Che'ri respirou fundo na Terceira Visão, as mãos dela parecendo se mover por conta própria pelos controles. Thalias olhou para baixo quando a menina desligou a hiperdobra e os levou de volta para o espaço normal. Colocando as mãos tranquilamente nos ombros de Che'ri, Thalias levantou o rosto para a paisagem estelar que, de novo, cercava a nave...

— Fogo laser! — berrou Afpriuh do console de armas.

... E a batalha espacial ardendo a uma distância próxima quase diretamente diante deles.

— Armas a postos — disse Thrawn, calmo, da cadeira de controle. — Dalvu?

— Contei quatro naves — respondeu Dalvu, debruçando-se sobre as telas. — Três agressores de classe caça, provavelmente canhoneiras; um defensor, provavelmente um cargueiro. Todas as configurações são desconhecidas, mas não me parecem Paataatus.

— Concordo — disse Thrawn. — Apesar de terem alguma semelhança aos artefatos históricos que descobrimos na região a nordeste-zênite daqui.

— Capitão, estão nos chamando — falou Brisch. — O capitão do cargueiro está pedindo assistência.

Thrawn não respondeu. Thalias olhou por cima do próprio ombro, para ver que ele estava inclinado para a frente, contemplando a batalha pela panorâmica, os olhos apertados, a testa franzida enquanto pensava. Thalias olhou para Samakro, descobrindo que ele também observava Thrawn. A expressão do primeiro oficial, em contraste com a do comandante, não era tão pensativa quanto um pouco intrigada.

— Senhor? — chamou Brisch, hesitante.

— Eu ouvi o que você falou — disse Thrawn. Por outro momento, ele continuou acompanhando a batalha. Então, assentindo de forma microscópica, voltou a sentar direito e tocou o botão do comunicador.

— ... ajuda urgentemente — uma voz chiada retiniu na linguagem comercial Minnisiat. — Repito: nave de guerra desconhecida, aqui quem fala é o Capitão Fsir, a bordo do cargueiro *Barril-salgado*. Fomos atacados por saqueadores violentos e malignos. Por favor, precisamos de ajuda urgentemente.

— Senhor — disse Samakro, com um tom de aviso.

Thrawn inclinou a cabeça, mostrando que ouvira, e Thalias pensou ter visto a sombra de um sorriso quando ele ligou o microfone.

— Aqui quem fala é o Capitão Sênior Thrawn, a bordo da nave de guerra *Falcão da Primavera*, da Força de Defesa Expansionária Chiss — disse ele em Minnisiat. — Peço perdão, mas estamos no meio de uma missão vital que nos proíbe de parar e oferecer ajuda.

Thalias franziu o cenho. No meio de uma missão vital? Ela nunca tinha ouvido falar daquela regra antes.

Pela cara de Samakro, ele também não.

— Capitão sênior? — ele disse em voz baixa.

Thrawn desligou o microfone.

— Eu tenho uma suspeita, capitão intermediário — disse ele, apontando com o rosto em direção à batalha distante. — Vamos ver o que eles farão.

A espera não foi longa. Quando Samakro se virou para olhar para a panorâmica com ele, uma das canhoneiras parou de atacar o cargueiro e mirou na *Falcão da Primavera*.

— Como eu esperava — disse Thrawn. — Afpriuh, prepare espectro-lasers para devolver o ataque.

— Sim, senhor — respondeu Afpriuh. — Devo preparar esferas e invasores?

— Acho que não — disse Thrawn. — Os lasers serão suficientes.

Che'ri murmurou alguma coisa, e Thalias sentiu os músculos dos ombros dela tensionarem sob suas mãos. A menina não tinha visto muitos combates ainda, mas o suficiente para saber que a resposta padrão Chiss de três camadas costumava ser necessária para abater até mesmo uma nave de guerra pequena como uma canhoneira.

Mas Thrawn não pretendia fazer isso. Thalias se perguntou o que ele sabia que ela não?

A canhoneira entrou em alcance de combate e abriu fogo, macetando a *Falcão da Primavera* com um par de lasers pesados enquanto simultaneamente fazia um giro brusco para evitar o contra-ataque.

— Senhor? — perguntou Afpriuh, com as mãos nos controles de disparo.

— Um momento, comandante sênior — disse Thrawn. A canhoneira fez outra curva e disparou novamente, os lasers batucando o casco da *Falcão da Primavera*. Começou a virar-se como antes...

— Dispare — ordenou Thrawn.

Os lasers da canhoneira golpearam a extensão da *Falcão da Primavera* em vez de focarem em um único local— uma tática estranha, na opinião de Thalias. Talvez a tripulação do caça fosse inexperiente, ou talvez achassem que a sorte e uma abordagem de escopeta permitiriam que eles atingissem algo vital e desprotegido.

Se aquele era o plano deles, o plano falhou. Thalias conseguia ver o estado da barreira eletrostática no painel de onde ela estava, e a bainha defensiva da *Falcão da Primavera* estava aguentando bem o ataque.

Infelizmente para os agressores, Afpriuh era muito experiente e provavelmente não contava com a sorte desde que tinha oito anos de idade. Quando a canhoneira voltou a girar, ele disparou uma saraivada completa dos lasers da *Falcão da Primavera*, todos centralizados na seção de propulsores traseiros, todos eles seguindo os movimentos inimigos. Thalias prendeu a respiração, visualizando a energia focada arrebentando e penetrando o metal do casco...

E, com uma explosão de chamas e fumaça, a canhoneira explodiu.

Thalias piscou de surpresa. *Isso* foi rápido. Muito mais rápido que as batalhas da *Falcão da Primavera* costumavam ser. Aparentemente, Thrawn estava correto em não se incomodar em usar invasores ou esferas de plasma. A nuvem de destroços se expandiu no vácuo e, enquanto se dissipava, Thalias viu que as duas outras canhoneiras pararam de investir contra o cargueiro e agora se moviam na direção da *Falcão da Primavera*.

— Afpriuh, dispare à vontade — ordenou Thrawn. — De novo, limite-se aos lasers.

— Sim, senhor — disse Afpriuh, e Thalias viu o sorriso tenso dele conforme se debruçava nos controles. De todos os oficiais da ponte, Thalias achava que ele era o que tirava a mais pura alegria de seu trabalho.

Os lasers da *Falcão da Primavera* piscaram mais uma vez, e de novo e de novo. As canhoneiras responderam da melhor maneira que conseguiam, mas elas haviam começado longe demais para o alcance das armas que tinham, e os ataques eram tão ineficientes quanto os do primeiro caça haviam sido. Elas estavam quase chegando ao local onde ocorrera o primeiro ataque quando os lasers da *Falcão da Primavera* penetraram os cascos inimigos.

E, de novo, a paisagem serena foi maculada pela violência das explosões.

Thrawn aguardou até os incêndios gêmeos acabarem de queimar, expandindo-se em esferas de escombros derretidos e escurecidos. Então, tocou novamente no microfone do comunicador.

— Aqui quem fala é o Capitão Sênior Thrawn — disse. — Capitão Fsir, por favor, relate seu estado atual.

— Muito mais promissor agora do que antes, Capitão Sênior Thrawn — respondeu a voz chiada do estrangeiro. — Meus passageiros e eu oferecemos nossa humilde gratidão por sua oportuna assistência. Como podemos recompensá-lo?

— Pode começar com informação — disse Thrawn. — Quem é o seu povo, de onde vem e qual é seu propósito aqui?

— Somos os Watith — disse Fsir, ficando hesitante de repente. — Viemos de um sistema longínquo. Posso perguntar por que quer saber a localização?

— Meramente para acrescentá-la ao meu conhecimento sobre o Caos — alegou Thrawn. — Os Chiss não possuem ambições territoriais além de nossas fronteiras.

— Ainda assim, se identificou como uma frota *expansionária*.

— O título também inclui a palavra *defesa* — apontou Thrawn. — Mas não importa. Diga-me por que estão aqui.

— Uma pergunta mais segura — disse Fsir, e sua cautela se dissipou. — Viemos até este sistema para estudar a possibilidade de construir uma estação de comunicação de retransmissão a longa distância.

— Uma tríade transmissora?

— É assim que os Chiss chamam? — perguntou Fsir. — Ah, sim, é claro; um nome óbvio. Três polos, tríade, sim, faz sentido. De qualquer forma, se passou muito tempo nesta região, você sabe que as nações daqui são poucas em número, pequenas em tamanho e grandes em separação. A estação de retransmissão mais próxima é controlada pelos Paataatus, que nunca permitem que outros as utilizem.

Thalias sorriu sozinha. Se os Paataatus eram mesmo tão mesquinhos com a tríade deles, isso significava que a boa vontade deles de deixar que Thrawn a utilizasse era uma honra ainda maior. Eles *realmente* queriam eliminar aqueles opressores Nikardun.

— Nossos líderes pensaram que uma estação de retransmissão própria seria um bom investimento — continuou Fsir. — Ficaria disponível a todos, por um valor adequado, é claro, construída em um mundo não ocupado que, apesar disso, poderia acomodar as equipes operacionais necessárias e suas famílias.

— Interessante — disse Thrawn. — Imagino que agora tenham decidido remover este sistema de sua lista?

— Por que diz isso? — perguntou Fsir. — Nossas pesquisas mostram que o planeta é perfeitamente adequado para nossas necessidades.

— Exceto pelo fato de que alguém não os quer aqui.

— Alguém…? Ah. Aqueles caças? — Fsir fez um barulho que parecia rude. — Dificilmente poderiam ser vistos como uma ameaça. Era apenas um grupo de piratas que parou para fazer uma recalibração navegacional antes de voltar para a base deles. Obviamente, nos viram como uma oportunidade e decidiram pegá-la.

Thalias prendeu a respiração. Piratas? Piratas *Vagaari*?

— Se eles tivessem conseguido nos capturar, eles teriam ficado amargamente decepcionados com nosso banquete de equipamento eletrônico especializado e nossa carência de bens lucrativos — ironizou Fsir. — Apesar de que, talvez, estivessem à procura de cativos. Mais um motivo de estarmos gratos por sua ajuda.

— Você disse que eles eram piratas — falou Thrawn, e Thalias conseguiu notar a despreocupação estudada na voz dele. — Sabe de que grupo eram?

— Não me entenda mal, por favor — avisou Fsir. — Não tenho provas de que eram de algum grupo de saqueadores em particular. Simplesmente deduzi a identidade e o propósito deles por nossa proximidade atual à base pirata Vagaari.

Houve um rebuliço silencioso na ponte. Thalias voltou a olhar para Thrawn, notando o mesmo sorrisinho que ela vira antes.

— Interessante — disse. — Por acaso, estávamos atrás dos Vagaari.

— Incrível! — espantou-se Fsir. — Então fomos muito bem apresentados, realmente. O universo achou apropriado recompensá-lo por sua coragem e gentileza para com os Watith. Apesar de… — Ele fez uma pausa. — Posso perguntar qual é seu propósito ao procurar os Vagaari? Não quer se juntar a eles, quer?

— Não — assegurou Thrawn. — Estamos aqui para decidir se eles continuam sendo uma ameaça a esta região ou não.

— Ah — disse Fsir, não parecendo muito convencido. — Bem. Nesse caso, posso oferecer meus serviços como guia até a base deles?

— As coordenadas serão suficientes — solicitou Thrawn. — Não há motivo para que se exponha a mais perigos ao nos guiar até lá você mesmo.

— Evitar mais perigos é o que eu mais gostaria de fazer — disse Fsir. — Infelizmente, nosso sistema de coordenadas é provavelmente muito diferente do sistema Chiss, e não confio que minhas direções possam guiá-lo apropriadamente. E, também, para ser bem honesto, neste exato momento acredito que ficar em sua companhia será a melhor forma de evitar perigos. Pode haver outros piratas atrasados por aí, e você bem viu como estamos despreparados para encarar ameaças do tipo.

— Compreendo — concedeu Thrawn. — Recebo de braços abertos sua companhia e sua orientação.

— Obrigado — disse Fsir. — Podemos partir quando quiserem.

— Vamos levar um pouco de tempo ainda — disse Thrawn. — Antes de irmos até a base Vagaari, gostaria de analisar os destroços das canhoneiras.

— Os...? — gaguejou Fsir. — Os *destroços*? Capitão Sênior Thrawn, o senhor é cego? Não há destroços, só pó.

— Ao contrário — retrucou Thrawn. — Estamos encontrando vários pedaços maiores dos destroços. Mais do que isso, até pequenos fragmentos podem ser valiosos. As explosões violentas das canhoneiras, por exemplo, sugerem fortemente que o armamento deles incluía tanto mísseis quanto lasers. Pode haver depósitos químicos que nos ajudem a aprender que tipos de mísseis eram, incluindo a mistura de propulsor e explosivo utilizada. Fragmentos de eletrônicos podem oferecer pistas similares quanto às origens das naves ou os sistemas de computação e comunicação.

— Vocês são feiticeiros, verdadeiramente, se conseguem captar tanto com tão pouco — elogiou Fsir.— Muito bem. Consegue estimar quanto tempo há de durar essa análise?

— Cinco dias no máximo — disse Thrawn. — Provavelmente três ou quatro dias. No meio-tempo, sinta-se à vontade para continuar sua pesquisa planetária.

— Nossa pesquisa estava majoritariamente completa — alegou Fsir, parecendo em dúvida. — Ainda assim, suponho que podemos passar o tempo começando o estudo seguinte, de encontrar uma localização adequada para o transmissor. Uma preocupação mais imediata, e a razão pela qual perguntei por seu cronograma é que, se essas naves não retornarem, os Vagaari podem mandar um grupo de busca.

— Se eles fizerem isso, lidaremos com eles.

— Sim — disse Fsir, ainda parecendo incerto. — Apenas pensei que atacar a base rapidamente seria uma estratégia mais sábia, antes que eles sejam alertados de que podem estar em problemas.

— No geral, isso é, de fato, uma boa estratégia — concordou Thrawn. — Neste caso, saber o máximo possível a respeito do inimigo oferece uma vantagem ainda melhor do que uma surpresa.

— Me curvo perante o seu conhecimento maior de tais coisas — disse Fsir. — Muito bem, vamos aguardar até que estejam prontos. Mesmo assim, insisto que faça seus estudos o mais rápido possível.

— Vamos começar imediatamente — prometeu Thrawn. — Enquanto minha tripulação trabalha nisso, talvez você poderia me oferecer uma excursão em sua nave.

— Por que gostaria de algo assim? — perguntou Fsir, a voz ficando na defensiva de repente.

— Gostaria de conhecer sua tripulação e seus técnicos — explicou Thrawn. — Provavelmente vamos entrar em uma situação de combate, e eu preciso ter uma noção de suas capacidades.

— Combate é *sua* área, Capitão Sênior Thrawn — disse Fsir. — Não temos intenção de chegar perto de nenhuma batalha.

— Os Vagaari podem ter outras ideias — argumentou Thrawn secamente. — De qualquer forma, eu preciso saber do que sua nave e seu povo são capazes antes de planejar minhas táticas adequadamente.

— Duvido sermos capazes de qualquer coisa — admitiu Fsir. — Para falar a verdade, temos uma grande quantidade de equipamento patenteado a bordo para trabalhar na estação de retransmissão. Meus superiores ficariam extremamente insatisfeitos se algum de nossos segredos fossem decifrados e apropriados.

— Na minha experiência, há pouco que possa ser aprendido ao simplesmente observar o revestimento de um equipamento — disse Thrawn. — Particularmente porque todas as etiquetas estarão escritas em seu alfabeto que, sem dúvida, não conhecemos. Seu equipamento navegacional pode ser coberto, é claro, para prevenir que eu obtenha qualquer pista da localização de seu mundo.

— Suponho que sim — cedeu Fsir, ainda parecendo hesitante.

— Talvez seus superiores possam ser persuadidos a ver isso como um pagamento por termos resgatado seu povo e segredos — sugeriu Thrawn. — Além do mais, uma visita permitiria que o senhor pudesse ver se suas lendas a respeito dos Chiss são precisas.

— Quem sugeriu que nós sequer *temos* lendas a respeito dos Chiss?

Thrawn sorriu.

— Vamos lá, capitão. *Todos os povos* por estas bandas do Caos têm lendas a respeito dos Chiss.

Fsir suspirou.

— Muito bem, capitão sênior. Me dê um tempo para me preparar e coordenar minha tripulação. Vou contatá-lo quando estivermos prontos.

— Espero sua ligação — disse Thrawn. — Enquanto isso, vamos começar nosso trabalho com os destroços. Adeus.

Ele desligou o microfone.

— Capitão Intermediário Samakro, mande preparar a Nave Auxiliar Um e separe quatro guardas armados para me encontrarem lá.

— Tem certeza de que quatro são suficientes? — perguntou Samakro, pegando o questis para registrar as ordens. — Quer levar mais algum oficial?

— Quatro guardas serão o suficiente — garantiu Thrawn. — Incluir outros oficiais fará Fsir pensar que temos motivos ocultos para ir a bordo.

Thalias sorriu sozinha. É claro que não tinham motivos ocultos. Certamente nenhum motivo dos quais Fsir e os outros Watith poderiam suspeitar. Nem mesmo os outros Chiss conseguiam compreender o quanto da cultura e sociedade de um povo Thrawn conseguia captar ao meramente ver as roupas que utilizavam e a decoração da nave.

— Também organize três naves auxiliares para coletar destroços — continuou Thrawn. — Foquem em pedaços maiores, mas também coletem amostras de pó.

— E corpos? — perguntou Samakro.

— Sim, se houver algum — disse Thrawn. — Apesar de eu não ter visto nada após as explosões que parecesse intacto. Comandante Intermediária Dalvu?

— Também não vi corpos, capitão sênior — concordou a oficial de sensores. — Mas mesmo que nada tenha sobrevivido intacto, pode ter algum fragmento.

— Concordo — disse Thrawn. — Se houver algo, certifique-se de que as tripulações das naves auxiliares cuidem de encontrá-los, capitão intermediário.

— Sim, senhor — respondeu Samakro, ainda no questis. — Há algo que queira que os analistas procurem em particular?

— Comece com os destroços de míssil e eletrônicos que falei para o Capitão Fsir — disse Thrawn. — Fragmentos de corpo devem passar por uma análise de material genético.

Ele olhou para a distante nave Watith pela panorâmica.

— Quero saber se havia algum Vagaari nessas canhoneiras — acrescentou. — E se não havia, quem estava nelas.

Os olhos da Auxiliar Sênior Lakjiip se arregalaram um pouco ao ler o perfil de Lakinda em seu questis.

— Capitã Sênior Xodlak'in'daro — disse, parecendo tanto surpresa quanto assombrada. — Capitã *sênior*. Sinto muito, mas confesso que não estava esperando que ninguém com sua posição e status respondesse a uma convocação familiar.

— Não vejo por que não — ralhou Lakinda. — Sou tão Xodlak quanto você.

— Sim, é claro que é — apressou-se a dizer Lakjiip. — Eu só… Perdão, capitã sênior. Já estamos extremamente gratos pela resposta que estamos tendo, e sua presença é um fantástico bônus adicional à operação. Sublinha o imenso orgulho que todos sentimos por nossa família.

— Estou feliz de estarmos trabalhando todos juntos — disse Lakinda, analisando a outra mulher. A convocação de emergência viera da Patriel Lakooni, e Lakinda esperava, naturalmente, que alguém do escritório da Patriel estaria encarregado da situação. Por que a auxiliar sênior de um mero Conselheiro estava repassando deveres? — E o que é tudo isso, exatamente?

— Noto que a nave que comanda, a *Picanço-Cinzento*, é um cruzador pesado — continuou Lakjiip, espiando o próprio questis. — Como deve saber, nós temos uma fragata familiar antiga, a *Solstício*, que ficou armazenada aqui pelos últimos cinquenta anos. Ficaríamos honrados se aceitasse comandá-la.

— Ficarei feliz em servir na posição que a Patriel Lakooni achar mais adequada — disse Lakinda. — Qual é o estado atual da *Solstício*?

— Mais ou menos noventa por cento — informou Lakjiip. — Nossas tripulações locais se esforçaram em trazê-la desde que a Patriel Lakooni mandou o chamado de emergência três dias atrás. E, conforme outros oficiais e guerreiros foram chegando, essas equipes de trabalho foram, é claro, se expandindo continuamente. — O lábio dela se contraiu. — Infelizmente, não parece que teremos tempo e pessoas para dar à senhora os dois cruzadores. Contudo, a *Apogeu* é a melhor das duas naves, e os supervisores estimaram que ela e a *Solstício* estarão prontas para voo em dez ou doze horas.

— Vejo que cheguei bem a tempo — comentou Lakinda. — Posso perguntar onde está a Patriel Lakooni neste exato momento?

— Ela e o Conselheiro Lakuviv estão coordenando a operação do escritório do Conselheiro Lakuviv — disse Lakjiip. — Tenho certeza que ela se disponibilizará a oferecer algumas palavras de encorajamento antes das coisas esquentarem.

— É a segunda vez que você usa a palavra *operação* — apontou Lakinda. — Sem contar o uso na convocação original. O que, exatamente, está acontecendo?

— Bem... — hesitou Lakjiip. — No momento, isso é confidencial — disse. — Mas, como uma das comandantes, a senhora tem tanto o direito quanto a necessidade de saber, é claro. Muito bem.

Tudo começou quando um grupo estrangeiro, os Agbui, chegaram em Celwis…

Lakinda ouviu em silêncio, com crescente assombro, enquanto Lakjiip contava a história dos estrangeiros e das joias e das minas praticamente intocadas de nyix.

— Isso… é meio que inacreditável — disse quando a auxiliar sênior terminou. — Tem certeza que leu tudo isso corretamente?

— Eu vi as minas com meus próprios olhos — assegurou Lakjiip. — O planeta inteiro é imaculado, intocado e inabitado. É provável que até mesmo seja desconhecido. — Ela colocou a mão no bolso. — Também trouxe algumas lembranças de lá.

— Tem certeza que isso é nyix? — perguntou Lakinda, estudando o fio.

— Absoluta — afirmou Lakjiip. — Todas as amostras obtidas foram cuidadosamente analisadas. — O lábio dela se contraiu. — Incluindo a que pegamos emprestado de um cidadão.

Lakinda assentiu. As possibilidades, aqui, eram tremendas.

Mas também eram ameaçadoras.

Ela estudou o rosto de Lakjiip. Havia entusiasmo meio escondido atrás da expressão calma, determinada e severa.

— Isso certamente será de grande benefício para a família — reconheceu Lakinda. — Mas me parece que recursos assim deveriam pertencer à Sindicura e à frota.

— Certamente — disse Lakjiip, como se fosse óbvio. — A família Xodlak meramente deseja a honra e o triunfo da descoberta.

— Honra e talvez uma petição para voltar a sermos uma das Famílias Governantes?

Lakjiip deu de ombros despreocupadamente.

— Seria justo.

— Sim — murmurou Lakinda. Como o gesto, as palavras também foram casuais.

Mas Lakinda achou que o entusiasmo nos olhos da auxiliar sênior ficou um pouco mais duro e intenso. Ela queria voltar aos dias de glória dos Xodlak, sim. Ela queria muito.

Mas que membro da família não queria? E, se tudo que Lakjiip disse fosse verdade, eles não mereciam?

— No meio-tempo, precisamos levá-la até sua fragata — continuou Lakjiip. — Venha. Vou acompanhá-la à nave auxiliar.

LEMBRANÇAS VII

AS DUAS NAVES QUE disseram para Qilori esperar já estavam esperando no ponto de encontro quando ele chegou.

Qilori as estudou enquanto se aproximava das luzes pulsantes que marcavam a escotilha de acesso a estibordo na nave menor. Nenhuma delas tinha um visual que ele reconhecesse, apesar de a menor ter uma configuração parecida com a de um iate, enquanto a maior parecia um cargueiro ou uma nave de transporte de passageiros barata. A menor, ele decidiu, provavelmente pertencia a Jixtus.

Ele respirou fundo, as asinhas das bochechas tremulando de ansiedade. A convocação de Jixtus veio muito antes do que ele esperava depois do primeiro encontro dos dois, na metade de um trabalho do qual não podia desistir. Ele teve que suar o traje espacial para chegar lá no horário do estrangeiro, e quase não conseguiu chegar a tempo.

Mas lá estavam as duas naves, já conectadas por meio de túneis de embarque, sem nenhum calor residual nos propulsores. Pelas estimativas de Qilori, isso significava que eles estavam esperando há pelo menos seis horas ou mais. Possivelmente *muito* mais.

Quando se conheceram, Jixtus ameaçara deixar Qilori ilhado na vastidão entre as estrelas se ele não cooperasse. O local que Jixtus escolheu para este encontro estava no mesmo nível de no meio do nada.

A convocação instruía que ele não anunciasse sua chegada por comunicador, mas que atracasse diretamente com a nave menor ao chegar. Manobrando cuidadosamente — a última coisa que queria era riscar o casco de Jixtus —, ele flutuou até a escotilha marcada e anexou seu tubo de aterrissagem e um trio de cabos conectores eletromagnéticos. Desligou os sistemas para ficarem em modo de espera e foi até a escotilha, mandando as asinhas de bochecha se comportarem, severo.

Ele esperava que Jixtus estivesse lá, aguardando impacientemente do outro lado da escotilha. Em vez disso, encontrou um estrangeiro desconhecido, cuja pele facial enrugada era um misto de vermelho-escuro e branco sujo, com uma boca sem lábios quase invisível debaixo das dobras e olhos pretos e brilhantes que estudavam Qilori, imperturbáveis.

— Sou Qilori de Uandualon — identificou-se Qilori em Taarja quando a escotilha fechou atrás de si.

— Bom dia, Desbravador — respondeu o estrangeiro em Minnisiat. — Sou Haplif dos Agbui. Estávamos esperando por você. Venha.

Ele se virou e andou em passadas largas pelo corredor. Novamente tentando acalmar as asinhas, Qilori o seguiu.

Haplif os levou até uma sala um tanto chocante. Não era um escritório ou um centro de comando, mas um aposento que parecia ser de meditação, com carpete fofo e fios flutuantes e globos de luz mais acima. Sentado no que deveria ser uma cadeira automodeladora na outra ponta da sala, estava Jixtus.

Ao menos Qilori supunha que era Jixtus. Com o rosto escondido por um véu negro, as mãos cobertas por luvas e um robe solto com capuz que tapava o restante, ele poderia ser qualquer estrangeiro bípede. Ou, até onde ele sabia, uma estátua, um manequim ou até mesmo um daqueles robôs mecânicos das lendas do Espaço Menor.

— Bem-vindo, Qilori de Uandualon — disse a figura, erguendo uma das mãos e gesticulando na direção de uma das cadeiras diante de si. — Sentem-se, vocês dois.

Era a voz de Jixtus, e o movimento da mão provava que a figura encapuzada não era uma estátua ou um manequim. Ainda poderia ser robótico, porém.

— Obrigado — disse Qilori, indo até uma das cadeiras e acomodando-se cautelosamente. Bem automodeladora, sim. — Quero pedir perdão por ter chegado tão tarde — continuou enquanto Haplif sentava na outra cadeira. — Estava no meio de um trabalho e achei que abandoná-lo chamaria a atenção que o senhor provavelmente não gostaria de atrair.

— E mancharia sua reputação profissional? — sugeriu Jixtus.

— Minha reputação é importante — disse Qilori. — Não só para mim, mas para o senhor também. Qualquer trabalho que queira que eu faça no futuro...

— Qualquer trabalho futuro depende que você complete este — interrompeu Jixtus calmamente. — Ou qualquer futuro. Está entendendo?

As asinhas das bochechas de Qilori se contraíram.

— Eu gostaria muito de ter um futuro — conseguiu dizer.

— Ótimo — disse Jixtus. — Então não teremos nenhum problema quanto à motivação. — Ele fez uma pausa, como se considerasse. — E você não está atrasado. Haplif e eu só chegamos cedo.

Qilori sentiu parte da tensão se esvair. O maldito estrangeiro encapuzado poderia ter dito isso de cara.

— Sua participação terá duas partes — continuou Jixtus. — Primeiro, viajará com Haplif e seu grupo, fingindo ser o navegador deles.

— *Fingindo*? — perguntou Qilori, franzindo o cenho.

— E ficando longe do passageiro dele — Jixtus seguiu falando, ignorando a interrupção. — Na hora certa, Haplif oferecerá seus serviços ao alvo dele, e você navegará a nave até um planeta cujas coordenadas ele dará. Você fingirá que já esteve lá antes, e responderá qualquer pergunta que lhe fizerem.

— Respostas nas quais o instruirei — disse Haplif. — Não se preocupe, teremos bastante tempo para você decorar toda a história.

— E se eles perguntarem algo que você não tiver repassado? — questionou Qilori.

— Nesse caso, você só dirá que não sabe — explicou Haplif. — É apenas um navegador, afinal. Não há motivo para esperarem que você saiba tudo.

— Tudo bem — disse Qilori. Por enquanto, tudo parecia simples o suficiente. — Eu os trago de volta ou vou até outro local?

— É claro que você os trará de volta — ralhou Haplif, a pele de seu rosto franzindo-se mais. — Estou tecendo o caminho para a destruição deles. Por que me contentaria com um único morto se posso ter todos eles?

— Era só uma pergunta — disse Qilori, depressa. Apesar da aparência insossa, quase cômica, esta criatura chamada Haplif definitivamente tinha um desejo por sangue. — Eu não sei nada sobre isso. Para quem vou navegar?

— Um oficial Chiss pouco importante de um planeta Chiss pouco importante — disse Haplif. — Isso é tudo que você precisa saber.

Qilori ficou tenso de novo, sentindo as asinhas ficarem chapadas nas bochechas.

— Posso perguntar se você antecipa algum tipo de ação militar?

Haplif bufou.

— Qual é o problema, Desbravador? Está com medo de um pouco de fogo laser?

— Estou com medo de profissionais que acham que podem casualmente sair de suas áreas de conhecimento — rebateu Qilori. — Você está falando a respeito de tecer um caminho de destruição. Ótimo. Isso é, obviamente, algum tipo de trama, e, sem dúvida, você sabe o que está fazendo. Eu só não quero que a situação se transforme em uma guerra que você não estará preparado para lutar. Especialmente porque *eu* estarei bem no meio dela.

— Haverá, de fato, uma ação militar — disse Jixtus. — Mas ela não envolverá Haplif, e você não estará nem próximo dela. Está bom o suficiente para você?

As asinhas de Qilori tremeram. Discutir com Jixtus era perigoso, disso não tinha dúvidas. Mas entrar em uma batalha Chiss seria pior.

— Com todo o respeito, isso depende de quem está atirando — comentou com cuidado. — Há gente entre os Chiss que eu nunca enfrentaria se tivesse outra opção.

— Sim, sim, sabemos tudo a respeito deles — disse Haplif, impaciente. — Supremo General Ba'kif, Almirante Ar'alani, um ou outro dos comodoros mais jovens...

— E o Capitão Sênior Thrawn — interrompeu Qilori.

Haplif fez um barulho rude.

— Um *capitão sênior*? Você só pode estar brincando. Meu senhor, estamos perdendo tempo...

— Paciência, Haplif dos Agbui — disse Jixtus, com um tom de curiosidade em sua voz. — Você já mencionou esse nome antes, não mencionou, Desbravador?

— Sim — confirmou Qilori. — Foi ele que derrotou o General Yiv.

— Besteira — disse Haplif. — Eu li os relatórios. Foi Ar'alani que liderou a batalha em Primea com a *Vigilante*, auxiliada pela Capitã Sênior Lakinda da *Picanço-Cinzento* e o Capitão Intermediário Samakro da *Falcão da Primavera*.

— Eu não disse que ele derrotou os Nikardun — enfatizou Qilori, rígido. — Disse que ele derrotou Yiv. Que ele, *pessoalmente*, derrotou o General Yiv.

— Yiv tinha o próprio couraçado de batalha — falou Jixtus brandamente.

— Thrawn tinha um cargueiro individual — disse Qilori. — Está começando a entender quem é este Chiss?

Haplif sacudiu a cabeça.

— Não. Eu não acredito.

— Eu estava lá, Haplif — disse Qilori. — Eu vi; e, em parte, nem eu acredito. Mas aconteceu. — Ele voltou a olhar para Jixtus. — De novo, com todo respeito, senhor, se quiser ouvir algo que eu digo, ouça isto, por favor. Se Thrawn for envolvido nesta operação, está tudo terminado. E não de uma boa maneira para nós.

Por um longo momento, a sala ficou em silêncio. Qilori aguardou, as asinhas da bochecha tremendo. *Na profunda vastidão entre as estrelas*. Se Jixtus decidisse se ofender com as palavras e o tom de Qilori...

— Eu tinha me perguntado por que o comandante oficial da *Falcão da Primavera* não estava entre as chamadas da batalha — ponderou Jixtus, enfim, parecendo mais pensativo do que bravo. — Talvez seria sábio que este Capitão Sênior Thrawn estivesse em outro local enquanto a tecelagem de Haplif chega à sua conclusão. Isso o deixaria feliz, Qilori de Uandualon?

— Sim, senhor — disse Qilori, sentindo as asinhas se acalmarem um pouco. — Apesar de que eu ficaria mais feliz se ele pudesse ser eliminado de vez.

— O que, um militar que consegue derrotar um couraçado de batalha com um cargueiro? — perguntou Jixtus secamente. — Ainda assim, outra boa ideia. Verei o que posso fazer.

— Obrigado, senhor — disse Qilori. — O que posso fazer para ajudar?

— Você? — Por trás do véu de Jixtus, ouviu-se uma risada divertida. — Por favor. Se o General Yiv não conseguiu lidar com Thrawn, duvido que você consiga.

— Além do mais, achei que você queria ficar bem longe dos disparos — murmurou Haplif.

— De qualquer forma, já tem sua tarefa — declarou Jixtus. — E não, Desbravador, eu farei meus próprios arranjos quanto a este Thrawn. Boatos e pistas nas orelhas certas devem retirá-lo da proximidade da teia de Haplif. — Ele fez um gesto que incluía tanto Qilori quanto Haplif. — Podem ir embora.

— Obrigado, senhor — disse Qilori. Ele se esforçou para sair da cadeira, espiando Haplif com o canto do olho enquanto isso. Se o Agbui ressentia-se com o fato de que Jixtus ficara do lado de Qilori na discussão, eles poderiam ter problemas assim que estivessem fora do alcance de Jixtus.

Mas não havia nada ameaçador que pudesse ver na expressão de Haplif. Aparentemente, ele era o bom soldado que não deixava o próprio orgulho se meter no caminho de seguir as decisões de seu comandante.

Era isso ou ele estava ocupado demais saindo da própria cadeira para se preocupar com coisas assim.

— Você deixará sua nave aqui, Qilori — continuou Jixtus. — Haplif o trará de volta para pegá-la quando terminar o trabalho.

— Sim, senhor — disse Qilori, tentando aquietar as asinhas. Ele pegara a nave como um favor recompensado, e seria um inferno pagá-la no saguão se a mantivesse por tempo demais.

Mas ele tinha sobrevivido a uma discussão com Jixtus. Ele não tinha intenção de arriscar uma segunda. De canto de olho, viu que Haplif, de pé novamente, fez uma pequena reverência para Jixtus. Qilori fez o mesmo, e virou-se para seguir Haplif até a escotilha...

— Mais uma coisa, Qilori — disse Jixtus.

Qilori se virou, as asinhas se contraindo.

— Sim?

— Você já navegou muitas naves Chiss anteriormente, não é mesmo? — perguntou Jixtus.

— Sim, senhor — confirmou Qilori. Mais do que ele gostaria de ter navegado, na verdade.

— Cargueiros e transportes de longo alcance?

— Alguns — disse Qilori, perguntando-se onde o estrangeiro encapuzado queria chegar com isso. — Algumas naves diplomáticas também.

— Alguma nave de guerra?

— Uma ou outra. — Qilori estremeceu com a lembrança. — Thrawn me contratou como navegador dele algumas vezes.

— Contudo, parece que a maior parte das naves militares Chiss não contratam navegadores — disse Jixtus. — Você concorda?

— Eu não sei — respondeu Qilori, as asinhas palpitando de novo. — Só posso falar a respeito de minha experiência. Apesar de que, agora que você falou, não lembro de outros Desbravadores recebendo trabalhos assim.

— Isso nos deixa com duas possibilidades — disse Jixtus. — Ou os Chiss têm um grupo próprio de navegadores, estrangeiros escondidos em algum mundo obscuro da Ascendência... — Ele fez uma pausa. — *Ou* eles descobriram uma forma de encontrar o caminho pelo Caos sem a assistência de um navegador.

Qilori franziu o cenho.

— Que outra forma poderia existir?

— Dizem que, um milênio atrás, os Chiss se aventuraram no Espaço Menor, envolvendo-se em guerras entre duas facções hostis que lutavam por regiões vastas e constantemente mutáveis — contou Jixtus, de novo parecendo pensativo. — Essas facções supostamente tinham técnicas navegacionais especiais que envolviam computadores ou construções mecânicas. Até hoje, aqueles que moram nessa parte da galáxia usam técnicas assim.

— Compreendo — disse Qilori quando entendeu onde Jixtus queria chegar. — Você acha que os Chiss podem ter trazido alguns desses aparelhos quando cansaram das guerras e voltaram para a Ascendência?

— Possivelmente — especulou Jixtus. — E não, não espero que resolva este mistério para mim no presente momento. Mas saiba que este mistério existe, e fique de olho. — Ele fez um gesto em direção à escotilha. — Agora podem ir.

— Sim, senhor — disse Haplif. Com outra reverência, ele se virou e saiu da sala de meditação. Qilori fez o mesmo e se apressou para alcançá-lo.

— Vamos voltar para sua nave para você pegar qualquer bagagem que possa precisar — instruiu Haplif enquanto eles caminhavam juntos no corredor. — Feche tudo muito bem, porque vamos demorar bastante para voltar.

— Entendido — disse Qilori, a mente girando com as possibilidades. Se os Chiss estivessem usando algo eletrônico, e este aparelho pudesse ser roubado ou copiado, viagens espaciais poderiam se abrir de uma forma que não fora possível por milhares de anos. Quem possuísse um aparelho do tipo poderia ditar as regras ao Caos inteiro, ganhando imensa fortuna e poder no meio do caminho.

Exceto que seria Jixtus, não ele, quem ganharia fortuna e poder. O próprio Qilori não teria nada. Nem mesmo trabalho.

Possivelmente, nem mesmo sua vida.

Sentiu as asinhas tremularem uma última vez antes de se acomodarem contra suas bochechas. Sim, ele procuraria por pistas a respeito do aparelho navegacional. Mas ele pensaria muito, e com cuidado, antes de dizer qualquer coisa para Jixtus. Para ele ou para qualquer outra pessoa.

CAPÍTULO VINTE

THRAWN PROMETERA AO CAPITÃO Fsir que a *Falcão da Primavera* estaria pronta para ir até os Vagaari em cinco dias. Pelos três primeiros, Thalias mal viu o comandante enquanto ele trabalhava com os analistas de destroços, fazia conferências com Samakro e os outros oficiais sênior, e fez ao menos duas viagens para a nave Watith. Claramente, ele estava incrivelmente ocupado.

Então, foi um pouco chocante quando Thalias abriu a escotilha dos aposentos da sky-walker no terceiro dia e encontrou Thrawn parado ali.

— Boa noite, Cuidadora Thalias — cumprimentou, formal. — Posso entrar?

— É claro, Capitão Sênior Thrawn — disse Thalias, apressando-se a dar um passo para o lado. — Precisa falar com Che'ri? Ela está cochilando, mas posso acordá-la, se quiser.

— Não, não estou aqui por causa dela — declarou Thrawn. Ele entrou, selando a escotilha atrás de si. — Vim dar uma olhada em sua companheira de quarto.

— Mas Che'ri... Ah — disse Thalias, estremecendo. Ela já estava tão acostumada à câmara de hibernação em sua sala de dormir, especialmente depois de ter colocado um lençol sobre ela, que esqueceu que havia um ser vivo dentro dela. — *Aquela* companheira de quarto. Você vai... Hã...?

— Acordá-la? — Thrawn sacudiu a cabeça, passando pela sala diurna e abrindo a escotilha que levava à sala de dormir dela. — Não. Eu só queria me lembrar do estilo de roupa que ela vestia.

— Roupa? — ecoou Thalias, franzindo o cenho ao segui-lo. — Está procurando alguma roupa em particular?

— Uma conexão entre o povo dela e os Watith — disse Thrawn por cima do próprio ombro. Ele foi até a câmara de hibernação e puxou o lençol que Thalias deixara sobre ela.

Por um longo minuto, apenas encarou a Magys adormecida através da cobertura. Thalias permaneceu onde estava, com medo de se mover e interromper a concentração dele.

Finalmente, Thrawn se moveu.

— Não — disse, como se falasse sozinho. Ele colocou o lençol de volta no lugar e se virou para Thalias. — Não consigo ver nenhuma conexão.

— Você estava esperando encontrar alguma? — perguntou Thalias, saindo do caminho quando ele voltou para a sala diurna. — Estamos bem longe do mundo dela.

— Concordo — disse Thrawn. — Foi só uma ideia. Obrigado por seu tempo.

Ele andou em direção à saída. Thalias foi mais rápida, colocando-se entre ele e a escotilha.

— Sinto muito, capitão sênior, mas o senhor não pode me deixar com perguntas estranhas assim. Você não pode ao menos me contar o que está acontecendo?

— Você não é um dos meus oficiais — lembrou Thrawn.

— Não, mas sou responsável pelo cuidado de sua sky-walker — disse. — Oficial ou não, isso me torna uma das pessoas mais importantes da nave. Mais do que isso...

Ela hesitou, perguntando-se se deveria falar com ele. O Patriarca lhe falara em tom confidencial, afinal.

Ainda assim, ele não dissera que precisava manter segredo, ao menos não de Thrawn. Ainda mais importante que isso, quanto mais pudesse convencê-lo de que fazia parte de seu círculo íntimo — independentemente de ele ter tido a ideia de incluí-la nele ou não — mais chances teria de obter informações em vez de ser mantida no escuro.

— Mais do que isso, quando fui ao lar da família Mitth em Csilla, alguns meses atrás, o Patriarca pediu para que eu cuidasse de você.

Thrawn ergueu as sobrancelhas.

— É mesmo? — disse ele com um sorriso. — Não sabia que eu precisava ser cuidado.

— Todo mundo precisa de *algum* cuidado — argumentou Thalias. — Ele queria, majoritariamente, que eu interferisse o quanto fosse possível contra os seus inimigos.

— Suponho que lasers, invasores e esferas de plasma eram minhas ferramentas primárias contra esse tipo de pessoa.

— Você sabe o que eu quero dizer — falou. — Inimigos *políticos*.

O sorriso dele se esvaiu.

— Sim. — Ele hesitou, então apontou para o sofá. — Muito bem. Vou falar um pouco. Não tudo.

Tentando não parecer afoita demais, Thalias se acomodou no sofá. Thrawn escolheu uma das cadeiras diante do móvel, observando-a como se estivesse decidindo o quanto, exatamente, ela precisava saber.

— É interessante que tenha falado de inimigos — disse. — Acredito que a *Falcão da Primavera* está, neste momento, no meio de uma armadilha.

Thalias arregalou os olhos.

— Suponho que o Capitão Intermediário Samakro e os outros saibam disso? — perguntou, forçando-se a acalmar a própria voz.

Thrawn deu de ombros de leve.

— Eles aceitam minha palavra. Não acho que todos conseguem vê-la sozinhos.

— O que eles não conseguem ver?

— A batalha entre o cargueiro Watith e as três canhoneiras foi uma encenação — disse Thrawn.— Os agressores estavam fazendo um monte de barulho e fúria, mas só causaram danos superficiais.

— Talvez estivessem tentando forçar o cargueiro a ir mais fundo no poço gravitacional — sugeriu Thalias.

— Pensei nisso também — confessou. — Foi por isso que observei a batalha por alguns momentos antes de responder a chamada do Capitão Fsir. De novo, todas as quatro naves estavam fazendo um show impressionante, mas a caixa de contenção das canhoneiras não era sólida o suficiente para prender um capitão experiente em uma armadilha se ele quisesse escapar.

— Entendo — disse Thalias, tentando pensar sobre isso. Mas se Fsir não fosse *tão* experiente assim...

— Mas essa foi só a primeira parte — interrompeu Thrawn. — Você viu como uma das canhoneiras, *só* uma delas, foi nos atacar, como se eles soubessem da proibição da Sindicura contra ataques preventivos e estivessem nos dando a desculpa necessária para entrar na batalha.

— Me perguntei por que usou uma desculpa tão estranha para não ajudá-lo — disse Thalias. — Acho que nunca ouvi falar daquilo antes.

— Você nunca ouviu falar porque eu inventei a desculpa — revelou Thrawn. — Se o cargueiro estivesse em perigo genuíno, eu teria esperado Fsir argumentar esse ponto. Mas ele sequer o mencionou.

— Porque eles já tinham um plano, sabiam que isso nos atrairia, e continuaram com ele — disse Thalias, assentindo.

— Exatamente — confirmou Thrawn. — Mas tem mais. Depois da batalha, vieram os motivos curiosos e enrolados que Fsir usou para não nos dar as coordenadas da base Vagaari. Isso sugere que ele quer controlar o tempo e o local de nossa chegada. E me fez pensar em como o navegador da nave de refugiados Pacc também controlou a chegada a Dioya.

— Sim — disse Thalias, sentindo um calafrio ao lembrar do incidente. O navegador que os refugiados contrataram havia deliberadamente conduzido a nave para uma emboscada que matou todos eles.

— Mas se isso é uma armadilha, o que eles estão esperando? Estamos todos sentados aqui há dois dias. Fsir, certamente, poderia ter contatado os outros e eles já teriam nos atacado. — Ela franziu o cenho quando um pensamento repentino passou em sua cabeça. — A não ser que estejam longe o suficiente para que o comunicador dele possa alcançá-los?

— Pouco provável. — Mais uma vez, Thrawn arqueou as sobrancelhas. — Diga-me por quê.

Thalias contraiu os lábios. Outra aula dele.

Às vezes, ela gostava desses desafios. Mas, com imagens mentais de naves de guerra inimigas disparando contra eles ao sair do hiperespaço, esse não parecia o momento nem o local para esse tipo de brincadeira.

Ela respirou fundo, tentando pensar mais a fundo.

— Ele não estaria preocupado com os Vagaari se eles estivessem tão longe assim? — sugeriu. — Ou talvez nem soubesse a respeito deles?

— Talvez — disse Thrawn. — E?

— Não haveria saqueadores vindo até aqui de uma base tão distante?

— Talvez. E?

Thalias fez cara feia. E o que mais?

Então, entendeu.

— Há algo neste sistema que eles precisam para a batalha — concluiu. — Uma plataforma de armas em órbita ou talvez uma nave de guerra que ainda consegue lutar, mas não pode partir por algum motivo. Talvez com uma hiperdobra danificada?

— Ou talvez a nave de guerra não tenha tripulação suficiente por algum motivo — disse Thrawn. — Ironicamente, a própria Ascendência tem um precedente para coisas assim: as naves de guerra de famílias que já fizeram parte das Governantes podem ser utilizadas para defesa local de sistemas, mas não podem ser enviadas a outros locais a não ser que sejam circunstâncias especiais. Seja qual for o motivo, porém, acredito que está certa. Fsir quer nos atrair até chegarmos ao alcance de algo grande e poderoso, e precisa esperar até concordarmos em ir com ele.

— Isso não parece bom — comentou Thalias. — O que você pretende fazer?

— Vou descobrir o que está acontecendo — disse Thrawn, com uma voz sombria. — Se isto foi orquestrado pelos Vagaari, precisamos encontrá-los e dar um golpe final e mortal. Se foi planejado por uma ameaça desconhecida até agora, precisamos avaliar o perigo que oferecem à Ascendência.

— Mesmo se for uma armadilha?

Thrawn sorriu.

— *Especialmente* se for uma armadilha — disse. — Um inimigo ousado o suficiente para encenar um ataque deliberado contra uma nave de guerra Chiss precisa ser identificado. — Deu de ombros levemente. — Essa é a missão primária da Frota de Defesa Expansionária, afinal de contas.

— Sim — concordou Thalias, relutante. — Quando?

— Nas próximas duas horas — respondeu Thrawn, ficando de pé. — Conseguimos toda a informação que nossas análises poderiam conseguir, e outras condições também estão boas. Hora de irmos ao próximo palco. — Ele pausou, contemplando-a. — Você, é claro, não dirá isso a ninguém.

— Certamente não — prometeu Thalias. — Que outras condições também estão boas?

— Quero dizer *absolutamente* ninguém — disse Thrawn, ignorando a pergunta. — Não quero que Che'ri fique se preocupando a respeito do que podemos estar nos metendo.

— Eu entendo — falou Thalias. Ela lembrava bem demais do efeito que preocupação excessiva poderia ter na Terceira Visão. Uma sky-walker em pânico era a última coisa que a *Falcão da Primavera* precisava. — Vou manter tudo em privado. Que outras condições?

— Vamos fazer um salto por salto para seguir a rota de Fsir, mas eu quero que você e Che'ri fiquem a postos caso precisemos agir depressa — disse Thrawn. — O Capitão Intermediário Samakro virá pegá-las quando estivermos prontos. — Assentindo uma última vez, Thrawn começou a andar para o outro lado da sala diurna.

— E os corpos? — chamou Thalias quando um pensamento atrasado passou por sua cabeça. — Você disse que a análise estava completa. Havia material genético dos Vagaari nos corpos?

— Interessante você perguntar isso — disse Thrawn, pausando ao lado da escotilha. — Não encontramos nenhum fragmento de corpo em meio aos destroços.

Thalias franziu o cenho.

— *Nenhum*?

— Nenhum — repetiu Thrawn. — Isso pode não significar nada, é claro. Explosões tão violentas quanto as que destruíram as canhoneiras espalham destroços por um grande volume do espaço. É possível que os corpos tenham sido lançados tão longe que não puderam ser detectados quando começamos a coletar amostras. Nós *encontramos* um pouco de material genético, mas os resultados foram inconclusivos.

— Entendi — disse Thalias. — Eu só... Lembro de ouvir histórias de que os Vagaari às vezes colocavam cativos em cápsulas especiais nos cascos das naves de guerra deles para desencorajar contra-ataques.

— Não são apenas histórias — afirmou Thrawn, lúgubre. — Está pensando que eles podem ter feito algo similar aqui, com os corpos de pilotos escravizados conectados a explosivos no caso de derrota, para que suas espécies não possam ser identificadas?

— Algo assim — disse Thalias. Uma ideia horrível, com uma imagem mental igualmente horrível para acompanhá-la.

— Do que já vi dos Vagaari, certamente é possível — considerou Thrawn. — Mais um motivo para que Fsir nos leve até a base dos perpetradores.

— Para que possamos destruí-los?

— Para que possamos — disse Thrawn — e o faremos.

— Enquanto partem de Celwis a caminho de um momento histórico na família Xodlak — surgiu a voz do Conselheiro Lakuviv no alto-falante da ponte da *Solstício* — gostaria de oferecer algumas palavras de encorajamento e admonição. Por motivos de segurança, apenas seus comandantes sabem qual é a verdadeira missão, e eles a compartilharão na hora certa. Mas saibam, com confiança, que o objetivo final valerá todos os seus esforços. De agora em diante, a performance de todos trará glória e honra à família, ou a levará à catástrofe.

Sentada na cadeira de comandante, Lakinda sentiu-se contrair com a expectativa. Ela tivera algumas dúvidas no meio do caminho, mas o absoluto entusiasmo de Lakuviv, assim como o da Auxiliar Sênior Lakjiip, era contagiante. Uma mina de nyix, propriedade dos Xodlak, poderia prover cascos para as naves de guerra da frota por muitos anos, e certamente traria glória à família.

E, se houvesse alguma justiça na Sindicura, voltariam a existir as Dez Famílias Governantes.

Tomar posse das minas deveria ser tarefa fácil, caso Lakuviv estivesse certo a respeito de nenhum outro estrangeiro saber a respeito da existência delas. Se a suposição dele estivesse errada — se as naves Xodlak chegassem lá e encontrassem outras forças esperando por elas —, eles teriam que conquistar a posição familiar da maneira mais difícil possível.

Mas eles conseguiriam. Eles eram guerreiros Xodlak, e a família contava com eles. Eles venceriam.

— Pelos próximos dias, vocês viajarão salto por salto, o que pode ser exaustivo, eu sei — continuou Lakuviv. — Mas saibam que pilotos e navegadores experientes mapearam a rota, e que o caminho que receberam é o melhor e mais eficiente disponível.

Lakinda assentiu para si mesma. Ela havia recebido a rota algumas horas antes e a comunicado ao piloto da *Solstício*, cujo trabalho mais recente fora ser o terceiro piloto de um destróier. Ele confirmara que o trajeto parecia razoável, e prometera que o verificaria levando em conta as considerações locais em cada uma das paradas para recalibramento e reposicionamento da força-tarefa. Se ele encontrasse uma rota melhor no meio da jornada, eles sempre poderiam mudar para a nova.

Lakinda estremeceu um pouco. O *piloto*. O *primeiro oficial*, o *segundo oficial*, os outros oficiais da ponte. Ela estava tão ocupada em preparar a nave que não teve tempo de memorizar os nomes ou posições de ninguém. Com todo o trabalho que ainda tinham que fazer para ajustar o equipamento da nave, era improvável que conseguisse mudar essa deficiência social antes de alcançarem o objetivo. De certo não conseguiria com sua péssima memória crônica para nomes.

Oficialmente, isso não era um problema. Primeiro, Segundo, Leme, Armas, Comunicação — todos esses títulos e descrições eram de uso legítimo quando um capitão queria requisitar informações ou passar ordens. Mas a Almirante Ar'alani fazia questão de saber e usar os nomes de todos os seus oficiais e, desde que a *Picanço-Cinzento* foi colocada na força-tarefa de Ar'alani, Lakinda fez questão de emular o estilo da superiora.

— Enfatizo mais uma vez que sigilo vital é necessário — continuou Lakuviv. — Há aqueles que tentarão descobrir detalhes a respeito de sua missão, e outros tentarão subvertê-la. Por isso, instruí os oficiais de comunicação a ignorarem toda e qualquer transmissão, com exceção daquelas que tiverem origem neste escritório, carregando este protocolo.

Lakinda se endireitou um pouco na cadeira. Nem o Conselheiro Lakuviv nem a Auxiliar Sênior Lakjiip tinham dito nada a respeito de silêncio total nas comunicações.

Na verdade, ela nem sabia se uma ordem assim era legal. As naves de guerra poderiam ser Xodlak, mas elas eram majoritariamente tripuladas por oficiais e guerreiros da Frota de Defesa Expansionária. A ordem geral especificava que a frota deveria estar aberta à comunicação oficial o tempo todo, exceto em situações extraordinárias.

Não responder a uma transmissão era uma coisa. Considerando a situação atual, ela não tinha problema nenhum com isso. Recusar-se a sequer receber mensagens era outra.

Aliás, o fato de que a Patriel Lakooni nunca pareceu fazer parte das conversas ou planejamento da missão ainda pairava nos cantos mais escuros da mente dela. Será que havia acontecido alguma coisa com ela? Uma doença ou outra emergência? Era estranho e um pouco assustador.

— Adeus, então, a todos vocês — terminou Lakuviv. — Que a honra e dignidade da família Xodlak viaje diante, atrás e à esquerda e direita de vocês. — Houve um toque suave, e a transmissão encerrou.

— Comunicador selado conforme ordens, capitã sênior — disse o oficial de comunicação.

— Hiperdobra preparada — acrescentou o piloto. — Primeiro vetor trancado.

— E para a glória, lá vamos nós — comentou o primeiro oficial, parando ao lado de Lakinda, a voz dele animada pela excitação contida. — Sua força está pronta, Capitã Sênior Lakinda.

— Compreendido, Primeiro — disse Lakinda, estremecendo outra vez. Os oficiais da ponte ao menos haviam se dado ao trabalho de aprender o nome *dela*. — Comunicações, informe a *Apogeu* que pode saltar para o hiperespaço assim que estiver pronta.

— Sim, senhora — disse Comunicações. Lakinda inclinou-se para a frente, contemplando a panorâmica da ponte, observando o cruzador tremular e desaparecer.

— *Apogeu* saltou — confirmou Sensores.

— Entendido — disse Lakinda. — Leme, na minha contagem. Três, dois, *um*.

As estrelas viraram chamas estelares, que virou o rodopio do hiperespaço.

— Estamos a caminho, capitã sênior — disse Leme. — O vetor parece bom.

— Ordens, senhora? — perguntou o primeiro oficial.

— Quero que a tripulação de engenharia continue com o trabalho que está fazendo, focando especialmente em atualizar os computadores — mandou Lakinda. — Quero relatórios a cada hora até tudo estar plenamente funcional.

— Sim, capitã sênior — disse o oficial de armas. Desatando o cinto de seu assento, ele se espremeu entre os consoles e foi a passadas largas até a escotilha.

— Mais alguma coisa, capitã sênior? — perguntou Primeiro.

Lakinda hesitou.

— Sim — disse. — Comunicações, quero que me alerte imediatamente se recebermos alguma transmissão.

— Quer dizer transmissões do Conselheiro Lakuviv? — perguntou Comunicações.

— Quero dizer *qualquer* transmissão — esclareceu Lakinda. — Não deve confirmar recebimento nem responder sem ordens para tal, mas você *deve* me informar quando alguma coisa chegar.

Comunicações olhou para Primeiro interrogativamente. Primeiro pigarreou.

— Essas não foram as ordens que recebemos, senhora — disse.

— Eu sou a comandante no local — lembrou Lakinda. — Eu posso ajustar ou revogar qualquer ordem que eu achar melhor. — Ela o olhou nos olhos. — Preciso recitar a ordem geral da frota?

O lábio de Primeiro tremeu.

— Não, capitã sênior.

Lakinda se virou para Comunicações.

— Comunicações? — convidou.

Comunicações não parecia feliz. Mas assentiu com firmeza suficiente.

— Entendido, senhora — disse.

— Ótimo. — Lakinda se acomodou no assento novamente. — Leme: quanto tempo até a primeira parada para reposicionamento?

— Duas horas, capitã sênior — relatou o piloto. A voz dele parecia um pouco tensa, mas não houve hesitação em sua resposta. — Depois disso, estaremos efetivamente fora da Ascendência e os saltos ficarão mais curtos.

— Obrigada. — Lakinda olhou para cima para ver o primeiro oficial. — Em uma missão como esta, Primeiro, toda informação é importante — disse, certificando-se que sua voz seria audível na ponte inteira. — O Conselheiro Lakuviv falou que haveria aqueles que se esforçariam para subverter nossa missão. Se houver, quero saber que esforços são esses, em que momento estão ocorrendo, e quem está por trás deles.

— Entendido, senhora — respondeu Primeiro, soando mais calmo. — Isso parece razoável. — Os olhos dele se estreitaram de leve. — Presumo que a senhora *seguirá* a ordem do Conselheiro Lakuviv de não responder a esse tipo de transmissão?

— Não vejo por que não — disse Lakinda. — Siga em frente, Primeiro.

Ele se afastou, pausando em cada console que via em seu caminho para verificar o status da estação. Lakinda o observou por um instante, e então se virou para a tela de sua cadeira e começou a fazer a própria repassagem das capacidades de voo e combate da *Solstício*. Se alguém no meio do Caos quisesse fazer a missão dela falhar, eles teriam que estar dispostos a realizar muito mais do que algumas transmissões.

Ela não tinha intenção alguma de tornar as coisas fáceis para eles.

CAPÍTULO VINTE E UM

NA MAIOR PARTE DAS viagens da *Falcão da Primavera*, Thrawn fazia Che'ri usar a Terceira Visão para navegar pelo Caos. Viagens salto por salto só eram utilizadas na última ou penúltima parte do trajeto, e só quando Che'ri precisava descansar. Por isso, Thalias nunca havia participado de nenhuma viagem prolongada via salto por salto.

Era, como descobriu rapidamente, algo dolorosamente entediante.

Saltar para um sistema. Sair do hiperespaço. Confirmar posição. Mover-se pelo espaço normal até chegar ao ponto de partida necessário para se alinhar para o próximo salto. Verificar novamente possíveis anomalias de hiperespaço entre os pontos. Saltar para o próximo ponto na lista, que raramente ficava a mais do que cinco ou seis sistemas estelares de distância. Sair do hiperespaço. Repetir.

E repetir, repetir, repetir.

Não havia nada que pudesse ser feito. Eles precisavam seguir o cargueiro Watith para chegar à base Vagaari, ou seja lá o que houvesse no fim dessa brincadeira, e, já que Fsir não tinha um navegador a bordo, isso significava viajar salto por salto.

Infelizmente, a armadilha esperada poderia não estar no fim do trajeto, mas poderia aparecer em qualquer ponto no meio do caminho, quando a vítima estivesse menos alerta. Se isso acontecesse, Thrawn poderia decidir que queria uma saída rápida e precisaria que Che'ri estivesse preparada e esperando.

Ao menos Thrawn as deixara no controle secundário, onde o procedimento e a etiqueta eram menos rígidos do que na ponte. Aqui, Che'ri podia ficar de pé e esticar as pernas durante os períodos de hiperespaço sem incomodar ninguém. O Comandante Sênior Kharill, novamente encarregado do comando secundário, tinha até mesmo relaxado de sua severidade de sempre a ponto de pedir para trazerem uma cama dobrável, que foi espremida na parte de trás da sala para Che'ri cochilar durante os trajetos mais longos no hiperespaço caso ela precisasse.

O maior medo de Thalias era que a viagem inteira durasse mais do que algumas horas. Se continuasse a ponto de que Che'ri precisasse de um período de descanso, a *Falcão da Primavera* voaria de forma arriscada durante as horas em que a sky-walker não estivesse disponível.

Infelizmente, eles não poderiam só parar durante essas horas, como naves de guerra Chiss costumavam fazer quando as sky-walkers precisavam dormir. Um atraso seria difícil de explicar para Fsir, já que salto por salto normal teoricamente poderia continuar por vários dias seguidos se tivessem pilotos disponíveis para fazer rotação no leme. Fsir nunca acreditaria que a *Falcão da Primavera* não tinha gente o suficiente na equipe para lidar com um voo de vinte e quatro horas, e eles não podiam arriscar suspeitas.

Thrawn dissera a Thalias e Che'ri que sua leitura da tripulação de Fsir indicava que apenas um dos vinte e três Watith a bordo tinha treinamento de pilotagem. Na teoria, isso significava que uma jornada mais longa do que um único dia também forçaria Fsir a suspender o salto por salto para que o piloto pudesse descansar, o que, então, daria a Che'ri o tempo necessário. Mas, conforme as horas se alongavam e Fsir não mostrava sinal de parar, Thalias se perguntou se Thrawn estava errado.

Felizmente, ele não estava. Dez horas após a partida, eles finalmente chegaram ao último trajeto da jornada.

— Aqui quem fala é o Capitão Sênior Thrawn — a voz de Thrawn soou no monitor da ponte da sala de comando secundário. — O Capitão Fsir me informou que um último salto de doze minutos nos levará à base Vagaari. Considero provável chegarmos em uma situação de combate. Todos os oficiais e guerreiros devem estar a postos. — Ouviu-se um clique quando o comunicador mudou da comunicação para toda a nave para a comunicação direta com o comando secundário. — Situação, Comandante Sênior Kharill?

— Comando Secundário pronto, capitão sênior — informou Kharill. — Sky-walker posicionada.

— Entendido — disse Thrawn. — Com sorte, não precisaremos dela. Tenente Comandante Brisch?

— Sim, capitão sênior — falou o oficial de comunicação. — Sinal enviado; confirmação recebida. Tudo está pronto, senhor.

— Muito bem — disse Thrawn. — Tenente Comandante Azmordi, quando eu disser: três, dois, *um*.

As chamas estelares irromperam, e então se acomodaram nos giros do hiperespaço.

Ao lado de Thalias, Che'ri curvou os ombros para a frente e colocou as mãos nos controles. Ela parecia tensa de perfil; Thalias viu os músculos da bochecha dela tensionando e relaxando. Na estação do outro lado de Che'ri, Laknym estava sentado de maneira tão rígida quanto a dela em seu console de armas, os olhos afunilados em concentração. Ele pareceu notar os olhos de Thalias parando nele e virou a cabeça. Por um momento, seus olhares se encontraram.

E, de maneira um pouco surpreendente, Thalias percebeu que o que ela achou ser preocupação era, em vez disso, uma expectativa lugubremente afoita.

Não era de admirar. A *Falcão da Primavera* estava prestes a entrar em uma batalha, provavelmente pela própria vida. Era a chance de Laknym se provar diante de Thrawn e Kharill, a chance de mostrar que ele merecia, de fato, avançar na frota. Ele abriu um sorriso para Thalias, e voltou a atenção para o painel.

Thalias voltou-se para o monitor da ponte, observando a contagem regressiva do crono até a chegada. Olhou para Che'ri, que parecia um pouco menos tensa agora. A contagem chegou a zero...

Com uma centelha de chamas estelares, a *Falcão da Primavera* saiu do hiperespaço.

— Comandante Intermediária Dalvu? — chamou Thrawn.

— Alcance de combate desobstruído — relatou a oficial de sensores. — Alcance médio... Ali estão eles, senhor. Vinte caças, com tamanho de canhoneiras, pairando em órbita planetária ultra-alta. Sem emanações de energia detectáveis. Longa distância... Nada visível entre nós e o planeta.

— Será que chegamos com eles dormindo? — sussurrou Che'ri.

— Não necessariamente — disse Laknym. — A esse alcance, ficar a postos ou deixar a nave inativa parece a mesma coisa para os sensores passivos. Eles podem estar bem acordados, sentados com os pés para cima, cuidando para ver se há algum problema.

Thalias espiou por cima do próprio ombro furtivamente. Falando em problema, se Kharill pegasse civis conversando...

Mas Kharill não estava fazendo cara feia para Thalias ou prestes a criticar Laknym. Toda sua atenção estava voltada para a tela visual, os olhos estreitados, a expressão intensa.

E, no meio de toda aquela concentração, Thalias jurou ver um sorrisinho.

— Lá — disse Dalvu bruscamente. — Lá vão eles, senhor.

Thalias olhou de volta para a tela. As canhoneiras escuras e silenciosas começavam a voltar à vida: as luzes se acendiam, algumas delas flutuando para fora das órbitas com os propulsores virados para cima, as posições de atitude mudando conforme todas viravam para encarar o cruzador Chiss que se aproximava.

— Eles estão nos vendo! — exclamou Fsir, em pânico, pelo alto-falante. — Capitão Thrawn, eles estão nos *vendo*!

— Estão, sim — disse Thrawn. — Infelizmente para eles, eles não têm para onde ir.

— Não seja tolo! — implorou Fsir, seu chiado quase virando um berro. — Se eles avisarem a base... Ali! — Ele ofegou ao ver duas canhoneiras virando-se e disparando em direção ao planeta. — Deve pará-los!

— Não há nenhuma base lá, Capitão Fsir — disse Thrawn.

— Tolo! — vociferou Fsir novamente, ainda mais frenético. — A base é uma plataforma de armas em órbita... Não consegue vê-la porque está do outro lado do planeta. Mas está lá, e é horrivelmente poderosa e perigosa. Se não parar aqueles caças agora mesmo, antes que possam alertar os outros, nem seu povo nem o meu verá outro nascer da lua.

Thalias sentiu o estômago dar um nó. Um bom conselho tático... Exceto que as duas canhoneiras em fuga estavam bem atrás de suas companheiras. A única forma da *Falcão da Primavera* chegar lá seria passando pelas outras dezoito naves primeiro. Com todas as canhoneiras em alerta e ativadas, nem Thrawn conseguiria lidar com probabilidades como essas.

E, para seu assombro, ouviu um som atrás dela. Um ressoar que parecia muito com uma risadinha.

Ela se virou. O pequeno sorriso que vira no rosto de Kharill um minuto antes virou um sorriso aberto e maldoso.

Ele estava mesmo *feliz* que Thrawn estivesse encarando probabilidades tão adversas?

Mas isso não fazia sentido. O Capitão Intermediário Samakro a acusara de ser uma espiã quando ela chegou na *Falcão da Primavera* e, por muito tempo depois disso, ela sentiu relutância e até mesmo hostilidade para com Thrawn vinda de alguns outros oficiais. Mas decerto eles já teriam percebido que o comandante sabia o que estava fazendo e que eles poderiam confiar nele.

Principalmente porque um fracasso da parte de Thrawn, aqui, tomaria as vidas de *todos*, incluindo a de Kharill e de qualquer outro oficial do contra.

As canhoneiras se espalhavam para longe de suas rotas orbitais, expandindo-se para fora, na direção da *Falcão da Primavera*, como uma flor desabrochando.

— Afpriuh, alveje as duas canhoneiras mais próximas — disse Thrawn, sem mostrar sinais de tensão na voz. — Apenas lasers. Kharill?

— Sim, senhor? — retornou Kharill.

— Você lidará com as esferas de plasma — comunicou Thrawn. — Vou querer difusão total, focando em todas exceto as duas canhoneiras na liderança. Elas estarão se movendo e obscurecidas quando você disparar, então Laknym terá que fazer o que julgar melhor.

— Entendido — disse Kharill. Thalias notou que o sorriso continuava lá. — Laknym?

— Pronto, senhor — respondeu Laknym com confiança.

— Comecem depois de eu contar — disse Thrawn. — Afpriuh, quando eu disser. Três, dois, *um*.

Na tela visual, os espectro-lasers da *Falcão da Primavera* piscaram, borrifando luz e metal vaporizado das duas canhoneiras na liderança. De canto de olho, Thalias viu Laknym trabalhando fervorosamente em seu painel, os olhos correndo pela tela enquanto configurava os alvos. As duas canhoneiras atacadas tentaram escapar dos lasers de Afpriuh, mas continuavam vagarosas, e seus cascos seguiam fervilhando. Elas tentaram desviar uma última vez…

Um instante depois, as duas explodiram em labaredas de fogo turvo.

— Esferas: *disparar* — ordenou Thrawn.

Os dedos de Laknym macetavam os controles de lançamento. Thalias olhou para a visual, e depois para a tática, tentando enxergar em meio à fumaça e à nuvem de destroços. O cenário clareou quando o pó e os fragmentos se espalharam pela escuridão.

Revelando às canhoneiras, tarde demais, as esferas de plasma disparadas contra elas.

Mas o inimigo, aparentemente, antecipara o ataque da *Falcão da Primavera*. Mesmo antes de o material obscurecedor se dissipar, Thalias conseguiu ver as canhoneiras movendo-se, curvando-se para longe das esferas. Apenas duas delas foram pegas pelo ataque de Laknym, e foram atingidas apenas de raspão, o que fez com que vacilassem, mas continuassem funcionais.

Thalias estremeceu. Duas canhoneiras destruídas. Mais duas parcialmente desativadas. Catorze continuavam ativas, armadas e indo em direção à *Falcão da Primavera*.

— Viu isso, Capitão Intermediário Samakro? — perguntou Thrawn.

— Sim, senhor, vi — confirmou Samakro. — Sugiro acabarmos antes que elas cheguem ao alcance de batalha.

— Concordo — disse Thrawn. — Comandante Sênior Kharill, mais cinco esferas, o alvo é o cargueiro Watith.

Thalias franziu o cenho. O *cargueiro*?

— Sim, senhor — disse Kharill. — Laknym?

— Tudo preparado, comandante sênior — respondeu Laknym.

— No meu comando — disse Thrawn. — Brisch, pode falar.

— Sim, senhor — respondeu o oficial de comunicação bruscamente. Thalias o viu tocar em um único botão na tela da ponte...

E, de repente, outra nave de guerra apareceu atrás e acima das canhoneiras. Thalias ouviu Che'ri ofegar, surpresa...

— Aqui quem fala é o Capitão Intermediário Apros, comandando a nave de guerra *Picanço-Cinzento*, da Frota de Defesa Expansionária Chiss — disse Apros no alto-falante. — Canhoneiras inimigas, rendam-se ou serão destruídas.

— Lancem as esferas — ordenou Thrawn em voz baixa.

Mais uma vez, Laknym acionou os controles. Thalias olhou para a tática.

Para ver o cargueiro Watith indo para cima e afastando-se da *Falcão da Primavera*, ligando abruptamente os propulsores a toda potência, aparente e inexplicavelmente em fuga.

Mas era tarde demais. O cargueiro mal tinha girado quando as esferas de plasma de Laknym o atingiram em cheio, colidindo contra ela respingos brilhantes de energia iônica liberada. Os propulsores falharam de repente, as luzes se apagaram e a nave inteira começou a pairar em seu último vetor.

— Cargueiro Watith desativado — anunciou Dalvu.

— Canhoneiras também — disse Afpriuh.

Thalias franziu o cenho ao ver a tela tática. Ele estava certo. Todos os caças ficaram tão silenciosos e escuros quanto o cargueiro, pairando exatamente da mesma forma. Até mesmo as duas disparando na direção do planeta estavam mortas no espaço.

— O senhor estava certo, capitão sênior — reconheceu Samakro e, pelo monitor da ponte, Thalias o viu sacudir a cabeça. — Eu admito não ter acreditado de primeira. Mas o senhor estava certo.

— Obrigado, capitão intermediário — disse Thrawn, tocando no botão do comunicador. — Grupo de embarque: podem ir. Certifiquem-se de que toda a equipe está segura antes de apagar os sistemas de pilotagem remota.

Thalias piscou de surpresa. Sistemas de *pilotagem* remota?

— E o dia pode não ter acabado ainda — continuou Thrawn. — *Picanço-Cinzento*, nos disseram que havia uma plataforma de armas que estaria, no presente momento, na sombra planetária. Conseguiram uma visão da área enquanto preparavam o salto?

— Conseguimos, capitão sênior — disse Apros —, e o senhor foi mal-informado. Não há nada em órbita do outro lado, nem uma plataforma de armas, nem nada.

— Ótimo — disse Thrawn. — Eu esperava que fosse o caso, mas sempre há uma possibilidade. — Ele se virou para Samakro. — Neste caso, capitão intermediário, o dia *está* acabado.

— Talvez não, senhor — declarou Apros antes de Samakro responder. — Há uma questão que preciso discutir urgentemente com o senhor. Permissão para ir a bordo.

— É claro, capitão intermediário — autorizou Thrawn. — Quando desejar. Antes de partir, eu apreciaria se pudesse instruir seus oficiais a nos ajudar a coletar as canhoneiras. Quero examinar quantas puder, e não gostaria que elas se afastassem do nosso melhor alcance.

— Entendido, senhor — disse Apros. — Ordens dadas.

— Obrigado — disse Thrawn. — Aguardo sua chegada.

O comunicador foi desligado. Thalias sorriu para Che'ri, com uma orelha de pé ouvindo Thrawn dar ordens às tripulações das naves auxiliares e aos operadores de raio trator da *Falcão da Primavera*.

— E agora — disse — acho que é hora de nós duas dormirmos. Dormirmos *de verdade*.

— Acabou? — perguntou Che'ri, como se não acreditasse.

— Acabou — disse Thalias. Ela olhou para além da menina e ergueu as sobrancelhas. — Acabou, não?

— Sim — afirmou Laknym, abrindo um sorriso forçado. Seja lá o que ele estivesse tentando provar hoje, ele estava claramente satisfeito com o resultado.

— Mas eu não entendi — disse Che'ri enquanto tirava o cinto de segurança. — Comandante Sênior Kharill? O que aconteceu ali?

Thalias se virou. Kharill estava ocupado com o próprio questis.

— Comandante sênior? — chamou.

Ele olhou para cima, fazendo cara feia para ela, e voltou a atenção ao questis.

— O Tenente Comandante Laknym vai explicar — respondeu.

— Sim, senhor. — Laknym se virou para Thalias. — Esperávamos desde o começo que fosse uma armadilha. Bom, o Capitão Sênior Thrawn e os outros oficiais sênior esperavam, de qualquer forma. Pela análise deles de nossa batalha anterior, eles suspeitavam que tudo fora uma encenação e que os Watith estavam controlando as canhoneiras desde o cargueiro.

— Como em um jogo? — perguntou Che'ri.

— Exatamente — disse Laknym. — Quando o Capitão Sênior Thrawn visitou o cargueiro, ele contou vinte Watiths que Fsir chamou de passageiros, e o que pareciam ser vinte consoles de controle. Quando chegamos aqui e vimos vinte canhoneiras esperando por nós, nos pareceu que ele estava correto.

— É por isso que não havia corpos ou pedaços de corpos nas outras canhoneiras — murmurou Thalias. *E*, ela entendia agora, era por isso que Kharill estava sorrindo daquele jeito no começo da batalha. Ele vira que a contagem das canhoneiras batia com a contagem de Thrawn, e notou que a análise do comandante estivera correta desde o começo.

— Certo — disse Laknym. — O momento decisivo foi quando o Comandante Sênior Afpriuh explodiu duas das canhoneiras e colocou uma nuvem de detritos diante das outras. Você me viu lançar as esferas, mas também viu que as canhoneiras começaram a evadi-las antes mesmo de terem como saber que elas estavam sendo disparadas.

— Porque os operadores estavam no cargueiro — concluiu Thalias, assentindo — e *eles conseguiam* ver as esferas.

— Exatamente — disse Laknym. — Nós já tínhamos feito contato com a *Picanço-Cinzento* antes de sairmos do último sistema; suponho que foram mandados para oferecer assistência e estavam seguindo o padrão de busca que o Capitão Sênior Thrawn mandou para Csilla, e o Capitão Sênior fez elas nos seguirem até aqui em modo furtivo. Assim que notamos que o cargueiro estava controlando as canhoneiras, ele os chamou para distrair Fsir enquanto nossas esferas desativavam o cargueiro.

— E estavam tentando fugir — disse Che'ri, afoita. — Eu vi elas tentando fugir.

— Sim, estavam — concordou Laknym, sorrindo para a menina. — O que, por si só, mostraria que eram parte da armadilha.

— Entendi — disse Thalias. — Obrigada, tenente comandante. Vamos parar de incomodá-lo agora. Vamos, Che'ri.

— Podemos dormir agora? — perguntou Che'ri, soltando-se dos cintos de seu assento.

— Sim — disse Thalias. — A não ser que queira jantar primeiro.

— Não sei — ponderou Che'ri, a testa se franzindo com concentração.

— Quando você *vai* saber?

Che'ri ficou de pé e se alongou.

— Quando eu souber o que você pretende preparar.

— Outra cidadezinha à vista — disse o Guerreiro Sênior Yopring no alto-falante da ponte da *Vigilante*. Como sempre, as palavras eram difíceis de discernir em meio ao bramido da corrente de ar surrando a nave auxiliar enquanto ela voava pela superfície planetária mais abaixo. — Ou talvez seja outro complexo industrial.

— Ótimo — murmurou Wutroow ao lado de Ar'alani. — Mais uma de cada e vamos completar outra carta dupla de zigue-zigue.

— Entendido — disse Ar'alani, ignorando o comentário. — Melhor olhar mais de perto.

— Sim, senhora.

Ar'alani olhou a panorâmica, contendo um bocejo. Não é que ela não simpatizasse com o tédio de Wutroow. Eles haviam passado as últimas duas semanas seguindo um padrão de busca da área que a Magys havia sugerido que o couraçado de batalha estrangeiro poderia estar guardando. Até agora, haviam encontrado quatro cidades de tamanho considerável, três delas em ruínas e a quarta quase completamente destruída; vinte e dois centros industriais com o mesmo percentual de destruição, aproximadamente; cinco minas, todas elas aparentemente desertas; e um bom número de cidadezinhas, vilarejos e fazendas.

A boa notícia era que, apesar da extensa devastação em Nascente, definitivamente havia sobreviventes. O grupo de busca apenas encontrara uns e outros, em sua grande maioria pessoas trabalhando em campos que não conseguiram se esconder a tempo. Mas os sensores de calor da nave auxiliar tiveram uma visão diferente, de uma sociedade lenta, mas definitivamente se recuperando da carnificina. Grande parte deles estava no subterrâneo ou escondida — o que, Ar'alani notou, não era diferente de Csilla —, mas era uma recuperação, de qualquer maneira.

Se a Magys só se importava em saber se havia sobreviventes, isso deveria ser evidência suficiente para convencê-la a levar os refugiados de volta a Nascente. Mas, se tivesse outros critérios — qualidade de vida, probabilidade de sobrevivência a longo prazo, ou algum tipo de limiar numérico que ela estivesse procurando —, ela poderia, ainda assim, decidir pela escolha de morte-por-Além.

Ao menos agora Ar'alani tinha dados para rebater esse ponto.

— Erro meu, almirante — corrigiu Yopring. — Não é uma cidade, mas uma mina aninhada na lateral das montanhas.

— Alguma coisa se movendo? — perguntou Ar'alani.

— Nesta... sim, na verdade — disse Yopring. — Na verdade... Uau. Está ativa, isso sim. Dúzias de trabalhadores lá embaixo. Talvez centenas.

— Bom, *isso* é um ótimo sinal de civilização — comentou Wutroow.

— A maior parte das pessoas não gasta esforços em manter minas em atividade antes de todos terem comida e abrigo.

— Se esse for o caso, eles devem estar nadando em molho borjory — comentou Yopring. — Vejo pessoas, alguns prédios compridos, provavelmente casernas comunais, trilhos para carretas de mina, uma área de aterrissagem grande o suficiente para... *Maldição*!

— O que houve? — exigiu Ar'alani. Silêncio. — Biclian? — exclamou.

— Trabalhando nisso, almirante — disse o oficial de sensores, olhando as telas diante dele. De canto de olho, Ar'alani viu Wutroow deixar seu lugar ao lado da cadeira de comando para correr na direção do console de armas, pouco populado no momento. — Encontrei dois aerocarros ao sul da posição de Yopring...

— Sinto muito, senhora. — A voz de Yopring voltou, parecendo um pouco ofegante. — Eu me assustei, só isso. Dois aerocarros apareceram do nada, e tive que desviar deles para...

— Cuidado! Eles estão na sua cola — avisou Biclian.

— Mais quatro vindo do norte e do leste — acrescentou Wutroow, sentando no assento de armas. — Parece que eles estão tentando cortá-lo.

— Acredito em vocês — disse Yopring. — Mas não consigo vê-los ainda.

— Você os verá em um minuto — assegurou Wutroow, tocando na visão superior da tela tática. — Almirante?

— Já vou — disse Ar'alani, franzindo o cenho para a tela. Os dois aerocarros do sul forçaram a nave auxiliar Chiss para longe da mina, e agora pareciam querer levá-la em direção aos outros quatro.

— Estou chutando que os mineiros não gostam de ter companhia — comentou Yopring calmamente. — Alguma ordem, almirante?

— Mantenha o curso — ordenou Ar'alani. — Deixe eles pensarem que estão ganhando. Biclian, quero a telemetria da nave auxiliar, vamos ver se os aerocarros têm uma capacidade espacial.

— Eles certamente são grandes o suficiente para terem — disse Biclian. — Também estão altamente blindados. E tenho certeza de que estou vendo um par de lasers debaixo dos tocos de altitude.

Ar'alani fechou a cara. Blindados *e* armados. Ótimo.

E, com a profundeza inteira da atmosfera de Nascente entre os aerocarros e a *Vigilante*, Ar'alani duvidava que até mesmo os espectro-lasers da nave poderiam empurrar tanto ar a ponto de derrubar um veículo aéreo blindado. Certamente, não poderia fazê-lo com a rapidez necessária para impedi-los de acabarem com Yopring primeiro.

Eles teriam que tentar outra coisa.

— Tudo bem, Yopring, eis aqui o que eu quero que você faça — instruiu, pegando uma cópia da tela tática no questis e tocando em um dos pontos. — Mantenha o curso até o ponto que marquei. Quando ele chegar, Wutroow, quero que você dispare uma salva de lasers a toda potência contra *estes* dois pontos. — Ela tocou em dois outros locais. — Acha que consegue atingi-los ao mesmo tempo?

— Sem problema, senhora — disse Wutroow. — Ah. Legal.

— Yopring? — perguntou Ar'alani.

— Entendido, senhora — respondeu. — Para cima?

Ar'alani observou os aerocarros voando a toda. Se tivessem treinamento de combate, e fossem rápidos…

— Não — disse. Atrás dela, a escotilha da ponte se abriu e Oeskym se apressou para entrar, indo em direção ao console de armas. Ar'alani encontrou seus olhos e fez um sinal para ele voltar. Wutroow já estava posicionada, e não havia tempo para trocarem de lugar. — Não para cima, mas para baixo e para o lado. *Depois* vá para cima, mas só quando achar que é seguro. Pronto?

— Pronto, senhora.

— Wutroow?

— Pronta, senhora.

— Todos a postos. — Ar'alani olhou a tela tática, focando na nave auxiliar e fazendo contagem regressiva... — Três, dois, *um*.

E, conforme Yopring chegava ao local entre os dois rios convergentes que Ar'alani havia marcado, os lasers da *Vigilante* brilharam, ardendo e turvando a atmosfera ao penetrar a água corrente que passava de cada lado da nave auxiliar.

O disparo súbito de energia fez com que nuvens massivas de vapor e água condensada se erguessem no ar. Ar'alani prendeu a respiração...

Quem quer que estivesse dirigindo os aerocarros era, de fato, rápido e treinado. As nuvens que obscureciam a cena eram a oportunidade perfeita para que o intruso fugisse para a segurança do céu, como o próprio Yopring sugerira fazer. Mesmo enquanto a *Vigilante* continuava disparando contra a água, os seis aerocarros se voltaram para cima bruscamente, tentando interceptar o suposto vetor de fuga da nave auxiliar e derrubá-la.

Mas Yopring não estava lá. Em vez disso, seguindo as ordens de Ar'alani, ele desceu a nave até a copa das árvores, deu uma guinada de noventa graus para a esquerda, e disparou para o outro lado da paisagem.

Ele já estava a uns três quilômetros de distância quando os aerocarros chegaram ao topo da nuvem e perceberam que ele havia escapado do cerco. Quando finalmente começaram a descer de volta ao solo, Yopring estava ascendendo, dirigindo-se ao espaço com a maior velocidade que os propulsores da nave auxiliar permitiam.

Por um momento, Ar'alani achou que os aerocarros continuariam a perseguição. Mas eles só fizeram uma tentativa sem vontade de ir atrás dele antes de desistirem. A nave auxiliar já estava longe demais para que a pegassem rapidamente e, quanto mais para cima fossem, maior era a probabilidade de serem pegos pelos lasers da *Vigilante* e abatidos com um único tiro. Teriam que se contentar com ter enxotado o intruso do planeta.

Ao menos isso eles haviam conseguido. A *Vigilante* não tinha a capacidade de força terrestre para descer, nem guerreiros ou poder de fogo suficiente para desafiar a segurança do complexo de mineração. O que quer que os aguardasse lá embaixo teria que esperar outro dia.

— Bom trabalho, almirante — disse Wutroow, devolvendo a estação de armas para Oeskym. — E agora?

— Conseguimos o que estávamos procurando, capitã sênior — falou Ar'alani. — Sabemos que existem sobreviventes, muitos, e que a sociedade está começando a se reconstruir das cinzas.

— Sim, senhora — disse Wutroow. — *E* que tem gente lá embaixo *muito* interessada em ficar na deles. Suponho que não vamos deixar com quem façam isso?

— Se forem habitantes nativos, não é da conta da Ascendência — lembrou Ar'alani.

— E se não forem?

Ar'alani voltou-se para a tática, vendo os aerocarros voltarem à toca. Aerocarros com um visual radicalmente diferente das centenas de veículos aéreos destruídos que apareciam nos registros coletados pela nave auxiliar. Aerocarros guardados pelo couraçado de batalha que fez o melhor que podia para acabar com a *Vigilante* e dois cruzadores pesados dos Chiss.

— Se não forem, vamos fazer com que se arrependam de terem vindo até aqui — disse Ar'alani a Wutroow suavemente. — Se arrependam *amargamente*.

CAPÍTULO VINTE E DOIS

— Isto é extremamente inquietante — disse Thrawn ao Capitão Intermediário Apros, que estava claramente desconfortável, pregado à cadeira da sala de conferências pelo olhar intenso do superior. — Que tipo de emergência familiar poderia fazer com que a Capitã Sênior Lakinda abandonasse seu posto?

— Não sei, senhor — respondeu Apros. Seus olhos foram de Thrawn para Samakro, como se esperasse encontrar apoio ou ao menos simpatia de sua parte.

Samakro continuou inexpressivo. Apros ia continuar querendo se esperava qualquer uma dessas coisas dele. Que se danem as famílias e as políticas familiares; para Samakro, abandonar um posto de comando era impensável.

E, para Apros não só ter aceitado isso, mas não ter feito nada para pará-la, era igualmente impensável.

— Ela deu alguma pista? — perguntou Thrawn.

— Não, senhor — disse Apros, voltando a olhar para o capitão sênior relutantemente. — Não sei se ela já sabia de algo naquele momento. A mensagem dizia que os membros da família Xodlak deveriam se reunir em Celwis. Ela não me falou se a mensagem dizia mais alguma coisa.

— Você ao menos tentou convencê-la a não ir? — Samakro exigiu saber.

— Falei tudo que pude falar nos três minutos que ela me deu — rebateu Apros. Ele não ousava demonstrar raiva para um oficial superior como Thrawn, mas aparentemente achava que outro capitão intermediário, como era o caso de Samakro, era um alvo válido. — Ela e Lakwurn foram embora antes de eu poder fazer qualquer outra coisa.

— Lakwurn? — perguntou Thrawn.

— Especialista de hiperdobra — esclareceu Apros. — Ele recebeu a mesma mensagem que a Capitã Sênior Lakinda.

— Então os Xodlak não estão apenas atrás de oficiais de comando — disse Thrawn, ficando pensativo. — Eles querem *qualquer* tipo de pessoal militar.

— Parece ser o caso — concordou Apros. — Eu fiz algumas verificações enquanto chegávamos aqui. As naves de guerra que os Xodlak têm em Celwis são dois cruzadores leves, parcialmente tripulados em uma estação de defesa orbital, e uma fragata de reserva sem tripulação.

— O que eles estão fazendo, se preparando para uma batalha? — perguntou Samakro, franzindo o cenho.

— Temo que sim — disse Apros com um tom sombrio. — Em alguns dos intervalos de nossa sky-walker, enquanto vínhamos até aqui, recebemos mais transmissões, duas delas em criptografias familiares. Nosso oficial de armas, o Comandante Sênior Erighal'ok'sumf, me informou que ele e outros dois Erighal a bordo receberam convocações familiares de emergência.

— Também deixou que *eles* fossem? — grunhiu Samakro.

— É claro que não — respondeu Apros, rígido. — Ghaloksu também não pediu para ir. Estávamos no meio de uma situação de risco iminente, o que cancela a convocação. Mas, considerando a partida abrupta da Capitã Sênior Lakinda, ele achou que seria melhor que eu soubesse.

— Os Erighal também foram chamados para ir até Celwis? — perguntou Thrawn.

— Não, até Copero — disse Apros. — Mas aí é que tudo fica ainda mais estranho. Depois de Ghaloksu falar comigo, pesquisei um pouco mais e descobri que os Pommrio também mandaram convocações de emergência.

Samakro estreitou os olhos. *Três* famílias?

— Eles foram chamados para Sarvchi — continuou Apros. E deu de ombros de leve, impotente. — Não sei o que tudo isso significa, senhor. Mas não gosto do que está acontecendo.

— Nem deveria gostar — observou Thrawn, estreitando um pouco os olhos. — Celwis, Copero, Sarvchi. Sistemas ao leste e sudeste da Ascendência. Diga-me, capitão intermediário, havia alguma indicação de Csilla e Naporar terem sido alertadas?

— Nem eu nem a *Picanço-Cinzento* recebemos transmissões — disse Apros. — E, como falei, as outras mensagens vieram sob criptografia familiar. Seja lá o que estiver acontecendo, parece que só envolve essas três famílias.

— A não ser que haja outras sem representantes entre seus oficiais e guerreiros — apontou Thrawn. — Sem acesso a essas criptografias, você não saberia se essas convocações existem.

O lábio de Apros tremeu.

— Sim, senhor. É verdade.

— De qualquer forma, a falta de alertas oficiais indica que a Ascendência, como um todo, não está sob ameaça — continuou Thrawn. — Isso geralmente significa que não é uma invasão ou um desastre natural de grandes proporções. — Ele se virou para Samakro. — Capitão Intermediário Samakro. Opinião?

— Não sei, senhor — admitiu Samakro. — Notei que as três famílias fazem parte das Quarenta, o que pode significar algum tipo de operação conjunta. Talvez uma missão de salvamento ou resgate.

— Se só estivessem procurando por oficiais para a tripulação das naves, eu presumiria que eles excluiriam oficiais de comando de combate da convocação — disse Thrawn. — Na verdade, por que chamar a frota? Certamente há membros familiares em serviços mercantis que conseguiriam lidar com uma situação sem cunho militar.

— Será que pode ter algo a ver com sua missão? — perguntou Apros. — Estamos, no momento, a sudeste-nadir da Ascendência. Será que as famílias ouviram algo a respeito dos Vagaari, algo que talvez não seja concreto a ponto de chamar a Força de Defesa, mas concreto o suficiente para exigir segurança adicional nesses três sistemas?

— Segurança utilizando uma nave de guerra antiquada? — zombou Samakro. — De qualquer forma, como o Capitão Sênior Thrawn apontou, se esse fosse o caso, por que eles *não* poderiam chamar a Força de Defesa? Eles existem exatamente para a segurança planetária.

— Além do mais, os boatos a respeito dos Vagaari parecem infundados — disse Thrawn.— Falei com o Capitão Fsir, e ele disse que foi contratado apenas para batalhar com a *Falcão da Primavera*.

Samakro franziu o cenho. Ele sabia que Thrawn falara brevemente com Fsir, mas estava tão ocupado monitorando o recolhimento das canhoneiras que não conseguiu saber o que havia saído daquela conversa.

— Ele não foi contratado pelos Vagaari?

— Aparentemente não — disse Thrawn. — Também não foi contratado pelos Paataatus, se era essa sua próxima pergunta. Segundo ele, foi contratado por um estrangeiro desconhecido, baseado na região que nós provavelmente estaríamos fazendo a busca, e recebeu a ordem de nos destruir ou, se isso não fosse possível, de nos manter ocupados. Desde então, ficou passando pelos sistemas mais prováveis, esperando chegar ao mesmo que nós estivéssemos procurando.

Samakro assentiu. E, assim que fez contato, Fsir poderia levá-los até a emboscada que já estava preparada com as outras canhoneiras.

Foi má sorte dele ter como alvo Thrawn e a *Falcão da Primavera*.

— Ele descreveu este estrangeiro incrivelmente confiante?

— Só disse que ele vestia um robe e um véu que cobria seu rosto — falou Thrawn, pegando o questis. — Um interrogatório mais profundo precisará aguardar nosso retorno a Csilla. Capitão Intermediário Apros, quantas canhoneiras acha que consegue carregar, rebocadas ou ancoradas no casco da *Picanço-Cinzento*?

— Achei que o senhor planejava analisá-las aqui — disse Apros, franzindo o rosto.

— Não temos tempo — explicou Thrawn. — Algo está acontecendo nos setores a sudeste da Ascendência, e precisamos identificar o que é e se precisam de nós para resolver o problema.

— Não me parece que a Frota de Defesa Expansionária foi convidada — apontou Samakro.

— E você se importa? — perguntou Thrawn.

Samakro olhou para Apros. Oficiais de comando abandonando as próprias naves...

— Não, na verdade não.

— Nem eu — disse Thrawn. — Capitão Intermediário Apros?

— Não tenho certeza — respondeu Apros, concentrado e com a testa enrugada. — Acho que umas oito ou nove.

— Então leve nove — ordenou Thrawn. — Capitão Intermediário Samakro?

— Supondo que o senhor também queira levar o cargueiro junto, acho que podemos conseguir com cinco canhoneiras.

— Concordo — disse Thrawn. — Vamos deixar o par que ainda está indo até o planeta e as duas que o Comandante Laknym atingiu com as esferas. Isso nos dá catorze naves em bom estado. Capitão Intermediário Apros, volte agora mesmo para a *Picanço-Cinzento* para cuidar de seu lado da operação de ancoramento e prepare a nave para a partida.

— Sim, senhor — disse Apros, digitando no questis. Samakro foi mais rápido que ele, logando a própria ordem antes de Apros acabar a dele. — Ordens logadas. Minha tripulação já começou a trabalhar. — Uma expressão breve e ligeiramente dolorida passou pelo rosto de Apros. — Mais uma coisa, capitão sênior, se não se importar. — Ele botou a mão no bolso e pegou um item embrulhado com tecido, que deixou na mesa, diante de Thrawn. — Me pediram que eu entregasse isso ao senhor.

— O que é? — perguntou Samakro, esticando o pescoço enquanto Thrawn desembrulhava o pacote.

— Uma joia — disse Thrawn, parecendo confuso. Ele segurou o objeto, e Samakro viu que era um broche delicado feito de fios metálicos entrelaçados.

— Veio um bilhete junto — acrescentou Apros, apontando para o cilindro de dados aninhado ao lado do broche. — Peço perdão, senhor. Com tudo que aconteceu hoje, quase acabei esquecendo. Este broche foi dado a um rancheiro Xodlak, enviado a um parente em Naporar, e depois para a Capitã Sênior Lakinda.

— Que o confiou a você — disse Thrawn, devolvendo o broche ao lugar para colocar o cilindro no próprio questis.

— O rancheiro recebeu o broche de um grupo estrangeiro chamado Agbui. Parece que suscitou bastante interesse oficial. — Ele olhou para Samakro. — Em Celwis.

Samakro estreitou os olhos. O planeta para o qual os oficiais e guerreiros Xodlak foram chamados.

— Interesse suficiente para merecer uma convocação de emergência? — perguntou.

— Se não for, é uma coincidência impressionante — concordou Thrawn. — Obrigado, Capitão Intermediário Apros. Volte para sua nave e faça tudo que precisa fazer para agilizar nossa partida.

— Sim, senhor — disse Apros, ficando de pé. — Sinto muito por não poder ajudar mais.

Assentindo para Thrawn, e depois para Samakro, ele saiu da sala de conferência.

— Eu também gostaria que ele tivesse ajudado mais, senhor — comentou Samakro, fazendo cara feia para o broche. — Uma joia não é grande coisa.

— Talvez seja mais do que ele imagine — disse Thrawn. — Agora sabemos que há três famílias envolvidas; talvez mais, mas ao menos três. Sabemos que todas as três fazem parte das Quarenta Grandes Famílias.

— E que todas elas estão aliadas a diferentes Famílias Governantes — acrescentou Samakro.

A testa de Thrawn se franziu brevemente.

— Não sabia disso.

— Sim, senhor — disse Samakro, estremecendo. Mais uma vez, a ignorância de Thrawn quanto às realidades políticas ressurgia. — Os Xodlak são aliados dos Irizi, os Pommrio apoiam os Plikh e os Erighal estão com os Dasklo. — Ele fez um sinal com a cabeça em direção ao broche. — Suponho que vamos começar com Celwis?

Por um momento, Thrawn não respondeu, encarando o broche em silêncio. Ele o girou nas mãos, traçando o padrão intrincado.

— Não, acho que vamos começar um pouco mais perto de casa — determinou a Samakro, ficando de pé. — Venha comigo, capitão intermediário. Pensei em uma coisa.

Che'ri decidiu que estava cansada demais para comer uma refeição completa, mas faminta demais para cochilar. Elas fizeram um acordo, e Thalias preparou um lanche para acalmar o estômago roncando da menina antes de colocá-la na cama.

Thalias estava terminando o próprio lanche e se preparando mentalmente para deitar quando a porta avisou que tinha visita.

— Bom dia, cuidadora — disse Thrawn, assentindo. — Perdão pela intrusão.

— Sem problema, capitão sênior — falou Thalias, dando um passo atrás para deixar Thrawn e Samakro entrarem. O primeiro oficial parecia intrigado, ela notou, e Thrawn parecia excepcionalmente sinistro. — Aconteceu alguma coisa?

— Suponho que a Sky-walker Che'ri esteja dormindo? — perguntou Thrawn, olhando para a escotilha fechada que levava ao quarto da menina.

— Ela se recolheu uns dez minutos atrás, então é provável que sim — disse Thalias. Da última vez que ele tinha ido até lá e perguntado a respeito de privacidade... — A visita é sobre a minha, hã, outra colega de quarto?

— Sim — confirmou Thrawn, indo até o quarto de Thalias. — Dessa vez, vou precisar falar com ela.

— É claro — disse Thalias automaticamente. *Falar* com ela? Olhou mais uma vez para a compreensão e desconforto crescentes no rosto de Samakro, e correu atrás de Thrawn.

Ele já havia tirado o lençol que cobria a câmara de hibernação e estava estudando o painel de controle quando ela e Samakro entraram.

— Sabe como operar essa coisa, senhor? — perguntou Samakro.

— O procedimento é bastante simples — garantiu Thrawn. Levantando a cobertura de proteção, ele apertou o botão logo abaixo. — Pode levar alguns minutos — acrescentou. — Talvez prefira aguardar na sala diurna, cuidadora?

— Estou bem — disse Thalias, estremecendo ao ver as luzes indicadoras começando uma sequência lenta. — Posso perguntar o que está acontecendo?

— Quero que ela veja isto. — Thrawn mostrou a ela um broche muito bonito feito de fios metálicos. — Quero saber se ela reconhece o design.

— Pensei que Apros tinha dito que o broche foi dado por estrangeiros chamados Agbui — disse Samakro.

— Disse, sim — falou Thrawn. — Mas observe a roupa da Magys. Pode ver por si mesmo as similaridades de estilo entre o padrão e o broche.

Samakro espiou a cobertura da câmara e voltou-se para Thalias com um olhar questionador. Ela sacudiu a cabeça, dando de ombros. O que Thrawn estava vendo também não era óbvio para ela.

— Está dizendo que os Agbui fazem parte do povo da Magys? — perguntou Thalias.

— De jeito algum — disse Thrawn. — O bilhete incluía imagens, e as duas espécies são bastante diferentes. — Olhou para ela. — Deixe-me contar o que acabamos de conversar com o Capitão Intermediário Apros.

Quando ele terminou de contar a história a respeito de emergências familiares, estrangeiros com joias refinadas e tentativas de destruir a *Falcão da Primavera*, a câmara de hibernação acabou o ciclo e a Magys estava acordada.

E ela não estava nada feliz.

— Como pôde fazer isso comigo? — acusou ela, tropeçando em Taarja enquanto se esforçava para sentar na câmara. — Como pôde me negar o peso e o direito de exercer minha liderança? Traiu a mim e a meu povo sem culpa ou consequência?

— E *você*, trairia seu povo sem motivos? — rebateu Thrawn. — Ou culpa e consequência só valem para os outros?

— Eu não traio — devolveu a Magys. — Meu povo se foi. Eu e meus remanescentes não temos o direito de prolongar nossa sobrevivência.

— Ainda não temos prova disso — disse Thrawn. — De qualquer forma, esta é uma questão e uma decisão para outro dia. No presente momento, preciso que veja…

— A decisão é *agora* — bradou a Magys. — Deseja me isolar de meus remanescentes? Deseja que eles aguardem, em vão, por minha palavra e decisão? — Ela se levantou. — Então que seja. Desisto de minha liderança. Que eles toquem o Além em seu lugar e tempo, como eu mesma farei agora.

Thalias ficou tensa. O companheiro da Magys, ela lembrava, se matou por ordens dela, sem utilizar nenhuma arma evidente. Se ela pudesse fazer a mesma coisa…

— E se seu povo ainda *estiver* vivo? — falou.

— Fala de coisas das quais não entende — respondeu a Magys, mordaz.

— E a senhora entende? — retorquiu Thalias. — Viu seu mundo do espaço. Do *espaço*. Não tem como saber de verdade o que está acontecendo lá embaixo.

— Se eu não sei, você também não sabe.

— Talvez eu saiba — retrucou Thalias, sentindo o coração disparar. Estava se arriscando horrivelmente, e não tinha como saber se confrontar a Magys poderia fazer alguma coisa além de acelerar a morte dela. Mas ela precisava tentar *alguma coisa*. — E se, neste momento, seu povo estiver reconstruindo seus lares e cidades? E se estiverem plantando comida e reestruturando sua civilização? E se seus remanescentes, em vez de seguirem o resto de seu povo até a morte, os *levassem* até lá?

— Não sabe nada a respeito do que está falando — insistiu a Magys.

— Não? — prosseguiu Thalias. — As pessoas procuram por luxo quando passam fome? Fazem centros de diversão quando não têm casa? Fazem *isto*... — Ela puxou o broche da mão de Thrawn e o enfiou na mão da Magys — ... quando não têm nem mesmo vestimentas básicas?

Os olhos da Magys se arregalaram ao ver o broche.

— Onde conseguiu isto?

— Onde acha que consegui? — questionou Thalias, observando-a de perto.

— Do meu mundo — sussurrou a Magys, a raiva e a frustração sumindo de repente. — Meu mundo.

— Então você *o* reconhece? — perguntou Thrawn.

— Claro que sim — confirmou a Magys, com um tom quase reverencial. — É o estilo dos artesãos das Montanhas Sulistas. Só eles podem criar tamanha beleza de alguns fios de metal. Temia que estivessem mortos, assim como todos os outros. — Ela olhou para Thalias. — Certamente isto não é novo. Certamente foi abandonado em meio aos destroços.

— É claro que é novo — disse Thalias. — Vê algum sinal de idade ou guerra nele?

A Magys baixou os olhos novamente, contemplando o broche. Ela abriu a boca e a fechou novamente.

— O que fará agora? — perguntou.

— A questão é o que *você* fará — rebateu Thrawn.

— As naves de guerra que vimos — disse, admirando o broche. — Não eram colonizadores.

— Não — respondeu Thrawn. — Eram invasores.

— Que estavam tentando tomar seu mundo de seu povo — acrescentou Thalias. — Vai deixar que façam isso?

A Magys esfregou o broche gentilmente com os polegares.

— Quando todos se forem, não teremos futuro além de tocar o Além — disse. — Mas, quando nosso povo é invadido e escravizado...

Ela olhou para Thrawn, e Thalias viu um novo movimento em suas mandíbulas.

— Precisa me levar até meu povo.

— E a levarei — disse Thrawn. — Mas não de imediato. Temo que precise dormir um pouco mais.

— Não — insistiu a Magys. — Já dormi o suficiente. Meu povo precisa de mim.

— E é exatamente por isso que precisamos que volte a dormir — disse Thrawn. — Ninguém fora desta sala sabe que você segue a bordo, e precisamos que continuem sem saber.

— Por quê?

— Porque, se a virem, meus superiores me chamarão de volta para casa — explicou Thrawn. — Eles a deixarão confinada, para ser estudada, e vão investigar minhas ações, o que atrasará seu retorno.

— E se eu ficar aqui? — argumentou a Magys, sacudindo um braço levemente trêmulo em direção ao quarto. — Ninguém me verá aqui.

— Podem vê-la — disse Thrawn. — Às vezes, outras pessoas vêm até aqui para serviços de manutenção e reabastecimento. Não podemos correr esse risco.

— Não desejo...

Abruptamente, ela parou de falar, e Thalias viu uma mudança sutil na expressão da mulher. Os olhos dela foram para o lado e depois para Thrawn. Voltaram para Thalias...

— Muito bem — disse a estrangeira, com outra mudança igualmente sutil em sua voz. — Se insiste, vou dormir. — Ela olhou de novo para Thalias. — Ficará comigo?

— Sim — prometeu Thalias. — Por tanto tempo quanto puder.

— Muito bem — disse a Magys novamente. Ela olhou para o broche, que ainda agarrava com a mão. — Deve querer isso de volta — acrescentou, oferecendo-o a Thalias.

— Talvez queira ficar com ele? — ela perguntou.

— Não posso pedir — falou a Magys.

— Mas eu posso oferecê-lo — interveio Thrawn. — Deite-se agora, por favor. Quando acordar de novo, será para ver seu povo.

A estrangeira assentiu, virando-se para Thalias.

— Obrigada — disse, e voltou a deitar. Thrawn fechou a cobertura e acionou a câmara. Um minuto depois, a estrangeira estava hibernando mais uma vez.

Thalias sabia que, considerando as circunstâncias, era melhor ela ser a primeira a falar.

— Peço perdão, capitão sênior — disse. — Meu comportamento nos últimos minutos foi extremamente desrespeitoso.

— Mas igualmente produtivo — reconheceu Thrawn. Para o alívio de Thalias, ele não parecia estar irado ou irritado com a situação. — Certamente, deve entender a essa altura que eu considero resultados muito mais importantes do que etiqueta. Capitão Intermediário Samakro? Alguma opinião?

— Só que a situação inteira parece bizarra — falou Samakro. — Por que esses Agbui estão roubando joias do povo da Magys e fingindo que são deles? O que ganham com isso?

— Não sei — disse Thrawn, indo até a escotilha. — Vamos descobrir.

— Como? — perguntou Thalias.

— Perguntando para a pessoa que pode ter a resposta — disse Thrawn. — Obrigado pela ajuda, Cuidadora Thalias. Descanse bem.

Um minuto depois, ele e Samakro haviam partido, e a escotilha da suíte se fechou atrás deles. Thalias voltou ao quarto de dormir, trocando o lençol que deixava sobre a câmara de hibernação, e deitou na própria cama.

E tentou entender o que estava acontecendo.

A Magys não queria voltar a dormir. Isso era extremamente claro. Thrawn apresentara ótimos argumentos a favor da hibernação, avisos que Thalias não duvidava serem legítimos. Mas a Magys continuava pronta para contra-argumentar.

E, sem aviso, ela desistiu.

O que mudara?

Só quando Thalias estava prestes a dormir que ela lembrou do olhar de relance dado pela Magys, o olhar que pareceu acabar com seus argumentos e resistência…

O olhar para o outro lado da suíte… na direção de Che'ri.

CAPÍTULO VINTE E TRÊS

LAKINDA DORMIA PROFUNDAMENTE EM sua cabine quando o comunicador tocou. Piscando, ela remexeu até encontrar o botão.

— Comunicação aqui, capitã sênior — veio a voz hesitante do segundo oficial de comunicação.

Lakinda sentiu um quê de constrangimento. Os oficiais primários da ponte logo notaram que ela não tinha decorado seus nomes, e começaram a se identificar pelos descritores de suas posições. Claramente, eles haviam contado aos oficiais das outras vigílias também.

Então agora *todos* sabiam que a capitã era uma preguiçosa sem memória para nomes. Ótimo.

— Sim?

— Você pediu que eu a avisasse imediatamente se chegasse uma transmissão — lembrou o oficial, ainda mais hesitante. — Não achei nenhuma exceção logada caso estivesse dormindo.

— Não, não havia uma — disse Lakinda. Apesar de que ela provavelmente deveria ter colocado uma exceção. Todas as vezes que a *Solstício* parava para reposicionamento, havia uma ou outra mensagem esperando por ela. A maior parte era do quartel-general da Frota de Defesa Expansionária em Naporar, mas também havia alguns avisos gerais do comando da Força de Defesa em Csilla, e dois avisos privados na criptografia privada da família. A essa altura, dada a distância em que se encontravam, tudo estava sendo bombeado pela tríade da Estação Colonial de Chaf, apesar de ela não saber por quanto tempo isso continuaria acontecendo. — O que é?

— Dessa vez, não é de Naporar — disse Comunicação. — É um sinal do Capitão Intermediário Csap'ro'strob a bordo da *Picanço-Cinzento*.

Lakinda sentou na cama, sentindo o atordoamento do sono se esvair. *Apros* estava ligando para ela?

— Me coloque na linha.

— Ah… Posso lembrar a capitã sênior de que contato com qualquer pessoa que não seja do escritório do Conselheiro Lakuviv está proibido?

— Lembrete anotado — disse Lakinda, carregando na frieza da voz. Apros sabia que ela tinha sido chamada para uma emergência familiar. Ele não faria contato a não ser que sua nave — a nave *dela* — estivesse em grave perigo.

— Me coloque na linha.

Houve um momento de silêncio. Então…

— Aqui quem fala é o Capitão Intermediário Csap'ro'strob da Frota de Defesa Expansionária Chiss, a bordo da nave de guerra *Picanço-Cinzento* — disse Apros. — Preciso falar urgentemente com a Capitã Sênior Xodlak'in'daro, localização desconhecida. Repito…

Lakinda ligou o microfone.

— Lakinda aqui — disse. — Pode falar, *Picanço-Cinzento*.

— … a bordo da… — a voz parou quando a gravação foi desativada. — Capitã sênior, aqui quem fala é o Capitão Intermediário Apros. Pode aumentar seu sinal, por favor? Estamos um pouco longe.

— Um momento. — Lakinda aumentou o alcance. — O que foi? Por que está ligando?

— Nós precisamos de informação, senhora — disse Apros. — Também temos informação, informação vital, que pode precisar.

— *Nós*, a *Picanço-Cinzento*?

— *Nós*, eu e o Capitão Sênior Thrawn — esclareceu Apros.

— Precisamos saber para onde está indo e qual é o caráter de sua missão — ouviu-se a voz de Thrawn.

— Isso é confidencial — disse Lakinda rispidamente. Então a nave dela *não* estava em perigo? — É assunto de família — acrescentou, esticando a mão para alcançar o botão do microfone. — Sinto muito, mas não posso...

— Você sabia que outras duas famílias também fizeram convocações de emergência? — interrompeu Thrawn. — E que todos os pontos de reunião dessas de vocês estão nos setores sul e sudeste da Ascendência?

Lakinda pausou, o dedo pairando sobre a tecla.

— Que famílias?

— Erighal e Pommrio — revelou Apros. — Suponho que a senhora *não* sabia disso.

— Não — confessou Lakinda, sentindo o estômago se apertar. As duas transmissões criptografadas de família... E, é claro, não havia nenhum Erighal ou Pommrio a bordo da *Solstício* para decifrá-las. Será que eram as mesmas convocações gerais que respondera dos Xodlak? — Sabe o que eles estão fazendo?

— Não, mas o fato de que todas as três famílias estão se reunindo na mesma região sugere fortemente uma conexão — disse Apros.

— Sim, sugere — Lakinda precisou admitir. Será que as informações a respeito dos Agbui vazaram de alguma forma? Será que essas duas famílias estavam tentando chegar antes dos Xodlak? — Sinto muito, mas não posso dizer mais nada — repetiu, de novo esticando-se em direção ao botão do microfone. A primeira coisa que faria seria aumentar a velocidade da força-tarefa, talvez diminuir um pouco as margens de segurança da viagem no hiperespaço...

— Apenas mais uma pergunta, capitã sênior — disse Apros. — Sua missão tem algo a ver com joias estrangeiras?

Lakinda congelou. O que *diabos*?

— Que joias estrangeiras?

— Joias que uma espécie chamada Agbui está dando em Celwis — explicou Apros. — Eles alegam que criaram tais joias, mas não é verdade. Elas vêm de Nascente, o mundo da Magys e dos refugiados.

O peito de Lakinda se apertou de repente.

— Só as joias? — perguntou cuidadosamente. — Ou o metal também vem de lá?

— Eu... não sei — disse Apros, um pouco confuso. — Suponho que sejam feitas de materiais locais, mas não tenho certeza. Isso tem alguma importância?

— Importância vital. — Lakinda se preparou. — Os Agbui dizem ter uma mina em um mundo desabitado. Estamos a caminho para tomar o mundo em nome dos Xodlak. Suponho que os Erighal e os Pommrio tenham o mesmo objetivo em mente.

— Mesmo? — disse Apros. — Isso parece um pouco estranho.

— Não é nem um pouco estranho — rebateu Lakinda entredentes. — Um dos metais tecidos por eles é nyix.

Esperava que Apros e Thrawn ficassem em silêncio ao ouvir aquilo. Estava correta.

— Não só nyix, mas, aparentemente, nyix suficiente a ponto de ser gasto em joias — continuou. — O que *diabos* está acontecendo?

— Eles deram um golpe em vocês — disse Thrawn. — Em vocês e nas outras famílias. Eles estão retirando nyix de Nascente...

— Possivelmente, depois de incitarem uma guerra civil para ter maior acesso às minas — opinou Apros.

— Olhando para trás, eu diria que isso é praticamente uma certeza — concordou Thrawn sombriamente. — Eles criaram, então, a ilusão de que estavam minerando o metal de um mundo totalmente diferente.

— Com todo o aparato: mina, mineiros e refinadoras — disse Lakinda, lembrando de como Lakjiip assegurara que ela mesma havia visto o local. — Eles construíram uma isca tão eficaz que a família Xodlak inteira pulou nela.

— O que eu não entendo é o que eles pretendem tirar disso — falou Apros. — Vocês pagaram eles por este suposto mundo minerador?

— Eles não querem dinheiro — disse Lakinda. Tudo fazia sentido, horrível e subitamente. — Eles estão conseguindo exatamente o que queriam. Três das Quarenta Grandes Famílias estão se preparando para lutar até a morte por uma pedra inútil.

— E todas as três são aliadas a uma das Famílias Governantes — acrescentou Apros de forma sinistra. — Eles estão tentando começar uma guerra civil.

— E eles provavelmente vão conseguir — disse Lakinda, amarga. — Não sei a respeito das outras famílias, mas eu tenho uma fragata e um cruzador leve. Mesmo com tripulações feitas às pressas, isso é um *monte* de poder de fogo.

— Suspeito que as outras famílias só tenham naves de patrulha — especulou Thrawn. — Mas, se depender do quanto os líderes decidiram tirar das forças de defesa planetária de cada mundo, eles poderiam levar um número comparável de lasers à cena.

— Sim — concordou Lakinda. — Mas como eles conseguiram? Até onde eu sei, os Agbui nunca saíram de Celwis.

— Talvez *esse* grupo não tenha saído — aventou Apros. — Mas está começando a parecer que eles têm outros grupos espalhados pela Ascendência tecendo as próprias teias venenosas.

— Concordo — disse Thrawn. — Uma operação coordenada, orquestrada e programada com cuidado.

— Sem contar a beleza artística da coisa toda — ironizou Lakinda. — Precisamos avisar Csilla agora mesmo.

— Estamos muito longe para enviar um sinal claro — comentou Apros. — Além do mais, é tarde demais para que enviem alguém que pare a situação.

— O Capitão Intermediário Apros tem razão — disse Thrawn. — No entanto, há algo que nós três podemos fazer. Capitã Sênior Lakinda, quanto que seus oficiais e guerreiros conhecem a respeito da missão?

— Nada, na verdade — respondeu Lakinda. — Certamente não sabem do objetivo final. Não vou contar os detalhes até chegarmos ao planeta.

— Ótimo — disse Thrawn. — Ao menos isso nos dá algum tempo. Vou dizer o que pensei.

Lakinda e Apros ouviram, em silêncio, enquanto ele explicava o plano. Na opinião de Lakinda, era o esquema mais maluco que ela já ouvira na vida.

Mas poderia funcionar. E, naquele momento, não tinha uma ideia melhor.

— Entendido — disse quando ele acabou. — Vamos fazer isso por enquanto. Mas eu me dou o direito de revisitar a ideia se pensarmos em algo melhor até eu chegar.

— Estou aberto para sugestões — falou Thrawn. — Se tivermos tempo de reconfigurar o plano, é claro.

— *Tem* isso — admitiu Lakinda. — Muito bem. O que você precisa de mim?

— Primeiro de tudo, precisamos saber para onde a senhora está indo — disse Apros. — Pode nos mandar sua localização?

— É claro. — Lakinda pegou o próprio questis, digitou as coordenadas do planeta minerador e enviou o conteúdo na transmissão. — Já deve ter chegado.

— Confirmado — disse Apros. — Capitão Sênior Thrawn?

— Sim, chegou — falou Thrawn. — Suponho, Capitã Sênior Lakinda, que não tem nenhuma sky-walker na nave?

— Não, estamos indo salto por salto.

— Ótimo — disse Thrawn. — Então o Capitão Intermediário Apros e eu vamos conseguir chegar antes de vocês e das outras forças familiares.

— Supondo que essas naves de guerra não tenham sky-walkers — avisou Apros.

— Não imagino que tenham — supôs Lakinda. — Mas deve ser possível. Quer que eu tente me apressar para chegar um pouco mais cedo? Talvez eu consiga tirar algumas horas do meu cronograma.

— Isso seria útil — disse Apros. — Mas só se conseguir fazer isso em segurança.

— E sem levantar suspeitas — acrescentou Thrawn.

— Farei o que for possível — assegurou Lakinda. — Devo contatá-los de novo no meio do caminho?

— Duvido que consiga fazê-lo — disse Thrawn. — Daqui em diante, passaremos todo o tempo que nossas sky-walkers conseguirem aguentar no hiperespaço. Boa sorte, capitã sênior.

— Boa sorte para vocês dois também — retribuiu Lakinda. Mais uma coisa. Capitão Intermediário Apros?

— Sim, senhora? — disse Apros.

Lakinda respirou fundo. Ela desejara tanto isto. Desejara tanto trazer honra à família Xodlak e, com isso, trazer honra a si mesma. Em vez disso, ela estava no lugar certo para arruinar tudo.

Mas isso não aconteceria mais. Não agora.

— Sua missão — disse a ele — é fazer tudo o que for possível para que a situação não vire uma guerra civil. Se, para conseguir essa missão, precisar destruir minhas duas naves, entenda que elas, *e* eu, somos descartáveis.

— Capitã sênior...

— Sem mais, Apros — disse. — Você também, Thrawn.

— Eu não pretendia dizer nada, capitã sênior — asseverou Thrawn brandamente. — Mas fique certa de que faremos o possível para evitar esse tipo de sacrifício.

— Eu agradeço por isso — disse Lakinda. — Mas estou falando sério.

— Nós também — enfatizou Apros. — Nos vemos em alguns dias, capitã sênior. Boa sorte.

O comunicador desligou. Lakinda voltou a deitar e passou um minuto encarando o teto. Mentiras e manipulações massivas. Uma possível guerra civil.

E só tinham a *Picanço-Cinzento* e a *Falcão da Primavera* para desarmá-la.

Dois cruzadores pesados e o plano de Thrawn.

Notou agora que seu pensamento anterior estivera errado. Não era Thrawn que pegava emprestadas as táticas e planos da Almirante Ar'alani, mas Ar'alani que observava e adaptava os métodos de

Thrawn para si mesma. Os métodos de Thrawn eram os métodos de Thrawn do começo ao fim.

Porque Ar'alani *nunca* tentaria algo insano assim.

Para ser sincera, nem Lakinda tentaria. Talvez Thrawn tivesse tido sorte por todos esses anos, e suas vitórias fossem tanto um produto da sorte quanto de seus planos. Ou talvez houvesse algo inerente na forma dele de pensar que atraía os inimigos para seus esquemas, no momento e no lugar onde ele precisava que eles estivessem..

Mas isso não significava que ele era melhor do que Lakinda. *Melhor* ou *pior* eram conceitos artificiais e sem significado. Ele teve suas vitórias; ela teve as dela.

Não era *melhor* ou *pior*. Só *diferente*.

Erguendo-se de novo, ligou para a ponte.

— Oficial de Turno, aqui quem fala é a Capitã Sênior Lakinda — identificou-se. — Vou para aí em quinze minutos. Até lá, quero que o piloto faça alguns cálculos. Ele tem até a hora de eu chegar para pensar em como acelerar nossa viagem. E alertar a *Apogeu* de que quero conversar com o capitão e o primeiro oficial em uma hora.

Ela obteve a confirmação e desligou o comunicador, as palavras passando por sua cabeça mais uma vez. *Mentiras... Guerra civil...*

Descartável.

Será que Thrawn estava pronto para morrer pela Ascendência? Ela não sabia. Talvez essa fosse mais uma das coisas em que os dois eram diferentes.

Com sorte, nenhum deles teria que descobrir isso por culpa de uma pedra inútil.

Jogando as pernas para fora da cama, ela pegou o uniforme do cabideiro e começou a se vestir.

As duas naves de guerra Xodlak haviam partido. Haplif não conseguia vê-las do rancho de Lakphro, mas sabia, pela diminuição repentina nas comunicações locais, que elas partiram. Rumo à missão de trazer glória para a família Xodlak e o Conselheiro Lakuviv.

E, com isso, estava acabado.

Ao menos a parte de Haplif estava. A batalha que estava por vir, a fúria e a morte, a destruição e os gritos de traição, a queda em direção à confusão e à guerra civil... Tudo isso viria, é claro.

Mas era inevitável. Só porque a Ascendência Chiss ainda não percebera que sua ruína estava selada, não significava que teriam como escapar dela.

Estava acabado. Agora, finalmente, Jixtus deixaria ele voltar para casa.

Ele viu que ainda havia algumas mudas aleatórias na plantação de especiarias ao acabar a última fileira. Mas, de repente, não se importava mais se conseguiria todas ou não. Yoponek estava fora da nave, em alguma incumbência que Shimkif encontrara para ele, todos os membros da tripulação e os equipamentos já estavam organizados, e Shimkif e os outros estavam se preparando para a viagem. O plano original de Haplif incluía partirem em meia hora, mas não havia motivo para não irem embora agora mesmo. Ele se endireitou, fechando a caixa de mudas e dando uma volta na alça em seu ombro...

— Ouvi dizer que estão indo embora — disse uma voz atrás dele.

Haplif se virou. Focado nas especiarias e nas próprias ruminações, não ouviu Lakphro se aproximar por trás dele.

— Sim, é hora de seguirmos em frente — explicou ao rancheiro, mantendo a alegria na voz. — Novos mundos, novas perspectivas, novas experiências. Um momento excitante em nossa jornada contínua pelo universo. Gostaria de agradecer por sua hospitalidade e por ter deixado que usássemos parte de sua terra.

— Só isso? — perguntou Lakphro. — Só algumas palavras aleatórias de agradecimento?

Haplif enrugou a pele da testa, olhando de novo para o rancheiro. O Chiss estava com uma roupa diferente do que ele costumava vestir, com botas mais pesadas e um macacão. Em vez da jaqueta leve, ele trajava uma monstruosidade xadrez e marrom com um enorme selador de latão com uma fivela na frente. O bastão de controle animal à base de choques elétricos estava ajustado na coxa direita do estrangeiro, mas hoje ele também usava um segundo bastão na coxa esquerda. Os pés estavam um pouco afastados, como se estivesse se preparando para uma briga, e os olhos vermelhos e brilhantes se estreitaram, desconfiados.

— Sinto muito que nosso agradecimento seja inadequado — disse Haplif, ainda mantendo o tom leve. — Você preferiria um poema épico? Talvez um entrelaçado musical com uma harmonia de cinco partes?

— Não seja sarcástico — retrucou Lakphro. — Não combina com sua imagem pública. Não, eu estava pensando em outras das suas preciosas joias.

A boca de Haplif tremeu, surpresa. Ele se forçou a fechá-la cruelmente.

— Nossas joias? — perguntou cuidadosamente.

— Ah, não, é claro que não — disse Lakphro. — Esqueci. As joias são só para subornos, não?

E, com isso, Haplif percebeu que teria que matá-lo.

Ele havia torcido para não precisar matar mais ninguém. Não por motivos morais, mas porque era uma sensação tão desagradável, a de colocar os dedos ao redor da garganta de uma pessoa e sentir o medo e o desespero conforme sugava a vida dela.

Por outro lado, nunca gostou de Lakphro. O rancheiro sempre manteve distância dos hóspedes, desconfiado e hostil e sempre questionando demais o que os Agbui estavam fazendo. Talvez ele gostasse de matar, dessa vez.

— Sabe, você cometeu um erro — continuou Lakphro. — Esqueceu quem somos nós.

— Quem, os grandes e poderosos Chiss? — desdenhou Haplif, começando a se aproximar do outro. — Não me faça rir. Vocês têm as mesmas fraquezas e paixões que todas as outras espécies do Caos, e são tão fáceis de manipular quanto qualquer outro. — Bufou. — Na verdade, esse esquema familiar insano de vocês deixou tudo ainda mais fácil. Toda essa ambição e essas lutas internas tornaram vocês os alvos perfeitos para meu tipo de operação.

— E é aí que você cometeu o erro — disse Lakphro em voz baixa. — Está correto a respeito da ambição e das brigas internas. Mas nunca entendeu a parte da família.

— Acho difícil — zombou Haplif, continuando. O rancheiro estava quase ao seu alcance agora. — Família é genética e linhagem e parentes irritantes. Nada mais do que isso.

— Está errado — disse Lakphro. — Também é amizade, lealdade, apoio e comunicação. — Ergueu as sobrancelhas. — *Especialmente* comunicação. Nós, os Xodlak, falamos uns com os outros. Nossos líderes podem até sucumbir à ambição, mas o resto de nós conversa entre si. Falamos aqui em Colina Vermelha e falamos em outros lugares do planeta, e até mesmo com parentes em Naporar.

Haplif franziu o cenho.

— Naporar?

— A localização da Frota de Defesa Expansionária — disse Lakphro. — Eu mandei o broche de Lakris para lá, para que o analisassem. Em troca, meu primo me disse que a frota ficou de pernas para o ar, cheia de oficiais e guerreiros da família Xodlak sendo convocados para Celwis.

Então alguém fora do círculo do Conselheiro Lakuviv sabia a respeito dos broches. Lamentável, mas nada calamitoso.

— E o que isso tem a ver comigo? — perguntou.

— Não se faça de idiota — disse Lakphro com desprezo. — Não é melhor do que sarcasmo. Você dá joias, passa horas com o Conselheiro Lakuviv, a Patriel Lakooni some por dias, e naves cheias de guerreiros aparecem por aqui.

O rancheiro sacudiu a cabeça pegando o bastão de atração e puxando a aba da jaqueta. Um pensamento estranho passou na cabeça de Haplif: Frosif estava certa, o selador *parecia* mesmo um cartucho de artilharia de explosão plana indo na direção deles.

— Esse tipo de coisa não acontece em Celwis — continuou Lakphro. — A não ser que tenha um estrangeiro no meio mexendo uns pauzinhos.

— Não faço a mínima ideia do que você está falando — insistiu Haplif. Quase lá…

— Acho que sabe sim — disse Lakphro. Ele acionou o bastão com o polegar e Haplif ouviu o gemido agudo que avisava que o aparelho estava ligado na potência máxima.

Haplif vira a filha de Lakphro derrubar um yubal crescido com essa potência. Ele não tinha interesse de ver o que o bastão poderia fazer com ele.

Felizmente, não precisaria ver. Mais um pulo e o rancheiro estaria em suas mãos.

— E, logo mais, todos vão saber, também — disse Lakphro. Ele fechou a aba do selador de novo, como se tivesse notado, tardiamente, que o ar estava um tanto frio. Ele deu um passo atrás, como se também tivesse demorado a perceber quão próximo Haplif estava dele.

E, então, era tarde demais.

Haplif pulou, acabando com o espaço que os separava, a mão direita correndo para lançar o bastão para longe com um tapa. Os pés de Lakphro tropeçaram quando tentou se levantar, a mão esquerda vasculhando para encontrar o bastão preso àquele quadril.

Mas ele não tinha o que fazer. Haplif agarrou o pescoço do homem com a mão direita, fechando os dedos ao redor da garganta conforme ele dava meio passo para o lado para empurrar o braço de Lakphro e impedir que ele pegasse a segunda arma. As emoções do rancheiro inundaram sua mente, ondas de raiva e traição e determinação. Haplif apertou a mão ainda mais, saboreando a sensação da emoção bruta, aguardando o medo e o desespero que logo suplantariam raiva...

Os passos rápidos tinham apenas sido registrados por seus ouvidos e mente quando algo lançou-se contra a lateral de seu corpo, e uma dor lancinante explodiu em seu braço direito.

O impacto o jogou para o lado, a dor dilacerante em seu braço fazendo com que soltasse a garganta de Lakphro. Ele girou a cabeça enquanto lutava para se equilibrar contra o peso repentino que tentava arrastá-lo pela terra.

Para encontrar um dos feralhos de caça de fronteira pendurado nele, os dentes brancos presos firmemente ao redor de seu braço, as patas traseiras fazendo buracos na terra, um rosnado retumbando em sua garganta.

Haplif praguejou cambaleando sob o animal. Agarrou a mandíbula superior com a mão esquerda, tentando forçá-lo a abrir aquela maldita boca. De canto de olho, viu que o rancheiro já se recuperara do estrangulamento parcial e estava indo até ele com o bastão erguido.

Apesar da dor, Haplif sorriu. Lakphro poderia achar que ele estava indefeso, mas, ao chamar o feralho para derrubá-lo, o tolo acabava de dar a ele uma arma que ele não teria imaginado ter sozinho. Observou Lakphro se aproximando, enquanto ele ainda abria a mandíbula do bicho à força, contando o tempo…

E, conforme Lakphro esticava o bastão, Haplif arremessou o ombro e o quadril em um giro, colocando todo seu peso ao jogar o feralho pendendo de seu braço para que colidisse contra a lateral do rancheiro. Lakphro cambaleou, com o bastão meneando violentamente.

Só aí que Haplif viu o segundo bastão a postos, na mão esquerda de Lakphro.

Mas, de novo, era tarde demais para o rancheiro. Com um esforço supremo, Haplif quebrou o embalo do feralho e começou a girá-lo de volta para Lakphro. Armas elétricas, como já sabia, costumavam levar alguns segundos para se recuperar da descarga. Se conseguisse fazer Lakphro perder o primeiro disparo, ele ainda o teria. O bastão se aproximava dele…

Com um rosnado triunfal, Haplif lançou o feralho contra a ponta da arma. Houve um pequeno clarão, uma explosão meio visível de energia coronal, e o corpo do animal ficou rígido.

Haplif berrou quando as mandíbulas da criatura se apertaram ao redor de seu braço convulsivamente, partindo osso e cortando artérias e veias.

Caiu novamente no chão, ainda gritando, quando a sombra de sua nave passou por cima dele.

Talvez Shimkif houvesse notado que ele não poderia ser resgatado. Talvez essa fosse só a desculpa dela para abandoná-lo ali. Talvez sua morte sempre tivesse feito parte do plano da mulher.

Não importava. Nada importava. Não importava mais.

Porque ele havia vencido. Independentemente do que acontecesse agora, as naves Chiss estavam a caminho, e a guerra civil começaria.

A última coisa que viu antes de ser tomado pela escuridão foram os olhos vermelhos e brilhantes de Lakphro olhando-o de cima.

CAPÍTULO VINTE E QUATRO

TUDO ESTAVA PRONTO.

A *Falcão da Primavera* e a *Picanço-Cinzento* estavam posicionadas. As tripulações e pessoal a bordo delas estavam tão preparados quanto Thrawn e Samakro e Apros conseguiram prepará-los.

E, no fim, Samakro pensou, com a vaga sensação de calamidade crescente, que tudo se resumia às ações de catorze desses oficiais e guerreiros.

Catorze.

Todos eles eram da *Falcão da Primavera*, não de alguma predileção ou precedência de cargo e idade, mas por simples necessidade. Enquanto as duas naves de guerra corriam para alcançar o planeta Agbui antes das três forças-tarefas familiares indo na mesma direção e, como resultado, passavam o máximo de tempo no hiperespaço que suas sky-walkers conseguiam suportar, os oficiais e guerreiros da *Falcão da Primavera* eram os únicos que poderiam acessar facilmente o cargueiro Watith preso no lado inferior do cruzador.

Catorze.

Lakinda havia dito que a força Xodlak consistia em uma fragata e um cruzador leve. Mesmo se ela conseguisse aliviar a força dos ataques sem os oficiais sênior das naves notarem ou chamarem sua atenção, ainda era questionável se a *Falcão da Primavera* e a *Picanço-Cinzento* conseguiriam enfrentá-los. O fato é que mais duas forças familiares também a caminho do local deixavam as probabilidades ainda menores.

Mas, agora, não eram mais só os dois cruzadores na equação. Agora havia catorze canhoneiras de controle remoto que eles conseguiram do ataque Watith.

Samakro não gostava muito do plano de Thrawn. Apros também não, e a Capitã Sênior Lakinda também não pareceu entusiasmada. Mas Samakro pensara muito a respeito dele nos últimos dias, e não conseguiu ter nenhuma ideia melhor.

Então lá estava ele, indo de cima para baixo, lentamente, no corredor estreito entre os vinte consoles de controle remoto do cargueiro Watith, fazendo catorze homens e mulheres passarem por mais outra hora de treino, simulações e combate virtual. Certificando-se de que estariam prontos, na medida do possível, para o que estava por vir.

— Capitão Intermediário Samakro?

Samakro fez uma pausa. Laknym, sentado na metade do corredor, estava olhando em sua direção. A mão do especialista em esferas de plasma estava levemente erguida, uma inquietação aparente em seu rosto.

— Alguma pergunta, tenente comandante? — questionou Samakro, indo até ele.

— Sim, senhor — disse Laknym. Ele fez uma pausa, esperando até Samakro ficar de pé ao lado dele. — Entendo os motivos para o que estamos fazendo, senhor — disse, abaixando a voz. — Entendo que estou seguindo ordens…

— Você se voluntariou para esta função, não? — perguntou Samakro.

— Sim, senhor — disse Laknym. — Mas o Capitão Sênior Thrawn é o meu comandante. Eu considero um pedido dele, mesmo que seja para voluntários, como uma ordem.

— Entendo — disse Samakro. Era exatamente esse o tipo de atitude de lealdade, comprometimento e obediência que a frota gostaria de ver em seus oficiais e guerreiros. — Qual é a pergunta?

Ele viu a garganta de Laknym se mover.

— Senhor... estão me pedindo para que eu dispare contra as naves de minha própria família.

— Sim, estamos — concordou Samakro. — E sabe o motivo pelo qual pedimos isso. Você e os outros Xodlak desta equipe são as pessoas mais familiarizadas com o armamento e defesas de suas naves.

— Sim, senhor, eu entendo. — Ele hesitou novamente. — Este é o problema, senhor. Os Xodlak são aliados dos Irizi. O Capitão Sênior Thrawn é um Mitth, os rivais dos Irizi. Eu estava me perguntando... Acha que poderia haver... É possível que haja um aspecto político nesta situação?

— Uma pergunta excelente — concordou Samakro. — Deixe-me responder de forma simples: não.

Laknym franziu o cenho.

— *Não*, senhor?

— Não — repetiu Samakro. — Entendo sua preocupação, especialmente nestas circunstâncias. Mas a verdade é que...

Fez uma pausa, olhando para os homens e mulheres ocupados em suas simulações no restante do corredor.

— A verdade, Laknym, é que eu sou o primeiro oficial de Thrawn desde que ele chegou a bordo desta nave. Eu o observei em batalhas, em preparações para batalhas, após batalhas, e lidando com a Aristocra e outros oficiais sênior.

Ele voltou a olhar para Laknym.

— E eu nunca, *nunca* vi alguém tão incrivelmente incompetente em política quanto ele.

Por um momento, Laknym só franziu o cenho. Então, lentamente, a testa relaxou.

— Está dizendo, senhor, que o Capitão Sênior Thrawn não está fazendo um jogo político porque ele nunca faz jogos políticos?

— Estou dizendo — corrigiu Samakro — que o Capitão Sênior Thrawn nunca faz jogos políticos porque ele não sabe fazer jogos políticos. — Ele respirou fundo e bufou o ar inalado. — Ou seja. Quando Thrawn tem um plano, é estritamente militar. Nada mais, nada menos.

— Sim, senhor — disse Laknym. — Entendido.

— E *é* um bom plano — acrescentou Samakro. — Vai funcionar, e vai funcionar bem. — Ele inclinou a cabeça. — E, agora, acho que tem simulações a fazer?

— Sim, senhor, tenho — disse Laknym. — Obrigado, senhor. — Ele assentiu bruscamente para Samakro e virou-se para o console.

Samakro observou por cima do ombro de Laknym por mais um momento enquanto ele voltava para sua parte no simulador.

E percebeu, um pouco surpreso, que seu discurso motivacional funcionara melhor do que esperava. Não só havia convencido Laknym de que o plano de Thrawn seria um sucesso; convencera a si mesmo, também.

Mas só se esses catorze homens e mulheres fizessem seu trabalho.

Afastando-se do console de Laknym, ele voltou a andar lentamente pelo corredor, observando cada um deles, pronto para oferecer conselhos ou corrigir ou encorajar.

Porque, na verdade, um plano é tão bom quanto as pessoas que o colocam em prática.

E Samakro não tinha intenção alguma de deixar esses catorze oficiais falharem por sua culpa.

As chamas estelares viraram estrelas, e a *Solstício* chegou.

— Sensores, varredura total — mandou Lakinda, fazendo uma breve análise visual da panorâmica. Hora de ver se valeu a pena cortar algumas horas da viagem.

— Alcance de combate desobstruído, capitã sênior — relatou o oficial de sensores. — Alcance médio desobstruído. Alcance de longa distância... desobstruído.

— Entendido — disse Lakinda, respirando com mais facilidade. O trabalho extra valera mesmo a pena. Como esperado, as naves Xodlak chegaram mais rápido que as das duas outras famílias. — Continue a varredura. Leme, leve-nos até lá.

O primeiro oficial pigarreou, de trás da cadeira de Lakinda.

— Acredito, capitã sênior, que o Conselheiro Lakuviv disse que a senhora anunciaria nossa missão quando chegássemos.

— Sim, Primeiro, ele disse — falou Lakinda, olhando casualmente para a tela tática. O monitor continuava informando enquanto os sensores seguiam coletando dados, mas, até então, não havia nada por ali. — O Conselheiro Lakuviv recebeu a informação de que este planeta poderia abrigar uma ou mais minas e depósitos raros de minérios. Nossa missão é localizar essas minas e avaliar o valor delas.

— Avaliar uma operação de *mineração*? — o Primeiro perguntou, encarando-a. — Perdão, capitã sênior, mas isso me parece não apenas um motivo pouco convincente, mas também absurdo.

— Estou contando o que a Auxiliar Sênior Lakjiip me disse — respondeu Lakinda, fazendo contato visual e mantendo-o.

— Eu não acredito — disse o Primeiro secamente. — Nenhuma Patriel chamaria membros da família de toda a Ascendência para algo tão trivial.

— *Ou* ativaria uma fragata e um cruzador para nos trazer até aqui — acrescentou o segundo oficial, com uma expressão tão desconfiada quanto a do Primeiro. — Deve haver algo além disso, capitã sênior.

— E queremos saber o que é, senhora — exigiu o Primeiro. — A respeito de *tudo*.

— Ou? — perguntou Lakinda, um tom gélido sob a calma. Thrawn dissera que a *Falcão da Primavera* estaria esperando por eles. Onde ele estava?

O Primeiro sequer se contraiu.

— Você é a comandante, capitã sênior — disse ele com a mesma calma gelada. — Pode se recusar a falar conosco. Mas, se fizer isso, haverá consequências futuras.

— Está me ameaçando, Primeiro? — perguntou Lakinda, ainda com o mesmo tom calmo. Se Thrawn não chegasse depressa...

— De jeito algum, senhora. — Ele se ergueu. — Mas lembre-se de que, apesar de eu ser apenas um capitão júnior, eu tenho *sangue* Xodlak.

— Vou lembrar — disse Lakinda, sentindo um certo receio. Na frota, esse tipo de distinção na hierarquia familiar não significava nada.

Mas, neste momento e local, não eram oficiais da Ascendência. Estavam no meio de uma operação Xodlak, e a hierarquia do Primeiro significava que ele teria orelhas receptivas no escritório do Patriarca, orelhas que se fechariam para Lakinda. Se tudo isso fosse por água abaixo...

— Contato! — Sensores exclamou bruscamente. — Múltiplos contatos. Cinco... não, seis. Seis naves se aproximando. Dois grupos, cada um com três naves.

— Entendido — disse Lakinda, olhando para a tática. Não havia dúvida de que eram os Erighal e os Pommrio. Por sorte, eles não saltaram um em cima do outro. Ou em cima da *Solstício* e da *Apogeu*.

Provavelmente foi intencional. Além de passar as coordenadas do planeta, os Agbui de Celwis possivelmente ajudaram os funcionários de Lakuviv a mapear o padrão de salto por salto que as naves Xodlak seguiram, o que havia definido parcialmente a parte do espaço em que chegaram. Talvez os comparsas de Haplif neste golpe haviam feito o mesmo com as naves das duas outras famílias, certificando-se de que chegariam com uma leve diferença uma da outra. Não só isso evitaria resmungos em potencial, mas também daria tempo a todos para perceberem que não eram os únicos atrás do prêmio e, talvez, a decidirem quanto lutariam por ele.

— Temos a identidade das naves? — perguntou Primeiro.

— As configurações dizem que são Chiss — disse Sensores, franzindo o cenho ao ver seus monitores. — Mas...

— Capitã sênior, estou recebendo transmissões — interrompeu Comunicação. — As naves... — Ela tocou em um dos botões.

— ... Força Expedicionária Alfa — uma voz arrogante veio do alto-falante da ponte. — Estou fazendo um aviso formal de que estamos reivindicando este mundo e todos os seus recursos para a família Erighal da Ascendência Chiss.

— Inaceitável, força-tarefa Erighal — disse outra voz, tão arrogante quanto a primeira, junto com uma pontada de raiva. — Por favor, identifique a si mesmo e suas naves.

— Sou Força Alfa, operando sob os auspícios da família Erighal — disse o comandante Alfa em uma voz precisa e estável. — É tudo o que precisa saber.

— Será mesmo — alfinetou a segunda voz. — Ótimo. Saiba que eu também sou uma força-tarefa militar, viajando sob os auspícios da família Pommrio, e desafio sua reivindicação formalmente.

— O que é *isto*? — grunhiu Primeiro. — Capitã sênior? O que está acontecendo?

— Já falei para você — disse Lakinda. Ela tocou no comunicador. — Aqui quem fala é a Força-Tarefa Xodlak — avisou —, já que todos parecemos relutantes de dizer nossos próprios nomes.

— Nomes são irrelevantes — disse o Erighal. — O que importa, no momento, é que os Erighal possuem este mundo a partir de agora.

— Os Pommrio discutem esta reivindicação — repetiu o comandante Pommrio.

Lakinda olhou para seu primeiro oficial. Ele encarava a panorâmica, rígido, os olhos flamejando. Ele seguia sem saber o que estava acontecendo lá embaixo, mas agora sabia que havia duas outras famílias que queriam o mesmo desesperadamente.

E, de repente, isso era tudo o que importava. Ele tinha sangue Xodlak, e malditos fossem os Erighal e os Pommrio se achavam que poderiam tomar algo que já consideravam seu. Independentemente do que fosse necessário — ameaças ou exigências, combate ou morte —, o planeta e as minas agora pertenceriam aos Xodlak.

E, com o coração pesado, Lakinda notou que Apros e Thrawn estavam certos. Haveria uma batalha hoje e, quando a poeira abaixasse, a Ascendência poderia estar à beira de uma guerra civil. Só ela e Thrawn podiam se colocar no meio daquele desastre.

Nesse meio-tempo, ela precisava interpretar seu papel.

— Os Xodlak rejeitam ambas as reivindicações — disse. — Também gostaria de apontar que já estávamos aqui antes de qualquer um de vocês.

— Quem chegou primeiro é irrelevante — discordou o Erighal. — Tudo que importa é quem vai continuar aqui até o *fim*.

Ao lado de Lakinda, o primeiro oficial fez um barulho com a garganta.

— Capitã sênior, eu recomendo irmos para as estações de combate.

— Concordo — disse Lakinda, ativando o modo alerta da nave. — Como você se sai em um console de armas?

— Passei mais de um ano em um deles.

— Excelente — disse Lakinda. — Vá até a estação e prepare as armas.

— Sim, senhora. — Ele andou bruscamente para o outro lado da ponte.

— Novo contato, capitã sênior — chamou Sensores. — Vindo do outro lado da curva do planeta.

— Maravilha — grunhiu Primeiro por cima do próprio ombro. — Que família chegou *agora*?

— Não é uma família, senhor — disse Sensores. — É a *Falcão da Primavera*. — Ele se virou para Lakinda. — E eles estão em apuros.

— Lá estão eles — a voz de Dalvu se ouviu no alto-falante da sala de controle do cargueiro Watith. — Identifiquei as naves Xodlak... ali estão as Erighal... e aqui, bem a estibordo, os Pommrio. Parece que estão todos aqui, capitão sênior.

— Bom trabalho, comandante intermediária — veio a voz de Thrawn. — Capitão Intermediário Samakro, estão todos prontos?

— Estamos prontos, senhor — disse Samakro. — Oficiais e guerreiros: já.

Houve assentimentos e comentários murmurados em reconhecimento no corredor inteiro enquanto os catorze homens e mulheres ativavam suas canhoneiras.

— Façam um bom espetáculo — relembrou Thrawn. — Não se esqueçam, a *Falcão da Primavera* está em apuros de verdade.

Samakro olhou para as telas de repetição que colocaram acima da escotilha dianteira. Thrawn estava fazendo um show incrivelmente realista, com a *Falcão da Primavera* se contorcendo de um lado para o outro enquanto tentava escapar do enxame de canhoneiras ao seu redor e jogar para longe o cargueiro agarrado em seu compartimento inferior. As telas de repetição não mostravam isso, mas Samakro sabia que as luzes e a energia do cruzador também estavam tremeluzindo, os propulsores só acendiam intermitentemente, e a barreira eletrostática havia desaparecido. No ponto de vista das outras naves, pareceria que a *Falcão da Primavera* estava sendo abatida rapidamente.

Só agora, com a chegada súbita das outras naves, ela teve um pouco de alívio. Voltando para a tela tática, Samakro viu as catorze canhoneiras que supostamente assediavam o cruzador abandonarem a formação e acelerarem em direção aos recém-chegados.

E os comandantes familiares, que até então estavam se preparando para uma disputa interna, tiveram de encarar um desafio inesperado.

Não só isso, mas um desafio muito *sério*. Dalvu tinha os perfis de todos no momento e, acrescentando as duas Xodlak, a contagem total era de uma fragata, dois cruzadores leves e cinco patrulhas. Com catorze canhoneiras indo em direção a eles, o mais inteligente a se fazer seria voltar para o hiperespaço e retornar apenas quando tivessem mais poder de fogo.

Mas eles não fariam isso. A isca da mina de nyix imaginária era poderosa demais, e o risco de afetar a honra e o prestígio das respectivas famílias era muito grande. Talvez a última nave fugisse, se conseguisse tanto. Mas, até lá, elas ficariam para lutar.

O que era, afinal, exatamente com o que Thrawn contava.

— Chamada recebida, capitã sênior — anunciou Sensores, tenso. — Contei catorze naves de guerra tipo caça, provavelmente canhoneiras.

— Entendido, Sensores — disse Lakinda. — Naves Erighal e Pommrio, aconselho que partam enquanto ainda há tempo. Se essas canhoneiras conseguiram deixar um cruzador pesado Chiss por um triz, elas são mais poderosas do que qualquer um de vocês poderia enfrentar.

— Negativo, Xodlak — grunhiu o comandante Erighal. — Não vamos sair daqui.

— Não com uma nave e tripulação da Frota de Defesa Expansionária em perigo — acrescentou o Pommrio. — Se partirmos agora, eles só voltarão para acabar com a *Falcão da Primavera*.

Lakinda suspirou em silêncio, aliviada. Tinha certeza que eles não fugiriam, mas, ainda assim, a possibilidade existia. Mais do que isso, os juramentos que fizeram perante a Ascendência começavam a bater contra as lealdades familiares.

— Pois não saiam — disse. — Nesse caso, precisamos nos juntar para uma frente de batalha, ancorada por minha fragata e nossos dois cruzadores. Erighal, você está no meio, então as naves Pommrio e eu vamos ir até você para fazer uma formação. — Ela fez um gesto para o piloto. — Leme, leve-nos até lá. *Apogeu*, fique em nosso flanco até alcançarmos a Erighal.

— Só um instante, Xodlak — interpôs o Erighal. — Concordo em uma fronte unida de batalha. Não concordo, necessariamente, que você esteja no comando.

— A fragata é minha — lembrou Lakinda. — Mais importante que isso, sou uma oficial sênior. Sua posição?

Houve uma pausa.

— Capitão intermediário — disse ele, relutante.

— Pommrio? — chamou Lakinda.

— A mesma coisa — respondeu o outro. — Muito bem, Xodlak. Os Pommrio cedem o comando à senhora. Mas esteja avisada: se eu notar que está tentando enviesar esta operação para o lado de sua família, me dou ao direito de tirar meu apoio e minhas naves.

— Digo o mesmo — falou o Erighal.

— Anotado — disse Lakinda. — Vamos focar em resgatar a *Falcão da Primavera* e nos mantermos vivos, sim? Tudo bem. Vamos começar com uma formação modificada de asa dupla: fragata no centro, cruzador Xodlak a estibordo, cruzador Pommrio a bombordo. Naves de patrulha nas asas, longe o suficiente na parte traseira para serem parcialmente protegidas, longe o suficiente na parte dianteira para acertar fogo laser. Assim que as canhoneiras se separarem da formação de ataque, vocês ficarão majoritariamente por conta própria, mas eu sugiro que as patrulhas fiquem próximas das naves de guerra maiores. Alguma pergunta?

— Não, capitã sênior — disse o Pommrio.

— Estou reposicionando minhas naves e aguardando sua chegada — acrescentou o Erighal. — E não se atrasem; essas canhoneiras estão indo rápido.

— Entendido — disse Lakinda. — Leme, acelere em quinze por cento. Primeiro?

— As tripulações de armas estão fazendo verificações pré-combate — relatou Primeiro de seu console de armas. — Estaremos prontos assim que eles abrirem fogo.

Lakinda torceu os lábios. *Assim que abrirem fogo*. Mesmo aqui, diante de uma ameaça clara e iminente, as regras proibindo ataques preventivos persistiam.

— Ótimo — disse. — Oficiais e guerreiros da *Solstício*: preparem-se para a batalha.

— Chegou a hora — disse Samakro, contemplando a tela tática de repetição da *Falcão da Primavera*, andando a passadas largas pelo corredor da sala de controle. As oito naves familiares tinham acabado de se reunir em uma formação modificada de asa dupla, e se preparavam para enfrentar as canhoneiras.

Felizmente, pelas transmissões que a *Falcão da Primavera* conseguiu grampear, parecia que Lakinda estava no comando, de modo geral. O plano ainda funcionaria, provavelmente, se outro comandante tivesse reivindicado a posição, mas tornaria tudo mais complicado.

— Lembre-se das ordens — acrescentou Samakro, parando atrás da estação de Laknym. — E tomem cuidado. Não queremos que isso acabe rápido demais.

Ele se inclinou por cima do ombro de Laknym.

— Pronto, tenente comandante? — perguntou em voz baixa.

— Sim, senhor — respondeu Laknym.

— Ótimo — disse. Seja lá quais fossem as inseguranças que o rapaz tinha quanto a disparar contra as naves da própria família, ele parecia ter colocado esses sentimentos de lado. — Primeiro disparo se aproximando. Façam valer a pena.

Laknym assentiu. As canhoneiras chegaram a alcance de combate...

Adiante, em uníssono quase perfeito, a muralha de canhoneiras irrompeu em fogo laser.

— Elas nos acertaram três vezes! — berrou Sensores. — Na parte ventral da proa e nas partes dorsal e ventral a bombordo.

— Armas, abrir fogo — mandou Lakinda. — Foquem nas canhoneiras que nos atingiram. Danos?

— A barreira caiu em vinte por cento — relatou Sensores enquanto os lasers da *Solstício* abriam fogo, macetando as canhoneiras. — Sensores Um e Cinco de alvejamento caíram em vinte por cento; mudando para alvejamento manual para compensar. Nenhum nó foi atingido e os aglomerados de arma não foram danificados.

— Entendido — disse Lakinda, sentindo parte da própria tensão se esvaindo. Samakro conseguira. Ele e a equipe de controladores de canhoneiras conseguiram fazer com que os ataques parecessem reais. — Armas?

— Elas nos atingiram em dois pontos — relatou Primeiro. — Na proa dorsal, sem nenhuma indicação clara de dano. E, possivelmente, um disparo crítico no laser a bombordo.

A paisagem estelar diante deles se tornara um inferno de fogo laser enquanto as canhoneiras e as naves Chiss duelavam. As canhoneiras lançaram um salvo final e pararam, a formação de ataque entrelaçada desabrochando de repente para fora.

— Cuidado, elas estão mudando para combate individual — avisou Lakinda. — Patrulhas, protejam-se como for possível.

— Ignore isso, Força Alfa — o comandante Erighal se meteu. — Os Erighal não se escondem como crianças. Ataquem à vontade, e ataquem com tudo.

— Os Pommrio também não abandonam os outros para que lutem em seu lugar — acrescentou o comandante Pommrio. — Patrulhas, formação em meus flancos.

Lakinda fechou a cara. Mas ela deveria ter imaginado que isso aconteceria. Capturar as minas de nyix não era tão importante agora quanto uma hora antes, mas manter a honra familiar era sempre prioridade.

E, falando em termos práticos, assim que a batalha evoluísse para combate individual, era cada nave por si. Ela deveria estar contente de que a aliança provisória durou tanto tempo.

— Como quiserem — disse Lakinda aos outros comandantes. — Mas fiquem juntos, protejam as retaguardas uns dos outros, e se organizem para atirar para matar sempre que puderem.

— A organização é com nossas próprias naves ou com as outras? — perguntou Primeiro explicitamente.

Família em primeiro lugar: as palavras soaram na cabeça de Lakinda. Palavras que a acompanhavam desde criança. Palavras que coloriram cada pensamento e permaneciam ao fundo de cada decisão. Palavras que se tornaram ainda mais importante depois de se erguer de suas origens obscuras e virar parte dos Xodlak.

E, agora, essas mesmas palavras não eram nada além de pedras em seu caminho.

— Com qualquer nave desgraçada que estiver a postos — disse Lakinda, ácida. — Lembrem-se que todos nós somos Chiss. Xodlak, Erighal, Pommrio... Todos somos Chiss.

— Somos, sim — disse o Pommrio com um tom ameaçador. — Vamos fazer com que esses estrangeiros se arrependam *amargamente* de cruzar nosso caminho.

— Várias naves familiares foram atingidas — relatou Dalvu. — Dano mínimo no casco de duas patrulhas Erighal, dano mínimo ao casco do cruzador Pommrio e um laser inoperante, sensores de alvejamento inoperantes nos cruzadores Xodlak e Pommrio e nas três patrulhas Erighal. Redução na força da barreira de todas as naves. Não detectamos nenhum outro dano.

Samakro soltou a respiração que estivera presa até agora.

— Bom trabalho — disse aos catorze homens e mulheres nos consoles de controle. — Abram a formação. Hora de partir para o combate individual.

Ele tocou o ombro de Laknym.

— E *esse* — ele o lembrou — é o motivo de você estar disparando contra as naves de sua própria família.

— Sim, senhor — disse Laknym, parecendo consideravelmente mais calmo.

Samakro focou nas telas de Laknym, observando a paisagem estelar se retorcer violentamente enquanto ele manobrava a canhoneira para driblar as explosões de laser. Esse aspecto era só mais um ponto genial do plano de Thrawn.

Porque cada nave de guerra familiar tinha as próprias diferenças, especificações e peculiaridades, e cada uma das famílias fazia questão de treinar os guerreiros de sua frota para aprenderem esses detalhes. O que significava que esses guerreiros, e *apenas* esses guerreiros, saberiam como e onde atacar as naves familiares com o máximo de ferocidade e o mínimo de dano real.

A batalha continuava. As canhoneiras enxameavam as naves de guerra Chiss, disparando loucamente, da forma mais ineficiente possível, focando em sensores e segmentos vazios do casco. Os oponentes, sem esse tipo de restrição para atrasá-los, disparavam de volta com lasers e alguns invasores, diminuindo o número de inimigos consistentemente.

Quando uma canhoneira era destruída, o painel de controle se apagava e o trabalho do operador terminava. Samakro notou que todos reagiam de maneira diferente ao resultado final: alguns cerravam os punhos, frustrados; outros afundavam na cadeira, aliviados; outros conversavam com os colegas para reduzir a tensão. O número de canhoneiras caiu para onze, nove, oito...

— Capitão sênior, recebemos uma transmissão de raio restrito da *Solstício* — falou Brisch de repente nos alto-falantes. — A Capitã Sênior Lakinda disse que temos um problema.

CAPÍTULO VINTE E CINCO

AS CANHONEIRAS CONTINUAVAM ATACANDO, alvejando as naves familiares e sendo alvejadas de volta. Lakinda ficou de olho no painel de status da *Solstício*, cuidando para o erro inevitável da parte de seja lá quem estivesse atacando sua nave, preparando-se para o disparo laser que detonaria um dos nós da barreira ou explodiria acidentalmente uma das partes mais fracas do casco e mataria aqueles que estivessem na estação atrás da explosão, ou a abordagem descuidada que pudesse lançar a própria canhoneira contra ela.

Mas, até agora, nada disso tinha acontecido. As pessoas que Thrawn escolhera para a função estavam fazendo um bom trabalho.

Os números inimigos caíram para oito quando, como se um tijolo tivesse acabado de atingir seu rosto, Lakinda viu o erro fatal no esquema.

Por um longo minuto, ela ficou ali sentada, agarrada aos braços da cadeira de comando enquanto a batalha rugia ao redor de suas naves, tentando resolver o problema. Se fizesse... Não. Se alguém da *Falcão da Primavera*... Não. Se Thrawn já tivesse percebido o defeito e o considerasse em seus planos...

Ela afundou os dedos nos braços da cadeira. Não. Não tinha como Thrawn perceber isso. Não cego do jeito que era para políticas familiares. Ele continuaria, levaria o espetáculo para um desfecho triunfal… E veria, impotente, o triunfo desmoronar. *Mentiras… Guerra civil…*

Ela precisava avisá-lo. Mas isso não seria uma tarefa fácil. Mesmo se pudesse arriscar que os próprios oficiais ouvissem a transmissão, o protocolo de batalha obrigava a comunicação da ponte a ficar aberta para todas as naves de sua força-tarefa. Ela teria que encontrar uma desculpa para sair da ponte e ir para o escritório de posto.

Outro laser colidiu contra o casco da *Solstício*.

— Danos no Sensor de Alvejamento Número Oito — relatou Primeiro.

— Entendido — disse Lakinda, levantando-se e indo até ele. — Avaliação?

— Eles são bastante entusiasmados — informou, enviando outro par de explosões de laser contra uma das canhoneiras. — Para nossa sorte, não são muito bons na hora de escolher seus alvos.

— Realmente — disse Lakinda, notando brevemente a ironia da situação. A realidade é que as canhoneiras sabiam exatamente *onde* queriam acertar. — Preciso que você assuma o comando por alguns minutos — acrescentou, abaixando a voz. — Vou tentar contatar a *Falcão da Primavera*.

Primeiro esticou o pescoço para olhar para ela, estreitando os olhos.

— Por quê?

— Os sensores mostram que eles estão parcialmente desativados — disse. — Isso indica que eles já estavam metidos nessa enrascada com as canhoneiras antes de chegarmos. Eles podem ter boas informações a respeito delas.

Ele estreitou os olhos um pouco mais.

— Não acredito que uma conversa privada seja uma boa ideia — avisou. — Estamos com uma relação precária demais com os Erighal e os Pommrio. Não seria bom que achassem que estamos fazendo algo pelas costas deles. — Ele bufou com desdém. — Além do mais, considerando o estado da *Falcão da Primavera*, que tipo de informação útil Thrawn poderia ter?

— Eu não pedi por conselhos ou opiniões, Primeiro — retrucou Lakinda. — Estou avisando e ordenando. Continue pressionando as canhoneiras e fique de olho na *Apogeu*. Vou voltar o quanto antes.

Ela refez o caminho pela ponte, passando pela cadeira de comando e indo até o canto lateral, entrando na escotilha do escritório de posto. Selou a escotilha e sentou diante da escrivaninha, ligando o equipamento e digitando seu código privado. A maior parte das transmissões da nave passavam pela estação de comunicação da ponte, mas havia um sistema independente disponível para o uso privativo do comandante.

Nas naves da Frota de Defesa Expansionária, o sistema era inacessível para o oficial de comunicação. Não tinha como saber se as naves de guerra da família Xodlak seguiam as mesmas regras de etiqueta.

A *Falcão da Primavera* estava um pouco longe, e levou quase um minuto para conseguir preparar um raio restrito e mirar neles. Finalmente, estava pronta.

— *Falcão da Primavera*, aqui quem fala é a Capitã Sênior Lakinda — disse. — Temos um problema.

Fez uma pausa de um segundo, até perceber que Thrawn não poderia responder, mesmo com um raio restrito, sem correr o risco de que uma ou mais naves familiares interceptassem a ligação.

— Assim que tudo isso acabar, os Erighal e os Pommrio vão insistir em descer para avaliar as minas — continuou. — Quando eles notarem que tudo foi uma fraude, isso causará constrangimento. Não se pode esconder algo assim para sempre e, assim que isso vier a público, haverá revolta, raiva, recriminações, esforços massivos para encontrar o culpado…

Parou de falar. A esse ponto, Thrawn deveria ter recebido a mensagem.

— O resultado final não será muito diferente do que seria se tivessem partido para uma luta física — disse. — Não sei como vai prevenir isso, mas precisa pensar em alguma coisa.

Ela engoliu em seco. *Descartáveis*...

— Acho que alguém vai precisar bater o cargueiro Watith contra a mina falsa. Eu sei que é difícil, mas se esse for o preço que precisamos pagar, então precisamos fazê-lo.

Pausou, perguntando-se se deveria dizer mais alguma coisa. Mas já havia dito demais.

— Preciso voltar à batalha. Boa sorte.

Desligou o raio restrito e o comunicador, trancando o registro para que o próximo oficial do posto não conseguisse simplesmente sentar e baixar o histórico da transmissão. Ficou de pé, voltou para a escotilha, e abriu a porta.

Para encontrar o segundo oficial parado do lado de fora, esperando por ela, com o rosto rígido. A um passo de distância, atrás dele, havia dois guerreiros com carbônicas nas laterais.

— Capitã Sênior Xodlak'in'daro — disse Segundo, com um tom dolorosamente formal —, informo por meio deste que, por crimes e ofensas contra a família Xodlak, os oficiais seniores da fragata Xodlak *Solstício* a removeram do comando.

— Do que você está falando? — Lakinda exigiu saber, o pulso disparando de repente. — *Que* crimes?

— Traição dos interesses familiares Xodlak — disse Segundo. — Desprezo por ordens e instruções da família Xodlak. Comunicação e associação com o inimigo.

— Os Mitth não são nossos inimigos — insistiu, sentindo uma fisgada nos pulmões. *Comunicação com o inimigo*. Será que tinham grampeado a mensagem dela de alguma forma? Será que alguém percebeu que a *Falcão da Primavera* estava controlando as canhoneiras, e que falar com eles era, de fato, falar com os agressores da *Solstício*?

— Também não são nossos aliados — rebateu Segundo.

— Descobriu alguma coisa a respeito das canhoneiras? — chamou o primeiro oficial do console de armas.

Chamada a pleno volume, Lakinda notou, sem nenhuma intenção de manter a confidencialidade da pergunta. Aparentemente, não eram apenas os oficiais seniores, mas a ponte inteira estava envolvida no esquema.

— O Capitão Sênior Thrawn não conseguiu responder — disse.

— É claro — desdenhou Primeiro. — Mas suponho que conseguiu falar com ele?

Um clarão de laser passou pela panorâmica, iluminando a ponte.

— Caso você não tenha notado, Primeiro, estamos no meio de uma batalha — lembrou Lakinda. — Não temos tempo para isso.

— Concordo — disse Segundo. — A senhora, portanto, ficará confinada em seus aposentos até que uma investigação adequada seja feita.

Lakinda se endireitou. Ela sabia que eles não tinham motivos legítimos. Boatos, insinuações, presunções, deduções; nada disso era suficiente para remover uma oficial de seu posto. Todos os oficiais, de Primeiro para baixo, certamente sabiam disso.

Mas, como ela mesma dissera, não tinham tempo para isso.

— Este assunto ainda não está terminado — avisou, saindo do escritório.

— De fato não está — concordou Segundo. Ele saiu do caminho e fez um sinal para os dois guerreiros. — Guerreiros?

O primeiro guerreiro se virou e foi até a escotilha. O segundo aguardou até Lakinda segui-lo e foi atrás dela.

E, assim, o plano inteiro se equilibrava em uma beirada cambaleante. Thrawn contava com ela no comando das naves Xodlak durante toda a batalha, com ela estar pronta para fazer movimentos ou ajustes de última hora caso necessário. E, agora, essa vantagem estava perdida.

Mas Thrawn não sabia. Nem nunca saberia. Não até ser tarde demais.

Por um longo momento, ninguém falou na sala de comando do cargueiro. Não por estarem ocupados demais — apenas sete das catorze canhoneiras continuavam em ação —, mas porque todos compreendiam as repercussões da sugestão da Capitã Sênior Lakinda.

Samakro sabia que seria fácil desconectar o cargueiro Watith. Também seria possível ajustar o curso para que batesse contra a falsa área de mineração. De qualquer forma, Thrawn já planejava soltar o cargueiro e destruí-lo assim que as canhoneiras fossem eliminadas.

Mas a destruição deveria ocorrer de forma rápida e próxima, antes das distantes naves familiares notarem que o cargueiro não operava mais. Lançá-lo contra o planeta daria aos observadores muito tempo para analisar o trajeto e perceber que não estava sendo comandado nem energizado. Especialmente já que, a esse ponto, eles não estariam mais distraídos pela confusão da batalha.

O plano óbvio seria evacuar os controladores de volta para a *Falcão da Primavera* agora mesmo e mandar o cargueiro embora enquanto a batalha persistia. Mas isso não funcionaria. Assim que os controladores saíssem de seus postos, as canhoneiras ficariam inativas, pairando da mesma forma que viram quando Thrawn desativou o cargueiro pela primeira vez. Então, todos perceberiam que algo peculiar estava acontecendo, e só precisaria de uma análise rápida de raio trator em uma das canhoneiras para eles escancararem o plano.

Não podiam mandar o cargueiro agora. Não poderiam mandá-lo depois da batalha.

Ou, como Lakinda insinuara, não teriam como mandá-lo sozinho.

Laknym foi o primeiro a falar.

— Senhor? — disse ele, os olhos focados nos monitores enquanto continuava a atacar as naves de guerra Xodlak. — A Capitã Sênior Lakinda está certa. Vai precisar de alguém para pilotar o cargueiro até a superfície. Eu me ofereço para o trabalho.

— Aprecio a oferta, tenente comandante — reconheceu Samakro, olhando ao redor para ver os outros consoles e os homens e mulheres da sala de controle. Se eles pudessem remover os consoles de uma das canhoneiras e levá-lo até a *Falcão da Primavera*... Mas eles já haviam tentado fazer isso durante a viagem e concluíram que o equipamento era complicado demais, além de ser muito integrado ao sistema do próprio cargueiro. Se pudessem levar um controle remoto do próprio cargueiro... Mas não havia nada na *Falcão da Primavera* que pudessem usar para fazer algo assim, e não tinham tempo para criar algo do zero.

— Senhor? — chamou Laknym.

— Eu escutei — grunhiu Samakro. — Se e quando a função se abrir, eu o avisarei.

Será que conseguiriam desviar uma das canhoneiras e jogá-la contra o planeta? Uma canhoneira sobreviveria à viagem pela atmosfera tão bem quanto o cargueiro e também destruiria a mina.

Mas, depois de tantos caças destruídos na batalha, será que os comandantes veriam isso como covardia suspeita e pouco característica? Quanta desconfiança poderia acabar com o plano e precipitar as lutas brutais das quais Lakinda falara?

— Capitão Intermediário Samakro? — chamou Thrawn no alto-falante.

— Sim, senhor — respondeu Samakro, suspirando pesado. — Senhor, acho que a Capitã Lakinda está correta. A única forma de fazer o plano funcionar é que alguém fique aqui e controle o cargueiro em seu último voo. O Tenente Comandante Laknym se ofereceu para o serviço.

— Obrigado, tenente comandante — disse Thrawn. — Está correto, capitão intermediário, pois precisam acreditar que o cargueiro está sendo comandado.

Samakro olhou para Laknym. A garganta dele estava dura enquanto ele continuava a operar a canhoneira, mas não via arrependimento em seus olhos ou em seu rosto.

— Entendido, senhor.

— Acho que não entendeu, capitão intermediário — disse Thrawn calmamente. — Eu falei que precisam *acreditar* que ele está sendo comandado. Nunca disse que ele precisaria ser pilotado.

Samakro franziu o cenho.

— Senhor?

— Continuem os ataques — ordenou Thrawn. — Mas certifiquem-se de separar uma canhoneira de reserva para que eu a utilize.

— Sim, senhor. — Ainda com o cenho franzido, Samakro tocou o ombro de Laknym. — Isso foi para você, tenente comandante. O Capitão Sênior Thrawn quer que mantenha sua canhoneira viva.

Ele não sabia o que Thrawn tinha em mente. Só podia torcer para que Laknym também continuasse vivo.

Thalias e Che'ri estavam brincando na suíte sky-walker quando receberam uma convocação urgente.

Thrawn estava atrás da estação de comunicação quando os guerreiros escoltaram a mulher e a menina até a ponte.

— Peço perdão pelo meu silêncio — ele estava falando. — Mas fomos temporariamente desativados e brevemente abordados, e só agora conseguimos o controle da nave de volta. Compreendo que a Capitã Sênior Lakinda tentou nos contatar, mas não conseguimos receber a transmissão corretamente. Será que ela poderia parar por um momento para repetir a mensagem?

— A Capitã Lakinda não está mais no comando da Força-Tarefa Xodlak — grunhiu uma voz masculina desconhecida.

— Ela se machucou?

— Ela não está mais no comando — repetiu o outro — e não tenho tempo para falar do assunto. Como pode ver, estamos no meio de um combate.

— Sim, com o mesmo grupo de naves de guerra que nos atacou — disse Thrawn. — Que a sorte do guerreiro sorria para seus esforços.

Ele fez um gesto para o oficial de comunicação, que tocou em um botão.

— Transmissão terminada, senhor — confirmou.

Thrawn assentiu e se virou. Ele viu Thalias e Che'ri, e fez um sinal para elas irem em direção à cadeira de controle.

— Obrigado por virem — disse quando os três se reuniram ao redor da cadeira de comando. — Um momento. — Ele tocou o microfone da cadeira. — Está pronto, Capitão Intermediário Samakro?

— Sim, senhor — respondeu Samakro no alto-falante da cadeira. — Os propulsores foram preparados e o vetor de aceleração e perfil foram verificados três vezes. A maior parte de minha equipe já está de volta na *Falcão da Primavera*, e o resto pode partir em trinta segundos.

— Ótimo. Fique a postos. — Thrawn olhou por cima do próprio ombro para ver o oficial de comunicação. — Brisch, mande um sinal para a *Picanço-Cinzento*. Mensagem: *agora*.

— Sim, senhor — disse Brisch. — Mensagem enviada.

Thrawn se virou para Thalias e Che'ri.

— Temos um problema que eu estava esperando que me ajudassem a resolver.

— Faremos o possível, senhor — disse Thalias, dando um passo em direção à estação de navegação. — Venha, Che'ri.

— Ali não — deteve-as Thrawn, esticando uma mão para interrompê-las. — Preciso de vocês na estação de armas.

— Na estação de armas? — perguntou Thalias, olhando para Che'ri. — Senhor, nós não entendemos nada de armas ou defesas.

— Na verdade, Che'ri *tem* uma certa experiência com manobras de distração — disse Thrawn. — Mas não se preocupe, não é nada do tipo.

— Senhor, a *Picanço-Cinzento* chegou — anunciou Dalvu.

— Obrigado — disse Thrawn, virando-se para a tela tática. — Samakro, a postos.

Thalias seguiu o olhar dele. Não sabia o que estava acontecendo do lado de fora, mas parecia uma bagunça total. A tática mostrava uma dúzia de naves aglomeradas à distância, todas elas manobrando e disparando umas contra as outras. Oito delas, a maior parte agrupada no centro da tela, tinham o símbolo Chiss, enquanto as que estavam marcadas como inimigas faziam um enxame ao redor delas. Na outra ponta da tela, longe da batalha e ainda mais longe da *Falcão da Primavera*, uma imagem piscava indicando a *Picanço-Cinzento*, que acabava de entrar em cena. Enquanto Thalias assistia, a recém-chegada girou em direção à massa de naves e abriu fogo contra os agressores.

Thalias olhou para Che'ri. A menina também encarava a tela tática. Mas, ao contrário da confusão de Thalias, a expressão de Che'ri era de concentração e curiosidade.

— Canhoneiras: interrompam o combate e fujam — mandou Thrawn.

Na tela, as cinco naves inimigas se afastaram abruptamente, interrompendo o ataque às naves de guerra Chiss e disparando em direção ao planeta, acelerando a toda potência e se reagrupando em um aglomerado próprio durante a fuga. As Chiss continuaram disparando, os lasers juntando-se ao fogo da *Picanço-Cinzento* do outro canto.

Na verdade, agora que Thalias prestava atenção, considerando a forma que as muitas naves estavam posicionadas, as naves inimigas chegariam mais perto da *Picanço-Cinzento* antes de passarem daquele ponto e poderem aumentar a distância novamente. Aquele ponto de abordagem mais próxima seria a melhor oportunidade para o cruzador derrubá-las.

Infelizmente para a *Picanço-Cinzento*, foi no meio de uma guinada em direção à batalha principal, e a nave não estava em posição para persegui-las. Tudo que pôde fazer foi continuar a rajada de lasers de bombordo, um ataque que agora se juntava por uma corrente de esferas de plasma.

Mas havia fogo laser demais para que continuassem driblando para sempre. Segundos depois, em sucessão, três das cinco canhoneiras foram atingidas por disparos fatais vindos da *Picanço-Cinzento* e desintegradas em explosões massivas. As duas sobreviventes continuaram, finalmente saindo de alcance e deixando os agressores para trás. A *Picanço-Cinzento* tentou atingi-las mais uma vez com outra onda de esferas de plasma, mas as naves estavam indo rápido demais e as esferas ficaram para trás.

— As duas últimas canhoneiras estão desobstruídas — anunciou Samakro.

— Desobstrua o cargueiro e ative os propulsores — mandou Thrawn.

— Cargueiro desobstruído, capitão sênior — a voz de Samakro se ouviu no alto-falante da cadeira de comando. — Ativar propulsores: *agora*.

Thalias se contraiu quando o convés começou a tremer de forma abrupta debaixo dela.

— Thalias? — ofegou Che'ri, segurando a mão de Thalias para se equilibrar.

— Está tudo bem — Thalias a acalmou. — A vibração está vindo do cargueiro Watith. Ainda está preso à *Falcão da Primavera*, mas os propulsores foram ligados a toda potência e ele está tentando se soltar. — O tremor continuou, talvez um pouco mais forte...

— Embarcar — chamou Samakro, parecendo um pouco sem ar. — Escotilha selada.

— Solte o cargueiro — mandou Thrawn.

Com um último puxão, a vibração do convés cessou. Thalias espiou pela panorâmica e viu o cargueiro se afastando rapidamente, o vetor cortando pela órbita da *Falcão da Primavera* enquanto ia para a borda do planeta.

— Afpriuh, lasers a postos — mandou Thrawn. Ele tinha o questis em mãos e digitava nele. — Nestes pontos: aqui, aqui e aqui. Cuide para fazer um padrão de tiros de raspão.

— Sim, senhor — disse o oficial de armas, tocando no próprio painel. Um borrão de disparos lasers foi efetuado da *Falcão da Primavera*, passando pelo cargueiro e ao redor dele. No meio da rajada, o cargueiro pareceu notar que estava sendo atacado, sacudindo-se a bombordo, depois a estibordo, de novo a estibordo, como se tentasse evitar o fogo do cruzador.

— Excelente — disse Thrawn, assentindo. — Continue atacando, sempre tentando fazer parecer que seus sistemas de alvejamento não estão plenamente funcionais.

— Sim, senhor.

O fogo laser continuou. Dessa vez, pelo que Thalias conseguia ver, nenhum dos disparos fez efeito.

Thrawn se virou para Thalias e Che'ri.

— E, agora, você, sky-walker — disse. — Deixe-me explicar a situação.

Ele acenou em direção à panorâmica.

— Temos um cargueiro abandonado e duas canhoneiras vazias indo em direção a uma colisão no planeta, todas as quais foram colocadas cuidadosamente lá para baterem contra um ponto específico da superfície. O que precisamos fazer é...

— Espere um minuto — interrompeu Thalias. — Você disse que o cargueiro foi *abandonado*? Acabei de vê-lo manobrar.

— O que você viu foi uma série precisa de disparos lasers batendo contra os jatos de manobras e soltando estouros de gás comprimido — explicou Thrawn. — A curto prazo, eu espero que as naves de guerra Chiss observando o drama todo vejam e presumam que o cargueiro está ativo e sendo pilotado.

Ele apertou os lábios.

— Infelizmente, é muito provável que eles estejam gravando a coisa toda, o que permitirá que examinem tudo o que aconteceu lenta e cuidadosamente, além do que está prestes a acontecer.

Ele se virou para a tela tática.

— É possível que um desses futuros analistas também conclua, assim como você, que o cargueiro estava sendo controlado naquele ponto — disse, a voz baixa e quase contemplativa. — Eles podem concluir, também, que o motivo pelo qual as duas canhoneiras que sobraram não estarem mais fazendo manobras evasivas é porque o fracasso da *Picanço-Cinzento* de acertá-las com lasers e esferas de plasma mostrou que esse tipo de manobra é desnecessária. O problema é que não podemos contar que esses analistas cheguem a essas conclusões.

Ele se virou para elas novamente.

— Precisamos convencer qualquer futuro espectador de que o que ocorreu aqui hoje, mesmo que apenas um aspecto do que ocorreu, é algo que a *Falcão da Primavera* não poderia ter, de forma alguma, planejado.

Ele ofereceu uma das mãos para Che'ri.

— É aqui que você entra, Sky-walker Che'ri. Venha comigo.

Ele a guiou por alguns passos, parando ao lado do oficial de armas.

— Este é o Comandante Sênior Afpriuh — disse, apresentando o homem.

— Eu sei — falou Che'ri, assentindo. — Oi, comandante sênior.

— Olá, sky-walker — cumprimentou Afpriuh, assentindo para ela.

— Vamos tentar fazer uma coisa que eu acho que ninguém jamais tentou fazer antes — disse Thrawn. — Em aproximadamente dois minutos, o cargueiro vai chegar a um ponto crítico de sua jornada. Quando isso acontecer, ele também estará no limite do raio trator, e nossa órbita atual nos levará a um ponto onde apenas teremos uma visão parcial de seu flanco a bombordo.

Ele apontou para a panorâmica.

— Vamos tentar usar o raio trator para girá-la de leve a bombordo, para longe do planeta.

Thalias olhou para Afpriuh. O oficial de armas estava voltado para a frente, sem dar nenhuma dica do que ele poderia estar pensando.

— Isso é possível, comandante sênior? — perguntou.

Afpriuh deu de ombros.

— Teoricamente, sim — disse ele. — Mas requer um raio particularmente estreito e um ponto de alvejamento para a frente da massa central do cargueiro. — Ele ergueu o rosto para olhar para ela. — Mas também requer que a gente acerte de primeira.

— Porque...?

— Porque, de outra forma, o registro visual mostrará uma contração no movimento do cargueiro enquanto tentamos fazer a conexão correta — explicou Thrawn. — Estes movimentos serão lidos, corretamente, como conexões de trator extra.

— Interferência da *Falcão da Primavera* — concluiu Thalias, assentindo. — O que o senhor já disse que não queremos que aconteça.

— Exatamente. — Thrawn olhou para baixo, virando-se para Che'ri. — O que vamos fazer é que Afpriuh vai tentar travar o raio trator, usando uma potência muito baixa para não provocar efeitos visíveis. E você, Sky-walker Che'ri, vai olhar para a tela de sensores, usando a Terceira Visão para ver alguns segundos no futuro. Se e quando...

— Espere um pouco — interrompeu Thalias, entendendo de repente o que ele tinha em mente. — Você não pode estar falando sério.

— A sua mão ficará por cima da mão de Afpriuh — continuou Thrawn, ignorando a interrupção. — Se e quando você vir o cargueiro dar a guinada que queremos que ele dê, você indicará isso ao tocar ou pressionar a mão dele. Quando isso acontecer, ele vai colocar o raio trator na máxima potência antes de ativá-lo.

— Não tem como isso funcionar — insistiu Thalias. — Che'ri não tem como ver uma coisa e influenciá-la para que ela se torne outra coisa.

— A Terceira Visão pode mostrar a ela o que o comandante sênior está preses a fazer — especulou Thrawn. — Nesse caso, este lampejo será focado no movimento microscópico que o cargueiro teria se ele deixasse o raio trator na potência mínima. Enquanto ele estiver no controle e ela não estiver mudando diretamente o evento, o plano deve funcionar.

— Mas...

— Thalias — disse Che'ri silenciosamente.

Thalias parou de falar, olhando para ela.

— Che'ri, eu não sei se isso é uma boa ideia — avisou.

— Mas é meio o que eu faço o tempo todo — apontou Che'ri. — Eu vejo no que a *Falcão da Primavera* pode esbarrar e mudo a direção para que isso não aconteça.

— Não é a mesma coisa — insistiu Thalias. — Lembre-se, eu costumava fazer tudo isso também. Quando você é uma navegadora, você vê algo que está prestes a acontecer e não deixa que isso aconteça. O que o Capitão Sênior Thrawn quer é que você veja algo que *não* vai acontecer e faça isso acontecer de qualquer forma.

Che'ri sacudiu a cabeça.

— Não vejo diferença.

Thalias trincou os dentes. Por um lado, ela também não via muita diferença.

Mas seu instinto estava gritando que era algo radicalmente diferente. Avisando que este era um território inexplorado e potencialmente perigoso; avisando, também, que forçar a Terceira Visão dessa maneira poderia afetar Che'ri de forma imprevisível.

— Eu não sei se vai funcionar — continuou Che'ri. — Mas a gente não deveria ao menos tentar?

Thalias olhou para Thrawn.

— O que aconteceria se ela não fizesse isso?

— Talvez nada — reconheceu Thrawn. — Os analistas podem não notar nada suspeito, e tudo ficará bem. Se encontrarem, poderia haver problemas entre as famílias. Problemas possivelmente graves. Mas são apenas possibilidades. Se ficar desconfortável, não precisa fazê-lo.

Che'ri endireitou os ombros.

— Não — disse. A voz dela tremia um pouco, mas não hesitava. — Eu não pensei que eu poderia aprender a pilotar uma nave. Você disse que eu conseguiria, e eu consegui. Se você acha que eu consigo fazer isso, vou conseguir. Onde quer que eu fique?

— Aqui — indicou Thrawn, deixando-a alguns centímetros mais próxima de Afpriuh. — Esta tela, esta bem aqui, é a que você vai ficar assistindo. Eu vou deixá-la fixa no cargueiro. Coloque sua mão aqui... — ele segurou a mão esquerda dela e a deixou, com a palma para baixo, sobre a mão direita de Afpriuh — e pressione ou toque assim que vir o cargueiro se mexer. Certo?

Ela assentiu.

— Estou pronta.

Thrawn tocou o ombro dela, olhou brevemente para Thalias, e assentiu.

— Comecem.

Por um longo momento, nada aconteceu. Thalias encarou a tela, sentindo o coração disparado, imaginando se aquilo funcionaria. Ao lado de Che'ri, as mãos de Afpriuh se moviam delicadamente nos controles, a mão esquerda fazendo pequenos ajustes, a mão direita tocando no botão encaixado de tempo em tempo.

A ponte da *Falcão da Primavera* ficou em silêncio. Dos cantos dos olhos, Thalias conseguia ver todos os oficiais sentados e imóveis, como se estivessem com medo de quebrar o encanto.

Será que estavam preocupados com Che'ri? Ou estavam pensando nas consequências do fracasso? Thalias não sabia exatamente o que estava acontecendo, mas este nível de tensão silenciosa sugeria que a situação era mais grave do que Thrawn colocara.

Problemas entre as famílias, ele dissera. O que isso significava? Reclamações feitas na Sindicura? Discordâncias comerciais?

Che'ri parecia oscilar um pouco, um dos sinais de fadiga ou estresse da menina. Aproximando-se dela, Thalias encostou nos ombros dela para equilibrá-la e reconfortá-la em silêncio.

De repente, os dedos de Che'ri tiveram um espasmo sobre a mão de Afpriuh.

Thalias voltou a atenção rapidamente para a tela, apertando os ombros de Che'ri. Por outro segundo, não houve nada.

E, então, aconteceu: o movimento que Thrawn esperava. O cargueiro distante mudou de posição, a proa virando alguns graus a bombordo. Thalias respirou fundo e suspirou, aliviada...

E foi para trás quando a imagem explodiu, tornando-se fogo.

Ela olhou para a panorâmica. À distância, conseguiu ver a pequena centelha de chamas que foi ampliada pelos telescópios do monitor, uma centelha que agora se virava visivelmente para o planeta pairando a estibordo.

O que *diabos* tinha acabado de acontecer?

— Colisão confirmada, senhor — relatou Dalvu claramente da estação de sensores. — As canhoneiras restantes bateram contra o cargueiro. Novo vetor combinado... Parece bom, senhor. Impacto contra a superfície deve seguir o alvo.

— Entendido — disse Thrawn. — Cuidadora?

— Sim? — perguntou Thalias.

Thrawn fez um gesto com a cabeça em direção a Che'ri. Franzindo o cenho, Thalias focou na menina.

A menina não se movia. Ela ainda estava parada, os ombros tensos sob as mãos de Thalias, os olhos fixos no console.

Ou talvez não estivessem fixos em nada.

— Che'ri? — tentou Thalias.

Sem resposta. Sem reação. Com cuidado, Thalias virou a menina gentilmente para ela.

— Che'ri?

Por outro momento, Che'ri continuou ali, inexpressiva. Então, ela se sacudiu. Os olhos piscaram duas vezes e voltaram a focar.

— Funcionou? — perguntou ela.

— Sim, funcionou — contou Thalias. — Você está bem?

— Acho que sim — disse Che'ri, enrugando a testa. — Sim, tudo bem. Isso foi só… meio do avesso.

Thrawn olhou para a parte de trás da ponte.

— Guerreiros? — chamou, fazendo um sinal com o dedo para o par que escoltara Thalias e Che'ri desde o quarto. — Levem a Sky-walker Che'ri para o centro médico para um exame completo.

— Não precisa — protestou Che'ri. — Eu estou bem.

— É só por precaução — acalmou-a Thalias. — Além do mais, faz tempo que você não vai no médico. A equipe deve sentir sua falta.

— Não deve não — grunhiu Che'ri. — E nosso jogo?

— Continuamos depois — disse Thalias. — Vamos, agora, sem reclamar. Precisamos fazer isso.

— Tá — murmurou Che'ri mais uma vez. Ainda não estava feliz, mas deixou que Thalias a guiasse até a escotilha sem discutir.

— Obrigado, sky-walker — falou Thrawn atrás delas. — E você também, cuidadora. Agradeço às duas.

Thalias espiou Che'ri com o canto do olho. Sim, o jogo teria que esperar até estarem de volta à suíte. E, no fim da tarde, talvez uma ou duas horas depois de voltarem, estaria acabado.

Thrawn também estava no meio de algum tipo de jogo. A pergunta na mente de Thalias, agora, era se esse jogo já havia acabado.

Por algum motivo, ela duvidava que sim.

CAPÍTULO VINTE E SEIS

— Sinto muito, Patriel Lakooni — disse Lakphro, dando de ombros com impotência. — Eu realmente não sei nada a respeito de Haplif e dos Agbui além do que disse à senhora e aos seus investigadores.

— Sim, entendo sua posição — falou Lakooni, os olhos perfurando Lakphro como se quisesse ver dentro de seu cérebro. — Tudo que peço é que reconsidere tudo isso. Reconsidere com muito, muito cuidado.

Lakphro se forçou a olhá-la de volta, um pouco de raiva se misturando à frustração e nervosismo. Sua *posição*? O que *aquilo* significava?

— Já falei tudo que sei — alegou. — Se quiser mais, vai ter que perguntar ao Conselheiro Lakuviv ou à Auxiliar Sênior Lakjiip.

— Obrigada — disse a Patriel, a voz ficando ainda mais fria do que antes. A aversão que ela parecia sentir por Lakphro parecia triplicada dirigida aos outros. — Saiba que o *antigo* Conselheiro — ela reforçou consideravelmente a palavra — e a auxiliar dele estão sendo questionados ainda mais do que você.

— Eles falaram que os Agbui tinham um adolescente Coduyo e um Desbravador na nave deles? — ofereceu Lakphro. — Eu nunca os vi, mas ouvi algumas pessoas falando deles.

— O Desbravador desapareceu junto com a nave estrangeira — disse Lakooni. — O adolescente será entrevistado em outro lugar em uma data futura.

— Certo — murmurou Lakphro. Mas ainda não, e provavelmente não de forma tão intensa quanto Lakphro e sua família foram entrevistados. Os Xodlak e os Coduyo eram aliados, e os dois eram aliados dos Irizi. Alguém de cima provavelmente disse para pegarem leve com o garoto.

Aliados ganhavam tratamento especial. Cidadãos normais de cada dia, que nunca fariam parte dos mais altos escalões da família, nem tanto.

— Posso ir embora agora? — perguntou. — Preciso cuidar do meu rancho.

Lakooni torceu os lábios.

— Por enquanto — disse ela, relutante. — Mas mantenha-se disponível caso eu precise falar com você novamente.

— Eu trabalho em um rancho — grunhiu ele, ficando de pé. — Para onde mais eu iria?

— A Ascendência é um lugar enorme — rebateu Lakooni. — Só mais uma coisa. Sua filha mencionou uma joia que ela ganhou dos Agbui, mas que se perdeu. Ela foi encontrada em algum momento?

— Não — disse Lakphro sem hesitar. Afinal, ele mentira tantas vezes para Lakris a respeito da joia que as palavras agora vinham sem ele fazer esforço algum.

Dessa vez, ao menos, ao contrário das vezes em que ele mentiu para a mulher e para a filha, ele não se sentiu culpado.

— Que pena — lamentou Lakooni, de novo olhando-o nos olhos. — Nos avise se a encontrar.

— Claro — disse Lakphro. — A senhora será a primeira a saber.

— Sinto muito, supremo general — disse o Capitão Intermediário Samakro. — Não há mais nada que eu possa dizer além disso.

— Compreendo — disse Ba'kif, olhando furiosamente para o homem do outro lado da escrivaninha.

Não era uma surpresa, já que todos os oficiais de Thrawn haviam dito a mesma coisa: a *Falcão da Primavera* foi atacada, parcialmente desativada e brevemente abordada, e a chegada oportuna da *Picanço-Cinzento* e das naves de guerra das famílias Xodlak, Erighal e Pommrio foram a única coisa que a salvaram de ser destruída. Subsequentemente, os abordadores foram encontrados mortos no brigue da *Falcão da Primavera*, vítimas de algum tipo de mecanismo mortífero plantado em seus corpos por seu empregador misterioso.

O comandante da *Picanço-Cinzento*, o Capitão Intermediário Apros, foi idolatrado pelas três famílias por suas ações. Em retorno, Apros agradeceu às famílias pública e entusiasmadamente por sua chegada oportuna à cena, a tempo de resgatar a *Falcão da Primavera* do desastre. As famílias aceitaram a gratidão graciosamente e lembraram a todos que eram Chiss em primeiro lugar, e Xodlak, Erighal e Pommrio em segundo. A essa altura, o incidente estava resolvido, na opinião dos envolvidos.

De alguma forma, ninguém conseguiu explicar o que todas estavam fazendo naquela região tão distante da Ascendência para começo de conversa.

A pior parte é que Ba'kif provavelmente nunca conseguiria descobrir a verdade por completo. Desde que começaram a utilizar sky-walkers a bordo de naves da Ascendência e colocaram o véu do sigilo ao redor delas, havia uma dicotomia curiosa, porém necessária, nas leis e regulamentos. Oficiais da ponte que conheciam a existência das sky-walkers estavam proibidos de falar a respeito de qualquer coisa que envolvesse as meninas, até mesmo para outras pessoas que conhecessem o segredo. Os outros oficiais e guerreiros a bordo tinham de obedecer a todas as ordens, aceitar tudo que acontecia sem questionar e, geralmente, fazer o próprio trabalho e cuidar da própria vida.

Por algum motivo, Thrawn levou sua sky-walker aos eventos daquele planeta distante e banal. O resultado era que apenas ele tinha liberdade para contar a Ba'kif a respeito dos eventos.

Em circunstâncias normais, Ba'kif teria arrastado o outro homem até o seu escritório para que ele fizesse isso. Mas, em outra reviravolta bizarra da história, todas as três famílias afetadas, junto com seus aliados na Sindicura, pareciam estar bloqueando ativamente qualquer tipo de inquérito da frota, de modo geral, e de Ba'kif, em particular. Os próprios relatos de cada lado a respeito do ataque abortivo nas naves de guerra familiares, e o cargueiro inimigo em fuga que tentou, tarde demais, sair do caminho de duas canhoneiras que estavam escapando da cena, batia perfeitamente com os testemunhos dos oficiais da *Falcão da Primavera*. A Sindicura declarou que o assunto estava encerrado e claramente pretendia mantê-lo assim.

Aliados dos Irizi, Dasklo e Plikh, todos fazendo o máximo que podiam para evitar que um capitão sênior Mitth testemunhasse diante da frota e colocasse a todos em apuros. Um oficial Mitth, diga-se de passagem, que muitos deles desgostavam, a ponto de odiá-lo.

Paradoxo sobre enigma sobre mistério.

— Ajudaria se eu dissesse que tudo que você falar será tratado como confidencial? — perguntou Ba'kif, tentando uma última vez.

— Sinto muito, supremo general — disse Samakro calmamente. — Há ordens que não posso desobedecer. Precisará perguntar ao Capitão Sênior Thrawn.

Ba'kif o olhou. Havia algo em seu tom…

— Não gosta de Thrawn, não é mesmo, capitão intermediário?

Samakro hesitou.

— Permissão para falar honestamente, senhor?

— Certamente.

— Não, senhor, não gosto — confessou Samakro. — Não acredito que ele compreenda como nada funciona além da frota, e não acho que ele seja muito bom em inspirar seus guerreiros e oficiais. Ele força as coisas até o limite, toma muitas liberdades com as ordens e age, de modo geral, de uma forma que gerações anteriores de oficiais da frota achariam vergonhosa.

Ele pareceu se preparar para continuar.

— Mas isso não importa. Ele é um excelente comandante e sabe como lidar com sua nave. Até suas deduções mais escandalosas costumam estar corretas, e ele sempre nos tira de qualquer apuro em que nos metemos. *Sempre.*

— Você parece um bom primeiro oficial — comentou Ba'kif.

— É aí que está, senhor — disse Samakro. — Eu sou o primeiro oficial da *Falcão da Primavera*. O Capitão Sênior Thrawn é o comandante da *Falcão da Primavera*. O que eu acho dele é completamente irrelevante. Sou um oficial da frota, ele é meu comandante, e eu vou segui-lo e obedecer suas ordens da melhor forma que conseguir. Fim.

Ba'kif inclinou a cabeça.

— Como disse, capitão intermediário: um bom primeiro oficial. — Ele acenou em direção à porta. — Está dispensado. Obrigado por seu tempo.

Por alguns segundos após a partida de Samakro, Ba'kif contemplou a porta, pensativo. Sim, ele certamente questionaria Thrawn.

Mas ainda não. Não até as coisas se aquietarem, ou até haver alguma ameaça ou escândalo interno que distraísse a atenção da Sindicura.

No momento, era mais vital conseguir informações a respeito desses nômades culturais, os Agbui, que pareciam estar no centro de tudo que ocorreu. O Conselho precisava saber quem eles eram, de onde eles vinham, para quem trabalhavam, se é que havia alguém, e quais eram suas intenções. Infelizmente, por enquanto, todas essas investigações estavam sendo conduzidas pelas três famílias afetadas.

Mas isso estava prestes a mudar. As forças da frota foram envolvidas, o que significava que seria razoável que o Conselho se convidasse a fazer parte do jogo.

As famílias não gostariam nada disso. A Sindicura também não.

Ba'kif não se importava nem um pouco.

Ele poderia ter se saído melhor, percebeu Samakro, sobriamente, enquanto ia do escritório de Ba'kif até a área de aterrissagem das naves auxiliares. Mas também poderia ter se saído muito, muito pior.

Sua alegação de silêncio pela presença de Che'ri na ponte da *Falcão da Primavera* era pura invenção, é claro. Tinha aderido à forma mais estrita do regulamento, de fato, mas estava a anos-luz da intenção do criador original da lei. Se Ba'kif tivesse escolhido exigir uma resposta e Samakro tivesse continuado a se recusar, ele estaria indo para uma pequena cela de detenção naquele exato momento.

Mas ele teve certeza de que Ba'kif não insistiria no assunto. Agora, a Sindicura estava em modo de autodefesa, determinada a varrer o ocorrido para baixo do tapete, e o Conselho não estava interessado em tirar a sujeira de lá. Talvez mais tarde, quando as famílias estivessem focadas em outros assuntos, mas não agora.

O que o perturbava mais era que, até onde ele sabia, ninguém abrira o bico quanto à bobagem que ele contou para Thalias.

E alguém deveria ter aberto. A palhaçada que contou a respeito de Nascente ser a última fortaleza de pé dos Nikardun deveria ter sido berrada da Cúpula da Assembleia a essa altura do campeonato. Deveria haver revolta e desdém dos síndicos, que pediriam pela cabeça de Thrawn em uma bandeja por sequer pensar em uma coisa tão ridícula.

Em vez disso, não disseram nada. Isso significava que Thalias não era uma espiã, afinal?

Samakro fez cara feia. É claro que não. Significava que ela ou a pessoa que a comandava decidiram pensar sobre a história, esperando por uma oportunidade mais adequada para colocar a corda ao redor do pescoço de Thrawn.

Mas essa hora chegaria. E, quando chegasse, Thalias finalmente seria desmascarada.

E ela se arrependeria profundamente disso.

Porque a traição não seria apenas um ataque contra Thrawn. Seria um ataque contra toda a Frota de Defesa Expansionária, contra todos os oficiais e guerreiros que arriscavam suas vidas diariamente para proteger o povo da Ascendência Chiss. Era algo que simplesmente não poderia acontecer.

Que eles aguardassem, então. Que eles fizessem planos e tramoias. Que eles escolhessem a hora e o lugar.

Quando quer que acontecesse, onde quer que acontecesse, Samakro estaria esperando.

Quando o serviço que Qilori recebeu identificou sua tarefa como guiar uma pessoa sem nome em uma nave sem identificação, ele tinha certeza do que aconteceria no meio do caminho.

Ele estava correto.

— Sinto muito por não poder fazer um relatório melhor — desculpou-se assim que ficou sem palavras.

— Acalme-se, Desbravador — disse Jixtus, os dedos enluvados tocando gentilmente nas laterais de sua cadeira anatômica. — Nunca esperei que isso fosse marcar o fim da Ascendência Chiss. Eles são mais resilientes que isso. — Ele fez uma pausa, e Qilori sentiu que havia um sorriso cruel por trás do véu. — Apesar de que talvez não sejam tão resilientes quanto pensam.

Jixtus fez uma pausa, dando de ombros, coberto pelo robe.

— Você estava certo de se preocupar com aquele oficial Chiss, porém. Vou me certificar de acrescentar o Capitão Sênior Thrawn em nossos cálculos no futuro.

— Eu definitivamente recomendaria que fizesse isso — disse Qilori, as asinhas da bochecha se contraindo. — Queria poder dar alguma sugestão de como derrotá-lo.

— A derrota não é sempre necessária — observou Jixtus. — O isolamento e a neutralização podem ser igualmente efetivos. Minha preocupação mais urgente é o fato de que você deixou o corpo de Haplif para trás, para os Chiss examinarem.

— A decisão não foi minha — disse Qilori, apressado, sentindo as asinhas esvoaçarem. — Shimkif disse que o rancheiro o matou e mandou o piloto partir.

— De novo, Desbravador, acalme-se — tranquilizou Jixtus mais gravemente dessa vez. — Os Grysks só culpam quando a culpa é merecida, e só culpam aqueles que falham conosco. Cada um de nossos servos é responsável por suas próprias decisões e ações, não pelas dos outros.

— Sim, senhor — disse Qilori, sentindo as asinhas e a tensão se acalmarem. *Grysks*. Ele nunca tinha ouvido falar de uma espécie com esse nome.

Ou de uma facção, se é que era algo do tipo. Ou um combinado, uma gangue, ou alguma outra coisa. O nome não continha muita informação por si só.

Mas pelo menos agora tinha um nome para dar aos manipuladores por trás de tudo o que estava acontecendo.

— Acabou? — perguntou Qilori. — Quero dizer, vai precisar de mim para mais alguma coisa?

— Realmente, Desbravador, você me surpreende — disse Jixtus. — Esqueceu de sua outra ordem?

Qilori franziu o cenho.

— Senhor?

— Eu falei para você descobrir como, exatamente, os Chiss navegam pelo Caos — lembrou Jixtus. — É para *isto* que preciso de você, e é *esta* a tarefa que vai realizar.

— Sim, senhor — disse Qilori. O peso em seu peito, que começava a diminuir, voltou com tudo. — Farei meu melhor.

— Sim, fará — concordou Jixtus calmamente. — Porque, como falei, culpamos aqueles que falham conosco.

— Me disseram, Capitã Sênior Lakinda — falou o Síndico Zistalmu, com a voz deliberadamente casual —, que sua família está descontente com você.

— Ouvi falar de alegações similares, Síndico Zistalmu — disse Lakinda, experiente na arte de deixar sua voz e rosto inexpressivos. — Compreende que não posso comentar tais assuntos.

— É claro — reconheceu Zistalmu. — Eu entendo.

Lakinda assentiu. Ela apostava que sim.

Os Xodlak não estavam descontentes com ela. Eles estavam furiosos. O próprio Patriarca mandara uma mensagem a ela, castigando-a por ter falhado em conseguir a mina de nyix para eles. Tudo isso apesar do fato de que a investigação interna da Patriel de Celwis certamente já tinha descoberto evidências de que tudo aquilo não passara de uma fraude desde o começo.

A própria Lakinda provavelmente nunca saberia do resultado de tal inquérito. A névoa do sigilo que se espalhou pela situação era tanto admirável quanto assustadora. Considerando as circunstâncias, ela provavelmente não queria saber o que estava ocorrendo no momento entre os Xodlak e seus aliados.

Mas, talvez, ela não tivesse escolha quanto a isso. Os Irizi eram uns dos aliados mais fortes dos Xodlak, e sua presença no escritório do Síndico Zistalmu no dia de hoje poderia ser parte das repercussões desses acordos e manobras escondidas.

Se ele exigisse que ela contasse tudo para ele, ela poderia recusar? Havia limitações quanto a isso na frota, mas ela estava em uma missão familiar, sob auspícios da família. As regras da frota se aplicavam aqui?

— Naturalmente, elogio tanto sua lealdade quanto sua discrição — continuou Zistalmu. Ele pegou o próprio questis e fez um gesto em direção ao aparelho. — Também estou muito impressionado com sua lista de sucessos recentes — continuou. — Suas campanhas com a força-tarefa da Almirante Ar'alani são incríveis.

— Obrigada, senhor — disse Lakinda. — Devo lembrá-lo de que grande parte do crédito dessas vitórias se deve à almirante e sua competente liderança.

— De novo, lealdade e discrição — reforçou Zistalmu, inclinando a cabeça para ela. — Nós, dos Irizi, apreciamos essas duas qualidades. Você é o que, uma adotada por mérito dos Xodlak?

— Sim — disse Lakinda, sentindo um gosto amargo na boca. O primeiro oficial da *Solstício*, tentando diminuí-la porque ele era parente sanguíneo, ao contrário dela.

Contudo, aquele abismo poderia evaporar logo, e não de um jeito bom.

Junto com a raiva e a frustração irradiando do escritório do Patriarca, houve pedidos para que Lakinda fosse removida da família. No momento, essas exigências não eram muito barulhentas, mas ela sentia que elas estavam crescendo em número e volume.

O que aconteceria com ela se chegasse a esse ponto? Seria recolocada em sua antiga família, de volta à obscura comunidade agrícola dos Oyokal, da qual escapara para se juntar à frota? E, mais preocupante que isso, qual seria a reação do Conselho de Defesa Hierárquica se ela deixasse de ser Xodlak? Na teoria, ela poderia manter seu posto; mas será que eles decidiriam que ela não poderia ser mais uma comandante eficiente de uma nave de guerra?

— Apesar de que hierarquia familiar não importa muito na frota — disse, mais para si mesma do que para Zistalmu.

— É claro que não — concordou Zistalmu. — E não deveria importar. Por outro lado, não faz mal ter uma forte posição familiar, seja para alavancar projetos futuros, ou para amortecer algumas das surpresas gerais da vida. — Ele ergueu as sobrancelhas. — Diga-me, capitã sênior: o que diria de passar de adotada por mérito para Nascida por Provação?

Lakinda arregalou os olhos. Achou que o propósito de Zistalmu, ao chamá-la para o escritório, seria persuadi-la a contar mais alguns detalhes a respeito do fiasco do nyix, ou mesmo oferecer apoio moral para seus problemas familiares. Sugerir que ele estava disposto a conseguir uma promoção para ela era a última coisa que ela poderia ter esperado.

— O senhor *poderia* fazer isso? — perguntou. — Preciso da aprovação do Patriarca até mesmo para começar as Provações e, como disse antes, a família não está feliz comigo.

Zistalmu deu uma risadinha.

— Ah, eu duvido que até nosso Patriarca conseguiria convencer o seu de mudar de ideia a respeito de qualquer coisa — admitiu. — Os Xodlak são bons aliados, mas seu atual Patriarca é um puleão cabeça dura. Não, capitã sênior, não está entendendo. Não tenho intenção de encorajá-la a passar pelas provações Xodlak. Estou oferecendo a oportunidade de virar uma Nascida por Provação dos Irizi.

— Ah — Lakinda ponderou. Muito bem; então Zistalmu oferecer cutucar os Xodlak por ela era a *penúltima* coisa que ela poderia ter esperado. — Eu... não sei o que dizer.

— Não precisa responder agora — disse Zistalmu. — Na verdade, eu ficaria meio preocupado se você *não* pensasse um pouco a respeito da oferta. Mas fique tranquila porque é uma oferta genuína, dada de forma sincera e entusiasmada, e é completamente ilimitada. Tome todo o tempo que precisar, e me contate quando tomar sua decisão.

— Farei isso — assegurou Lakinda. — Compreenda, em troca, que, independentemente de eu aceitar ou não, ouvi a proposta humildemente e me sinto lisonjeada por ela.

— Não teríamos feito a oferta se não achássemos que é merecedora dela — disse Zistalmu. — De qualquer forma, tenho certeza de que tem outros assuntos que requerem sua atenção, então digo adeus. Por enquanto.

— Obrigada, Síndico — agradeceu Lakinda, ficando de pé. — Vou decidir o quanto antes.

— Leve o tempo que precisar, capitã sênior — disse Zistalmu. — Tenha um bom dia.

Um momento depois, Lakinda andava a passadas largas pelo corredor, sentindo a cabeça girar. *Nascida por Provação dos Irizi.* Nem em seus sonhos mais loucos ela teria imaginado algo assim.

Sim, ela consideraria a oferta. Ela a consideraria com *muito* carinho. E, como um velho de sua infância dissera uma vez, brincando, enquanto ela se levantava do chão: *quando você vir que um tourim está prestes a arremessá-la, você pula dele.*

E, para falar bem a verdade, *Capitã Ziinda* tinha uma sonoridade agradável e bastante exótica.

Recebeu a ligação tarde da noite. Do jeito que, Thurfian pensou consigo mesmo, ligações assim costumavam vir.

— Ele faleceu de manhã cedo — disse a Oradora Thyklo, com a voz cansada e abatida. — Em paz, com a família ao seu lado. Sei que é o jeito que ele gostaria de ter partido.

— Como todos nós — comentou Thurfian. — Sinto muito saber que ele se foi.

Thurfian sabia que essas eram as palavras costumeiras para notícias assim. Mas, ao contrário de alguns que diriam o mesmo nos dias seguintes, Thurfian estava sendo sincero. Ele e o Patriarca Thooraki tinham tido suas desavenças no passado, e Thurfian tinha certeza de que o velho não gostava dele. Mas Thooraki guiara os Mitth bem, com pulso firme, e a família cresceu e se aprofundou com sua liderança. E isso, verdadeiramente, era tudo o que importava.

— Você e os Patriéis já escolheram o sucessor dele? — perguntou a Thyklo.

— Sim — disse a Oradora. — Escolhemos você.

A boca de Thurfian se abriu, e os últimos traços do atordoamento do sono se esvaíram.

— *Eu*?

— Você — confirmou Thyklo. — Eu sei que, tradicionalmente, o Patriarca é escolhido entre os Patriéis, mas a confusão cercando o incidente militar mais recente ressaltou a necessidade de manter um controle firme a respeito de assuntos familiares a nível planetário. Nenhum deles sentiu que poderia deixar as coisas nas mãos de seus substitutos enquanto escolhiam novos Patriéis.

— Sim, isso faz sentido — disse Thurfian, sentido a martelada das novidades retumbando em seu cérebro. Ele estivera se esforçando muito para subir nas posições familiares nas últimas semanas.

Mas seu objetivo era apenas chegar à posição da Oradora Thyklo. Nunca, em seus sonhos mais loucos, esperaria pular direto para Patriarca.

Falando em Thyklo, era melhor que verificasse se essa possibilidade não passou despercebida sem querer.

— Mas e a senhora? — perguntou. — A Oradora também é, tradicionalmente, uma candidata viável para Patriarca.

— De fato — concordou Thyklo. — E a posição foi oferecida a mim. Mas a rede de amigos e contatos que eu estabeleci na Sindicura não pode ser simplesmente repassada para outra pessoa. Nem mesmo a você. Sem ofensas.

— Não estou ofendido — disse Thurfian. Então isso estava mesmo acontecendo. *Patriarca dos Mitth...* Era um grande passo.

Mas ele conseguiria. Ele sabia que conseguiria. O Patriarca tinha um grande leque de deputados e auxiliares que o ajudavam a cuidar da complexa colmeia que constituía a família Mitth. Eles cuidariam dos detalhes, para que ele tivesse a liberdade de considerar e aplicar as decisões políticas de maior escala.

Na verdade, agora que pensava nisso, notou que a posição de Thyklo como Oradora seria mais difícil para ele assumir. Esse papel era ainda mais dependente de conexões pessoais e relacionamentos, de favores dados e recebidos, de acordos silenciosos e promessas não ditas.

Como Patriarca, Thurfian teria que fazer algumas dessas coisas também, é claro. Mas, agora, esses desafios seriam com os membros de sua própria família e outros Patriarcas, não com a bagunça nebulosa que era a Sindicura.

Sim. Ele conseguiria.

— Se a senhora e os Patriéis acreditam que posso servir à família da melhor forma possível — disse, solene —, então aceito sua oferta com gratidão e humildade. Lutarei, com seu apoio e aconselhamento, para manter e avançar a honra, a glória e o poder dos Mitth.

— Assim faremos todos — disse Thyklo. — E, agora, o aguardam no domicílio familiar. O Auxiliar Sênior Mitth'iv'iklo e uma escolta estão a caminho de sua casa, e devem chegar em uns vinte minutos. Traga o que achar melhor, mas não se incomode em fazer as bagagens, cuidaremos disso mais tarde. O escritório e a equipe serão informados enquanto você estiver a caminho, e os Patriéis estarão aguardando para falarem com você por chamada de conferência quando chegar. Alguma pergunta?

— Por enquanto não — respondeu Thurfian. — Apesar de que, enquanto o Auxiliar Sênior Thivik não chega, posso começar a fazer as bagagens. Suponho que falaremos mais tarde, também?

— Quando desejar — disse Thyklo. — Parabéns, Patriarca Thurfian. Que os Mitth floresçam sob sua orientação.

Patriarca Thurfian. As palavras ecoaram na mente de Thurfian enquanto ele pegava sua roupa. *Patriarca Thurfian*. Um dia, ele imaginou, divertindo-se em privado, o que Zistalmu diria se soubesse que Thurfian fora elevado a Primeiro Síndico. Só conseguia imaginar a expressão do Irizi quando ele descobrisse que Thurfian era, agora, o Patriarca Mitth. A expressão de Zistalmu seria impagável.

A expressão de Thrawn também seria, quando chegasse a hora.

Thurfian não tinha muitos souvenirs, mas a maior parte deles eram objetos que não confiaria a uma equipe de mudança. Os vinte minutos haviam quase passado, e ele tinha acabado de encaixotar as relíquias em caixas robustas de viagem quando ouviu o interfone.

Abriu a porta para encontrar o Auxiliar Sênior Thivik esperando com um grupo de quatro guardas Mitth, posicionados de forma protetora no corredor atrás dele.

— Boa noite, auxiliar sênior — cumprimentou Thurfian, grave, dando um passo para o lado para deixá-lo entrar. — Obrigado por vir, e minhas condolências pelo falecimento de seu mestre e nosso amado Patriarca.

— Obrigado, primeiro síndico — disse Thivik solenemente quando passou por Thurfian para entrar na suíte, fechando a porta e deixando os outros Mitth do lado de fora. — Ou melhor, Patriarca Thurfian. Acredito que esteja pronto?

— Estou — confirmou Thurfian, olhando-o de perto. Thivik sempre lhe pareceu velho e macilento, mas hoje à noite ele parecia ainda mais velho. Era evidente que a morte do Patriarca Thooraki o afetara muito. — Há algumas coisas que eu gostaria de levar conosco.

— Sim — disse Thivik, virando-se para ver as caixas que Thurfian empacotara. — Está muito satisfeito consigo mesmo, não está?

— Satisfeito? — perguntou Thurfian com cuidado.

— Satisfeito por ter recebido a posição mais alta da família Mitth — disse Thivik, ainda olhando para as caixas. — Satisfeito que agora tem mais poder do que imaginou ser possível. Satisfeito que suas esperanças e objetivo, sejam lá quais forem, estão prestes a serem realizados.

— Eu deveria me curvar em falsa modéstia? — rebateu Thurfian. — Sim, estou satisfeito. Satisfeito, humilde e admirado. Alguém que foi colocado na liderança da maior e mais nobre família da Ascendência Chiss deveria sentir outra coisa?

— A maior? — disse Thivik, com um tom estranho de repente. — Talvez. Essa determinação fica para historiadores futuros. Mas a mais nobre?

Ele se virou, e Thurfian precisou segurar a vontade de dar um passo para trás. A intensidade súbita no rosto do outro homem...

— Vamos viajar até o domicílio, Patriarca Thurfian — disse Thivik, quieto. — Vamos falar com os Patriéis e com sua equipe, vamos realocá-lo em sua nova casa. Vai ter uma boa noite de sono, e um café da manhã revigorante.

Os olhos de Thivik pareceram brilhar.

— E, então — falou, a voz endurecendo com uma dor distante —, contarei a você a respeito da história antiga dos Mitth. A *verdadeira* história, há tanto reprimida. E contarei a você a respeito de uma terrível arma estrangeira conhecida como Starflash.